U0062784

贵当集

古代诗文与文学批评散论

杨明 著

复旦大学
出版社

　　杨明，1942年生于重庆，祖籍山西太谷。复旦大学本科、硕士研究生毕业。曾任复旦大学中国语言文学研究所教授、博士生导师。主要研究六朝、唐代诗文与文学理论批评。著有《魏晋南北朝文学批评史》、《隋唐五代文学批评史》（二种为王运熙先生与本人合著）、《汉唐文学辨思录》、《汉唐文学研赏集》、《欣然斋笔记》、《刘勰评传（附钟嵘评传）》、《文心雕龙精读》、《文赋诗品译注》、《陆机集校笺》、《陆机诗全集（汇校汇注汇评）》等。

目　　录

陆机诗歌艺术谈

　　西晋大文学家陆机,在很长一段历史时期内备受推崇,唐太宗称赞他是"一代文宗"。在他那个时代,骈俪文风正处于形成时期,人们吟诗作文,都讲究对偶,追求辞藻的华美。陆机的诗文正是那种时代风气的杰出代表,无怪乎深得人们的称誉。到了宋代以后,风气转变,人们更加欣赏自然简淡的文辞,于是对于陆机的评价也就不那么崇高。今天的读者,心目中的典范是李杜韩柳欧苏辛陆等人;即使上溯六朝,让我们倾倒的也是陶渊明,而不会是陆机。但是,陆机毕竟是一代文豪,代表了一个时代,其作品还是很值得我们学习和研究,也颇有欣赏价值。只要耐心和细心地品味,就会觉得别有滋味。下面只就陆机诗歌的艺术性谈谈笔者的体会。

　　首先,陆机的诗歌在创造新语、镕铸新鲜意象方面卓有成绩。它们沾溉后人,丰富了文学语言的宝库。

　　例如《为顾彦先赠妇》:"京洛多风尘,素衣化为缁。"写厌倦仕宦的情绪,意象新颖,屡屡为后人所袭用。南朝谢朓的"谁能久京洛,缁尘染素衣",宋代陆游的"素衣莫起风尘叹,犹及清明可到家",都是明显的例子。陈与义《墨梅》更别出心裁,用来写水墨梅花:"粲粲江南万玉妃,别来几度见春归。相逢京洛浑依旧,只恨缁尘染素衣。"语意双关,别有风趣,人称"妙绝"①。而陆机始创之功实不可没。同篇"离合非有常,譬彼弦与筈",慨叹人生聚散不

①　洪迈《容斋随笔·续笔》,上海古籍出版社,1978年,第316页。

定,有如箭与弓弦,暂时会合,瞬间即一去不返,也可称妙喻。

《赠顾令文为宜春令》:"悠悠我思,托迈千里。"说自己的思念寄托于行人身上,随行千里之外,化虚为实,构想颇奇。王维的"惟有相思似春色,江南江北送君归",李白的"我寄愁心与明月,随君直到夜郎西",似乎都是同一机杼。

《君子行》:"休咎相乘蹑,翻覆若波澜。"比喻人生祸福多端,难以掌控。令人想起王维的"人情翻覆似波澜"。《拟青青陵上柏》:"人生当几时,譬彼浊水澜。"不仅是波澜,更加以"浊水"。《文选》李善注曰:"言浊水之波易竭也。"比喻人生苦短,意象新颖。李善的体会固然不错,但还不仅如此。以"浊水"来形容,还带有嫌憎不喜的感情色彩:回顾那短促的一生,如死水微澜,都没有什么让人高兴的地方。这样的意象,何其新颖而耐人寻味。

《拟庭中有奇树》:"芳草久已茂,佳人竟不归。"从《楚辞》淮南小山《招隐士》"王孙游兮不归,春草生兮萋萋"和汉代《古诗》"青青河畔草,绵绵思远道"化出,惆怅低回,莫可名状,故也屡屡为后人所模拟。如南朝谢灵运的"圆景早已满,佳人殊未适",江淹的"日暮碧云合,佳人殊未来",萧衍的"日落登雍台,佳人殊未来",还有唐人韦庄的"芳草已云暮,故人殊未来",宋人寇准的"明月夜还满,故人秋未来",转相沿袭,都看得到陆机诗的影子。

《拟明月何皎皎》:"照之有余晖,揽之不盈手。"其造语或许受《淮南子》影响。《淮南子·览冥训》云:"夫阳燧取火于日,方诸取露于月。……手征忽恍,不能览(通'揽')其光,然以掌握之中,引类于太极之上,而水火可立致者,阴阳同气相动也。"[①]是说手不能收取日月之光,但是手持阳燧、方诸,便能从日月取来火与水。可见宇宙间的阴阳二气是互相感应的。《淮南子》以此为例说明物类之间存在着神奇的感应关系。陆机则不用其意而用其语,熔炼

---

① 刘文典《淮南鸿烈解》,中华书局,1989 年,第 196—197 页。

成“揽之不盈手”以写玩赏月色，使人觉得奇思妙想，意趣天真。后人用其语者也不少。如唐人张九龄的“不堪盈手赠”、李商隐的“似镜将盈手”等。这也可以见出陆机熟读群书、提炼语言的功夫。他的《文赋》说作文须“倾群言之沥液，漱六艺之芳润”，这里也是一个例子。

《拟西北有高楼》“哀响馥若兰”，说乐声有如兰草之馥郁芬芳。《拟今日良宴会》“高谈一何绮，蔚若朝霞烂”，说高谈阔论有如朝霞之光彩灿烂。都是所谓“通感”的好例。

《招隐》：“山溜何泠泠，飞泉漱鸣玉。哀音附灵波，颓响赴曾曲。”四句描写山泉。先是说飞泉冲击如玉之戛击，意在形容其声音之清，这还只是常语。“哀音”二句形容动听的泉声向着一重重山石幽曲处奔赴而去，则更见其独出心裁。水声与水波本难以分开，而一个“附”字，似乎泉声别是一物，紧随着激流奔赴。“颓响”是说泉声随水流而下，有似崩坠。细细体会，感到陆机是在突出描写泉之声，而不在写其形，这是颇有特色的。《遨游出西城》：“时风肃且熠。”这是形容秋风。秋风肃杀，犹是常语；而着一“熠”字，那是企图将秋日风中景物明朗鲜丽之感融入这个字眼。“熠”是光亮、明亮之意。风何以有光？是说风日之下景物鲜明。犹如《楚辞・招魂》云“光风转蕙，泛崇兰些”，王逸注：“光风，谓雨已日出而风，草木有光也。”①《文选》李周翰注：“风本无光，草上有光色，风吹动之，如风之有光也。”蒋骥《山带阁注楚辞》云：“光风，晴明之风也。”②虽然《楚辞》已有例在先，但陆机造语还是令人感到新鲜。此种风与日光相融会的景象，诗人们是很注意表现的。南朝谢朓“风光草际浮”，何逊“风光蕊上轻”，以至被王国维誉为“能

① 洪兴祖《楚辞补注》，中华书局，1983年，第203页。

② 蒋骥《山带阁注楚辞》卷六，台湾商务印书馆影印《文渊阁四库全书》第1062册，第711—712页。

写春草之魂"的冯延巳"细雨湿流光",后出转精,境界全出。陆机感受到那样的美而努力加以表现,而他的时代较早,值得我们珍视。以上写泉声、写秋风两例,让我们看到:为了"体物",为了表现自己领会到的活泼灵动的美,陆机在语言的锻炼创新上确是不遗余力。

还可以举出不少例子。如《日出东南隅》"秀色若可餐",后世成为成语。《长歌行》"年往迅劲矢,时来亮急弦",可说启发了成语"光阴似箭"的形成。凡此之类,都体现了陆机在文学语言上的创造力。《文赋》说:"谢朝华于已披,启夕秀于未振。"又说:"必所拟之不殊,乃暗合乎曩篇,虽杼轴于予怀,怵他人之我先。苟伤廉而愆义,亦虽爱而必捐。"陆机是非常重视创新的,绝不甘心于蹈袭陈言。他有一组模拟汉代《古诗》的诗作,在立意、结构上与原作步趋如一,故而引来后世某些论者的讥弹。但是即使这组拟古之作,在词语意象上也是穷力追新的,这从上面举的例子便很容易看出来。

其次,陆机诗歌有一个特点,即力求说得尽,说得透,无论抒情、描写以至议论,都淋漓尽致,唯恐不尽。

如《古诗·迢迢牵牛星》写织女相思之苦,说:"盈盈一水间,脉脉不得语。"陆机拟为"引领望大川,双涕如沾露"。《古诗·今日良宴会》写音乐,只说"弹筝奋逸响,新声妙入神",陆机则说"齐僮《梁甫吟》,秦娥《张女弹》。哀音绕栋宇,遗响入云汉"。同篇《古诗》写听曲者的议论,只平平叙述:"令德唱高言,识曲听其真。"陆机则描写为"高谈一何绮,蔚若朝霞烂"。《古诗》简质平和,"若秀才对朋友说家常话"①;而陆机拟作则华辞丽藻,刻意形容,尽量做到鲜明而富于力度。这样做确是丧失了原作的朴素自然之美,但其特点也正于此充分显露。而这样的特点与由质趋文

---

① 谢榛《四溟诗话》卷三,丁福保辑《历代诗话续编》本,中华书局,1983年,第1178页。

的时代风气是相一致的。

从《诗经》开始，就有描写女性美丽的诗篇。汉代一些乐府诗如《陌上桑》《羽林郎》写女子的美丽，其正面的笔墨只停留于服饰，《焦仲卿妻》复加以"指如削葱根，口如含朱丹，纤纤作细步"数语，曹植《美女篇》则有"顾昐遗光彩，长啸气若兰"，写其神情气息。陆机的《日出东南隅行》被认为是模拟曹植，但其极力铺陈形容，远过于子建。既写衣服首饰，更将其眉目、肌肤、容态、歌舞一一写出，使人觉得华艳满目，应接不暇。所采取的乃是赋的写法。再如《门有车马客行》写故乡来人，主人"投袂赴门涂，揽衣不及裳，抚膺携客泣，掩泪叙温凉"，也是刻画尽致，颇为鲜明生动的。曹植《门有万里客》云："门有万里客，问君何乡人？褰裳起从之，果得心所亲。"语虽略似，而陆机之淋漓尽致，一对比即可知晓。还有《百年歌》，描绘老境，也是从各个方面着笔，十分生动。尤其是"形体虽是志意非，言多谬误心多悲，子孙朝拜或问谁"数句，写其心思悲凉而瞀乱的景况，非常传神。还有《挽歌》描写送葬情景，尤其是设想死人在墓穴中所见种种阴森可怖之状，也是极力铺写，刻画入微。这样的例子颇为不少。

又比如陆机写离别的《赴洛》诗："抚膺解携手，永叹结遗音。无迹有所匿，寂寞声必沉。肆目眇不及，缅然若双潜。"行人与送别的亲人终究不能不分道扬镳，渐渐远去，淡出视野之外，这是离别之际最令人难堪的一幕。《诗经·邶风·燕燕》简练地写道："瞻望弗及，泣涕如雨。"后来如李白的"孤帆远影碧空尽，唯见长江天际流"，苏轼的"登高回首坡陇隔，惟见乌帽出复没"，都是语短而情长。陆机则就这一幕反复渲染，从形与声两方面说。先说亲人的长叹声似乎还在耳边回响，然后说亲人的身影音声都杳不可觅，归于一片沉寂，最后说行人依然极目远眺，还想到对方也已看不见自己的身影，听不见自己的声音了。如此一步步写来，唯恐言不能尽意。《于承明作与士龙》也是这样，"伫眄要遐景，倾耳玩余声",从形与声两方面说,并且是竭力要把对方的身影和声音留在眼前和耳畔,那便更显出无限的依恋。"饮饯岂异族,亲戚弟与兄",似乎用语累赘,实际上是强调此别非同一般,乃是至亲兄弟之别离。"婉娈居人思,纡郁游子情。……俯仰悲林薄,慷慨含辛楚。怀往欢绝端,悼来忧成绪。"上下句意思显得重复,甚至有"合掌"之嫌,但那并非是由于才力薄弱,不是由于勉强凑成对偶语,而是因为想要竭力表达哀伤的心情。类似的情形,在陆机诗中多有。那样的写法,显得刺刺不休,不能像《燕燕》以及李白、苏轼诗句那样含蓄有余味。但我们应该知道,那也正是诗史中的一个阶段。《文赋序》说:"恒患意不称物,文不逮意。"因有此患,故竭力拟想体会,并将所体会者统统说出,唯恐不尽。在那个时代,诗人们还不懂得追求含蓄不露、意在言外、令读者自己品味流连那样的审美表现。就是到了谢灵运那里,也还是说"意实言表,而书不尽","但患言不尽意,万不写一"(《山居赋》),为文辞不能充分达意、不能曲折尽致地传达意象和美感而遗憾。自觉地以少胜多,主动追求言已尽而意有余的诗美,那是唐宋以后的事了。清人赵执信《谈龙录》云:"始学为诗,期于达意;久而简淡高远,兴寄微妙,乃可贵尚,所谓'言见于此而起意在彼'、'长言之不足而吟歌之'者也。"[①]如果我们将整个诗歌发展的历史比拟为一位作者从学诗到成就的过程,那么陆机的时代还处于学习成长的阶段,那是一个必经的阶段,而其中也还是有许多值得欣赏品味的东西的。

再次,陆机诗的立意,不少地方为他人所难到,常常显得意多、思深而笔折。下面举一些例子。

仍看写离别之际的情怀。《于承明作与士龙》云:"南归憩永安,北迈顿承明。永安有昨轨,承明子弃予。"与弟士龙分袂于永

---

① 丁福保辑《清诗话》,上海古籍出版社,1978年,第315页。

安、承明二亭之间,孤身来到承明亭,回忆昨日情景,倍感凄凉。清人何焯评曰:"二句极淡极悲。"而用一"弃"字,谓自己被亲人所抛弃,似乎无理,却恰好传达出那种如怨如慕的情绪。此字确是淡而悲,恐非常人胸中所有。《豫章行》写兄弟离别,与慨叹人生短促相结合:"寄世将几何,日昃无停阴。前路既已多,后途随年侵。促促薄暮景,亹亹鲜克禁。曷为复以兹,曾是怀苦心? 远节婴物浅,近情能不深! 行矣保嘉福,景绝继以音。"先是深慨老之将至,不料却由此引出那么何必再为离情所苦的想法;而又笔锋一转,说那只有十分超脱的人才做得到吧,常人是难以自拔的;却又勉励行人善自珍摄,且望其勿断音信。如此数层曲折,诚如王夫之所言"承授之间尤多曲理"①。"远节""近情"之语其实包含圣人与情感关系之命题,乃魏晋哲学所讨论者。陆机诗每含哲理,此其一例。

　　叹息人生苦短,不如及时行乐,是汉代《古诗》以来常见于诗歌的话题。陆机《董逃行》也是抒发此慨,但别有深曲之趣。先说"昔为少年无忧,常怪秉烛夜游,翩翩宵征何求? 于今知此有由,但为老去年遒",从前少年时对于长辈的急急忙忙寻欢作乐感到奇怪,如今自己也渐入老境,才理解了。那么就赶快行乐吧,"聊乐永日自怡,赍此遗情何之",什么都别留恋。看来很豁达了,不料接着却又说:"世道多故万端,忧虑纷错交颜,老行及之长叹!"还是放不下世间种种,还是满怀忧虑。陶渊明《杂诗》之六:"昔闻长者言,掩耳每不喜。奈何五十年,忽已亲此事。"其感慨与陆机此处"常怪秉烛夜游"云云相似,但陶诗接下去径述及时作乐之意,不如陆诗多一番曲折。《折杨柳行》哀叹人生既短,世路又多变而艰难,最后四句说:"瘝瘵岂虚叹,曾是感与摧。弭意无足叹,愿言有余哀。"先说感慨摧伤,不能不长叹;接着说且休休,有什么

---

① 王夫之《古诗评选》,李中华、李利民校点,上海古籍出版社,2011年,第31页。

放不开；却马上又说，一提起这就悲从中来。如此句句转折，沉郁顿挫，更见出其幽愤之深切。

陆机有一些诗篇模拟思妇或弃妇口气，揣摩她们的心理，善于体贴，不落俗套。《古诗·行行重行行》结末云："弃捐勿复道，努力加餐饭"，只是无可奈何，姑且放开。陆机《为顾彦先赠妇》说："离合非有常，譬彼弦与筈。愿保金石躯，慰妾长饥渴。"则以"人生原不可能有合无分"自慰，有如苏轼所谓"月有阴晴圆缺，人有悲欢离合，此事古难全"；而自己唯一心愿乃是良人无恙，良人无恙，己之忧思便得稍减。其心思曲曲，颇耐体味。《为陆思远妇作》云："拊枕循薄质，非君谁见荣。"独宿自怜，除了您，谁能让我焕发光彩？不言憔悴而憔悴可知，一心系念盼其速归之急切也跃然如见。《为周夫人赠车骑》云："君行岂有顾，忆君是妾夫。……京城华丽所，璀粲多异端。男儿多远志，岂知妾念君。""忆君"句几不成语，为后人所讥讪，其实此句与"君行"句相对，两句间语意转折：其夫说走便走，对自己并无挂念，但是自己却长相思念，只因您是我的良人。由对比之中见出其凄苦。"京城"四句更道出其夫"岂有顾"的原因：外面吸引人之事物甚多（包括丽人），且男子原本心意宽广，不似女子局处深闺，唯良人是念。按《诗经·卫风·氓》云："士之耽兮，犹可说（脱）也；女之耽兮，不可说（脱）也。"钱锺书先生有妙解，至引古罗马诗人名篇："盖女柔弱，身心不如男之强有力也。"男子心力之强，便正是"多远志"。钱先生曰："男子心力不尽耗于用情，尚绰有余裕，可以傍骛。"①陆机此作似乎平平，其实大可咀嚼。以上皆写思妇，《塘上行》则描写弃妇："天道有迁易，人理无常全。男欢智倾愚，女爱衰避妍。"将自己的被遗弃说成合乎天道人理，是豁达语，其实是痛极而自我安慰语。"不惜微躯退，但惧苍蝇前。愿君广末光，照妾薄暮年。"不求男子

①　钱锺书《管锥编》第一册，中华书局，1979年，第94页。

回心转意,只求其一点余末微光,稍具哀怜之心,勿信谗言而已。此种危苦之情,一般写弃妇者所尟见,可知诗人体察之深切,其中当然也寓有他自己的人生感慨。

《饮马长城窟行》是一首写军旅生涯的作品。诗人以大部分篇幅写将士转战的艰辛和命悬一线的悲惨,但是却结束于昂扬雄壮的音调:"将遵甘陈迹,收功单于旃。振旅劳归士,受爵藁街传。"明人孙鑛评曰:"爽劲而饶姿态。"①"饶姿态"便包含情感之复杂丰富。表现这样的矛盾情绪可谓开后世军旅之作如鲍照某些作品以及盛唐边塞诗的先河。

为了极力表达人所未言的情绪、场景以至事理,陆机的诗句有时不免显得生硬甚至板拙。《拟明月皎夜光》"服美改声听,居愉遗旧情",写昔日朋友富贵之后便遗弃旧友。"服美"句是说服饰用具精美,于是说的话、说话的态度、听到的话全都跟以前不一样了,也就是"一阔脸就变"的意思。《古诗》原作云:"不念携手好,弃我如遗迹。"陆机所拟遣词造句不如原诗自然,但无疑比原作深至。又如《失题》佚句:"堂宴栖末景,游豫蹑余踪。"也觉生硬,初读似觉费解,而细思之,诗人是想要努力表现旧地重游时那种怅惘的心情,说今日堂上欢乐,恍如是在往日景象之中;今日优游悦乐,步履所及犹是当时踪迹。虽然句法尚欠圆熟,但我们不要忽视诗人那力求捕捉难以言传的情绪、场景的苦心。再如上文说到的《日出东南隅行》:"绮态随颜变,沉姿无乏源。俯仰纷阿那,顾步咸可欢。""沉姿"句亦似呆拙,但诗人是要说美女姿容安详闲雅,而又姿态横生,层出不穷。人情每喜新厌旧,所谓"频见则不美";美人则贵在"一回经眼一回妍,数见何曾虑不鲜"(王次

---

① 见天启二年闵齐华刻《孙月峰先生评文选》,转引自赵俊玲《文选汇评》,凤凰出版社,2017年,第868页。

回《旧事》)①。陆机此句实包含此种体验,较之"众媚不可详"(傅玄《有女篇》)那样的表现,句法虽生,而用意却深至。

以上就陆机诗的艺术表现略加分析。粗枝大叶,希望有助于读者的欣赏。读惯了唐诗宋词那些语言流转、结构精致、兴象宛然、意境深远之作,回过头来读陆机的诗,可能会觉得不那么美,不那么诱人。但是只要沉潜涵咏,在透彻理解之后,就也会觉得有滋有味。初读是有一点儿"隔",但打通之后,便觉耐人品味之处正自不少。我们当识得"异量之美",不宜局于一隅,好丹非素。那样才能扩大眼界,获得更丰富多样的文学欣赏的快乐。

(原载《中华诗学》2020 年第 4 期)

---

① 参钱锺书《管锥编》第一册,第 343 页。

陆机《豪士赋序》赏析

在我国古典文学苑囿里,骈文是比较难读的一种文体。因为骈偶的语言形式对于思想感情的表达,容易造成一定的限制,而且许多骈文大量用典故,今天的读者往往望而生畏。但是,骈文在文学史上曾经是一种主流文体,并且经历的时代漫长,我们如果在它面前裹足不前,视野就缩小许多,许多名篇就无法领略,那实在太可惜了。热爱古典文学的读者,应该突破这一关。这里就以西晋大作家陆机的《豪士赋序》为例,希望通过解析,让大家对于骈文的好处初步有所领会。

西晋在武帝司马炎崩殂之后,就进入了政治极端动荡的时期。登基的晋惠帝智力低下,皇后贾氏充满了权力欲望,而又十分凶悍。她先是设谋杀死武帝的岳父杨骏,因为杨骏是顾命大臣,是她攫取权力的障碍;接着又利用司马氏诸王之间的矛盾,进行杀戮。诸王也都怀抱野心,于是从此国无宁日,历史上有名的"八王之乱"由此发端。惠帝永康元年(300),赵王伦废杀贾后,连张华、潘岳等臣僚也一并诛死,次年又逼惠帝让位,自己做了皇帝。这么一来,其他诸王不能容忍,于是齐王冏首倡,与成都王颖、河间王颙、常山王乂举兵讨伐司马伦,将其杀死,惠帝反正。而这又只不过是新的、更大的动乱的开始。齐王冏实是庸才,而自以为功高盖世,大权在握,遂骄恣放纵,无所畏忌。于是又引起诸王嫉恨,司马颙率军直指洛阳,司马颖起兵响应,司马乂在洛阳为内应,擒杀司马冏。时为惠帝永宁二年年底,即公元303年一月底。此后即内乱不绝,直至西晋灭亡。在残酷的政治斗争之中,陆机也受到牵连。那是齐王冏执政之后,认为赵王伦篡位时的禅让诏书乃陆机等人所作,遂将其投入监狱。幸有成都王颖等援救,才得以出狱。《豪士赋》及序文应是齐王冏被杀后所作。而就在作此赋后不久,亦即 303 年的冬天,陆机因参与司马颖与司马乂之间的战争,兵败受谗,被司马颖杀害,结束了他悲剧的一生,时年四十三岁。

下面将《豪士赋序》分作四段,加以讲解①。

> 夫立德之基有常,而建功之路不一。何则?循心以为量者存乎我,因物以成务者系乎彼。存夫我者,隆杀止乎其域;系乎物者,丰约唯所遭遇。(以上第一层)落叶俟微风以陨,而风之力盖寡;孟尝遭雍门以泣,而琴之感以末。何者?欲陨之叶无所假烈风,将坠之泣不足繁哀响也。是故苟时启于天,理尽于民,庸夫可以济圣贤之功,斗筲可以定烈士之业。故曰"才不半古,而功已倍之"。盖得之于时势也。历观古今,微一时之功而居伊、周之位者有矣。(以上第二层)

上面是第一段,这一段又可分为两个层次。

第一层说立德和建功不同。立德和立功都是古人的人生追求,陆机就从这里开始落笔。"立德之基",是指立德的依据、根由。陆机说立德的依据"有常",亦即一个人能否立德、能立多大的德,有其必然性;而建功的道路变化多端,是颇具偶然性的。为什么呢?因为立德之事取决于其内心,故由乎其本人,仅只取决于其人心性之所能至;建功之事则须倚靠外物("物"与"我"相对,指他人、环境),故关系到客观条件,那么就看其遭逢怎样的机遇。

这一层从句式上看,是三副对偶,而后一副对偶的上下句,分别承接前一副对偶的上下句:"循心""因物"两句,分别承接"立

---

① 引文据杨明《陆机集校笺》,上海古籍出版社,2016 年。

德"和"建功";"存夫我者"云云、"系乎物者"云云,又分别承接"循心"句和"因物"句。用公式表示,可以写成 A_1—B_1/A_2—B_2/A_3—B_3。这样的句式,古籍中早已有之,如《周易·系辞上》:"乾以易知,坤以简能。/易则易知,简则易从。/易知则有亲,易从则有功。/有亲则可久,有功则可大。/可久则贤人之德,可大则贤人之业。"①到了骈文时代,这样的句式更是屡见不鲜,《文心雕龙·丽辞》称之为"宛转相承"。这样将相对待的事物对举,逐层推进,使得对比的意味更加强烈,而在形式上具有对称、整齐之美。本文与《系辞》略有不同的是,《系辞》的前后句之间,很明显地以相同的语词相缀结,本文的一、二两副对偶之间,没有相同语词缀结,而且插入"何则"二字;二、三两副对偶有缀结的语词,但"存乎我"与"存夫我","系乎彼"与"系乎物",各有一字之差。这样,就显得整齐之中又有些变化。从中可以看出作者字斟句酌的苦心。

第一层将立德和建功对比着说,第二层却只说建功,这可说是双起单落。原来立德只是建功的陪衬,说立德只是为了更清楚、更深刻地说明建功。所谓"豪士",原只与建功有关。这也就渐渐地指向本题了。

这一层先以六句两副对偶举出两件事例:秋叶待到微风便陨落,风力是很小的;孟尝君遇到雍门周弹琴便下泪,琴声的感动其实也很微末。(雍门周的故事见桓谭《新论》。雍门周善于鼓琴,他先对孟尝君说:您百年之后,坟墓荒芜,牧童将登墓而歌:"孟尝君那么尊贵,也就像这么个样子吗?"然后抚弦弹奏。孟尝君不由得唏嘘流涕。)为什么会这样呢?原来树叶本来就要陨落,不需要强大的风力;泪水本来就要流下,也不必乐声多么哀痛动人。举出这两个事例,是要说明:如果上天让一个人遇到了好时机,人事

① 《周易正义》,李学勤主编《十三经注疏》标点本,北京大学出版社,1999年,第259—260页。

的发展已经到了极点,也就是说客观条件成熟了,那么庸人短才也可以建立本该圣贤伟人才能成就的功业。历观古今,确实有侥幸立功而跃居伊尹、周公那样高位的啊!

落叶和孟尝君堕泪,原与建功立业不相干,但在"条件成熟、时势有利则小可以成大"这一点上,它们似乎有共通之处,因此陆机先将那两件事举出。这可以说是比喻,也可以视为一种论证。古人向来有那种通过"比物连类"来进行论证、说明的思维定式。例如《孟子·尽心上》说:"观于海者难为水,游于圣人之门者难为言。"又说:"流水之为物也,不盈科不行;君子之志于道也,不成章不达。"①古籍里类似的例子不胜枚举。从方法而言,陆机这里没有什么独创之处;但从意象构思而言,却颇为新鲜生动。

总起来说,这第一段是说立大功的人未必具有高卓的才干和识见,也可能是庸才恰好遇上了好机会而已。读者可以领会到,所谓"豪士",就是指这样的庸才而言。作者并不采用开门见山的写法,而是先发一通关于立德与建功的议论。我们觉得这样写颇有理论色彩,也感觉到陆机思想的深度。陆机对于说理是颇有兴趣的,他作有长篇论说文《辨亡论》上、下和《五等论》,都是名篇;其他篇章包括诗赋,有时也颇有理趣。这可说是陆机作品的特点之一。

夫我之自我,智士犹婴其累;物之相物,昆虫皆有此情。夫以自我之量,而挟非常之勋,神器晖其顾眄,万物随其俯仰,心玩居常之安,耳饱从谀之说,岂识乎功在身外,任出才表者哉!

这是第二段。开头四句,说无论是谁,总是自以为是,自以为了不起,而不把他人放在眼里,哪怕聪明人也免不了这种毛病。接下来说,以这样的心性、度量,而又建立了非同一般的功勋,连

---

① 　朱熹《孟子集注》,上海古籍出版社影印世界书局本,1987 年,第 105 页。

君主的名位都因他的顾眄而生辉,万物都顺从他的意指,对于常态之安稳已习惯而不知珍惜,耳边充斥着奉承阿谀的话语,这样的人,又怎么能懂得所建之功其实与自己的才性并不相称、自己是任重而才短呢? 这当然就是指所谓"豪士"而言。

第一段说立大功、居高位者,其实有的只是庸夫而已。第二段承接上文,如果直接就说那样的庸夫没有自知之明,岂不是很顺当、连接很紧密吗? 作者却先宕开一笔,从"普遍人性"的角度,说人们总是高估自己,轻视他人。看起来似乎文气不直遂,但是就内容而言,增加了文章的深度,论证更为有力;就文气而言,显得有开合,有变化。

"我之自我"四句,可以视为互文:"我"也罢,"物"("物"乃指与"我"相对的、"我"以外的事物,包括"他人",也就是"彼"的意思)也罢,都有重"我"轻"物"的通病,连昆虫都是如此。在骈文里面,互文的形式用得很多,这样的句式便于形成对偶。这四句语气甚为肯定,说几乎所有的人均是如此,这是为了说明庸夫无自知之明的必然性。但说"智士"犹婴其累,而不用"圣贤"之类词语,就还是有分寸,显得很准确。

"神器"四句,以两副对偶,从四个方面描述庸夫的洋洋得意、不可一世,十分生动,而文辞精练。陆机的语言功夫是很可佩服的。

且好荣恶辱,有生之所大期;忌盈害上,鬼神犹且不免。人主操其常柄,天下服其大节,故曰天可雠乎,而时有衳服荷戟,立于庙门之下,援旗誓众,奋於阡陌之上,况乎代主制命,自下裁物者哉? 广树恩不足以敌怨,勤兴利不足以补害。故曰"代大匠斫者,必伤其手"。(以上第一层)且夫政由宁氏,忠臣所为慷慨;祭则寡人,人主所不久堪。是以君奭鞅鞅,不悦公旦之举;高平师师,侧目博陆之势。而成王不遗嫌吝于怀,宣帝若负芒刺于背,非其然者与？嗟乎！光于四表，德莫富焉；王曰叔父，亲莫昵焉；登帝天位，功莫厚焉；守节没齿，忠莫至焉。而倾侧颠沛，仅而自全。则伊生抱明允以婴戮，文子怀忠敬而齿剑，固其所也。（以上第二层）因斯以言，夫以笃圣穆亲如彼之懿，大德至忠如此之盛，尚不能取信于人主之怀，止谤于众多之口。过此以往，恶睹其可？安危之理，断可识矣。又况乎骛大名以冒道家之忌，运短才而易圣哲所难者哉！（以上第三层）

　　这是第三段。上文从"豪士"即庸夫而居高位者那一方面进行论述，这一段则从"豪士"的对立面展开，说明"豪士"必将遭到反对，因而处境十分凶险。

　　第一层，"好荣恶辱"四句，还是从"普遍人性"角度着笔，说居下位者总是心怀嫉恨而犯上作乱。这四句实际上用了典故：《荀子·荣辱》："好荣恶辱，好利恶害，是君子小人之所同也。"[1]《周易·谦·彖》："鬼神害盈而福谦，人道恶盈而好谦。"[2]这实际上是引用具有权威性的著作作为论据。"人主"九句，从史实出发，说连掌握生杀赏罚大权、为天下人所服从、被视为上天一般的君主，都会有人化装潜伏，企图刺杀他；有人奋身草莽，聚众造他的反，何况居于臣位而代人主发令裁断者呢！即使他广施恩惠，也抵不过人们对他的仇怨；即使他努力做有利的事情，也弥补不了祸害。因此《老子》才说：代大匠操斧斫斫的，一定会伤了自己的手。这些话可谓振聋发聩。"广树恩不足以敌怨，勤兴利不足以补害"两句，尤令人心惊，有如当头一盆冷水。

　　第二层列举历史事实，说明操持大权、代主制命者，必定使其他忠于人主的大臣慷慨不平，人主也难以长久容忍。"政由宁氏"四句是互文。卫卿宁喜助卫献公复国，事先献公与他相约，以后

---

① 王先谦《荀子集解》，沈啸寰、王星贤点校，中华书局，1988年，第61页。
② 《周易正义》，李学勤主编《十三经注疏》标点本，第80页。

让宁喜掌握政治,献公仅主持祭祀而已。但复国之后,献公难以忍受那样的现实,其他大夫也愤然不平,宁喜终于被杀。事见《左传》襄公二十六、二十七年。下面更举周公和西汉霍光的事例进行论述。周成王年幼,周公代为行政施令,召公(名奭)不悦,成王也心存疑虑,以致周公曾避流言而出居。霍光(封博陆侯)受汉武帝遗诏,辅佐昭帝,帝薨,定谋立宣帝,前后秉政二十年,权倾天下。御史大夫魏相(后来封为高平侯)肃然警惕,宣帝也觉得霍光在身边像有芒刺在背,很不自在。陆机对此十分感叹:周公有大德,可谓光照四海,又是成王的叔父,可谓没有比周公更亲近的了;霍光将宣帝扶上帝位,可说是最大的功劳,终其一生谨守臣节,可说是无比的忠诚。可是二人都岌岌可危,仅能自全其身而已。那么,像商代的伊尹被太甲杀害,越国的文种被越王赐剑自尽,就几乎是理所当然的了。

这一层列举好些史实,确实颇有说服力。那种权力斗争的复杂以及当事人的心理,今天读来都觉得十分感慨。复杂的事实,陆机用骈偶的句式,表述得还是罗罗清疏。他用的仍是互文以及双起双承等具有骈文特色的笔法。述说周公和霍光二人之事,不是说完一人再说另一人,而是始终将二人对举着说,逐步推进。我们读时应注意理清其线索。

第三层归结到贪恋名位而才识短浅的"豪士"。先承上文从周公("笃圣穆亲")和霍光("大德至忠")说起。说连周公、霍光那样的人,都还不能取得人主的信任,不能让众人心悦诚服,那么不如他们("过此以往")的人,哪里能行呢?是安是危,断然可知了。这还是就周公、霍光以下的一般人而言。下面更推进一步:更何况贪恋大名而不知功成身退、才识短浅却轻忽连圣哲都为难的局面的人呢!这就是指齐王冏那样的"豪士"了。话语不多,但抑扬有致,一唱三叹,情感色彩浓郁,而且语气多变,引人入胜。运用骈偶句式,既具有整齐、精练之美,又丝毫不妨碍意思和感情的表达。

　　身危由于势过,而不知去势以求安;祸积起于宠盛,而不知辞宠以招福。见百姓之谋己,则申宫警守,以崇不畜之威;惧万民之不服,则严刑峻制,以贾伤心之怨。然后威穷乎震主,而怨行乎上下。众心日殇,危机将发,而方偃仰瞵眄,谓足以夸世。笑古人之未工,亡(通"忘")己事之已拙;知曩勋之可矜,暗成败之有会。是以事穷运尽,必于颠仆;风起尘合,而祸至常酷也。圣人忌功名之过己,恶宠禄之逾量,盖为此也。

　　这是第四段。上一段着重讲"豪士"的对立面,此段又回到"豪士",分析他们的致命弱点。首先,他们不知减损权势荣宠以避祸求安;其次,为了巩固自己的地位威权,便加强种种防备和镇压的手段,反而更加深了君主心中的震撼,引起更普遍的怨恨;最后,在危机一触即发之际,却仍然得意洋洋,自以为建立了盖世的功业而不可一世。因此他们必将颠仆,遭罹惨祸。"事穷运尽,必于颠仆",与第一段"苟时启于天,理尽于民,庸夫可以济圣贤之功,斗筲可以定烈士之业"相呼应映照,"豪士"始于建功,尽于灭亡,运命迁转,似冥冥中早已预定而无可逭逃。想起来教人惊心动魄。"豪士"的兴起并非因其才资超群,而是由于遭逢有利的时势,属于偶然;其败亡乃由于其才资低下,不能正确应对时势,实为必然。

　　"见百姓之谋己,则申宫警守,以崇不畜之威;惧万民之不服,则严刑峻制,以贾伤心之怨。"也是一副对偶,其上下联各包括三个短句,上联的每一短句都与下联相应的短句对偶,可用公式表示为 $A_1A_2A_3$—$B_1B_2B_3$。上下联各两个短句的更为常见,本文就有许多,这里拈出三短句者做个例子而已。至于别的文章里,更多短句的也不乏其例。此种情况,《文心雕龙·丽辞》称之为"隔行悬合",也是骈文常用的句式。

夫恶欲之大端，贤愚所共有，而游子殉高位于生前，志士思垂名于身后。受生之分，唯此而已。（以上第一层）夫盖世之业，名莫大焉；震主之势，位莫盛焉；率意无违，欲莫顺焉。借使伊人颇览天道，知尽不可益，盈难久持，超然自引，高揖而退，则巍巍之盛仰邈前贤，洋洋之风俯冠来籍，而大欲不乏于身，至乐无愆乎旧，节弥效而德弥广，身逾逸而名逾劭。（以上第二层）此之不为，彼之必昧，然后河海之迹埋为穷流，一篑之壍积成山岳，名编凶顽之条，身厌荼毒之痛，岂不谬哉！故聊赋焉，庶使百世少有寤云。（以上第三层）

这是第五段。其实到第四段结末，已经将"豪士"必然败亡的缘故说清楚了，但作者意犹未尽，故还有这最后一段，主要是抒发感慨。

第一层仍然宕开，也还是说"人性"，说无论贤愚，都有其欲望，或追求生前之高位，或希冀身后之美名。人之禀性，如此而已。第二层说所谓"豪士"，名与位都已达到极点，欲望应该已经得到满足，如果能懂得盈满则亏、谦虚受益的规律，功成而身退，则不但能满足大欲望，保有大快乐，而且能在历史上留下极好的名声。第三层说"豪士"偏不觉悟，而自取灭亡，故作此赋以警醒后人。全文至此结束。有此最后一段，不但主旨更加鲜明，而且增加了感情色彩，使读者沉吟反复，有咏叹不尽之致。

"借使伊人颇览天道，知尽不可益，盈难久持，超然自引，高揖而退，则巍巍之盛仰邈前贤，洋洋之风俯冠来籍，而大欲不乏于身，至乐无愆乎旧，节弥效而德弥广，身逾逸而名逾劭。"用今天的语法术语来说，是一个多重复句。"借使……则……"是假设关系，"则"以后的部分又具有递进关系，其间在"大欲不乏于身"之前用"而"字连接。骈文的文句较短，又多为对偶，悬想起来似乎不容易表示复杂的意思，但以多个短句按意思排列起来，适当地运用关联词语,一样可以充分地表情达意。

通过以上的解析,我们可以看到,这篇《豪士赋序》颇能显示陆机卓越的写作才能。他的思考比较深入,思想比较丰富,从各个方面展开论述,说得十分透辟,富有理论色彩。文章不仅层次分明,条理清晰,而且有开有合,收纵自如,引人入胜。以说理为主,而笔端常带感情。语言精警,颇有含意深长的警句,有时还具有形象性,读来很有滋味。

全篇几乎都是偶句,但绝不敷衍堆砌,句各有意,并不相犯,故读来觉得意思充实而文势紧凑。全文调式多样,绝不呆板,而且使人感到其句式语调乃随意义、情感而变化,水到渠成,恰到好处。朗读数过,但觉声韵铿锵,音情顿挫,气势贯穿,令人不能不钦佩作者运用文辞功夫之深湛。

陆机在初唐以前,被视为一流的大作家,地位十分崇高。降及近现代,刘师培《汉魏专家文研究》称其"风韵饶多,华而不涩"。钱锺书先生《上家大人论骈文流变书》亦称其"搜对索耦,竟体完善,使典引经,莫不工妙,驰骋往来,色鲜词畅,调谐音协",认为骈俪之体,"于机而大成矣"。我们理应对陆机作品加以充分的研讨。赏析这篇《豪士赋序》,不过是尝鼎一脔罢了。

(原载《古典文学知识》2016 年第 4 期)

二陆所居之华亭

晋朝诗文大家陆机与其弟陆云，原是吴国人。吴亡入晋，被称为"二俊"，后不幸被杀。陆机临刑前叹曰："欲闻华亭鹤唳，可复得乎！"这是有名的故事，见于《世说新语·尤悔》《晋书·陆机传》等。二陆是吴郡吴县（治所在今苏州）人，华亭则是他们青年时生活的地方。青少年时游处之地与籍贯是两回事。即使出生地也不等于籍贯，因为按一般通例，籍贯当依父祖。因此，若说二陆是华亭人，是不对的，曹道衡先生《陆机事迹杂考》（载作者《中古文史杂考》）已经说得很清楚了。

华亭在当时并不是县名。秦汉地方行政建置，郡下设县，县下有乡、亭。亭有亭长，负责本地治安，最著名的如汉高祖刘邦微时任沛县泗水亭长。而功臣受封有亭侯，如关羽以破袁绍功被曹操封为汉寿亭侯。陆机、陆云的祖父陆逊，则被孙权封为华亭侯，见于《三国志·吴志·陆逊传》，这是"华亭"一名始见于史籍。既然亭是地方行政建置，则所谓华亭由于"陆逊宅造池亭华丽，故名"的说法（见今本唐陆广微《吴地记》），显然是可笑的。

陆氏家族居住在华亭，见于晋朝和南朝人著述。如《世说新语·尤悔》注引《八王故事》："华亭，吴由拳县郊外墅也，有清泉茂林。吴平后，陆机兄弟共游于此十余年。"①又《文选》卷二四陆机《赠从兄车骑》"仿佛谷水阳，婉娈昆山阴"，李善注引陆道瞻《吴地记》："海盐县东北二百里有长谷，昔陆逊、陆凯居此。谷东二十里

---

① 余嘉锡《世说新语笺疏》，中华书局，1983 年，第 897 页。

有昆山,父祖葬焉。"①(按:这里所谓"谷",指水流而言,《说文》:
"泉出通川为谷。")李善所引文字可能是节引,只说"长谷",未及
"华亭"之名;《太平寰宇记》卷九五引《吴地志》(应即陆道瞻书)则
明言"谷名华亭,陆机叹鹤唳处"②。《太平寰宇记》卷九五又引《舆
地志》:"吴大帝以汉建安中封陆逊为华亭侯,即以其所居为封。
谷出佳鱼蓴菜,又多白鹤清唳,故陆机叹曰:'华亭鹤唳,不可复
闻。'"③(《太平御览》卷一七〇引《舆地志》略同)这几条资料的时
代都在唐之前:《八王故事》,《隋书·经籍志》著录于史部旧事类,
不著撰人,列于卢綝《晋四王起事》之前。卢綝是陆机同时代人,
东晋初犹在,曾任尚书郎、廷尉。陆道瞻生平不详。唐人顾况《戴
氏广异记序》曾说到他的著作,与裴松之、盛弘之并列,置于唐人
之前。《太平御览》卷首引书目列于王僧虔《吴地记》之前。《通
志》说是南朝齐人。按其书既为李善所引,则是唐以前人。《舆地
志》则为陈顾野王所著。这三种书的时代都较早,所记应可信,唐
宋地理书及明清方志都据以为说。

　　那么华亭、华亭谷在何处呢?(华亭谷应由华亭而名)历来都
以为在今上海市松江区西部。但近来有学者在整理陆机集时,提
出应在吴县即今苏州。这就需要一辨了。

　　上引《八王故事》说陆氏华亭墅在"由拳县郊外"。由拳乃汉
代旧县名,三国吴时改禾兴,又改嘉兴,属吴郡,即今浙江嘉兴,而
所辖范围比今之嘉兴大得多。陆道瞻《吴地记》则以同属吴郡的
海盐县为坐标,说华亭在海盐东北二百里。海盐今亦属浙江。二
书所指地望,大致是同一地区。陆道瞻又说华亭谷东有昆山,实
即今松江区之所谓"小昆山"。汉晋时嘉兴、海盐北与娄县毗邻,

南朝梁时割三县地置昆山县，就是以此昆山而命名的。因此三国、晋时，华亭谷、昆山之所在，总不出娄、嘉兴、海盐三县交界一带。至唐天宝十载，又割昆山、嘉兴、海盐三县置华亭县，是为以华亭名县之始，其治所便在今上海松江。华亭县既已设立，故唐宋地志如《元和郡县图志》《通典·州郡典》《太平寰宇记》《元丰九域志》《舆地广记》《方舆胜览》等，都是将华亭谷及有关陆氏家族的资料置于华亭县下叙述的，从未曾置于吴县之下。总之，陆机兄弟青年时居处之华亭在今上海松江，本无疑义。

那么为何有学者主张华亭在吴县即今之苏州呢？其主要论据有二，这里引述之并略加辨证。第一，《三国志·陆逊传》云："逊少孤，随从祖庐江太守康在官。袁术与康有隙，将攻康。康遣逊及亲戚还吴。"①而《太平寰宇记》引《吴地志》云："《吴志》云汉庐江太守陆康与袁术有隙，使侄（按：'侄'下应补'孙'字。）逊与其子绩率宗族避难于是谷（按：指华亭谷）。谷东二十里有昆山，父祖墓焉。"②主吴县说的学者比对这两条资料，而认定《陆逊传》"还吴"之"吴"是指吴县，遂谓华亭谷、昆山都在吴县。其实"还吴"之"吴"是指吴郡。当时吴郡幅员辽阔，吴、娄、嘉兴、海盐均在其辖内，华亭谷、昆山在娄、嘉兴、海盐三县交界一带，也正属吴郡。第二，今本陆广微《吴地记》云："华亭县，在郡东一百六十里。……有陆逊、陆机、陆瑁三坟，在东南二十五里横山中。"③而《太平寰宇记》云："昆山有吴相江陵昭侯陆逊墓。"④主吴县说者据此认为横山即昆山。又因陆广微《吴地记》云："横山，又名据湖山，在吴县

①　《三国志》，中华书局，1982年，第1343页。
②　乐史《太平寰宇记》，王文楚等点校，第1916页。本文引文起讫与该点校本有所不同。
③　题陆广微《吴地记》，台湾商务印书馆影印《文渊阁四库全书》第587册，第59页下。
④　乐史《太平寰宇记》，王文楚等点校，第1916页。

西南十六里。"①遂判定昆山在吴县。其实吴县、华亭县都有横山，二者同名而已。华亭县的横山，为著名的云间（华亭别称）九峰之一，历代方志都有记载。今存时代最早的是南宋杨潜《云间志》，云："横云山，在县西北。……本名横山，唐天宝六年易今名。……或云因陆云名之。"②1990 年出版的《上海市松江县志》云："横山，在小昆山之北约 1.5 公里处，海拔 68 米，占地面积 324.05 亩。"又云："山形东西横卧，故名。又名横云山。"③实际上，即使被当作证据的陆广微《吴地记》所载之横山也分明是两座，分属于两县：一"在吴县西南十六里"，一"在郡（指吴郡治所即吴县）东一百六十里"又"东南二十五里"④，且后者明列于华亭县下，讵容合二而一？至于华亭县之横山、昆山，也是两座山，只是相距甚近罢了。

　　总之，陆机兄弟籍贯为吴郡吴县，青少年时游处于华亭。华亭当时是乡下一级行政单位，不属吴县，而是在娄、嘉兴、海盐县交界处，即在今上海市松江区，与吴县即今之苏州无涉。

　　　　　　　（原载《云间文学研究》，上海古籍出版社，2009 年）

---

① 题陆广微《吴地记》，台湾商务印书馆影印《文渊阁四库全书》第 587 册，第 61 页上。
② 杨潜《云间志》，《续修四库全书》，上海古籍出版社，第 687 册，第 31 页下。
③ 上海市松江县地方史志编纂委员会《上海市松江县志》，上海人民出版社，1990 年。
④ 题陆广微《吴地记》，台湾商务印书馆影印《文渊阁四库全书》第 587 册，第 59 页下。

陆机生平、作品考证四则

西晋陆机，与魏之曹植，都是骈体文学时代的大文豪，代表了魏晋时代诗文创作的最高成就。但由于时代久远，资料缺乏，关于陆机的生平和作品，虽经许多学者的辛勤考索，却还是有不少问题未能搞清楚。本文就其中四个问题，加以考证，以供商榷。

一、陆机应征赴洛阳的时间和所任官职

关于陆机赴洛，过去人们多根据唐修《晋书·陆机传》、《文选》李善注引臧荣绪《晋书》等资料，认为陆机是在吴灭之后约十年才应征召到洛阳的。朱东润先生《陆机年表》首先提出，吴灭之年，陆机曾被俘虏而到过洛阳①。近若干年来，中日两国都有学者响应朱先生的论断。笔者也赞同这样的观点。唐修《晋书》和臧荣绪《晋书》所述，应理解为陆机的第二次入洛。

第一次入洛是被俘虏，第二次则是应征。但是，应何征召，何年应征，史料记载有不一致处。有一些资料，说是太傅杨骏召为祭酒；也有某些资料说是以太子洗马征。关于这一问题，曹道衡先生《陆机事迹杂考》有确切的考证②。曹先生证明臧荣绪《晋书》所说"太熙末，太傅杨骏辟机为祭酒"是正确的，只是所谓"太熙末"实际上应是惠帝永熙元年（290）。该年正月改元太熙，四月晋

---

① 朱东润《陆机年表》，载《武汉大学文哲季刊》第一卷第一期，1930 年 4 月。
② 曹道衡《陆机事迹杂考》，载作者《中古文史丛稿》，河北大学出版社，2003 年。

武帝卒,惠帝即位,改元永熙。据《晋书·惠帝纪》和《杨骏传》,武帝临终之时,以杨骏为太尉、太子太傅,惠帝即位之后,夏五月,杨骏进为太傅,辅政专权。因此杨骏辟陆机为祭酒,其实是永熙元年五月之后的事。

笔者赞同曹先生的结论。这里只想申说一点想法,即杨骏征召在永熙,而陆机应召启程北上当在次年即永平元年(本年三月改元为元康)早春。臧荣绪说"太熙末,太傅杨骏辟机为祭酒",太熙之年即永熙之年,所谓"太熙末",应该理解为永熙岁末吧[1]。那么,陆机接到征命,做一些准备,然后离家北上,应该是第二年春天了。他的《赴洛》诗云:"谷风拂修薄,油云翳高岑。"[2]按《诗·邶风·谷风》:"习习谷风,以阴以雨。"《毛传》:"东风谓之谷风,阴阳和而谷风至。"[3]因此"谷风拂修薄"应该是写春天景象。不过,他还有《赴洛道中作》诗,诗中有"哀风中夜流"、"侧听悲风响,清露坠素辉,明月一何朗"之句,又像是秋天的风景。但是,若真是秋日,诗人总不会用"谷风"这个词语吧。事实上,"哀风""悲风""清露"与早春气候也还是相合的。孤独的旅人,在尚存寒意的春夜旷野里,听到呼呼的风声,当然会感到悲凉。

如若陆机是永平元年春天赴洛并到达洛阳,那么他任职太傅祭酒的时间就极为短促,甚至也许还来不及正式履职。因为就在这一年的三月,贾后发动政变,杨骏被诛杀。《文选》陆机《赴洛》

---

① 时已改元永熙,臧荣绪犹称太熙者,盖亦有由。《晋书·杨骏传》:"骏暗于古义,动违旧典。武帝崩,未逾年而改,议者咸以为违《春秋》逾年书即位之义。朝廷惜于前失,令史官没之,故明年正月复改年焉。"按:《白虎通·爵》:"一年不可有二君。"又云:"逾年乃即位改元。"是于武帝薨之当年即改元,乃非礼之举,故史家犹称太熙也。

② 本文引陆机作品,据杨明《陆机集校笺》,上海古籍出版社,2016 年。以下不再出注。

③ 《毛诗正义》,李学勤主编《十三经注疏》标点本,北京大学出版社,1999 年,第 145 页。

李善注说："《集》云：'此篇赴太子洗马时作。'"①《集》是指李善所见到的《陆机集》，"赴太子洗马时作"这句话可能是陆机自注，也可能是编《陆机集》者所说。不论如何，明明是应杨骏之召，为何说是赴太子洗马呢？或许就与任祭酒为时极短这一情况有关。担任祭酒只不过是名义上的事，便略而不记了。

　　陆机下一个职务才是太子洗马。他是什么时候担任此职的呢？笔者以为当在元康元年（291）年末，或秋冬之际。杨骏被杀在该年三月，牵连甚广，一时政局动荡，陆机应是赋闲了一段时间，然后才被命为太子洗马而入东宫。惠帝永熙元年八月，其子司马遹被立为太子，但次年元康元年才出就东宫。陆机被召为太子洗马应在元康元年司马遹出就东宫之时。那么为何说在该年末而不是此前或此后呢？笔者这样判断有三条理由。（1）陆机《吴王郎中时从梁陈作》是元康四年秋离太子洗马之任改任吴王郎中令时所作，诗中说到侍奉太子，云："谁谓伏事浅，契阔逾三年。"元康元年末至四年秋首尾四年，故曰逾三年。如果元康二年才为洗马，那么到四年秋，虽然连头带尾数可以说是三年，但说"逾三年"就不妥了。如果元康元年末以前，比如该年夏、秋即已入东宫，那虽然也是"逾三年"，但结合下面第二条考虑，就觉得不够妥当。（2）陆机《答贾长渊（谧）》是元康六年离吴王郎中令之任改任尚书中兵郎时所作。诗中说到自己在东宫任职时，贾谧亦侍奉东宫，因此与之交游。贾谧之侍东宫与太子游处，应也是始于太子出就东宫之时，即与陆机为洗马大体同时。诗云："游跨三春，情固二秋。"从元康元年末至四年秋，正是三个春天（元康二年春、三年春、四年春），两个秋天（元康二年秋、三年秋）。如若陆机元康元年夏、秋已入东宫，就不止"二秋"了。（3）陆机《谢平原内史表》作于惠帝太安二年（303），表中自述入朝以来蒙恩升转的过

---

① 《文选》，中华书局影印胡克家刻本，1977年，第375页上。

程,云"入朝九载,历官有六"。那应是从任太子洗马数起,至永康元年(300)任中书郎止。(为杨骏祭酒,不论正式履职否,那属于公府征召,不是天子之命,故不算"入朝"。)公元291年末为太子洗马,到300年,恰为九载。当然,若就任太子洗马是292年春,至300年,连头带尾算,也可说是九载。但如上文所说,若292年方为洗马,便与《吴王郎中时从梁陈作》"契阔逾三年"不合。总之,将上述三条合起来考虑,陆机为太子洗马的时间,定为元康元年末较妥。

二、陆机任吴王郎中令时曾回到故乡

唐修《晋书·陆机传》说:"吴王晏出镇淮南,以机为郎中令。"[1]《文选》陆机《答贾长渊》李善注、陆机《谢平原内史表》李善注所引臧荣绪《晋书》,也说:"吴王出镇淮南,以机为郎中令。"陆机自己也说得很清楚,其《皇太子清宴诗序》云:"元康四年秋,余以太子洗马出补吴王郎中(令)。"[2]又《诣吴王表》云:"殿下东到淮南,发诏以臣为郎中令。"[3]可知陆机在任太子洗马之后的官职,是任吴王郎中令。

吴王,指吴王司马晏。陆机本人和唐修《晋书》、臧荣绪《晋书》都说是司马晏到淮南的时候,任命陆机为郎中令的。据《晋书·武帝纪》,太康十年(289)封司马晏之兄司马允为淮南王,封司马晏为吴王。按晋朝制度,所封诸王,有的本人前往封国,且统领一方军事,有的则留在京师,不前往封国,只不过食封国租税而已。司马允前往封国,都督扬州诸军事;司马晏则不前往封国,而

---

① 《晋书》,中华书局,1974年,第1473页。
② 见虞世南《北堂书钞》卷六六,中国书店影印孔广陶刊本,1989年,第240页上。
③ 见李昉等《太平御览》,中华书局影印涵芬楼影宋本,1960年,第1171页。

食丹杨、吴兴、吴三郡租税(据《晋书·武十三王传》)。司马允的封国淮南郡,治所在寿春(今安徽寿县),而其都督扬州诸军事的镇所也是寿春。(吴灭以前,魏晋扬州刺史治寿春,都督扬州军事亦镇寿春。吴灭,扬州刺史改治建邺,但都督扬州军事仍镇寿春。《晋书》卷三七《宗室传》载:司马植"出为安东将军、都督扬州诸军事,代淮南王允镇寿春"①,可以为证。元康九年司马允入朝,故拟以司马植代之。)吴王往淮南,应就是往寿春。吴王为何前往淮南?情况不明。所谓"出镇淮南",也不好理解。(有的学者认为吴王往淮南,是与其兄淮南王一起为其母李夫人办丧事,而陆机从行前往。见俞士玲《陆机陆云年谱》"元康四年谱"②。其主要根据是陆云《国起西园第表启》中有这样一句话:"昔淮南太妃当安厝,臣兄比下墨,机时为郎中令从行。"③但"机时为郎中令从行"八字似后人解释之语阑入者。)但陆机此时的行踪,却可以确定:他并非从洛阳前往淮南寿春,而是自洛阳回到故乡吴地。这从他的《行思赋》(载《艺文类聚》卷二七)可以看出来:

> 背洛浦之遥遥,浮黄川之裔裔。遵河曲以悠远,观通流之所会。启石门而东萦,沿汴渠其如带。托飘风之习习,冒沉云之蔼蔼。商秋肃其发节,玄云沛而垂阴。凉气凄其薄体,零雨郁而下淫。……嗟逝宫之永久,年荏苒而历兹。越河山而托景,眇四载而远期。孰归宁之弗乐,独抱感而弗怡。

《艺文类聚》所载并非完篇,《水经注·泗水》引有两处佚文:

> 乘丁水之捷岸,排泗川之积沙。

> 行魏阳之枉渚。

① 《晋书》,第1092页。
② 俞士玲《陆机陆云年谱》,人民文学出版社,2009年。
③ 《陆云集》,黄葵点校,中华书局,1988年,第152页。

赋云"越河山而托景，眇四载而远期"，意思是说自己托身于远隔山河的异乡，已经度过漫长的四年之久。据上文所考，陆机于永平元年（291）离家赴洛，"四载"应是元康四年（294）。这正是陆机离太子洗马之任而为吴王郎中令的那一年。《皇太子清宴诗序》说："元康四年秋，余以太子洗马出补吴王郎中（令）。"本赋说："商秋肃其发节。"时令也正相符合。而且由"发节"一语，可知那是初秋时节，秋天刚刚开始。（因此《答贾长渊》说"情固二秋"，元康四年的秋天不数在内，因初秋时已离太子洗马任而出发了。）因此我们可以判定，《行思赋》是元康四年接到诏命改任吴王郎中令而南下时所作。而由赋中所写的行程，可以判定不是往淮南，而是往家乡吴地。

　　按照赋中所述，陆机离开洛阳，泛黄河东行。"河曲"在这里指洛阳东北、孟津一带的黄河段。曹丕《与朝歌令吴质书》说自己"时驾而游，北遵河曲"，当时曹丕就在孟津（今河南孟州南）[1]。"启石门而东萦，沿汴渠其如带"，是说经过石门，进入汴渠。《水经·济水》注云："灵帝建宁四年于敖城西北垒石为门，以遏渠口，谓之石门，故世亦谓之石门水。门广十余丈，西去河三里。石铭云建宁四年十一月，黄场石也，而主吏姓名磨灭不可复识。"[2]郦道元所谓"渠口"，即汴渠口，河水经此而入汴渠。《后汉书·明帝纪》永平十二年："夏四月，遣将作谒者王吴修汴渠。"李贤注："汴

---

①　《文选》，第591页上。李善注引《典略》："质为朝歌长，大军西征，太子南在孟津小城，与质书。"

②　《水经注疏》，郦道元注，杨守敬、熊会贞疏，段熙仲校，陈桥驿复校，江苏古籍出版社，1989年，第650页。王国维《南越黄肠木刻字跋》云："实则郦氏所见石门，乃后世发汉建宁旧墓石为之，郦氏误以治石之年为作门之年，不悟水门之铭不得称黄肠石也。"王氏以为郦道元所云黄场石当作黄肠石，乃墓石，其所见石门应建于汉灵帝以后，系发灵帝时墓葬取其石材为之者。见王国维《观堂集林》卷一八，中华书局，2004年，第930页。

渠，即莨荡渠也。汴自荥阳首受河，所谓石门，在荥阳山北一里。"①总之陆机此行沿黄河东北行，至荥阳北、敖仓（郦道元所谓"敖城"）附近的石门折入汴渠。汴渠，即汴水，是魏晋时由中原地区往东南地区的水运干道的一部分。自汴渠东行至浚仪（今河南开封），再东循汳水、获水至彭城（今江苏徐州），即可转入泗水。《行思赋》佚文云："乘丁水之捷岸，排泗川之积沙。"按《水经·泗水》"又东南过吕县南"郦道元注："泗水又东南流，丁溪水注之。溪水上承泗水于吕县，东南流，北带广隰山高而注于泗川。泗水冬春浅涩，常排沙通道，是以行者多从此溪。即陆机《行思赋》所云'乘丁水之捷岸，排泗川之积沙'者也。"陆机所说的"丁水"，即丁溪水；所说的"泗川"，即泗水。杨守敬疏："丁溪水盖以溪水如丁字也。"又云："'山高'二字当倒互，然终恐有误。"②细看郦道元的注文，丁溪水盖自泗水分出，而又流归泗水，因此当泗水淤塞不畅时，行者便可取道丁溪水，然后回归泗水。行人在彭城由汴入泗，然后沿泗水东南行，经吕县（今江苏徐州东南）、下邳（今江苏邳州南）、下相（今江苏宿迁），至淮阴（今江苏淮安清江浦西南）对岸入淮，即可继续南行过长江，进入今苏南地区。陆机当日走的就是这条路线。《行思赋》佚文又云："行魏阳之枉渚。"按《水经·泗水》"又东南入于淮"注："泗水又东南径魏阳城北，城枕泗川。陆机《行思赋》曰：'行魏阳之枉渚。'故无魏阳，疑即泗阳县故城也，王莽之所谓淮平亭矣。盖魏文帝幸广陵所由，或因变之，未详也。"③郦道元的意思，是说"魏阳"应即泗阳故城，因魏文帝曹丕行幸广陵时曾经过那里，因此被名为魏阳。按：泗阳县为汉代所设，东汉时废，熊会贞《水经注疏》说在清代之桃源县东南，即今江苏

---

① 王先谦《后汉书集解》，中华书局影印虚受堂刊本，1984 年，第 70 页上。
② 《水经注疏》，第 2149 页。
③ 《水经注疏》，第 2157 页。

泗阳东南。由这句佚文,可知陆机循泗水东南行,又经过泗阳故城,那里离开淮阴已经不远了。

陆机此行的路线,是由洛阳赴东南吴地的路线,不是赴寿春的路线。如果前往寿春,开始一段也是由黄河入汴水,但到达浚仪(今开封)后,便不是循汳水、获水而至彭城(今徐州)再转入泗水,而是在浚仪继续缘莨荡渠折向南,经由梁国治所陈县(今河南淮阳),至项县(今河南沈丘)入颍水,然后经汝阴郡治所汝阴(今安徽阜阳),在寿春西入淮河,再沿淮河东北行,即可抵达寿春。那是绝对不需要如《行思赋》所述经由彭城绕那么一个大圈子的。

《行思赋》虽然今日所存已非完篇,但从所存文句说到的行程,即可判断陆机此行,即任吴王郎中令时,是曾经回归故乡的。赋中说到“归宁”,也表明了这一点。

还可举出两个旁证:潘尼的《赠陆机出为吴王郎中令》说:“祁祁大邦,惟桑惟梓。穆穆伊人,南国之纪。帝曰尔谐,惟王卿士。……今子徂东,何以赠旃?”意思是说陆机将回归故里。李善注便说:“徂东,谓适吴也。”①又潘岳《为贾谧作赠陆机》(该诗作于两年后陆机离吴王郎中令之职任尚书郎时):“藩岳作镇,辅我京室。旋反桑梓,帝弟作弼。”②“旋反桑梓”,说得更明白了。

这里应提到陆机的《吴王郎中时从梁陈作》一诗,诗云:“凤驾寻清轨,远游越梁陈。”陆机《诣吴王表》说:“殿下东到淮南,发诏以臣为郎中令。”似乎吴王先到淮南,方才以陆机为郎中令,陆机并非随同吴王一起出发,所以说“寻清轨”,意谓追寻吴王的踪迹。但这只是大概而言,不应理解为与吴王走一样的路线。(也有可能吴王先到淮南,然后由淮南前往封地吴;或者陆机先入吴,然后再往淮南?然而资料无征,猜测而已。)“越梁陈”,东汉有梁国、陈

---

① 《文选》,第351页。
② 《文选》,第350页。

国,魏有梁国、陈郡,其地相连,大致相当今河南商丘至淮阳一带,晋武帝时并合陈郡入梁国(据《晋书·地理志》)。陆机此行,经汴水、汳水,于彭城入泗水,是越过梁国北境的,却并不经过陈地,说"梁陈"只是连类而及罢了。若由洛阳往寿春,则经过陈地。但上面考证《行思赋》,陆机自述行程十分明确,因此我们对"越梁陈"作这样的理解,即经过梁之北境。江淹《杂体诗三十首》中拟陆机的一首,有"驱马遵淮泗,旦夕见梁陈"之句[1],说的是陆机应征召由家乡赴洛的路程,其"梁陈"二字也只是连类而已。

陆机此行,身份是吴王郎中令,他前往吴地有何公干呢?资料有阙,也难以判断。《宋书·邓琬传》有"时湘东国侍郎虞洽为太宗(宋明帝刘彧,时为湘东王)督国秩,在湘东"的话,可见王国僚属可能临时被派遣前往封地办理事务[2],南朝如此,晋代当亦如此。陆机是否赴吴为吴王处理事务,我们自不敢妄断,但至少可以了解:即使吴王不往封地,但派遣僚属前往办事,那也是不足为奇的。

附带说一下:有的学者认为《行思赋》是陆机元康六年归乡之时所作,其依据是《太平御览》卷六三四所载的一段话:"陆机《思归赋》序曰:余牵役京室,去家四载。以元康六年冬取急归,而羌虏作乱,王师外征,机兴愤而成篇。"[3]但是,正是《思归赋》表明陆机该年虽欲请假还乡,却因王事倥偬,未能如愿。《太平御览》所引的《思归赋序》,在《艺文类聚》卷二七也曾引载:"余以元康六年冬取急归,而王师外征,职典中兵,与闻军政,惧兵革未息,宿愿有违。怀归之思,愤而成篇。"赋云:"节运代序,四气相推。寒风肃杀,白露沾衣。……冀王事之暇豫,庶归宁之有时。候凉风而警

---

① 《文选》,第447页下。
② 参考周一良《魏晋南北朝史札记·〈南齐书〉札记·封国远近与禄秩》,中华书局,1985年,第252页。
③ 《太平御览》,第2843页。

策,指孟冬而为期。"①很清楚,作赋之时已是秋季,陆机希望孟冬十月时能够成行。而《行思赋》说:"商秋肃其发节。"初秋时候已经在路上了。因此,《行思赋》绝非元康六年所作,也就是说与《思归赋》不是同年所作。

至于《太平御览》的引文"去家四载,以元康六年冬取急归",其实是有问题的,《艺文类聚》的引文就没有"去家四载"的话。有的学者据《御览》引文判定陆机离家赴洛是在元康二年(292),是不确的。此点曹道衡先生《陆机事迹杂考》已经说过了。

三、贾谧、陆机赠答诗的作年

如上文所言,元康二年至四年间,贾谧与陆机同在东宫。后来二人有诗赠答(贾诗由潘岳代笔),贾赠陆答。其诗载于《文选》卷二四。陆机答诗序云:"余昔为太子洗马,贾长渊以散骑常侍侍东宫积年。余出补吴王郎中令,元康六年入为尚书郎,鲁公赠诗一篇,作此诗答之云尔。"依据此序,二人赠答诗在元康六年(296)陆机由吴王郎中令改任尚书郎之时,李善注、五臣注都无异议。但是有的学者提出:序文可能有脱漏,其诗应作于元康八年(298)陆机改任著作郎时。笔者则仍认为作于元康六年,今略加申说。

作于元康八年之说,有三条理由。(1)贾谧赠诗说陆机"擢应嘉举,自国而迁。齐辔群龙,光赞纳言。优游省闼,珥笔华轩"②。"擢应"二句说由吴王僚属入朝,"齐辔"二句说为尚书郎,"优游"二句说为著作郎,"珥笔",是指代著作之事。(2)与贾诗相对应,陆机诗云:"往践藩朝,来步紫微。升降秘阁,我服载晖。""往践"二句是说为吴王郎中令,然后入朝为尚书郎,而"升降"两句是说为著

---

① 欧阳询《艺文类聚》,汪绍楹校,上海古籍出版社,1982年,第491页。
② 《文选》,第350页下。

作郎，因为"秘阁"是指代秘书省，著作郎隶属于秘书省。（3）贾诗说："自我离群，二周于今。"所谓"离群"，是指为其祖母（其实是外祖母，贾谧实为韩寿子）郭槐服丧。服丧期间不担任官职，故而"离群"。郭槐卒于元康六年，至八年为二载，也就是"二周于今"。

这三条似乎有理，但其实未必能够成立。

（1）"珥笔"一语，谓插笔于冠，如同今人随身携笔以备用。著作之事固然经常用笔，因此古人说到著作时会用"珥笔"之语，如《文心雕龙·时序》所谓"孟坚（班固）珥笔于国史"，但是其他官员也需用笔而且插笔于冠，如同手执笏板以备记录一样。经常接近皇帝的官员尤其如此。《晏子春秋·外篇》有"拥札掺笔，给事宫殿中"的话①，可知先秦时朝廷之臣已经携带笔札。《汉书·赵充国传》说，张安世"持橐簪笔事孝武帝数十年"，张晏注曰："近臣负橐簪笔，从备顾问，或有所纪也。"②簪笔也就是珥笔。张安世于汉武帝时任职于尚书，后擢为尚书令，其职务便是为皇帝掌管文书，他并未任著作之职。曹植《求通亲亲表》向魏明帝提出请求，希望让他能任职于朝廷，"执鞭珥笔，出从华盖，入侍辇毂，承答圣问，拾遗左右"③，那是希望能担任侍中、散骑常侍之类近侍之臣，并不是要求担任著作。杜预《举贤良方正表》说："按苏赞布行于草野，著德于闾阎，放心直意，若得珥笔丹墀，推访格言，必有谔谔匪躬之节。"④"珥笔丹墀"云云，是说置身朝廷阶墀之下，进献说言，也不是说任著作之职。总之，"珥笔"之语，不是专用于著作。尚书郎的职务是"作文书，起草"（《晋书·职官志》），使用"珥笔"之语是十分恰当的。当然，晋代的尚书郎未必真在冠上插笔。《宋书·礼志五》说："古者贵贱皆执笏，……有事则书之，故常簪笔。

---

① 吴则虞《晏子春秋集释》，中华书局，1962年，第458页。
② 王先谦《汉书补注》，中华书局影印虚受堂刊本，1983年，第1321页下。
③ 《文选》，第521页下。
④ 见徐坚等《初学记》卷二〇，中华书局，1962年，第478页。

今之白笔,是其遗象。三台五省二品文官簪之,王公侯伯子男卿尹及武官不簪,加内侍位者乃簪之。手版则古笏矣,尚书令、仆射、尚书手版头复有白笔,以紫皮裹之。"①(又见《晋书·舆服志》)尚书郎的官阶,还不到头戴簪笔之冠、手执附笔之版的资格,但诗中用作典故,自然是可以的。后世也还有这样用的。王维《上张令公》:"珥笔趋丹陛,垂珰上玉除。"②张令公指张九龄,他时任中书令,并非著作之任。

(2)"秘阁"之语,后世确常指代秘书省,但魏晋时未必是那样。按《文选》陆机《答贾长渊》李善注:"谢承《后汉书》曰:'谢承父婴(《困学纪闻》卷一三《考史》阎若璩注云当作'煚',是),为尚书侍郎。每读高祖及光武之后将相名臣策文通训,条在南宫,秘于省阁。(《文选集注》本'阁'上有'阎'字。《尔雅·释言》:'阎,台也。')唯台郎升复道取急,因得开览。'序云入为尚书郎,作此诗,然秘阁即尚书省也。"③李善的意思,并非以"秘阁"为尚书省的代称,而是说陆机诗中的"秘阁"是指尚书官寺中的台阁。《资治通鉴》卷六九《魏纪》黄初元年:"仍著定制,藏之台阁。"胡三省注:"台阁,尚书中藏故事之处。"④胡氏说这里的"台阁"是指尚书中存放文书档案的地方。这正与谢承所说的"秘于省阁"相合。为什么存放收藏文书的阁要称之为"秘阁"呢?因为是在宫禁之内,故云秘。洛阳为东汉、魏、西晋京都,宫中的阁是很多的。《太平御览》卷一八四引《丹阳记》:"汉魏殿观多以复道相通,故洛宫之阁七百余间。"⑤尚书官寺自当亦有阁,因此尚书也称台阁。《晋书·纪瞻传》载,纪瞻东晋初上疏乞免尚书之职,说自己衰老疾病,"无

①　沈约《宋书》,中华书局,1974年,第519页。

②　赵殿成《王右丞集笺注》,上海古籍出版社,1984年,第233页。

③　《文选》,第346页下。

④　《资治通鉴》,中华书局,1956年,第2183页。

⑤　《太平御览》,第895页上。

由复厕八坐,升降台阁"①,陆机诗中的"升降秘阁",就相当于纪瞻疏中的"升降台阁"。李善注是对的,《文选钞》说:"秘阁,即谓为秘书郎时也。"②误。总之,我们也不能凭陆机诗里"升降秘阁"的话,判定他当时任著作郎之职。

(3)贾谧赠诗说:"自我离群,二周于今。"③二句未必如论者所说是指贾谧服丧。"离群"不过是说与友人分离,感到孤独而已,带有一点夸张的语气,未必真是索居独处。贾谧以散骑常侍出入东宫,与太子僚属自当有所交往。而太子官属亦有人事变动,除陆机外,如冯文罴,原也任太子洗马,后出为斥丘令,陆机曾赠诗道别。诗云:"借曰未洽,亦既三年。"意思是说虽然在一起的日子还嫌不够,也已经三年了。冯氏可能也是元康四年离开东宫,只是比陆机略早些。陆机又有《祖道毕雍孙刘边仲潘正叔》一首,潘正叔即潘尼,元康初拜太子舍人。其诗云:"适遘时来运,与子游承华。执笏崇贤内,振缨曾城阿。毕刘赞文武,潘生苤邦家。感别怀远人,愿言叹以嗟。"当也是毕、刘、潘三人离东宫官职时的送别之作。既然如此,那么经常出入东宫的贾谧,说自己"离群",有何不可呢?身边少相知之人,就可说是"离群",未必非得家居不出才可。陆机为吴王郎中令,即使仍在洛阳,但不像以前那样经常同处,贾谧也可说自己"离群",以表示孤独之感。总之,凭"离群"一语,将贾谧"自我离群,二周于今"之语解释成服丧至今两年,从而断定其诗作于郭槐卒后两年即元康八年,也是不能成立的④。

---

① 《晋书》,第 1822 页。

② 见《唐钞文选集注汇存》,上海古籍出版社,2000 年,第 1 册,第 262 页。

③ 《文选》,第 350 页下。

④ 据奎章阁本《文选》所注,"自我离群"的"我"字,李善本作"成"。"自成离群",谓自从陆机出为吴王郎中令,遂形成与贾谧等分离不常见面的状况。那也全不涉及贾谧居丧的问题。

　　结论是：贾谧、陆机的赠答诗，应作于惠帝元康六年，那正是陆机由吴王郎中令入为尚书郎之时。李善、五臣等所说不误。

四、关于《〈晋书〉限断议》

　　《初学记》卷二一载陆机《〈晋书〉限断议》：

> 　　三祖实终为臣，故书为臣之事，不可不如传，此实录之谓也。而名同帝王，故自帝王之籍，不可以不称纪，则追王之义。[①]

　　意谓司马懿、司马师、司马昭父子三人，虽被追尊为宣皇帝、景皇帝、文皇帝，但实际上始终为魏臣，故撰《晋书》时，记述其事迹，虽不能不称之为本纪，而其写法却应按照列传的写法，不加编年。

　　陆机原文自不止此。《隋书·李德林传》载北齐时李德林与魏收论《齐书》事，曾引述陆机之议而加以批评，而其文颇不易解。今试予以诠释。首先须将晋朝及北齐关于晋朝史限断的议论稍作介绍。

　　晋武帝时关于《晋书》限断，有两种意见："中书监荀勖谓宜以魏正始起年，著作郎王瓒欲引嘉平已下朝臣尽入晋史。"（《晋书·贾谧传》）[②]魏明帝曹叡于景初三年（239）卒，临死时急招司马懿入京，托以后事，令其与曹爽辅佐齐王芳。齐王即位，次年（240）改元正始。司马懿的权势地位由此更加上升，故荀勖主张《晋书》以正始起年。齐王芳嘉平元年（249），司马懿铲除曹爽势力，从此司马氏独揽大权，故王瓒主张从嘉平写起。当时二议未定。至惠帝时，又进行讨论，有人仍持上述两种意见，或曰应"用正始开元"，

---

① 《初学记》，第503页。"不如传"，"不"字原脱，据严可均《全晋文》卷九七补。
② 《晋书》，第1174页。

或曰应自"嘉平起年"。而秘书监贾谧、司徒王戎、司空张华等提出应"从泰始为断",即以晋武帝司马炎即位的泰始元年(265)为限断。陆机作《〈晋书〉限断议》,应就在此时。这里似乎有一个问题:以司马炎即位为《晋书》限断,那么司马懿、师、昭三人以及其他有关人物在魏朝正始、嘉平年间的事迹都不写入《晋书》吗?当然不可能是这样。"从泰始为断",应该理解为从司马炎即位起用晋朝的年号纪年,即司马炎的本纪以泰始元年、二年等纪年,而不是说泰始以前的人物、事迹全都不入晋史。同样,所谓从正始或嘉平"开元""起年",也该理解为从正始或嘉平起用元年、二年等纪年,也就是宣、景、文三帝的本纪都以元年、二年等纪年。

我们这样判断可以找到旁证,即《隋书·李德林传》所载关于《齐书》"起元"的讨论。北齐朝的建立实始于文宣帝高洋,他受东魏孝静帝禅让,即皇帝位,改元天保。但其父高欢、兄高澄在东魏时已揽大权,《齐书》应以何时为限断呢?《北齐书·阳休之传》云:"魏收监史之日,立《高祖(高欢)本纪》,取平四胡之岁为齐元。……休之立议,从天保为限断。"①阳休之所谓以天保为断,应不是说天保以前的高欢、高澄事迹都不记载,而是主张在高欢、高澄的本纪里不书齐元年、二年等字样。当时论者意见之不同,应主要就在于从何时起书齐元年,而不在于高洋即位以前的人物、事件是否入史。在当时人看来,高洋父兄已经"受命"(承受天命),当然要入史,那该是不成问题的。这只须细读《隋书·李德林传》即可知晓。当时李德林赞成魏收的意见,认为从高欢时起就该书齐之元年了。他的《答魏收书》取晋事为比,说:"恐晋朝之议,是并论受命之元,非止代终之断也。"②意谓晋朝有关《晋书》限断的辩论,并非仅是讨论《晋书》从何时开始,而且还讨论何年算

---

① 《北齐书》,中华书局,1972年,第563页。
② 《隋书》,中华书局,1973年,第1197页。

是司马氏受命摄政而"起元",即何年书晋之元年。我们相信李德林的理解不错,即晋朝关于正始、嘉平抑或泰始"开元""起年""为断"的讨论,包含着从何年开始书写"元年"的意思。

下面就摘录李德林引述陆机《〈晋书〉限断议》而加以评说的话,揣测陆机原意而说明之。

(一)"陆机称纪元立断,或以正始,或以嘉平。束皙议云赤雀白鱼之事。恐晋朝之议,是并论受命之元,非止代终之断也。公(魏收)议云陆机不议元者,是所未喻,愿更思之。"所谓"陆机称"云云,应理解为陆机《限断议》中曾引述从正始或嘉平开始书写"元年"的那两种主张,不可误解为陆机本人主张以正始或嘉平起元。陆机本人是反对那两种主张的。李德林认为,陆机既然引述时说"纪元立断",可见晋朝所议论的不仅是魏史终于何时、晋史始于何时的问题,而且包括司马氏何时受天命而"起元""开元"即书"元年"的问题。所谓"束皙议云赤雀白鱼之事",是说当时束皙的议论里说到周太子姬发(即周武王)观兵盟津时白鱼、赤乌的事情。束皙之意大概是说虽然周尚未代殷,但已经"受命"。在李德林看来,束皙此语也表明晋朝所议包括《晋书》记载司马氏"受命"应如何纪年起元的问题。从李德林的话,可知陆机的《〈晋书〉限断议》有引述对方论点的内容。

(二)"陆机以'刊木'著于虞书,'戡黎'见于商典,以蔽晋朝正始、嘉平之议。"①"蔽"即反对、驳斥之意。大禹治水,"随山刊木",见于《尚书·虞书》;"西伯戡黎",见于《尚书·商书》。其时禹为舜臣,西伯(文王)为纣臣,虞书、商书记载其事迹,有如一般传记。大约陆机举此为比,以申说司马氏"三祖"既未即帝位,便是魏臣,记载其事迹当用列传的写法。

(三)"陆机见舜肆类上帝,班瑞群后,便云舜有天下,不须格

---

① 《隋书》,第 1197 页。

于文祖也。欲使晋之三主异于舜摄。"①《尚书·尧典》载尧之晚年，命舜摄行天子之政，祭祀上帝，颁发玉圭给诸侯；尧崩，舜即位，乃行告庙之礼（即"格于文祖"）。陆机意谓舜既已摄政，便已是有天下，不必待尧崩之后告庙之时才算是有天下。揣测其意，是说舜摄政时已经用王者之礼、行天子之事了；而司马懿父子并未如此，也就是说他们始终为臣，与舜不同。这也就是说，陆机不承认司马懿父子在魏时已经"受命"即承受天命。

（四）"士衡自尊本国，……欲使三方鼎峙，同为霸名。……正司马炎兼并，许其帝号。魏之君臣，吴人并以为戮贼，亦宁肯当涂之世，云晋有受命之征？"②李德林认为陆机之所以议论如此，是由于他尊崇吴国，不肯奉魏国为正统。若以司马氏为受天命于魏世，则无异于尊魏为正统。于此亦可知，陆机之所以主张三祖纪虽以纪为名，但写法则如传，也就是因为若如一般的本纪采用编年的写法，则或是书晋之元年、二年等，或是以魏之年号系事。那都是陆机所不愿意的。因为后者等于奉魏之正朔，承认魏为正统；前者表示三祖因魏主之命而摄政受命，也还是间接承认了魏的正统地位。"正司马炎兼并，许其帝号。"正，止也。三祖之所谓"受命"，陆机是不承认的；只有司马炎因兼并吴国，做到了天下一统，故不能不承认其帝号。司马炎受魏禅是在泰始元年（265），灭吴在太康元年（280）。这句话不应拘泥地理解为陆机主张《晋书》起元于灭吴之年（280），想来《晋书》自泰始起元，陆机还是同意的，因为"许其帝号"，也就是许其即位之时（吴尚未灭）已受天命。

总之，陆机之议在《晋书》起元的问题上，当与贾谧、张华等一致，即自泰始起元。但在三祖纪的书法上，与贾谧等不合，主张不编年而如传。贾谧的意见，应是三祖纪以魏的年号系事编年。

---

① 《隋书》，第1196页。原无"不"字，据《册府元龟》卷五五九补。
② 《隋书》，第1196—1197页。

《北堂书钞》卷五七引干宝《晋纪》云:"秘书监贾谧请束皙为著作佐郎,难陆机《〈晋书〉限断》。"[①](又见《初学记》卷一二)所驳难者就在于三祖纪的写法吧,而其实质,在于是否承认作为魏臣的三祖已受天命。

（原载《学术界》2014 年第 3 期）

---

① 《北堂书钞》卷五七,第 188 页下。

《文选》所载陆机诗六臣注议

陆机是六朝诗文大家,而其文集早佚。今日所见最早的《陆士衡文集》系宋人由总集、类书中辑录而成,昭明《文选》就是最主要的辑佚来源。《文选》载录陆机诗达五十二首之多(五言四十九首,四言三首),是入选诸作者中数量最多的。近年来笔者校勘、笺注《陆机集》,当然充分利用《文选》李善注,尽量从中获益,但并不照录而已。就今日读者而言,李善注往往略嫌简略,需要阐发和补充;间有不妥之处,亦应予以纠正。至于五臣之注,偶有可资理解文意者,但也时见其谫陋。今选择陆机诗若干篇,对李善及五臣所注加以讨论,分条列出,题为"六臣注议"。《文选集注》内诸家所言,亦偶有涉及。所论及者,暂限于六十卷本《文选》之卷二〇、卷二二、卷二四、卷二六所载陆机诗,属公宴、招隐、赠答、行旅各类;其他乐府、挽歌、杂诗、杂拟诸作,姑留待他日。所议不敢自是,尚祈方家指正。

皇太子谶玄圃宣猷堂有令赋诗(卷二〇)①

玄圃 李善注引杨佺期《洛阳记》:"东宫之北,曰玄圃园。"按:《资治通鉴》卷一六一胡三省注:"昆仑之山三级:下曰樊桐;二曰玄圃;三曰层城,太帝之所居。(胡注盖据《水经·河水》"昆仑墟在西北"注引《昆仑说》)东宫次于帝居,故立玄圃。"②由胡注

---

① 《六臣注文选》,浙江古籍出版社影印《四部丛刊》本,1999年,第353—354页。下文所引李善注、五臣注皆见于此两页内,不再出注。
② 《资治通鉴》,中华书局,1956年,第4972页。

可知玄圃得名之故。

自昔哲王，先天而顺　自，裴学海《古书虚字集释》卷八："犹'在'也。"①与今言"自从"义别，不可误解。李周翰注："言皆先天而行事，天不违而顺从。"李善注引《周易》："大人者，先天而天弗违。"又："汤武革命，顺乎天而应乎人。"（所引见《周易·乾·文言》《革·象》）则陆机云"先天而顺"，究竟是天不违人，抑或人顺乎天？《文言》崔憬注曰："行人事合天心也。"（李鼎祚《周易集解》引）②是陆机之意，宜理解为顺乎天意。顺乎天意，故天亦不违之也。

群辟崇替　李善注引《国语》韦昭注："崇，终也；替，废也。"按：《东京赋》"进明德而崇业"薛综注："崇犹兴也。"③"崇替"之"崇"，应取此义，崇替犹兴废。俞樾《古书疑义举例》卷七"两字对文而误解例"即举薛注为说，且讥韦昭"未达'崇'字之义"④。陆机《答贾谧》："崇替有征。"李善亦引韦昭。胡绍煐《文选笺证》卷二二："崇替，犹言隆替。崇之言充也，盛也。谓盛衰皆有征验也。宋文帝《北伐诗》'崇替非无征'，当本此。彼下句云'兴废要有以'，崇替与兴废对义，亦作隆替解，可证。"⑤张铣于"群辟崇替"注云："崇，终。"而李周翰于"崇替有征"注云："崇替，亦犹兴亡也。"二人自相抵牾，是五臣注粗疏之例。

黄晖既渝，素灵承祜　黄晖指魏，土德，尚黄；素灵指晋，金行，尚白。李善注引干宝《搜神记》所载"程猗说石图"曰："金者，晋之行也。"按：今本《搜神记》不载此语，《宋书·符瑞志》有之。

---

① 裴学海《古书虚字集释》，中华书局，1954年，第691页。

② 李道平《周易集解纂疏》，潘雨廷点校，中华书局，1994年，第65页。

③ 《六臣注文选》，第56页下。

④ 俞樾等《古书疑义举例五种》，中华书局，1956年，第144页。

⑤ 胡绍煐《昭明文选笺证》，江苏广陵古籍刻印社，1990年，第257页。胡氏此语系为陆机《答贾长渊》"崇替有征"作注。

（《宋书》所载有关情节，盖櫽栝《魏氏春秋》《搜神记》《汉晋春秋》诸书，比较《三国志·魏书·明帝纪》裴注所引可知。）所谓"说石图"之"石"者，指魏时张掖郡所生大石，上有马、虎、麒麟等种种图像及文字。《宋志》曰"太尉属程猗说曰"云云①，是李善注之"程猗说石图"，非谓程氏有《说石图》之作，乃谓程氏"解说张掖石上图像"也。

奄齐七政　七政，李善注引《尚书》："璿玑玉衡，以齐七政。"又引孔安国（伪《孔传》）："七政，日月五星各异政也。"按：《玉海》卷二《天文书》上引《尚书大传》："日月有薄食，五星有错聚，七者得失，在人君之政，故谓之为政。"②天人感应，故可察天文以知人事得失。伪古文《尚书·舜典》孔疏引马融："圣人谦让，犹不自安，视璇玑玉衡以验齐日月五星行度，知其政是与否，重审已之事也。"③《宋书·天文志》引郑玄："视其行度，观受禅是非也。"④是《尚书》所云齐七政，为尧舜禅让之事也。陆机虽未明言"察璇玑玉衡"，其实以尧舜之事影射魏晋之际，以称美晋武也。又，《史记·五帝本纪》张守节《正义》引《尚书大传》，以春、秋、冬、夏、天文、地理、人道为七政。

俯厘庶绩，仰荒大造　吕向注："言俯理众功，仰法天之大成。"诗有"俯""仰"字样，故以人事、天功相对而言，谓"大造"指天之所成，可从。但以效法释"荒"，未知所据。李善注引毛苌《诗传》："荒，大也。"是。按：《周颂·天作》："天作高山，大王荒之。"《毛传》："荒，大也。天生万物于高山，大王行道，能大天之所作也。"《郑笺》："天生此高山，使兴云雨，以利万物。大王自豳迁焉，

---

① 见沈约《宋书》，中华书局，1974年，第781页。
② 王应麟《玉海》，台湾商务印书馆影印《文渊阁四库全书》第943册，第76页下。
③ 《尚书正义》，李学勤主编《十三经注疏》标点本，北京大学出版社，1999年，第56页。
④ 《宋书》，第677页。

则能尊大之,广其德泽。"①是"荒"乃推衍而使之大之意。陆机用其义,谓晋惠帝尊大天之大成也。

体辉重光　李善注引《尚书》:"昔先君文王、武王宣重光。"按:见《尚书·顾命》,今本《尚书》无"先"字。《释文》引马融曰:"日月如叠璧,五星如连珠,故曰重光。"②孙星衍《尚书今古文注疏》曰:"言文、武化成之德比于日月也,又文王、武王时有此瑞应也。"③是"重光"乃以日月星之光辉颂扬君主。又据崔豹《古今注·音乐》,汉明帝为太子时,乐人作歌诗以赞太子之德,其一曰《日重光》。以天子之德光明如日,太子比德,故曰重光。是重光之语又有颂扬太子之意。陆机此处或双关其义而用之,颂愍怀太子也。

弛厥负担　李善注引《左传》:"陈公子完曰:'弛于负担。'"按:见《左传》庄公二十二年。陈完奔齐,齐侯使之为卿,完辞,曰:"羁旅之臣,幸若获宥,及于宽政,赦其不闲于教训,而免于罪戾,弛于负担,君之惠也,所获多矣,敢辱高位以速官谤?"④弛于负担,谓免于负重担而奔波道路之苦。陈完正是陆氏远祖,陆机之入晋又与陈完奔齐相类,故诗中用此语,颇觉含蕴丰富。

招隐(卷二二)⑤

激楚佇兰林,回芳薄秀木　激楚,五臣注本作"结风"。吕向注:"结,积;佇,留也。……兰气回转,薄迫于秀茂之木。"意谓

---

①　《毛诗正义》,李学勤主编《十三经注疏》标点本,北京大学出版社,1999 年,第 1293—1294 页。

②　《尚书正义》,第 497 页。

③　孙星衍《尚书今古文注疏》,陈抗、盛冬铃点校,中华书局,1986 年,第 483 页。

④　《春秋左传正义》,李学勤主编《十三经注疏》标点本,北京大学出版社,1999 年,第 267—268 页。

⑤　《六臣注文选》,第 385 页下。

结风乃回旋不去之风。李善注本作"激楚",注引《上林赋》:
"《激楚》《结风》。"《激楚》乃曲名,于此似不能通,故梁章钜《文
选旁证》云:"按诗上下文无曲名,疑向说是也。善注引《上林赋》
为证,或正文亦作'结风',沿注讹为'激楚'耳。"①按:梁说未可
遽从。《上林赋》"结风"也是曲名,吕向乃不以其为歌曲而以风气
释之,"激楚"何独不可如此解释?《上林赋》文颖注:"激,冲激,急
风也。结风,亦急风也。楚地风气既自漂疾,然歌乐者犹复依激
结之急风为节也,其乐促迅哀切也。"②依其说,是激楚、结风原来
皆指激急之风气,后乃用为歌曲名。此言"激楚伫兰林",当指风
言,亦可指风声。张协《七命》:"若乃追清哇,赴严节,奏《绿
水》,吐《白雪》,激楚回,流风结。"其"激楚"似亦指风气而言,不
作曲名解。

赠冯文罴迁斥丘令(卷二四)③

　　阊阖既辟　　吕延济注:"阊阖,天门也。辟,开也。言晋受命
自天,故天门开也。"误。阊阖实门名,非泛言天门。李善注引
《晋宫阁名》:"洛阳城阊阖门。"语未明了。洛阳城西面北头之门
名阊阖,见《洛阳伽蓝记》,然此处指魏晋宫城门,与洛阳城门同
名而异实。《三国志·魏书·明帝纪》青龙三年裴注引《魏略》:
"是年起太极诸殿……筑阊阖诸门阙外罘罳。"④《水经·穀水》"又
东过河南县北,东南入于洛"注:"(阳渠水)又南流,东转,径阊阖
门南。案《礼》:王有五门,谓皋门、库门、雉门、应门、路门。……
魏明帝上法太极,于洛阳南宫起太极殿于汉崇德殿之故处,改雉

---

①　　梁章钜《文选旁证》,穆克宏点校,福建人民出版社,2000 年,第 543 页。
②　　《六臣注文选》,第 145 页下。
③　　《六臣注文选》,第 431—433 页。下文所引李善、五臣注皆见于此数页内。
④　　《三国志》,中华书局,1982 年,第 105 页。

门为阊阖门。"①此魏时宫城门名阊阖者。《文选》卷五六潘岳《杨荆州诔》："烈烈杨侯,实统禁戎。司管阊阖,清我帝宫。苟慝不作,穆如和风。谓督勋劳,班命弥崇。"李善注引潘岳《杨肇碑》:"以清宫勋劳,进封东武伯。"②谓司马炎受魏禅,杨肇典领禁军以清宫也。又潘岳《藉田赋》:"阊阖洞启。"③阊阖均指宫门。是晋代仍沿用其名。陆机曰"阊阖既辟",与下句"承华再建"相对而言,上句指晋惠帝登基,下句指立司马遹为太子,承华乃太子宫门名。李善注:"再建,谓立愍怀太子国储,以对阊阖,故谓之'再'也。"其说是。吕延济注:"言太子经废复立,故云'再建'。"误。陆机作此诗在愍怀被废之前,吕延济不考史实,亦见五臣注之陋。

哲问允迪　五臣本"问"误为"门"。李周翰强为之说曰:"哲,智;允,信;迪,道也。言智信之道而为太子洗马。"其意盖以"迪"为道路,名词,与"门"并列,而以门、道路喻抽象之"道"。李善注引《尚书》"允迪厥德",又引伪《孔传》:"迪,蹈也。言信蹈行古人之德。"(见《尚书·皋陶谟》)按:李善注是。问,通闻,声誉。谓其明智之声誉确实见之于行事。

嗟我人斯,戢翼江潭　吕向注云指冯熊(熊字文罴)而言,"文罴吴人,故云此"。大误。据上下文意,此明明陆机自称。冯熊非吴人。《晋书·顾荣传》称"长乐冯熊"④,长乐郡治信都,今河北冀县。熊父绲,《晋书》有传,云安平人,安平即长乐。司马彪《续汉书·郡国志》"冀州安平国"刘昭注:"故信都。高帝置,明帝名乐成,延光元年改。"⑤《宋书·州郡志》"冀州刺史广川太守":"本县

---

① 《水经注疏》,郦道元注,杨守敬、熊会贞疏,段熙仲校,陈桥驿复校,江苏古籍出版社,1989 年,第 1408—1409 页。
② 《六臣注文选》,第 1028 页下。
③ 《六臣注文选》,第 129 页下。
④ 《晋书》,第 1812 页。
⑤ 见王先谦《后汉书集解》,中华书局影印虚受堂刊本,1984 年,第 1221 页下。

名,属信都。……(汉)安帝延光中改曰安平,晋武帝太康五年,又改为长乐。"①《冯纨传》用旧名,《顾荣传》则用晋时所改新名,其实一地也。冯熊与陆机兄弟、顾荣皆亲密,吕向误以为吴人,或以此故。此又五臣荒陋之例。

有颎者弁,千载一弹　千载句,李善、五臣皆无注。按:鲍照《河清颂序》引孟轲曰:"千载一圣,是旦暮也。"②又《庄子·齐物论》:"万世之后而一遇大圣知其解者,是旦暮遇之也。"③与鲍照所引孟轲语颇近似。想来陆机心目中有此意,谓王阳、贡禹之交谊,虽千载一逢,却犹如旦暮之间。极言其难得也。

出从朱轮　李善、张铣皆云皇太子车朱轮,是。然应知乘朱轮者不止太子。《文选》卷四一杨恽《报孙会宗书》:"恽家方隆盛时,乘朱轮者十人。"④李善注:"二千石皆得乘朱轮。"《晋书·舆服志》载,天子车皆朱班漆轮,郡县公侯车、诸使车亦皆朱班轮。是朱轮并非太子之专车。

答贾长渊(卷二四)⑤

来步紫微　李善、吕向皆云紫微指天子所居,"来步紫微"谓为尚书郎。其说是。按:紫微,星垣名,亦称紫宫。《史记·天官书》"中宫天极星"司马贞《索隐》引《春秋合诚图》:"北辰,……在紫微中。"⑥《初学记》卷二六引《春秋合诚图》:"天皇大帝,北辰星也,……居紫宫中,制御四方,冠有五采。"⑦《后汉书·霍谞传》"呼嗟紫宫之门"李贤注:"天有紫微宫,是上帝之所居也,王者立宫,

---

①　《宋书》,第 1098 页。

②　《鲍参军集注》,鲍照撰,钱仲联增补集说校,上海古籍出版社,1980 年,第 96 页。

③　郭庆藩《庄子集释》,王孝鱼点校,中华书局,1961 年,第 105 页。

④　《六臣注文选》,第 754 页下。

⑤　《六臣注文选》,第 433—435 页。

⑥　《史记》,中华书局,1959 年,第 1289 页。

⑦　徐坚等《初学记》,中华书局,1962 年,第 621 页。

象而为之。天帝所居,故喻帝王宫禁。"①后汉以来,尚书为天子近臣,职权颇重,其官舍在宫禁之内,故言星象者,谓紫微垣内亦有尚书。《晋书·天文志》据晋武帝时太史令陈卓所定星图云:"紫宫垣……门内东南维五星曰尚书,主纳言,夙夜谋谋。龙作纳言,此之象也。"②《北堂书钞》卷六〇引韦诞《太仆杜侯诔》:"入作纳言,光耀紫微。"又引谢承《后汉书》:"魏朗,字少英,为尚书,再升紫微。"③《艺文类聚》卷三五引应璩《与尚书诸郎书》:"二三执事,……方将飞腾闾阖,振翼紫微。"④均为言尚书则称及紫微之例。

于承明作与士龙(卷二四)⑤

承明　承明乃亭名,见李善、五臣及《文选集注》引《钞》及陆善经曰。所谓亭者,乃行政区划之称。《汉书·百官公卿表》:"大率十里一亭,亭有长。十亭一乡,乡有三老、有秩、啬夫、游徼。"⑥司马彪《续汉书·百官志》:"里有里魁,民有什伍,善恶以告。"其本注曰:"里魁掌一里百家,什主十家,伍主五家,以相检察,民有善事恶事,以告监官。"⑦是亭为乡以下、里以上之行政区域。又,刘昭注引《风俗通》:"汉家因秦,大率十里一亭。亭,留也。盖行旅宿会之所馆。"⑧顾炎武《日知录》卷二二"亭":"以今度之,盖必有居舍,如今之公署。……又必有城池,如今之村堡。……又必

①　王先谦《后汉书集解》,第 569 页上。
②　《晋书》,第 290 页。
③　虞世南《北堂书钞》卷六〇,中国书店影印孔广陶刊本,1989 年,第 203 页上、202 页上。
④　欧阳询《艺文类聚》,汪绍楹校,上海古籍出版社,1982 年,第 630 页。
⑤　《六臣注文选》,第 435 页。
⑥　王先谦《汉书补注》,第 308 页下—309 页上。
⑦　王先谦《后汉书集解》,第 1337 页上。
⑧　王先谦《后汉书集解》,第 1336 页上。

有人民,如今之镇集。"①可以想见亭之情况。李善曰:"与士龙于
承明亭作。"《文选集注》引《钞》:"承明,……今在苏州北。机被追
(?)入洛,于此亭与士龙别,作此诗也。"又引陆善经曰:"此亭今在
昆山悬(县)南百五十里,与华亭相延也。"②按:据诗意,陆机与陆
云别于万始亭后,独自北行至承明亭,乃作此诗,非别于承明亭
也。《钞》与陆善经所言承明地望,又不一致,未详其所出,颇为
可疑。

　　婉娈居人思　婉娈有二义:一为美好,如《齐风·甫田》"婉兮
娈兮"《毛传》:"婉娈,少好貌"③;又一为眷恋,如陆机此诗。朱珔
《文选集释》卷一六:"此处若从婉娈本训,则与'居人思'不合。……
后潘正叔《赠陆机》诗'婉娈两宫'亦同。盖六朝人率如是用矣。"④
按:李善注引《方言》,谓婉义为欢;引《说文》,谓娈义为慕。盖即
以眷恋、亲爱为释。而其所引书证,为《汉书·叙传·述哀纪》:
"婉娈董公,惟亮天功。"陆机《赠从兄车骑》《汉高祖功臣颂》《吊魏
武帝文》以及刘孝标《广绝交论》李善注亦皆引"婉娈董公"语。然
颜师古注云:"婉娈,美貌。"⑤班固此处用"婉娈"语,其意为少好抑
或亲爱,似不易断定,然今检《后汉书·杨震传》震上疏曰:"惟陛
下绝婉娈之私,割不忍之心。"⑥又蔡邕《司徒袁公夫人马氏碑铭》:
"供治妇业,孝敬婉娈。"《太傅胡公夫人灵表》:"契阔中馈,婉娈供
养。"⑦皆是亲爱、眷恋之意。故不论"婉娈董公"之"婉娈"作何解,

①　《日知录集释》,顾炎武著,黄汝成集释,栾保群、吕宗力校点,上海古籍出版社,
　　2006年,第1257页。
②　《唐钞文选集注汇存》,上海古籍出版社,2000年,第1册,第270页。
③　《毛诗正义》,第347页。
④　朱珔《文选集释》卷一六,朱氏梅村家塾刻本,第49页a。
⑤　王先谦《汉书补注》,第1739页上。
⑥　王先谦《后汉书集解》,第615页下。
⑦　《校蔡中郎集疏证》,蔡邕撰,吴志忠疏证,《续修四库全书》,上海古籍出版社,第
　　1303册,第223、119页。

其眷恋之义当已见于后汉，早于朱琰所言六朝。眷恋之义，当从美好义引申而来。

分涂长林侧　李周翰注："长林、万始，并亭名。"《文选集注》引《钞》："长林，林（?）名也；万始，亭名也。皆在苏州北也。"① 按：下句云："挥袂万始亭"，"分涂""挥袂"，皆言离别，上下句述同一事，长林即万始亭之树林，非亭名，李周翰注误。亦不必以之为林之名。陈琳诗："逍遥步长林。"②嵇康《兄秀才公穆入军赠诗》："轻车迅迈，息彼长林。"又《与山巨源绝交书》："逾思长林而志在丰草也。"③

赠尚书郎顾彦先二首之二（卷二四）④

朝游游层城　层城，疑是晋宫城内楼观名。潘尼《桑树赋》盖随从太子朝见惠帝时所作。赋云："从明储以省膳，憩便房以偃息。观兹树之特玮，感先皇之攸植。……倚增城之飞观，拂绮窗之疏寮。"⑤所谓"便房"，乃入朝时临时憩息之所。由此赋知"增城"与此"便房"及"先皇"（武帝司马炎）手植之桑树不远。陆机、傅咸皆有咏此桑树之赋作。陆赋云该桑树"希太极以延峙"⑥，太极即朝见之正殿，是潘尼所谓增城亦在太极殿附近。陆机昼则供职，夜则值宿，皆在宫禁之内。"朝游游层城"之"层城"或即潘尼赋之"增城"（层、增字通）。"游"，亦非游玩，谓身在层城耳，层城或指其办公处。

①　《唐钞文选集注汇存》第 1 册，第 273 页。
②　《建安七子集》，俞绍初辑校，中华书局，2005 年，第 34 页。
③　戴明扬《嵇康集校注》，人民文学出版社，1962 年，第 12、118 页。
④　《六臣注文选》，第 436 页。
⑤　《艺文类聚》，第 1524 页。
⑥　杨明《陆机集校笺》，上海古籍出版社，2016 年，第 189 页。

为顾彦先赠妇(卷二四)①

修身悼忧苦 "修"字,《文选》诸本皆同,李善注引《孟子》:"古之人不得志,修身见于世。"《玉台新咏》卷三载此诗作"循"。《玉台新咏考异》云:"按'循身'即抚躬之意。作'修身'非惟句格板拙,且与'忧苦'、'感念'俱不贯矣。"②今按:作"循"是。循、脩(修)形近易讹,其例甚多。参王念孙《读书杂志》卷五之一《管子》"循误为脩"条。郝懿行则以为声转通用,见《尔雅·释诂》"遹、遵、率,循也"郝疏。陆机《为陆思远妇作》"拊枕循薄质"、《拟行行重行行》"循形不盈衿"③,"循薄质"、"循形"即"循身"也。循,玄应《一切经音义》卷一"循身"注:"循亦巡也;巡,历也。"④引申为省视、省思之意。

慰妾长饥渴 李善注引李陵《赠苏武》诗:"思得琼树枝,以解长饥渴。"按:《古文苑》卷八、《艺文类聚》卷二九载李陵别诗俱作"渴饥",是,作"饥渴"出韵。然李善非误记,盖倒字以就正文耳,其注书有此义例。

赴洛诗二首(卷二六)⑤

题注 李善曰:"集云此篇赴太子洗马时作,下篇云东宫作,而此同云赴洛,误也。"按:陆机由吴赴洛,实为杨骏所辟。《文选》卷三七陆机《谢平原内史表》李善注引臧荣绪《晋书》:"太熙末,太

---

① 《六臣注文选》,第437—438页。
② 《玉台新咏考异》,题纪容舒撰,台湾商务印书馆影印《文渊阁四库全书》第1331册,第753页下。
③ 杨明《陆机集校笺》,第293、305页。
④ 《一切经音义三种校本合刊》,徐时仪校注,上海古籍出版社,2008年,第11页上。
⑤ 《六臣注文选》,第473—474页。

傅杨骏辟机为祭酒。骏诛,征为太子洗马。"①(又见于《文选》卷二四潘岳《为贾谧作赠陆机》、卷二〇陆机《皇太子宴玄圃宣猷堂有令赋诗》、卷二四陆机《赠冯文熊迁斥丘令》李善注引。)《文选》卷一六陆机《叹逝赋》题下李善注引王隐《晋书》亦云:"吴平,太傅杨骏辟机为祭酒,转太子洗马。"②《文选》卷二四潘岳《为贾谧作赠陆机》云:"况乃海隅,播名上京。爰应旌招,抚翼宰庭。"李善注:"宰,谓骏也。'宰'或为'紫',非也。"③《文选集注》陆善经注亦云:"太傅杨骏辟祭酒也。"④陆机本人《诣吴王表》亦云:"臣本吴人,靖居海隅,朝廷欲抽引远人,绥慰遐外,故太傅所辟。"⑤可知陆机北上,原为应杨骏之辟。骏诛,方征为太子洗马。李善注所引《机集》云"赴太子洗马",乃省略之言。又案:臧荣绪《晋书》云杨骏征陆机在太熙(290)末。该年四月武帝崩,惠帝即位,改元永熙。五月,杨骏进位太傅,辅政,高选吏佐。《通典》卷二〇:"杨骏为太傅,增祭酒为四人。"⑥太傅祭酒征命实在永熙末,臧荣绪犹称太熙者,盖以当年改元,乃不合礼制之举。(《晋书·杨骏传》:"骏暗于古义,动违旧典。武帝崩,未逾年而改元,议者咸以为违《春秋》逾年书即位之义。朝廷惜于前失,令史官没之,故明年正月复改年焉。"⑦按《白虎通·爵》:"一年不可有二君。"又云:"逾年乃即位改元。"⑧是于武帝薨之当年即改元,乃非礼之举,故史家犹称太熙。)陆机起程赴洛,当已在次年永平元年(291)春。诗有"谷风拂修薄"之句,谷风,东风也,可证。其抵洛之后,政局扰攘,三月辛卯

---

① 《六臣注文选》,第 678 页下。

② 《六臣注文选》,第 278 页下。

③ 《六臣注文选》,第 440 页上。

④ 《唐钞文选集注汇存》第 1 册,第 324 页。

⑤ 杨明《陆机集校笺》,第 946 页。

⑥ 杜佑《通典》,王文锦等点校,中华书局,1988 年,第 521 页。

⑦ 《晋书》,第 1178 页。

⑧ 陈立《白虎通疏证》,吴则虞点校,中华书局,1994 年,第 37、38 页。

(八日)杨骏即被诛死,故陆机大约任祭酒之职时间极短,或实际上并未正式履职。第二首乃为太子洗马时作。杨骏诛,改元元康。陆机为洗马,当在永平元年末。

抚剑遵铜辇 李善注:"铜辇,太子车饰,未详所见。"吕延济注:"铜辇,太子车也。"皆使人以为铜辇乃太子专用,其实非是。朱珔《文选集释》卷一七:"据《续汉书·舆服志》云:'皇太子、皇子皆安车,朱班轮,青盖,金华蚤,黑櫑文,画辀文辀,金涂五末。'彼注引《魏武帝令》:'问:东平王有金路,何意?为是特赐否?侍中郑称对曰:天子五路,金以封同姓诸侯,得乘金路,与天子同。其自得有,非特赐也。'铜为金三品之一,然则铜辇亦金路耳。"①按:据《周礼·春官·巾车》注疏,金路者,谓车上之材,其末端以金为饰。据朱珔说,太子乘金路,陆机变文以求新耳。然自后文人拈毫,多以铜辇为太子典故。如李贺《还自会稽歌》:"台城应教人,秋衾梦铜辇。"②沈亚之《为汉中宿宾撰其故府君行状》:"及德宗即位,以公故奉铜辇,将欲加赐迁官。"③宋任广《书叙指南》卷一:"太子辇曰铜辇。"④

(原载《厦门大学学报》2017 年第 4 期,收入本集时略有删改)

---

① 朱珔《文选集释》卷一七,第 2 页。

② 《李贺诗歌集注》,李贺著,王琦等注,上海人民出版社,1977 年,第 34 页。

③ 《全唐文》,中华书局影印嘉庆原刊本,1983 年,第 7622 页上。

④ 任广《书叙指南》,《丛书集成初编》本,商务印书馆,1937 年,第 5 页。

陆机乐府诗注议

陆机诗作，自宋以后，褒贬不一，于其乐府之作亦然。贬者如黄子云《野鸿诗的》斥其"一味排比敷衍，间多硬句，且踵前人步伐，不能流露性情，均无足观"[1]；褒者如何焯誉曰"沉着痛快，可以直追曹王（按：指曹植）"，"虽本前人之意，实能自开风气，所以可尚"[2]。刘熙载《诗概》尤称叹不置："士衡乐府，金石之音，风云之气，能令读者惊心动魄。虽子建诸乐府，且不得专美于前，他何论焉！"[3]同为清代论者，而议论不啻云泥。笔者近年来讽诵绅绎，颇觉士衡乐府用旧题而出新意，大多抒发真情实感，或优柔，或痛快，皆能沁人心脾。又疑贬之者或轻心浮气，实未能涵咀而深究。士衡才务索广，其造语在后人眼中，间有粗硬之嫌，入人较为不易，亦不足怪。而注家如李善、五臣，解说者如刘履、吴淇，所言或亦有未谛之处。若于古人字句之间尚未能理解妥帖，而欲尚友古人，不亦难乎？乃不避琐细，不揣谫陋，条列所见，题曰"注议"，庶几为吟讽士衡乐府之一助。亦未敢自是，献芹之忱，读者谅之。

猛虎行（《文选》卷二八）[4]

急弦无懦响，亮节难为音　李善注："侯璞（应作瑾）《筝赋》

---

① 丁福保《清诗话》，上海古籍出版社，1963年，第861页。
② 何焯《义门读书记》，中华书局，1987年，第922、927页。
③ 郭绍虞、富寿荪《清诗话续编》，上海古籍出版社，1983年，第2420页。
④ 《六臣注文选》，浙江古籍出版社影印《四部丛刊》本，1999年，第499—500页。下文所引李善及五臣注皆在此两页内，不再出注。

曰:'急弦促柱,变调改曲。'贾逵《国语注》曰:'懦,下也。'《尔雅》曰:'亮,信也。'谓有贞信之节,言必慷慨,故曰难也。"李周翰注:"弦急则调高,故无懦弱之响;贞亮之节,亦难拟其德音。"元刘履《选诗补注》申之曰:"盖以弦之急者必无懦响,而负直亮之节者言必不巽,岂不于此难为哉!"[1]皆以上句为比兴,下句为直述,而解"亮节"为高尚之品德。其说虽可通,然于上下文似欠贯通。今别进一解:"亮节"句与"急弦"句皆指音乐而言。节乃革制乐器,拍击之以为歌声之节。《宋书·乐志》:"节,不知谁所造。傅玄《节赋》云:'黄钟唱哥,《九韶》兴舞。口非节不咏,手非节不拊。'此则所从来亦远矣。"[2]《隋书·音乐志》:"革之属:……又有节鼓,不知谁所造也。"[3]亮节,谓节声高亮。节声高亮则歌者发声为难。《宋书·乐志》又云:"《相和》,汉旧歌也。丝竹更相和,执节者歌。"[4]则陆机此二句正指相和歌而言。(《猛虎行》即属相和歌平调曲。)相和歌乃起于汉代民间,以声调慷慨为其特色。如此,则此两句皆以音乐为喻,言内心激动悲哀,欲发言而慷慨难继也。

君子行(《文选》卷二八)[5]

去疾苦不远,疑似实生患。近火固宜热,履冰岂恶寒? 掇蜂灭天道,拾尘惑孔颜 "近火"二句,承"去疾"句,言须远避祸患,不然将不免,岂非咎由自取? "掇蜂"二句,承"疑似"句,以伯奇父子、孔颜师弟之事证实疑似生患。

天损未易辞,人益犹可欢 李善注:"言祸福之有端兆,故天损之至,非己所招,故安之而未辞;人益之来,非己所求,故受之

---

① 刘履《选诗补注》,台湾商务印书馆影印《文渊阁四库全书》第 1370 册,第 73 页。

② 《宋书》,中华书局,1974 年,第 555 页。

③ 《隋书》,中华书局,1973 年,第 376 页。

④ 《宋书》,第 603 页。

⑤ 《六臣注文选》,第 500 页。

可为欢也。"李注恐未谛。按：全诗谓处世险难，然而祸福皆有端兆，故君子当察其端兆，以避祸求福（重点在避祸）。"人益"之"人"，与"天"相对，犹言人力、人功，非谓他人，正谓己耳。"人益"谓己所求益，求而得之，故可欢也。李善云"非己所求"，似未明诗意。此二句可视为互文。言损益之由乎天命者，人无所措其智力，故损不可辞，益亦不可求，损不足悲，益亦不足喜，唯安之而已。损益之牵乎人事者，己可以参与其间，故可辞亦可求，足悲亦足喜，自当尽力以为之。二句乃承上"福钟恒有兆，祸集非无端"二句而言，谓祸福既有端绪征兆，则君子当可辞损而求益。本集《日重光行》云："惟命有分可营。"①性命虽有定分，分外不可强求，然分内犹可以人力营为之。与此"人益犹可欢"，用意相近。

朗鉴岂远假，取之在倾冠　吕延济注："朗，明；鉴，镜也。言镜之明者岂远假乎？但取之，见倾冠也。今贤者岂外求乎？但验之，在祸福而已也。"意谓明镜不远，取之即可以见冠之倾侧与否；君子亦但察验其端兆，即可以知祸福。其说未谛。何焯则云："倾冠之难掩于朗镜，皆自取之。"②似谓人之失察而获咎，犹如倾冠之见于明镜，乃自取之。亦未得其解。按：诗言"在倾冠"，不言"见倾冠"。二句之意，谓明镜不远而易得，在乎冠弁不正之人是否取以自照而已，取之则能正其衣冠；喻祸福之兆端易见，前事之鉴戒不远，在乎其人是否察照而已，察照之则能免于祸咎。如此，方与下"近情苦自信，君子防未然"相应接。见识短浅无远计者，苦于自信而不以前事为鉴戒，不察祸福之端兆，犹如倾冠之人不知取镜自照；君子则反是，故能防患于未然。

①　杨明《陆机集校笺》，上海古籍出版社，2016年，第426页。
②　何焯《义门读书记》，第922—923页。

君子有所思行(《文选》卷二八)①

淑貌色斯升,哀音承颜作　淑,《尔雅·释诂》:"善也。"②李善注:"言淑貌以色,斯而见升,哀音亦承颜衰而作也。"刘良注:"淑,美也。言以此美色之女升进于君,以亡国之乐承君颜而作。刺时以声色冒于上也。哀音,亡国之音。"李善以为二句写人之得意与失意,上句言美貌而升进,下句乃色衰爱弛之意;刘良则以为刺声色淫乐之作。揆之全诗大意,当以李善说比较妥当。吴淇《六朝选诗定论》云:"绮窗罗幕中有淑貌哀音兼备之美人,色斯升,谁升之? 承颜作,承谁之颜? 定然有营生最奥且博膏粱子居在中间受用。"③乃承刘良之说,不过刘以为刺君上,吴以为刺膏粱子而已。又,李善之说虽较妥,然亦"色斯升"之"色"为女色,而以斯为斯须、须臾义。按:《论语·乡党》:"色斯举矣。"王引之云:"今案色斯者,状鸟举之疾也。……汉人多以'色斯'二字连读。"④以色斯为状语。斯,然,形容词语尾。升,《周易·升》郑玄注:"上也。"⑤升犹举也,上也,登也。色斯升,谓色然而登。色斯,迅举貌。二句谓年轻貌美之人升举甚为迅疾,而随即哀音承忧苦之颜而作矣。言人生之多变而少欢乐也。淑貌句乃泛指少年得意,非指女色而言。李善以为女色之升进黜退,尚未达一间。

宴安消灵根,鸩毒不可恪　不可恪,反问语气,言岂不宜肃然谨慎乎。

---

① 《六臣注文选》,第 502—503 页。
② 《尔雅注疏》,李学勤主编《十三经注疏》标点本,北京大学出版社,1999 年,第 12 页。
③ 吴淇《六朝选诗定论》,《四库全书存目丛书补编》本,齐鲁书社,2001 年,第 11 册,第 220 页。
④ 王引之《经传释词》,江苏古籍出版社影印王氏家刻本,2000 年,第 77 页。
⑤ 李道平《周易集解纂疏》,潘雨廷点校,中华书局,1994 年,第 415 页。

长安有狭邪行(《文选》卷二八)①

规行无旷迹,矩步岂逮人? 投足绪已尔,四时不必循。将遂殊涂轨,要子同归津 李善注:"言规行矩步,既无所及,故投足前绪,且当止矣,犹如四时异节,不必相循。"又引《尔雅》:"绪,事也。"案:投足,犹举步、行步。绪,即指前此规行矩步之事。四时不必循,谓四时变化,并不循常守故。"将遂"二句,谓愿子即改辕易辙,吾与子要约一同出仕。将,愿也,犹《诗·卫风·氓》"将子无怒"、李白"将进酒"之"将"。同归津,意谓同出仕也。此六句亦皆劝勉出仕者之辞。全诗借劝勉者之口,表达陆机意欲出仕于晋之心情。"四时"二句最可注意。《世说新语·政事》:"嵇康被诛后,山公举康子绍为秘书丞。绍咨公出处,公曰:'为君思之久矣。天地四时犹有消息,而况人乎?'"②陆机亦正此意。按:《周易·丰·彖》:"日中则昃,月盈则食。天地盈虚,与时消息,而况于人乎? 况于鬼神乎?"③山涛论出处之道,而援引《周易》为其理据,正当时玄学清谈风气之反映。陆机诗用此,亦可见其受风气影响。李周翰以"将遂"二句为答劝诱者之语,谓"言我自试,不能履于邪径";刘履《选诗补注》亦以为陆机抒发其正直之怀,释云:"是岂不知歧路可以追及于人哉? 然既投足于正涂,而意向已定,不可改矣。盖穷达之分虽殊,而其理则一,犹四时寒暑各异,而一气流行,不必一一相循。且将遂我所适,而要子于同归之津可也。此不特辞其所劝,而所以警之者亦深矣。"④皆不体察当日事势与陆机心境而强为之说。吴淇《六朝选诗定论》、方廷珪评语,虽知诗

① 《六臣注文选》,第 505 页。
② 余嘉锡《世说新语笺疏》,中华书局,1983 年,第 171 页。
③ 《周易正义》,李学勤主编《十三经注疏》标点本,北京大学出版社,1999 年,第 224 页。
④ 刘履《选诗补注》,台湾商务印书馆影印《文渊阁四库全书》第 1370 册,第 75 页。

之后半皆假设劝诱者之言,但仍以为诗人讥刺之意在于言外,"不必呵斥,不可由(按:指不可遵行歧路)意自见"①。总之,陆机此首,向来多不得其解,盖后人以其道德标准曲为之回护所致。郭茂倩《乐府诗集·相逢行》解题云陆机此诗"言世路险狭邪僻,正直之士无所措手足矣"②,亦不符合诗意。

长歌行(《文选》卷二八)③

年往迅劲矢,时来亮急弦 吕向注:"年往时来,其迅疾信如急弦之发劲矢也。弦,弓弦也;矢,箭也。"按:吕注固是。然侯瑾《筝赋》:"于是急弦促柱,变调改曲。"④本集《鞠歌行》云:"急弦高张思和弹。"⑤急弦或指音乐言,谓时之来有若急弦高调之响亮惊心也。

容华夙夜零,体泽坐自捐。兹物苟难停,吾寿安得延 刘良注:"兹物,谓容华、体泽也。苟,且也。"其意盖释此二句云:容泽尚且难驻,寿命岂能延长。按:"苟"之释为"且",乃苟且、姑且义,不能理解为尚且、犹且,故刘注"苟,且也"不得其解。况容华体泽之衰落,与寿命之削减,本是一事,正不必作两件事说。吴淇《六朝选诗定论》云:"兹二物者,吾命所寓;二物难停,吾寿曷长?"⑥意同刘良,亦不确。"兹物"乃指时光、岁月而言,与上文"年往迅劲矢"云云相呼应。

短歌行(《文选》卷二八)⑦

短歌有咏,长夜无荒 李周翰注:"荒,废也。言虽歌咏乐饮,

---

① 方廷珪语见其评点《昭明文选集成》,转引自赵俊玲辑著《文选汇评》,凤凰出版社,2017年,第872页。

② 郭茂倩《乐府诗集》,人民文学出版社影印傅增湘藏宋本,2010年,第763页。

③ 《六臣注文选》,第506页。

④ 欧阳询《艺文类聚》,汪绍楹校,上海古籍出版社,1982年,第785页。

⑤ 杨明《陆机集校笺》,第407页。

⑥ 吴淇《六朝选诗定论》,《四库全书存目丛书补编》本,第11册,第223页。

⑦ 《六臣注文选》,第508页。

无得废于政事。"刘履《选诗补注》："而卒能以'长夜无荒'为戒。"①
何焯《义门读书记》卷四七亦云："忘忧所以合欢，无荒所以知
节。"②按：《诗·唐风·蟋蟀》："好乐无荒，良士瞿瞿。"《郑笺》云：
"荒，废乱也。……君之好乐，不当至于废乱政事。"③李、刘、何之
意出于此。然全诗但言饮酒作乐以忘却人生苦短之忧悲，忽然归
结于毋得荒乱废事，颇觉不伦。王念孙《读书杂志·余编》云："荒
者，虚也。言无虚此长夜也。《尔雅》：'㡛，虚也。'㡛，本作荒。
（释文引郭璞《音义》如此。《大雅·召旻》正义引某氏曰：'《周礼》
云：野荒民散则削之。'）《大雅·桑柔》篇'具赘卒荒'、《召旻》篇
'我居圉卒荒'、《周语》'田畴荒芜'，《毛传》、《郑笺》、韦注并云：
'荒，虚也。'此诗但言及时行乐，与唐风'好乐无荒'异义。"④王说
为是。

折杨柳行(《乐府诗集》卷三七)

邈矣垂天景，壮哉奋地雷。隆隆岂久响，华华恒西隤　后两
句分承前两句，言日光与雷声。华华，陆元大翻刻宋本、影宋抄本
《陆士衡文集》均作"华光"。按：作"华华"是。《淮南子·墬形训》
"其华照下地"高诱注："华，犹光也。"⑤华华，犹煌煌，言光明也，美
盛也。《宋书·乐志》载荀勖所造《食举乐·东西箱歌·赫矣篇》，
注云："当《华华》。"⑥谓代《华华》篇也。《华华》，当是魏《食举乐》
十二曲之一，其首句以"华华"发端。《华华》篇已佚，但至少可以

①　刘履《选诗补注》，台湾商务印书馆影印《文渊阁四库全书》第1370册，第72页。
②　何焯《义门读书记》，第924页。
③　《毛诗正义》，李学勤主编《十三经注疏》标点本，北京大学出版社，1999年，第
　　378页。
④　王念孙《读书杂志》，中华书局影印金陵书局刻本，1991年，第1064页。
⑤　刘文典《淮南鸿烈集解》，冯逸、乔华点校，中华书局，1989年，第136页。
⑥　《宋书》，中华书局，1974年，第585页。

推知魏晋时有此语词。陆机《日重光行》有"今我日华华之盛"之句,其"华华"亦正形容日光之盛。

升龙悲绝处,葛藟变条枚 二句较难解释。郝立权先生《陆士衡诗注》云:"升龙喻君,葛藟喻臣。昔日升龙,今悲绝处;昔为葛藟,今则条枚。诗之作,其感于赵王伦篡位之事乎?"①曹道衡先生《陆机的思想及其诗歌》则以为"升龙"句指帝王升遐,故诗当作于晋武帝薨后、惠帝元康初贾后杀杨骏之时②。二家说虽不同,皆以升龙为指天子。然而依上下文意,以升龙为指仕进者,更为妥帖。关键在于不必狃于龙必定指帝王。此处升龙之龙,即《易·乾》之见龙、龙跃、飞龙,升龙喻君子之进也。《乾》初九李鼎祚《集解》引沈骧士曰:"称龙者,假象也。天地之气有升降,君子之道有行藏。龙之为物,能飞能潜,故借龙比君子之德也。"③扬雄《法言·问明》:"亢龙潜升,其贞利乎!……时未可而潜,不亦贞乎?时可而升,不亦利乎?潜升在己,用之以时,不亦亨乎?"④皆泛指君子之出处行藏言,不专指圣人、天子。《颜氏家训·文章》:"潘尼《赠卢景宣》诗云'九五思龙飞',……今为此言,则朝廷之罪人也。"⑤知以飞龙专指天子,乃后世之事。陆机正与潘尼同时。汉代、魏晋诗文中以龙之潜升喻指君子者,其例甚多。即以用"升龙"字样者而言,上举扬雄《法言》外,如《盐铁论·毁学》:"李斯……奋翼高举,龙升骥骛。"⑥应璩《与刘公幹书》:"鹔鹕栖翔凤之条,鼋鼍游升龙之川,识真者所为愤结也。"⑦潘岳《故太常任府

① 郝立权《陆士衡诗注》,人民文学出版社,1958年,第2页。
② 见曹道衡《陆机的思想及其诗歌》,《中国社会科学院研究生院学报》1996年第1期。
③ 李道平《周易集解纂疏》,潘雨廷点校,第28页。
④ 汪荣宝《法言义疏》,陈仲夫点校,中华书局,1987年,第198页。
⑤ 王利器《颜氏家训集解》,上海古籍出版社,1980年,第261页。
⑥ 王利器《盐铁论校注》,中华书局,1992年,第231页。
⑦ 《文选》卷二六陆机《吴王郎中时从梁陈作》李善注引,《六臣注文选》,第475页下。

君画赞》:"翰飞公庭,龙升天路。"①陆机《吴王郎中时从梁陈作》:
"假翼鸣凤条,濯足升龙渊。"②曹摅《赠韩德真》:"龙升在云,鱼沉
于梁。"③又陆云《赠顾骠骑》:"之子于升,利见大人。"《答大将军祭
酒顾令文》:"之子于升,亦跃于渊。"④夏靖《答陆士衡》:"九五翻
飞,利见大人。"⑤亦皆用《易·乾》典故。处,《淮南子·修务》"不
遑启处"高诱注:"安也。"⑥"升龙悲绝处",谓君子欲进而失据,是
可悲也。《诗·大雅·旱麓》:"莫莫葛藟,施于条枚。"郑笺:"葛也
藟也,延蔓于木之枝本而茂盛。"⑦葛、藟,皆攀缘而寄生者。枝曰
条,干曰枚。曹道衡先生云:"'变'字的用法和谢灵运《登池上楼》
'园柳变鸣禽'句的'变'字相同。"⑧变条枚,枝干改变。谓失去旧
日所依附攀缘之对象。二句承上文"出处鲜为谐",言君子欲进取
而失所凭依。陆机吴亡后委身仕晋,初乃应太傅杨骏之辟;骏被
杀则事太子,太子旋为贾后废杀;赵王伦废贾后,杀张华,旋即篡
位,张华于陆机有知遇之恩,机颇敬重之,而又不得不顺应赵王
伦;伦诛,机被齐王冏下于狱。是其进退失据、不知所依之心情可
以想见。此诗正反映此种心情,而不必定其为何事而作,更无须
以"升龙"句为指天子被废或升遐。

董逃行(《乐府诗集》卷三四)

人皆冉冉西迁　西迁,谓老。二字亦有来由。《白虎通·五

---

① 欧阳询《艺文类聚》,汪绍楹校,第 878 页。
② 杨明《陆机集校笺》,第 235 页。
③ 罗国威《文馆词林校证》,中华书局,2001 年,第 41 页。
④ 《陆云集》,黄葵点校,中华书局,1988 年,第 36、75 页。
⑤ 罗国威《文馆词林校证》,第 49 页。
⑥ 刘文典《淮南鸿烈集解》,冯逸、乔华点校,第 652 页。
⑦ 《毛诗正义》,第 1008 页。
⑧ 曹道衡《陆机的思想及其诗歌》。

行》:"西方者,迁方也。万物迁落也。"①《汉书·律历志》:"少阴者,西方。西,迁也。阴气迁落物,于时为秋。"②案:古"西"读若"先",与"迁"同韵,故以迁释西。刘晓东先生《匡谬正俗平议》卷八据顾炎武《唐韵正》、江永《古韵标准》等,云:"是'西'字古本音即同'先'也。此音至六朝犹为正读,然其音变于后汉已萌,至隋唐,则'先稽切'之变音已夺正读之席,而'苏邻切'之古音反降在方俗矣"。③ 西方于时为秋,于十二支为酉。《史记·律书》:"酉者,万物之老也。"④《白虎通·五行》:"少阴……壮于西。酉者,老也。"

月重轮行(《乐府诗集》卷四〇)

俯仰行老,存没将何观 郝立权先生《陆士衡诗注》云:"俯仰行老,存没均未易观其究竟也。"⑤按:全诗叹老之将及而嘉运易失,志士当勉力以建功名。将何观,谓何以观示于人。忧惧死而无闻也。

日重光行(《乐府诗集》卷四〇)

惟命有分可营,但惆怅才志,身没之后无遗名 命,谓所禀之性命。命各有分,不可强求于分外,郭象注《庄子》颇强调于此,云:"性各有极也,苟知其极,则毫分不可相跂。……小大之殊,各有定分,非羡欲所及。"(《逍遥游》注)⑥又云:"安其自然之分而

① 陈立《白虎通疏证》,吴则虞点校,中华书局,1994 年,第 173 页。
② 王先谦《汉书补注》,中华书局影印虚受堂刊本,1983 年,第 398 页下。
③ 刘晓东《匡谬正俗平议》,山东大学出版社,1999 年,第 273 页。
④ 《史记》,中华书局,1959 年,第 1247 页。
⑤ 郝立权《陆士衡诗注》,第 30—31 页。
⑥ 郭庆藩《庄子集释》,王孝鱼点校,中华书局,1961 年,第 13 页。

已。"(《齐物论》注)①然分内者则应尽之,郭注《徐无鬼》云:"宜各尽其分也。"②此云"有分可营",谓营其分内也。营,《诗·小雅·黍苗》"召伯营之"郑玄注:"治也。"③凡有所规度作为谓之营。《文选》卷一四班固《幽通赋》:"保身遗名。"李善引曹大家注:"言人生能保其身,死有遗名。"④三句谓命内所有之分当经营治为之,唯才志无所施展、死后默默无闻,是可惆怅耳。

挽歌三首之一(《文选》卷二八)⑤

卜择考休贞,嘉命咸在兹 李善注:"《仪礼》曰:'筮若不从,筮择如初仪。'又曰:'卜若不从,卜择如初仪。'郑玄曰:'择地而筮之也。'"按:李善所引见《士丧礼》。筮谓筮宅,即用蓍筮择定葬地。卜谓卜日,即以龟卜择定葬日。从者,吉也。择地与日,皆先有所定,然后以卜筮问其吉凶;若不吉,则另择而卜筮之,其仪式如前。经文"筮择如初仪"下郑玄有注:"更择地而筮之。"⑥今《文选》诸本皆夺"更"字,语意遂不明。经文"卜择如初仪"下郑玄无"更择日而卜之"之注,盖承前注而省略也。《士丧礼》所载筮宅、卜日,乃就士而言。至于大夫,据《礼记·杂记》及郑注,其择墓地,亦用龟卜⑦。择葬日,则大夫与士均用龟卜。此诗全首皆言葬日之事,所谓"卜择"当言择日,正与《礼》合。而诗云"嘉命咸在兹",用一"咸"字,想来乃兼用龟与筮二者。"嘉命咸在兹"者,谓龟卜与蓍筮皆告吉,云葬日宜在此日也。《仪礼》《礼记》所载仪

① 郭庆藩《庄子集释》,王孝鱼点校,第109页。
② 郭庆藩《庄子集释》,王孝鱼点校,第875页。
③ 《毛诗正义》,第924页。
④ 《六臣注文选》,第256页。
⑤ 《六臣注文选》,第515—516页。
⑥ 胡培翚《仪礼正义》,《国学基本丛书》本,商务印书馆,1933年,第12册,第104页。
⑦ 见孔颖达《礼记正义》,李学勤主编《十三经注疏》标点本,北京大学出版社,1999年,第1163页。

式,后世不可能完全胶着。王筠《昭明太子哀策文》:"简辰请日,筮合龟贞。"①即择日兼用蓍龟之证。《通典》卷一三八载《开元礼》,五品以上官卒后,其卜宅兆兼用龟筮,卜葬日单用龟;六品以下则筮宅、筮日,皆单用筮②。此虽唐代制度,亦可见周代礼仪,后世虽沿袭而有所变化。又,《尚书·洪范》:"三人占则从二人之言。"③《史记·宋微子世家》集解引郑玄:"从其多者,蓍龟之道幽微难明,慎之深。"④《士丧礼》亦云:"占者三人。"⑤《白虎通·蓍龟》:"或曰:天子占卜九人,诸侯七人,大夫五人,士三人。"⑥是龟卜、蓍筮皆不止一人。陆机此云"咸在兹"者,也可解为卜者皆曰此日葬吉。李周翰注:"卜择葬地。"与诗意不合。

凤驾警徒御,结辔顿重基 吕向注:"徒御,御车者。"误。按《诗·小雅·车攻》:"徒御不惊。"《毛传》:"徒,辇也;御,御马也。不惊,惊也。"《正义》:"徒行挽辇者与车上御马者,岂不警戒乎?言以相警戒也。"⑦"惊"通"警"。陆机言"警徒御",正用《车攻》,徒御谓徒行者与御马者。吕向又云:"结,连也。谓马辔相连而驾也。顿,上下也;重基,山也。谓辇车上下于山阜之间。"亦误。结辔,后世或用为御马前行之意,然而非其初义。《韩诗外传》卷八:"(荆蒯芮)遂驱车而入,死其事。仆……乃结辔自刭于车上。"⑧谓其停车而死也。《史记·孟尝君传》:"冯驩结辔下拜,孟尝君下车接之。"⑨唯止驾方得下拜,孟尝亦方得下车接之。陆云《大安二年

① 欧阳询《艺文类聚》,汪绍楹校,第 297 页。
② 《通典》,第 3522、3524 页。
③ 《尚书正义》,李学勤主编《十三经注疏》标点本,北京大学出版社,1999 年,第 314 页。
④ 《史记》,第 1617 页。
⑤ 胡培翚《仪礼正义》,第 107 页。
⑥ 陈立《白虎通疏证》,吴则虞点校,第 332 页。
⑦ 《毛诗正义》,第 653、654 页。
⑧ 屈守元《韩诗外传笺疏》,巴蜀书社,1996 年,第 673 页。
⑨ 《史记》,第 2362 页。

夏四月大将军出祖王羊二公于城南堂皇被命作此诗》:"飞骖顾怀,华蝉引领。遗思北京,结辔台省。"①谓止驾于台省也。顿,吕向释为"上下",无据。《汉书·李广传》:"就善水草顿舍"颜师古注:"止也。"②此句谓止驾于山前。结辔,《文选集注》卷五六作"总辔",所载李善注引《楚辞》"总余辔于扶桑",又曰:"今案:五家、陆善经本'总'为'结'。"③是李善本原作"总"。按:《离骚》王逸注:"总,结也。……结我车辔于扶桑。"④是总辔、结辔义同。

挽歌三首之二(《文选》卷二八)⑤

魂舆寂无响,但见冠与带　第一首有"启殡进灵轜"之句,魂舆与灵轜不同。灵轜谓载柩之车,魂舆则载死者衣物者。李善注引周迁《舆服志》:"礼,葬有魂车。"《仪礼·既夕》:"荐车直东荣。"郑玄注:"进车者,象生时将行陈驾也,今时谓之魂车。"胡培翚《正义》:"此车平日所乘,灵魂凭之,故谓之魂车。"⑥《士丧礼·记》云送葬之车有乘车、道车、藁车,胡氏云皆所谓魂车。三车皆载死者生前衣服,居柩车之前。既葬,三车与柩车皆归。三车所载衣服并不入圹,而是敛置于已空之柩车之上,以其衣服乃死者精气所凭也。郑玄注云:"送形而往,迎精而反,亦礼之宜。"⑦按:《通典》卷七九载挚虞议曰:"按礼,葬有祥车,旷左,则今之容车也。……《士丧礼》有道车、乘车,以象生存。"⑧"祥车旷左",见《礼记·曲

①　《陆云集》,黄葵点校,第 34 页。
②　王先谦《汉书补注》,中华书局影印虚受堂刊本,1983 年,第 1128 页。
③　《唐钞文选集注汇存》,上海古籍出版社,2000 年,第 1 册,第 424 页。
④　洪兴祖《楚辞补注》,中华书局,1983 年,第 27 页。
⑤　《六臣注文选》,第 516 页。
⑥　胡培翚《仪礼正义》第 13 册,第 11 页。
⑦　胡培翚《仪礼正义》第 13 册,第 84 页。
⑧　《通典》,第 2143 页。

礼》上。据郑玄注、孔颖达疏，知即葬时之魂车，死者精魂所乘也①。是魂车，晋时称为容车。魏晋人所作哀诔之文颇有述及容车者，如曹植《文帝诔》："感容车之速征。"②《三国志·魏志·文德郭皇后传》注引《魏书》所载哀策文："悲容车之向路。"③左芬《元皇后杨氏诔》："习习容车，朱服丹章；隐隐辒轩，弁绖缞裳。"④张华《元皇后哀策文》："寄象容车。"⑤潘岳《南阳长公主诔》："容车戒路。"⑥可知陆机所写，亦当时实况。

备物象平生，长旐谁为旃　备物，李善注引《礼记》："孔子(谓)为明器者，备物而不可用。"按：李注节引《檀弓》下。李善之意，谓陆机此处"备物"即随葬之明器，固是。然"备物"一语，不仅限于指明器。如《周易·系辞》上："备物致用，立成器以为天下利，莫大乎圣人。"⑦《左传》定公四年子鱼云周成王"分鲁公以大路、大旂，……备物、典策。"孔疏云："服虔云：'备物，国之职物之备也。当谓国君威仪之物，……备赐鲁也。'"⑧陆机此处"备物"亦可能指上文魂舆、冠带等言。长旐，李善注引《周礼》："大丧供铭旐。"按：李注引见《春官·司常》。《仪礼·士丧礼》："为铭各以其物。"⑨铭即铭旐，书死者名于旐旗上以为标识，故曰铭旐。"各以其物"，谓自天子至士，平日其所建之旐旗各依其等级而有所差异，今丧葬时亦各有异。（据《春官·小祝》"大丧……置铭"贾公

①　《礼记正义》，第98—99页。

②　欧阳询《艺文类聚》，汪绍楹校，第244页。

③　《三国志》，中华书局，1982年，第167页。

④　《晋书》，第960页。

⑤　《艺文类聚》，第285页。

⑥　《艺文类聚》，第308页。

⑦　《周易正义》，第604页。

⑧　《春秋左传注》，李学勤主编《十三经注疏》标点本，北京大学出版社，1999年，第1545—1546页。

⑨　胡培翚《仪礼正义》第12册，第16页。

彦疏、《礼记·檀弓》下"铭，明旌也"孔颖达疏，铭旌用生时旌旗，但较粗略而小。)《春官·巾车》："及葬，……持旌。"郑玄注："所执者，铭旌。"①《礼记·明堂位》"有虞氏之绥"郑玄注云："旌从遣车。"②遣车，亦明器，象征死者生前用车，往葬所时，人举之行于枢车之前。知铭旌为人所持，行于枢车前。至圹，则与荐枢之茵一同入于圹中。据李善注，陆机"长旌"即此铭旌。然而亦可能指上文"魂舆"中之乘车所载旌旗。《士丧礼·记》云乘车除载衣服之外，犹"载旜"以夸示其身份。郑玄注："旜，旌旗之属。通帛为旜。孤卿之所建，亦摄焉。"③所谓"摄"，意谓旜本孤卿所用，士本不得用之，今士之丧礼载旜，乃临时假借，藉以夸示而已。陆机此诗乃王侯挽歌，其乘车所建之旌旗，当依生前所用者。斾，《说文》："继旐之旗也，沛然而垂。"段玉裁注："引申为凡垂之称。"④王念孙《读书杂志》云："悠悠、斾斾，皆旌旗之貌。"⑤谁为斾，犹言为谁低垂、为谁飘拂。《文选集注》引陆善经曰："谁为斾，言为谁设也。"⑥乘车载旌旗，本为拟象平生，然其主人毕竟已长逝不返，故云。

挽歌三首之三（《文选》卷二八）⑦

卧观天井悬　李善注："天井，天象也。……《史记》曰：'始皇治骊山，以水银为江河，上具天文。'《天官星占》曰：'东井，一名天井。'"按：李注谓天井指天象、天文，是。又引《天官星占》云东井一名天井，盖举例证说明"天井"一语之出处耳。其实星占家言天井者非一。《唐开元占经》卷六九《咸池星占》："黄帝曰：咸池，一

① 孙诒让《周礼正义》，《国学基本丛书》本，商务印书馆，1933 年，第 15 册，第 37 页。
② 《礼记正义》，第 953 页。
③ 胡培翚《仪礼正义》第 13 册，79 页。
④ 段玉裁《说文解字注》，上海古籍出版社，1981 年，第 409 页。
⑤ 王念孙《读书杂志》，第 105 页。
⑥ 《唐钞文选集注汇存》第 1 册，第 441 页。
⑦ 《六臣注文选》，第 516—517 页。

名黄龙,一名五潢。注云:《天官书》曰咸池星,曰天五潢。一名天津,一名潢池,一名天井。"①是咸池一名天井。卷七〇《军井星占》:"《荆州占》曰:天井如轮曲,与狼星俱主水旱。"②是军井一名天井。陆机此言天井,当非专指某星。墓室顶部有彩绘,若居室之藻井然,以绘有天象,故曰天井。据考古发掘,两汉、北魏、唐、五代、辽墓葬均发现有顶部绘画天象者。如 1957 年发掘之洛阳西汉墓葬,其前室顶脊之十二块长方砖上,绘有日、月、星象图;1987 年西安发现之西汉晚期墓葬,以青龙、白虎、朱雀、玄武四象及二十八宿绘于主室砖砌券顶;1959 年山西平陆发现之东汉墓葬,其藻井绘有日、月及星百余颗等。参夏鼐《洛阳西汉壁画墓中的星象图》③、潘鼐编著《中国古天文图录》④、徐振韬主编《中国古代天文学词典》⑤。

寿堂延螭魅,虚无自相宾 李善注:"《楚辞》曰:'蹇将澹兮寿宫,与日月兮齐光。'王逸曰:'寿宫,供神之处也。'"李周翰注:"寿堂,祭祀处。"《文选集注》引陆善经曰:"寿堂,祠神堂也。"三家皆以寿堂为祭祀处,则当指墓前祠堂而言。然既言魑魅、虚无,当仍指墓室,或是指其前室。墓有主室,棺柩所在;有前室,犹生时所居之堂。《北堂书钞》卷九二引缪袭《挽歌》:"寿堂何冥冥,长夜永无期。欲呼声无声,欲语口无辞。"又引傅玄《挽歌》:"寿堂闲且长,祖载归不还。"⑥之所以称寿者,如《后汉书·赵岐传》"先自为寿藏,图季札、子产、晏婴、叔向四像居宾位,又自画其像,居主位"

---

① 瞿昙悉达《唐开元占经》,台湾商务印书馆影印《文渊阁四库全书》第 807 册,第 688 页。

② 瞿昙悉达《唐开元占经》,第 692 页。

③ 夏鼐《洛阳西汉壁画墓中的星象图》,《考古》1965 年第 2 期。

④ 潘鼐《中国古天文图录》,上海科学技术出版社,2009 年。

⑤ 徐振韬《中国古代天文学词典》,上海科学技术出版社,2009 年。

⑥ 虞世南《北堂书钞》卷九二,中国书店影印孔广陶刊本,1989 年,第 352 页上、351 页下。

李贤注所云："寿藏,谓塚圹也。称寿者,取其久远之意也,犹如寿宫、寿器之类。"①

百年歌(《艺文类聚》卷四三)

清酒将炙奈乐何　奈乐何,快乐得不知如何是好、乐不可支之意。犹《世说新语·任诞》:"桓子野每闻清歌,辄唤'奈何'。"②此诗前六首皆述人生欢乐之事状,皆以"清酒将炙奈乐何"结束;后四首描写老惫之态,乐去哀来,乃不复唱此句。

高谈雅步何盈盈　萧涤非先生《汉魏六朝乐府文学史》第二编第三章《两汉民间乐府》论《陌上桑》曰:"汉世男女,皆各有步法。……《后汉书·马援传》:'勃(朱勃)衣方领,能矩步。'注云:'颈下施衿,领正方,学者之服也。矩步者,回旋皆中规矩。'服既为学者之服,则'矩步'当亦学者之步,与此诗所谓'公府步'者必自不同。此汉士大夫步法之可考见者。度其间方寸疾徐之节,必各有不同及难能之处,故彼传特表而出之,而此诗亦以为言也。闻一多先生云:'案古礼,尊贵者行迟,卑贱者行速,孙堪以县令谒府,而趋步迟缓,有近越礼,故遭谴斥。(见《后汉书·儒林·周泽传》)太守位尊,自当举趾舒泰,节度迟缓。此所谓公府步、府中趋,犹今人言官步矣。'则是官步中,又有尊卑之别焉。"③萧氏所言虽止于汉代,然可推想魏晋风尚,录以备参。

（原载《吉林大学学报》2017 年第 3 期）

---

① 王先谦《后汉书集解》,中华书局影印虚受堂刊本,1984 年,第 744 页下。
② 余嘉锡《世说新语笺疏》,第 757 页。
③ 萧涤非《汉魏六朝乐府文学史》,人民文学出版社,1984 年,第 89 页。

陆机《答贾谧》末章解说

《文选》卷二四载贾谧、陆机赠答诗。贾之赠诗实潘岳代为，其末章作劝励之语云："欲崇其高，必重其层。立德之柄，莫匪安恒。在南称甘，度北则橙。崇子锋盈，不颓不崩。"盖陆机在吴时有盛名，故勖勉其守之以恒，保持高节，勿如柑橘入北则变质也。陆机乃答之曰："惟汉有木，曾不逾境。惟南有金，万邦作咏。民之胥好，狂狷厉圣。仪形在昔，予闻子命。"①今略作解说。

"惟汉"二句，谓汉水之上有柑橘嘉树，乃不能有恒，入北则变化矣。按柑橘变化之说，诸书所载小有差异。《晏子春秋·内篇·杂下》《考工记》云橘逾淮而北则为枳，《淮南子·原道》云橘之江北则化为橙，王逸注《橘颂》云橘生于江南，植于北地则为枳。惟曰"江"曰"淮"，皆不及于"汉"。陆机云"惟汉有木"者，其故惟何？李善、五臣皆未有说。今细究之，或因《诗·周南·汉广》之故。《汉广》有"南有乔木"之句，故用其语曰"惟汉有木"。不曰"南"而曰"汉"者，与下"惟南有金"避复耳。夫汉朝人说《汉广》，每与橘相关，故士衡乃因柑橘而思及于《汉广》。汉人所说，即郑交甫遇神女故事。《文选》卷一八嵇康《琴赋》："游女飘焉而来萃。"李善注："《韩诗》曰：'汉有游女，不可求思。'薛君曰（按指薛氏《韩诗章句》）：'游女，汉神也。言汉神时见，不可求而得之。'"②张衡《南都赋》、郭璞《江赋》李善注引《韩诗内传》谓郑交甫遵彼汉

---

① 《文选》，中华书局影印胡克家刻本，1977年，第350页下、346页下—347页上。
② 《文选》，第259页下。

皋台下,遇二神女。《说文解字》释"媱"字引《韩诗传》,亦云:"郑
交甫逢二女媱服。"①可知其故事传播甚广,学者以之解《汉广》之
篇。唯李善、许慎所引,尚未见"柑橘"字样,而《易林·萃之渐》:
"乔木无息,汉女难得。橘柚请佩,反手离汝。"②则赫然在矣。刘
向《列仙传》载其事较完整,彼交甫与汉女对答,有"橘是柚也,我
盛之以笥,令附汉水,将流而下"等语③。由是观之,汉晋人将《汉
广》与橘柚相关联,不足怪矣。张协《七命》云"汉皋之楱"④,当亦
与此相关。楱亦橘类,协韵故改字耳。按《史记·货殖列传》云:
"蜀汉江陵千树橘。"⑤汉皋固产橘之乡焉。士衡言柑橘而曰"惟汉
有木",殆由乎此。

　　李善注士衡答诗云:"言木度北而变质,故不可以逾境;金百
炼而不销,故万邦作咏。谲戒之以木,而陆自勖以金也。"吴淇《六
朝选诗定论》云:"虽答自勉,实是解嘲。"⑥何焯《义门读书记》则
云:"金以勖贾,故下云'狂狷厉圣'。自谓恃宿昔相知,乃敢云然
也。"⑦何氏之意,谓士衡自恃与贾谧相知,故于对方勖己之际,亦
以南金相勉励。其说恐不然。贾谧虽年少,时为散骑常侍,官居
三品;陆机为太子洗马,乃七品(据《通典·职官·晋官品》)。谧
自恃权臣后裔,倚仗姨母贾皇后之势,骄横殊甚,至无礼于太子。
陆机此际若对之作勉勖之语,岂非迹近反唇。士衡虽兀傲,不至
此也。李善、吴淇之说足供参考,然以"万邦作咏"自期,终觉不甚
得体。今别进一解:"南金"应是当时称赞南方优秀人才之惯用

①　段玉裁《说文解字注》,上海古籍出版社,1981年,第436页上。

②　《易林》,《续修四库全书》,上海古籍出版社,第1054册,第705页下。

③　题刘向《列仙传》,影印《正统道藏》本,上海古籍出版社,1990年,第8页上。

④　《文选》,第497页上。

⑤　《史记》,中华书局,1959年,第3272页。

⑥　吴淇《六朝选诗定论》,《四库全书存目丛书补编》本,齐鲁书社,2001年,第11册,
　　第200页上。

⑦　何焯《义门读书记》,中华书局,1987年,第907页。

语。如南方人士入洛，张华"见而奇之，曰：'皆南金也。'"(《晋书·薛兼传》)①张华与褚陶书又云："二陆龙跃于江汉，彦先凤鸣于朝阳，自此以来，常恐南金已尽，而复得之于吾子。故知延州之德不孤，渊岱之宝不匮。"(《世说新语·赏誉》注引《褚氏家传》)②又陆机友人顾荣推荐江南士人于晋元帝，亦云："凡此诸人，皆南金也。"(《晋书·顾荣传》)③陆机"惟南"二句，承贾谧之语而稍稍宕开，谓君所言是矣，南方之木固有不能逾境者，然而南国之金则万邦称咏矣。语虽委婉，而不卑不亢，亦以南人自傲也。"民之胥好，狂狷厉圣。"若依何焯说，狂狷乃陆机自谓，圣指贾谧，厉者勉励也。按：《小雅·鹿鸣》："人之好我。"《郑笺》："好犹善也。人有以德善我者。"④"民之胥好"，谓人之以德相善。"狂狷"句，谓狂狷能念于善，则进为圣人。用《尚书·多方》"惟圣罔念作狂，惟狂克念作圣"之语⑤。二句谓人们相互敦促，使之进善，由狂狷磨砺而入圣域。上二句略示其兀傲，此二句与下二句"仪形在昔，予闻子命"又转而表示接受对方之诚勉，甚为得体。

（部分内容曾以"陆机《答贾谧》'惟南有金'别解"为题发表于《中华文史论丛》2020年第4期）

① 《晋书》，中华书局，1974年，第1832页。
② 余嘉锡《世说新语笺疏》，中华书局，1983年，第431页。
③ 《晋书》，第1814页。
④ 《毛诗正义》，李学勤主编《十三经注疏》标点本，北京大学出版社，1999年，第557页。
⑤ 《尚书正义》，李学勤主编《十三经注疏》标点本，北京大学出版社，1999年，第460页。

论《陆士衡文集》之《宛委别藏》本

西晋大文学家陆机，所作诗文情思慷慨，注重藻饰，鲜明地体现了六朝时期的审美倾向，可以说代表了骈体文学发展的第一座高峰。在很长的历史时期内，陆机为人所景仰，被誉为"荆衡之杞梓"，"百代文宗，一人而已"①。但其作品却散佚严重。据《晋书》本传，其诗文凡三百余篇。《隋书·经籍志》载梁代《陆机集》有四十七卷，到了唐代，只存十四或十五卷（《隋志》著录十四卷，两《唐志》著录十五卷）。至宋代遗佚更甚。今日所见《陆士衡文集》，原系南宋宁宗庆元年间徐民瞻于华亭县寻访所得。徐氏又委托友人由秘书省求得《陆士龙集》，遂缮写合刻于华亭，目曰《晋二俊文集》。至明代正德间，陆元大翻刻宋本，其所据底本即出自徐民瞻本。陆氏翻宋本至今犹存，《四部丛刊》本即据以影印。又有影宋抄本《晋二俊文集》，今藏国家图书馆。除此二种之外，明人所编总集中的二陆文集，都只不过是在此基础上捃拾若干遗佚重加编次罢了。

陆机、陆云二集都出于徐民瞻所刻，但情况并不一样。《陆士龙文集》虽然并非唐代旧本，大约也经过宋人重编或补遗②，但其中大量诗文，仅见于集本，不见于《北堂书钞》《艺文类聚》《初学

---

① 《晋书·陆机传》末"制曰"，中华书局，1974年，第1487页。
② 《四库全书》所收《陆士龙文集》，其底本为汪士贤《汉魏六朝二十一名家集》本（据《中国善本书目》《中国善本书提要》）。馆臣据集中某些讹误，推测为明人重编。但《陆云集》宋刻本今日尚存，馆臣所列举的讹误，均只见于此本。可知馆臣所言，不过是臆度而已。

记《太平御览》等类书和《文选》《玉台新咏》等总集，或者类书所录仅为节选，而集本载其全文。可知陆云集至宋代虽颇有残缺，但存留者尚为可观。《陆士衡文集》情况全然不同。今传集本所载赋二十五首、诗七十五题九十首、文二十一题七十一首，几乎全部出于总集、类书，类书节引不全者，集本也一如其旧①。我们只要将集本与《文选》《玉台新咏》《乐府诗集》《艺文类聚》《初学记》一一对勘，便可知晓。可见《陆机集》在宋代几乎已经亡佚殆尽，徐民瞻所据本只不过是从总集、类书中捃拾编辑而成者而已。

　　徐民瞻所刻的《晋二俊文集》，在清代还有宋刻本存留。常熟毛氏汲古阁曾藏有一部，只是已有残缺，陆贻典曾据以校勘。但这部宋本现已不知去向②。今国家图书馆藏有一部宋刊《陆士龙文集》，有项元汴跋，原系潘宗周宝礼堂旧物；而《陆士衡文集》的宋本，恐怕已不存于天壤之间了。陆心源皕宋楼曾收藏《陆士衡文集》和《陆士龙文集》的陆贻典校宋本，现也不知下落。

　　《陆士衡文集》的宋刻既已不存，则我们只能从上述陆元大翻宋本和国图所藏影宋抄本中窥见宋本原貌。这两种本子所依据的底本都出自徐民瞻刊本，但文字已有异同，那当然是传抄、传刻过程中所造成。影宋抄本的抄录年代、抄录者名姓均不详③。其所据底本也不能确指，但应与汲古阁藏的那个宋本关系密切。这样说的理由是：据《仪顾堂题跋》卷一○《宋刊晋二俊集跋》说，宋

① 只有《百年歌》十首，集本比《艺文类聚》所载共多出三句。还有，集本《感时赋》《瓜赋》《大暮赋》《漏刻赋》《羽扇赋》系拼合《艺文类聚》《初学记》所载而成。

② 《皕宋楼藏书志》卷六七著录《陆士衡文集》《陆士龙文集》的"陆敕先校宋本"，《仪顾堂题跋》卷一○有《宋刊晋二俊集跋》。皕宋楼所藏应是陆贻典据汲古阁藏宋本加以校勘的一个本子，并非宋本。陆贻典的跋语云："丁未立春从何子道林乞得此本，翻季出示宋刊，既与翻季校一本，随又校得此本。凡皆校过两次，宋本讹字亦皆勘入，其余尚亦无遗。惜宋本残缺，不能无恨耳。"（见《皕宋楼藏书志》卷六七《陆士龙文集》陆敕先校宋本条下，《续修四库全书》第929册，第77页下）皕宋楼所藏，当即何道林本。

③ 国家图书馆著录为清代影宋抄本。

刊《陆士衡集》每页二十二行,每行二十字,影宋抄本也正是这样;又说宋本与陆元大刻本文字颇有不同,并举出关系较大者四十五条①,而其中四十四条都与影宋抄本相合②。

这个《晋二俊文集》影宋抄本现藏国家图书馆,有赵怀玉、卢文弨、严元照、翁同书跋。据跋语可知,它原是鲍廷博的藏书,曾经赵怀玉和卢文弨校勘。后其书散出,咸丰中为翁同书所得③。赵怀玉校于乾隆五十一年(1786),卢文弨校于乾隆五十九年(1794)。赵校以蓝色笔写在天头之上,共八十余条,严元照在跋中讥其"亦未能精细"。卢校原写在纸条上夹在书中,然后由严元照誊录于行间,系红色笔④。此外天头上偶有严元照本人校语,为红笔;又偶有翁同书案语,为黑色笔。

除了影宋抄本外,还有一个清代抄本,即《宛委别藏》本。《四库全书》纂修时,未收得陆机文集,故《四库》中付之阙如。后来阮元主浙江学政,继而又任浙江巡抚,搜求四库未收之书,方才获得此集进呈,即《宛委别藏》本。《宛委别藏》原本现藏台湾故宫博物院图书馆,有影印本行世。这个本子的来历是什么呢?据笔者观察,它就是上述国图所藏影宋抄本的再次影抄本。理由如下。

《宛委别藏》本和影宋抄本在版式、文字上相合之处极多。(1)二者版框大小一致,都是高约 22.5 厘米,每半叶广约 16.5 厘米(不连版心)。(2)二者皆为每半叶十一行,行二十字。少数为

---

① 上注已经说明,陆心源并未直接见到宋本《陆士衡文集》,他所枚举宋本与陆元大本的文字异同,应是根据陆贻典的校勘。

② 唯一不同的一条是:据陆心源所述,《陆公少女哀辞》宋刊本"'晔晔'下原阙二字,明本妄补'芳华'二字"(见《仪顾堂题跋》卷一〇,《续修四库全书》第 930 册,上海,上海古籍出版社,2002 年,第 115 页下)。影宋抄本则不缺此二字。按此篇所据乃《艺文类聚》,《类聚》原有此二字。

③ 钱曾《述古堂藏书目录》卷七有《陆士衡文集》十卷二本、《陆士龙文集》十卷二本,均注"宋本影抄",尚不知国图藏影宋抄本与钱氏所藏有何关系。

④ 有个别行间校字为黑色。

行二十一字,偶有行十九字或行二十二字,二者也都一一相符。行中抄写偶有疏密,字亦或有大小,二者也都相符。还有,若干处影宋本有脱漏之字,《宛委别藏》本据卢文弨所校补入,而补入后虽该行增添一字,但抄写者将其字距减小,使得该行的首字、末字仍与影宋本保持一致,不影响整个页面。(3)影宋本用异体字处,《宛委别藏》本基本上也都与之一致。甚至某些书法上的特征,二者也相当一致。如"唯"字左旁写作"厶","蚩"字"山"下少一横,"沿"字写作水旁加"公","恶"字"心"上写作"西","含"字"今"下多一点,"笑"字写作竹下加"犬"。又如"條"字、"修"字、"候"字的第三笔写得较长,"節"字的竹字头偏在左边,"尤"字一点写在一横之下,等等。(限于印刷条件,此处无法一一举例。)(4)影宋抄本的《周处碑》,"奏课为能"句下有八个空格,"轻车将军"句下有四个空格,均为诸本(如陆元大刊本以及《西晋文纪》《七十二家集》《百三名家集》①)所无,而《宛委别藏》本有之。(5)影宋本中许多明显的错衍讹夺之字,《宛委别藏》本也一一与之相符。如《文赋》"浮天渊以安流"的"天"误作"夫","溯涩而不鲜"的"溯"误作"認",《豪士赋序》"至乐不愆乎旧"的"樂"误作"藥","名编凶顽之条"的"条"下衍"耳"字,《陵霄赋》"靡迤"误衍作"靡靡迤",《演连珠》第五首"禄施于宠"的"禄"上衍"五臣本"三字,第十五首"贞臣卫主"的"主"误作"生",第九卷目录"汉高祖功臣颂"的"臣"误作"名",《汉高祖功臣颂》"奇谋六奋"的"奇"误作"寄",《吊魏武帝文》"蕞尔之土"的"土"误作"士","举勃敌其如遗"的"勃"误作"勃","力荡海而拔山"的"山"误作"凶","嗟大恋之所存"的"恋"误作"变",《辩亡论上》"覆师败绩"夺"败"字,"謇谔尽规"夺"规"

─────────────

① 本文所谓陆元大刊本系用《四部丛刊》影印本,《西晋文纪》为影印《文渊阁四库全书》本,《七十二家集》为上海古籍出版社《续修四库全书》影印国图藏明末刻本,《百三名家集》用复旦大学图书馆藏清代翻明张溥刻本。

字,"群公既丧"的"群"误作"郡",《辩亡论下》"信哉贤人之谋"夺"信"字,"夫太康之役"的"夫"误作"失",《五等论》"独飨其利"的"独飨"误作"有飨","损实事以养名"夺"损"字。这些例子中,影宋本的错误显而易见,而且是这个本子所独有,不见于陆元大刊本、明人所编总集本等其他文本,也不见于总集、类书等引录,而《宛委别藏》本与之若合符契。如此之类,不下数十处,以上仅仅举出一部分而已。

总之,《宛委别藏》本与影宋本相似程度极高。当然读者会提出疑问:尽管二者极为相似,但也可能是因为二者所用的是同一个底本,何以见得《宛委别藏》本一定是影宋本的再度影抄呢?

答曰:如上所述,影宋抄本存在着许多显而易见的讹误,《宛委别藏》本一仍其旧,但是,《宛委别藏》本又改正了影宋抄本的不少错误。而这种改动,几乎都不出影宋抄本上所录校语的范围,尤其是与严元照誊录在行间的卢文弨校极为相符。因此,我们可以推断它是据这个录有校语的影宋抄本再作影抄的。

据笔者统计,严元照过录于行间的卢校共五十多处,几乎全部都为《宛委别藏》本所吸取,只有《挽歌》"妍姿永夷泯"的"泯"字,影宋本误作"氓",还有《七征》"弋轻禽"的"弋"字,影宋本误作"戈",这两处卢文弨校改了,《宛委别藏》本却未加改正。这当是《宛委别藏》本再影抄时的偶然失检。

还有一点应该一提:卢文弨所校,有几处颇为独特,即只与少数文献相符,而与大多文本所载均不相同,而《宛委别藏》本却与之一一相合。如《列仙赋》"息宴游栖则昌容弄玉","容"字影宋本作"客",该篇系据《艺文类聚》卷七八,今检《类聚》,正作"客"字①。陆元大刻《陆士衡文集》、《七十二家集》、《百三名家集》亦作"客"。

---

① 本文所据《艺文类聚》为汪绍楹整理本,其底本乃宋绍兴刻本,上海古籍出版社,1982年新一版。

只有清初编的《历代赋汇》《渊鉴类函》《佩文韵府》作"容"①。昌容系仙人名，当然以作"容"字为是。卢文弨校改作"容"，《宛委别藏》本从之。又如《陵霄赋》"削陋迹于介丘"，影宋本"介"字作"分"，陆元大刻《陆士衡文集》、《艺文类聚》卷七八、《七十二家集》、《百三名家集》等也都作"分"，唯有宋人吴棫所编《韵补》引作"介"，清初所修《康熙字典·车部》等亦引作"介"②。按"介丘"常语，司马相如《封禅文》"以登介丘"服虔曰："介，大也；丘，山也。"自以作"介"为是。卢文弨校改作"介"，《宛委别藏》本从之。又如《辩亡论上》"汉王亦凭帝室之号"，"室"字在《文选》、《三国志·吴书·三嗣主传》注、《晋书·陆机传》、陆元大刻本、影宋本、《西晋文纪》中都作"王"，只有《七十二家集》《百三名家集》作"室"。卢校改作"室"，《宛委别藏》本也作"室"。以上各例，虽然卢校并不是唯一作"容""介""室"字者，但与其说《宛委别藏》本据某些文献改字，不如说它照录卢校更合理可信，因为如上所述，《宛委别藏》本有许多显而易见的错字都没有改正，可见其抄录时并不曾与其他文献一一对校。《周处碑》的情况更能说明问题：影宋本"汪洋庭阙之傍"，"庭阙"二字，陆元大刻本、《西晋文纪》、《七十二家集》均作"廷阙"，《百三家集》作"延阙"，卢校则改为"延阁"，是甚为独特的，而《宛委别藏》本亦作"延阁"。同篇"远性霞骞"，诸本皆同，只有卢校改"骞"为"骞"，而《宛委别藏》本亦作"骞"。这种与卢校高度符合的情况说明了什么呢？它使我们想到：《宛委别藏》本抄录时，就是依据影宋抄本上的卢文弨校而改动影宋抄本的。

除了充分吸收卢文弨校，严元照有不多的几条校语写在天头

---

① 本文所据《历代赋汇》《渊鉴类函》《佩文韵府》为影印《文渊阁四库全书》本。又，严可均《全晋文》亦作"容"，但严氏所编当非《宛委别藏》本《陆士衡文集》抄录者所及见。

② 本文所据《韵补》用影印辽宁图书馆藏宋刻本，中华书局，1987年；《康熙字典》用据同文书局原版重印本，中华书局，1958年。

上，应是他本人的意见，而不是誊录卢文弨校。其中有四条指出影宋本的误字，也为《宛委别藏》本所吸取。

至于赵怀玉的校语，《宛委别藏》本也有与之相合处，但数量较少。据笔者统计，赵怀玉校语八十余条，所指出的影宋抄本与别本相异之处，有的是影宋本的讹误，有的则二者都可通。《宛委别藏》本所吸收的不过十条左右。赵校指出的影宋抄本之误，极为明显，如上文说到的"忍"误作"認"、"樂"误作"藥"、"勑"误作"勃"、"山"误作"凶"、"恋"误作"娈"，以及衍"五臣本"、夺"败"字和"规"字之类，赵校均已指出，但《宛委别藏》本都未加改正。这表明《宛委别藏》本的抄录者对赵怀玉校不甚重视。这是可以解释的。上文说过，严元照批评赵校"亦未能精细"，表示不满。《宛委别藏》本的抄录或与此种态度有关。此外，赵校书于天头，而且都作"某当作某""一本作某"等语；卢校则誊写于行间，且径直写出所改的字。显然对于抄录者而言，卢校更为方便。或许这也是《宛委别藏》本几乎全部吸取卢校而较少吸收赵校的一个原因吧。

除了依据卢文弨校和部分赵怀玉校改字订讹，《宛委别藏》本对于影宋抄本的改动也有超出卢校、赵校之处，但只不过寥寥数条而已：(1)《行思赋》"涂愈近而恩深"，"恩"改"思"；(2)《感丘赋》"伤革命之倏忽"，"革"改"年"；(3)《为周夫人赠车骑》"临觞不能饮"，"饮"改"饭"；(4)《吊魏武帝文》"台郎"，"郎"改"郎"；(5)《七征》"延祜承福"，"祜"改"佑"；(6)《吴大司马陆公诔》"百异行徹"改"百行异辙"("徹"字卢校已改)。不难看出，其中有的是影宋本抄录时的一时笔误，如(1)(2)(4)条，即使不对校其他文本，据上下文意也不难发现。第(3)条"饮"字出韵，也较易发现。第(5)条"祜""佑"二字本易混淆，第(6)条可能是臆改。因此仅凭这几处，并不能推翻《宛委别藏》本抄录时未曾一一对校其他文本的结论，至多只能说或许曾偶一翻检其他文本而已。

《宛委别藏》本在抄写过程中还产生了一些新的讹误，其中有一些乃是由于影宋抄本所用字体或特殊写法以致形近而讹，如"懽"（歡）误为"懼"、"勖"字的缺笔误为"鬲"之类。这倒又证明了《宛委别藏》本是影写影宋抄本而成的。

综上所述，《宛委别藏》本并非以某一宋本为底本抄录而成，而是以影宋抄本为底本，参照影宋抄本上的卢文弨、赵怀玉校语，再次影抄而成。如若说它不是抄自影宋抄本，而只是与影宋抄本出于同一宋本，并在抄录时纠正了一些讹误，那么如何解释其纠正处几乎不出影宋抄本上的卢、赵二校范围，且与卢校相符合程度如此之高？世间岂有这般巧合的事吗？

阮元在浙江搜求《四库》未收书时，鲍廷博为之助，出力甚多。而影宋抄本原是鲍廷博旧藏。我们说，他献出所藏珍本，以供抄录进呈，不是顺理成章的吗？还可提供一个旁证：《四库未收书目提要·陆士衡文集十卷提要》有曰："今按卷末《周处碑》中有'韩信背水之军'一段，乃以他文杂厕，文义不相属。"而影宋抄本天头有校语云："'韩信'以下，以他碑杂厕，不足凭。"该校语为红色，应是严元照所书。不难看出，《提要》之语，与严元照校语颇为相似，很可能即来自严校。这不也证明阮元所进呈者与影宋抄本的密切关系吗？据阮元之子阮福说，《提要》写作时，"凡所考论，皆从参访之处先查此书原委，继而又属鲍廷博、何元锡诸君子参互校订，家大人亲加改定"[①]。若设想《陆士衡文集提要》即由鲍、何辈属草，而将书上的校语写入，似也并非全无根据（影宋抄本上还钤有"何元锡借观印"的印章）。

既然如此，今日若整理《陆士衡文集》，影宋抄本当然必须取作重要的校勘文献，卢文弨、赵怀玉的校勘成果也应该参考，而

---

① 《四库全书总目》附录《四库未收书提要》，中华书局，1965年，第1845页。按"锡"原作"錫"，或因"锡"字篆隶之变而讹。何氏一字敬祉，作"锡"乃与其字相应，锡者，赐也。

《宛委别藏》本便不必取作校本,至少无须一一出校。新出的一种《陆士衡文集校注》说,《宛委别藏》本"可能以《晋二俊文集》为底本,参校古本而成"[①],依笔者之见,这种可能性是不存在的。

现在再看一下两个本子的避讳情况。影宋抄本凡遇宋讳玄、竖、廓、朗、匡、胤、贞、征、纨、泛、惇、敦、慎、勖等字皆作缺笔或加笔,《宛委别藏》本绝大多数都已回改("玄""胤"二字亦为清代讳字,故改作"元""允")。而《宛委别藏》本又增加了许多清代避讳字,凡遇清帝名讳玄、晔、胤、弘皆以改字法避之,孔子讳"丘"则加邑旁作"邱"[②]。最可笑者,"系房"改作"系卤"[③],"胡马"改作"天马","丑虏""单于""陵夷""狄叛羌归"皆作空格。按雍正、乾隆时均有谕谓夷、狄、虏等字样不应回避,雍正十一年谕甚至说:"嗣后临文作字,及刊刻书籍,如仍蹈前辙,将此等字样空白及更换者,照大不敬律治罪。"[④]但文人战战兢兢,犹沿旧法,以致乾隆间修《四库全书》,馆臣也仍循往辙。史学名家邵晋涵主持辑录《旧五代史》,以及后来武英殿刊刻,均大肆改窜,陈垣先生《旧五代史辑本发覆》专论此事。因此,《宛委别藏》本《陆士衡文集》之空格改字,实无足怪。有的学者说《四库全书》多改窜旧籍,《宛委别藏》则能保留原貌。就《陆士衡文集》视之,亦未必然。

附记:笔者在调查文本时曾得到邬国平、李庆、吴格、奚彤云、杨焄、赵厚均诸位先生的帮助,谨致谢意。

(原载《中华文史论丛》2012 年第 1 期)

---

① 刘运好《陆士衡文集校注》(上),凤凰出版社,2007 年,第 634 页。

② 避孔子讳作"邱"当始于雍正三年,参陈垣《史讳举例》卷一《第四避讳改音例》,《励耘书屋丛刻》中,北京师范大学出版社,1982 年,第 1281 页。

③ "虏""卤"二字本可通假,但在清代"卤"被用作"虏"的避讳字。

④ 参陈垣《史讳举例》卷二《第二十清初书籍避胡虏夷狄字例》,《励耘书屋丛刻》中,第 1309 页。

《文选》卢谌、刘琨赠答诗注误

两晋之际的刘琨，备尝国破家亡的痛苦，于艰难竭蹶之中，坚忍不拔，力图恢复，最终竟因共事者的疑忌而被害，令人扼腕瞋目。他的诗作，钟嵘称曰"善为凄戾之词，自有清拔之气"[1]。元好问则称誉其具有建安风力，可与曹植、刘桢并立："曹刘坐啸虎生风，四海无人角两雄。可惜并州刘越石，不教横槊建安中。"[2]但是刘琨诗作，流传至今者，仅仅四言《答卢谌》一首、五言《重赠卢谌》一首以及乐府体的《扶风歌》一篇而已[3]，也是令人扼腕的事。

四言《答卢谌》载《文选》卷二五，前有答卢谌的书信一通，诗附其后。乃回答卢谌赠诗所作，卢诗前也有书信，亦载于卷二五[4]。今欲就其写作之时、地略加说明，并指出李善、五臣注之误。

陆侃如先生《中古文学系年》系其诗于晋愍帝建兴四年（316）。按卢谌书云："因缘运会，得蒙接事，自奉清尘，于今五稔。"晋怀帝永嘉五年（311），刘曜攻陷洛阳，卢谌随父兄投奔刘琨，不幸途中为刘粲所虏，被逼迫为参军，随粲居于晋阳（今山西

---

① 钟嵘《诗品》中，见杨明《文赋诗品译注》，上海古籍出版社，2019年，第84页。
② 郭绍虞《元好问论诗三十首小笺》，人民文学出版社，1978年，第58页。
③ 俱载于《文选》。四言《答卢谌》一首、五言"握中有悬璧"载《文选》卷二五"赠答"，（"握中有悬璧"题作"重赠卢谌"，实误，见下文）。《扶风歌》载卷二八"杂歌"。除此之外，《艺文类聚》卷三一于"晋刘琨"名下载"璧由识真显"八句，却题曰"又重赠刘琨诗"，显然有误。汪绍楹校以为当作"重赠卢谌"，而冯惟讷《诗纪》、逯钦立《先秦汉魏晋南北朝诗》以为当是卢谌赠刘琨之作。疑不能明。
④ 《六臣注文选》，浙江古籍出版社影印《四部丛刊》本，1999年，第446—449、450—455页。

太原)。次年永嘉六年(312)冬,刘琨击败刘粲,收复晋阳,卢谌遂得以入琨府中(刘琨时为并州刺史)。所谓"自奉清尘",当指此而言。至愍帝建兴四年,刘琨率军进攻石勒,却反为所败,不得不放弃并土,投奔幽州刺史段匹磾,卢谌自亦同行。时为建兴四年十二月己未(十二月五日)。抵幽州后,卢谌被段匹磾辟为别驾。其赠刘琨诗即作于此时,应在建兴四年十二月五日以后,或建兴五年(317)初。自永嘉六年至建兴四年末或五年初,首尾五载,故卢诗云"自奉清尘,于今五稔"。而建兴四年十二月二日为公历317年元旦,故卢、刘赠答不论作于建兴四年末还是五年初,都应系于317年。《中古文学系年》系于316年,大体不错,但可作小小修正。(以上涉及事件之年份、月日,系据《晋书·愍纪》及《资治通鉴》。)

幽州治所在蓟县(治所在今北京城西南),卢谌既为别驾,自应随从段氏居于蓟城之内,而刘琨则别屯蓟城外之故征北府小城。据《资治通鉴》卷九〇《晋纪》十二"元帝太兴元年"胡三省注:"征北小城,盖征北将军所治。"①所谓征北将军,乃晋时将军号。顾祖禹《读史方舆纪要》卷一一"顺天府"云:"征北小城,在府东。或曰即后汉末公孙瓒所筑。初平四年,瓒与幽州牧刘虞不相能,瓒筑小城于蓟城东南居之。虞发兵讨瓒,反为所败。晋置征北将军,尝治此,因名征北小城。建兴三(应作四)年刘琨自太原奔段匹磾,时匹磾治蓟,琨别屯征北小城,是也。"②可知卢谌赠刘琨诗当作于蓟城,而刘琨答诗则作于其屯所即征北小城内。

刘琨投奔段匹磾,结为兄弟,矢忠晋室,共讨石勒。卢、刘赠答诗中对段氏颇有赞美之语,正是当时情势的反映。不料形势苍

---

① 《资治通鉴》,中华书局,1956年,第2858页。
② 顾祖禹《读史方舆纪要》,《续修四库全书》影印上海图书馆藏稿本,上海古籍出版社,第599册,第294页。

黄,刘琨为段匹䃅所疑,被拘于蓟城,终于被害。事在东晋元帝太
兴元年(318)四五月间。其被拘留时,曾作五言诗赠卢谌,即《文
选》卷二五之《重赠卢谌》一首①。其诗有"惟彼太公望,昔在渭滨
叟。邓生何感激,千里来相求。白登幸曲逆,鸿门赖留侯。重耳
任五贤,小白相射钩。苟能隆二伯,安问党与雠?中夜抚枕叹,想
与数子游"等语。此首题下,李善注引臧荣绪《晋书》曰:"琨诗托
意非常,想张(良)、陈(平)以激谌。(谌)素无奇略,以常词酬琨。"
唐修《晋书·刘琨传》则云:"琨诗托意非常,抒畅幽愤,远想张、
陈,感鸿门、白登之事,用以激谌。谌素无奇略,以常词酬和,殊乖
琨心。重以诗赠之,乃谓琨曰:'前篇帝王大志,非人臣所言
矣。'"②按刘琨诗远想自周代至两汉君臣遇合而成就大业之事,抒
发自己风云际会以建奇功的雄心壮志,不料卢谌竟说是"帝王大
志,非人臣所言"。此首与上述卢、刘四言赠答并非一时之作,而
《文选》题为"重赠卢谌",置于四言《答卢谌》之后,易被误解成与
四言赠诗同时。刘良注云:"前诗(指四言《答卢谌》)未尽,复有此
赠,劝谌欲共辅晋室也。"便是这样的误解③。

　　下面指出卢、刘四言赠答诗李注与五臣注的一些错误。

　　(一)卢谌赠诗云:"收迹西践,衔哀东顾。"刘良注云:"收彼西
践之迹,衔悲哀在东而顾也。"刘琨答诗云:"永戢东羽,翰抚西
翼。"李周翰注云:"东谓幽州也。……言高举去并州也。"皆误。
上文已述,卢谌赠诗作于蓟城,刘琨答诗则在征北小城,小城在蓟
城东南。卢诗"收迹西践","收迹"即其书所云"收迹府朝",谓不

①　《六臣注文选》,第449—450页。
②　《晋书》,中华书局,1974年,1687页。
③　诗题"重赠卢谌",可能《刘琨集》原已如此,并非昭明所加。因为李善是见到该集
　　的,而并未对此有所异议。(李善曾见刘集,见《文选》卷二八刘琨《扶风歌》题下李
　　注。)宋人王楙有家藏《刘琨集》十卷,亦称"琨《重赠卢谌》诗"。见王楙《野客丛书》
　　卷三〇。北京大学中国文学史教研室《魏晋南北朝文学史参考资料》云:"诗题'重
　　赠',可知在此之前已有诗赠卢。"中华书局,1962年,第313页。

再留踪迹于刘琨府廷,亦即离开刘琨之意;"西践"谓西入蓟城。"东顾"谓回望征北小城,依依不舍于刘琨。刘琨答诗"永戢"二句以鸟喻卢,言其收迹沉影于东方之征北小城而振翼飞翔于西方之蓟城。刘良、李周翰之注将"东"理解为幽州,"西"理解为并州,他们以为卢谌往幽州任别驾,而刘琨仍在并州。那与事实全然不符。征北小城去蓟城本来很近,然而卢谌在段匹磾处为别驾,与刘已是咫尺天涯,不能前往刘琨处。故其诗又云:"曷云途辽,曾不咫步。岂不夙夜,谓行多露。"吕向注云:"言何云途路之远,我心为咫尺寸步之间也。"亦误。

(二)卢谌赠诗云:"爰造异论,肝胆楚越。惟同大观,万殊一辙。死生既齐,荣辱奚别。"李善注"爰造异论"云:"谓琨被谤也。臧荣绪《晋书》曰:众人谓琨诗怀帝王大志。"按臧氏所说,应就是指五言《重赠卢谌》一诗而言。如上所述,那是刘琨被段匹磾拘留于蓟城后所作,事在四言赠答一年多之后,不应引来作注。李善又注"惟同大观"云:"谓琨也。《鹖冠子》曰:达人大观,乃见其符。"则是将"惟同大观,万殊一辙"理解成称赞、劝慰刘琨的话,说刘琨虽被谤毁,但定能看得透,想得开,不以死生荣辱为意。这显然也是错误的。其实卢谌所谓"异论",是指鹖冠子、庄子等道家学者所创之异说,即齐同万物、达人大观的论调。卢谌赠诗中此种情调颇为浓厚,正体现了玄言风气的影响。他发挥此种议论,既是自慰,也是安慰刘琨,想要在艰难竭蹶之中,能做到"形有未泰,神无不畅",并不是因刘琨被谤而作称赞或劝慰之语。(所谓"怀帝王大志"之流言,在此之后。)刘琨在答复的信里说卢谌来信"备辛酸之苦言,畅经通之远旨",所谓"经通之远旨",即指此道家话语而言。李善注似既未能辨清作诗年份、事势,亦未能体贴诗意。五臣刘良注云:"异论,谓有谗琨于匹磾。楚、越,两国名,喻远也。言平生亲近之心,遂为阻远。琨常怀大观之理,万端为一辙也。"亦误。

以上二端,为旧注误之大者,不可不辨。

又刘琨五言《重赠卢谌》开头"握中有悬璧,本自荆山璆"二句,旧注或也可商榷,这里附带一说。自李善、五臣以至今日注家,莫不以为是比喻卢谌。那样理解,似也可通。刘琨《答卢谌》诗前的书信有云:"和氏之璧焉得独曜于郢握,夜光之珠何得专玩于随掌",正是指卢谌而言。但是这两句之后,紧接着便说"惟彼太公望"云云,直至诗末,说自己如何胸怀大志而时不我与、衰惫摧折,终于由刚强而柔弱,受制于人,通篇无一语及于卢谌。若发端两句喻卢,则突兀而不顺。窃以为此二句是比喻自己本有奇才大志,其语自《楚辞·怀沙》"怀瑾握瑜"来。如此理解,则文气顺畅,毫无窒碍矣。别进此解,或可供商榷。

"内妹"并非妻妹

古人称谓纷繁，今日欲求正解，亦非甚易。梁章钜《称谓录》卷七"妻之姊妹"："内妹，《三国·魏志·夏侯渊传》：'渊妻，太祖内妹。'"①今《辞源》《汉语大词典》均同其说。然检《渊传》，实未见可资证明之记载，梁氏殆想当然耳。《仪礼·丧服》："缌麻三月者，……姑之子。"郑玄注："外兄弟也。"又："舅之子。"郑注："内兄弟也。"②则内妹当谓舅之女而年少于我者。《晋书·武陵庄王澹传》："澹妻郭氏，贾后内妹也。"③谓澹妻为贾后母郭槐兄弟之女也。若释为妻妹，断不可通。《太平御览》卷二二〇引陆机《谢表》："臣以职在中书，制命所出，而臣本以笔札见知，虑逼迫不获已，乃诈发内妹丧，出就第，云哭泣受吊。"④（"第云"二字，《初学记》卷十一一作"弟云"，今不从。）内妹当指表妹。时陆机为中书侍郎，入直禁中，虑赵王伦逼迫作禅让诏诰，故诈言为表妹发丧，得出就第，托言哭泣受吊耳。或有释"内妹"为陆云之妻者，恐亦臆说。又《北齐书·彭城景思王浟传》："赵郡李公统，……其母崔氏，即御史中丞崔昂从父子、兼右仆射魏收之内妹也。"⑤据同书《崔昂传》《魏收传》及《魏书·崔挺传》，可考知魏收母崔氏，即崔

---

① 梁章钜《称谓录》，中华书局，1996年，第105页。
② 胡培翚《仪礼正义》，《国学基本丛书》本，商务印书馆，1933年，第11册，第31、32页。
③ 《晋书》，中华书局，1974年，第1122页。
④ 李昉等《太平御览》，中华书局影印涵芬楼影宋本，1960年，第1048页。
⑤ 《北齐书》，中华书局，1972年，第135页。

昂姑母;昂之从父,即收之舅。故所谓"魏收之内妹",即收舅父
之女。

称舅之女为内妹,唐代犹然。沈既济《任氏传》云韦崟有内
妹,乃吴王第六女,秾艳如神仙。今之释者多指为妻妹,唯周绍良
先生《唐传奇笺证》考订彼乃韦崟从舅嗣吴王巘之女,最为精确。
其言曰:"内妹者,指母系亲族中之表妹而言。古代以母系亲族为
内亲,姑属为外亲,故崟以吴王家女为内妹,固不应为妻妹。"①又
李商隐《祭张书记文》有"或情兼内妹之亲"语,冯浩注云:"舅之
女,故称内妹。"②义山谓王茂元诸婿中有外甥而娶其女者也。

附记:本文撰写时,曾与友人刘寂潮先生等讨论,颇有帮助,
谨致谢意。

(原载《中华文史论丛》2016 年第 4 期)

---

① 周绍良《唐传奇笺证》,人民文学出版社,2000 年,第 104 页。
② 刘学锴、余恕诚《李商隐文编年校注》,中华书局,2002 年,第 567 页。

读《选》小札二则

一

  《文选》卷三〇陆机《拟明月皎夜光》："服美改声听,居愉遗旧情。"吕延济释"服美"云："位高则衣服美。"[①]按："服"字不仅指衣服。《说文·舟部》："服,用也。"[②]衣服之外,器用亦得称"服"。《左传》襄公二十七年："齐庆封来聘,其车美。孟孙谓叔孙曰:'庆季之车,不亦美乎?'叔孙曰:'豹闻之:"服美不称,必以恶终。"美车何为?'"[③]是车得称"服"。《说苑·反质》："赵简子乘弊车腹马,衣羖羊裘。其宰进谏曰:'车新则安,马肥则往来疾,狐白之裘温且轻。'简子曰:'吾非不知也。吾闻之:"君子服善则益恭,细人服善则益倨。"我以自备,恐有细人之心也。'"是车马衣裘,皆得称"服"。(两"善"字一作"美"。《意林》引《墨子》:"君子服美则益敬,小人服美则益骄。")[④]《礼记·大传》"易服色",郑玄注:"服色,车马也。"《孔疏》:"易之,谓各随所尚赤白黑也。"[⑤]其"服"亦指车马。陆机"服美"之语,当理解稍宽,不局限于衣服。又,"改声听"之"声听",或谓即声闻之义。谓此人既富贵,遂有美誉。今别进

---

① 《六臣注文选》,浙江古籍出版社影印《四部丛刊》本,1999年,第559页下。

② 段玉裁《说文解字注》,上海古籍出版社,1981年,第404页上。

③ 《春秋左传正义》,李学勤主编《十三经注疏》标点本,北京大学出版社,1999年,第1054页。

④ 《说苑校证》,刘向撰,向宗鲁校证,中华书局,1987年,第525—526页。

⑤ 《礼记正义》,李学勤主编《十三经注疏》标点本,北京大学出版社,1999年,第1001、1002页。

一解:声谓出于其口,听谓入乎其耳;发言腔调既改,所闻亦无非诌媚。如此解,乃与下文"居愉遗旧情"云云更加契合,正所谓"小人服美则益骄"也。犹今言"一阔脸就变"也。

二

《文选》卷三〇谢朓《郡内登望》:"方弃汝南诺,言税辽东田。"下句用管宁事。李善注引《三国志·魏志》:"管宁闻公孙度令行海外,遂至于辽东。"又引皇甫谧《高士传》:"人或牛暴宁田者,宁为牵牛着凉处,自饮食也。"①《魏志》有"辽东"而无"田",故复引《高士传》以落实"田"字;至于"牵牛""饮食"字样,并与诗意无关。其"税"字,李善、五臣均无注。李白《留别广陵诸公》:"卧海不关人,租税辽东田。"正用玄晖诗,是以"税"为缴纳田赋之意。按:李善注颜延年《车驾幸京口侍游蒜山作》"反税事岩耕",引《说文》"税,租也";李周翰则曰:"今欲反,输国税。"②当可把彼注兹。唐人之理解如此。然而唐汝谔《古诗解》释玄晖此句,云"税驾归田"③。王念孙《读书杂志》论颜诗,亦云"读如'税驾'之'税'"④。二氏之说,不为无理。"税"通"脱",税驾谓解下、舍置车马,引申为止息之意。亦可单用"税"字。《召南·甘棠》"召伯所说"、《鄘风·定之方中》"说于桑田"("说""税"通)、曹植《应诏》"税此西墉",皆是其例。窃谓租税、止息二释不妨并存。

(原载《中华文史论丛》2020年第2期)

---

① 《六臣注文选》,第550页下。
② 《六臣注文选》,第395页上。
③ 唐汝谔《古诗解》,《四库全书存目丛书》本,齐鲁书社,1997年,第370册,第647页下。
④ 王念孙《读书杂志》,中华书局影印金陵书局刻本,1991年,第1063页下。

李白文注释拾遗

读《李太白集》表、书、序、赞等文章，觉王琢崖所作注释，对今日读者而言，尚嫌疏略。今贤补其所未备，用力极深，成绩斐然。然注释一事，实难毕功于一役，且今日借助于电脑检索，较往日之凭借腹笥，獭祭翻检，其便利乃不可以道里计，理应百尺竿头更进一步。乃不揣简陋，从事补苴。所得不多，尚祈方家不吝赐正。

为宋中丞请都金陵表

……父作子述，重光叠辉。天未绝晋，人惟戴唐。[①]

"天未绝晋"，王琦引《左传》介子推"天未绝晋，必将有主"之语为注。"人惟戴唐"，王琦未注。按：晋、唐二者，可谓二而一也。据《史记·晋世家》，周武王子叔虞，成王时封于唐，称唐叔虞。其子燮，是为晋侯。郑玄《诗唐谱》云："唐者，帝尧旧都之地，今日太原晋阳。……成王封母弟叔虞于尧之故墟，曰唐侯。南有晋水，至子燮改为晋侯。"[②]晋阳即今山西太原。因此唐与晋，可谓一国而两号。唐人丘光庭《兼明书》卷三《荆败蔡师于莘》云："且一国两号，其国有三：殷商、唐晋，并此荆楚，著在经典，坦然明白。"[③]此为先秦之唐与晋。而李唐之唐，也与晋有密切关系。高祖李渊

---

① 《李太白全集》卷二六，王琦注，中华书局，1977年，第1208页。

② 《毛诗正义》，李学勤主编《十三经注疏》标点本，北京大学出版社，1999年，第375页。

③ 丘光庭《兼明书》，台湾商务印书馆影印《文渊阁四库全书》第850册，第233页。

祖父李虎,北周时追封为唐国公,渊父昞和李渊,相继袭封,故李渊即皇帝位国号为唐。而所封之唐,亦指晋阳。李渊即帝位册文云:"曰祖曰考,累功载德,赐履载墟,建侯唐旧。"①载墟即指晋地,为参星分野。李隆基《过晋阳宫》云:"缅想封唐处,实惟建国初。俯察伊晋野,仰观乃参虚。"②所谓封唐,既指唐叔虞之封,亦指李虎、李昞、李渊之封。其地属晋,故云"晋野""参虚"。除三世封唐公之外,李渊于隋末为太原留守,太原、三晋乃其起事发祥之地,所谓"龙跃晋阳",因此柳宗元《鼓吹铙歌·靖本邦》云:"本邦伊晋。"③视晋为唐之"本邦"。总之,李白言"天未绝晋,人惟戴唐",颇具双关意味,令人由历史联想到现实。

上安州李长史书

白少颇周慎,忝闻义方,入暗室而无欺,属昏行而不变。今小人履疑误形似之迹,君侯流恺悌矜恤之恩。④

按:乍读之下,"今小人"云云似与上文不贯,其实不然。小人,李白自称。"履疑误形似之迹",即下文所述酒醉误犯李长史车驾之事。

代寿山答孟少府移文书

孟少府移文虽亡佚不可得见,然而由李白此书所述,即可得其崖略。其文乃戏谑之作。如孔稚圭《北山移文》以北山(钟山)之灵口气,移文于山间诸神;而孟少府所作当是以其本人口气,移文于寿山,对山灵加以指责,斥其小而无名,而隐匿贤人,使贤人

---

① 温大雅《大唐创业起居注》,上海古籍出版社,1983 年,第 57 页。
② 《全唐诗》,中华书局,1979 年,第 26 页。
③ 柳宗元《唐鼓吹铙歌曲·靖本邦》,《柳河东集》,上海人民出版社,1974 年,第 14 页。
④ 《李太白全集》,王琦注,第 1228 页。

不能出山为天下服务。如此戏谑,当然含有劝李白出山之意。李白亦即以寿山口气作此文答之,一则谓小而无名者不足责怪,二则谓山灵并非匿贤而是养贤,三则言李白志愿,本非匿而不出,而是将要出山展其宏图,申其大用,然后功成身退。

昨于山人李白处见吾子移文,责仆以多奇,鄙(一作叱)仆以特秀,而盛谈三山五岳之美,谓仆小山无名,无德而称焉。①

“责仆”二句,易滋误会,误会为呵责鄙薄寿山之奇秀。试问若其山奇秀,正当赞美之,为何鄙责?下云“盛谈三山五岳之美”,“奇”“秀”与“美”,其意相同,为何于三山五岳则“盛谈”,于寿山则鄙责之?若其山奇秀,为何又说“无德而称”?义不可通。其实“责”字本义乃求索负债方偿还财物,引申为一般之诛求义②,再引申为呵责、责备。因此“责”字用作呵责义时,往往仍包含要求意。所谓“责以多奇”,乃言求索之以“多奇”、责备其未能做到“多奇”之意。此类用法,古书中多有其例。如《孟子·离娄上》:“古者易子而教之,父子之间不责善,善则离。”赵岐注:“不欲自相责以善也。”邢昺疏:“父子之间不相责让其善也。”③又如《汉书·司马迁传》:“责以古贤臣之义。”④《三国志·魏志·臧洪传》:“喻以祸福,责以恩义。”⑤《晋书·温峤传》:“禄俸可优,令足代耕,然后可责以清公耳。”⑥《旧唐书·王珪传》:“置之枢近,责以忠直。”⑦皆可为证。下句“鄙(一作叱)仆以特秀”,承上句而来,亦鄙薄寿山未能特秀之意。如此理解,方怡然理顺。

---

① 《李太白全集》,王琦注,第 1221 页。
② 参桂馥《说文解字义证》、段玉裁《说文解字注》。
③ 《孟子注疏》,影印阮刻《十三经注疏》,中华书局,1980 年,第 2722 页。
④ 《汉书》,中华书局,1964 年,第 2725 页。
⑤ 《三国志》,中华书局,1959 年,第 233 页。
⑥ 《晋书》,中华书局,1974 年,第 1789 页。
⑦ 《旧唐书》,中华书局,1975 年,第 2529 页。

"谓仆小山无名,无德而称焉"二句,或连读不断句,亦通,但以断句为好,因"无德而称"乃是成语。《论语·季氏》:"齐景公有马千驷,死之日,民无德而称焉。"[1]又《泰伯》:"泰伯其可谓至德也已矣,三以天下让,民无得而称焉。"[2]《释文》云"得"字或作"德"。"得""德"古通,而古本《泰伯》此语应是作"无德而称"[3]。总之,"无德而称"乃无可称说之意。

上安州裴长史书

常横经籍书,制作不倦。[4]

横经,横陈经书之意。王琦引《北齐书·儒林传序》:"横经受业之侣,遍于乡邑。"可引更早用例:谢承《后汉书》:"董春,……诸生每升讲堂,鸣鼓三通,横经捧手,请问者百人。"(《太平御览》卷六一五引)[5]南朝人颇用其语。任昉《厉吏民讲学诗》:"旰食愿横经,终朝思拥帚。"[6]佚名《七召》:"横经者比肩,拥帚者继足。"[7]刘孝绰《上虞乡亭观涛津渚》:"引籍陪下膳,横经参上庠。"[8]《魏书·儒林传序》:"时天下承平,学业大盛,故燕齐赵魏之间,横经著录,不可胜数。"[9]王琦又引《汉书叙传》:"徒乐枕经籍书,纡体衡门。"按:出班固《答宾戏》。《文选》吕向注:"枕经典而卧,铺诗书而居也。"[10]籍,非书籍之籍。"籍"通"藉",身卧其上曰藉。(《汉书·董

① 《论语注疏》,李学勤主编《十三经注疏》标点本,北京大学出版社,1999年,第230页。
② 《论语注疏》,第100页。
③ 参程树德《论语集释》卷一五。
④ 《李太白全集》,王琦注,第1243页。
⑤ 李昉等《太平御览》,中华书局,1960年,第2765页。
⑥ 逯钦立《先秦汉魏晋南北朝诗·梁诗》,中华书局,1983年,第1599页。
⑦ 严可均《全上古秦汉三国六朝文·全梁文》,中华书局,1985年,第3365页。
⑧ 逯钦立《先秦汉魏晋南北朝诗·梁诗》,第1830页。
⑨ 《魏书》,中华书局,1974年,第1843页。
⑩ 《六臣注文选》,影印《四部丛刊》本,浙江古籍出版社,1999年,第829页。

贤传》"尝昼寝,偏藉上袖"颜师古注:"谓身卧其上也。"①)枕藉经书,犹言寝馈于经书之间,谓亲近不离也。李白云"籍书",即枕藉书典之意。

> 白野人也,颇工于文。惟君侯顾之,无按剑也。②

王琦无注。按:按剑,若仅理解为发怒之类,尚嫌不足。乃"因无人介绍径自前来而发怒"之意。邹阳《于狱上书自明》:"臣闻明月之珠,夜光之璧,以暗投人于道路,众莫不按剑相眄者。何则?无因而至前也。蟠木根柢,轮囷离奇,而为万乘器者,何则?以左右先为之容也。……今天下布衣穷居之士,……欲尽忠当世之君,而素无根柢之容,虽竭精神,欲开忠信,辅人主之治,则人主必袭按剑相眄之迹矣。"③

> 永辞君侯,黄鹄举矣,何王公大人之门不可以弹长剑乎?④

王琦只注"弹剑"。按:邹阳《上书吴王》:"今臣尽智毕议,易精极虑,则无国而不可奸;饰固陋之心,则何王之门不可曳长裾乎?"⑤此用其语。

奉饯十七翁二十四翁寻桃花源序

> 问津利往。⑥

陶渊明《桃花源记》:"后遂无问津者。"此云"问津",正与之相呼应。此序中描写武陵遗迹,多用渊明语。利往,用《周易》语。《周易》屡言"利有攸往",意谓往则有利,宜于前往。《萃卦》卦辞

---

① 《汉书》,第 3733 页。
② 《李太白全集》,王琦注,第 1248 页。
③ 《六臣注文选》,第 711 页。
④ 《李太白全集》,王琦注,第 1250 页。
⑤ 《六臣注文选》,第 707 页。
⑥ 《李太白全集》,王琦注,第 1257 页。

云:"用大牲吉,利有攸往。"郑玄注:"大牲,牛也。言大人有嘉会,时可干事,必杀牛而盟,既盟则可以往,故曰'利往'。"(李鼎祚《周易集解》引①)"利往"即"利有攸往"。

夏日奉陪司马武公与群贤宴姑熟亭序

且夫曹官绂冕者,大贤处之,若游青山,卧白云,逍遥偃傲,何适不可。②

曹,泛指官署、办事部门。官,泛指官职。"大贤"云云,称其能干,绰有余裕,亦称赞其虽居官而宅心玄远。郭象注《庄子·逍遥游》云:"夫圣人虽在庙堂之上,然其心无异于山林之中。"又云:"游心于绝冥之境,虽寄坐万物之上而未始不逍遥也。"③孙绰《太尉庾亮碑》云:"公雅好所托,常在尘垢之外。虽柔心应世,蠖屈其迹,而方寸湛然,固以玄对山水。"④李白即以晋人风度称赞司马武公也。上文谓其"独映方外",亦即此意。下文又云"名教乐地",亦所谓名教与自然合一之意。

江夏送林公上人游衡岳序

衡岳,衡山,在今湖南,为南岳。按:周代至汉初,皆以衡山为南岳。汉武帝元封五年,登礼灊县之天柱山,遂以天柱为南岳(见《汉书·郊祀志》)。应劭《风俗通》卷一〇"五岳":"(南岳)庙在庐江灊县。"⑤(灊县,在今安徽霍山东北。)隋文帝时复以衡山为南岳。《元和郡县志》卷二九衡州衡山县:"衡山,南岳也,一名岣嵝山,在县西三十里。"又云:"衡岳庙,在县西三十里。……汉武帝

① 李道平《周易集解纂疏》,中华书局,1994年,第409页。
② 《李太白全集》,王琦注,第1259页。
③ 郭庆藩《庄子集释》,王孝鱼点校,中华书局,1961年,第28、34页。
④ 严可均《全上古秦汉三国六朝文·全晋文》,第1814页。
⑤ 王利器《风俗通义校注》,中华书局,2010年,第447页。

移于江北置庙(按:即指天柱山庙,在长江以北),隋文帝复移于今所。"①《太平寰宇记》卷一二九淮南道寿州六安县:"霍山,……一名天柱山,在县南五里。……隋开皇九年以江南衡山为南岳,废霍山为名山也。"②

考室名岳。③

《小雅·斯干序》:"宣王考室也。"郑笺:"考,成也。"④

金陵与诸贤送权十一序

时岁律寒苦,天风枯声。⑤

枯声,《文苑英华》作"苦声"。按:当以"枯声"为是。其构思盖受《饮马长城窟行》古辞影响:"枯桑知天风。"⑥枯声,当可理解为风吹枯木所发之声,也可直接理解为寒风之声。岁律寒苦之时,万物凋枯,心理感受风声亦枯矣。唐僧齐己《浙江晚渡》:"岸荻簇枯声。"⑦宋刘弇《癸酉岁暮寿阳道中》:"枯声策策霜后叶。"⑧宋胡次焱《山园赋》:"朔风嗥而枯声。"⑨应都是用李白语。

春于姑熟送赵四流炎方序

通方大适,何往不可,何戚戚于路歧哉!⑩

---

① 李吉甫《元和郡县图志》,中华书局,1983年,第706页。
② 乐史《太平寰宇记》,中华书局,2007年,第2553页。
③ 《李太白全集》,王琦注,第1260页。
④ 《毛诗正义》,第680页。
⑤ 《李太白全集》,王琦注,第1264页。
⑥ 《六臣注文选》,第493页。
⑦ 《全唐诗》,第9503页。
⑧ 刘弇《龙云集》,台湾商务印书馆影印《文渊阁四库全书》第1119册,第80页。
⑨ 胡次焱《梅岩文集》,台湾商务印书馆影印《文渊阁四库全书》第1188册,第540页。
⑩ 《李太白全集》,王琦注,第1266页。

通方，又见于李白《赠从孙义兴宰铭》："峻节贯云霄，通方堪远大。"①王琦注引《汉书·韩安国传》所载王恢语："通方之士不可以文乱。"颜师古注："方，道也。"然而通方实有不拘执于一隅、见解通达、无适而不可之意。李白《答长安崔少府叔封游终南翠微寺太宗皇帝金沙泉见寄》："河伯见海若，傲然夸秋水。小物昧远图，宁知通方士？"②河伯小物，目光局限于一己，故言其不通方。较早之用例，如荀悦《汉纪》卷一六《孝昭纪》论曰："达节通方，立功兴化，是谓王臣。"③通方、达节，都有通达而不拘执意。又袁宏《后汉纪》卷一三《孝和纪》批评班固《汉书》"排死节，否正直，以苟免为通方，伤名教也"④，意尤明显。范宁《春秋榖梁传集解序》批评汉代儒者皆局限于所习而是非纷错："斯盖非通方之至理。"⑤范晔《后汉书·王充传论》："百家之言政者尚矣，……夫遭遇无恒，意见偏杂，故是非之论纷然相乖。……数子之言当世失得，皆究矣，然多谬通方之训，好申一隅之说。"⑥李贤注："一隅，谓一方偏见也。"一隅之说，正与通方之论相对。赵四流于炎方，李白欲宽慰其心，故以通方勉之，犹今语想得开、勿钻牛角尖，所谓达人大观也，故下云"何往不可"。"大适"与之意近。适者，宜也，调适也，便安也。大适，谓无所不适，无往而不调适。陈子昂《昭夷子赵氏碑》："夫上德道全，器无不顺；中庸以降，才好则偏。……君独五味足，六气和，通众贤之不兼，畅群才之大适。"⑦众人各有所适，兼而有之，故云大适。柳宗元《送元十八山人南游序》："悉取

① 《李太白全集》，王琦注，第535页。
② 《李太白全集》，王琦注，第877页。
③ 荀悦《汉纪》，台湾商务印书馆影印《文渊阁四库全书》第303册，第359页。
④ 袁宏《后汉纪》，台湾商务印书馆影印《文渊阁四库全书》第303册，第645页。
⑤ 《春秋榖梁传注疏》，影印阮刻《十三经注疏》，中华书局，1980年，第2358页。
⑥ 《后汉书》，中华书局，1965年，第1660页。
⑦ 陈子昂《陈子昂集》，中华书局上海编辑所，1960年，第92页。

向之所以异者,通而同之,……与道大适。"①处处合乎道,无所不调适,故云大适。"何戚戚于路歧",即"无为在歧路,儿女共沾巾"意。

送黄钟之鄱阳谒张使君序

东南之美者,有江夏黄公焉。②

《尔雅·释地》:"东南之美者,有会稽之竹箭焉。"③《三国志·吴志·虞翻传》孔融答翻书:"乃知东南之美者,非徒会稽之竹箭焉。"④后遂成为称赞人物之套语。《晋书·周颚传》:"广陵戴若思,东南之美。"⑤

诸子衔酒惜别,脱巾赠分。⑥

衔酒,即衔杯。吴均《酬郭临丞》:"愿君但衔酒,深知有素诚。"⑦脱巾,一作"沾巾"。按:脱巾,写酒后不拘形迹之状。赠分,一作"分赠"。当以"赠分"为是。分者,分袂,分别。吴均《酬别江主簿屯骑》:"何用赠分首,自有北堂萱。"⑧张说《送郭元振大夫再使吐蕃》:"脱刀赠分手,书带加餐食。"⑨齐己《梓栗杖送人》:"禅家何物赠分襟,只有天台杖一寻。"⑩赠分与赠分首、赠分手、赠分襟义同。

---

① 《柳河东集》,第 419 页。
② 《李太白全集》,王琦注,第 1268 页。
③ 《尔雅注疏》,李学勤主编《十三经注疏》标点本,北京大学出版社,1999 年,第 193 页。
④ 《三国志》,第 1320 页。
⑤ 《晋书》,第 1850 页。
⑥ 《李太白全集》,王琦注,第 1269 页。
⑦ 逯钦立《先秦汉魏晋南北朝诗·梁诗》,第 1742 页。
⑧ 逯钦立《先秦汉魏晋南北朝诗·梁诗》,第 1734 页。
⑨ 《全唐诗》,第 927 页。
⑩ 《全唐诗》,第 9573 页。

早春于江夏送蔡十还家云梦序

一见夫子，冥心道存。①

冥心，沉冥其心，犹忘怀物我也。道存，用《庄子》语，谓气味相投，得意忘言。《庄子·田子方》载孔子见温伯雪子而不言，曰："若夫人者，目击而道存矣，亦不可以容声矣。"②郭象注："目裁往，意已达，无所容其德音也。"司马彪注："见其目动而神实已著也。"总之谓不须言语而神意已交。王勃《为人与蜀城父老书》之二："况乎言忘意得，臭味相求，目击道存，神明已接。"③

无使耶川白云，不得复弄尔。④

陶弘景《诏问山中何所有赋诗以答》："山中何所有，岭上多白云。只可自怡悦，不堪持寄君。"⑤唐人遂有玩弄白云之语。宋之问《绿竹引》："归卧嵩丘弄白云。"⑥张说《游洞庭湖》："寻峰弄白云。"⑦张均《和尹懋秋夜游灉湖》："归弄白云浔。"⑧储光羲有《奉和中书徐侍郎中书省玩白云寄颍阳赵大》诗⑨。

江夏送倩公归汉东序

冀相视而笑于新松之山耶？⑩

————

① 《李太白全集》，王琦注，第 1270 页。
② 郭庆藩《庄子集释》，王孝鱼点校，第 706 页。
③ 《王子安集注》，王勃著，蒋清翊注，上海古籍出版社，1995 年，第 184 页。
④ 《李太白全集》，王琦注，第 1270 页。
⑤ 逯钦立《先秦汉魏晋南北朝诗·梁诗》，第 1814 页。
⑥ 《全唐诗》，第 627 页。
⑦ 《全唐诗》，第 974 页。
⑧ 《全唐诗》，第 985 页。
⑨ 《全唐诗》，第 1412 页。
⑩ 《李太白全集》，王琦注，第 1281 页。

相视而笑之语,古籍中多见。《庄子》即不一见。《大宗师》云"相视而笑,莫逆于心"①,李白此处当有"莫逆于心"之意,犹歇后语也。

泽 畔 吟 序

前后数四,蠹伤卷轴。②

数四,言其次数之多,但并非专指四次。《后汉书·张纯传》:"数被引见,一日或至数四。"③李贤注:"过三以至于四也。"李注言其多,不止于三而已,并非谓确指。《后汉书·朱祐等传论》:"虽寇、邓之高勋,耿、贾之鸿烈,分土不过大县数四。"④李贤注:"邓禹为大司徒,封高密侯,食邑四县。耿弇好畤侯,食邑二县。……贾复封胶东侯,凡食六县。"可见"数四"乃泛指而已,并非确数。又如《魏书·萧宝夤传》宝夤上表论选举:"又在京之官,积年一考,其中或所事之主迁移数四,或所奉之君身名废绝。"⑤《北史·萧大圜传》:"侍儿五三,可充纴织;家僮数四,足代耕耘。"⑥其"数四"皆显然非确指。《旧唐书·礼仪四》萧嵩上言祀后土于汾阴:"且汉武亲祠睢上,前后数四。"⑦检《汉书·武帝纪》,武帝幸汾阴祀后土凡五次:元鼎四年、元封四年、元封六年、太初二年、天汉元年。故萧嵩所言"数四",犹言"屡屡",非确指也。

岂不云怨者之流乎?⑧

---

① 郭庆藩《庄子集释》,王孝鱼点校,第 258 页。
② 《李太白全集》,王琦注,第 1289 页。
③ 《后汉书》,第 1194 页。
④ 《后汉书》,第 787 页。
⑤ 《魏书》,第 1318 页。
⑥ 《北史》,中华书局,1974 年,第 1064 页。
⑦ 《旧唐书》,第 929 页。
⑧ 《李太白全集》,王琦注,第 1289 页。

钟嵘《诗品》评李陵:"文多悽怆,怨者之流。"①

秋夜于安府送孟赞府兄还都序

白以弱植,早饮香名。②

《文选》卷二六颜延之《和谢监灵运》:"弱植慕端操,窘步惧先迷。"③刘良注:"植,立。……言少小立身,慕端直之操。"是以"弱"为弱年,即少年。按:刘注误。"弱植"一语,最早见于《左传》襄公三十年:"其君弱植。"孔颖达《正义》:"《周礼》谓草木为植物,植为树立。君志弱,不树立也。"④是弱乃强弱之弱。弱植,谓立身不固、不坚强。《晋书·阎缵传》:"贾谧小儿,恃宠恣睢,而浅中弱植之徒,更相贪习。"⑤宋人任广《书叙指南》卷一八云:"眇鄙之曰浅中弱植之徒。"⑥是弱植乃贬义用语。但后人自谓未能树立时亦多用之,颜延之即用以表示自谦。或亦用为孤立寡援之意。如王勃《益州德阳县善寂寺碑》:"下官弱植少徒,薄游多暇。"又《春思赋》:"虽弱植一介,穷途千里,未尝下情于公侯,屈色于流俗。"⑦李白此处当是自谦。其《书情赠蔡舍人雄》"徒希客星隐,弱植不足援"也是自谓,有自嘲之意,朱谏即云"白自谓也"⑧。今贤多谓指君主,即玄宗,窃以为可疑。若指玄宗,则与全诗他处所言殊为不类也。

---

① 《诗品集注》,钟嵘著,曹旭集注,上海古籍出版社,2011年,第106页。
② 《李太白全集》,王琦注,第1291页。
③ 《六臣注文选》,第464页。
④ 《春秋左传正义》,李学勤主编《十三经注疏》标点本,北京大学出版社,1999年,第1117页。
⑤ 《晋书》,第1356页。
⑥ 任广《书叙指南》,《丛书集成初编》本,商务印书馆,1937年,第221页。
⑦ 蒋清翊《王子安集注》,第498、第2页。
⑧ 詹锳主编《李白全集校注汇释集评》,百花文艺出版社,1996年,第1465页。

送戴十五归衡岳序

而此君独潜光后世,以期大用。①

后世,谓后于世,即不与世人争先之意。上云"二三诸昆皆以才秀擢用,……升闻天朝",下即云"独潜光后世",正相互映照也。

冬日于龙门送从弟京兆参军令问之淮南觐省序

兄心肝五藏,皆锦绣耶? 不然,何开口成文,挥翰雾散?②

"雾散"语又见于李白《大鹏赋》:"当胸臆之掩昼,若混茫之未判。忽腾覆以回转,则霞廓而雾散。"③霞廓雾散,犹言云开雾散,谓清明也,与混茫未判之昏暗正相反。但此处"挥翰雾散"之"雾散"则别一义。《文选》卷四八司马相如《封禅文》:"大汉之德,……旁魄四塞,云布雾散。"④李周翰注:"如云雾布散,无所不至。"《文选》卷三四曹植《七启》:"獠徒云布,武骑雾散。"⑤刘良注:"云布雾散,言多也。"《文选》卷五八王俭《褚渊碑文》:"眇眇玄宗,萋萋辞翰,义既川流,文亦雾散。"⑥李周翰注:"文章之盛,又若雾散,言多也。"李白此云挥翰雾散,正与王俭"文亦雾散"语合,言文采之盛多也。

李 居 士 赞

至人之心,如镜中影。⑦

如镜中影,恐当理解为如镜中有影、如镜之取影,谓其无心于

---

① 《李太白全集》,王琦注,第1276页。
② 《李太白全集》,王琦注,第1279页。
③ 《李太白全集》,王琦注,第7页。
④ 《六臣注文选》,第889页。
⑤ 《六臣注文选》,第627页。
⑥ 《六臣注文选》,第1067页。
⑦ 《李太白全集》,王琦注,第1319页。

物之去留也。《庄子·应帝王》:"至人之用心若镜,不将不迎,应而不藏,故能胜物而不伤。"①郭象注:"鉴物而无情。来即应,去即止。物来乃鉴,鉴不以心,故虽天下之广而无劳神之累。"李白《地藏菩萨赞》:"本心若虚空,清净无一物。"②镜虽照影而不留影,仍为清净虚空也。又一解:至人之心,以万物皆如镜中之影,皆虚幻不实。《大智度论·十喻》:"解了诸法,……如镜中像。"③

了物无二,皆为匠郢。④

了,明了。谓居士与我皆能了知万物。

貌图粉绘,生为垢尘。从白得衰,与天为邻。默然不灭(一作"俨然不语"),长存此身。⑤

《庄子·齐物论》:"游乎尘垢之外。"⑥郭象注:"凡非真性,皆尘垢也。"佛家亦谓染污真性之诸种烦恼为尘垢。"貌图"二句,似谓写真画像,亦属尘垢,终非真性也。"与天为邻",出《文子·道德》。"从白"二句,谓发白衰老,乃自然之事,当顺从天之道也。"默然"二句,就画像言。画中其身长存,而其实终非其真。此数句为赞之后半,似于居士画像有揶揄之意,谓仅能以画像而长存耳,至人不应用心于此。

(原载《中国李白研究》2015 年集)

---

① 郭庆藩《庄子集释》,王孝鱼点校,第 307 页。
② 《李太白全集》,王琦注,第 1337 页。
③ 影印《碛砂藏大藏经》,1935 年,第 208 册,第 56 页。
④ 《李太白全集》,王琦注,第 1319 页。
⑤ 《李太白全集》,王琦注,第 1319 页。
⑥ 郭庆藩《庄子集释》,王孝鱼点校,第 97 页。

杜诗二首讲说

韦讽录事宅观曹将军画马图

杜甫爱马，既歌咏真马，又歌咏画马。《韦讽录事宅观曹将军画马图》便是其中著名的一篇。其诗作于成都，时为代宗广德二年（764）。全诗可分为三段：

国初已来画鞍马，神妙独数江都王。将军得名三十载，人间又见真乘黄。曾貌先帝照夜白，龙池十日飞霹雳。内府殷红玛瑙盘，婕妤传诏才人索。盘赐将军拜舞归，轻纨细绮相追飞。贵戚权门得笔迹，始觉屏障生光辉。

昔日太宗拳毛𬴄，近时郭家狮子花。今之新图有二马，复令识者久叹嗟。此皆骑战一敌万，缟素漠漠开风沙。其余七匹亦殊绝，迥若寒空动烟雪。霜蹄蹴踏长楸间，马官厮养森成列。可怜九马争神骏，顾视清高气深稳。借问苦心爱者谁？后有韦讽前支遁。

忆昔巡幸新丰宫，翠华拂天来向东。腾骧磊落三万匹，皆与此图筋骨同。自从献宝朝河宗，无复射蛟江水中。君不见金粟堆前松柏里，龙媒去尽鸟呼风。①

第一段：先不写韦讽宅里的画马图，而是写曹霸所作的其他画马如何高妙。却又不立即落笔于曹霸，而是拉出另一位高手江都王来作陪衬。意思是二人技艺相当；自江都王之后，天下已无

---

① 萧涤非主编《杜甫全集校注》，人民文学出版社，2014年，第6册，第3207页。

善画马者,直至数十年后,方有曹霸与之媲美。也就是说,自唐以来百余年间,画马神妙者不过此二人而已。"人间又见真乘黄",注家多着眼于"真"字,谓曹霸所画之马有如真马,天下只有曹霸才能画出逼真的骏马。这固然不错,不过我们还可以体会到另一层意思:曹霸笔下之马那才真是神骏,相比之下世间之马(真马)都太平庸了。也就是如诗人另一首赞美曹霸的《丹青引》所说,他所画的马"一洗万古凡马空"。诗人在《天育骠骑图》中说,玄宗时张景顺主持马政,"当时四十万匹马,张公叹其材尽下"。可知在诗人心目中,神骏之马实不易得,天子之马尚且如此,民间更不必说。总之,曹霸所作不但胜过他人的"画"马,而且超越世间的"真"马。

　　"曾貌"四句一韵,说曹霸应诏为玄宗作照夜白图。也并不正面描绘,而是从旁渲染、衬托。"龙池"之句,谓所画照夜白马,与真龙相感应,以至十日内雷电交加。《周礼·夏官·廋人》:"马八尺以上为龙。"①汉武帝时得大宛马,作《天马歌》,云"天马徕,龙之媒",应劭注曰:"天马者,乃神龙之类。今天马已来,此龙必至之效也。"②可知马本与龙为同类,故可以相感应。本诗末句便径以"龙媒"代指天厩良马,《丹青引》也说"斯须九重真龙出"。"内府"二句,写玄宗重赏曹霸;"盘赐"四句,谓权贵之家必以得曹霸画为荣耀。也都是烘托的笔法。"轻纨细绮相追飞",是说权贵家所酬赠的纨绮纷至沓来,"追飞"二字用得夸张而形象。此句倒置于"贵戚"二句之前,先写出一个画面,再作说明,文势便有波澜;且紧接"盘赐将军拜舞归"之后,让人感到,正是因为在宫内施展了身手,得到了玄宗的赏识,所以立刻就声名大噪。

　　第二段正面写韦讽家所见之图画。先以六句写其中两匹;再以四句写其余七匹,兼及画中景物(长楸)和人物(马官、厮养);最

---

① 　《周礼注疏》,影印阮刻《十三经注疏》,中华书局,1980年,第861页下。
② 　《汉书·礼乐志》,中华书局,1962年,第1061页。

后四句总括,并点明此乃韦讽家中所藏。每层用一个韵,主次分明,有分有合,错综变化而井井有条。作为主体部分的两匹,也并未具体刻画其形貌,也还是衬托、渲染。所谓"识者久叹嗟",是说有的观者能辨认出这两匹马乃太宗拳毛騧和郭家狮子花,于是为之叹息久之。不仅仅是叹美马之神骏,更是咨嗟昔日太宗与近时郭子仪的征战和功业,那自然是与感慨唐王朝的盛衰治乱联系在一起的。因此"此皆骑战一敌万"一句,既是写马,也还隐含着更深一层的意蕴,因为那"骑战"是有具体的历史内容的。"缟素漠漠开风沙",是说画卷开处,似觉漫漫风沙扑面而来。这是接着"骑战"着笔,写的不是画中之物,是观者的想象、感觉。诗人如此突出这两匹马,不是没有缘由。画面上可能是有两匹马处于突出的地位,却不见得画的就是太宗拳毛騧和郭子仪狮子花,那只是诗人的联想罢了。诗人胸中充满对于国家时势的关怀,时时处处都可能自然流出。而这样的构思,又使得诗的内容更丰富,而文字有波澜。其余七匹,一笔带过。"迥若寒空动烟雪",并不是说画中有此烟雪,那应是诗人观看奔马时产生的一种感觉。分写之后,总写九匹。以"顾视清高气深稳"一句写马之神,称其脱俗逸群而深沉稳固,其中自有诗人独特的审美体会。王嗣奭说:"'清高深稳'四字评马,此公独得之妙。马有此四字,是谓国马;士有此四字,是为国士。孔子所云骥德,尽于此矣,正以之比君子也。"①确实,诗人是将对于人物的美感移到马的身上了。至此写此画马已经结束,最后还不忘附上一笔,带到画的主人,顺手拈来晋代名僧支遁以映带韦讽。支遁爱马的故事传为佳话,韦讽的身份也就提高。支遁爱的是真马,韦讽爱的是画马,画马与真马打成一片。看似捎带的一笔,也令人击节。

---

① 王嗣奭《杜臆》卷六,上海古籍出版社,1983 年,第 198 页。按:《论语·宪问》:"子曰:'骥不称其力,称其德也。'"

　　吟咏至此，可谓题中之义已尽，可是诗人却又生发拓展，由画马想到真马。这便是第三段。以唐玄宗为中心，进行今昔对比。玄宗时官家马政极盛，行幸时"腾骧磊落三万匹"，浩浩荡荡；如今玄宗已经作古，墓前冷落，唯有风中鸟啼而已。这当然不仅仅是为玄宗而凭吊感慨。玄宗是一个时代的象征，他的生命经历正是大唐王朝由全盛走向衰落的过程，而杜甫是亲身经历了这个时代的，因此在观看画马之际也自然由马而及人，发出感时的喟叹。但是作为一首诗而言，可以拓展生发，却也必须是一个统一的整体。在这里，"皆与此图筋骨同"，似乎是不经意地一点，就很自然地将此段的感慨与所观看的画马连接起来了，用笔何等巧妙。本来是看到画中之马的神骏，感到酷似当年的御马，于是生发感慨，是由画而生出回忆，但是在写法上，却先回忆当年情景，再说到"此图"。"忆昔"一句，突然而起，似与上文不相蒙。这样，文势就有曲折，有波澜。实际上，从内在情绪体会，前面两段也已经浸淫着感念今昔的意味。写曹霸为玄宗画马，蒙受重赐，贵戚豪门纷纷索画，写得何等热闹，那便是对盛世的追忆流连；"昔日太宗拳毛騧，近时郭家狮子花"二句，也已包含今昔盛衰治乱的感喟。因此第三段的感叹，与前两段本有内在的关联，再加上"皆与此图筋骨同"一句，联系就更紧密，读起来全然没有生硬之感。

　　全诗题为"观画马图"，而三段中只有中间一段正面写此图，前后两大段都是陪衬、渲染。类似的写作手法是杜甫的长技，前人早已论及于此。浦起龙云："此篇马诗，又出一奇。奇不在九马正笔，奇在前后'照夜白'、'新丰宫'两段烘托出色。前以盛事烘托，用意近而浓，即将军他画也；后以衰气烘托，用意远而悲，乃先朝旧马也。"①说得很对。而即使是当中写韦讽家画马的一段，也并不刻意描绘马的具体形象，而是写其神气，写识者的叹嗟，是化

────────────

① 　浦起龙《读杜心解》，中华书局，1978 年重印本，第 292 页。

实为虚的写法。这种注重陪衬、渲染的写法,便于联想生发,旁逸斜出,不拘泥于本题,那当然就有利于开拓诗的内容、境界,有利于抒发诗人的感慨,也有利于造成诗歌的波澜起伏。但是,其开拓又必须不离本题,必须自然而不生硬。运用之妙,存乎一心。老杜于此,神乎其技。昔人感叹此篇,"苍茫历落中,法律深细","一气浑雄,了不着迹,真属化工之笔","变化万千,无从捉控"①,可谓倾倒备至。其妙处是值得我们细细体会的。

古　柏　行

《古柏行》也是杜甫的名篇,作于夔州,时为大历元年(766)。夔州有刘备和诸葛亮的祠庙,互相邻近,屡次见诸老杜吟咏。《古柏行》歌咏诸葛亮庙前的古柏,抒发了对这位五百多年前的杰出政治家、军事家的仰慕之情,并且由此而发出"材大难为用"的深深的喟叹。

此诗按其内容可分为三段,每段各用一个韵。先将全诗分段抄在下面:

孔明庙前有老柏,柯如青铜根如石。霜皮溜雨四十围,黛色参天二千尺。君臣已与时际会,树木犹为人爱惜。云来气接巫峡长,月出寒通雪山白。

忆昨路绕锦亭东,先主武侯同閟宫。崔嵬枝干郊原古,窈窕丹青户牖空。落落盘踞虽得地,冥冥孤高多烈风。扶持自是神明力,正直元因造化功。

大厦如倾要梁栋,万牛回首丘山重。不露文章世已惊,未辞翦伐谁能送?苦心岂免容蝼蚁,香叶终经宿鸾凤。志士幽人莫怨嗟,古来材大难为用。②

---

① 见高步瀛《唐宋诗举要》,上海古籍出版社,1978年,第238页。
② 萧涤非主编《杜甫全集校注》第6册,第3575页。

　　第一段描写古柏形象。开头四句,正面描绘古柏的劲健挺拔,虽苍老而生命力依然充沛。接下来插入两句议论:"君臣已与时际会,树木犹为人爱惜",说当年刘备、孔明君臣二人都适逢其时,都遇到了大好的时机①。这里实际上包含君臣相得之意。"君臣"句与"树木"句有"已"和"犹"两个字互相呼应、绾结,意思是说君臣二人不但当年与时遇合,而且直到如今连其庙前的树木也还被人们爱惜。这就流露出深深的歆羡之意。这两句是对偶句,但是从意义上看,是递进的、进一层的关系。有的注释理解成转折关系,说君臣之事虽然已成历史遗迹,但遗爱在民,故古柏遂得依然无恙。那是不够准确的。下面"云来气接巫峡长,月出寒通雪山白"两句,笔锋转回来,接着描绘古柏,不过不再是正面实写,而是结合古柏生长的环境加以烘托,是比较虚的写法。这两句将描写对象与辽远阔大的境界联系起来,那也是杜甫惯用的手段。早年所作《登兖州城楼》云:"浮云连海岱",又《同李太守登历下古城员外新亭》云:"气冥海岳深。"便与"云来"句颇为相似。前人说通过"云来"这两句更写出古柏的高大,我们觉得这么说还不够。这两句营造出辽阔苍茫的意境,将古柏置于这样的背景之上,崇高感便油然而生。"气接巫峡"是一种生命的力量;"寒通雪山"使人感到凛然的风概。巫峡离古柏之所在不远,雪山却远在成都西北,但是无妨,在诗人心理上尽可通,就像《秋兴》里的"瞿塘峡口曲江头,万里风烟接素秋"一样。

　　关于"君臣"二句和"云来"二句,还有一段小小的公案。南宋刘辰翁认为传写有误,应该是"云来"二句在前才对,不然气脉不连贯②。仇兆鳌的《杜诗详注》便是取他们的说法的。此种意见似

---

①　际,《说文·阜部》:"壁会也。"段玉裁注:"两墙相合之缝也,引申之,凡两合皆曰际。""与时际会",与时机相会合。际、会皆动词。
②　见《集千家注杜工部诗集》卷一四引,台湾商务印书馆影印《文渊阁四库全书》第1069册,第908页上。

乎不为无理：前面如铜如石、霜皮黛色是描绘古柏形象，"云来"二句也还是描绘，应当前后相承，归于一处，描写之后再发议论，那才顺理成章。但也有人反对。方东树《昭昧詹言》便说："他人必将'云来'二句接在'二千尺'下。看他一倒，便令人迷。……刘须溪、王渔洋改而倒之，不知公用笔之妙矣。"①方氏的话是有道理的。且不说刘辰翁等人的看法只是一种揣测，并无版本依据，而且若照他们的说法改动，看起来是文从理顺了，但却显得平板，没有跌宕顿挫之致了。当然，这种逆接的笔法，如果让人觉得有意做作，不合道理，那是不足取的。杜甫不是那样。以此处来说，首先，"君臣已与时际会，树木犹为人爱惜"，上句议论往事，下句回到眼前，落脚点是在下句。也就是说，这两句还是紧扣庙前老柏，与上下文还是意思相合的。其次，这两句前面说如铜如石、霜皮黛色，后面说气接巫峡、寒通雪山，固然都是形象描绘，但前面是实写目击，后面则是虚写想象，有所区别，因此其间插入两句，也不显得违和。可以说这八句一段写老柏，开头的四句是实，"君臣""云来"四句是虚，又分作这么两层。最后，诗人在略略描绘眼前古柏的高大苍劲形象之后，马上就将历史的感喟寄托于此树，这正见出其怀抱所在，正见出他的念兹在兹。而正因为如此，才对于这古柏起了一种崇高感，那就很顺当地接上气接巫峡、寒通雪山了。总之，这四句看似不平顺，实际上非常自然。方东树以古文家的眼光，看出杜诗的一个特点。他论杜甫的七古道："杜公自有纵横变化、精神震荡之致。以韩公较之，但觉韩一句跟一句，甚平，而不能横空起倒也。韩、黄皆学杜，今熟观之，韩与黄似皆着力矣，杜公亦做句，只是气盛、喷薄得出。"②确实，杜甫七古变化多，不平直，但由于感情充沛，又令人觉得自然，并非做作。这大

①　方东树《昭昧詹言》，人民文学出版社，1984 年，第 265 页。
②　方东树《昭昧詹言》，第 255 页。

概也是杜甫之所以为杜甫之处吧。方东树的话,是很值得我们欣赏杜诗时细细体会的。

　　第二段,从"忆昨路绕锦亭东"到"正直元因造化功",也是八句,也可分为两层,每层四句。第一层回忆成都的先主庙、武侯祠以及祠庙里的古柏。从眼前孔明庙前老柏到成都武侯祠中老柏,从眼下的"一体君臣祭祀同"到昔日所见的"先主武侯同閟宫",是很自然的思维跳跃。紧接着上文的"寒通雪山",便写到成都,在细节上也铆合得颇为自然。(雪山与成都邻近,是杜甫在成都时常常遥望的。)"崔嵬枝干郊原古"使人感到时代的悠远;"窈窕丹青户牖空"在写出闃寂气氛的同时,也让人生发昔人已去的惆怅。一种沧桑感、历史感油然而生。前面"云来""月出"两句从空间落笔,这里则是就时间着眼。第二层回过笔来,接着第一段写夔州的老柏。"落落盘踞虽得地"与"冥冥孤高多烈风"是转折关系,有一个"虽"字表示这层关系。意思是老柏植根于孔明庙前,可谓得其所哉①,但是孤生而高耸,多为烈风所侵。"扶持自是神明力,正直元因造化功"即承上而言,谓此柏屹然挺拔历数百年而不被摧折,乃其天然本性又得神明扶持之故。诗人别有《病柏》一首,写柏有云"神明依正直",本性正直,方得神明扶持。那么这里的两句,似乎语气上略有侧重,稍重在下句,强调其自然本性之正直。这四句仍是写夔州孔明庙老柏,然而与第一段的描绘不一样,不是写其外表和环境,而是由表及里,写古柏的内在品格,也就隐然含有借物写人之意。"落落""冥冥",即有豁达磊落、不可测度的意味;"正直"二字,当然更可以说是双关树与人二者。

　　有的注家认为这第二层即"落落"以下四句,承接第一层,所写的乃是成都武侯祠的古柏。笔者不赞成此种意见。此诗写的

---

① 　注家或谓成都古柏生长于平原为"得地",恐未必然,因为生于高山亦可谓得地。杜甫《病柏》"有柏生崇冈,……出非不得地",是其证。

对象是夔州老柏，是主；"忆昨"四句写成都祠庙及柏树，只是由夔州庙柏引起回忆，是宾，是插进去的陪衬。如果将整个第二段认作都是写成都，那就主、宾不分了。插入四句回忆，从诗人抒写怀抱而言，真实而自然；从全诗结构上说，则显得有波澜，有变化，不平直。

第三段同样八句。仍然写柏树，然而意思宕开，寄托遥深，抒发了"古来材大难为用"的感慨。透过这样的感慨，读者越发感到当年孔明、先主的君臣遇合，孔明得以施展其才能，是多么难得，多么可贵，多么令人歆羡。这就与第一段"君臣已与时际会"互相呼应，然而这一呼应并非简单地重复，而是一种反衬。这也见出诗人的笔墨夭矫自如，而又多么自然，毫无生硬做作之态。

这一段用的是比兴寄托的手法，处处写树，又处处写人。"不露文章"，柏树的形貌朴实无华，如李德裕《柳柏赋序》所说，"柏之为物，贞若有余，而华滋不足"。"苦心"，如杜甫《空囊》所说，"翠柏苦犹食"，都是切合柏树的特征的，但又都有寓意。总的说来，是赞美命世之才深沉而不自炫，高洁而能容人，甘愿奉献而竭尽心力；同时又慨叹这样美好的大材，却是难于发挥作用的。这乃是全诗结穴所在。

这一段在句法上有一特点，即转折甚多，而不用表示转折的词语。如第一、二句，"大厦如倾要梁栋，万牛回首丘山重"，需要梁栋之材，但是万牛回首，不能利用。第三、四句，"不露文章世已惊，未辞剪伐谁能送"，世人惊喜其材大，它也愿意奉献，但是却不能运送。这两句当句之中也各有转折：虽然不露文章，但已经使世人惊异；虽然不辞奉献，但无人能予以运送。第五、六句"苦心未免容蝼蚁，香叶曾经宿鸾凤"更加曲折：虽然禀性高洁芬芳，但是却不能不容忍蝼蚁。按意思说"香叶"句应该在前，可倒置于后。这不仅是用韵的需要，而且更增唱叹摇曳之致。这些转折处并无表示其间关系的虚词，全凭读者从意思上体会。这其实也是前人所谓"潜气内转"。潜气内转本来是指骈文说的[1]，实际上散文和诗歌也有此种情形。诗歌与骈文一样，字数、韵律有所限制，故这样的情况不少。我们应体会此类文气转换的情形，不但可增加对诗意的理解，而且有益于唱叹欣赏。杜诗的"顿挫"之美，该是与此类情况也有关系的吧。

清人夏力恕《杜诗增注》论此诗云："写状之工，往复之妙，寄托之远，宾主离合之浑化，未易言诠。"[2]是颇有心得的话。我们不妨结合原诗仔细体会，将有助于增加对于杜诗艺术美的认识。

（原载《杜甫研究学刊》2019 年第 1 期）

---

[1] 参见笔者《略谈南朝骈文之难读——以任昉文为例》，《中国文学研究（辑刊）》第 27 辑，复旦大学出版社，2016 年，收入本集。

[2] 夏力恕《杜诗增注》卷一二，转引自萧涤非主编《杜甫全集校注》第 6 册，第 3580 页。

"龙城飞将"与古诗中地名

王昌龄的《出塞》绝句(也有题作"塞上行""从军行"等名称的),是今古传诵的名篇。其第三句"但使龙城飞将在","龙城"二字,唐宋时代的一些诗歌选本都无异文,只有题王安石编的《唐百家诗选》作"卢城"。清代学者阎若璩在他的《潜邱札记》里主张应作"卢城"。他的理由是:"飞将"指汉代名将李广。李广任右北平太守,匈奴不敢入寇,称之为飞将军。而龙城是匈奴举行大会祭祖先天地鬼神之处,离右北平很遥远,李广打仗也未曾到过那里,因此"龙城飞将"说不通。阎氏说,汉代右北平之地,唐代置北平郡,其治所叫卢龙县,县西北二百里处有卢龙塞,因此应是卢城。其说为今日许多注家所承袭,一些唐诗选本都采取他的见解。

但这种说法其实是有问题的。唐之北平郡,其地虽与西汉右北平邻近,但并不能与之相当;而唐之卢龙县根本不在西汉右北平境内;所谓卢龙塞,也只与右北平擦着一点儿边——它位于右北平的南界①。因此,以卢龙代指右北平,从历史地理的角度看,难以说得通。而且诗人以古地名指代今地者多矣,以今地名称古地者似乎极少见。这都姑且不论,只说一条:能用"卢城"这个生造的名字去代替"卢龙"吗?《四库》馆臣驳斥阎氏道:"唐三百年

---

① "卢龙塞"之名首见于《三国志·魏志·武帝纪》,建安十二年,曹操北征乌丸,"引军出卢龙塞,塞外道绝不通,乃堑山堙谷五百余里,经白檀,历平冈,涉鲜卑庭,东指柳城"。平冈即西汉右北平治所,远在卢龙塞之北。《水经·濡水》注云:"平罡(即平冈)在卢龙东北远矣。"东晋庾阐《扬都赋注》言卢龙山在平罡城北,郦道元批评其"远失事实"。

更无一人称卢龙为卢城者,何独昌龄杜撰地名?"①这个反驳是有力的。有的学者或许有鉴于此,于是又说原诗"龙城"不误,而"龙城"乃卢龙的省称。那么我们也可以反问一句:唐三百年有称卢龙为龙城的吗?

还有学者认为这里的"龙城"是借用十六国时期前燕所筑龙城的旧名。该龙城之地原属柳城县,在今辽宁朝阳,慕容皝筑城后更名龙城,隋唐时复旧名,为营州治所。其地亦属边陲,唐时也是与少数族争战之地。然而其城乃李广身后四五百年方才修筑命名,且其地西汉时虽与右北平相距较近,但从未隶属于右北平。诗人怎么会想起用其名称来指代李广的右北平呢? 也很难令人首肯。

飞将军的典故出自《史记》《汉书》的《李广传》,"龙城"也见于《史》《汉》,(据历史地理专家研究,该地在今蒙古人民共和国鄂尔浑河西侧的和硕柴达木湖附近②。)西汉大将卫青曾直捣该地。富寿荪先生因此说:"唐人边塞诗中所用地名,有但取字面瑰奇雄丽而不甚考地理方位者。……此处'龙城飞将',乃合用卫青、李广事,指扬威敌境之名将,更不得拘泥地理方位。……阎氏之说,似是而非,不可从。"③

此说值得重视,下面即加以引申论述。

首先,"飞将"一语,自南朝以来诗文中就已是泛指名将,而并非专指李广了。试举梁和唐代的例子。

刘孝绰《求豫北伐启》:"或以臣素无飞将之目,未从嫖姚之

---

① 永瑢等《四库全书总目》,中华书局,1965 年,第 1694 页上。
② 见《辞海·地理分册·历史地理》,上海辞书出版社,1978 年,第 50 页。参考谭其骧主编《中国历史地图集》第二册东汉"鲜卑等部"。
③ 富先生此语,见其《唐诗别裁集》校语。《唐诗别裁集》沈德潜选注,富寿荪校点,上海古籍出版社,1979 年,第 651—652 页。后出之富寿荪、刘拜山合撰《千首唐人绝句》仍持此见。又金性尧《唐诗三百首新注》、马茂元《唐诗选》所见皆同。

伍。言易行难,收功理绝。"①刘孝绰请求参与北伐之役,但他是个文人,因此有人反对,说从来没有人视他为将才的。这里"飞将"只是泛指军将而已。

刘孝标《出塞》:"蓟门秋气清,飞将出长城。绝漠冲风急,交河夜月明。"②"飞将"只是将军的美称而已。这是一首乐府诗,并不指说某一场具体的战争。"蓟门""长城""交河"也只是代指边境和绝域,并不是说由今天北京附近的蓟门出关开拔到远在西域的交河去。

杜甫《秦州杂诗》二十首之十九:"故老思飞将,何时议筑坛。"③安史之乱方炽,吐蕃亦不时骚扰,因此杜甫企盼朝廷委任良将以安天下。"飞将"只是借李广典故指称良将④。"筑坛"用的是刘邦设坛场拜韩信为大将的故事,这里也只是表示任命大将之意。

常建《吊王将军墓》:"嫖姚北伐时,深入强千里。战余落日黄,军败鼓声死。尝闻汉飞将,可夺单于垒。今与山鬼邻,残兵哭辽水。"⑤诗人凭吊的是王将军⑥,所谓"汉飞将"也只是借指,军败而死云云当然与李广事迹无关。

刘禹锡《平蔡州》之一:"蔡州城中众心死,妖星夜落照壕水。汉家飞将下天来,马箠一挥门洞开。"⑦这是一首写实的作品,歌颂唐王朝平定蔡州军阀吴元济。"汉家飞将"借指唐将李愬。

① 欧阳询《艺文类聚》,汪绍楹校,上海古籍出版社,1982 年,第 1074 页。
② 逯钦立《先秦汉魏晋南北朝诗》,中华书局,1983 年,第 1758 页。
③ 《全唐诗》,中华书局,1960 年,第 7 册,第 2419 页。
④ 杜甫可能是属意于郭子仪,参萧涤非主编《杜甫全集校注》,人民文学出版社,2014 年,第 1465 页。
⑤ 《全唐诗》第 4 册,第 1461 页。
⑥ 王将军可能是指王孝杰,死于平定契丹的战役之中。参傅璇琮《唐代诗人丛考》,中华书局,1980 年,第 85—87 页。
⑦ 《全唐诗》第 11 册,第 4004 页。

温庭筠《遏水谣》:"虏尘如雾昏亭障,陇首年年汉飞将。麟阁无名期未归,楼中思妇徒相望。"①这是乐府歌谣,"汉飞将"所指广泛,指古往今来那些转战戍守于边塞绝域的将军们。

举这些例子,是想要说明,王昌龄《出塞》里的"飞将",只是泛指良将。虽然典出李广,但不必与李广事迹相连。那么也就不必考究李广是否到过龙城,也就不必因李广未到龙城而怀疑"龙城飞将"为误。

下面再考察一下"龙城"。

上面说过,在历史上,北方边远之地唤作"龙城"的有两处:匈奴举行祭祀大会之处和前燕慕容氏所筑之城。而在后世文人笔下,"龙城"常常只是用典,泛指北方绝域,泛指与少数族发生对峙和战斗的地方,而不是专指某处。也举南朝和唐代的用例。

何逊《学古》:"十年事河外,雪鬓别关中。季月边秋重,严野散寒蓬。日隐龙城雾,尘起玉关风。"②描绘北方边塞深秋景色。"日隐"二句,说浓雾蔽日,风起尘飞。龙城与玉关,从实际的地望说,相去辽远,但诗人将它们捉置一处,写出一派荒寒景象。它们只不过是代称,指代边陲而已,没有必要拘泥于它们的实际所在。

刘孝绰《冬晓》:"临妆罢铅黛,含泪剪绫纨。寄语龙城下,讵知书信难。"③闺中思妇欲寄书与寒衣给征戍绝域的良人。"龙城"当然不是确指匈奴大会之处。

萧纲《赋得陇坻雁初飞》:"虽弭轮台援,未解龙城围。相思不得返,且寄别书归。"④"虽弭"二句写将士艰辛,此处战斗已告结束,别处却依旧吃紧。"龙城""轮台"都只是泛指绝域战场。

庾信《三月三日华林园马射赋》作于北周武帝时。赋曰:"乃

---

① 《全唐诗》第17册,第6695页。
② 逯钦立《先秦汉魏晋南北朝诗》,第1694页。
③ 逯钦立《先秦汉魏晋南北朝诗》,第1842页。
④ 逯钦立《先秦汉魏晋南北朝诗》,第1950页。

有六郡良家,五陵豪选,新回马邑之兵,始罢龙城之战。"①谓参加马射活动的将士,是刚从边境战场上回归的。"马邑""龙城"并见于《史》《汉》之《匈奴传》,都是汉与匈奴争战之地,而两地实相去辽远。庾信时代仍有马邑城,仍在汉代马邑故地(今山西朔州),属于北齐。那里确是一个征战之地。但"龙城"则只是用古典而已。

庾信《周上柱国齐王宪神道碑》:"公述职巡御,治兵朔方。马邑星飞,龙城月动。"②这是述北周武帝时宇文觉征讨稽胡之役。当时宇文觉为行军元帅,军至马邑,因此"马邑星飞"可说是兼含古典、今典,说的是当时实际地名,但"龙城月动"则是仅用古典,"龙城"是虚用。"马邑""龙城",从字面上说,正是天然巧对,故词人多喜并用。萧纲《陇西行》"月晕抱龙城,星眉照马邑"③,窦威《出塞曲》"潜军度马邑,扬斾掩龙城"④,均是其例。

卢思道《从军行》:"朔方烽火照甘泉,长安飞将出祁连。……天涯一去无穷已,蓟门迢递三千里。朝见马岭黄沙合,夕望龙城阵云起。……白雪初下天山外,浮云直上五原间。……从军行,从军万里出龙庭。……"⑤诗中杂用"祁连""蓟门""马岭""龙城""天山""五原""龙庭"诸多地名,都在北方边塞绝域,其实都是虚用典故,给人一种广阔辽远的感觉,我们不必细究其所在的。其中祁连就是天山,龙城就是龙庭,诗人都可以不顾,只取其行文协韵之便。而"龙城"与"马岭"也正是天然的对偶。

李义府《和边城秋气早》:"霜结龙城吹,水照龟林月。日色夏

---

① 《庾子山集注》,倪璠注,许逸民校点,中华书局,1980 年,第 14 页。
② 《庾子山集注》,倪璠注,许逸民校点,第 741 页。
③ 逯钦立《先秦汉魏晋南北朝诗》,第 1905 页。
④ 《全唐诗》第 2 册,第 433 页。
⑤ 逯钦立《先秦汉魏晋南北朝诗》,第 2631 页。

犹冷，霜华春未歇。"①"龟林"见于佛典，也被文士借指极远之地，唐代羁縻州有龟林都督府，在西域，隶安北都护府。李义府此诗"龟林"和"龙城"一样，也只是借指极远处边城而已，不必细究其地望。

王建《陇头水》："陇水何年陇头别，不在山中亦呜咽。征人塞耳马不行，未到陇头闻水声。谓是西流入蒲海，还闻北去绕龙城。"②"陇头流水，鸣声呜咽"的陇头，原来是指今甘肃、陕西交界的陇坻；而蒲海，即蒲昌海，远在西域；龙城则在匈奴腹地。三者相去极远。这里纯是夸张，"龙城""蒲海"都只不过表示极北、极西的远方而已。（王建的构思，又取自萧子晖的《陇头水》，见下文《颜氏家训·文章》所引。）

综上所述，王昌龄《出塞》的"飞将"是泛指名将、良将，"龙城"是泛指绝域荒漠，那么"龙城飞将"就是说横行万里、转战绝域的大将而已。读者心中可以有李广、卫青的影子，但不必也不能指实为某一具体的人物，不必纠缠于李广与龙城之间的史实。

下面就古诗中的地名再作一些议论。

从上文所举的例子可以看到，像"龙城"那样不应过于落实的地名，是经常出现的。南北朝颜之推的《颜氏家训·文章》篇曾说："文章地理，必须惬当。梁简文《雁门太守行》乃云：'鹅军攻日逐，燕骑荡康居。大宛归善马，小月送降书。'③萧子晖《陇头水》云：'天寒陇水急，散漫俱分泻。北注徂黄龙，东流会白马。'此亦明珠之纇，美玉之瑕，宜慎之。"④颜之推要求诗文创作中的地理名词，应该符合实际的方位、距离，那是站在学者征实的立场上说的，其实诗人创作并不遵守此律令。

---

① 《全唐诗》第 2 册，第 468 页。

② 《全唐诗》第 9 册，第 3375 页。

③ 《乐府诗集》卷四七作梁褚翔诗。

④ 《颜氏家训集解》，颜之推撰，王利器集解，上海古籍出版社，1980 年，第 271 页。

　　诗人这样似乎是随心所欲地运用地名,与对偶、押韵、用典等修辞手法有关。这从上面所举一些例子很容易说明。即以颜之推举出的两首而言,"大宛"与"小月","黄龙"与"白马",都是巧对。日本国高僧空海大师编撰的《文镜秘府论》,是教人们写作诗文的教科书,其中资料多取自中华书物。该书《地卷·九意》集录种种俪语,便有"龙城马倦,雁塞人疲""龙城风少,马邑寒多""龙城念子,马邑思君""龙门泣泪,马邑悲鸣""鸣弦雁塞,佩剑龙门""卢龙惆怅,碣石呼嗟""三危怨少,九折悲多""燕风萧萧,岱雾纵横""龙门日惨,兔苑风酸"之类。同书《北卷·帝德录》分类列举许多语汇典故,有如类书,其中"叙远方归向"分东西南北列举地名用语,如积石、流沙、紫塞、玄阙、龙庭、金微、瀚海、天山之类。凡此都不妨看作骈体诗文写作状况的一种反映。诗人运用那些地名,经常不是实指某处,而是作为辞藻使用的。为了修辞的需要,便顾不得"地理"之"惬当"了。

　　据我们的观察,此类情况在南朝晚期颇为普遍。究其原因,不外以下两端:一是那个时期正是骈偶诗文发达之时,那些地名,被人们当作辞藻、当作对偶的成分而运用;二是那时的诗人们努力追求新变,努力扩大题材范围,边塞之作便进入了不少作者的视野和笔端。这在梁陈诗歌中表现得尤为明显。简文太子萧纲的《答张缵谢示集书》说起创作缘由,有"伊昔三边,久留四战,胡雾连天,征旗拂日,时闻坞笛,遥听塞笳。或乡思凄然,或雄心愤薄"[1]之语,可知他们对于此类题材的自觉。他们并没有北方边塞的经历,那些地名都是从史籍中觅得。不过他们这样做倒形成了一个传统,对于唐代的诗歌发生了深远的影响。唐代边塞诗发达,不少诗人都有从军出塞的亲身经历,但是却仍然继承了南朝诗人那种不顾实际地望的做法。更有将实指的地名和泛指、虚化

---

① 欧阳询《艺文类聚》,汪绍楹校,第 1042 页。

的地名混在一起使用的。程千帆先生《论唐人边塞诗中地名的方位、距离及其类似问题》是一篇论述此问题的力作,便举出李白的《战城南》和高适的《燕歌行》为例加以说明。他说《燕歌行》"摐金伐鼓下榆关,旌旆逶迤碣石间,校尉羽书飞瀚海,单于猎火照狼山"四句"连贯而下,浑然一气",而实际上"榆关""碣石"属于"现实的系统","瀚海""狼山"属于"比拟的系统"①。

　　我们再举王维《使至塞上》为例,这是诗人的名作。当时河西节度使崔希逸击败吐蕃于青海湖西,诗人奉命前往慰劳并入幕。他由长安出发,西赴凉州。凉州治所姑臧(今甘肃武威),是河西节度使的驻地。诗云:"单车欲问边,属国过居延。征蓬出汉塞,归雁入胡天。大漠孤烟直,长河落日圆。萧关逢候骑,都护在燕然。"②其中萧关当指汉代的萧关,在今宁夏固原东南,其故关唐代犹在。那是由长安往凉州的必经之地,因此"萧关逢候骑"的萧关,可以说是实指③。至于"居延""燕然",就都不是此行途中的实际地名。"属国过居延",是说自己奉使远行出塞,就像当年苏武(曾为典属国)万里迢遥经过居延一样。居延乃匈奴中地名,霍去病、李陵等深入匈奴都曾经过该处,"出居延""过居延"等语屡见于《汉书》,南朝以来,诗歌中也用以泛指绝域。王维此行往凉州,与居延并无关涉,也只是借用虚指塞外而已④。我们设想,诗人可

①　程先生该文作于1963年,发表于《南京大学学报》1979年第3期,后收入作者论文集《古诗考索》。以上引文见程千帆《程千帆全集》第8卷,河北教育出版社,2001年,第172—173页。

②　《全唐诗》第4册,第1279页。

③　同时也是用典。何逊《见征人分别》:"候骑出萧关,追兵赴马邑。"

④　王维歌颂崔希逸战绩的《出塞作》:"居延城外猎天骄",也是借"居延"指称塞外。又有《送韦评事》:"欲逐将军取右贤,沙场走马向居延。遥知汉使萧关外,愁见孤城落日边。"韦的身份与王维类似,王维称之为"汉使"而"向居延",正与《使至塞上》说自己充使而"过居延"相似。又,王维此句的另一种解释,将"属国"理解为东汉时的行政地理名称,谓自己经过居延属国。东汉居延属国之地,相当于唐代的甘州,在凉州西北,也并非王维此行所经实际地名。

能是先吟得"大漠孤烟直,长河落日圆"二句,为了协韵,便用"居延"这个语词。"都护在燕然",燕然山,即今蒙古人民共和国之杭爱山,故此句与当时破吐蕃于青海的史实也是风马牛。但是"燕然"包含着重要的内涵:那是东汉大将窦宪远征匈奴、勒石纪功之处,用来影射崔希逸远在青海攻破吐蕃的功绩,再贴切不过。可以说是古典之中包含着今典。此外,诗人构思还受前人诗句的影响。陆机《饮马长城窟行》云:"往问阴山候,劲虏在燕然。"①虞世南《拟饮马长城窟行》云:"前逢锦车使,都护在楼兰。"②王维将虞世南和陆机的诗句合而用之。因此"萧关逢候骑,都护在燕然"两句可说是融会了好几个典故。总之,我们读此诗时,必须明白"居延""燕然"都是虚用的地名,才不至于迷惑。李白《战城南》和高适《燕歌行》所咏虽是当时实事,但得自耳闻,所用的是乐府体,而王维此首明明是写自己实际的经历,但却也用了虚泛的地名。这种虚实交杂的情况并不少见。如果要"以诗证史",于此是需要特别小心的。

　　使用地名除了当作修辞手段之外,有时还与营造气氛有关。上面举出的许多例子,由于使用相去辽远的地名,往往给人一种壮阔之感。再如李白的名篇《关山月》:"汉下白登道,胡窥青海湾。由来征战地,不见有人还。"③"白登道""青海湾"是天生的对偶,而一在今山西大同,一在今青海省,相去甚远。白登山为西汉王朝与匈奴首战之处,汉高祖率兵逐匈奴至此,为匈奴所困;青海则是唐王朝与吐蕃频频争战之所。辽阔的大地和千年的历史,烽火连绵不绝,这就让读者产生一种苍茫深沉的感喟。正如程先生所说,"唤起人们对于历史的复杂的回忆,激发人们对于地理上的

---

① 逯钦立《先秦汉魏晋南北朝诗》,第659页。
② 《全唐诗》第2册,第470页。
③ 《全唐诗》第5册,第1689页。

辽阔的思考"①。

以上所说地名,如龙城、马邑、雁塞、燕然等等,多出现于边塞诗作中,使用的频率较高,已经或多或少地虚化,可以不是单指其本来的地望,而是泛指边塞绝域,涵盖面很广。还有一种情况,使用频率并不高,并未虚泛化,但诗人同样不甚顾及其实际所在。诗人似有缩地之术,将它们随意挪移。

清初的毛奇龄、王士禛都注意到王维《同崔傅答贤弟》中的地理②:"九江枫树几回青,一片扬州五湖白。扬州时有下江兵,兰陵镇前吹笛声。夜火人归富春郭,秋风鹤唳石头城。"③九江在江西,五湖指太湖,兰陵镇、石头城、富春郭,分别在今之常州、南京和浙东。王士禛评说道:"诸地名皆寥远不相属。……只取兴会神到。若刻舟缘木求之,失其指矣。"④他认为诗人兴到之时信笔挥洒,不必一一征实。按照王士禛的思路,我们想诗人是利用这些地名组成富有动感的画面,如同今人所谓"意识流",表现出对于江南的向往和朦胧的美感。至于这些地名的实际所指,是无足轻重的。这与上举卢思道《从军行》颇相似,只是此首中地名不在边塞,不像卢诗中"龙城""天山"等被频繁使用而已。

王士禛还曾评论江淹、孟浩然的诗:"江文通《从冠军建平王登香炉峰诗》云:'日落长沙渚,层阴万里生。'长沙去庐山二千余里,香炉何缘见之?孟浩然《下赣石诗》:'暝帆何处泊,遥指落星湾。'落星在南康府,去赣亦千余里,顺流乘风,即非一日可达。古人诗只取兴会超妙,不似后人章句,但作记里鼓也。"⑤按江淹诗

① 程千帆《程千帆全集》第 8 卷,第 180 页。
② 参毛奇龄《西河集》卷二三"笺"第七则(台湾商务印书馆影印《文渊阁四库全书》第 1320 册,第 187 页)、王士禛《池北偶谈》卷一八。
③ 《全唐诗》第 4 册,第 1258 页。
④ 王士禛《池北偶谈》,靳斯仁点校,中华书局,1982 年,第 436 页。
⑤ 《渔洋诗话》卷上,见丁福保汇辑《清诗话》,上海古籍出版社,1978 年,第 183 页。

云:"绛气下紫薄,白云上杳冥。中坐睨蜿虹,俯伏视流星。……日落长沙渚,曾阴万里生。"①用的是夸张之笔,想象中连流星都在脚下,则遥见长沙日落,又何足怪。那是一个梦幻般的境界。孟浩然舟行于赣江上游,两岸怪石如铁,目不暇接,心中洋溢着惊喜,但觉兴高采烈,志气酣放,因此信口将千里外的落星湾(在今江西庐山市)说成近在咫尺,气氛也还是协调的。地名的挪移在这两首诗里获得了抒发兴致、营造气氛的效果。

钱锺书先生曾指出,明七子一派喜用人名、地名,"学盛唐以此为快捷方式","纯取气象之大,腔调之阔,以专名取巧"②。其用地名者,往往将遥远之处写进诗里,造成高夐阔大的境界,而有时便不惜牺牲事实。如王世贞《登黄榆最高处》:"太行无际碧天愁,榆塞塞帷万古收。紫气东盘沧海出,黄河西抱汉关流。"③黄榆关在今河北邢台西北的太行山上,哪里能看到海气听到河声,却写得耳闻目击一般。李攀龙《与元美登郡楼》二首其二:"衔杯大麓来秋色,倚槛邢台过白云。树杪人家漳水出,城头风雨太行分。"④这是登邢台(今属河北)郡楼之作。四句写景,极力构造一个开阔高远的境界。"衔杯"句说秋色来自大陆泽⑤,"城头"句说风雨来自太行,尚属合乎情理的想象;"树杪"句写漳水在望,则是挪远为近,以虚作实了。邢台楼头不可能望见漳水。又李氏《真定大悲阁》:"坐来大陆当窗尽,不断滹沱入槛流。"⑥真定即今河北正定,

①　逯钦立《先秦汉魏晋南北朝诗》,第 1557 页。
②　钱锺书《谈艺录》,中华书局,1984 年,第 292 页。
③　王世贞《弇州四部稿》,台湾商务印书馆影印《文渊阁四库全书》第 1279 册,第 497页下。
④　李攀龙《沧溟集》,台湾商务印书馆影印《文渊阁四库全书》第 1278 册,第 273页下。
⑤　参吴景旭《历代诗话》卷七八"大陆"条,吴景旭《历代诗话》,陈卫平、徐杰点校,京华出版社,1998 年,第 994 页。
⑥　李攀龙《沧溟集》卷八,台湾商务印书馆影印《文渊阁四库全书》第 1278 册,第 272页上。

滹沱河流过城南，"入槛流"算是实话；大陆泽在百余里外，"当窗尽"绝不可能，却写得像亲眼所见。

　　文学创作不同于纪实，自有其独特的法则；不同时代的不同作者，又有种种复杂的情况。虽地名运用之微，也足以体现此点。阎若璩以"龙城飞将"为误，与颜之推批评诗人用地名不当，都表现出对此类独特法则、复杂情况的缺乏了解。今日读诗，亦当予以充分的注意。

　　　　　　　　　（原载《岭南学报》复刊第十三辑，2020 年）

说"未尝敢以轻心掉之"

《答韦中立论师道书》是柳宗元的一篇有名的文章。书中述说自己作古文的体会，有"未尝敢以轻心掉之，惧其剽而不留也；未尝敢以怠心易之，惧其弛而不严也"等语①。后世以至今日都还常用的成语"掉以轻心"就是由此而来。可是其中"掉"字究竟怎么解释，柳宗元的原话该怎么理解，却也是至今还有讨论的余地的。

近日读到王继如先生的《再说"掉以轻心"》（载《光明日报》2017年12月3日第12版）。王先生发现北凉昙无谶译《大般涅槃经·梵行品》有"慎无掉戏"之语，而敦煌遗书《大般若涅槃经音》作"誂戏"。王先生由此判断"掉戏"本来当作"誂戏"，"掉"是"誂"的假借字；而誂戏乃戏耍、玩弄的意思，因此柳宗元所谓"以轻心掉之"，"就是以轻慢之心戏耍写作"之意，而成语"掉以轻心"，"就是以轻慢之心来戏弄玩忽所做的事情"。

对于这一判断，笔者感到怀疑。为什么呢？这与柳宗元原意不符合。

《答韦中立论师道书》述说怎么作文，有一个前提，即所论的是用以"明道"的古文，柳宗元对此反复强调。他说：

> 始吾幼且少，为文章以辞为工；及长，乃知文者以明道，是固不苟为炳炳烺烺、务采色、夸声音而以为能也。凡吾所

① 见柳宗元《柳河东集》，上海人民出版社，1974年，第543页。

陈,皆自谓近道,而不知道之果近乎,远乎? 吾子好道而可吾
文,或者其与道不远矣。①

接下来就讲自己为文的体会,即"每为文章未尝敢以轻心掉之"
云云。然后总结一句:"此吾所以羽翼夫道也。"既然论述的是如
何写好明道之文,那便将作文看得十分严肃,本来就绝不可能存
有戏耍之意,根本用不到提什么不敢以戏耍之心从事。那是不
言而喻的。至于所提到的"轻心""怠心""昏气""矜气",即轻
锐、懈怠的心思,昏沉、骄矜的精神状态,那与戏耍之心不同,即
使写作明道之文,有时也可能存在的,(比如思考不深入、处于疲
倦状态、精神不够集中、过于自信以至得意等等情况,即便写作
明道之文,也可能会有。)因此要加以警惕,要提醒自己防止那样
的情况出现。

那么,"未尝敢以轻心掉之",应该作何解释呢?

先看"掉"字。这个字的本义以及一些引申义,今天很少用
了,因此确实不大好解释。

《说文·手部》:"掉,摇也。""摇,动也。"②掉就是动。现代口
语里摇是摇摆、来回地动的意思,而古代汉语不论摇还是掉,都只
是动,并不限于来回地动。这是应该注意的。

掉的本义是动,可以有各式各样的动。试举些例子。

《左传》昭公十一年:"尾大不掉,君所知也。"③这是楚臣范无
宇对楚灵王说的话,意思是说国内城邑不能太大,不然盘踞其地
的势力就不听从国君的指挥了,如同动物尾巴过大就摆动不了它
了。这个"掉"字可以理解成来回摇摆。

①　柳宗元《柳河东集》,第 542 页。
②　段玉裁《说文解字注》,上海古籍出版社,1981 年,第 602 页下。
③　影印阮刻《十三经注疏》,中华书局,1980 年,第 2061 页中。

《庄子·在宥》："鸿蒙拊髀雀跃，掉头曰：'吾弗知！吾弗知！'"①今天我们说掉头，一般是回头、转过头的意思，这里则是摇头之意。林希逸《庄子口义》卷四云："掉头，摇头也。"②

《史记·孟尝君列传》："日暮之后，过市朝者掉臂而不顾。"③掉臂，甩动手臂。

《史记·淮阴侯列传》："掉三寸之舌，下齐七十余城。"④掉舌，翻动舌头。

以上这些例句，"掉"都可以理解为来回地动。但以下各例就并没有来回之义，至少这种意思很不明显。

《鹖冠子·天则》："政在私家而不能取，重人掉权而弗能止。"⑤权是衡器，即秤锤。掉权，动用秤锤，移动之，变动之；比喻操纵权力，轻重在手。

《汉书·扬雄传》："掉八列之舞。"师古曰："掉，摇也，摇身而舞也。"⑥掉在这里就是舞动，未必都是来回摇摆的动作。

刘向《新序》卷二《杂事》："襄王大惧，形体掉栗。"⑦掉是抖动、颤抖的意思。《战国策·楚策》载此事作"身体战栗"⑧，"掉栗"就是战栗。皇甫谧《针灸甲乙经》卷六："骨者，髓之府。不能久立，行则掉栗，骨将惫矣。"⑨掉也是颤抖之意。韩愈《上襄阳于相公

①　郭庆藩《庄子集释》，王孝鱼点校，中华书局，1961年，第387页。

②　林希逸《庄子口义》，台湾商务印书馆影印《文渊阁四库全书》第1056册，第463页上。

③　《史记》，中华书局，1959年，第2362页。

④　《史记》，第2620页。

⑤　黄怀信《鹖冠子汇校集注》，中华书局，2004年，第58页。

⑥　《汉书》，中华书局，1962年，第3565页。

⑦　刘向撰集《新序》，《四部丛刊》影印明翻宋本，第10页b。石光瑛校释、陈新整理之《新序校释》（中华书局，2001年），云当从宋本作"悼栗"。按："掉栗"不误。上文"大惧"言其内心，此"掉栗"言其"形体"。

⑧　《战国策》，刘向集录，上海古籍出版社，1978年，第561页。

⑨　皇甫谧《针灸甲乙经》，台湾商务印书馆影印《文渊阁四库全书》第733册，第634页上。

书》："及至临泰山之悬崖,窥巨海之惊澜,莫不战掉悼栗,眩惑而自失。"①其"悼栗"之"悼",作"惧"解,而"战掉"之"掉",仍是颤抖义。唐人韦续《墨薮·释行》:"羲之云:每作一点画,皆悬管掉之,令其锋开,自然劲健。"②悬管掉之,谓持笔抖动。

　　《周礼·春官·典同》"薄声甄,厚声石"郑玄注:"甄,犹掉也,钟微薄则声掉;钟大厚则如石,叩之无声。"③钟太薄则敲击时声音震荡。元稹《纪怀赠李六户曹崔二十功曹五十韵》:"角声悲掉荡。"④掉荡就是震荡。

　　《人物志·材理》:"浅解之人,……审精理则掉转而无根。"⑤掉转,转动,这里是比喻没有定见。掉是转移的意思。韩愈《读东方朔杂事》:"辒辌掉狂车。"祝充《音注》:"掉,转也。"⑥(据《五百家注昌黎文集》引)车子运行靠车轮转动,故祝充这样注释。在他看来,掉字有转动意。

　　《抱朴子外篇·交际》:"或有德薄位高,器盈志溢,闻财利则惊掉,见奇士则坐睡。"⑦惊掉,即惊动,惊喜而起动。

　　《刘子·思顺》:"令提剑锋而掉剑觚,必刿其指,而不能以陷腐木,而况金甲乎?若提其觚而掉其锋,虽则凡夫,可以陆斩犀象,水截蛟龙矣。"⑧其"掉"为挥动之意。觚,指剑柄。

　　《法苑珠林·送终篇·受生部》:"如淫欲盛故生于鸽雀鸳鸯

①　《韩昌黎文集校注》,韩愈撰,马其昶校注,马茂元整理,上海古籍出版社,1986年,第148页。

②　《墨薮》,旧题韦续撰,台湾商务印书馆影印《文渊阁四库全书》第812册,第402页下。

③　《周礼注疏》,影印阮刻《十三经注疏》,中华书局,1980年,第798页上。

④　《元稹集编年笺注(诗歌卷)》,杨军笺注,三秦出版社,2002年,第287页。

⑤　《人物志校笺》,刘邵著,李崇智校笺,巴蜀书社,2001年,第85页。

⑥　《五百家注音辨昌黎先生文集》,韩愈撰,魏仲举编,台湾商务印书馆影印《文渊阁四库全书》第1074册,第150页下。

⑦　杨明照《抱朴子外篇校笺》,中华书局,1991年,第423页。

⑧　《刘子集校》,林其锬、陈凤金集校,上海古籍出版社,1985年,第55页。

之中,瞋恚盛故生于蚖蝮蛇蝎中,愚痴盛故生猪羊蚌蛤中,憍慢盛故生于师子虎狼中,掉戏盛故生猕猴中,悭嫉盛故生饿狗中。"①掉戏,与淫欲、瞋恚、愚痴、憍慢、悭嫉一样,都是现世的恶业,来世将投生为鸟兽动物。掉戏的"掉"字,仍是动意。喜动,好戏弄,则难以清净,故被视为一种恶业。具体说来,有三种"掉",即三种"动"。《法苑珠林·欲盖篇·五盖部》"五盖",其四曰掉悔盖。(按:盖者,烦恼也。遮蔽心之本性,谓之盖。)"掉悔盖者有三:一、口掉者,谓好喜吟咏,诤竞是非,无益戏论,世俗言话等。名为口掉。二、身掉者,谓好喜骑乘驰骋,放逸筋骨,相扑扼腕指掌等。名为身掉。三、心掉者,心情放荡,纵意攀缘,思惟文艺世间才技诸恶觉观等。名为心掉。掉之为法,破出家心。故《智度论偈》云:'汝已剃头着染衣,执持瓦器行乞食。云何乐着戏掉法,放逸纵情失法利。'"②口掉、身掉、心掉,谓口、身、心之动荡不定。这里有一点值得注意:《法苑珠林·送终篇·受生部》所谓某种恶业与所转生的动物之间,是具有对应关系的。如淫欲之与鸽雀鸳鸯,瞋恚之与蚖蝮蛇蝎,愚痴之与猪羊蚌蛤,憍慢之与狮子虎狼,悭嫉之于饿狗,皆是如此。猕猴特性为好动而难静,"掉"之本义为动,故"掉戏"乃与之相对应。既然如此,那么"掉戏"之"掉"乃用本义,是说得通的,无须用"誂"之假借来加以解释。以"掉戏"之"掉"字为"誂"的借字,为戏耍之义,恐怕是值得怀疑的吧?敦煌文献作"誂戏"者,或许"誂"倒是借字呢。慧琳《一切经音义》卷二六释《大般涅槃经》"掉戏"云:"徒吊反,心动也。"③也还是以"动"释"掉",并不以为是借字。

---

① 释道世《法苑珠林》,台湾商务印书馆影印《文渊阁四库全书》第 1050 册,第 825 页下。
② 释道世《法苑珠林》,台湾商务印书馆影印《文渊阁四库全书》第 1050 册,第 435—436 页。
③ 《一切经音义三种校本合刊》,徐时仪校注,上海古籍出版社,2008 年,第 952 页下。

韩愈《元和圣德诗》:"掉弃兵革。"《五百家注昌黎文集》:"掉,掷也。"①掉弃即投弃。掉是指投掷的动作。

柳宗元《与杨诲之第二书》:"彼终军者,……决起奋怒,掉强越,挟淫夫以媒老妇,欲蛊夺人之国。智不能断而俱死焉。"②终军乃辩士,自愿为汉使者往越,说动南越王,王及太后都愿内属(老妇即指太后,本是邯郸人,淫夫指其少时情人,时与终军同为使者),而南越相吕嘉不附,举兵杀死王、太后及汉使者。柳宗元对于终军取批判的态度。"掉强越"之"掉",乃说动、使其歊动之意。罗隐《下第寄张坤》:"谩费精神掉五侯,破琴孤剑是身仇。"③其"掉"字义同。

以上所举都是先秦至唐代的用例。从中可见,"掉"字义为动,而是怎样的动,随具体语境而不同,使用的场合是很多的。可以是摇摆、摇动,也可以是抖动、挥动、转动、投掷等,还可以比较抽象,泛指动作、动荡等。《汉语大词典》概括的义项有摆动、颤动、转过等,实际上恐怕更多。总之掉就是动,具体是怎么个动法,则随文而有所不同。

"掉"的使用范围广泛,有时所表示的已不是很具体形象的某种动作,而是比较概括,比较抽象,如上举《法苑珠林》之掉悔、心掉,以及柳宗元所谓掉强越、罗隐所谓掉诸侯之"掉"。这一点对于了解"掉以轻心"之"掉",是重要的,因为这个"掉"字就不是某种具体可视的动作,而是较为抽象的用法。

还应该指出的是,"掉"字后若有宾语,表示"动"的对象,有时候这个"掉"字就有支配、操作该对象的意思。比如《鹖冠子·天则》的"重人掉权",将"权"视为具体的物件即秤锤,那么"掉"是移

---

① 《五百家注音辨昌黎先生文集》,韩愈撰,魏仲举编,台湾商务印书馆影印《文渊阁四库全书》第 1074 册,第 19 页下。
② 柳宗元《柳河东集》,第 530 页。
③ 李定广《罗隐集系年校笺》,人民文学出版社,2013 年,第 501 页。

动或变动之意,而若将"权"直接解为权力,则"掉"字就可释为支配、掌控,掉权就是弄权。《左传》所谓"尾大不掉",同一事件,同样的议论,在《国语·楚语》中这样记述:"且夫制城邑若体性焉,有首领股肱,至于手拇毛脉,大能掉小,故变而不勤。"①"大能掉小",谓大者能使小者运动、运作,(如身之使臂,臂之使指。)其"掉"字即有操控之意。杜牧《守论》便用其语意:"大历、贞元之间,尽反此道,提区区之有而塞无涯之争,是以首尾指支,几不能相运掉也。"②运掉亦即操运、操作。以此意推之,柳宗元"掉强越"也就是操弄强越之意。因此,"掉""弄"二字可连用为"掉弄"。唐僧慧琳《一切经音义》卷一一即有"掉弄"条,系出于汉译《大宝积经》卷三。

　　现在我们可以说到柳宗元的"以轻心掉之"了。这个"掉"就是掉弄之义,犹言以轻利急疾之心运作之,操作之。所操运的是文辞。后世有"掉弄笔端""掉弄机锋""掉文""掉书袋"等语,也都指文辞而言。只是后世那些话大多含有卖弄之意,柳宗元"以轻心掉之"则还不能那么理解,但操弄之意是一致的。

　　"以轻心掉之"的"轻心",其含义也值得讨论。一般认为,轻即轻率、轻忽、不重视。但以此释柳宗元原话,恐尚未达一间。《史记·三王世家》载《封广陵王策》云:"古人有言曰:大江之南,五湖之间,其人轻心。"③褚先生论曰:"夫广陵在吴越之地,其民精而轻。"此"轻"字乃轻锐易动而不沉稳之意。柳宗元"未尝敢以轻心掉之",其"轻心"当与此相近,谓作文时心思快利流畅而不深沉,构思用意敏捷但却浮浅。这样理解,方与下句相应:以轻心掉之,则文章也就容易"剽而不留",即读来快利但不沉潜深刻。剽,

①　《国语》,上海古籍出版社,1978 年,第 549 页。
②　杜牧《樊川文集》,陈允吉点校,上海古籍出版社,1978 年,第 95 页。
③　《史记》,第 2113 页。

《汉书·地理志》"患其剽悍"颜师古注:"急也,轻也。"①下面说:
"未尝敢以怠心易之,惧其弛而不严也。"作文时心思懈怠疲缓而
随意,则文章容易显得松弛而不严整。一则快利流畅,一则懈怠
疲缓,在某种意义上正有相对之处。陈衍《石遗室论文》卷四云:
"'未敢以轻心掉之',作文不欲过快,快则单。'未敢以怠心易
之',不欲过慢,慢则散。"②可供参考。所谓单,当是单薄、浅薄之
意。总之,柳宗元所谓"以轻心掉之"的"轻心",不宜解释成轻忽、
不重视。轻快不深沉有时与轻率、轻忽有些联系,但毕竟有别,宜
仔细体会。

　　至于成语"掉以轻心",其"轻心"则已被用作轻忽、不重视之
意,那是约定俗成,与柳宗元原来的意思不一样了。而"掉"字则
仍是运作、操弄的意思,并非"誂"的借字,也不是戏耍玩忽之意。
以轻忽之心处理某事,和以轻忽之心玩弄某事,语意之轻重是有
区别的。

（原载《古典文学知识》2018 年第 4 期）

---

①　《汉书》,第 1656 页。

②　王水照编《历代文话》第七册,复旦大学出版社,2007 年,第 6728 页。

《花间集序》解读二题

　　五代后蜀赵崇祚所编词总集《花间集》,收录了不少上乘之作,但因其中大部描绘女性或男女之情,而所写女子则多为倡条冶叶,故曾被笼统地加以否定。那是特定的时代风气使然,正如南朝宫体被一笔抹杀一样。近十多年来,已有不少学者对那种做法予以批评,自属必要。同时学界对欧阳炯的《花间集序》也重新加以检视,而由于理解不同,意见颇为分歧。这里拟略抒己见。为方便计,先引录该序全文:

　　　　镂玉雕琼,拟化工而迥巧;裁花剪叶,夺春艳以争鲜。是以唱《云谣》则金母词清,挹霞醴则穆王心醉。名高《白雪》,声声而自合鸾歌;响遏行云,字字而偏谐凤律。杨柳大堤之句,乐府相传;芙蓉曲渚之篇,豪家自制。莫不争高门下,三千玳瑁之簪;竞富樽前,数十珊瑚之树。则有绮筵公子,绣幌佳人,递叶叶之花笺,文抽丽锦;举纤纤之玉指,拍按香檀。不无清绝之辞,用助娇娆之态。

　　　　自南朝之宫体,扇北里之娼风。何止言之不文,所谓秀而不实。有唐已降,率土之滨,家家之香径春风,宁寻越艳;处处之红楼夜月,自锁嫦娥。在明皇朝,则有李太白应制《清平乐》词四首,近代温飞卿复有《金筌集》。迩来作者,无愧前人。今卫尉少卿字弘基,以拾翠洲边,自得羽毛之异;织绡泉底,独殊机杼之功。广会众宾,时延佳论。因集近来诗客曲子词五百首,分为十卷。以炯粗预知音,辱请命题,仍为叙引。昔郢人有歌《阳春》者，号为绝唱，乃命之为《花间集》。
庶使西园英哲，用资羽盖之欢；南国婵娟，休唱莲舟之引。时
大蜀广政三年夏四月日叙。[①]

笔者认为这篇序文应如上分成两段。第一段说，绮靡清丽的歌
辞，配上动听的曲调，让歌妓们在酒席间歌唱以供娱乐，古来莫不如
此。这可说是援古以证今，标榜《花间集》之编辑符合旧有的传统，
为下文所说"集近来诗客曲子词……使西园英哲，用资羽盖之欢"作
铺垫。这样以古证今的写法，原是文家惯技。第二段说，唐代以来
此种歌唱的风气十分普遍，而一些著名的文人也撰写歌词，其作品
的水平远胜于旧时所用（即南朝宫体诗及民间受其影响而作的歌
词）。如今这部《花间集》就是精心编选的近时文士之作。"自南朝之
宫体"四句，批评旧时作品，是为了反衬唐代，尤其是唐末五代词作（亦
即《花间集》中所收者）之高卓，故依其文脉，理应置于此段之首。有的
学者因其所述为唐以前，故将此四句划归第一段，其实未妥。

序文似是依时代顺序写来，于是有的学者认为欧阳炯以史为
经，叙述了歌词发展的轨迹；认为欧阳炯首次进行了关于词的历
史的探索。此种解读，恐未必然。

序中提到远古时西王母唱《白云谣》，郢中歌《白雪》，以及《列
子》所说"响遏行云"的典故，不过是借古代故事以表明动人的歌
唱由来已久而已，哪里是认真地述说歌词发展的历史？接着说到
"杨柳大堤之句""芙蓉曲渚之篇"，那是指南朝"吴声""西曲"之
类。《诗三百》和汉魏乐府，在歌曲历史上十分重要，但欧阳炯都
跳过不提。若真是有意述说历史，那是不会如此忽略的。

有的学者认为"杨柳大堤""芙蓉曲渚"中包括汉晋歌词，那是
误读。下面略作辨析。

---

① 《花间集校》，赵崇祚辑，李一氓校，人民文学出版社，1981年，第1—2页。

　　杨柳,汉代李延年所造横吹曲中有《折杨柳》,此外古乐府有《小折杨柳》,相和歌有《折杨柳行》[①],但古辞均久已不传,魏晋时仍歌唱《折杨柳行》,但仅取其曲调而已,所用歌辞的内容与杨柳毫不相干[②]。又南朝梁鼓角横吹曲有《折杨柳歌》《折杨柳枝歌》,曲调、歌辞均来自北国。又《西曲》有《月节折杨柳》十三首,自正月至闰月,都是五言五句,而在第三句下有"折杨柳"三字,其实是歌唱时的和声。其歌辞内容,乃男女相思欢爱之意。如二月歌:"翩翩乌入乡,道逢双飞燕。劳君看三阳,折杨柳,寄言语侬欢,寻还不复久。"以上是汉魏六朝时代有"杨柳"字样的歌曲名称。欧阳炯所说"杨柳"指的是哪一种呢? 他既然说"杨柳大堤之句",自以指西曲的可能性为大,因为西曲中的《襄阳乐》歌辞言及"大堤",萧纲因之有《大堤》曲之作(为《雍州》十曲之一)。当然,欧阳炯这里不过为骈文行文的需要,故将"杨柳""大堤"并列,我们不必太过拘泥,甚至不理解成曲名,而解为歌辞中字眼亦可。(应该是常见的字眼;若只是偶一出现,那就不具有代表性,恐怕欧阳炯不会那样行文。)但总之理解为西曲,或理解为南朝乐歌中的语词,是最为融洽的。

　　芙蓉,吴声、西曲歌辞中言"芙蓉"者非常之多,几乎可说是南朝乐府的一个特点。或形容女子之美丽,或在所谓"风人体"中引出"莲(怜)"字(见《乐府诗集》卷五〇《采莲曲》题解引《古今乐录》)[③]。

① 见郭茂倩《乐府诗集》卷二二《折杨柳》题解,中华书局,1979 年,第 328 页。

② 《宋书·乐志三》载西晋荀勖整理的清商三调歌诗中有《折杨柳行》,歌辞为曹丕所作《西山》及古词《默默》,属大曲(中华书局,1974 年,第 616、618 页)。又《乐府诗集》卷三七《折杨柳行》题解引《古今乐录》,云王僧虔《技录》中《折杨柳行》歌此二篇,属瑟调(第 547 页)。按《西山》言求仙,《默默》咏史,均与杨柳略无关涉。知其歌咏杨柳之古辞久已失传。

③ 参王运熙先生《论吴声西曲与谐音双关语》,原载《六朝乐府与民歌》(上海:古典文学出版社,1957 年,第 121—166 页),后收入《乐府诗述论》(增补本)(上海古籍出版社,2006 年,第 118—168 页)。

华钟彦先生《花间集注》举古诗十九首之"涉江采芙蓉",恐未确。虽然今人或考证以为古诗来自乐府,但古人多不将古诗视为歌辞。且此处所用事典应具有普遍性,在汉代古诗中"芙蓉"只是偶尔出现,故举"涉江采芙蓉"以当之,亦觉未惬。再说欧阳炯既说"芙蓉曲渚之曲",将"芙蓉"与"曲渚"放在一起,我们解释时就应考虑二者的相关性。

曲渚,吴声、西曲产自长江流域,水乡自多洲渚,歌辞中亦有"后渚""兰渚""桂兰渚""水渚"之类语词。梁武帝所作《江南弄·采莲曲》的和声,便是"采莲渚,窈窕舞佳人"①。萧纲《雍州》十曲中则有《北渚》一曲。欧阳炯言"曲渚",当指此类,"曲渚"与"大堤"语相对偶。《花间集注》以何逊《送韦司马别》"送别临曲渚"之句当之,亦似不确。何氏此诗,未闻曾入乐歌唱。

欧阳炯举出杨柳大堤、芙蓉曲渚为言,一方面因为那是吴声、西曲中所常见,一方面是为了骈俪文字行文的需要。这些字眼,语义双关,在指明吴声、西曲的同时,又描画出美丽的风景画面,而且偶对工整,声韵和谐,其文字技巧是很高明的。

从以上辨析,可知此段文字从西王母、周穆王和《阳春》《白雪》写起,意谓歌诗配乐起自远古,然后便直述南朝的吴声、西曲。若笼笼统统地将此段文字说成是述汉魏六朝乐歌,又从而认作是回顾词史,其实是不确的。

欧阳炯这样行文,不管是有意还是无意,总之是忽略了《诗三百》和汉魏乐府,而属意于南朝乐歌。这不是偶然的。南朝乐歌的歌辞,多描绘女性,歌唱男女之情,风格清丽婉转。因此,这里实际上反映了词为艳科的情趣、观念。从"唱《云谣》"至此,虽然从远古说起,看似依时代顺序行文,却并非回顾词史,而是为《花间集》张目。

---

① 见《乐府诗集》卷五〇《采莲曲》题解引《古今乐录》,第 727 页。

　　序文中又一费解之处，是"自南朝之宫体，扇北里之倡风。何止言之不文，所谓秀而不实"四句如何解释。这是争论最为热烈的问题。这四句当然是对梁陈宫体以及社会上倡女歌妓的歌唱持批评态度，问题在于批评的是什么。"言之不文"，主要是针对那些流行的歌辞，认为那些歌辞还不够精致、文雅。此点大家的意见比较一致。"秀而不实"则较难理解，意见分歧。有的学者说是批判梁陈宫体浮华虚美，内容空洞，认为是批判宫体之冶荡淫靡，甚至认为这一批判继承了白居易《与元九书》的现实主义精神。这实在令人难以首肯。序文中明明说"绮筵公子，绣幌佳人"、"纤纤之玉指""用助娇娆之态"，又说"香径春风，宁寻越艳""红楼夜月，自锁嫦娥"云云，而且都是以正面肯定的态度说的，怎么会是反对香艳呢？《花间集》中所收，固然有逸出女性题材之外者，但毕竟以刻画女性美丽、抒写男女之情者为大多数，与宫体诗并无根本的区别。有的学者强调《花间》词写女性，感情真挚，具有同情的态度，不同于南朝宫体。但那也只是一部分作品如此，其纯以欣赏态度刻画女子之美艳者，为数正不在少，甚至也有描写床笫衽席之间者，这与宫体并无不同。更重要的是，强调某些作品感情真挚、同情女性，那是今人的认识；欧阳炯已能将抒发真挚爱情和玩赏女性二者区别开来，并且抑此而扬彼吗？他已具有歌颂深挚男女之情而鄙视、批判冶荡之作的自觉意识吗？试看《花间集》所收他本人的作品，如《南乡子》之"二八花钿，胸前如雪脸如莲。耳坠金镮穿瑟瑟。霞衣窄。笑倚江头招远客"，写得很美艳，而那女子的身份，当也是倚门卖笑者流。至于《浣溪沙》之"幽麝细香闻喘息，绮罗纤缕见肌肤。此时还恨薄情无"，更何其冶荡。他怎么会在这里批判南朝宫体之玩赏女性之美呢？

　　那么"秀而不实"究竟作何解释？幸而欧阳炯在《蜀八卦殿壁画奇异记》中用过类似的说法，可供玩索。其言曰："六法之内，唯形似、气韵二者为先。有气韵而无形似，则质胜于文；有形似而无气韵，则华而不实。"①盖以气韵乃内在之生命，故为质为实；形似系内质之外现，故为文为华。无形似则觉其技巧拙劣，即"文"的方面有缺；无气韵则如剪纸刻花，显得不真切实在，即"质"的方面不足。我们揣测其思维逻辑如此。《花间集序》的"秀而不实"，也就是"华而不实"。（《广韵·宥》："秀，荣也。"荣即华、花。故《论语·子罕》"苗而不秀"朱熹注："吐华曰秀。"）欧阳炯之意，盖谓宫体之类所描画者，有如土木偶人而不生动，不真切。我们试将梁陈宫体之作与《花间》词对照，则《花间》之栩栩欲活、如在目前，确是远胜于宫体。论者或谓《花间》之作能表现女子之心理、情感，这一优点，自亦为欧阳炯所体认。但他并非如今人那样从同情妇女之类思想性的角度加以比较、评价，而是从艺术表现的角度出发。总之，《花间集序》的批评宫体、倡风，绝非批判其描画女性冶荡香艳。毋宁说《花间集》中作品，其主流部分恰是继承宫体，而后来居上，艺术成就更高。这样说并不否认《花间集》描写女性之作在思想性方面也有胜过宫体处，只是说欧阳炯并未如今人那样认识到这一点而已。同时，梁陈宫体也自有可取之处，并非都是轻佻色情。如果为了强调《花间集序》对宫体的批判，强调二者的对立，遂将之笼统指为冶荡淫靡，也是失实而不够公平的。

（原载《博览群书》2009 年第 6 期）

---

① 见黄休复《益州名画录》卷上，人民美术出版社，1964 年，第 24—25 页。

吴承恩先生错了吗

　　电视剧《西游记》里猪八戒央求丈母娘将三个女儿都嫁给他，说道："就是再多几个，你女婿也笑纳了。"岳希利先生认为那句话里把"笑纳"用在自己身上，是用错了对象[①]。理由是："笑纳"一词用于请对方接受赠物的场合，其中"笑"乃嘲笑之意，赠物者自谦所赠之物不好、不足道，让对方笑话了。因此，不能自己说"笑纳"别人的礼物。岳先生又追根究底，追到小说《西游记》作者那里，原来小说原文就是那么说的。岳先生说："是吴承恩先生把'笑纳'的意思理解反了……但是，今天的电视剧的编剧、导演、演员不能跟着一错再错吧？"

　　吴承恩真的错了吗？

　　"笑纳"确实常用于请人接受馈赠的场合，但是否还用于其他的场合呢？"笑"字确有讥笑、嘲笑的意思，但也有欢喜、欣快的意思。怎见得"笑纳"所取的就是前者呢？我们说，语言是约定俗成的东西，因此要搞清一个语词的含义和用法，必须找出例证来，看大家是怎么使用它的。

　　据我们的观察，宋朝就有"笑纳"的用例。如潘良贵《答雷公达书》发表议论，说饮酒要有节制，读书要付诸实践，然后说："万里通书，不敢效常人作谀言以孤远意。此狂友故态也，幸一笑纳之。"[②]这是希望对方接受自己的意见，但是没有自谦的意思吧。

---

① 见《语言文字周报》第 1805 号《猪八戒不能"笑纳"三个媳妇》。
② 潘良贵《默成文集》，台湾商务印书馆影印《文渊阁四库全书》第 1133 册，第 382 页下。

潘良贵认为自己的话是苦口良言,期望对方重视,不会自谦为微不足道吧。"一笑纳之",该是希望对方欣然接受,"笑"是喜悦、开颜的意思。

明朝叶盛《水东日记》载:广西旧俗,凡镇将初到任,当地土族首领都要馈赠财物。山云任广西都督,为人清廉,不想接受,又怕对方生疑岔恨,搞坏关系。他便向府中老差役郑牢询问。"牢曰:'居官黩货,则朝廷有重法,乃不畏朝廷,反畏蛮子耶?'公(山云)亦笑纳之。"①此处"笑纳"也是欣然接受的意思。还应该注意的是,"笑纳"在这里是记事者述说人物的行为,并非用于有所赠予、请人接受的场合。

明代小说《型世言》第二十三回述朱恺欲结交陈有容,送上金面棕竹扇、白湖绸汗巾儿,陈假意推辞,"朱恺起身往他袖中一塞,陈有容也便笑纳"②。这儿"笑纳"也是叙事者所言,"笑"字也没有嘲笑之意,而是欢欣的意思。

晚清小说《九尾龟》第三十二回,说一个叫潘吉卿的,出入于青楼妓院,"无论再是半老秋娘、暮年名妓,鸠盘一般的面貌,夜叉一样的形容,只要肯倒贴银钱,他也肯欣然笑纳"③。这里也是叙事者所言,不是用于请人接受,而且明说是"欣然"受纳。

清代李汝珍《镜花缘》第四十五回写林之洋等遇到妖怪,女妖欲将林留下给男妖作伴,男妖嫌林留着胡须可厌,说道:"他如拔得光光如人鞯一般,我才笑纳哩。"④这里尤可注意的,是"笑纳"既非赠送者的话,也不是叙事者的话,而是接受者的话。这就正与猪八戒对丈母说的话一样了。

民国郭则沄著《红楼真梦》,第五十四回写宝钗梦中见到宝

① 叶盛《水东日记》,台湾商务印书馆影印《文渊阁四库全书》第1041册,第30页下。
② 陆仁龙《型世言》,陈庆浩校点,江苏古籍出版社,1993年,第380页。
③ 张春帆《九尾龟》,肖胜、龙刚校点,齐鲁书社,1993年,第146页。
④ 李汝珍《镜花缘》第四十五回,浙江人民美术出版社,2017年,第322页。

玉、黛玉，欲派丫头春燕、五儿服侍二人，"黛玉笑道：'咱们先问问这位爷到底要不要，……'宝玉笑道：'你们一番好意，我岂有不笑纳的？……'"[①]这里"笑纳"与上一例一样，是接受者所言，"笑"字也不是讥笑之意，而是高兴、欣快的意思。

从这些例子，我们作出如下归纳："笑纳"一语除了用于有所给予、请人接受、出自予者之口之外，还可以在叙事时陈述人物的行为，也还可以用在接受者方面，出自受者之口。在这三种情况下，"笑纳"应都是欢欣地接受的意思。猪八戒说自己很高兴将三个女子都收留下来，都"笑纳"了，正是第三种情况，并无语病。

有些时候，"笑纳"似乎给人"不成敬意，让对方见笑"的感觉。比如《汉语大词典》解释"笑纳"，举了两条书证：一是《儿女英雄传》里的"再带去些微土物，千里送鹅毛，笑纳可也"，二是郭沫若《屈原》里的"真是菲薄得很，希望阁下笑纳"。其赠予者当然是有自谦之意的，但是，那并不等于所用的"笑纳"这个词语本身就包含"不成敬意"的意思。"笑纳"已经成了一个套语，原有的"欢欣"意已经非常淡薄，成为一个没有多少感情色彩的"中性"词语，只不过用来表达"请收下"的意愿罢了。《汉语大词典》的释义只说"请人接受馈赠时的套话"，并不说表示自谦，应该就是不认为"笑纳"本身包含那样的意思。这是很慎重的态度。不过《汉语大词典》没有将我们所说的另外两种场合包括进去，是不够周全的。那是因为当年编纂搜集书证时尚无先进的手段之故。

看来吴承恩先生并没有错，电视剧的编导演员也没有错。

（原载《语言文字周报》2018 年 11 月 7 日，1811 号）

---

① 　郭则沄《红楼真梦》，华云点校，北京大学出版社，1988 年，第 629 页。

"迭为承受"
——古典诗歌的一种修辞法

十多年前,曾作《"宛转相承":骈文文句的一种接续方式》一文①,论述古人文章里句子之间的一种承接格式,即一段文字分为若干层,每层包含相对的两部分,而后一层的两部分分别与前一层的两部分互相呼应承接。如果以公式表示之,可以表示为 $A_1—B_1/A_2—B_2/……$ 或者变化之,为 $A_1—B_1/B_2—A_2/……$ 例如《孟子·滕文公上》:"或劳心,或劳力。/劳心者治人,劳力者治于人。/治于人者食人,治人者食于人。"便是 $A_1—B_1/A_2—B_2/B_3—A_3/$。当然,也有每层包含两个以上相对部分的,可表示为 $A_1—B_1—C_1……/A_2—B_2—C_2……/……$

其实不仅文章,诗歌里也有类似的情形,而了解此种情形,有助于我们的理解和欣赏。

这种情况,古人诗话或注释诗歌时已经提到过。托名白居易的《文苑诗格》云:

> 为诗不论小大,须连环文藻,得隔句相解。古诗云:"扰扰羁游子,营营市井人。怀金近从利,负剑远辞亲。"此第四句解第一句,第三句解第二句。今诗云:"青山碾为尘,白日无闲人。自古推高车,争利入西秦。"此第三句解第一句,第四句解第二句。②

---

① 杨明《"宛转相承":骈文文句的一种接续方式》,《文史哲》2007 年第 1 期,收入杨明《汉唐文学研赏集》,上海古籍出版社,2010 年。

② 张伯伟《全唐五代诗格汇考》,江苏古籍出版社,2002 年,第 364 页。

前面四句是南朝宋诗人鲍照的《行药至城东桥》。纷纷扰扰的游子们辞家远行,忙忙碌碌的市人们挟金求利。"负剑"句承"羁游子","怀金"句承"市井人"。后面四句是唐人孟郊的《大梁送柳淳先入关》。青山被碾成了尘土,因为自古以来人们都推车经过此处;大白天没有一个闲人,忙忙碌碌都为了逐利而涌入西秦。"自古"句解释"青山"句,"争利"句说明"白日"句。前面四句,我们可以用 A_1—B_1/B_2—A_2 来表示;后面四句则可以表示为 A_1—B_1/A_2—B_2。

《文苑诗格》大概是晚唐五代人的作品[①],在后人眼里,算不得语精义微之作,但上述格式,在古典诗歌里实在是相当地多,很多著名的诗话都曾说到过,只是名目不同而已。大名鼎鼎的严羽《沧浪诗话》中《诗体》一节云:

> 有四句通义者。如少陵"神女峰娟妙,昭君宅有无。曲留明怨惜,梦尽失欢娱"是也。[②]

这是杜甫五言长律《大历三年春白帝城放船出瞿塘峡久居夔府将适江陵漂泊有诗凡四十韵》中的诗句。"梦尽"句与"神女"句意思相通,谓楚王梦中与神女欢娱,梦醒后唯有怅惘;"曲留"句与"昭君"句意思相通,谓琵琶曲相传不绝,诉说着昭君的哀怨思乡之情。后二句与前二句相通,故严羽说是"四句通义"。其他如葛立方《韵语阳秋》卷一径称为"以后二句续前二句",范晞文《对床夜语》卷二称作"以下联贴上联",明人唐元竑《杜诗攟》卷一名为"参差顶针法",胡震亨《唐音癸签》卷四唤作"续句对",王夫之《古诗评选》卷四说是"迭为承受"。其他还有一些名目。这的确是古代诗歌里常见的一种接续方式。不过,"以后二句续前二句""四句

---

① 参考《全唐五代诗格汇考》之说。
② 郭绍虞《沧浪诗话校释》,人民文学出版社,1983 年,第 74 页。

通义"的说法仅限于四句,实际上往往不止四句;"续句对"之称也不够全面,因为相承接的不仅是句子,而且可以是层次段落。因此,本文用王夫之"迭为承受"之语来称呼这种方式。

这样的承续关系,是从什么时候开始出现的呢?

葛立方《韵语阳秋》卷一云:"老杜诗以后二句续前二句处甚多。……此格起于谢灵运。《庐陵王墓下诗》云:'延州协心许,楚老惜兰芳。解剑竟何及,抚坟徒自伤。'李太白诗亦时有此格,……"[①]他认为始于谢客。王夫之《古诗评选》卷四评陆机《为顾彦先赠妇》则说:"四句(指'隆思乱心曲,沉欢滞不起。欢沉难克兴,心乱谁为理。')迭为承受,始于平原,盛于康乐。当时诩为新制,然亦《三百篇》所固有也。"[②]以为始于陆机,但《诗经》中已有。事实上,确实是《三百篇》中已有其例,但是说"始于平原,……当时诩为新制"就不对了。陆机以前,汉魏诗中也颇有其例。今自《诗经》开始,列举一些例子如下,以略见其源流,并稍加说明。

先看《诗经》中的几个例子:

1.《邶风·匏有苦叶》:"有弥济盈,有鹭雉鸣。/济盈不濡轨,雉鸣求其牡。"

这是 A_1—B_1/A_2—B_2 式。

2.《邶风·静女》:"静女其娈,贻我彤管。/彤管有炜,说怿女美。"

汉儒解释此诗甚牵强。若依毛、郑的解说,此处并无本文所说的那种承接关系;若按朱熹所云:"言既得此物,而又悦怿此女之美

<hr>

① 何文焕《历代诗话》,中华书局,1981 年,第 484 页。
② 王夫之《古诗评选》,李中华、李利民校点,上海古籍出版社,2011 年,第 173 页。

也。"①则正是 A_1—B_1／B_2—A_2 的格式。

3.《小雅·大东》："有冽氿泉，无浸获薪。契契寤叹，哀
我惮人。／薪是获薪，尚可载也。哀我惮人，亦可息也。"

"薪是获薪"二句承接"有冽氿泉"二句，谓不要让柴薪浸泡在寒泉
里，希望能将柴薪装车载归。"哀我惮人，亦可息也"二句承接"契
契寤叹，哀我惮人"二句，谓悲忧长叹，哀怜劳苦的人民，劳苦的人
民也应该能获得休息。也是 A_1—B_1／A_2—B_2 式，不过有所扩展，
A 和 B 都是两个句子。

4.《小雅·无羊》："谁谓尔无羊？三百维群。谁谓尔无
牛？九十其犉。／尔羊来思，其角濈濈。尔牛来思，其耳
湿湿。"

此例"尔羊"两句承接"谁谓尔无羊"两句，"尔牛"两句承接"谁谓
尔无牛"两句。

5.《大雅·卷阿》："凤凰鸣矣，于彼高冈。梧桐生矣，于
彼朝阳。／菶菶萋萋，雍雍喈喈。"

"菶菶萋萋"，茂盛貌，形容梧桐；"雍雍喈喈"，鸣声和谐，形容凤
凰。此例前一层各两句，后一层相承接，却各只一句，读起来别有
音节变化之美。《毛传》唯恐人之不知，故特为说明："梧桐盛也，
凤凰鸣也。"②

6.《大雅·烝民》："人亦有言：柔则茹之，刚则吐之。／
维仲山甫，柔亦不茹，刚亦不吐。／不侮矜寡，不畏强御。"

"不侮矜寡"意思就是"柔亦不茹"，"不畏强御"就是"刚亦不吐"。

①　朱熹《诗集传》，上海古籍出版社，1980 年，第 26 页。
②　《毛诗正义》，李学勤主编《十三经注疏》标点本，北京大学出版社，1999 年，第 1135 页。

此例三层，A_1—B_1/A_2—B_2/A_3—B_3 而稍有变化，即在一、二层中分别插入"人亦有言"和"维仲山甫"，这两句是在迭相承受的诗句之外的。

再看汉诗中的例子：

> 1. 韦孟《讽谏》："所弘非德，所亲非俊。/唯囿是恢，唯谀是信。"

这是讽谏楚王刘戊的诗。批评刘戊所扩大的不是好的德行，而只是园囿；所亲信的不是俊良，而只是谄谀献媚的人。三承一，四承二；不做什么，只做什么，对比鲜明。

> 2. 郦炎《见志》："修翼无卑栖，远趾不步局。/舒吾陵霄羽，奋此千里足。……陈平敖（傲）里社，韩信钓河曲。/终居天下宰，食此万钟禄。/德音流千载，功名重山岳。"

前四句与韦孟诗情况相同，一、三相联系，二、四相联系。后面六句，分为三层，是 A_1—B_1/A_2—B_2/A_3—B_3 的格式。如果不了解此种格式，粗粗读去，就可能误以为"终居"二句、"德音"二句都是兼述陈平和韩信两个人的。其实不是。"终居天下宰""德音流千载"是说陈平，"食此万钟禄""功名重山岳"是说韩信。陈平少时有大志，他曾主持为里社各家分肉，分得很平均。里中父老称赞道："善，陈孺子之为宰！（干得好呀，陈家的孩子主持分肉!)"陈平乃叹曰："使平得宰天下，亦如此肉。（如果我能主管天下，也会像分配这肉一样。)"那么很显然，郦炎这里"终居天下宰"是指陈平而言，陈平后来位居左丞相。"食此万钟禄"则是指韩信功高禄厚。"德音""功名"二句也是有区别的。韩信以谋反罪被杀，只能说他功高如山，不能说德音千载。郦炎这里虽然对二人都表示推重，但用语仍有分寸。

> 3. 古诗："新人从门入，故人从阁去。/新人工织缣，故人

工织素。/织缣日一匹,织素五丈余。"

分为三层,用同样的字眼"新人""故人"和"织缣""织素"相勾连,音节整齐而流转。

　　4.《古诗为焦仲卿妻作》:"君当作磐石,妾当作蒲苇。/蒲苇纫如丝,磐石无转移。"

这是 A_1—B_1/B_2—A_2 式,三近承二,四远应一。更以相同的字眼"蒲苇""磐石"勾连,造成流转回环的效果。

　　下面是魏晋南北朝诗歌中的例子:

　　1.曹植《七哀诗》:"君行越十年,孤妾常独栖。/君若清路尘,妾若浊水泥。"

　　2.刘桢《赠从弟》:"亭亭山上松,瑟瑟谷中风。/风声一何盛,松枝一何劲。"

以上两例,前者 A_1—B_1/A_2—B_2,后者 A_1—B_1/B_2—A_2。

　　3.傅玄《拟青青河畔草》:"青青河边草,悠悠万里道。/草生在春时,远道还有期。/春至草不生,期尽漠无声。"

共三层,每层都先言近后言远,二、三层之间意思转折,语气多变化。

　　4.潘岳《河阳县作》:"幽谷茂纤葛,峻岩敷条荣。/落英陨林趾,飞茎秀陵乔。"

三句近承二句,四句远承一句。枝头花朵开放,遍布于高山之上,但是又落英缤纷,陨落于树根旁;纤细的葛藤何等繁茂,虽生于幽谷,但又攀升到丘陵之上。这是比兴,寄托"卑高亦何常,升降在一朝"的感慨。我们须知其迭为承受的关系,方能正确理解诗意。

　　5.陆机《日出东南隅行》:"馥馥芳袖挥,泠泠纤指弹。/悲歌吐清响,雅舞播幽兰。/丹唇含《九秋》,妍迹陵《七盘》。"

分为三层。每层两句,一句写歌,一句写舞。A_1—B_1/B_2—A_2/B_3—A_3。(第三层"丹唇"句写歌,"九秋"是歌名,也可理解为形容歌声之清朗。"七盘"是舞名,舞者跳跃于盘间;也可理解为舞姿美妙,胜过《七盘》之舞。)"泠泠纤指弹"与"悲歌吐清响""丹唇含《九秋》"相呼应,那么应该是歌者一边弹奏,一边歌唱。

> 6. 王康琚《反招隐》:"小隐隐陵薮,大隐隐朝市。/伯夷窜首阳,老聃伏柱史。……周才信众人,偏智任诸己。/推分得天和,矫性失至理。"

王康琚此诗大旨,谓不必逸尘绝世、隐居山林方为高尚,如老聃那样任职于朝,而心体乎道,才是真正的"隐",才是"大隐";如伯夷那样入深山而不出,只是小隐而已。这本是魏晋玄学思想的体现。"周才"四句,议论玄理,今天的读者或许较难理解,或许会将"信""任"二字理解成今日所谓"信任",以为"周才"二句是说是否相信群众、能否做到群策群力。其实不是那个意思。这里也须将四句的关系理清,才能获其确解。它们乃是 A_1—B_1/A_2—B_2 句式。周才之周,谓达人大观;周才,指悟道、体道之人。信,任从之意,犹"信手""信笔""信马由缰"之信。推,因也,循也[①]。"周才""推分"二句意思连贯,谓体道者任由众人,众人得以循其固有之性分,如此而得自然和谐。偏智,谓局于一隅、不能悟道之人。"偏智""矫性"二句连贯,谓偏执者只肯定自己,企图用自己的标准去改变他人之性分,那便是违反自然之道了。诗人之意,谓偏执地以违众脱俗、隐居山林为高者是"偏智",和光同尘、大隐朝市者才是"周才"。其中颇见循分自然、齐同物我等庄老、玄学思想的影响。我们若不明句式,便不易得到正确的理解。

> 7. 谢灵运《庐陵王墓下作》:"延州协心许,楚老惜兰

[①] 《公羊传·昭公三十一年》"故于是推而通之也"何休解诂:"推,犹因也。"

芳。/解剑竟何及,抚坟徒自伤。"

第一句用延陵季子挂剑于徐君坟树之事,第二句用楚老哀吊龚胜之事。至于三四两句,《文选》五臣注云:"解剑,则延陵也","抚坟,楚老也"[1]。闻人倓《古诗笺》云:"('解剑')二句分顶延州、楚老。"[2]都是正确的。曾见有学者解释三四句,以为三句说徐君已死,解剑相赠已经来不及,用以比喻四句"抚坟徒自伤",强调"徒然"之意。那是不对的,因没有注意到 A_1—B_1/A_2—B_2 句式所致。

8. 谢灵运《登池上楼》:"潜虬媚幽姿,飞鸿响远音。/薄霄愧云浮,栖川怍渊沉。/进德智所拙,退耕力不任。"

前四句是 A_1—B_1/B_2—A_2。《文选》李善注、五臣注等解释这四句,都说是诗人感叹潜虬、飞鸿均能避害,而自己未能做到。但刘履《选诗补注》、吴淇《六朝选诗定论》之说,则以潜虬、飞鸿相对,谓虬喻退隐,鸿喻进取。若依此解,那么"进德"二句也是分承"飞鸿"与"潜虬",便是三层相续,可以 A_1—B_1/B_2—A_2/B_3—A_3 表示。谢灵运是说自己进退失据:进取而上青云,则无此智巧;退耕而隐林泉,又不胜其清苦。有似于他在《斋中读书》里所说的:"既笑沮溺苦,又哂子云阁。执戟亦以疲,耕稼岂云乐?"

以上所引谢诗,都是抒情、议论的句子。谢氏以山水诗著称,他描画山水同样运用这样的句式。

9. 谢灵运《游南亭》:"时竟夕澄霁,云归日西驰。/密林含余清,远峰隐半规。"

这是写黄昏景色。首句言雨止后空气尤其显得清新,第三句即与之呼应。第四句"半规"指远山后面的落日,与第二句"日西驰"相

---

① 《六臣注文选》卷二三,影印《四部丛刊》本,浙江古籍出版社,1999 年,第 414 页下。
② 《古诗笺》,王士禛选,闻人倓笺,上海古籍出版社,1980 年,第 198 页。

应。王夫之《古诗评选》卷五:"此四语承授相仍。"①陈祚明《采菽堂古诗选》卷一七:"起四句分承,法密。"②

　　10. 谢灵运《石门新营所住四面高山回溪石濑修竹茂林》:"早闻夕飙急,晚见朝日暾。/崖倾光难留,林深响易奔。"

这是写高山深林里的景象。一、四句说,黄昏时早早地起了大风,深林里风声格外疾厉;二、三句说,早上迟迟才见日出,而峭壁上日光不多久就不见了踪影。观察可谓细致入微。我们知道了四句远承一句,便知"响易奔"的"响"并非泛指,而是特指风声。

　　11. 谢灵运《过始宁墅》:"山行穷登顿,水涉尽洄沿。/岩峭岭稠叠,洲萦渚连绵。/白云抱幽石,绿篠媚清涟。/葺宇临回江,筑观基曾巅。"

四层均分别从山、水两方面落笔,前三层都是前一句山,后一句水,第四层则反之。"白云"二句是谢氏名句,应该注意"幽石"是峰顶的山石,因其高峻,故为白云所环抱。第四层说在水边和山顶分别修筑,不是说在山上修建而下临回江。

　　12. 沈约《石塘濑听猿》:"噭噭夜猿鸣,溶溶晨雾合。/不知声远近,唯见山重沓。"

两层都是分别写耳闻与目见。三句"声远近"的"声"自是猿鸣之声,"山重沓"之"山"隐现于晨雾之中。"不知"与"唯见",语气似是同时之事,应是早晨的所见所闻。但首句说的是"夜猿",如何理解呢?可以想象猿声由夜一直持续至晨。虽然写的是清晨景物,但"夜猿"字样提醒我们,那正是夜与晨交替之时。

　　13. 何逊《送韦司马别》:"悯悯分手毕,萧萧行帆举。/举

①　王夫之《古诗评选》,李中华、李利民校点,上海古籍出版社,2011年,第202页。
②　《采菽堂古诗选》,陈祚明评选,李金松点校,上海古籍出版社,2008年,第529页。

> 帆越中流,望别上高楼。/予起南枝怨,子结北风愁。/逦逦
> 山蔽日,汹汹浪隐舟。/隐舟邈已远,徘徊落日晚。/归衢并
> 驾奔,别馆空筵卷。/想子敛眉去,知予衔泪返。"

共七层,每层都可以看作是从送行者("予")和行人("子")两方面
落笔。有的地方此种关系比较隐蔽,但仔细一些仍可以体会。如
"逦逦山蔽日",未明言就哪一方而言,但实际上应是写"予"所在
之处已经日落。下文的"徘徊落日晚"显然就送者一方说,正与
"逦逦山蔽日"互相呼应。"归衢并驾奔"写自己由离别的津渡归
去,"别馆空筵卷"谓行人已经不在,还是由"予""子"两面着笔。
最后一层明出"子""予"二字,但颇为回环妙巧:我想你去后定是
愁眉不展,想来你也一定知道我是含泪而返。两句形式上对称,
意义上则上句的"想子"二字贯穿下句。

　　14. 何逊《增新曲相对联句》(见《何逊集》):旧爱今何
在,新声徒自怜。/有曲无人听,徒倚高楼前。

旧爱不在,故无人听曲;新声只有自己欣赏,独自徘徊于高楼之
前。两层分别从爱人和自己两面落笔,而一气呵成,浑然不觉。
　　最后,举一些唐宋诗歌中的例子:

　　1. 沈佺期《和洛州康士曹庭芝望月有怀》:"台前疑挂镜,
帘外似悬钩。/张尹将眉学,班姬取扇倷。"

第三句谓张敞画眉,近承第二句,形容初月或残月;四句谓班姬
《怨诗》,远承第一句,形容满月。钱锺书先生云:"脱诗题为概泛
咏月,自可遍道殊相,兼及弦望;今明标'望月',则即景寓目,断无
同时睹其盈缺之事,修词固巧而赋诗未著题矣。"[①]钱先生所言甚
是,不过《国秀集》载此诗为康庭芝作,其题正是《咏月》,此明标

---

①　钱锺书《管锥编》第三册,中华书局,1979 年,第 859 页。

"望月"者,乃据《文苑英华》卷一五二。

  2. 王维《送梓州李使君》:"万壑树参天,千山响杜鹃。/
山中一夜雨,树杪百重泉。"

一、四均有"树"字,二、三均有"山"字,是呼应关锁之法。而三、四
句的意思又前后相承,有因果关系,谓夜雨晨霁,乃处处瀑流飞
洒。再细看,觉第二句"千山响杜鹃"同样也是雨霁景象,第三句
与第二句也有先后因果的关系。于是这四句诗成为关系错综的
整体,写的是一夜雨后次日山中的所闻所见,而读来只觉声色宛
然,不觉得在句子承续上是有意的安排。方东树云:"(三、四)分
顶上二语,而一气赴之,尤为龙跳虎卧之笔。"①应就是此意。不
过,此诗二、三两句异文甚多,最著名的,便是第三句"一夜雨",宋
本《王维集》、《文苑英华》卷二六八均作"一半雨"。我们且将版本
异同搁置一边,只把四句作写景看,则觉得通行本最为有味。若
是后人所改,也是高手所为。

  3. 李白《梁甫吟》:"手接飞猱搏雕虎,侧足焦原未言苦。
智者可卷愚者豪,世人见我轻鸿毛。/力排南山三壮士,齐相
杀之费二桃。吴楚弄兵无剧孟,亚夫咍尔为徒劳。"

这八句用典多而跳跃得厉害,向称难解。方东树《昭昧詹言》云:
"'力排'二句,解上'手接'二句。'吴楚'二句,解上'智者'二句。"②
依方氏此解,诗意是说:壮士虽勇猛非常,但却轻易被人所害。(李
白以此比喻自己虽不惧穷困,勇而守义,但奸人加害于我却甚易。)
我处此昏乱之时,为人所轻,但欲安定动荡之局面,有我无我乃关系
至巨。这是分别以两句承两句,比一句承一句的格式也有所扩展。

  4. 杜甫《重过何氏》五首之五:"蹉跎暮容色,怅望好林

---

① 见高步瀛《唐宋诗举要》引,上海古籍出版社,1978 年,第 428 页。
② 方东树《昭昧詹言》,汪绍楹校点,人民文学出版社,1984 年,第 250 页。

泉。/何日沾微禄,归山买薄田。"

诗人游何氏园林,油然而生歆羡之意,而慨叹自己蹉跎岁月,未沾一命。三句接一句。四句承二句,因羡何氏林泉而起置办田园之意。如此理解,则上下四句乃连为一气。妙在一与二和三、四又都是一气而下,各自是一副流水对子。流畅如说话,不见经营痕迹。

　　5. 杜甫《喜观即到复题短篇》之二:"待尔嗔乌鹊,抛书示
　　鹡鸰。/枝间喜不去,原上急曾经。"

杜观为杜甫之弟,时有书信来,言即将来探亲,但久候未至。为何嗔怒乌鹊?因其枝间报喜不已,但只令我空欢喜而已。为何将书信出示鹡鸰?因为鹡鸰应能体会我的心情。(《诗·小雅·常棣》:"鹡鸰在原,兄弟急难。"鹡鸰是兄弟共度急难的象征。)故黄生《杜诗说》云:"此以三、四分解一、二。"[1]

　　6. 杜甫《秋日夔府咏怀奉寄郑监李宾客一百韵》:"峡束
　　沧江起,岩排古树圆。/拂云霾楚气,朝海蹴吴天。"

有旧注解释第三句云:"谓雾瘴之气拂云天也。"[2]那是不对的。"拂云"的不是雾霾之气,而是"岩排古树"的"古树",谓古树高大拂云,而为楚地之气所掩霾。这里也是三句近承二句、四句远承首句。"朝海"句是说沧江东去朝宗于海,巨浪蹴踏吴国之天。赵次公等人便是如此解释,是正确的。诗人看到高山上古木参天,峡谷间碧流奔腾,于是想象那密密的古树一直延伸入楚,而峡中江水则奔流至吴而入海。

　　7. 杜甫《寄李十二白二十韵》:"乞归优诏许,见我宿心

---

[1]　黄生《杜诗说》,《四库全书存目丛书》,齐鲁书社,1997年,集部第5册,第440页上。

[2]　宋阙名《分门集注杜工部诗》引泰伯云,转引自萧涤非主编《杜甫全集校注》,人民文学出版社,2014年,第4840页。

亲。/未负幽栖志,兼全宠辱身。剧谈怜野逸,嗜酒见天真。"

"未负"二句承"乞归"句,言李白乞归获准,乃不负其夙志,且能全身而退。"剧谈"二句承"见我"句,述李白与己相见亲近之状。分别以两句承接一句,可以视作以一句承接一句那种格式的变化扩展。

> 8. 杜甫《冬日洛城北谒玄元皇帝庙》:"配极玄都閟,凭高禁籞长。守桃严具礼,掌节镇非常。/碧瓦初寒外,金茎一气旁。山河扶绣户,日月近雕梁。仙李盘根大,猗兰奕叶光。世家遗旧史,道德付今王。"

"配极"二句,说庙之高大幽深;"守桃"二句,说庙非寻常,乃被作为唐王室的祖庙看待,故祀典完备而守卫森严。这是第一层。"碧瓦"四句承"配极"二句,具体地描写庙貌,突出其高远气象;"仙李"四句承"守桃"二句,重在说明唐王室乃老子后裔,继承老子之学说。这是第二层。第一层由一般的两句扩为四句,第二层更扩至八句,共十二句,组成了全诗的前半部分。可以说此种方式已成为该诗谋篇布局的一种手法。

> 9. 欧阳修《啼鸟》:"花开鸟语辄自醉,/醉与花鸟为交朋。/花能嫣然顾我笑,鸟劝我饮非无情。/身闲酒美惜光景,惟恐鸟散花飘零。"

第一、二句内,均有"花"与"鸟",不妨视作语词与语词的分别呼应,有别于上面所说的句子与句子的呼应①。"花能嫣然"二句则

---

① 如《汉书·晁错传》:"劲弩长戟,射疏及远。"疏亦远意。"射疏"承"劲弩","及远"承"长戟"。《庄子·刻意》:"吹呴呼吸,吐故纳新。"吹即呼,呴即吸。"吐故"承"吹"与"呼","纳新"承"呴"与"吸"。甚至一句之内也有词语相应者,如《建康实录》卷八:"(支道林)好养鹰马而不乘放。""乘"承"马","放"承"鹰"。王安石《纯甫出释惠崇画要予作诗》:"裘马穿羸久羁旅。""穿"承"裘","羸"承"马"。第一例见杨树达《古书疑义举例续补·两词分承上文例》。《古书疑义举例五种》,中华书局,1983年,第225页。

分别承接花与鸟。最后又将花、鸟置于一句内,而次序由花在鸟前变为鸟在花前。意思贯穿而极错综流动之美。

10. 欧阳修《明妃曲和王介甫作》:"身行不遇中国人,马上自作思归曲。/推手为琵却手琶,胡人共听亦咨嗟。〇玉颜流落死天涯,琵琶却传来汉家。/汉宫争按新声谱,遗恨已深声更苦。/纤纤女手生洞房,学得琵琶不下堂。不识黄云出塞路,岂知此声能断肠。"

这是全诗的主要部分,共十二句,依照其意思,可分为前四句、后八句两节。前一节两层,A_1—B_1/B_2—A_2,每层两句。后一节三层,C_1—D_1/D_2—C_2/D_3—C_3,其中第一、二层各两句,第三层则为四句。前一节之意,谓昭君孤身去到无中国人之地,悲怨而作琵琶曲;后一节之意,谓昭君流落而死,其曲却传入汉家广为弹奏。意思其实并不繁复,但是曲折变化,往返咏唱而情韵幽折,令人低回;胡人咨嗟以及汉地女子虽效其曲而于昭君之苦体会不深,那样的构想,为他人所难到,所谓"一层层不犹人,所以为思深笔折","无一处是恒人胸臆中所有"[1]。意思既单纯却又多曲折,与前后的承接呼应方式分不开,而且承接得不使人觉。

11. 欧阳修《寄圣俞》:"西陵山水天下佳,我昔谪官君所嗟。/官闲憔悴一病叟,县古潇洒如山家。雪消深林自劚笋,人响空山随摘茶。有时携酒探幽绝,往往上下穷烟霞。岩苏绿缛软可藉,野卉青红春自华。风余落蕊飞面旋,日暖山鸟鸣交加。贪追时俗玩岁月,不觉万里留天涯。今来寂寞西冈口,秋尽不见东篱花。市亭插旗斗新酒,十千得斗不可赊。材非世用自当去,一舸鳌牙挥钓车。君能先往勿自滞,行矣春洲生荻芽。"

---

[1]　方东树《昭昧詹言》,汪绍楹校点,第281页。

此是全篇。方东树《昭昧詹言》卷一二评曰:"起笔势跌宕,有深韵。两句相背起。'官闲'以下全发第一句,'今来'一段虚应第二句。两段相背。此章法也。"[①]第一句说西陵山水甚佳,第二句却说自己当年谪官于此,为梅圣俞所叹惋,两句一扬一抑,故曰"相背"。然后"官闲"以下十二句夸赞西陵风物景色之美,承接第一句。"今来"以下八句写如今所在的西冈冷落不如意,不如归隐,意谓圣俞该更加为我叹息了。这是承接第二句。但此意在于言外,并未明说,因此方东树说是"虚应"第二句。两段也是抑扬"相背"。这里的"迭为承受"也成为全诗的章法。

> 12. 王安石《葛溪驿》:"病身最觉风霜早,归梦不知山水长。/坐感岁时歌慷慨,起看天地色凄凉。"

这是七律的中间四句。许印芳云"坐感"句跟"病身"句,"起看"句跟"归梦"句。其说颇为有理:"感岁时"当然是与"觉风霜"相承;而起床看天是在梦醒之后,故"起"与"梦"也是相承接的。只是后者隐蔽,不易觉察罢了。注意到其间承接关系,便觉得确实是"诗律精细","气脉贯注,无隔塞之病"[②]。

> 13. 苏轼《游金山寺》:"我家江水初发源,宦游直送江入海。/闻道潮头一丈高,天寒尚有沙痕在。中泠南畔石盘陀,古来出没随涛波。试登绝顶望乡国,江南江北青山多。/羁愁畏晚寻归楫,山僧苦留看落日。微风万顷靴文细,断霞半空鱼尾赤。是时江月初生魄,二更月落天深黑。江心似有炬火明,飞焰照山栖鸟惊。怅然归卧心莫识,非鬼非人竟何物。江山如此不归山,江神见怪警我顽。我谢江神岂得已,有田

---

① 方东树《昭昧詹言》,第 282 页。

② 许印芳语见方回选评、李庆甲集评校点《瀛奎律髓汇评》卷二九引,上海古籍出版社,1985 年,第 1296 页。

不归如江水!"

此诗也是整首都可以视为"迭为承受"。以江水源头的家乡和金山寺所在的江水入海处相对,层层相续,组成全篇。第一层拈出相对的二者;第二层先以"闻道潮头"四句写游寺所见江水,后以"试登绝顶"二句写望乡;第三层先以"羁愁"十句写江水,再以"江山"四句写思乡。若用公式表示,则是 A_1—B_1/B_2—A_2/B_3—A_3。二、三两层里相对的二者并不均衡,写江水多而写家乡少,那是当然的,因为诗题"游金山寺"本意便是写游寺所见江上风景。全诗都以"迭为承受"的方式为章法,而浑然一体,几乎见不出间架痕迹。

　　14. 苏轼《初到黄州》:"自笑平生为口忙,老来事业转荒唐。/长江绕郭知鱼美,好竹连山觉笋香。逐客不妨员外置,诗人例作水曹郎。只惭无补丝毫事,尚费官家压酒囊。"

第二层中承接首句"为口忙"的,有两句,即"长江""好竹"两句;而承接次句"老来事业"的,乃是"逐客"以下四句。这也可视为一种变格。

　　15. 苏辙《逍遥堂会宿》二首之二:"秋来东阁凉如水,客去山公醉似泥。/困卧北窗呼不起,风吹松竹雨凄凄。"

此首是绝句,也是 A_1—B_1/B_2—A_2 的承接方式。

　　以上所举三十多例,是笔者读诗时随手所摘录,但已不难看出,此种"迭为承受"的接续方式,在古典诗歌里比较多见。不论是古体、近体、五言、七言,都有运用这种手法的。大多是诗句之间的承接,也有用于整篇诗歌的层次段落、章法布置,变化颇多。有的其承接关系比较明显,往往以同样的语词相勾连;有的则很不明显,须细细体会才能发觉其间关系。如果用公式表示,基本上可以表示为 A_1—B_1/A_2—B_2 式和 A_1—B_1/B_2—A_2 式两种,后者属于所谓"丫叉句法",比起 A_1—B_1/A_2—B_2 式来,更显得有"矫避平板""错综流动"之致①。了解这种"迭为承受"的修辞手法,对于我们的理解和欣赏,都很必要。古人多有言及者而语焉不详,今人似乎说到的不多,故特为拈出,或可为读诗之一助吧。

（原载《中华诗学》2020 年第 1 期）

---

① 参见钱锺书《管锥编》第一册、第三册,中华书局,1979 年,第 66、858—860 页。

略谈南朝骈文之难读
——以任昉文为例

要欣赏和研究骈文，当然第一步是要读懂骈文。在一般读者心目中，骈文是比较难懂的。实际上不能一概而论。王运熙先生曾经指出："提到骈文，我们大概很容易想到《昭明文选》和李商隐《樊南文集》中的许多深奥作品，事实上唐代流行的骈文并非如此，它们多数语言浅显通俗，用典不多，比韩柳等人的古文反而明白浅切，容易为一般人所接受。"[①]王先生的观点打破了一般读者心目中"骈文总是艰深难读"的成见，但王先生也指出有的骈文，如《昭明文选》和《樊南文集》中不少文章，是不容易读的。《文选》所收骈文，主要是南朝作品。本文就想以齐梁时期的骈文名家任昉的若干作品为例，粗略地看一下，当时骈文之难读体现在哪些地方。而这些现象，其实也就体现了南朝骈文文辞上的某些特点。为了方便读者，采取引录原文（全文或节录）加以解说的方式（不作全面注释，仅就有关语词文句加以说明），然后作一些简单的归纳。所引任昉之作，均据胡刻本《文选》录入。

为齐明帝让宣城郡公第一表[一]

臣鸾言：被台司召，以臣为侍中、中书监、骠骑大将军、开府仪同三司、扬州刺史、录尚书事，封宣城郡开国公，食邑三千户，加兵五千人。臣本庸才，智力浅短。太祖高皇帝笃犹子之爱，降家人

---

① 王运熙《韩愈散文的风格特征和他的文学好尚》，《王运熙文集》第二卷，上海古籍出版社，2012年，第230页。

之慈,世祖武帝情等布衣,寄深同气。武皇大渐,实奉话言。虽自见之明,庸近所蔽,愚夫一至,偶识量己,实不忍自固于缀衣之辰,拒违于玉几之侧。遂荷顾托,导扬末命。〔二〕虽嗣君弃常,获罪宣德,王室不造,职臣之由。〔三〕何者?亲则东牟,任惟博陆,徒怀子孟社稷之对,何救昌邑争臣之讥。四海之议,于何逃责?且陵土未干,训誓在耳,家国之事,一至于斯。非臣之尤,谁任其咎?将何以肃拜高寝,虔奉武园?悼心失图,泣血待旦,宁容复徼荣于家耻,宴安于国危?

【解说】

〔一〕齐明帝即萧鸾,齐开国皇帝萧道成侄子,齐武帝萧赜从弟。武帝长子文惠太子早卒,武帝临终,托付次子萧子良与萧鸾共同辅佐太孙萧昭业。昭业嗣位一年,即被萧鸾废为郁林王,另立昭业弟昭文,旋即又废为海陵王,萧鸾即位为皇帝。萧昭业时已加萧鸾中书监、开府仪同三司,萧昭文初立时又加骠骑大将军、录尚书事、扬州刺史,封宣城郡公。此让表即其时所作,乃任昉手笔。萧鸾称帝为后来之事,题目云“齐明帝”,系后人所加。

〔二〕“武皇大渐”至“导扬末命”:“武皇”二句,谓齐武帝萧赜病笃之时,萧鸾曾奉受其遗命。《南齐书·武帝纪》载武帝临终诏曰:“太孙进德日茂,社稷有寄。子良善相毗辅,思弘治道。内外众事,无大小悉与鸾参怀共下意。”缀衣、玉几,均出于《尚书·顾命》,该篇述周成王崩、康王继位事。“缀衣之辰”,指天子临终之际。“玉几之侧”,指新君继位之处。此节意译如下:“武帝病重时,我曾受其遗命。我虽资质庸浅,暗于自见,而愚人亦有偏至之材,偶亦知道应自我称量。可是实在不忍心在君主弥留、新君继位之际固执己见,拒绝接受遗命。于是承当起先王临终的托付,导达显扬其遗命。”这里“虽自见之明,庸近所蔽”与“愚夫一至,偶识量己”之间,有转折关系,而前用“虽”字,后却不用“而”字。“愚夫一至，偶识量己"与"实不忍"之间，也有转折关系，也不用转折语词。这都是所谓潜气内转。两度转折，语意是比较复杂的，骈文一样能表达这样复杂的意思和语气，不过因为是"内转"亦即暗转，所以如果粗粗读过，就不容易体会到了。

　　〔三〕"虽嗣君"四句：嗣君，指郁林王萧昭业，文惠太子长子。宣德，指文惠太子妃王氏，郁林王即位，尊为皇太后，称宣德宫。萧鸾废郁林王，立海陵王，乃挟宣德太后之令而行之。四句意谓：政局的变故，虽然是由于郁林王不行正道，得罪于宣德太后，但是王室之不幸，也是由于我（萧鸾）的关系。上二句与下二句之间也是转折关系，前用"虽"，后不用"而"，也是潜气内转。

　　骠骑，上将之元勋；神州，仪刑之列岳。〔一〕尚书古称司会，中书实管王言。且虚饰宪章，委成御侮。臣知不惬，物谁谓宜？〔二〕但命轻鸿毛，责重山岳，存没同归，毁誉一贯，辞一官不减身累，增一职已黩朝经。便当自同体国，不为饰让。〔三〕至于功均一匡，赏同千室，光宅近甸，奄有全邦，殒越为期，不敢闻命。〔四〕亦愿曲留降鉴，即垂顺许，巨平之恳诚必固，永昌之丹慊获申，乃知君臣之道，绰有余裕，苟日易昭，敢守难夺。〔五〕故可庶心弘议，酌己亲物者矣。〔六〕不胜荷惧屏营之诚，谨附某官某甲奉表以闻。臣讳诚惶诚恐。

【解说】

　　〔一〕"骠骑"至"列岳"：骠骑大将军，汉武帝因霍去病功勋卓著而立此名号以封赐之，位在三公上。东汉窦宪等为骠骑大将军，亦位在三公之上。此云"骠骑，上将之元勋"，意谓骠骑大将军乃上将之建立首功者。神州，此指扬州。纬书有神州乃帝王所居之说，扬州治建康，乃京都所在，故以神州指称扬州。列岳，代指各个地方，也可指地方官长。"神州，仪刑之列岳"，谓扬州帝都，乃各地的榜样，为各地所效法观瞻。后来沈约为梁武帝作《封授临川等五王诏》曰:"神州帝城,冠冕列岳。"意与此相近。那么,似乎该说"列岳之仪刑"才顺当,可是任昉却倒过来说。这样的表达不是没有来由。《诗·大雅·文王》云"仪刑文王",意谓效法文王之道,以文王之道为法则、为典范,"文王"是"仪刑"的对象。后世袭用其语,如《汉书·王莽传》载陈崇奏章,云"仪刑虞周之盛"。但却也有反过来说的,如《后汉纪》载汉和帝策免张酺曰"仪刑百寮",意谓为百僚作典范,为百僚所取法。又如张华《正旦大会行礼诗》:"仪刑万邦。"其例甚多。任昉的《为范尚书让吏部封侯第一表》也说:"仪刑多士。"《齐竟陵文宣王行状》说:"仪刑国胄。"因此,他这里说"仪刑之列岳",并非偶然,只是多加了一个"之"字而已。为何加一"之"字呢?当然是为了与上句形成偶对。这个"之"字,我们可以说相当于"于"字,"仪刑于列岳",句式犹如《诗·大雅·思齐》"刑于寡妻",但恐怕不如视之为无义的助词①。古汉语的词性、语法都较灵活,骈文则比一般的散体更活。

〔二〕"臣知"二句:这是以反诘语气表示递进关系。如果加上连接的词语,可以说成"臣且知其不惬,何况于物议,谁以为宜?"现在不用"且"(或"犹""尚")、"何况"之类,便是潜气内转。凝缩为对称的两句八个字,"臣""物"都提在句首,对比的语气也就显得更为强烈。

〔三〕"但命轻"至"饰让":"命轻鸿毛"与"责重山岳",看似转折关系,其实两句并列,意谓生命则毫不足惜,责任则万不可辞,表示了任职的决心。"辞一官"四句,意谓我承担了这么多官职,即使辞去一项也减少不了负担;已经是违背朝廷的常例了,即使再增加一项也不过如此。那么我就该自视为与国家同为一体,不再推让了。"增一职已黩朝经",意思比较曲折,为了与上句形成

---

① "之"字释为于,又作助词,均见王引之《经传释词》,影印王氏家刻本,江苏古籍出版社,2000年,第88页下、89页下。

对偶,故而有所省略凝缩,也需要读者寻索意会。清人潘未以为"已"字是"未"字之误①,但并无版本依据。

〔四〕"至于"至"闻命":大意是说:至于封为宣城郡公,那么我死也不敢接受。"功均一匡,赏同千室,光宅近甸,奄有全邦"与"殒越为期,不敢闻命"之间,如果加一个"则"字,便容易理解;现在不加,也可说是潜气内转。虽然形式上似乎一气而下,但须体会其间意思和语气的变化。

〔五〕"亦愿"至"难夺":巨平,指西晋羊祜,魏末封巨平子。晋武帝时加车骑将军、开府仪同三司,祜上表让开府。其表见《文选》卷三七。永昌,指东晋庾亮,封永昌公,曾上表让中书监。表见《文选》卷三八。此节大意,是说祈愿皇帝(海陵王)垂顾允许我的请求,我的真诚恳挚的心思不被强行改变而得以实现,那么大家就都知道君臣相处之道是颇为宽宏的,如果臣下的诚意昭然明白,他就敢于坚持,不会轻易被改变。"曲留降鉴,即垂顺许"上面的动词"愿"字,一直贯穿到"丹慊获申"。"曲留"以下凡四句二十二字,都是"愿"的宾语,由单独一个"愿"字领起。此种以一字领起数句的情况,在骈文中也较为常见。骈文的句子一般较短,似乎较难表达复杂的意思,此种情况以数个短句合成大句,就使得复杂的意思也一样能表达出来。如果在"巨平"二句之前用一"使"之类字眼,语意似乎更明白一些,但不用显得更加紧凑,而且有骈文独特的韵味。"乃知君臣之道"以下四句,情况类似,四句都由"知"所领起,都是"知"的宾语。"苟曰易昭"和"敢守难夺"之间,是假设关系,但也不用"则"之类连词,也是潜气内转。

〔六〕"故可庶心"二句:"庶心"二字,颇觉生新,其意不易了解,于是"庶心弘议,酌己亲物"二句亦觉费解。李善无注,刘良

---

① 潘说见孙志祖《文选考异》卷三引,《续修四库全书》,上海古籍出版社,2002 年,第 1581 册,第 178 页下。

注:"酌,度也。"则下句谓量度己心,以亲近他人。而"庶心"之"庶"亦有忖度、念虑意。(朱骏声《说文通训定声》云庶假借为度、虑、觑,庶几即觑觊之意[1]。)则"庶心弘议"或是体察其心而开扩言路之意? 谓君臣之际比较宽宏而不严苛,则可达到这样的境地。姑妄言之,质诸高明。

启萧太傅固辞夺礼[一]

昉启:[二]近启归诉,庶谅穷款,奉被还旨,未垂哀察。[三]悼心失图,泣血待旦。君于品庶,示均镕造,干禄祈荣,更为自拔,亏教废礼,岂关视听? 所不忍言,具陈兹启。[四]昉往从末宦,禄不代耕。饥寒无甘旨之资,限役废晨昏之半。膝下之欢,已同过隙;几筵之慕,几何可凭?[五]且奠酹不亲,如在安寄? 晨暮寂寥,闃若无主。[六]所守既无别理,穷咽岂及多喻。[七]明公功格区宇,感通有涂。若霈然降临,赐寝严命,是知孝治所被,爱至无心,锡类所及,匪徒教义。[八]不任崩迫之情,谨奉启事陈闻。谨启。

【解说】

〔一〕萧太傅,即萧鸾。海陵王时进为太傅、领大将军、扬州牧,加殊礼,进爵宣城公为宣城王。不久之后,便即皇帝位。任昉为尚书殿中郎,因父丧去职,萧鸾欲起为建武将军、骠骑记室,昉因尚在服丧期间,再三推辞。此启即当时所作。

〔二〕"昉启":昉,吕延济注:"昉家集讳其名,但云'君',撰者因而录之。"其说是。李善、五臣所见乃"君"字,故吕氏作此解释。今本《文选》作"昉",乃后人所改。下文"君于品庶"之"君",指任昉,则保留了原始面貌;而"昉往从末宦"之"昉",原亦当作"君"。

〔三〕"近启"四句:大意谓不久前上启给您提出诉求,希望谅

---

① 朱骏声《说文通训定声》,影印临啸阁刻本,中华书局,1984年,第446页上。

解我真实哀痛的心情,而得到的回答,并未察知我的悲哀而加以垂怜。上二句与下二句之间为转折语气,也是潜气内转。

〔四〕"君于品庶"至"具陈兹启":前四句意谓我与芸芸众生一样,干求荣禄,努力自我拔擢,欲求出人头地。后四句意谓亏损礼教,简直不敢入人们的视听之域。所不忍说的话,在这里都陈述出来。上下文之间,乍读似乎文气断裂,不知所云。结合后面的文字细细体会,可知任昉之意,是说自己为了干求荣禄,做了简直不敢对人说、自己也不忍说的亏教废礼的行为,而又不得不在这里向您陈说。到底是什么亏教废礼的行为呢? 观下文可知,是说自己以往既收入微薄,又牵于差役,因此未能很好地奉养孝敬父母。任昉说这么一番意思,并非如吕向注所说表示谦虚,而是向萧鸾表示自己后悔、沉痛的心情,祈求对方体谅自己的悲伤,同意他守丧不出的要求。理解这几句话的关键,是要领悟到:所谓"亏教废礼",乃是"干禄祈荣,更为自拔"所致。因此,前四句与后四句之间,语虽似断,意实相承,读者须上下寻索,仔细体会。孙德谦曾说:"六朝文中,往往气极遒炼,欲言不言,而其意若即若离,急转直下者。……似上下气不联属,六朝文所以不易读也。"①这里也算一例吧。

〔五〕"膝下之欢"至"几何可凭":前二句谓幼时在父母膝下之欢乐,瞬息已逝。后二句谓居丧哀慕,亦为时无多。李善注引《荀子》:"孔子谓鲁哀公曰:'君入庙而右,登自阼阶,仰视榱栋,俛见几筵,其器存,其人亡。君以此思哀,则哀将焉不至矣。'"(按:见《荀子·哀公》篇)李注与"几筵之慕"贴合,谓"几筵之慕"乃睹几筵而思其人之意。吕向注云:"言神灵依凭几筵,三年内能几何时也。"则指出正文所言乃居丧之事,可视为对李善注的补充。但

---

① 孙德谦《六朝丽指》,载王水照编《历代文话》第九册,复旦大学出版社,2007 年,第 8449 页。

李善与吕向都语焉未详，今日读者恐仍不明其意，这里略加说明。按《仪礼·士虞礼》《礼记·檀弓下》，送葬而返，即于殡宫（即死者之正寝）行虞祭之礼，祭时设几筵（筵者，席也）。《檀弓下》"虞而立尸，有几筵"孔疏云："（士大夫）未葬之前，殡宫虽有脯醢之奠，不立几筵。其大敛之奠，虽在殡宫，但有席而已，亦无几也。……今葬迄，既设虞祭，有素几筵。筵虽大敛之时已有，至于虞祭，更立筵与几相配，故云'有几筵'。"①以后居丧期间诸祭礼，亦设几筵。至除丧，死者之神主（以木为之）迁入祖庙，才不再设祭于殡宫。《左传》僖公三十三年"祔而作主，特祀于主"孔疏引杜预《释例》："以新死者之神祔之于祖，（按：祔者，犹属也。作神主，于祖庙行礼，属之于先祖，排列昭穆之次，名曰祔祭。）尸柩既已远矣，神形又不可得而见矣，孝子之思弥笃，彷徨求索，不知所至，故造木主，立几筵，特用丧礼祭祀于寝。"②（按：祔祭之后，奉神主入殡宫，俟除丧再迁入祖庙。杜预所言即除丧之前情形。）可说是对"几筵之慕"的确切的解释。"几筵之慕"，乃特指居丧期间之哀慕。任昉意谓居丧之期也很短促，没有多长时期可以寄托哀思。

〔六〕"且奠酹"四句：《论语·八佾》："祭如在，祭神如神在。子曰：'吾不与祭，如不祭。'"所谓"如在"，谓死去的亲人如同还在一样，祭祀者如见其形，如闻其声。意思是祭祀必须非常诚敬。"吾不与祭，如不祭"，是说不亲自进行祭祀而由他人代为行之，自己就不能致其诚敬，就如同不曾祭祀一样。任昉说"如在安寄"，是说"祭如在"的精神体现在哪里，也就是说怎么能体现自己的诚敬呢，那不就像不曾祭祀一样吗？引用典故，可以用很简短的语汇表示丰富的含意，这是骈文的特点之一，这里很鲜明地体现出

① 《礼记正义》，李学勤主编《十三经注疏》标点本，北京大学出版社，1999年，第308页。
② 《春秋左传正义》，李学勤主编《十三经注疏》标点本，北京大学出版社，1999年，第479页。

来了。"无主",主谓祭主,主持祭祀之人,祭父则子为祭主。

〔七〕"所守"二句:意谓既然我之坚持不出、再三辞让,就是为此,并无其他缘由(也就不必再多说),而且我哀咽欲绝,哪里还能再多说呢。两句之间,意思颇为丰富,语气颇有曲折,读者须细细体会。"咽"字用得很好,表示说到这里,已经悲哀得说不下去了。

〔八〕"锡类"二句:承上言以孝治理天下的做法,不仅仅是空言而已,而且见之于事实。《诗·大雅·既醉》:"孝子不匮,永锡尔类。""锡类"是缩略之语。缩略古语,也是骈文中所常见的。

王文宪集序(节录)〔一〕

……公之生也,诞授命世。体三才之茂,践得二之机。信乃昴宿垂芒,德精降祉。有一于此,蔚为帝师。况乃渊角殊祥,山庭异表。〔二〕望衢罕窥其术,观海莫际其澜。宏览载籍,博游才义。若乃金版玉匮之书,海上名山之旨,沈郁澹雅之思,离坚合异之谈,莫不总制清衷,递为心极。斯固通人之所包,非虚明之绝境。不可穷者,其唯神用者乎?然检镜所归,人伦以表,云屋天构,匠者何工?〔三〕

【解说】

〔一〕王文宪,南齐王俭,官至侍中、中书监、太子少傅、领国子祭酒、卫军将军,谥文宪公。任昉曾为其丹阳主簿,深受其推重。俭卒后,昉编集其遗文,作此序。原文甚长,今节录若干段落。

〔二〕"公之生也"至"山庭异表":此下一段谓王俭乃天降贤才,生有异表。又总述其学问广博,心智如神而不可穷。"渊角"二句言其异表:额角似月,鼻高如山,皆为异相。李善注:"《论语撰考谶》曰:'颜回有角额,似月形。'渊,水也。月是水精,故名渊。"以渊代月,用意颇曲折,为的是避熟就新。南朝骈文颇多此类，亦《文心雕龙·练字》所谓"爱奇之心"也。

〔三〕"若乃金版"至"匠者何工"：大意谓虽载籍盛多，著述纷纶，深思宏才，怪谈奇思，林林总总，而世之所谓通人，能兼收并蓄之。然而那还并不是心智虚明的最高境界。其不可穷尽的最高境界，应如神之作用，不可思议。而检察其归向，乃超乎人伦之外，如同云屋霞宇，乃天之所构，非匠人所能致力。这是颂赞王俭的聪明智慧。李善注："言金版玉匮之书，无不制在情（按：应作'清'）衷，为心之极，斯故通人君子或能兼而包之，故非王公之绝境也。然其不可穷而尽者，其唯有神用乎？言难测也。衷，中心也。虚明，亦心也。"其说是。"斯固通人之所包"与"非虚明之绝境"两句，对于同一对象，先说是什么，而后说不是什么，前肯定而后否定，是并列关系。如果误会这层关系，将"非虚明之绝境"连下读，理解成"（金版玉匮等等是通人所兼包的学问），是若非心智虚明的最高境界就不能穷尽的，（之所以能穷究）乃是神之作用吧"，似乎也可通，但实非作者本意。那样就将王俭降格为通人了。揆之文义与语势，李善注是最为妥当的。关键是要明确"斯固"二句间的关系。

自咸洛不守，宪章中辍。贺生达礼之宗，蔡公儒林之亚，阙典未补，大备兹日。〔一〕至若齿危发秀之老，〔二〕含经味道之生，莫不北面人宗，自同资敬。〔三〕……

【解说】

〔一〕"贺生"四句：贺循、蔡谟皆东晋大儒。贺氏世代习礼，东晋草创，朝廷礼仪多取决于贺循。蔡谟亦于礼仪宗庙制度多所议定。"贺生"二句与下文之间是何种关系？是说东晋以来"阙典"至贺、蔡而大备吗，还是说至王俭而大备？也就是说，"兹日"是指东晋之时还是指王俭之时？光从字面看，似乎是前者。但本文原是称颂王俭的，不是称赞贺、蔡的，王俭也正以"长礼学，谙究朝仪"著称,宋、齐之际萧道成建立齐朝,礼仪制度多取定于他,(见《南齐书》本传,本文后面也有叙述。)因此,这里应是说至王俭时而阙典大备。"贺生"二句是借指王俭,谓王俭制礼,犹如东晋时的贺循、蔡谟;或也可以理解为借贺、蔡衬托王俭,说即使经过了贺、蔡也尚有"阙典",待王俭始大备。这里也是需要意会,需要仔细体会的。刘师培曾说:"且其(傅亮、任昉)文章隐秀,用典入化,故能活而不滞,毫无痕迹,潜气内转,句句贯通。此所谓用典而不用于典者也。"①刘氏之意,是说用典用得好的话,便可以代替直接的述说,那么文意、文气的进展便内隐而不露。他将此种情况也叫作潜气内转。依其说,本文这里用贺循、蔡谟典故,也不妨说是潜气内转。

〔二〕"齿危发秀":李善注:"郑玄《礼记注》曰:'危,高也。'然齿危谓高年也。发秀,犹秀眉也。"(按:人老则眉毛秀出。)若依此注,那么这里也体现了用字追求生新的心理。特别是以"发"代"眉",尤觉新奇。不过清代学者颇有不同意李善注的。孙志祖《文选李注补正》说"齿危"谓齿将落,不应训"高"②。朱珔《文选集释》说"发秀"的"秀"字乃"秃"之形讹③,胡绍煐《文选笺证》说"秀""秃"字古音同部,"发秀"就是"发秃"④。姑录以备考。

〔三〕"莫不"二句:北面,谓面向北而尊崇。人宗,谓人所宗仰者、人之宗师,此指王俭而言。其造语也颇生新。资敬,用《孝经·士章》"资于事父以事君而敬同"之语,而加以缩略。资,取也。谓人们敬重王俭,与《孝经》所谓"资于事父以事君而敬同"相同,取其事父者以事之,也就是说如同敬重父亲一样。

---

① 刘师培《汉魏六朝专家文研究》,王水照编《历代文话》第十册,第9563页,

② 孙志祖《文选李注补正》,《丛书集成初编》本,商务印书馆,1937年,第76页。

③ 朱珔《文选集释》卷二二,朱氏梅村家塾刻本,第35页a。

④ 胡绍煐《昭明文选笺证》,江苏广陵古籍刻印社,1990年,第357页下。

……期岁而孤，叔父司空简穆公早所器异。年始志学，家门礼训，皆折衷于公。孝友之性，岂伊桥梓；夷雅之体，无待韦弦。〔一〕……年六岁，袭封豫宁侯。……初拜秘书郎，迁太子舍人。以选尚公主，拜驸马都尉。元徽初，迁秘书丞。……出为义兴太守。风化之美，奏课为最。还，除给事黄门侍郎。旬日，迁尚书吏部郎，参选。……俄迁侍中。以愍侯始终之职，固辞不拜。〔二〕补太尉右长史。时圣武定业，肇基王命，寤寐风云，〔三〕实资人杰。……俄迁左长史。齐台初建，以公为尚书右仆射，领吏部。时年二十八。……太祖受命，以佐命之功封南昌县开国公，食邑二千户。建元二年，迁尚书左仆射，领选如故。……太祖崩，遗诏以公为侍中、尚书令、镇国将军。永明元年，进号卫将军。二年，以本官领丹阳尹。……国学初兴，华夷慕义，经师人表，允资望实，复以本官领国子祭酒。三年，解丹阳尹，领太子少傅，余悉如故。挂服捐驹，前良取则；卧辙弃子，后予胥怨。〔四〕……七年，固辞选任，帝所重违，诏加中书监，犹参掌选事。长舆追专车之恨，公曾甘凤池之失。〔五〕……春秋三十有八，七年五月三日，薨于建康官舍。……

【解说】

〔一〕"期岁"至"韦弦"：此下一大段，叙述王俭经历，颂扬其德业，占据了序文的主要篇幅。"孝友"四句，谓孝友和雅之性，出自天然，不须矫厉。桥梓，桥树与梓树。桥树高而仰，梓树卑而俯，商子以此启发康叔、伯禽，使其懂得父子之道。韦弦，韦软而弦急，西门豹性急而董安于性缓，故分别佩韦、佩弦以自警。此处言"桥梓""韦弦"，都是用典而加以缩略。用"韦弦"语者，任昉之前已有；缩略为"桥梓"而如此用者，似始见于任氏。

〔二〕"以愍侯"二句：愍侯，王俭父僧绰，刘宋时为刘劭所杀害，后追谥愍侯。僧绰被害时为侍中，此言"始终之职"，其实为偏义，取"终"意而已。《南齐书》《南史》的《王俭传》述此事，都说：

"以父终此职,固让。"无"始"字。本文作"始终",不过为凑成偶辞行文方便而已,也颇为特别。

〔三〕"寤寐风云":寤寐,《诗·周南·关雎》云"寤寐思服",这里剪截"寤寐"二字,用为朝思暮想之意。风云,用《周易·文言》"云从龙,风从虎,圣人作而万物睹"之语,这里是表示君臣感应遇合的意思。

〔四〕"挂服"四句:赞颂王俭为地方官丹阳尹去职时的清廉和为百姓所恋慕。应注意的是"前良取则"和"后予胥怨"都将词序颠倒了,照理应该是"取则前良"(以前贤为榜样)和"胥怨后予"(都抱怨为何把我们抛在后头)。这样倒置,读起来就有一种新鲜感。《文心雕龙·定势》说"近代辞人,率好诡巧",表现之一便是以"颠倒文句"来求得新奇的效果。孙德谦《六朝丽指》举鲍照《石帆铭》"君子彼想"和庾信《梁东宫行雨山铭》"草绿山同,花红面似"以证之。任昉这两句也是其例。"后予"一语系剪截使用《伪古文尚书·仲虺之诰》的典故。(任昉之时并不知其伪,伪《书》盖取自《孟子·梁惠王下》。)

〔五〕"长舆"二句:西晋和峤为中书令,很不尊重中书监荀勖,不屑与之同车共乘。而荀勖由中书监改任尚书令,发恨道"夺我凤凰池"(凤凰池指中书省)。王俭为中书监,所以用这两个典故,是很贴切的,但所谓和峤追悔和荀勖甘心,都是史实没有的事,犹如说如果与和峤共事的是王俭这样的贤人,他该追憾如此轻慢;如果代荀勖为中书监的是王俭,荀勖也不会怨怒了。这是用典的变化处。

……公铨品人伦,各尽其用。居厚者不矜其多,处薄者不怨其少。穷涯而反,盈量知归。〔一〕皇朝以治定制礼,功成作乐,思我民誉,缉熙帝图,虽张、曹争论于汉朝,荀、挚竞爽于晋世,无以仰摸渊旨,取则后昆。〔二〕……公自幼及长,述作不倦。固以理穷言行,事该军国,岂直雕章缛采而已哉。若乃统体必善,缀赏无地,〔三〕虽楚赵群才,汉魏众作,曾何足云。……

【解说】

〔一〕"公铨品"六句:以下一段是本文的结末部分。"居厚"四句,谓王俭铨选公正而恰当,系从被选者的角度立言。厚薄多少指被选者所获得的官职之高低而言。因其恰当公正,故即使所获少者亦无所怨,而所获多者责任亦重,故亦无所矜喜。"涯""量"指被选者的器量性分而言。其器量性分被充分发掘利用,故曰穷;其所获已达到器量性分所能容受之最大值,故曰盈。"反"与"归",谓其受选而归返,是一种形象化的说法。四句含意颇为丰富,值得仔细体会,而表述颇精练。

〔二〕"皇朝"八句:大意谓萧齐王朝欲制礼作乐,使群臣议论,而众人讨论虽热烈,然而未有能摹取王俭之深意、为后人所取则者。"取则后昆",意为为后人所取则,其句法亦颇特别。

〔三〕"若乃"二句:吕向注:"统,序也。缀赏,追赏也。无地,不择地,遇之则为胜也。"黄季刚先生《文选平点》云:"统体,即通体也。缀赏无地,言无所不美也。"①按:统体即全体,黄先生说是。"缀赏"二字,造语颇生新,似是施以称赏、予以称赏之意。无地,吕向释为不择地,不妥。无地犹言无处,引申为无从、无法意。如《晋书·卫瓘传》记瓘等上疏:"魏氏承颠覆之运,起丧乱之后,人士流移,考详无地,故立九品之制,粗且为一时选用之本耳。"②《宋书·氐胡传》记杨难当遣使奉表谢罪:"罪当诛责,远隔遐荒,告谢无地。"③萧纲《与慧琰法师书》:"现疾未瘳,问津无地,叹恨何

---

① 黄侃《文选平点》(重辑本),中华书局,2006年,第533页。
② 《晋书》,中华书局,1974年,第1058页。
③ 《宋书》,中华书局,1974年,第2407页。

已。"①缀赏无地,即无得而称、无从称赏之意。谓其佳妙之至,无法以言辞形容也。

天监三年策秀才文三首

问秀才:朕长驱樊邓,直指商郊,〔一〕因藉时来,乘此历运,当宸永念,犹怀惭德。何者?百王之弊,齐季斯甚,衣冠礼乐,扫地无余。斫雕刓方,经纶草昧。采三王之礼,冠履粗分;因六代之乐,宫判始辨。〔二〕而百度草创,仓廪未实。若终亩不税,则国用靡资;百姓不足,则恻隐深虑。〔三〕每时入刍藁,岁课田租,慨然疚怀,如怜赤子。今欲使朕无满堂之念,〔四〕民有家给之饶,渐登九年之畜,稍去关市之赋。子大夫当此三道,利用宾王,斯理何从,伫闻良说。(其一)

【解说】

〔一〕此第一首,问如何方能发展生产,使国用既丰,百姓亦足。商郊,用《尚书·牧誓》"王(周武王)朝至于商郊"语,其实指齐京城建康郊外,以商代齐。这样做固然表现了喜用典故、追求古雅的审美心理,但在当时,还另有含意。萧衍、任昉原来都是齐臣,取齐而代之,若用"齐"字,等于直言挥师逼近京师,颇觉难以为地。周本臣服于商,武王伐纣乃正义之师,今用殷周典故,不但便于措辞,且有颂扬萧衍之意。此亦文心深曲处。

〔二〕"百王之弊"至"宫判始辨":此十句于正面述说仓廪未实、不得不实施征敛之前,先夸示制礼作乐之事。"百王"四句言齐末礼乐制度皆已废弃,"斫雕"以下六句言易代之际经纶制作,其间并无过渡性语词,显得文气紧凑,读时应有所体会。

〔三〕"若终亩"四句:一、二句说若不征收赋税,则国家财用

---

① 释道宣《广弘明集》卷一六,《四部丛刊初编》缩印明刊本,第224页下。

无所取资,三、四句说若百姓(不堪赋税负担而)贫困,则令人同情忧虑。其间"不堪赋税负担"这一层意思没有直接说出来,但读者不难意会。一、二句之间有假设关系,用关联词语"若""则",表示得很明白,三、四句之间其实也是假设关系,可是有"则"字而无"若"字,原来第一句前的那个"若"字兼管着第三句。类似情况,读骈文时也当注意。即一副对子,上、下联各自包含两句或两句以上,各自形成具有某种语法关系的复句;而在上联的前面有一个语词,下联相应位置本也应有,却蒙上而省。

〔四〕"今欲使"句:"满堂"是用典的缩略。(《说苑·贵德》:"故圣人之于天下也,譬犹一堂之上也。今有满堂饮酒者,有一人独索然向隅而泣,则一堂之人皆不乐矣。"①)"无满堂之念",即无满堂饮酒一人向隅之忧虑,亦即不担心尚未能做到人人皆乐。用此典使文章具有形象性,且隐含以圣人自居之意。然而如此缩略,今日读者若想不起这个典故,便觉茫然。

问:朕本自诸生,弱龄有志,〔一〕闭户自精,开卷独得。九流七略,颇常观览;六艺百家,庶非墙面。虽一日万机,早朝晏罢,听览之暇,三余靡失,上之化下,草偃风从,惟此虚寡,弗能动俗。〔二〕昔紫衣贱服,犹化齐风;长缨鄙好,且变邹俗。虽德惭往贤,业优前事。〔三〕且夫搢绅道行,禄利然也。朕倾心骏骨,非惧真龙;辒辇青紫,如拾地芥。而惰游废业,十室而九,鸣鸟蔑闻,子衿不作。弘奖之路,斯既然矣,犹其寂寞,应有良规。(其二)

【解说】

〔一〕此第二首,问如何方能鼓励学子,弘扬学风。"弱龄有志","有志",即"有志于学"之意,亦截割成语之一例。

〔二〕"虽一日"至"动俗"八句:一、二句与三、四句间是转折

---

① 《说苑校证》,刘向撰,向宗鲁校证,中华书局,1987年,第97页。

关系,说虽然政务十分忙碌,但仍抓紧时间学习。前用"虽"而后不用"而"。"上之化下,草偃风从"与"惟此虚寡,弗能动俗"之间,也是转折关系:虽说君上化下如风之动草,但我的好学却未能改变风气。

〔三〕"昔紫衣"六句:谓古时齐、邹之君,其服紫衣、长缨与否的区区癖好,尚且改变风气,我虽德不及昔贤,但提倡学习这样的事情总比是否服紫衣、长缨重要吧。"德惭往贤"与"业优前事"之间,也是转折关系、潜气内转。又,"德惭往贤,业优前事"的行为主体即"朕",而予以省略,读者须意会得之。又,骆鸿凯云:"'昔紫衣贱服犹化齐风'云云,字面似承上文,而细绎其意,则已转下,第痕迹灭尽耳。"[1]骆氏意谓已另起话头,另作一段,但并无承启的语词。他说这也是潜气内转的一种表现。孙德谦曾说:"文章承转上下,必有虚字。六朝则不然,往往不加虚字,而其文气已转入后者。……故读六朝人文,须识得潜气内转妙诀,乃能于承转处迎刃而解,否则上下语气,将不知其若何衔接矣。"[2]也就是指此类层次段落之间的衔接转变问题。骆氏的看法盖取自孙氏。

问:朕立谏鼓,设谤木,于兹三年矣。比虽辐凑阙下,多非政要;日伏青蒲,罕能切直。[一]将齐季多讳,风流遂往,将谓朕空然慕古,虚受弗弘?然自君临万寓,介在民上,何尝以一言失旨,转徙朔方,眭眦有违,论输左校,而使直臣杜口,忠说路绝?[二]将恐弘长之道,别有未周。悉意以陈,极言无隐。(其三)

【解说】

〔一〕此为第三首,问如何广开言路,使臣下敢于直言进谏。"辐凑"四句,谓虽然献言者众多,但所言多无关于政治之要;虽然

---

① 骆鸿凯《文选学附编补·文选专家研究举例·任彦升》,《文选学》,中华书局,1989年,第 562 页。

② 孙德谦《六朝丽指》,王水照编《历代文话》第九册,第 8459—8460 页。

常有臣下进谏,但少有能直言无忌者。"辐凑阙下"与"多非政要"为转折关系,前有"虽"字,后无"而"字,乃潜气内转。"日伏青蒲"与"罕能切直"也是转折关系,既无"而"字,也无"虽"字,那是因为上联的"虽"字兼管下联,亦即"日伏青蒲"前应有的"虽"字承上而省了。这与第一首"百姓不足"前省略"若"的情况类似。

〔二〕"自君临万寓"以下直至"忠说路绝",凡八个短句,(若不计虚字,各句均为四言。)从意义上说,应视为一个复合的大句。用今日语法术语说,"自君临万寓,介在民上"是一个介词结构。"以一言失旨"至"忠说路绝"六个短句,"以"字与"而"字相呼应,表示因果关系:因为发生了略有不合君上之意便受到责罚的情况,所以使得臣子们杜口结舌,不敢进言。前四句原因部分,"一言失旨,转徙朔方"和"眭眦有违,论输左校"是一副对偶,上下联的两句又各成因果:"一言失旨"和"眭眦有违"是因,"转徙朔方"和"论输左校"是果,但都不出现连接的语词,也可说是潜气内转。在这六句之前,用"何尝"二字表示下面所说情况从来不曾发生过,也就是用反问的形式表示了否定。我们由此可以看到,虽然骈文句子一般较短,往往仅以四字为主干,又有对偶的限制,但一样可以表示复杂的意思和语气。这样的表达少不了必要的关联词语,但骈文中关联词语确实用得较少,因此常常需要读者自己去体会其间的语法关系。

以下就上面所述,作一些归纳说明。

骈文之难读,其实与骈文运用文辞的某些特点有关。关于这方面,孙德谦的《六朝丽指》谈得较多,也较为具体细致。本文上面所述,不过是将孙氏等前辈学者所言,运用于分析任昉作品而已。概括起来,南朝骈文之难读,大约主要有以下数端。

(1)多用典故,而或又加以截割缩略。如"孝子不匮,永锡尔类"缩略为"锡类","资于事父以事君而敬同"缩略为"资敬",又如以"有志"二字表示"有志于学",剪截"寤寐思服"为"寤寐"而表示朝思暮想,缩略"云从龙风从虎"为"风云"而表示君臣遇合,以"桥梓""韦弦"指说受教改性,以"几筵"代指服丧守孝,以"满堂"代替满堂饮酒一人向隅的故事,等等,都需要读者有充足的知识储备并且善于联想。有时虽用典但对原典进行改造、变化,如说和峤追恨专车、荀勖甘心离开凤池之类,便与史实相反。凡此也需要读者体会。用典多而往往截割缩略,是骈文的特色之一,与其文句趋短而整齐有关。骆鸿凯先生云:"骈文句度既尚整齐,割裂之病,势所难免,斯固未可以寻常文律绳之也。"[①]钱锺书先生曾说到"语法因文体而有等衰"的现象,指出"韵文之制,局囿于字数,拘牵于声律",故其文法不同于通常语法或散文之句法[②]。骈文虽与诗词韵文尚有不同,但比起散文来,也有字数、声律等限制,因而不能以通常的语法看待之。从这个角度说,骈文也可说是具有韵文某些特点的一种文体。

(2)从上述任昉作品看,在选字、构成语词、造句方面,都有违反常例、追求生新的情况。例如人的额角成月形,说成"月角"犹可,而偏说是"渊角"。又如"缀赏""庶心",也生新而不易确解。"仪刑列岳",是惯常的句型,为了与上句对称而硬插进一个"之"字。再如"取则前良,胥怨后予",偏倒置成"前良取则,后予胥怨"。而"取则后昆",则是"被后人取则"的意思。这些做法,当然增加了阅读的难度。这主要是由于追求新变的心理所造成。南朝骈文此类现象尤为突出,成为风气。任昉所作还不算最甚,鲍照、江淹则可谓典型。刘勰对此种风气甚为不满,称之为"讹势"。《文心雕龙》批判的所谓近代文风,恐怕"讹势"就是其中的主要内容。"若无新变,不能代雄",求新本是文人的普遍心理,但在语言

---

①　骆鸿凯《文选学附编补·文选专家研究举例·任彦升》,《文选学》,第 560 页。
②　参钱锺书《管锥编》第一册,中华书局,1979 年,第 149—152 页。

文辞方面过分而不必要地违背常规，是不足取的。

（3）骈文具有"潜气内转"的特点。对此我们稍微多费一些笔墨予以说明。

"潜气内转"，语出繁钦《与魏文帝笺》："潜气内转，哀音外激。"据学者研究，清人谈艺，颇喜借用此语，遍及于书法、诗文与长短句诸领域。评说骈文者，当始于朱一新《无邪堂答问》。清末民初，李详、孙德谦等也对骈文的这一特点加以讨论，尤以孙氏所论为具体。经过孙氏之手，骈文的这一深层次的艺术特质得到了明确的阐述①。

究竟什么是潜气内转呢？

《无邪堂答问》云："语语续而不断，虽悦俗目，终非作家。……惟其藕断丝连，乃能回肠荡气。……潜气内转，上抗下坠，其中自有音节。"②孙德谦承其说而更加具体落实。其《六朝丽指》有"上抗下坠、潜气内转"一节③，举刘柳《荐周续之表》："虽汾阳之举，辍驾于时艰；明扬之旨，潜感于穷谷矣。"上用"虽"字，而于"明扬"句上并无"而"字为转笔。也就是说，在转折关系的句子中，一般该用"虽"和"而"一对连词表示其间关系，但只用"虽"而不用"而"。对此我们可以作两点补充：一是只用"虽"而不用"而"的情况确实很常见，但有时还可以二者都不用。如王僧达《祭颜光禄文》："服爵帝典，栖志云阿。"④伏知道《为王宽与妇义安主书》："人惭萧史，相偶成仙。"⑤这样，化转折为平列，读来别有韵味。二是除了转折关系，递进、因果、假设等情况也可以省却连词。上文所举任昉文

①　见奚彤云《中国古代骈文批评史稿》第四章第二节"朱一新的骈文批评""余论：李详、孙德谦的骈文理论"，华东师范大学出版社，2006年。又参见彭玉平《词学史上的"潜气内转"说》，《文选评论》2012年第2期。

②　朱一新《无邪堂答问》卷二，光绪二十一年广雅书局刻本，第53页。

③　孙德谦《六朝丽指》，载王水照编《历代文话》第九册，第8432页。

④　《六臣注文选》，影印《四部丛刊》本，浙江古籍出版社，1999年，第1107页上。

⑤　欧阳询《艺文类聚》，汪绍楹校，上海古籍出版社，1982年，第572页。

中便有其例,不妨再举两例。孔融《荐祢衡表》:"如得龙跃天衢,振翼云汉,扬声紫微,垂光虹霓,足以昭近署之多士,增四门之穆穆。"①是假设关系,但前有"如"而后无"则"。(若求语气显豁,应在"足以"前加"则"字。)沈约《为武帝与谢朏敕》:"便望释萝袭衮,出野登朝,必不以汤有惭德,武未尽善,不降其身,不屈其志,使璧帛虚往,蒲轮空归。"②"以汤有惭德"二句与"不降其身"二句间有因果关系,若在"不降其身"之前加"乃""便"之类,语气便显豁。这也就是说,潜气内转之"转",不应理解为仅指今日语法所谓转折关系,而应理解为泛指语气的发展、转变。

《六朝丽指》又有"潜气内转妙诀"一节③,所说其实是指:当另起话头时,亦即进入别一层次、段落时,虽然意思已经有所进展、转变,但并不用表示承接、转换的语词。刘师培也说到此种情况。其《汉魏六朝专家文研究》说:"转折自然,不着痕迹。……其善用转笔者,范蔚宗外当推傅季友、任彦升两家。两君所作章表诏令之类,无不头绪清晰,层次谨严,但以其潜气内转,殊难划明何处为一段何处转进一层。"④骆鸿凯曾将潜气内转概括为三点,有所谓"灭转折之迹而以意自周旋",说的也就是此种情况⑤。有的时候,层次段落之间,意思转换会显得突然、跳跃。《六朝丽指》有"气极遒逸"一节⑥,举北魏孝文帝《与太子论彭城王诏》和谢朓《谢随王赐左传启》,说"似上下气不联属","文气亦不贯穿"。这里孙德谦没有用"潜气内转"字样,但我们可以认为,这是潜气内转的一种比较特殊的表现。本文所举任昉《启萧太傅固辞夺礼》

---

① 《六臣注文选》,第 666 页下。
② 《艺文类聚》,第 664 页。
③ 孙德谦《六朝丽指》,载王水照编《历代文话》第九册,第 8459 页。
④ 刘师培《汉魏六朝专家文研究》,王水照编《历代文话》第十册,第 9572 页。
⑤ 参骆鸿凯《文选学附编补·文选专家研究举例·任彦升》,《文选学》,第 562 页。
⑥ 孙德谦《六朝丽指》,载王水照编《历代文话》第九册,第 8448 页。

中"干禄祈荣,更为自拔,亏教废礼,岂关视听？所不忍言,具陈兹启"数语,"更为自拔"与"亏教废礼"之间,转换也颇觉突然。不妨再举两例。陈叔宝《与詹事江总书》:"自以学涉儒雅,不逮古人;钦贤慕士,是情尤笃。梁室乱离,天下麇沸。书史残缺,礼乐崩沦。晚生后学,匪无墙面,卓尔出群,斯人而已。"[①]前四句说自己浅学然而好士,接着笔锋一转,说梁末动乱废学,只有此人(指陆瑜)出类拔萃。其间转折即较突然。又如江总《为陈六宫谢表》:"或有风流行雨,窈窕初日,声高一笑,价起两环,乃可桂殿迎春,兰房侍宠。借班姬之扇,未掩惊羞;假蔡琰之文,宁披悚戴。"[②]前六句说应是神女般美丽、为人们称颂的女子,才有幸获得宠爱,后四句说自己且惊且羞,感激得无法言表。其间跳跃颇大,省略了"菲姿陋质,蒙此恩宠"之类意思[③]。

朱一新说"潜气内转,上抗下坠,其中自有音节",所谓"抗坠",原指歌声之高下抑扬,朱氏这里指诵读之声而言,也可以理解为包含语气、文意之转折变化。古人极重诵读,文气之转变,文意之进展,都通过诵读加以体会,也通过诵读予以表现。《六朝丽指》说到"上抗下坠、潜气内转"时,没有直接说声音如何,但孙德谦也是非常重视骈文的诵读之声的。《六朝丽指》有"宜缓读""宜轻读"两节[④],说:"六朝之文,其气疏缓,吾即从而缓读之,乃能合其音节。如使急读,将上下文连接而下,有不知其文气已转者,并有读至终篇,似觉收束不住,此下又疑有阙脱者。"缓读就是为了体会和表现文气的转变。既缓读,也就须轻读。但是,孙氏又说当层次段落转换之际,前一层意思"即应重读顿住"、"重读束住",

① 《陈书·陆瑜传》,中华书局,1972年,第464页。
② 《艺文类聚》,第289页。
③ 余祖坤《论古典文章学中的"潜气内转"》曾据《六朝丽指》说明"潜气内转"的表现,载《中南民族学院学报》32卷1期,2012年1月。
④ 孙德谦《六朝丽指》,载王水照编《历代文话》第九册,第8444—8445页。

不然的话,无所区别,"连接上文,意既不合,气亦不贯"。孙氏所说,其实是与文气的暗中转换有关的。由于潜气内转,读起来就不是那么一览即晓,而特别需要一边读一边琢磨品味,当然也就需要缓读、轻读。当那样品味的时候,就会感到一种满足的快感。由于不是一览无余,不是一泻而下,由于缓读、轻读,也就会感到一种含蓄蕴藉、凝练紧健的美。与散文的晓畅而气盛相对比,更容易有这样的感觉。孙德谦称六朝文之美:"气转于潜,骨植于秀,振采则清绮,凌节则纡徐。"①所谓凌节纡徐,应就是指其句子之间、层次之间转换过渡时内敛而不见痕迹。孙氏又云:"昌黎谓'唯其气盛,故言之高下皆宜',斯古文家应尔,骈文则不如此也。六朝文中,往往气极遒炼,欲言不言,而其意则若即若离,急转直下者。"②这是一种凝练内敛的力量,与古文的奔放盛壮的力量有别。孙氏又称此种气韵为阴柔之气。他说:"尝试譬之:人固有英才伟略,杰然具经世志者,文之雄健似之;若高人逸士,萧洒出尘,耿介拔俗,自有孤芳独赏之概,六朝之气体闲逸,则庶几焉。"③这种阴柔之美,其成因固然不止一端,而潜气内转而形成的语意不甚直率明畅、若即若离、内敛含蓄,应是其中的重要因素。总之,六朝骈文的所谓潜气内转,一方面似乎一定程度上增加了阅读的难度(对于今天的读者尤其如此),但另一方面,却也形成了一种特殊的文章美。

　　最后,还应该说明一下:此种潜气内转的情况,在南朝骈文中较为多见,唐以后则未必。而林纾认为周秦两汉之文便是"其曲折皆内转,犹浑天仪,机关中藏,只可意会"④。刘师培则说:"大抵魏晋以后之文,凡两段相接处皆有转折之迹可寻;而汉人之文,

① 《六朝丽指自序》,王水照编《历代文话》第九册,第 8423 页。
② 《六朝丽指》,王水照编《历代文话》第九册,第 8448 页。
③ 《六朝丽指》,王水照编《历代文话》第九册,第 8431 页。
④ 林纾《文微·杂评第九》,王水照编《历代文话》第七册,第 6555 页。

不论有韵无韵,皆能转折自然,不着痕迹。……然自魏晋以后,虽名手如陆士衡亦辄用虚字以明层次。降及庾信,迹象益显。其善用转笔者,范蔚宗外当推傅季友、任彦升两家。两君所作章表诏令之类,无不头绪清晰,层次谨严,但以其潜气内转,殊难划何处为一段何处转进一层,盖不仅用典入化,即章段亦入化矣。"[①]他们说出了关于潜气内转发展状况的某些复杂之处,是值得进一步研究的。比如他们所说六朝以前的"古文"多有"潜气内转",那么"潜气内转"就不是骈文所专有,我们就该研究此种现象在中国文章发展史上的阶段性,就该思考今天如何看待此种现象。按他们的说法,"潜气内转"主要是中国文章发展前期的现象,那么,或许那未必是当日作者的有意的审美追求,而是文章意脉意识不甚强烈的反映。但是在后人眼里,却形成了一种特殊的韵味,特别的美。(当然,这是就那些实用性的文章而言;艺术性强的文章,作者有意造成意脉的变化吞吐、峰断云连,那也被目为"潜气内转",那又作别论。)总之,还有许多问题需要研究,而这样的研究必须以大量、深入地研读作品本身为基础。

综上所述,对骈文的某些难读之处加以分析,归纳出一些规律性的东西,不仅有利于理解,而且有助于欣赏。这样的工作,前辈学者已经做了一些,今日正该在其基础上进一步研究。本文稍作尝试,希望得到方家指正。

(原载《中国文学研究》第 27 辑,复旦大学出版社,2016 年)

---

① 刘师培《汉魏六朝专家文研究》,王水照编《历代文话》第十册,第 9570、9572 页。

关于魏晋哲学与
文论关系的一些思考
——读汤用彤先生《魏晋玄学与文学理论》志疑

　　研究中国古代文论,当然应该结合其哲学思想背景,以求得深一层的了解。魏晋时思想界发生巨大变化,出现了崭新的面貌,无论文学思想还是哲学思想都是如此,因此学者们对于这一时期二者之间的关系,尤其感到兴趣,努力加以探讨。然而笔者在学习诸家论述的过程中,感到存在一些疑惑,颇思有所质疑问难,以求贤达之教诲。

　　汤用彤先生有《魏晋玄学与文学理论》一文,发表既早,影响亦大①。汤先生是中国古代哲学史、宗教史研究的大师,其学术成就具有奠基的性质,实乃难以企及之高峰,我辈深受其沾溉。先生知识之广博,见解之深湛,真是令人高山仰止,景行行止。但读先生该文之后,也觉得有难解之处。乃不揣谫陋,以之为例,略志所疑如下。

一

　　汤先生此文,首先声明其所欲论者,并不在于文学的内容方

---

① 该文系由汤一介先生根据汤用彤先生在昆明西南联大的讲演提纲和在美国加州大学授课的讲义(英文)整理而成,最初发表于《中国哲学史研究》1980 年第 1 期,后附入《魏晋玄学论稿》(上海古籍出版社,2001 年)。参见汤一介《论魏晋南北朝时期的文学理论·附记》(载《汤一介学术文化随笔》,中国青年出版社,1996 年),又参见汤一介、孙尚扬《〈魏晋玄学论稿〉导读》(载《魏晋玄学论稿》卷首)。

面,不在于诗赋内容、情思所受玄学的影响,而在于"论文"之作,在于"研讨其时文学原理与玄学有若何之关系"①。在汤先生看来,魏晋时人们所持的文学原理,乃由玄谈所衍生,与玄学具有深切的联系。而笔者正是对此感到疑惑;至于玄学影响于文人心态、文学创作,那并无异议,也不在本文讨论之列。

汤先生认为,魏晋玄学的根本性论题乃是本末有无之辨,而其治学的新眼光、新方法则是言意之辨。魏晋贵无之学以"无"为宇宙万物之本,它是抽象而不可言说、只能以意体悟之本体。欲把握此本体,既不能不透过言,又不能拘于言,必须领悟言外之意。而汤先生又认为,凡思想史上一个新的时代,其各种文化活动靡不受其新理论、新方法之陶铸而各表现出新的特质,魏晋时期的文学理论也是如此。汤先生说,魏晋文学原理"出于玄谈","魏晋南朝文论之所以繁荣,则亦因其在对于当时哲学问题有所解答也"②。说得具体一些,汤先生认为魏晋南北朝时期的文论有两方面重要内容:(1)探讨文之本质。"宇宙之本体为一切事物之宗极,文亦自为道(明按:即指本、无)之表现。"③(2)探讨如何方能找到适当的方法,以表现此宇宙本体(或云"通于天地之性"、"感受生命和宇宙之价值"等④);其方法即在于求"言外之意"。

汤先生引用曹丕《典论·论文》、陆机《文赋》、刘勰《文心雕龙·原道》和《隐秀》等对上述观点加以论证。

曹丕《典论·论文》云:"夫文本同而末异。盖奏议宜雅,书论宜理,铭诔尚实,诗赋欲丽。此四科不同,故能之者偏也,唯通才能备其体。"⑤汤先生从两个方面阐释这段话:第一,从文章体裁

① 汤用彤《魏晋玄学论稿》,第196页。
② 汤用彤《魏晋玄学论稿》,第195、197页。
③ 汤用彤《魏晋玄学论稿》,第197页。
④ 汤用彤《魏晋玄学论稿》,第204、206页。
⑤ 《文选》,影印胡克家刻本,中华书局,1977年,第720页下。

说,"所谓'本'者即'文之所为文','末'者为四科";第二,"就为文之才能说则有'通才',有'偏至','通才能备其体',而'偏至'则孔(融)、王(粲)、徐(幹)、陈(琳)、阮(瑀)、应(玚)、刘(桢),此七子以气禀不同而至殊,因才气不同而分驰。……因有'偏至',故'文人相轻',此非和平中正之道也。惟圣人中正和平,发为文章可通天地之性,则尽善尽美也"①。

对此阐释,窃意以为:关于第一点,汤先生说"本"就是"文之所以为文"②。那么,"文之所以为文"是什么意思呢?通读《魏晋玄学与文学理论》,可知汤先生所谓"文之所以为文",就是说文乃道(本体)的表现,文之功用、性质,就是表现道。好的文章,能够体道,能够表现天地之自然,表现"对生命和宇宙之价值的感受"③。这就是文章之"本",它表现于各种体裁的文章之中,正如道体现于万事万物之中。"本"是唯一的,各种体裁的文章之中的"本"都是同一的,故曰"本同",正如道是唯一的,万物中的道都是那个作为宇宙本体的道。汤先生认为,这正是魏晋文论受哲学影响的一例。但我们想,曹丕的原意真是这样吗?依笔者之见,曹丕说本同末异,大约是说:凡是文章,都起于连缀文字以达意,但发展到后来,乃形成各种不同的体裁。曹丕这个观点,来自对文章发展历程的总结,未必是受玄学本末体用之说的启发。所谓本

---

① 汤用彤《魏晋玄学论稿》,第 203—204 页。

② 汤先生原文"文之所为文",当是"文之所以为文"之意,大约误脱一"以"字。兹举二证:(1)汤先生《魏晋文学与思想》(讲演提纲)有如下表述:"本同而末异:本同——文之所为文;末异——四科不同——各有所偏。"又:"但文之所以为文,即表现在此四者之中。"(见《魏晋玄学论稿》,第 126 页,着重点为笔者所加,下同。)(2)《魏晋玄学与文学理论》有云:"刘勰之《文心雕龙》首篇为《原道》,论文之为文者更详,曰:……"(《魏晋玄学论稿》,第 205 页)而汤一介、孙尚扬《〈魏晋玄学论稿〉导读》则云:"刘勰的《文心雕龙》对文之所以为文者有更详细、深入之探讨,首篇《原道》曰……"(《魏晋玄学论稿》"导读",第 41 页)相互对照,可见"文之所为文""文之为文"皆"文之所以为文"之意。

③ 汤一介、孙尚扬《〈魏晋玄学论稿〉导读》,《魏晋玄学论稿》"导读",第 42 页。

同末异，原为汉人常用语。如王符《潜夫论·志氏姓》："或复分为古氏、成氏、堂氏、开氏、公氏、冶氏、漆氏、周氏。此数氏者，皆本同末异。凡姓之离合变分，固多此类。"[1]谓同一氏姓，后来衍化成若干不同的氏姓。又《隶释》卷五《汉成阳令唐扶颂》："赫赫唐君，帝尧之苗。氏族不一，各任所安。本同末异，盖谓斯焉。"[2]是说尧之氏族分化迁移。又荀悦《汉纪·元帝纪论》曰："杨朱哭多歧，墨翟悲素丝，伤其本同而末殊。"[3]一条路分歧为数条，一种白色染成不同的颜色，故曰本同末殊。又《三国志·魏志·臧洪传》载臧洪答陈琳书："悲哉！本同而末离。努力努力，夫复何言！"[4]臧、陈二人皆广陵郡人，原有"婚姻之义""平生之好"，后来趋舍不同，遂相离绝，故曰本同末离。凡此诸例，就时代言，均在魏晋玄学有无本末之辨以前；就内容言，均未见有何哲学意味。曹丕所言，也就是论文章体裁而已，从其上下文语言环境看，都很具体，丝毫未曾论及文之本原为道、文是道的表现之类，为何一定要用哲学上的本末体用关系加以解释呢？关于第二点，曹丕的意思本也很明白。"通才"就是指各体文章都很擅长的人，与"圣人"不是一回事。而汤先生将"通才"与"偏至"的对立关系，转化为"中正和平"与"文人相轻"的关系，中正和平者乃是圣人，然后进一步说唯圣人"发为文章可通天地之性"，于是似乎曹丕之说又体现了本末有无的原理：圣人体道，"通天地之性"，是本；"偏至"者"非和平中正"，是末。这样转换的依据是什么呢？如果我们要将曹丕之说与哲学思想背景相联系，那么联系到东汉以来的人物品藻风气及其理论，那是恰当的，自然的；一定要联系到本末有无，就觉得费解。

　　《典论·论文》又说："盖文章经国之大业，不朽之盛事。年寿

①　《潜夫论笺校正》，王符撰，汪继培笺，彭铎校正，中华书局，1985年，第462页。
②　洪适《隶释》，台湾商务印书馆影印《文渊阁四库全书》第681册，第500页下。
③　荀悦《两汉纪·汉纪》，张烈点校，中华书局，2002年，第407页。
④　《三国志》，中华书局，1982年，第235页。

有时而尽,荣乐止乎其身。二者必至之常期,未若文章之无穷。"①
汤先生解释道:"年寿有限,荣乐难常;而文章为不朽之盛事,或可
成千载之功。如欲于有限时间之中完成千载之功业,此亦与用有
限之语言表现无限之自然同样困难。然若能把握生命,通于天地
之性,不以有限为有限,而于有限之生命中亦当可成就'不朽之盛
事'也。"②这是说,好的、理想的文章能以有限之语言表现无限之
道,其作者也就是能"把握生命,通于天地之性"的人,这样的文
章,这样的作者,方能不朽。汤先生的这一解释,与他所说"文之
所以为文"是一致的。但是曹丕的话里似乎看不出有这样的意
思。"把握生命,通于天地之性,不以有限为有限",陈义甚高,但
如果结合文章写作、文学创作的实际看,各种文章林林总总,内容
极其丰富,用途极为广泛(包括奏议、铭诔等实用性文章),似不可
能都做到"通于天地之性"云云,也不需要都做到"通于天地之性"
吧。似乎也不能说凡没有这样做到的就都不是好文章,不能传世
不朽吧。而且,究竟怎样的文章算是"把握生命,通于天地之性,
不以有限为有限"呢?我们希望能举出实例来加以说明。张若虚
《春江花月夜》"江畔何人初见月?江月何年初照人?人生代代无
穷已,江月年年只相似。不知江月待何人,但见长江送流水"几
句,受到闻一多先生激赏,称其体现了"更敻绝的宇宙意识,一个
更深沉、更寥廓、更宁静的境界"③。也许这可以说是通于天地之
性的体道之作。闻先生举出了实例,所以容易明白。但这固然是
佳作,却未必所有作品都得如此才称得上佳作。如果那样,文苑
翰林岂不太单调了。事实上也不可能那样。闻先生也不曾将此
作为衡量一切作品的标准。

---

① 《文选》,第 720 页下。
② 汤用彤《魏晋玄学论稿》,第 204 页。
③ 闻一多《宫体诗的自赎》,载《唐诗杂论》,山西古籍出版社,2001 年,第 15 页。

下面再看陆机《文赋》。

汤先生说:"万物万形皆有本源(本体),而本源不可言,文乃此本源之表现,而文且各有所偏。文人如何用语言表现其本源?陆机《文赋》谓当'伫中区以玄览'。盖文非易事,须把握生命、自然、造化而与之接,'笼天地(形外)于形内,挫万物于笔端'。文当能'课虚无以责有,叩寂寞以求音'。盖文并为虚无、寂寞(宇宙本体)之表现,而人善为文(善用此媒介),则方可成就笼天地之至文。至文不能限于'有'(万有),不可囿于音,即'有'而超出'有',于'音'而超出'音',方可得'弦外之音'、'言外之意'。文之最上乘,乃'虚无之有'、'寂寞之声',非能此则无以为至文。"①

汤先生这里仍然强调文乃本体(道、无)之表现;此外,提出为表现此本体,作者"须把握生命、自然、造化而与之接",于是其文乃有弦外之音、言外之意。先生认为《文赋》是体现了这样的文学思想的。笔者亦窃有疑焉。

汤先生于《文赋》"伫中区以玄览"之"玄览",似解释为"把握生命、自然、造化而与之接",亦即体道、悟道之意。陆机有此意否?学者们是有不同见解的。笔者之见,以为陆机并无此深意。"玄览"一语,首见于《老子》第十章"涤除玄览,能无疵乎",可以认为是有体道、悟道意味,但汉晋文献,并不都这样运用。张衡《东京赋》:"睿哲玄览,都兹洛宫。"②曹植《卞太后诔》:"玄览万机。"③"玄览"都只是深远地观察、了解、思考之意。当然,也有含有悟道之意的例子,如《易·系辞上》"阴阳不测之谓神"韩康伯注:"不思而玄览,则以神为名。"④又如东晋庐山诸道人《游石门诗序》:"乃

---

① 汤用彤《魏晋玄学论稿》,第 204 页。

② 《文选》,第 54 页下。

③ 欧阳询《艺文类聚》,汪绍楹校,上海古籍出版社,1982 年,第 282 页。

④ 《周易正义》,李学勤主编《十三经注疏》标点本,北京大学出版社,1999 年,第 272 页。

悟幽人之玄览,达恒物之大情,其为神趣,岂山水而已哉?"①总之,"玄览"一语,仍须就上下文语言环境决定其含义,不可因其出于《老子》,便一概以为悟道之意。《文赋》此句,下启"遵四时以叹逝,瞻万物而思纷。悲落叶于劲秋,喜柔条于芳春。心懔懔以怀霜,志眇眇而临云"数句,显然是说深远观照自然景物,引起伤春悲秋、感叹时光流逝种种情绪,并未显言触发生命、宇宙之感慨。伤春悲秋乃文人常态,也常常是文人情动于中而形于言的契机,但它可能进而引起某种宇宙意识,也可能并不引起。陆机此处只是举出作为经常引起创作冲动的契机之一(另一契机为"颐情志于典坟"即阅读典籍文章),我们看不出其中含有作者应该体悟作为宇宙本体的"道"、必须悟"道"、必须"把握生命、自然、造化而与之接"之类意思。不但此处,整篇《文赋》都看不出此类意思。《文赋》谈文章利病,谈得很具体,没有形而上的意味。其所论来自鉴赏、创作的体会,而不是来自玄学清谈。钱锺书先生认为陆机"只借《老子》之词",而反对"牵率魏晋玄学,寻虚逐微"②。笔者赞成这样的意见。

　　"课虚无以责有,叩寂寞而求音"二句,"虚无""寂寞"确是道家、玄学用语,但这里也只是借用而已。"伊兹事之可乐,固圣贤之所钦。课虚无以责有,叩寂寞而求音。函绵邈于尺素,吐滂沛乎寸心。"联系上下文,这两句是说文学创作乃一"无中生有"的过程。本来无所见、无所闻,然而通过微妙的构思,乃形诸文辞,闻诸吟咏,竟成为可见可诵之文章。此二句连下二句,都是叹美写作之神奇,叹美作家之创造力,那也就是"兹事之可乐"的可乐之处;其中也看不出表现宇宙本体之意。至于"笼天地于形内,挫万物于笔端",也不过是形容运思作文时,天地万物均可由我播弄,

---

①　逯钦立《先秦汉魏晋南北朝诗》,中华书局,1983 年,第 1086 页。
②　钱锺书《管锥编》第三册,中华书局,1979 年,第 1181 页。

笼于文内，也并无笼取"形外"之本体置于"形内"之意。

汤先生又说以"有"表现了"无"，即超越具体之"有"表现无限之"本体"的作品，便有"弦外之音""言外之意"。这样定义"弦外之音""言外之意"，有其特殊内涵，与人们一般论文章、论文学时所指实不相同。此点留待下文再谈。

最后看刘勰的《文心雕龙》。

《文心雕龙·原道》谓文源于道，文是道的体现。此"道"乃宇宙本体，而并非如后世"文以载道"那样，专指儒家经世之道，然而也包括儒道，因为儒道当然也是宇宙本体的表现。将道家、儒家打成一片，正是玄学的特点。若要举出古代文论论述文之表现宇宙本体的例子，《原道》确是最恰当不过。不过汤先生因《原道》有"心生而言立，言立而文明，自然之道也"之语，《明诗》有"感物吟志，莫非自然"之语，便认为《原道》所持为"文以寄兴"的观点，认为刘勰"以'文'为感受生命和宇宙之价值，鉴赏和享受自然"[①]，这却又令人费解。"自然之道"和"莫非自然"之"自然"，都是"自然而然""必然如此""本来如此"之意，不是表示道、表示宇宙本体的那个"自然"。事实上，刘勰并不认为文章都是"寄兴"的，更不都是"感受生命和宇宙之价值，鉴赏和享受自然"的。对于文章宣扬儒道的政治教化作用，刘勰予以充分的肯定。《宗经》称经书是"恒久之至道，不刊之鸿教"，《序志》称"文章之用，实经典枝条。五礼资之以成，六典因之致用，君臣所以炳焕，军国所以昭明"，都清清楚楚地表明刘勰重视文章的政教功能。还有，汤先生说"文以寄兴"的观点"为美学的"，"是情趣的，它是从文艺活动本身引出之自满自足，而非为达到某种目的之手段"，与"文以载道"的实用的观点相对立。对此我们表示同意，但说寄兴之文便是"以'文'为感受生命和宇宙之价值，鉴赏和享受自然"，也就是说寄兴

---

① 汤用彤《魏晋玄学论稿》，第 206 页。

之文便是表现宇宙本体的"至文",就也还是费解。因为"寄兴的""情趣的""美学的"作品也是多种多样。同是嵇康的《赠秀才入军》组诗,"目送归鸿,手挥五弦。俯仰自得,游心太玄",固然可说是"感受生命和宇宙之价值",但"仰慕同趣,其馨若兰。佳人不存,能不永叹"那样的怀人之思,"风驰电逝,蹑景追飞。凌厉中原,顾盼生姿"那样的人物形象描绘,也是"美学的""情趣的"吧,却恐怕不能用"感受生命和宇宙之价值"来概括。汤先生将文学观点区分为"实用的""美学的"两大类,很对,但说"美学的"就是"以'文'为感受生命和宇宙之价值,鉴赏和享受自然",似乎不够全面。事实上,刘勰等六朝文论家也并未做过这样的概括。大约先生之意,认定六朝论者持"文"为宇宙本体之体现的观点;而如何才算是体现宇宙本体? 毕竟太抽象了,于是具体化为"感受生命和宇宙之价值,鉴赏和享受自然"之类。但林林总总的文章著述、文学作品,实在很难笼统地全都概括到"感受生命和宇宙""享受自然"里面去。

　　《文心雕龙·隐秀》也是汤先生十分重视的篇章。《隐秀》云:"隐也者,文外之重旨者也。……隐以复意为工。……夫隐之为体,义生文外,秘响傍通,伏采潜发。"汤先生对"隐"的解释是"'得意'于言外"。而所谓"得意于言外",就是"虽言浅而意深,言有限而意无穷","必当能通过文言(明按:即文辞)以达天道,而非执着文言以为天道"[1]。言浅意深、言有限意无穷容易理解,"达天道"则又觉费解。为何能表达言外之意就是"达天道"呢? 那些未说出来的意可能多种多样,似不能用"天道"来加以概括。依笔者的理解,刘勰所谓"隐"类似于汉儒阐释《诗经》时所说的"兴",即所谓"托事于物"[2]。例如东汉郦炎《见志诗》之二的开头:"灵芝生河

---

[1]　汤用彤《魏晋玄学论稿》,第208页。

[2]　参见杨明《刘勰论"隐秀"和钟嵘释"兴"》,中国文心雕龙学会编《论刘勰及其〈文心雕龙〉》,学苑出版社,2000年;后收入杨明《汉唐文学辨思录》,上海古籍出版社,2005年。

洲,动摇因洪波。兰荣一何晚,严霜瘁其柯。哀哉二芳草,不植泰
山阿。"①其言外之意是慨叹文士托身非所、生不逢时。又如颜延
之《秋胡诗》首章开头:"椅梧倾高凤,寒谷待鸣律。"②言外之意是
说男女婚嫁前充满相思、期盼。如此之类,所寄托的意思是多种
多样的,不能统言之曰"天道"。刘勰实未曾这样概括过。汤先生
对刘勰言"隐"是十分重视的。他说"意在言外"是魏晋南北朝文
学理论所讨论的核心问题,而《文心雕龙·隐秀》为此问题作一总
结。但如果我们承认所谓"隐"、所谓"言外之意""弦外之音"的多
样性,那么就会觉得汤先生关于"隐"就是"通过文言以达天道"的
结论是令人费解的。

　　总之,汤先生此文对于曹丕、陆机和刘勰的一些言论加以解
读,都归结到玄学,但其解读似乎难以令人首肯。

　　现在再回过头来,探寻汤先生关于魏晋南朝文论的总的思
路,似乎是这样的:这个时期的文学理论受玄学的深刻影响,相对
应地有两方面的重要内容:(1)探讨文的本质。文与任何具体的
事物一样,是道的表现,道与文是本末、有无、体用的关系。本与
末、有与无、体与用是一而二、二而一的,融合无间的,因此文之体
道,就是表现人与道亦即与天地宇宙本体的融合,表现"神思"与
"天地自然接"。这样的文为"至文",它是审美的而不是实用的、
功利的,是"寄兴"的、"情趣"的而不是"载道"的;(2)道、本体是
难于用语言表达的,因此要写作表达道、表现与天地宇宙本体相融
合的"至文",就必须运用语言而又不拘限于语言,要追求"隐""意在
言外"的表达效果。而笔者的疑问主要在于:魏晋南朝文论是否具
备上述内容?上文已就汤先生所引到的曹丕、陆机、刘勰的一些话
语,表示了不同的理解,下面再综合地表述一下自己的想法。

---

① 　王先谦《后汉书集解》,影印虚受堂刻本,中华书局,1984 年,第 924 页。
② 　《文选》,第 301 页下。

二

第一个问题：关于文的本原问题。

魏晋南朝文论认为道是文的本原，文是道的表现，此点毫无问题。这确实是魏晋玄学熏陶的结果。

但是，魏晋南朝文论有没有由此而认为文章必须"传达天地自然"[①]、表现与道相融合方为"至文"呢？没有。《文心雕龙·原道》大谈其道，并不是为了强调文必须表现人与"天地自然接"，必须表现人与道的融合。在刘勰看来，一切文章著述，包括儒家经典、实用性文章，当然也包括"感受生命和宇宙之价值，鉴赏和享受自然"的寄兴的、情趣的诗文，统统都是"道"的体现。刘勰的目的其实不过是：（1）借谈论"道"以抬高文的地位，说明文之存在的必然性（文章是宇宙本体"道"的产物，地位岂能不高尚）；（2）借此说明文章应该注重文采（天地万物都具有美丽的文采，乃"道之文"，文章必也如此）；（3）借此提出文章应该在写作方面向儒家经典学习（"道沿圣以垂文，圣因文以明道"，儒经是体现道的最高典范）。《文心雕龙》以《原道》为首，虽然在哲学上没有什么新的东西，但就文论而言，是第一次谈得如此完整、系统，构思巧妙，辞采美丽，因此深得人们欣赏，现代研治古文论、古代美学的学者也心折于它的美学意味。实际上它只是一个帽子、引子，所述原理并无贯彻全书、指导写作的意义。汤先生因篇中有"自然"字样，遂云刘勰主张"文章当表现人与自然合为一体"，其实刘勰并无此意，已见上文。

《原道》只是一个引子，或者说拉起的一面旗帜，在刘勰的文学思想中，并不占多么重要的地位。这里想引用钱锺书先生的一

---

① 　汤用彤《魏晋玄学论稿》，第 208 页。

段话:"简文帝《答张缵谢示集书》:'日月参辰,火龙黼黻,尚且著于玄象,章于人事,而况文词可止,咏歌可辍乎?'……简文帝《昭明太子集序》:'窃以文之为义,大矣远哉'一节亦此意,均与《文心雕龙·原道》敷陈'文之为德也大矣',词旨相同,《北齐书·文苑传》、《隋书·文学传》等亦以之发策。盖出于《易·贲》之'天文'、'人文',望'文'生义,截搭诗文之'文',门面语、窠臼语也。刘勰谈艺圣解,正不在斯,或者认作微言妙谛,大是渠侬被眼谩耳。"①确实,魏晋文论内容非常丰富,其受玄学影响而以道为文原的观点,并不占重要的地位。笔者十分赞同钱先生的意见。

第二个问题:言与意的关系问题。

《周易》《庄子》中已经谈到这一问题,而言意之辨、言能否尽意在魏晋清谈里尤为人们所感兴趣。玄学家王弼、郭象在阐释经典时,为了突破旧说的限制,自由地发挥自己的思想,提出了"得意而忘象""忘言以寻其所况"的原则,从而使寻求言外之意这一命题深入人心。王弼、郭象所说的"意"还是实在的,可以言传的,只不过为了解此意便不能拘限于眼前之言,必须探寻言外之意而已。至于荀粲提出的"象外之意,……固蕴而不出"②,所说的"意"其实是指道家之"道"(宇宙本体)而言,那当然是玄虚的,只能体悟而不可言传的。

魏晋文论中谈到言、文与意的关系,谈到言外之意时,有哪些情况呢?《文心雕龙·隐秀》所谓"隐",《文心雕龙·比兴》和钟嵘《诗品》所谓"兴"(也就是汉儒解释《诗经》时所举六义之一的"兴"),都是说要看出字面以外的意思,但那"文外之意"还是质实的,可以说明白的,只是作家没有直说罢了。上文已经举过例子。此外还有一种情况:作者并未在作品里寄托什么别的意思,但读

---

① 钱锺书《管锥编》第四册,第1392页。
② 见《三国志·魏志·荀彧传》注引《晋阳秋》,中华书局,1982年,第320页。

者读了之后,总觉得余音袅袅,似乎被笼罩在一种境界、气氛、情味里,觉得有余味,却又说不明白。《文心雕龙·定势》载刘桢语:"使词已尽而势有余。"《晋书·文苑传》载张华称赞左思《三都赋》云:"读之者尽而有余,久而更新。"①《世说新语·文学》载阮孚摘句嗟赏郭璞诗句"林无静树,川无停流"曰:"泓峥萧瑟,实不可言。每读此文,辄觉神超形越。"②《颜氏家训·文章》载萧纲、萧绎称赞王籍诗句"蝉噪林逾静,鸟鸣山更幽"为"文外断绝",又载南朝人士欣赏萧悫诗句"芙蓉露下落,杨柳月中疏",称其"萧散"③。李善注曹植《七哀》"明月照高楼,流光正徘徊"引前人语:"文外傍情。"④这些例子,表明魏晋南朝读者已体会到那种虚灵的"言外之意"。那与刘勰所说的"隐"是不一样的。而这两种情况,两种"言外之意",似都不能概括为体现"道",体现宇宙本体。

　　上述魏晋南朝文论中的这两种情况,都是在阐释、鉴赏时寻味言外之意,那是不是受玄学言意关系讨论的影响呢?笔者认为,即使受到一些影响,也不是根本性的,那主要还是文学创作和文学鉴赏逐步发展的结果。类似于《诗》六义之"兴"的那种写法,即刘勰所谓"隐"的写法,主要是受汉儒解释《诗经》和《楚辞》的影响。至于人们之所以能体会到那种虚灵的"文外"之意趣,与作品描写风景、场景能够做到逼真、宛然在目,能够引人入胜大有关系。那种审美趣味来自审美的实践,绝非能由某一哲学命题推衍而得。玄学家强调"忘言",诗文欣赏恰恰不能忘言。必须仔细品味作家运用语言文辞所描画的情景,深入其中,才能体会到那种"言外"的韵味。而且,这种体会作品的虚灵的"文外"意趣的表述,在魏晋南北朝为数甚少,因此只能说是那种文学趣味的萌芽

① 《晋书》,中华书局,1974 年,第 2377 页。
② 余嘉锡《世说新语笺疏》,中华书局,1983 年,第 257 页。
③ 王利器《颜氏家训集解》,上海古籍出版社,1980 年,第 273、275 页。
④ 《文选》,第 329 页上。

而已，更不曾提升到某种理论的、原则性的高度，与汤先生所说"魏晋南北朝文学理论实以'得意忘言'为基础"，恐怕相去尚远。

有没有显然受玄学讨论言意关系影响的例子呢？有的，多见之于谈论写作、言及如何用言辞进行表达的场合。如陆机《文赋》："恒患意不称物，文不逮意。"又："若夫随手之变，良难以辞逮，盖所能言者，具于此云。"[①]又陶渊明《饮酒》之五："此中有真意，欲辩已忘言。"[②]又庐山诸道人《游石门诗序》："当其冲豫自得，信有味焉，而未易言也。"[③]又康僧渊《代答张君祖诗序》："省赠法颜诗，经通妙远，橐籥清绮。虽云言不尽意，殆亦几矣。"[④]又谢灵运《山居赋序》："意实言表，而书不尽。遗迹索意，托之有赏。"其赋中自注也说："此皆湖中之美，但患言不尽意，万不写一耳。"[⑤]又《文心雕龙·神思》："意翻空而易奇，言征实而难巧也。是以意授于思，言授于意，密则无际，疏则千里。""至于思表纤旨，文外曲致，言所不追，笔固知止。至精而后阐其妙，至变而后通其数。伊挚不能言鼎，轮扁不能语斤，其微矣乎！"[⑥]凡此之类，几乎都是慨叹以语言文字达"意"之困难。至于所欲表达的"意"，则多种多样，绝不是仅指那种对于宇宙本体"道"的体悟。庐山诸道人的诗序里有"乃悟幽人之玄览，达恒物之大情，其为神趣，岂山水而已哉"的话，那么可说其所谓"意"里既有山水审美之乐，又有悟道之趣。陶渊明的两句诗也可作如是观，但陆机、刘勰则是泛说，谢灵运主要是说山水之美。从这些资料看，玄学言意关系之论对于文论的影响实在是很有限的。魏晋南朝的文论只是慨叹尽意之难，

---

① 《文选》，第239页下、240页上。

② 龚斌《陶渊明集校笺》，上海古籍出版社，1996年，第220页。

③ 逯钦立《先秦汉魏晋南北朝诗》，第1086页。

④ 逯钦立《先秦汉魏晋南北朝诗》，第1075页。

⑤ 《宋书》，中华书局，1974年，第1754、1760页。

⑥ 王运熙、周锋《文心雕龙译注》，上海古籍出版社，1998年，第245、250页。

并没有解决如何以有限的语言文辞传达无尽之意的问题。结合创作实际看,作家们并不曾如汤先生所说那样,因为玄学里的有无本末之辨,亦即有限无限之辨(有、末是有限,无、本是无限),而想到用有限之"言",表达无限之"意"。拿谢灵运来说,他的山水诗总是详细描述游历的过程,而且在描画之后,还要将自己的想法、体会直接写出来,唯恐读者不知,以至于作品往往显得冗长。这正是他"但患言不尽意,万不写一"的缘故,他还不懂得以少胜多。我们将六朝诗与唐诗比较,就会感到就含蓄有余味这一点而言,六朝诗实瞠乎其后(当然是就总体而言)。汤先生在另一篇论文《言意之辨》里曾说:"魏晋文学争尚隽永"①,窃以为不然。魏晋清谈论辩或可谓"争尚隽永";至于诗文写作,实还未达到追求隽永的地步吧。先生又说:"依言意之辨,普遍推之,而使之为一切论理之准量,则实为玄学家所发现之新眼光新方法。王弼首唱得意忘言,虽以解《易》,然实则无论天道人事之任何方面,悉以之为权衡,故能建树有系统之玄学。"②但在笔者看来,在文学理论方面,似看不出玄学"得意忘言"、自觉追求言外之意的明显影响。

三

从以上所述,笔者想到,研究古代哲学对于文论的影响时,似应思考如下几点。

首先,一时代的哲学思想,对于其他文化、学术领域,包括文学创作和批评、理论,确实很可能产生影响。但此种影响表现在哪些问题上,影响的范围、程度如何,还是要实事求是地加以估量。哲学中的热点,未必就是文学理论中的热点;哲学思想的核

---

①　汤用彤《魏晋玄学论稿》,第36页。
②　汤用彤《魏晋玄学论稿》,第24页。

心问题,未必就成为文学理论中的重要问题。同时,哲学思想对不同文化领域的影响,可能是不平衡的。

其次,考察、研究此种影响,应从文学本身出发,尽可能完整地搜集资料,尽可能准确地理解这些资料,然后看它们与哲学思想的关系如何。亦即应该从文学到哲学,不应从哲学到文学,不应先入为主地认定哲学必然发生重要影响,然后去寻找某些哲学观点在文论中有何表现。应充分尊重文学的独立性,注意文学自身的特点、特殊的规律。研究文学与哲学的关系,首先还是要对文学本身有尽可能详尽深切的了解。文学理论归根到底是文学鉴赏、创作实践活动的总结。文学实践尚未达到某种水平,文学理论也不可能提出相应的概念、命题。

还有,尽可能准确地解释文论话语十分重要。许多时候文论中出现一些哲学的概念、用语,只不过是借用而已。借用当然也是影响的表现,但不应夸大。为了准确地理解文论话语,应该尽量结合文学创作、结合具体的文学作品加以研究,从理论到理论往往得不出正确的结论。

业师王运熙先生反复强调,研习古代文论必须要多读古代文学作品,必须把批评史研究和文学史研究结合起来。笔者深切感到,先生的教导来自其亲身的体会,来自其长期的研究工作的实践,实在是非常重要。讨论文论与哲学思想的关系,也应该遵循这样的原则。

最后,应该说明:笔者认为在上文所说的一些具体问题上,看不出魏晋哲学对文论具有多大的影响,但并不是否认哲学与文论的关系。哲学是人们对于人生、宇宙的根本性看法。魏晋时期形成的新的哲学观点在一定程度上影响了士人的人生观、生活态度。上流社会相当一部分士人重本轻末、尚玄远轻实际的心态,有利于审美意识的发展。魏晋南朝文论与汉代主流意识——儒家的文论不同,它不再屈从、附属于政教目的,其功利性大为减弱，而审美方面、探讨文学内部规律的内容大为发展。这是魏晋南朝文论与汉代文论的重大区别，是文学进入"自觉时代"的重要标志。就这一点而言，魏晋南朝文论的发达与哲学思潮可能有间接但却相当重要的关系。儒家文学思想的束缚松弛了，是有利于文学理论的发展的。

　　笔者学殖浅薄，理论水平不高，写作本文，实出于求教的目的。学习、工作中有不明了、想不通之处，总得搞明白才是。亟愿方家有以见教。

　　（原载《复旦学报》2012 年第 5 期，收入本集时略有删改）

释朱熹的比兴说

朱自清先生《诗言志辨·比兴》说:"风雅颂的意义,历来似乎没有什么异说,直到清代中叶以后,才渐有新的解释。赋比兴的意义,特别是比兴的意义,却似乎缠夹得多;《诗集传》以后,缠夹得更利害,说《诗》的人你说你的,我说我的,越说越胡涂。"①本文就是想把朱熹的比兴说整理一下,搞清楚朱熹心目中的比和兴究竟是怎么一回事。

朱熹认为读《诗》必须懂得比兴之义。他甚至说,《周礼·大师》所谓以风赋比兴雅颂六诗教国子,其实只是教赋比兴三项。他特别强调兴,说:"前辈都理会这个不分明,如何说得《诗》本指?"②而后人却颇诟病其说,认为朱熹在《诗集传》里标注的赋、比、兴与他本人所立的界说不相合。例如清人陈启源《毛诗稽古编·总诂》举《邶风·凯风》《小雅·青蝇》《小雅·谷风》为例,指斥朱说"支离穿凿,风雅扫地"③。今人如顾颉刚先生《写歌杂记·起兴》说《周南·关雎》《麟趾》应是比,《桃夭》应是赋,而朱熹都标作兴,令读者不知所以。洪湛侯先生《诗经学史》则说《诗集传》所标大多正确,但问题也不少,举《秦风·蒹葭》《齐风·甫田》《小雅·无将大车》等为例。可见关于朱熹的比兴说,还颇有讨论的必要。朱熹那些立界说、下定义的话,似乎并不太难理解,但一触及具体作品,问题和质疑就发生了。因此本文的重点,就在于结

① 朱自清《诗言志辨》,邬国平讲评,凤凰出版社,2008 年,第 52—53 页。
② 黎靖德编《朱子语类》,王星贤点校,中华书局,2020 年,第 2221 页。
③ 陈启源《毛诗稽古编》卷二五《总诂》,台湾商务印书馆影印《文渊阁四库全书》第 85 册,第 698 页上。

合朱熹对《诗经》中具体作品的解释加以说明。

自汉代以来,主流意见都认为赋比兴是三种表现手法①。从汉唐《诗经》学者的言论和对具体作品的解释看,他们所说的赋是直说;比是打比方,有如今日修辞学所谓明喻和隐喻;兴则只说出喻体,不说出本体(被比喻的事物),有如今日所谓借喻②。朱熹也认为赋比兴是表现手法。他说:"三经是赋比兴,是做诗底骨子,无诗不有,才无则不成诗。盖不是赋便是比,不是比便是兴。如《风》《雅》《颂》却是里面横串底,都有赋比兴,故谓之三纬。"③不过,朱熹对于比兴的解释,却与汉唐学者完全不同。

一

先观察朱熹所说的"兴",其含意与汉唐学者"兴"的含意全然不同。他说:

　　兴者,先言他物以引起所咏之辞也。④

---

① 有一种意见,认为赋比兴三者最初与风雅颂一样,是诗歌的类别,有整篇的赋诗、比诗、兴诗。这种看法只是揣测,尚无确切的文献可资证实。

② 孔颖达说:"诸言'如'者,皆比辞也。"如"有女如玉"、"有匪君子,如切如琢"、"螟蛉有子,蜾蠃负之,教诲尔子,式穀似之",此为明喻。刘勰《文心雕龙·比兴》所举"我心匪席,不可卷也",清陈启源《毛诗稽古编》所举"蝤首蛾眉""价人维藩",喻体、本体都出现,但不出现"如""似"等字样,可谓隐喻。至于毛、郑所言之兴,则可视作借喻,只出现喻体,不出现本体。如《关雎》"关关雎鸠,在河之洲",《毛传》释云:"后妃说乐君子之德,无不和谐,又不淫其色,慎固幽深,若雎鸠之有别焉。"《小雅·四月》"四月维夏,六月徂暑",《郑笺》释云:"四月立夏矣,至六月乃始盛暑,兴人为恶亦有渐,非一朝一夕。"则"关关"二句、"四月"二句可视为喻体;而毛、郑所释之事理可视为本体,在诗中并不出现。毛、郑所释常常匪夷所思,读者若不看注解,根本想象不到,故刘勰说须"发注而后见"。陈望道《修辞学发凡》说:"应该避去容易引起误解的借喻。"毛、郑等人心目中的兴,却多为此类,寄托微言大义,令人难以索解。朱熹另立兴义,正与不满汉唐学者的此种做法有关。

③ 黎靖德编《朱子语类》,王星贤点校,第2221页。

④ 朱熹释《周南·关雎》语,见朱熹《诗集传》,上海古籍出版社,1980年,第1页。

> 本要言其事，而虚用两句钓起，因而接续去者，兴也。①
>
> 兴是借彼一物以引起此事，而其事常在下句。②

意思是：兴是先有两句诗，（其实不一定是两句，可以是一句，也可以是两句以上，不过以两句为多。）其作用仅仅是引起下面的诗句；诗人要表达的意思并不在这两句内，而在下面被引起的接续的诗句之中。为了方便，本文将前面的诗句称为"兴辞"，下面接续的诗句称为"正意"。那么，兴辞与所引起的正意，其间具有怎样的关系呢？朱熹认为，很多时候是"全不取义"的关系。他说：

> 《诗》之兴全无巴鼻，后人诗犹有此体。如"青青陵上柏，磊磊涧中石。人生天地间，忽如远行客"，又如"高山有崖，林木有枝。忧来无端，人莫之知"，"青青河畔草，绵绵思远道"。皆是此体。③
>
> 《诗》之兴，是劈头说那没来由底两句，下面方说那事。这个如何通解？④

"无巴鼻"，即没来由、无缘无故之意。又说：

> 如兴体不一，或借眼前物事说将起，或别自将一物说起，大抵只是将三四句引起。如唐时尚有此等诗体。如"青青河畔草"，"青青水中蒲"，皆是别借此物兴起其辞，非必有感有见于此物也。⑤

这就是说诗人吟出兴辞具有随意性、偶然性，他偶然看见什么，便

---

① 黎靖德编《朱子语类》，王星贤点校，第2218页。
② 黎靖德编《朱子语类》，王星贤点校，第2220页。
③ 黎靖德编《朱子语类》，王星贤点校，第2220页。
④ 黎靖德编《朱子语类》，王星贤点校，第2223页。朱鉴（朱熹之孙）《诗传遗说》卷二录此段，"没来由"作"没巴鼻"。
⑤ 黎靖德编《朱子语类》，王星贤点校，第2221页。

随口吟出来起兴；也可以随手拈来其他什么起兴①。"非必有感有见于此物"，是说诗人虽然吟出兴辞，但未必是其对于所吟物事有所感怀有所见解，诗人的想法是在下面引出的诗句里才说出来的。

　　总之，朱熹强调兴辞不是诗人的正意所在。他说兴辞"全无巴鼻"，就是说诗人的正意一点儿都不体现在兴辞里。因此他又说："诗之兴多是假他物举起，全不取其义。"②又说是"初不取义"③。正因为这样，他说对于兴辞，"如何通解"？意思就是说不应在兴辞中寻求诗人之意，不应对兴辞生硬牵强地加以解释。下面举几个朱熹认为"全不取其义"的例子。

　　《召南·小星》："嘒彼小星，三五在东。肃肃宵征，夙夜在公。实命不同。"《毛诗序》云："惠及下也。夫人无妒忌之行，惠及贱妾，进御于君。知其命有贵贱，能尽其心矣。"④认为是诸侯之妾赞美夫人之辞。众妾亦得进御于君，但与夫人不同者，是只能见星而往，见星而还，不得整夜在君所。而她们自知贵贱有命，故不但无怨心，而且赞美夫人之不妒忌。朱熹大体赞同此说，但对于"嘒彼小星，三五在东"的解释，与旧说全然不同。《郑笺》云："众无名之星，随心（心宿）、噣（柳宿）在天，犹诸妾随夫人以次序进御于君也。"朱熹则说："盖众妾进御于君，不敢当夕，见星而往，见星而还，故因所见以起兴。其于义无所取，特取'在东'、'在公'两字之相应耳。"⑤完全不同于《郑笺》旧说。《郑笺》认为"嘒彼"两句比喻人事，朱熹则认为并无什么寓意，其作用只是引起下面诗句而已。贱妾（诗之作者）因其所见，随口吟出，然后说出自己的想法。这

①　"将三四句引起"是粗略的表述，兴辞和正意都未必是两句，不过确以一二句起兴、三四句接续说出正意者为多。
②　黎靖德编《朱子语类》，王星贤点校，第2220页。
③　朱熹《楚辞集注》，上海古籍出版社，1979年，第2页。
④　《毛诗正义》，影印阮元校刻《十三经注疏》，中华书局，1982年，第291页下。
⑤　朱熹《诗集传》，第12页。

便是朱熹所谓的兴。

朱熹说此首的兴辞与正意有字面上的相呼应。在解说《王风·扬之水》《秦风·无衣》时,他也说过这样的话。《诗经》中兴辞与正意在字面上或句式、语势上相应的情况确实不少,不过当然也不是说兴辞都是这样。

《唐风·山有枢》:"山有枢,隰有榆。子有衣裳,弗曳弗娄。子有车马,弗驰弗驱。宛其死矣,他人是愉。"《毛诗序》附会史实,说此首的主题是讽刺晋昭公"不能修道以正其国,有财不能用"。《毛传》说"山有枢"两句是说"国君有财货而不能用,如山隰不能自用其财"①。朱熹不从《序》说,认为只是诗人抒发及时为乐之情而已。他对"山有枢,隰有榆"的解释也与《毛传》全不相同,说这两句"别无意义,只是兴起下面'子有车马','子有衣裳'耳"②。《诗经》里还有好几首都以"山有""隰有"或类似的句子作为一章的发端,如《邶风·简兮》《郑风·山有扶苏》《秦风·车邻》《秦风·晨风》《陈风·防有鹊巢》《小雅·南山有台》《小雅·四月》等,旧说都将这些句子视作兴而以为有寓意;朱熹也说是兴,但都作为"不取义"处理。朱熹的兴与汉唐学者的兴完全不一样。

朱熹这样的理解,应该是受到宋代一些学者的启发的。比如苏辙就曾批评世之说《诗》者"以为兴者,有所取象乎天下之物以自见其事,故凡《诗》之为此事而作而其言有及于是物者,则必强为是物之说以求合其事,盖其为学亦以劳矣"。那便是批评从兴辞中索求深意的阐释方法。他说:"夫兴之为言,犹曰其意云尔。意有所触乎当时,时已去而不可知,故其类可以意推而不可以言解也。《殷其雷》曰:'殷其雷,在南山之阳。'此非有所取乎雷也,盖必其当时之所见而有动乎其意,故后之人不可以求得其说。此

---

① 《毛诗正义》,影印阮元校刻《十三经注疏》,第 361 页下。
② 黎靖德编《朱子语类》,王星贤点校,第 2236 页。

其所以为兴也。"那便是强调兴的偶然性;既属偶然,则无从"取义"①。苏辙父执李育(字仲蒙)长于《诗》,有"触物以起情谓之兴,物动情者也"之语②,苏说与之近似,只是李说未加申说而已。二人都强调兴的偶然性。又题郑樵著《六义奥论》云:"凡兴者,所见在此,所得在彼,不可以事类推,不可以义理求也。"③可见朱熹说兴"不取义",并不是他个人独具之说。不过在当时毕竟属于新见,与汉唐旧说迥异,人们还不易理解,因此朱熹申申其言之。

　　不过朱熹与苏辙、郑樵又有所不同。他说"兴有二义",兴还有另一种情况,即"取义"之兴。

　　《小雅·南有嘉鱼》第四章:"翩翩者雏,烝然来思。君子有酒,嘉宾式燕又思。"《诗集传》云:"兴也。此兴之全不取义者也。"第三章:"南有樛木,甘瓠累之。君子有酒,嘉宾式燕绥之。"注云:"兴也。东莱吕氏曰:'瓠有甘有苦,甘瓠则可食者也。樛木下垂而美实累之,固结而不可解也。'愚谓此兴之取义者,似比而实兴也。"④这两章的正意大致一样,而兴辞不同。在朱熹看来,兴辞"翩翩者雏,烝然来思"没有什么可以模拟主宾欢宴的寓意;而"南有樛木,甘瓠累之"则有点儿可以模拟的意思,因为甘瓠与樛木的"固结不可解",令人想到主客情谊的胶固。虽略可模拟,却仍是兴而不是比,这与朱熹对比的定义有关,下文再述。

　　《朱子语类》卷八一记载了朱熹关于《大雅·棫朴》和《旱麓》的分析:"'倬彼云汉,为章于天。周王寿考,遐不作人?'先生以为

① 苏辙《诗论》,《栾城集》,曾枣庄、马德富校点,上海古籍出版社,1987年,第1614页。按:苏辙此文甚可注意。文中强调《诗》之兴不取义而比则取义,二者不可混淆,不可于兴中求义。朱熹之比兴说似颇受其影响,亦有所不同。又,此文亦见于苏轼集。
② 李育与苏洵交好。苏轼有《李仲蒙哀辞》。此语见胡寅《斐然集》卷一八《致李叔易》引,又见王应麟《困学纪闻》卷三引。
③ 《诗辨妄》附录三《六经奥论选录》,顾颉刚辑点,朴社,1933年,第84页。
④ 朱熹《诗集传》,第110页。

无甚义理之兴。……先生曰：'……"瑟彼玉瓒，黄流在中。岂弟君子，福禄攸降。"此是比得齐整好者也。'"①"倬彼"四句，朱熹认为是"不取义"的兴；而"瑟彼"四句，他说比喻得好，但《诗集传》所标的是"兴也"，因此仍是兴，是"似比而实兴"的"取义"的兴。朱熹说："言瑟然之玉瓒（以玉为柄、以金为勺的盛酒器具）则必有黄流（气味芬芳的金黄色的美酒）在其中，岂弟之君子则必有福禄下其躬。明宝器不荐于亵味，而黄流不注于瓦缶，则知盛德必享于禄寿，而福泽不降于淫人矣。"②上两句与下两句有模拟之意。

《小雅·常棣》："脊令在原，兄弟急难。"以前句兴起后句。朱注："脊令飞则鸣，行则摇，有急难之意，故以起兴。"③鹡鸰那种急迫不安的样子与人处于急难的状态似可模拟，所以是取义之兴。可模拟的只是"急难"，与"兄弟"无关。"取义"之兴的模拟之意可以只是略约相关而已，不必执着而深究的。

此种"取义"的兴在《诗集传》里也有一定的数量。注释每用"若""犹""如""似"等字样说明其类似点。如《关雎》注："言其（君子与淑女）相与和乐而恭敬，亦若雎鸠之情挚而有别也。"《召南·何彼襛矣》注："丝之合而为纶，犹男女合而为婚也。"《王风·黍离》注："稷穗下垂，如心之醉，故以起兴。""稷之实犹心之噎，故以起兴。"《小雅·角弓》注："弓之为物，张之则内向而来，弛之则外反而去，有似兄弟婚姻亲疏远近之意。"均是其例④。但是，并不是说只有注里面用了若、如之类语词的，才是朱熹心目中的取义之兴；有许多没有用此类语词，但仍可体会是取义之兴。上举《南有嘉鱼》《旱麓》《常棣》，在《诗集传》的注文里就没有这类字眼。

综上所述，此种"取义"之兴，兴辞与正意之间常有某些模拟

①　黎靖德编《朱子语类》，王星贤点校，第 2280 页。
②　朱熹《诗集传》，第 182 页。
③　朱熹《诗集传》，第 102 页。
④　上举诸例分别见朱熹《诗集传》第 2、13、42、166 页。

的意思。如果将兴辞视为喻体，那么正意便是本体。就表意而言，喻体不甚要紧，本体乃是意之所在。

这种取义之兴，有一种情况。就是兴辞模拟正意是反过来的。如《邶风·凯风》："睍睆黄鸟，载好其音。有子七人，莫慰母心。"朱注："言黄鸟犹能好其音以悦人，而我七子独不能慰悦母心哉！"①黄鸟鸣啭让人喜悦，本该比喻儿子安慰母亲的心，取悦于母亲，但正意却是相反的。又如《邶风·雄雉》："雄雉于飞，泄泄其羽。我之怀矣，自诒伊阻。"朱注："妇人以其君子从役于外，故言雄雉之飞舒缓自得如此；而我之所思者，乃从役于外而自遗阻隔也。"②雄雉舒缓自得地飞翔，本该比喻丈夫安乐自在，但正意却说丈夫从役远别。又如《小雅·四牡》："翩翩者鵻，载飞载下，集于苞栩。王事靡盬，不遑将父。"前三句兴起后二句。雏鸟飞到栩树上安定下来，行役之人却劳苦在外，不能奉养父亲。又如《大雅·桑柔》："瞻彼中林，甡甡其鹿。朋友已潜，不胥以穀。"兴辞说林中群鹿结伴并行，正意说朋友互相欺诈，不以善道相处，意谓所谓朋友连鹿都不如。这种"反说"的情况在《诗经》里也不少见。这样的取义的兴，可以视为一种反衬。

朱熹强调，不要将"取义"兴辞和下面正意之间的模拟关系看得太死板、太胶着，不要解释得太深刻。他谈到《豳风·狼跋》时说：

> "狼跋其胡，载疐其尾"，此兴是反说，亦有些意义，略似程子之说。但程子说得深，如云狼性贪之类。③

《狼跋》被认为是赞美周公之诗。周公遭管、蔡流言，连成王都产生了怀疑，但周公泰然处之，安然自得，不失其常度。诗云："狼跋其胡，载疐其尾。公孙硕肤，赤舄几几。"前两句是兴辞，说老狼进则踩

---

①　朱熹《诗集传》，第 19 页。

②　朱熹《诗集传》，第 20 页。

③　黎靖德编《朱子语类》，王星贤点校，第 2269 页。

到自己颔下的悬肉,退则踩到自己的尾巴。后二句是正意,说周公有大美而谦逊不居,他穿着礼服,样子非常安详稳重。以老狼的进退失据反衬周公的安重不改其常,所以朱熹说是"反说"。"略似程子之说,但程子说得深",又是何意呢?程子(程颐)的说法是:"狼,兽之贪者,猛于求欲,故槛于机穽罗絷,前跋后疐,进退困险。诗人取之,以言夫狼之所以致祸难危困如是者,以其有贪欲故也。若周公者,至公不私,进退以道,无利欲之蔽,以谦退自处,不有其尊,不矜其德,故虽在危疑之地,安步舒泰,赤舄几几然也。"①揣度朱熹之意,他认为前两句兴辞"亦有些意义",就是如程颐所说是用来反衬周公的,但说到此就可以了,再进一步说什么狼性贪欲,对比周公的无私欲,那就过分深刻,"过度阐释"了。可见朱熹反对将兴辞理解得太深太落实。他说过,读《诗》之法,应知"上两句皆是引起下面说,略有些意思傍着,不须深求,只此读过便得"②。"全不取义"的兴当然不要追索兴辞有何寓意,即使"取义"之兴辞也不要过分寻索其义。这是朱熹关于所谓"兴"的一个重要观念。诗人之意是在兴辞下面的诗句里,兴辞只不过虚虚然"钓起"下文而已。"且如'关关雎鸠',本是兴起,到得下面说'窈窕淑女',此方是入题说那实事。盖兴是以一个物事贴一个物事说,上文兴而起,下文便接说实事。"③读《诗》之时,须注意"兴而起"的上文是"虚"的,下文才是"入题",才是"实"的。朱熹认为若不明此义,便不能正确理解《诗》意。

那么如何区分兴的"取义"和"全不取义"呢?如何判定兴辞的有意义还是无意义呢?大约主要就在于个人的体会了。当然,必定会参酌前人、他人对于《诗》意的解说,但主要是靠自己的咀嚼品味。朱熹说:"读《诗》全在讽咏得熟,则六义将自分明。"④事

① 《程氏经说》卷三,台湾商务印书馆影印《文渊阁四库全书》第183册,第78页下。
② 黎靖德编《朱子语类》,王星贤点校,第2235页。
③ 黎靖德编《朱子语类》,王星贤点校,第2220页。
④ 黎靖德编《朱子语类》,王星贤点校,第2240页。

实上，全不取义之兴和取义之兴，从概念上说，似乎很明白，但在具体分析诗篇时，常觉得难以有截然分明的界限。恐怕朱熹自己有时也颇费斟酌。例如《关雎》二、三章以"参差荇菜"起兴，朱熹曾说，因为"荇菜是洁净和柔之物"，因此用采摘荇菜兴起追求淑女[①]，但在《诗集传》的注释里，却并未说出此点，而只是说："彼参差之荇菜，则当左右无方以流之矣；此窈窕之淑女，则当寤寐不忘以求之矣。"[②]是一种若即若离、很有弹性的表述。《诗集传》解说兴辞时，大量采用此种弹性的表述方式。不过，即使对于"全不取义"还是"取义"的判断不甚准确，对于《诗》意的了解也无大碍，因为诗人之意是在下文明白说出来的。

　　总之，朱熹说兴，强调的是读《诗》时不要执着纠缠于兴辞，不要深求其意，轻轻读过即可。

二

　　下面看朱熹所说的比。

　　朱熹之"比"，与汉唐学者所谓"比"也不是一回事。他说：

> 比者，以彼物比此物也。[③]
> 引物为况者，比也。[④]
> 比是以一物比一物，而所指之事常在言外。[⑤]

光看这些定义，还难以真正理解，须看朱熹对具体诗篇的解说。《周南·螽斯》："螽斯羽，诜诜兮，宜尔子孙振振兮。"朱注："后妃

---

① 见《朱子语类》，第 2250 页。
② 朱熹《诗集传》，第 2 页。
③ 朱熹释《周南·螽斯》语，《诗集传》，第 4 页。
④ 黎靖德编《朱子语类》，王星贤点校，第 2218 页。
⑤ 黎靖德编《朱子语类》，王星贤点校，第 2220 页。

不妒忌而子孙众多,故众妾以螽斯之群处和集而子孙众多比之。言其有是德而宜有是福也。"①这是以螽斯子孙众多比后妃子孙众多。朱熹特别指出:"'宜尔子孙振振兮',却自是说螽斯之子孙,不是说后妃之子孙也。"②"'宜尔子孙',依旧是就'螽斯羽'上说,更不用说实事。此所以谓之比。"③其意是说诗中"尔"字并非指后妃,而是指螽斯。这三句都是说螽斯,诗人只是歌咏螽斯因群居安和而子孙众多,并没有直接说到后妃,没有直接说出后妃因不妒忌而子孙众多这一层意思,这层意思是"在言外"的,是"不说破"的。用今天修辞学的术语说,就是只说出喻体,不说出本体,即所谓借喻。因此,可以说朱熹的比,倒相当于汉唐旧说的兴。

《螽斯》是通章为比,整个一章都是喻体。此种情况还见之于《邶风·匏有苦叶》《齐风·甫田》《魏风·硕鼠》《豳风·鸱鸮》《豳风·伐柯》和《小雅·鹤鸣》《小雅·角弓》等。而更多的是一章之中只有若干句为比,其他句子为赋或兴。如《周南·汝坟》:"鲂鱼赪尾,王室如燬。虽则如燬,父母孔迩。""鲂鱼"句是比,"鱼劳则尾赤",比喻行役之人劳苦已极。这喻意并不直接说出。下面三句是赋。"如燬",按汉唐旧说或今日修辞格,都是比喻(明喻),但朱熹所说比,不是指此类。又如《周南·汉广》:"南有乔木,不可休思。汉有游女,不可求思。汉之广矣,不可泳思。江之永矣,不可方思。"一二句是兴辞,三四句说出所兴的正意;"汉之"四句则是比。"汉之"四句与"南有"二句很相似,为何是比而不是兴呢?因为兴须引出下文正意,"汉之"四句却没有下文了,故只能说是比;在正意已说出之后,再用此比辞以反复咏叹之④。朱熹曾说:

① 朱熹《诗集传》,第4页。
② 黎靖德编《朱子语类》,王星贤点校,第2251页。
③ 黎靖德编《朱子语类》,王星贤点校,第2220页。
④ 与《汉广》类似的,还有《唐风·椒聊》和《小雅·巧言》的第四章,《诗集传》都标"兴而比",谓先兴后比。

"比方有两例：有继所比而言其事者，有全不言其事者。"①便是指一章内数句为比和全章为比这两种情况而言。

上文说过，朱熹所谓的兴有"取义"一类，"似比而实兴"，那么与比如何区别呢？

这个问题，朱熹的弟子也曾感到困惑：

> 问："《柏舟》诗'泛彼柏舟，亦泛其流'，注作比义。看来与'关关雎鸠，在河之洲'亦无异，彼何以为兴？"曰："他下面便说淑女，见得是因彼兴此。此诗才说柏舟，下面便无贴意，见得其义是比。"②

"关关雎鸠，在河之洲"，以雎鸠雌雄和鸣、挚而有别比喻君子、淑女关系良好；下面的"窈窕淑女，君子好逑"便将此寓意挑明。用朱熹的话说，"窈窕"二句是"关关"二句的"贴意"；用今天的话说，"关关"二句犹如喻体，"窈窕"二句便是本体。《邶风·柏舟》则不是这样。"泛彼柏舟，亦泛其流。耿耿不寐，如有隐忧。微我无酒，以敖以游。""泛彼"二句，以柏舟空载随波比喻妻子被丈夫遗弃。下文并未将这个喻意说出来，因此朱熹说"下面便无贴意"。也就是说，只出现喻体，并无本体。《关雎》是兴，而《柏舟》是比，区别乃在于此。朱熹还曾解释道："且如'关关雎鸠'，本是兴起，到得下面说'窈窕淑女'，此方是入题说那实事。盖兴是以一个物事贴一个物事说，上文兴而起，下文便接说实事。……及比则却不入题了。如比那一物说，便是说实事。"③所谓"实事"，就是兴辞或比辞的寓意；所谓"入题"或"不入题"，指说出或不说出此寓意。兴辞即使"取义"，但因下文说出此寓意，故兴辞只是陪衬，是"虚"的，是"不紧要"的；而比辞之下再无诗句将其寓意挑明，寓意只在

---

① 　见吕祖谦《吕氏家塾读诗记》卷一引，影印宋刊本，《四部丛刊》续编，第 18 页 b。
② 　黎靖德编《朱子语类》，王星贤点校，第 2255 页。
③ 　黎靖德编《朱子语类》，王星贤点校，第 2220 页。

比辞之中,故比辞是"实"的,不可或缺的。

《谷风》诗□□:"就其深矣,方之舟之。就其浅矣,泳之游之。"《集□□为兴体。(潘)时举疑是比体,未知如何。答曰:"若□□面四句,即是比;既有下四句,则只是兴矣。凡此类□□,非独此章也。"①

"就□□矣"四句下面的四句是:"何有何亡,黾勉求之。凡民有□□匍救之。"上面四句是兴辞,下面四句是正意。先说不论水深水浅都努力设法渡河,其实是要说不论有多难都全力以赴操持好家务。下四句"入题"说出正意,故上四句是兴辞;如果没有下四句说出正意,上四句就是比。

从这两个例子,便可知道朱熹的比与兴的区别。他说:"说出那物事来,是兴;不说出那物事,是比。"②"物事"便是指兴辞或比辞的寓意,亦即诗人要说的"正意"。

《诗集传》里有一些注释标比或标兴,使人觉得困惑。如《邶风·凯风》,首章云:"凯风自南,吹彼棘心,棘心夭夭,母氏劬劳。"标注"比也"。次章云:"凯风自南,吹彼棘薪。母氏圣善,我无令人。"前两句与首章前两句非常相似,却标"兴也"。似乎费解。其实朱熹这样标注,正是依照他所定的界说。首章"凯风"三句,比喻母亲抚育幼子,幼子成长为少年。这寓意在下面没有挑明,第四句没有"贴"着上面说,而是转说"母氏劬劳",因此是比。次章"凯风"二句说南风吹拂之下,酸枣树已经长大,却只能当柴烧,这令人想到母亲抚育的儿子已经长大,却不成材。下面"母氏圣善,我无令人"正是将此寓意说出,乃是"贴意",因此是兴。除《凯风》外,《小雅·青蝇》和《小雅·谷风》情况相似,或比或兴,都可以这样解释。

---

① 朱鉴《诗传遗说》卷四,台湾商务印书馆影印《文渊阁四库全书》第 75 册,第 552 页上。

② 黎靖德编《朱子语类》,王星贤点校,第 2219 页。

　　总之,"取义"的兴,容易与比混淆。其区别之处,在于兴辞之下的诗句与兴辞有略似于本体和喻体的关系,用朱熹的话说,兴辞下的诗句是"贴"着兴辞说的,或云"以上句形容下句之情思,下句指言上句之事实"①。而比辞之下没有"贴"着说的句子,比辞下的诗句是另起一意的。对于兴辞,应该看得虚活,即使无此兴辞,也不妨碍诗人之意的表述;而比辞的寓意须看得实,若无此比辞,诗人之意便不完整了。

　　还有一个问题:《诗集传》中有标明"兴也"却又注"或曰比"的,也有标明"比也"却又注"或曰兴"的。那是否表示朱熹对自己所持的比、兴概念模糊不清、体例不明呢? 并非如此。之所以那样,是因对诗句的理解不同而造成的,不是概念模糊所致。

　　标明"兴也"又注"或曰比"的有两首,即《小雅·菁菁者莪》和《小雅·隰桑》。《菁菁者莪》云:"菁菁者莪,在彼中阿。既见君子,乐且有仪。"朱注:"兴也。……言菁菁者莪,则在彼中阿矣;既见君子,则我心喜乐而有礼仪矣。"这可说是"不取义"的兴。朱注又曰:"或曰以菁菁者莪比君子容貌威仪之盛也。"②由于对"菁菁"两句理解不同,便造成或兴或比不同的结论。朱熹的意见倾向于兴,但觉得比也可通。《隰桑》的情况与《菁菁者莪》一样。

　　标明"比也"又注"或曰兴"的有四首,即《王风·兔爰》《唐风·采苓》《小雅·谷风》和《小雅·苑柳》。《兔爰》云:"有兔爰爰,雉离于罗。我生之初,尚无为。我生之后,逢此百罹。"朱注:"比也。……言张罗本以取兔,今兔狡得脱,而雉以耿介,反离于罗。以比小人致乱而以巧计幸免,君子无辜而以忠直受祸也。为此诗者,盖犹及见西周之盛,故曰:方我生之初,天下尚无事;及我生之后,而逢时之多难如此。""有兔"两句下面没有"贴"着说挑明

---

① 　吕祖谦《吕氏家塾读诗记》卷一,第 19 页 a。
② 　朱熹《诗集传》,第 114 页。

寓意的句子，因此是比。朱注又曰："或曰兴也。以'兔爰'兴'无为'，以'雉离'兴'百罹'也。"①若视作兴，则不取君子、小人之义，只是以兔之舒缓优游引起"无为"，以雉之陷于网罟引起"百罹"（诸多忧患）罢了。"无为""贴"着"爰爰"，"逢此百罹""贴"着"离于罗"。此时正意在"我生"两句，"有兔"两句只不过是引起下文而已。其他三首情况也类似。

对一些诗句，不同的读者可能有不同理解，即使同一读者，看法也会有变化。朱熹释"菁菁者莪"说或曰比，那其实就是他当初的想法（见辅广《诗童子问》卷四）。不论如何，朱熹注或曰兴或曰比，并非他对于比兴的概念界说有所游移。

也有极少数例子，表明在根据自己的体例判定是比还是兴时，朱熹不免有些犹豫。如《曹风·下泉》："冽彼下泉，浸彼苞稂。忾我寤叹，念彼周京。"朱注："比而兴也。……王室陵夷而小国困弊，故以寒泉下流而苞稂见伤为比，遂兴其忾然以念周京也。"②"比而兴"是说"冽彼"两句是比，但又有引起下文的作用。"冽彼"两句的寓意下文没有直接挑明，是比；然而下面的"忾我"二句与"冽彼"二句语势一致，正是典型的兴的句型，而且叹息、思念周京虽不能说是挑明上两句寓意，但与那寓意联系实在是紧密，所叹所念的内容正是上两句之寓意，因此又似乎是兴。这里"比而兴"也许表明朱熹对是比还是兴的判断有些为难③。这是一个比较特殊的例子。

《诗集传》中标明比的共五十三首，对于比辞含意的解说，多

---

① 朱熹《诗集传》，第 45 页。

② 朱熹《诗集传》，第 89 页。

③ 《诗集传》中除《曹风·下泉》外，还有四首标注"比而兴"或"兴而比"，即《汉广》《氓》《椒聊》和《巧言》。但此四首所谓"比而兴"或"兴而比"与《下泉》不同，是指一章内兼有比辞和兴辞，先比而后兴，或先兴而后比，不是说某些诗句既是比又是兴。有人觉得应该说"比又兴""兴又比"才好（见元人刘玉汝《诗缵绪》卷一），这确是朱熹用语不够严密之处。此种情况，不至于发生是比还是兴的困惑。

沿袭毛、郑。但是,在沿袭的同时,有时解说得比较自然平易一些,例如《邶风·匏有苦叶》朱熹与毛、郑都说是刺淫乱之作,首章"深则厉,浅则揭",《郑笺》:"以水深浅喻礼之多少,人之贤与不肖及长幼也,各顺其人之宜,为之求妃耦。"①颇为穿凿;朱熹则只说:"行者当量其浅深而后可渡,以比男女之际亦当量度礼义而行也。"②比郑笺笼统,也就不显得太穿凿。又如《大雅·卷阿》:"凤凰鸣矣,于彼高冈。梧桐生矣,于彼朝阳。菶菶萋萋,雝雝喈喈。"朱熹与旧说一样,认为是比喻贤人择明主而事之。《郑笺》:"凤凰鸣于山脊之上者,居高视下,观可集止,喻贤者待礼乃行,翔而后集。梧桐生者,犹明君出也。生于朝阳者,被温仁之气,亦君德也。凤皇之性,非梧桐不栖,非竹实不食,菶菶萋萋,喻君德盛也。雝雝喈喈,喻民臣和协。"③似乎细致,却破碎烦琐。朱熹则只说:"比也。……凤凰之性,非梧桐不栖,非竹实不食。菶菶萋萋,梧桐生之盛也,雝雝喈喈,凤凰鸣之和也。"④再如《小雅·青蝇》:"营营青蝇,止于樊。"《郑笺》:"蝇之为虫,污白使黑,污黑使白,喻佞人变乱善恶也。"⑤朱熹也认为青蝇能变乱黑白,但他的注释说这里是"以青蝇飞声"比谗言之惑乱人听。这就扣紧了"营营"二字。还有一些地方,朱熹去旧说而立新解。如《小雅·白华》,被认为是讽刺周幽王宠褒姒而废申后之作。"白华菅兮,白茅束兮。之子之远,俾我独兮。"《郑笺》谓菅草取之于野,经水浸泡后柔韧可用,却更以脆性之白茅收束,比喻王后取之于申,礼仪完备,能担负王后之事,却更纳为妖为孽的褒姒。如此解说实为深曲。朱熹的解释是:"言白华为菅,则白茅为束,二物至微,犹必相须为

---

① 《毛诗正义》,影印阮元校刻《十三经注疏》,第 302 页下。
② 朱熹《诗集传》,第 20 页。
③ 《毛诗正义》,影印阮元校刻《十三经注疏》,第 547 页上、中。
④ 朱熹《诗集传》,第 199 页。
⑤ 《毛诗正义》,影印阮元校刻《十三经注疏》,第 484 页上。

用,何之子之远而俾我独耶?"①又如《小雅·苕之华》,被认为是诗
人哀叹周室衰颓之作。诗云:"苕之华,芸其黄矣。"《郑笺》:"陵苕
之干,喻如京师也;其华,犹诸夏也,故或谓诸夏为诸华。华衰则
黄,犹诸侯之师旅罢病将败,则京师孤弱。"②甚为牵强。朱熹则只
说:"诗人自以身逢周室之衰,如苕附物而生,虽荣不久,故以为
比。"③从这些例子,我们感到:虽然朱熹所谓比是借喻,只有喻体
而不说出本体,是比较难于索解的,但其解说还是比旧说来得平
易自然一些。当然,朱熹对比意的解释,也还有不少是颇为深隐
曲折,匪夷所思的。

三

我们还须考察另一问题:在朱熹心目中,兴与赋是如何区
别的?

读《诗集传》,有时会产生疑问,觉得朱熹或标兴或标赋,不知
其理由何在。他说:"赋者,敷陈其事而直言之者也。"④而有一些
诗句,看起来是直述某事,可是朱熹说是兴。例如《周南·兔罝》:
"肃肃兔罝,椓之丁丁。赳赳武夫,公侯干城。"曾有弟子问朱熹,
视为赋可否,朱熹回答:"亦可作赋看。但其辞上下相应,恐当为
兴。然亦是兴之赋。"⑤"肃肃"二句叙述捕兔者(即"武夫")打桩设
置网罝,确是赋的写法,但朱熹的体会,虽是赋的写法,却还是兴。
他说"其辞上下相应",应是指"肃肃兔罝"和"赳赳武夫"都使用迭
词,句式相同。看来朱熹在判断是不是兴的时候,字面、语势、句

---

① 朱熹《诗集传》,第 171 页。
② 《毛诗正义》,影印阮元校刻《十三经注疏》,第 500 页下。
③ 朱熹《诗集传》,第 174 页。
④ 朱熹释《周南·葛覃》语,《诗集传》,第 3 页。
⑤ 见黎靖德编《朱子语类》,王星贤点校,第 2251 页。

式的相应与否确是一个重要因素，当然不是唯一的因素。他认为
"肃肃"二句是"因其所事以起兴"：诗人之意，是要说在周文王教
化之下，贤才众多，人皆可用，至于述说其所做的事，就表现这一
意旨而言，是无关紧要的。因此，诗人之意只在下两句，吟咏前两
句只不过就其"所事"随口一说引出下文罢了①。"然亦是兴之
赋"，意谓这两句虽然直陈似赋，但却是作为兴的赋，亦即以赋为
兴。《鲁颂·泮水》："思乐泮水，薄采其芹。鲁侯戾止，言观其
旗。"《小雅·采芑》："薄言采芑，于彼新田，于此菑亩。方叔莅止，
其车三千，师干之试。"朱熹都说是"赋其事以起兴"。《泮水》有句
式上的相应，《采芑》没有，可朱熹认为诗人之意只是要写军容之
盛，虽写到军行采芑而食，但只是顺便言及引起下文而已，无关紧
要，并非诗人意之所在，因此也是兴而不是赋。

　　相反，有的诗句，似乎是兴，而朱熹以为是赋。《小雅·小弁》
末章："莫高匪山，莫浚匪泉。君子无易由言，耳属于垣。"后两句
是说君子不可轻易发言，须防墙垣边上有人听到而播弄是非。那
么前两句"莫高匪山，莫浚匪泉"是什么意思，起什么作用呢？《诗
集传》说这是赋。"山极高矣，而或陟其巅；泉极深矣，而或入其
底。故君子不可易于其言，恐耳属于垣者有所观望左右而生谗潜
也。"②弟子不解，觉得应该是兴。朱熹回答："此只是赋。"③揣度朱
熹之意，是将"莫高"二句与下文"耳属于垣"勾连一气理解的：连
高山之巅、深渊之底都会有人，那么墙垣边也很可能有人，因此不
能不防。这样理解，则"莫高"二句乃是诗意的一部分，不可割裂；
其意实，不可虚化，不是"不紧要"而仅起钓起下文的作用，故不是

①　《诗集传》云："化行俗美，贤才众多，虽罝兔之野人，而其才之可用犹如此。故诗人
　　因其所事以起兴而美之，而文王德化之盛，可因见矣。"（第 5 页）
②　朱熹《诗集传》，第 141 页。
③　见朱鉴《诗传遗说》卷五，台湾商务印书馆影印《文渊阁四库全书》第 75 册，第 569
　　页上。

兴而是赋。

有不少诗句,似乎是写景色,写环境,朱熹以为是赋。

例如《秦风·蒹葭》:"蒹葭苍苍,白露为霜。所谓伊人,在水一方。溯洄从之,道阻且长。溯游从之,宛在水中央。"朱注:"赋也。……秋水方盛之时,所谓彼人者,乃在水之一方,上下求之而皆不可得。"[1]为何"蒹葭"二句是赋呢?在朱熹看来,这两句与诗意进展很有关系:它们点明这是秋季,秋季故水势浩渺,水势浩渺故在水一方的伊人求之而不得。因此,这两句与整个诗意融汇在一起,为诗意进展所不可缺,是赋。又如《小雅·瞻彼洛矣》,朱熹认为这是周天子会诸侯于洛阳,而诸侯称美天子的诗。诗云:"瞻彼洛矣,维水泱泱。君子至止,福禄如茨。"朱注:"言天子至此洛水之上。"[2]"瞻彼"二句与下句"至止"是勾连在一起的,是叙述君子所到达之处。既然全诗是写天子来到洛阳,那么此二句当然不可缺,为诗意进展所必须,因而是赋。又《渐渐之石》:"渐渐之石,维其高矣。山川悠远,维其劳矣。武人东征,不遑朝矣。"朱注:"将帅出征,经历险远,不堪劳苦。"[3]如果粗粗读过,"渐渐"二句像是兴辞,但实际上是写出征所经之险阻,也是赋。

再如《小雅·杕杜》:"有杕之杜,有睆其实。王事靡盬,继嗣我日。"朱熹注曰:"赋也。……室家感于时物之变而思之曰:'特生之杜,有睆其实,则秋冬之交矣,而征夫以王事出,乃以日继日而无休息之期。'"[4]认为这是妻子思念行役不归的丈夫,她见那棵孤生的棠梨树已经结果子了,不禁"感时物之变",已是秋去冬来时节,而丈夫还服役在外,无有归期。依照这样的理解,"有杕"两句写时节的变化,颇为紧要,有此"时物"之变才有妻子的思念,故

---

① 朱熹《诗集传》,第76页。

② 朱熹《诗集传》,第158页。

③ 朱熹《诗集传》,第173页。

④ 朱熹《诗集传》,第108页。

它们是诗意进展的一部分,不是仅仅为了引起下文,因此不是兴而是赋。但如果不强调"感时物之变",将这两句的意思"虚化",看成只不过是引起下文而已,那也可通。因此朱熹云:"或曰兴也。"不过朱熹认为前一种理解更好一些。

《召南·草虫》的情况与《小雅·杕杜》相近。"喓喓草虫,趯趯阜螽。未见君子,忧心忡忡。"朱注:"诸侯大夫行役在外,其妻独居,感时物之变而思其君子如此。"①也是赋。

《小雅·出车》:"春日迟迟,卉木萋萋。仓庚喈喈,采蘩祁祁。执讯获丑,薄言还归。赫赫南仲,猃狁于夷。"朱熹引欧阳修《诗本义》之言解说道:"述其归时,春日暄妍,草木荣茂而禽鸟和鸣。于此之时,执讯获丑而归,岂不乐哉!"②全诗从命将出师起始,一直写到胜利归来,是一个比较完整的过程。其间"黍稷方华"、"雨雪载涂"、"喓喓草虫,趯趯阜螽"都是通过写景物表现时节的转换,因此"春日迟迟"四句也被理解为写时令。既然全诗以时令转换为线索展开,那么这四句并非添加色彩的闲笔,而是攸关诗意的进展,因此是赋。

综观上举诸例,似可得出一个结论:那些看似写景、写环境的诗句,如果为诗意开展所不可缺,朱熹便判定它们是赋。

也有写景写环境而被判为兴的。如《周南·桃夭》:"桃之夭夭,灼灼其华。之子于归,宜其室家。"朱注:"兴也。……《周礼》,仲春令会男女。然则桃之有华,正婚姻之时也。"③既然"桃之夭夭"二句写出了出嫁的时令,似乎是诗人写实记时,那么该是赋,为何说是兴呢?想来朱熹认为虽然写出了时节,而且是诗人见到的风景,但诗人之意并不在于记时写景。下两章"有蕡其实""其

---

① 朱熹《诗集传》,第9页。《小雅·出车》第五章文字与《草虫》首章大同,也是赋。
② 朱熹《诗集传》,第108页。
③ 朱熹《诗集传》,第5页。

叶蓁蓁",显然不是说仲春出嫁之时,那么"灼灼其华"也不是为了记时。诗人只是因其所见,随口吟出而起兴罢了。又如《豳风·东山》末章:"我徂东山,慆慆不归。我来自东,零雨其蒙。仓庚于飞,熠耀其羽。之子于归,皇驳其马。亲结其缡,九十其仪。"朱注说"仓庚"二句是兴,是"赋时物以起兴"。黄莺儿飞时,正是男女婚姻的好时候,所以就用此"时物"来兴起下文说婚姻的诗句。这是写将士东征归途之上想象归后新婚迎娶情景,"仓庚"二句并非实景,只不过钩起下文而已,不是诗意进展所必需,因此是兴。(而且"仓庚"二句与"之子"二句句式相同。)又如《邶风·旄丘》:"旄丘之葛兮,何诞之节兮。叔兮伯兮,何多日也。"朱熹说,这是黎侯失国寄居于卫,被卫之君臣撂在一边多时,其臣子因而发出怨言("叔兮伯兮"指卫臣)[1]。他解释道:"兴也。……黎之臣子自言久寓于卫,时物变矣,故登旄丘之上,见其葛长大而节疏阔,因托以起兴曰:旄丘之葛,何其节之阔也;卫之诸臣,何其多日而不见救也。"[2]这里也是感时物之变,与《杕杜》《草虫》类似,似乎可以视为赋;为什么认为是兴呢?大约朱熹的体会是:黎之臣本就心怀怨恨,只不过触时物而兴言而已,而《杕杜》《草虫》里的妻子是因被时物触动才发生相思之情的,因此前者非诗意开展所必须,后者则是诗意所需。而且"旄丘"两句说葛节疏阔,与下两句说音信疏阔有模拟点,下两句是"贴"着上两句说,挑明其寓意;且"何……兮"与"何……也"句式相似。因此之故,朱熹判定为兴。

　　如此看来,写景物、环境的诗句,若不是诗意进展所必须,便往往被朱熹判定为兴。当具有语势、句式相似的因素,或下文"贴"着上文说时,更是如此。

　　以下举若干例,其诗句之意似乎相近,但或为赋,或为兴。

---

① 　此乃从毛、郑旧说。
② 　朱熹《诗集传》,第 23 页。

　　《王风·黍离》:"彼黍离离,彼稷之苗。行迈靡靡,中心摇摇。"朱注:"赋而兴也。……周既东迁,大夫行役,……赋其所见黍之离离与稷之苗,以兴行之靡靡,心之摇摇。"①以所赋为兴,仍应归属于兴。《墉风·载驰》:"我行其野,芃芃其麦。控于大邦,谁因谁极?"朱注:"赋也。……(许穆夫人)又言归途在野而涉芃芃之麦,又自伤许国之小而力不能救,故思欲为之控告于大邦,而又未知其将何所因而何所至乎?"②两首都是写征行途中所见所经历,为何《黍离》是兴而《载驰》是赋呢? 大约在朱熹看来,《黍离》的主旨在于大夫抒写其悲忧之情,而不在于写行役的经过,因此"彼黍"二句只不过是引起下文,其意虚。而《载驰》全诗写许穆夫人奔走的过程,以其所经所见为贯穿的线索,一开头便说"载驰载驱,归唁卫侯。驱马悠悠,言至于漕",中间又说"陟彼阿丘,言采其蝱",那么"我行其野,芃芃其麦"当然也是诗意进展的一部分,其意实。此外,"彼黍离离"与"行迈靡靡"句式、语势相类似,也是判定为兴的一个因素。

　　又如《陈风·东门之枌》:"东门之枌,宛丘之栩。子仲之子,婆娑其下。"《陈风·东门之池》:"东门之池,可以沤麻。彼美淑姬,可与晤歌。"《陈风·东门之杨》:"东门之杨,其叶牂牂。昏以为期,明星煌煌。"三首都是写男女约会,东门都是写出约会的地点,但朱熹说前一首是赋,"赋其事以相乐也",后两首则是兴,"因其会遇之地、所见之物以起兴也"。区别何在呢? 就在于第一首中的枌、栩与下文"其下"是连在一起的,子仲之子是在枌、栩树下婆娑起舞的,因此"东门"二句是诗意展开的一部分。而后两首的"东门"二句,在朱熹看来只是引出下面的诗句,对于诗意开展而言,不甚紧要。我们可能觉得它们具体描写环境,加强了画面感,

----

①　朱熹《诗集传》,第 42 页。
②　朱熹《诗集传》,第 34 页。

也很要紧,但朱熹不从这个角度考虑。还有,后两首的句式、语势也是典型的兴的样式。

又如《桧风·隰有苌楚》:"隰有苌楚,猗傩其枝。夭之沃沃,乐子之无知。"《小雅·隰桑》:"隰桑有阿,其叶有难。既见君子,其乐如何。"开头两句意思很相近,但朱熹说前一首是赋,后一首是兴。区别就在于前一首的"隰有苌楚,猗傩其枝"与下文是紧密相连的,"乐子之无知"的"子",就是指苌楚而言。因此"隰有"二句是诗意开展不可缺的一部分。若没有这两句,"夭之沃沃,乐子之无知"就没有着落,不知所云了。而"隰桑"二句对于诗意进展则不那么要紧,它们只是引出下文而已。

又如《郑风·风雨》:"风雨凄凄,鸡鸣喈喈。既见君子,云胡不夷。"朱注:"赋也。……风雨晦冥,盖淫奔之时。……淫奔之女言:当此之时,见其所期之人而心悦也。"①朱熹将四句诗视为女子自述,她说在那个风雨交加之夜,我见到心上人了。那么这四句当然是一个整体,而且有强调风雨晦冥之意,故"风雨"二句不能割裂出来,因此是赋。而《郑风·野有蔓草》:"野有蔓草,零露漙兮。有美一人,清扬婉兮。邂逅相遇,适我愿兮。"《郑风·溱洧》:"溱与洧,方涣涣兮。士与女,方秉蕑兮。""野有"二句,"溱与洧"二句不那么被强调,只是起到引出下文的作用而已,而且都与下二句语势相应,因此朱熹都说是"赋而兴也",仍属于兴。

又如《周颂·振鹭》:"振鹭于飞,于彼西雝。我客戾止,亦有斯容。"朱熹说是赋。而《邶风·燕燕》《邶风·雄雉》《小雅·鸿雁》以及《大雅·卷阿》之七、八章等,也都以鸟类飞翔开头,朱熹却都说是兴。区别就在于《振鹭》"亦有斯容"之"斯",是指鹭而言:"言鹭飞于西雝之水,而我客来助祭者,其容貌修整,亦如鹭之

① 朱熹《诗集传》,第54页。

洁白也。"①这样,"振鹭"二句是与下文相勾连的,是诗意进展不可缺的,因此是赋。其他各篇的写鸟飞,则只是引出下文而已,因此是兴。此外,《燕燕》《鸿雁》有字面、语势的应和,《雄雉》《鸿雁》有下文、上文的"贴"着,当然也是判断为兴的重要因素。

再如《大雅·云汉》:"倬彼云汉,昭回于天。王曰'於乎,何辜今之人。……'"朱注:"夜晴则天河明,故述王仰诉于天之词如此也。"②"倬彼"二句表明下文周宣王的话是夜里向着天空诉说,那么此二句当然是不可缺的,因此是赋。《棫朴》:"倬彼云汉,为章于天。周王寿考,遐不作人。""倬彼"二句只是引起下文,因此是兴。

通过上举诸例,可知朱熹心目中赋辞与兴辞的区别,关键在于它们仅仅是引起下文呢,还是本身就是诗意进展所必需,属于诗意进展的不可缺的一部分。兴辞较虚,就诗意进展而言它无关紧要,不是必需的;赋辞则实,与下文勾连紧密,是诗意进展的一部分,不可或缺。还有,上下句式、语势是否相应,下文是不是上文的"贴意",也是判定是兴还是赋的重要因素。

《诗集传》有两种标注语可能令人觉得朱熹对于赋、兴的判别游移不定。第一种,《王风·黍离》《郑风·野有蔓草》《郑风·溱洧》各章,以及《豳风·东山》末章,都标注"赋而兴";《小雅·颁弁》各章标"赋而兴又比";《鲁颂·泮水》第一、二、三章则标"赋其事以起兴"。那么到底是赋还是兴?③ 第二种,《秦风·无衣》各

---

① 朱熹《诗集传》,第 228 页。

② 朱熹《诗集传》,第 210 页。

③ 《诗集传》标"赋而兴"的,还有《卫风·氓》末章、《小雅·小弁》第七章。那是另一种情形,是指一章之内先有赋辞后有兴辞。(如《氓》之末章:"及尔偕老,老使我怨。淇则有岸,隰则有泮。总角之宴,言笑晏晏。信誓旦旦,不思其反。""及尔"二句是赋辞,"淇则"二句是兴辞。)那与《黍离》等篇的"赋而兴"不是一回事。二者性质不同,朱熹却同样标为"赋而兴",也是其用语欠精密处。

章、《小雅·杕杜》第一、二章以及《周颂·振鹭》，既标"赋也"，而又说："或曰兴也"；《召南·野有死麕》第一、二章，《小雅·鱼丽》第一、二、三章，《大雅·文王有声》末章，都标"兴也"，但又说"或曰赋也"。这也使人觉得有些模棱两可。

其实只要细看经文和注释，便知朱熹对自己所定的赋、兴概念是清楚的，并无游移。

第一种，虽然标识"赋而兴"，但实际上是指兴。何以知之？《黍离》注曰："赋所见以兴。"《野有蔓草》注曰："赋所在以兴。"《东山》注曰："赋时物以兴。"因此很明白，这三首所标"赋而兴"，是指用赋的写法写出所见、所在等等作为兴辞。这与标为"兴也"的《周南·桃夭》"因所见以起兴"、《东山》首章"睹物起兴"、《周南·兔罝》"因其所事以起兴"、《陈风·东门之池》"因其会遇之地、所见之物以起兴"等等，实际上是一回事。《頍弁》"赋而兴又比"，是说一章之内先是用赋法写出兴辞，然后又运用比法。至于《泮水》所标"赋其事以起兴"，当然也还是兴。《小雅·采芑》首章的注说："军行采芑而食，故赋其事以起兴。"而该章的标识明说"兴也"，与《泮水》对照，可以证明《泮水》是兴。

第二种情形，说"或曰兴""或曰赋"，是指由于对诗句的理解不同而或判定为兴，或判定为赋，二者皆可。这并不是兴、赋的概念模糊。《无衣》："岂曰无衣，与子同袍。王于兴师，修我戈矛，与子同仇。"朱注："其人平居而相谓曰：'岂以子之无衣而与子同袍乎？盖以王于兴师，则将修我戈矛而与子同仇也。'"将整章理解为秦人的对话，说："难道仅仅与你共享衣袍吗？我们是要在战斗中同仇敌忾呢！"按照这样的理解，"岂曰"二句是赋。注又云："或曰兴也，取'与子同'三字为义。"[①]若将"岂曰无衣"二句视为无甚意义，只不过取"与子同"三字相应，那么就是兴，"全不取义"的

---

① 朱熹《诗集传》，第79页。

兴。《野有死麕》:"野有死麕,白茅包之。有女怀春,吉士诱之。"
若将"野有死麕"二句理解成诗人因其所见而随口吟咏,是兴;若
理解成"吉士"以白茅包裹死麕去诱那位女子,便是赋。对于诗句
的理解不同,或赋或兴的判定便不相同,但赋、兴概念的区别是清
楚的。

四

汉唐学者所说的兴,朱熹所说的比、兴,归根结柢,是对于《诗
经》中一类诗句如何理解、阐释的问题。此类诗句数量相当之多,
大多(不是全部)在一章的开头,其所写事物常显得突兀,似乎与
下文意义不相连贯,因此便发生如何解说的问题。汉唐学者以为
这是一种"托事于物"的写作方法,是一种借喻、寄托,称之为兴,
而对其寓意的解说每令人觉得穿凿附会。朱熹不满前人的解说,
他将此类诗句的一大部分解释成只是引起下文,说它们或者与下
文毫无意义上的联系,或者虽有些比喻的含义,也只是为了引出
下面诗句,总之认为它们并无深意,"不紧要",不须细究。这种
"引起"下文的方法,朱熹仍名之曰兴。此外的较小部分,他与汉
唐学者一样,认为是一种借喻,而名之曰比。这样的划分,是在反
复涵咏体会、充分理解诗意的基础上做出的。而对于诗意的理
解,虽然不可能不参酌旧说,但朱熹强调不要盲从旧说而为其所
限制。

《诗经》中的这些数量不少的诗句,既然大多被朱熹判定为
兴,视为仅仅起引起下文的作用,无须深度阐释,那么在颇大的程
度上便得以避免汉唐学者那种穿凿附会的解释。至于朱熹所说
的比,即借喻、寄托的手法,虽然他在解说具体诗篇时也企图改变
旧说之牵强附会,但总体而言,仍然沿袭旧说,是仍须"发注而后
见"的。

　　值得注意的是,朱熹说兴,一方面认为兴辞或全不取义或略
有喻意,不必深求;另一方面,却又重视兴辞的感发作用。他将孔
子"兴于诗"之"兴",和赋比兴之"兴"联系起来。他说:"善可为
法,恶可为戒,不特《诗》也,他书皆然。古人独以为'兴于诗'者,
诗便有感发人底意思。……诗所以能兴起人处,全在兴。"①他认
为读《诗经》与读其他经典不同。虽然目的也是要获得教育,但须
通过熟读涵咏,徐徐玩味,于是"自然和气从胸中流出"②,从情感
上被打动、被启发;而要做到这一点,吟咏兴辞、流连反复于兴辞
是十分重要的。他曾说:

　　　"倬彼云汉",则"为章于天"矣;"周王寿考",则"何不作人"
　　乎? 此等语言,自有个血脉流通处,但涵泳久之,自然见得条畅
　　浃洽,不必多引外来道理言语,却壅滞却诗人活底意思也。周
　　王既是寿考,岂不作成人材? 此事已自分明,更着个"倬彼云
　　汉,为章于天"唤起来,便愈见活泼泼地。此六义所谓兴也。兴
　　乃兴起之义。凡言兴者,皆当以此例观之。《易》以言不尽意而
　　立象以尽意,盖亦如此。③

按《大雅·棫朴》:"倬彼云汉,为章于天。周王寿考,遐不作人?"
这是赞颂周文王的诗,"倬彼"二句是兴辞。朱熹曾说过,这两句
只是引起下两句,"略有些意思傍着,不须深求,只此读过便得"④。
从表达诗人"正意"的角度说,这两句关系不大;但是从感发读者
的角度说,这两句绝非可有可无,无关紧要。朱熹认为它们使得
诗意"血脉流通","愈见活泼泼地",正是使读者感发兴起之处。

---

① 　黎靖德编《朱子语类》,王星贤点校,第2236页。
② 　黎靖德编《朱子语类》,王星贤点校,第2239页。
③ 　朱熹《答何叔京》,《晦庵先生朱文公文集》卷四〇,影印明嘉靖刊本,《四部丛刊》初
　　编,第34页a。
④ 　黎靖德编《朱子语类》,王星贤点校,第2235页。

此二句，《郑笺》以为"云汉之在天，其为文章，譬犹天子为法度于天下"①，欧阳修以为"云汉在上，为天之文章，犹贤人在朝，为国之光采"②，二程、谢良佐则以为是形容圣人气象，说圣人焕乎其有文章③。凡此朱熹一概不取，未必是认为他们都说错了，而是认为不应说得死，说得实，应该让读者自己去讽味体会。只要将诗人正意把握住了，则此二句自可理解得虚活，若即若离，也可以各有各的体会。正因为没有说死，读者才有思索品味的余地；经过自己的寻绎体会，方才能感发志意。朱熹以《易》象喻之。《易》象所包孕的意义可以多方解说，具有不确定性，但却十分丰富，那是明确的语言表达所不能代替的。朱熹以为《诗》之兴辞有似于此。他还曾说："比虽是较切，然兴却意较深远也。"④兴辞正因其不确切，所以可供读者反复咀嚼体味，感受到深远的情致。再举一例：

> （朱子）言，诗人所见极大。如《巧言》诗："奕奕寝庙，君子作之。秩秩大猷，圣人莫之。他人有心，予忖度之。跃跃毚兔，遇犬获之。"此一章本意只是恶巧言谮谲之人，却以"奕奕寝庙"与"秩秩大猷"起兴。盖以其大者兴其小者，便见其所见极大，形于言者无非义理之极致也。（潘）时举云："此亦是先王之泽未泯，理义根于其心，故其形于言者，自无非义理。"先生颔之。⑤

《小雅·巧言》，朱熹以为西周末年大夫伤于谗言所作。此章正意，只在"他人有心，予忖度之"两句，前面四句是兴辞，"跃跃"两句是比辞，"反复兴比，以见谗人之心，我皆得之，不能隐其情也"⑥。这四句兴辞，与伤谗之意毫不相涉，只是引起下文而已，但

---

①　《毛诗正义》，影印阮元校刻《十三经注疏》，第514页下。

②　欧阳修《诗本义》卷一〇，影印宋刊本，《四部丛刊》三编，第5页 b。

③　见《二程外书》卷六、朱熹编《论语精义》卷六下。

④　黎靖德编《朱子语类》，王星贤点校，第2220页。

⑤　黎靖德编《朱子语类》，王星贤点校，第2277页。

⑥　朱熹《诗集传》，第142页。

是朱熹觉得从中体会到诗人一种高远的胸襟眼光,非常人所及,故其用语自是不凡。他的学生又体会到这乃是"先王之泽未泯"的反映。这些体会,都与诗意无关,因此《诗集传》的解释都不录载。但是,读者不妨如此体会,自亦受到一种情绪上的感染。其他学者的一些解说,如苏辙《诗集传》云:"奕奕寝庙,天下之正居也;秩秩大猷,天下之达道也。居天下之正居,行天下之达道也,他人之心可得而度也。"①便说得死,是一种索隐式的解释,为朱熹所不取。还有,《大雅·旱麓》:"鸢飞戾天,鱼跃于渊。岂弟君子,遐不作人?"朱熹注:"李氏曰:'《抱朴子》曰:鸢之在下无力,及至乎上,耸身直翅而已。盖鸢之飞全不用力,亦如鱼跃,怡然自得而不知其所以然也。'"李氏,指宋人李樗,著有《毛诗详解》。朱熹大约倾向于李樗的理解,觉得"鸢飞"二句体现了一种自然而然、自由自在的气象。但是,李樗原话在下面还有几句:"王者之作人,鼓之舞之,使之尽其才,亦不知其所以然而然也。"②朱熹却略而不引。这不是偶然的。李樗认为"鸢飞"二句与下面的"岂弟君子,遐不作人"是比喻和被比喻的关系。朱熹却认为这不是比,而是兴;不应该说得实,应该作比较虚泛的理解,"略有些意思傍着"即可。因此他说:"兴也。……言鸢之飞则戾于天矣,鱼之跃则出于渊矣;岂弟君子而何不作人乎?言其必作人也。"③这是非常活泛的解释,不将任何寓意注入兴辞之中,全让读者自己去咀嚼玩味。

朱熹说:"比意虽切而却浅,兴意虽阔而味长。"④他将旧说那种穿凿附会的解说中很大一部分都抛弃了,认为那些诗句只不过是引出下文而已,这不仅仅是避免穿凿,而且更有引导读者品味

① 苏辙《诗集传》卷一二,《续修四库全书》,上海古籍出版社,第 56 册,第 113 页上。
② 李樗《毛诗详解》今不存,其说见佚名编《毛诗李黄集解》引。此处引文见台湾商务印书馆影印《文渊阁四库全书》第 71 册,第 566 页下。
③ 朱熹《诗集传》,第 182 页。
④ 黎靖德编《朱子语类》,王星贤点校,第 2220 页。

玩赏的积极作用。他曾说：

> 读《诗》便长人一格。如今人读《诗》，何缘会长一格？《诗》之兴最不紧要，然兴起人意处正在兴。会得诗人之兴，便有一格长。"丰水有芑，武王岂不仕？"盖曰丰水且有芑，武王岂不有事乎？此亦兴之一体，不必更注解。如龟山说《关雎》处，意亦好，然终是说死了。如此便诗眼不活。①

将兴的特点和读者应如何看待兴说得十分明白。"龟山说《关雎》处"，指杨时谈《诗》的一段话。杨时论读《诗》之法："大抵须要人体会，不在推寻文义。……惟体会得，故看《诗》有味；至于有味，则《诗》之用在我矣。"②对此朱熹无疑是赞赏的，但杨时又说读者须了知雎鸠的习性、鸣声以及"河之洲"的状况，然后"后妃之德可以意晓矣"，朱熹便觉得还是"说死了"。朱熹认为"关关雎鸠，在河之洲"与"窈窕淑女，君子好逑"是有些比喻的意味，但并非径直以雎鸠比后妃，不应将其间关系看得太死。他特别强调兴的虚活。兴既是"最不紧要"，却又正是"兴起人意处"。这是朱熹的比兴说中特别令人感兴趣的地方。

　　比兴是古人阐释、接受《诗经》时提出的概念。我们首先须从历史发展的角度，弄清汉唐学者所说的比兴是什么，朱熹所规定的比兴又是什么。这不仅对于研究《诗经》十分必要，而且对于研究古代的诗歌创作和诗学理论批评都具有重要的意义。

（原载《中国四库学》第八辑，2022 年）

---

① 黎靖德编《朱子语类》，王星贤点校，第 2236 页。

② 杨时《龟山先生语录》卷三，影印宋刊本，《四部丛刊》续编，第 25 页 a。

古代文学批评对于女色和
男女情事描写的态度

在中国古典文学里，描写女性美丽和男女情事的作品，包括诗、赋、小说、戏剧等，并不少见。《诗经》、《楚辞》、汉魏赋作中都已有此类描写；南朝的清商曲辞和宫体诗，晚唐的一些诗歌，唐末五代和宋代的词，明代的民歌时调，明清的小说戏剧，都较为集中地体现了这种内容。而对于此类内容，人们的评论和阐释，即所谓文学批评，却体现出一种反对、指责、否定的倾向。但是，情况又颇为复杂：在有人否定的同时，也有人通过某种方式表示肯定。下面就此作一些初步的探讨。

一

首先，让我们看一下儒、释、道三家对于男女之事的态度，因为这三家的思想对中国古代社会具有深刻的影响。

儒家对于男女之间的关系，可以说相当重视。按中国经学史研究专家周予同先生的说法，儒家甚至把男女关系、把性交与生殖提升到本体论的高度[①]。儒家经典《周易》认为宇宙万物都是阴阳二气运动的产物，阴阳应该交合而不能否隔不通；阴阳交泰则宇宙和谐，不交则灾难丛生。天地交合而万物化生，男女交合而

---

① 参考周予同《"孝"与"生殖器崇拜"》，朱维铮编《周予同经学史论著选集》（增订本），上海人民出版社，1996年。

子子孙孙绵延不绝。因此,儒家重视夫妇关系,认为有夫妇然后有父子,有父子然后有君臣,夫妇关系和谐正确,是家庭以至社会稳定的基础。儒家主张对妻子要做到"敬"。所谓"敬",就是慎重、严肃的意思,对待夫妻关系要慎重、严肃。从这里可以看出,儒家虽然非常重视男女关系,但其出发点不是两性的相悦、相欢爱,不是对于异性美的欣赏。也就是说,其态度不是审美的,而是功利的。这种态度,与政治、社会现实很有关系。朝廷君主与后妃的关系,如果处理不当,就会妨害政治的稳定。君王若迷恋女色,便可能荒废朝政,还可能因立太子的问题造成激烈的争斗,可能形成外戚专权等等。那样的事件,从春秋时代开始便史不绝书。儒家的政治理论强调统治者正心、诚意、齐家、治国、平天下,治国平天下必须从个人修养、从家庭关系做起,其中便包含不沉迷女色的内容。君王如此,官僚、士大夫同样如此。这种理论,必然影响到对女性美和男女相悦情事的态度,必然对女性美和男女相悦采取一种漠视甚至避忌、排斥的态度,甚至视女色为"女祸"。《礼记·坊记》里有不少"君子远色"、申明男女之大防的教条,便是此种态度的典型表述。

儒家对于人的情感、欲望的态度也值得注意。儒家重视情感,但要求个人情感必须合乎"正",必须引导到有利于君臣、父子、兄弟、朋友、夫妇诸种社会关系的稳定,亦即统治秩序的稳定的渠道中去。儒家承认人的先天生理欲望——包括好色、慕少艾的合理性、必然性,认为它们是人性的一部分,但又认为这种欲望不可放纵,必须用"礼义"加以限制、规范;而且这种自然欲望属于人性的低级层面,对于"君子"来说,应该追求、发展仁义礼智信等高级层面的人性。总之,儒家人性理论的着眼点绝不在于女性美和男女相悦本身,而在于其功利的目的;如果因好色而妨害了功利目的,那是要坚决反对的。

儒家思想是中国古代社会占统治地位的思想,在知识分子头脑里根深蒂固，因此儒家对于女色、男女情事的态度，既反映于社会生活，也必然反映于文学领域。如果单纯地描绘女色和男女情事，就往往被鄙视、排斥，甚至被认为有害于世道人心，有害于政治。

　　但是，站在相反立场，大肆描画女色和男女之事，却往往也借着儒家经典里的话头为之辩护，借着那些话头申说其合理性，这是颇为有趣的现象。或是以阴阳乾坤交感作为借口，或是从"食色，性也"①的人性角度加以辩护，都屡见不鲜。它们断章取义，其实恰与严肃的儒家理论相违背。

　　道家主张寡欲、无欲。《老子》说："罪莫大于可欲。"河上公注径云："好淫色也。"②那么应该是排斥女色的。但依托道家的道教却不然。道教的理想，是追求长生不老，以享受人间种种快乐。若要付出"去人情，离荣乐"的代价才能获取长生，那么即使千年不死，也不是道教徒所情愿的（见葛洪《神仙传·彭祖》）。人间种种快乐之中，满足男女情欲当然是主要的一种，而且房中术还被道教视为获取长生的方法之一。道教代表人物葛洪就认为，善于其术者，能"令人老有美色，终其所禀之天年"③。当然，葛洪也说房中术只是修炼方法之一，不能过于夸大，而且若不加节制，反而伤生。他的理论代表了道教关于男女之事的基本看法。这种观点，在文学领域里也有反映。比如著名的淫书《肉蒲团》第一回说，"可见女色二字原于人无损"，女色犹如补药，"长服则有阴阳交济之功，多服则有水火相克之敝"，显然与道教养生之说相一致。

　　最后说到佛教。佛教说"四大皆空"，主张禁绝情欲，按说是对女色和男女情事持避忌、否定态度的。但是事实上很复杂。佛

---

① 朱熹《孟子集注·告子上》，上海古籍出版社，1987年，第85页。
② 《老子道德经河上公章句·俭欲第四十六》，王卡点校，中华书局，1993年，第182页。
③ 葛洪《微旨》，《抱朴子内篇校释》，王明校释，中华书局，1980年，第118页。

经和佛教文学中颇有艳情的描写。在说明抵御女色诱惑以及犯淫之后悔过自新时，常描述女色之美及淫通之事①。大乘佛教主张不舍诸法，不鄙弃众生，而要让众生明白诸法皆空，从而由贪欲、嗔恚、愚痴中获得解脱，乃有"淫欲无障碍""淫欲即是道"的说法②。但是这却也被一些描画男女情事的作品拿来作为借口。如白居易为自己和元稹细致描画男女欢会辩解说："夫感不甚则悔不熟，感不至则悟不深。……欲使曲尽其妄，周知其非，然后返乎真，归乎实。亦犹《法华经》序火宅、偈化城，《维摩经》入淫舍、过酒肆之义也。"③便是一例。

总之，中国古代儒、道、佛三家都具有避忌、排斥女色和男女情事的倾向，但却又都可能被对立的方面所利用，情况是颇为复杂的。

下面就中国古代文学批评所体现的对于女色和男女情事的态度，举一些例子，分类加以枚举、说明。

二

在中国古代文学批评中，有一种情况，即阐释作品时不顾其原意，强行"注入"政治教化方面的意义。对待描写女色和男女情事的作品也有此种情况。

众所周知，这种"泛政治化"的阐释，在汉儒解释《诗经》《楚辞》时表现得非常突出，对于后世的影响也很大。例如《诗经》头一篇《关雎》，从诗歌本身看，是一首描写贵族男子强烈地思念一

---

① 参见张伯伟《宫体诗与佛教》，《禅与诗学》，浙江人民出版社，1992 年。
② 见《诸法无行经》、《大智度论·初品》"意无碍"，(日本) 大正一切经刊行会编《大正新修大藏经》卷一五，第 759 页；卷二五，第 107 页。
③ 白居易《和〈梦游春诗〉一百韵序》，《白居易集笺校》，朱金城笺校，上海古籍出版社，1988 年，第 863 页。

位"窈窕淑女"的情歌,但被汉儒说成是歌颂周文王的妻子大姒的美德,说她"不淫其色",不因男女之情妨碍文王的事业,甚至说写的是大姒朝思暮想,要为文王寻求淑女,以帮助自己一起做好后宫里的各项事务。一首情歌,被解释成了政治教化的教材。汉元帝、成帝时大臣匡衡一再就皇帝与后宫的关系上疏劝谏,说:"故《诗》曰'窈窕淑女,君子好仇',言能致其贞淑,不贰其操,情欲之感无介乎容仪,宴私之意不形乎动静,夫然后可以配至尊而为宗庙主。此纲纪之首,王教之端也。"①便是用《关雎》进谏,说夫妇之间不应以情欲系于心,更不应见之于容色。班昭《女诫·夫妇》也说:"夫妇之道,参配阴阳,通达神明,信天地之弘义,人伦之大节也。是以《礼》贵男女之际,《诗》著《关雎》之义。"②这样曲解爱情诗的情况,在汉儒解释《诗经》时大量存在。一首描述男女野合的《野有死麕》,竟被说成是女子恪守礼仪,要求男方依礼而行。有些情诗被说成是与男女毫无关系的政治讽刺诗。如《郑风·将仲子》,写的是女子畏惧父母,故请求所欢不要来私自幽会。而《毛诗》序及传、笺却附会史实,说是讽刺郑庄公拒绝祭仲之谏,未能处置好与共叔段的关系。此类解释,长期以来为人们所尊奉。直至宋代,方有学者如郑樵、朱熹等打破对于汉儒的迷信。朱熹《诗序辨说》《诗集传》指出旧说以为政治讽刺诗实为男女相悦之辞者有近二十首之多。不过他对于爱情诗多斥为"淫奔之诗",取否定的态度。那么,作为儒家经典的《诗经》为何收录许多"淫奔"之作呢?依照传统说法,《诗经》为孔子所删定,孔子为何不将它们删却呢?朱熹的解释是:圣人录载它们,是为了让人知道当时风俗之败坏,垂戒于后世,就像虽反对犯上作乱,但《春秋》却记载了许多乱臣贼子的事一样。朱熹之后,王柏《诗疑》更加大胆,不但不

---

① 班固《汉书·匡衡传》,王先谦《汉书补注》,中华书局,1983年,第1432页。
② 范晔《后汉书·列女传》,王先谦《后汉书集解》,中华书局,1984年,第974页。

信《诗序》，而且不相信现传《诗经》为孔子所删定。他说现传《诗经》中那些"淫奔"之作都是汉儒于秦火之后从民间掇拾来凑数的，于是将三十多篇所谓"淫奔"之诗悉数删除，以免它们贻害读者。就《诗经》学史而言，王柏敢于突破千百年来经师的旧说，值得称赞；而其对于女性美、男女情事的排斥态度，却也表现得淋漓尽致。

在描写女色、男女情事的作品里强行注入政治教化意义，这样的阐释方法在东汉王逸对《楚辞》的注解中也表现得十分突出。《九歌》中许多写人神男女相恋的优美的情歌，都被说成是有政治寄托，是托意于君臣之间。在他看来，屈原这样一位品德高尚、眷念君国的人物，不可能写作纯粹歌唱恋情的作品，必定是借男女之事表述其忠君爱国之思的。

这种比附政治教化的阐释方法，影响深远。试举一些著名作品为例。如张衡《同声歌》，写的是床第间事，却被说成是"言妇人自谓幸得充闺房，愿勉供妇职，不离君子，……以喻臣子之事君也"①。又如《古诗十九首》，其中凡言夫妇之情者，如"行行重行行""青青河畔草""冉冉孤生竹""迢迢牵牛星"诸首，自唐代《文选》李善、五臣注开始，至明清注家，往往指为托闺怨以寓臣不得于君之意。他们的解释字比句附，支离破碎，令人发笑。再如曹植《洛神赋》，描写神女的美丽和求之不得的怅惘，而清人何焯说是"植既不得于君，……托辞宓妃以寄心文帝，其亦屈子之志也"②。繁钦《定情诗》写失恋的悲苦，清人陈沆也说是诗人受到曹丕的冷遇所作。他说："知此定情之作，必非无病之呻。"他郑重提醒读者，若"昧斯比兴，遂等闺情"③。也就是说，读此类男女之情

① 郭茂倩《乐府诗集》卷七六引《乐府解题》，中华书局，1979年，第1075页。
② 何焯《义门读书记》卷四五，中华书局，1987年，第883页。
③ 陈沆《诗比兴笺》卷一，上海古籍出版社，1981年，第39页。

的作品，都要注意其中很可能寄托着政治上君臣之间的关系和情感。如果仅仅写男女之情，在他看来，是毫无价值的。清代的常州词派，为了推尊词体，好以比兴寄托说词。温庭筠《菩萨蛮》写一位女子晚起慵懒之态，艳丽绝伦，而张惠言却说是"感士不遇"之作。其下阕"照花前后镜，花面交相映。新帖绣罗襦，双双金鹧鸪"四句，被张氏说成是"《离骚》'初服'之意"①。意谓这四句如同《离骚》"退将复修吾初服"一样，表达了诗人坚持崇高理想和高洁品格的决心。陈廷焯更说："飞卿《菩萨蛮》十四章，全是变化《楚骚》，古今之极轨也。徒赏其芊丽，误矣。"②张、陈论词往往如此。

　　总之，中国古代文学批评深受汉儒阐释《诗经》《楚辞》的影响，常常无端地将描写男女之情的作品说成是寄托了政治意义，是作者用比兴手法抒写君臣之情。这实际上体现了对男女之情的轻视和避讳。但是从另一角度看，倒也客观上替那些作品找到了存在的理由。清人陆以谦为张宗橚《词林纪事》作序，说："盖古来忠孝节义之事，大抵发于情。情本于性，未有无情而能自立于天地间者。"然后又说："昔京山郝氏（明代郝敬）论《诗》曰：'《诗》多男女之咏，何也？曰：夫妇，人道之始也，故情欲莫甚于男女，廉耻莫大于中闺。礼义养于闺门者最深，而声音发于男女者易感。故凡托兴男女者，和动之音，性情之始，非尽男女之事也。'得此意以读是书，则闺房琐屑之事，皆可作忠孝节义之事观，又岂特偎红倚翠，滴粉搓酥，供酒边花下之低唱也哉！"③这岂不是说，忠孝节义之情，不如男女之情强烈，因此要借着男女之情来表达忠孝节义；又岂不是说，写"偎红倚翠，滴粉搓酥"之作自亦无妨，因为那

①　张惠言、张琦《词选》，转引自刘学锴《温庭筠全集校注》，中华书局，2007年，第893—894页。

②　陈廷焯《白雨斋词话》，杜维沫校点，人民文学出版社，1983年，第7页。

③　陆以谦《词林纪事序》，《词林纪事词林纪事补正合编》，张宗橚编，杨宝霖补正，上海古籍出版社，1998年，第2页。

样的作品亦可作忠孝节义观。这算是什么样的逻辑呢？然而在中国古代文学批评里，类似的论调并不鲜见。

三

下面谈谈对待女色和男女情事描写的又一种态度，即强调作品的讽谏、惩劝作用。

汉朝人论赋，有两种截然不同的观点。一种认为赋虽然用大段文字描绘宫殿的富丽、苑囿的广大、狩猎的激烈、歌舞的曼妙等等，铺张扬厉，让人觉得豪侈到了极点，但是"曲终奏雅"，最终归结到节俭和重视道德、政治，因此赋是应该加以肯定的。司马迁、班固都这样认为。另一种观点，则认为赋的那点讽谏之义实在太薄弱了，"劝百讽一"，读者早已被前头绘声绘色的描述弄得心醉神驰，因而否定赋的写作。晚期的扬雄就是这样的态度。

在众多赋作中有一个系列，即描画女色艳丽，而男子不为所惑；或男女彼此吸引，目授神与，但终于以礼自防，抑制了此种情愫，复归于"正"。前者如宋玉名下的《讽赋》、司马相如的《美人赋》；后者如宋玉《神女赋》、曹植《洛神赋》；宋玉《登徒子好色赋》则兼有两种成分。又东汉魏晋多有以"定情""止欲"等为题的赋作，如载于《艺文类聚》卷一八《人部·美妇人》的张衡《定情赋》、蔡邕《检逸赋》（一名《静情赋》）、陈琳《止欲赋》、阮瑀《止欲赋》、王粲《闲邪赋》、应场《正情赋》、曹植《静思赋》，虽然多不是完篇，但从题目就可以看出是描述如何抑制渴慕异性之情的。凡此都可说是"曲终奏雅"。此类作品中，陶渊明的《闲情赋》保留完整，而颇引起后人的议论。

陶渊明此作确实与他表现隐逸情趣的诗文大不相同。赋中描写女子的娴雅美好，极为传神。又以"愿在衣而为领"等"十愿"倾诉自己渴望与之亲近，感情十分炽烈，简直无法抑制。连鲁迅都说:"'愿在丝而为履,附素足以周旋。悲行止之有节,空委弃于床前。'竟想摇身一变,化为'啊呀呀,我的爱人呀'的鞋子,……那胡思乱想的自白,究竟是大胆的。"①但在赋末,还是"迎清风以祛累,寄弱志于归波。尤《蔓草》之为会,诵《召南》之余歌",终于"止乎礼义",让自己平静下来。

渊明此作,曾受到梁昭明太子的批判。其《陶渊明集序》云:"白璧微瑕,惟在《闲情》一赋,扬雄所谓劝百而讽一者,卒无讽谏,何足摇其笔端?"其实《闲情赋》自序里说:"检逸辞而宗澹泊,始则荡以思虑,而终归闲正。将以抑流宕之邪心,谅有助于讽谏。"明说作此赋以"讽谏"为旨归,也就是要通过写作宣泄情感,达到复归内心平静的目的,对于同样因恋爱而烦苦的读者也能有所帮助。但萧统觉得其"劝百讽一",是达不到"讽谏"目的的。其实萧统主编的《文选》赋类专设"情"一项,收录《高唐赋》《神女赋》《登徒子好色赋》《洛神赋》四篇,萧统并不完全排斥此类作品。大概他对陶渊明期望太高,觉得其他人写作不妨,陶渊明那样"与道污隆"的"大贤"写了,则未免令人惋惜。在他心里还是有那种避忌女色的成见的。

后世不少人则为渊明辩护。苏轼说:"渊明作《闲情赋》,所谓'《国风》好色而不淫'。正使不及《周南》,与屈、宋所陈何异?而统大讥之,此乃小儿强作解事者。"②他认为《闲情赋》虽描写渴慕女色之情,但并不过分。"《国风》好色而不淫"是汉代刘安称赞《离骚》的话,苏轼借以肯定《闲情赋》。后世许多人肯定男女之情的作品时,往往借用此语。还有不少论者也都认为渊明此赋"发乎情,止乎礼义",具有抑制情欲的意义。宋人俞文豹云:"张衡作

① 鲁迅《且介亭杂文二集·题未定草六》,《鲁迅全集》第六卷,人民文学出版社,2005年,第436页。
② 苏轼《东坡志林》卷一,台湾商务印书馆影印《文渊阁四库全书》第863册,第23页。

《定情赋》，蔡邕作《静情赋》，渊明作《闲情赋》，盖尤物能移人情，荡则难反，故防闲之。"①特别强调对"尤物"须加以防范。至于有人将此赋理解为比兴寄托之作，以为赋里的美人是象征故国旧君，或象征同道之人等等，因而认为苏轼也并未读懂该赋，这就又是那种牵强比附的迂腐之谈了。

关于陶渊明《闲情赋》的争论，是一个典型的例子。类似的情况还有。例如《文选》所载宋玉《神女赋》《登徒子好色赋》，虽有人加以指责，但不少人还是认为它们具有讽谏意义。

人们感到：女色之美，对于男子来说，具有强大的吸引力；男女之情，最能感动人心。但是又必须理性对待之，加以节制。若攸关君国大事，当然更必须如此。这样的观点，反映于文学，则白居易作《长恨歌》和陈鸿因之而作《长恨歌传》，便是很好的例子。白氏《长恨歌》对于杨贵妃与唐明皇的爱情，表现出十分的同情和流连怅惘，予以美化，对其悲剧的结局感伤不已。而陈鸿《长恨歌传》则说："乐天因为《长恨歌》，意者不但感其事，亦欲惩尤物，窒乱阶，垂于将来者也。"其实《长恨歌》基本上是流连感伤，即"感其事"，而并没有带给读者什么"惩尤物，窒乱阶"的教训惩戒之意。当时陈、白的另一友人王质夫对白居易说："乐天深于诗，多于情者也。试为歌之，如何？"也只表现出对男女爱情的深深感动而不曾言及惩戒。陈鸿的话可说是"拔高"了《长恨歌》的讽谏教化意义，同时也令人感到有为之辩护的意味。当然，对于李、杨爱情，白居易并非没有"惩尤物，窒乱阶"的想法。他的《新乐府·李夫人》写汉武帝宠幸李夫人，夫人死后仍苦苦思念而不能忘。诗末云："又不见泰陵（指唐玄宗）一掬泪，马嵬坡下念杨妃。纵令妍姿艳质化为土，此恨长在无销期。生亦惑，死亦惑，尤物惑人忘不得。人非木石皆有情，不如不遇倾城色。"他深感"尤物"具有难以

---

① 俞文豹《吹剑录外集》，台湾商务印书馆影印《文渊阁四库全书》第 865 册，第 485 页。

抗拒的力量,深知陷于男女情爱便难以自拔,故要人们,特别是身负重大责任的帝王引以为戒,因此明言作《李夫人》的用意是"鉴嬖惑也"。其实他是处于矛盾之间的:既为男女之情所深深感动,又以此种情感在某些情况下带来的后果为戒。《长恨歌》基本上只体现了矛盾的一个方面,陈鸿替他将另一方面说出来了①。这样的矛盾当然并非只是存在于白氏一个人身上。清代洪昇将李、杨故事演为戏曲《长生殿》,其实也是以歌颂和感慨爱情为主的,所谓"今古情场,问谁个真心到底? 但果有精诚不散,终成连理","借太真外传谱新词,情而已"②。虽略有批判性的情节如《送果》一出,也有"弟兄姊妹,挟势弄权,罪恶滔天"③几句批判性的言辞,但比起描写爱情之热烈、缠绵,实在算不了什么。可是洪氏《自序》既强调"垂戒",说"古今来逞侈心而穷人欲,祸败随之",其友人吴舒凫《序》也为之辩解道:"是剧虽传情艳,……不忘劝惩。"强调并非"诲淫"。总之,既对于男女情事的述写颇具兴趣和热情,却又要强调讽谏劝惩以避免"诲淫"的恶名,且提高作品的"品位"。

　　上文第一节说过,朱熹为《诗经》载录许多"淫奔"之辞辩解,说那是为了垂戒。对于那些"淫奔"之作本身,朱熹是鲜明地持反对态度的。而后世论者,却借着"垂戒"说为描写男女情事的作品张目。尤其在明朝一些人那里,"先师(孔子)不删《郑》《卫》"几乎成了口头禅。李开先酷好《山坡羊》《锁南枝》之类民歌时调,收集编成《市井艳词》。其《后序》不得不说"二词颇坏人心",因为那些歌词确实写得十分露骨,但又说:"无之则无以考见俗尚,所谓惩

---

① 　关于《长恨歌》的主题,白居易思想感情的矛盾,中日两国学者都有许多讨论。参看[日]下定雅弘《长恨歌——杨贵妃的魅力与魔力》,(日本)勉诚出版株式会社,2011年。

② 　第一出《传概》,洪昇《长生殿》,徐朔方校注,人民文学出版社,1958年,第1页。

③ 　《长生殿》第三十出《情悔》,第136页。

创人之逸志,正有须乎此耳。"①

　　明清时期出现了不少叙写男女之事的小说,其中颇有连篇累牍的淫秽描写。而其中人物的结局,或是行淫而遭受因果报应,或是幡然悔悟,皈依正道。于是更以惩劝为口实。尤可异者,竟借口先吸引读者然后方能施以劝诫,以此作为其淫秽描写的正当理由。《肉蒲团》第一回云:"做这部小说的人原具一片婆心,要为世人说法。……看官有所不知,凡移风易俗之法,要因势而利导之,则其言易入。近日的人情,怕读圣经贤传,喜看稗官野史。就是稗官野史里面,又厌闻忠孝节义之事,喜看淫邪诞妄之书。风俗至今日可谓靡荡极矣。……不如就把色欲之事去歆动他,等他看到津津有味之时,忽然下几句针砭之语,……使他幡然大悟,……自然不走邪路。不走邪路,自然夫爱其妻妻敬其夫,《周南》、《召南》之化不外是矣。……就是经书上的圣贤亦先有行之者。(按:指孟子以'好色'说齐宣王,见《孟子·梁惠王》。)……其中形容交媾之情,摹写房帏之乐,不无近于淫亵,总是要引人看到收场处,才知结果识警戒。"这就是所谓"以淫止淫",还要拉上儒家圣贤作盾牌。这也算是"曲终奏雅"吧。

四

　　观察古代文学批评对于女色和男女情事的态度,还有一点值得注意,就是认为一般地描写无妨,若刻画太细腻露骨,就在可诛伐之列了。

　　唐代诗人杜牧,曾作《李府君(戡)墓志铭》一文,文中述李戡之言,批判元稹、白居易的诗"淫言媟语","入人肌骨",坏人心术。虽是记录李戡的话,但想来杜牧也是同意的。而实际上杜牧自己曾流

---

① 《明代文论选》,蔡景康编选,人民文学出版社,1999 年,第 144 页。

连于秦楼楚馆，所谓"十年一觉扬州梦，占得青楼薄幸名"，也写过"娉娉袅袅十三余，豆蔻梢头二月初"之类描写妓女的诗篇，因此后人对此颇有议论，指责他但知骂别人而不自知其非。实际上，杜牧虽也写此类诗作，但与元、白的一些作品，写法、风格是不一样的。杜牧写得比较简括含蓄，元、白却以艳丽的文辞，作细致露骨的刻画，而且往往详细铺叙，写出幽会的情节过程，犹如故事一般，因而特别具有引诱力量。李戡、杜牧之所以斥责元、白，大约与此有关①。

王夫之《夕堂永日绪论内编》曾论艳诗道："艳诗有述欢好者，有述怨情者，《三百篇》亦所不废。顾皆流览而达其定情，非沉迷不反，以身为妖冶之媒也。嗣是作者，如'荷叶罗裙一色裁'、'昨夜风开露井桃'，皆艳极而有所止。至如太白《乌栖曲》诸篇，则又寓意高远，尤为雅奏。其述怨情者，在汉人则有'青青河畔草，郁郁园中柳'，唐人则有'闺中少妇不知愁'、'西宫夜静百花香'，婉娈中自矜风轨。迨元、白起，而后将身化作妖冶女子，备述衾裯中丑态。杜牧之恶其蛊人心，败风俗，欲施以典刑，非已甚也。"②这段话说得很明白：描画女色和男女欢怨，若寄托讽刺之意，是最好的；若虽无寄托，但有所节制，也无不可；而若刻露详尽，蛊惑人心，便难以容忍了。

晚唐五代和宋代词中，写男女者尤多。从人们的评论中也可看出反对过分刻露的观点。试举一些例子。

北宋的晏几道，写了许多艳情之作，而颇为论者所称许。杨万里云："近世词人闲情之靡，如伯有所赋、赵武所不得闻者③，有

---

① 参见王运熙、杨明《隋唐五代文学批评史》第三编第二章第二节，上海古籍出版社，1994年。该节为王先生所写。

② 《姜斋诗话笺注》，王夫之著，戴鸿森笺注，人民文学出版社，1981年，第149页。

③ 指《诗经·鄘风·鹑之贲贲》，旧说其诗为刺卫宣姜与公子顽淫乱而作。伯有赋此诗，赵武云："床第之言不逾阈，况在野乎？非使人之所得闻也。"事见《左传》襄公二十七年。

过之无不及焉,是得为好色而不淫乎?惟晏叔原(几道)云:'落花人独立,微雨燕双飞',可为好色而不淫矣。"①按晏氏《临江仙》云:"梦后楼台高锁,酒醒帘幕低垂。去年春恨却来时。落花人独立,微雨燕双飞。　记得小蘋初见,两重心字罗衣。琵琶弦上说相思。当时明月在,曾照彩云归。"乃追忆当年宴饮、歌女演唱娱客的情景(蘋、云皆歌女名)。虽情致绵绵,但有分寸。"落花"二句,以景写情,相思惆怅而含蓄委婉。陈廷焯也称赞此作"既闲婉,又沉着,当时更无敌手"。陈氏还称赞晏几道《鹧鸪天》"从别后,忆相逢。几回魂梦与君同。今宵剩把银钲照,犹恐相逢是梦中"道:"曲折深婉。自有艳词,更不得不让伊独步。"陈氏同时将晏几道词与欧阳修《南歌子》"弄笔偎人久,描花试手初。等闲妨了绣功夫。笑问双鸳鸯字怎生书"以及《浣溪纱》"照水有情聊整鬓,倚阑无语更兜鞋"相比较②,说是"雅俗判然矣"③。欧阳修这两首词从细微之处写出美人娇憨或慵懒之态,其实是颇为生动传神的,但大约正因为作者细细描摹一个女子的神态,写得十分具体,故反而被批评为"俗"。

　晏几道之父晏殊,也颇作艳词。赵与时《宾退录》卷一引《诗眼》:"晏叔原见蒲传正,云:'先公平日小词虽多,未尝作妇人语也。'"④其意应是说晏殊词未曾化身为女子,模拟女子口吻。张舜民《画墁录》载,柳永因作词俗艳为仁宗所不喜,不能仕进,不能堪,于是"诣政府。晏公(殊)曰:'贤俊作曲子么?'三变(柳永初名三变)曰:'只如相公亦作曲子。'公曰:'殊虽作曲子,不曾道"彩线慵拈伴伊坐"。'柳遂退"⑤。按晏殊所举,为柳永《定风波》词。该

---

① 杨万里《诚斋诗话》,丁福保辑《历代诗话续编》,中华书局,1983年,第139页。
② 《南歌子》一云僧仲殊作,《浣溪纱》一云秦观作。
③ 《白雨斋词话》,第11页。
④ 台湾商务印书馆影印《文渊阁四库全书》第853册,第657页。
⑤ 台湾商务印书馆影印《文渊阁四库全书》第1037册,第172页。

词以女子口吻写对情人的思念："无那。恨薄情一去，音书无个。　早知恁么，悔当初、不把雕鞍锁。向鸡窗，只与蛮笺象管，拘束教吟课。镇相随，莫抛躲。针线闲拈伴伊坐。和我。免使年少，光阴虚过。"其语言俚俗而描写女子心理细致真切，与晏殊所作自是不同。晏殊也写男女相思，但如《玉楼春》："绿杨芳草长亭路。年少抛人容易去。楼头残梦五更钟，花底离情三月雨。　无情不似多情苦。一寸还成千万缕。天涯地角有穷时，只有相思无尽处。"毕竟蕴藉含蓄，温润秀洁，故晏殊拒绝柳永虽属强词夺理，但柳永也只好无言而退。出之以女子口吻，大约是尤其令正人君子反感的，因为在他们心目中，女子主动表示爱情实在可鄙。例如朱熹就说："郑卫之乐，皆为淫声。然以《诗》考之，……卫犹为男悦女之辞，而郑皆为女惑男之语。卫人犹多刺讥惩创之意，而郑人几于荡然无复羞愧悔悟之萌。是则郑声之淫，有甚于卫矣。"[①]王柏也说："（郑诗）作于淫女者半之，风俗之不美如此，故圣人尤欲放之。"[②]又如方回评韩偓《偶见》"小叠红笺书恨字，与奴方便送卿卿"二句云："太猥"，"书妇人之言于雅什，不已卑乎？"[③]都是如此。晏殊斥退柳永，晏几道说其父"未尝作妇人语"，虽都是强辩，却也反映了对于作品中女子主动表示爱情尤为避忌的态度。

　　当然，怎样才算是过分、露骨，并无绝对的标准。陶渊明热烈奔放的"十愿"，苏东坡认为并不过分；而王柏甚至对《卫风·硕人》"手如柔荑，肤如凝脂，领如蝤蛴，齿如瓠犀，螓首蛾眉。巧笑倩兮，美目盼兮"也斥其"太亵"。曾有人探讨如何才能做到"好色而不淫"。清人彭孙遹《旷庵词序》云："历观古今诸词，其以景语胜者，必芊绵而温丽者也；其以情语胜者，必淫艳而挑巧者也。情

---

①　朱熹《诗集传》，上海古籍出版社，1980年，第56页。
②　王柏《诗疑》，《续修四库全书》，上海古籍出版社，第57册，第216页。
③　《瀛奎律髓汇评》，方回选评，李庆甲集评校点，上海古籍出版社，1986年，第287页。

景合则婉约而不失之淫,情景离则儇浅而或流于荡。"①以景写情,便可避开正面直述和刻画,显得含蓄温雅。若正面刻画,甚至直接以女子身体为对象,直接描写亲昵之状甚至性行为,当然就会蒙诲淫之诮。

柳永有《昼夜乐》一首,不但有"腻玉圆搓素颈"那样描摹女子身体的句子,而且说"洞房饮散帘帏静。拥香衾,欢心称","无限狂心乘酒兴。这欢娱、渐入嘉境",涉于猥亵。因此黄昇《唐宋诸贤绝妙词选》批评它"丽以淫"。明人郎瑛也指责说:"此虽赠妓,真可谓狎语淫言矣。"郎瑛还指出:"惟词曲尽说情思,非若诗之蕴藉悠扬也。"②就是说,词曲往往写得详尽具体,不加含蓄,因而容易流于狎邪。他认为这是应该避忌的。但柳永此词当时还是颇为流传的。苏轼《满庭芳》也是为歌妓而作,便袭用了"腻玉"一句。苏词还写道:"坐中有狂客,恼乱愁肠。报道金钗坠也,十指露,春笋纤长。亲曾见、全胜宋玉,想象赋高唐。""狂客"是说自己。虽然不像柳永那样语涉床笫,但也够风流。于是有人为之开脱,说不是东坡写的③。是否苏轼之作且不论,开脱之举就体现了避忌女色的态度,似乎苏轼那样正直豪放的人物不该有此类作品。金人王若虚云:"彼(指苏轼)高人逸才,正当如是(指苏轼少有艳情之作)。其溢为小词,而间及于脂粉之间,所谓滑稽玩戏,聊复尔尔者也。若乃纤艳淫媟,入人骨髓,如田中行、柳耆卿辈,岂公之雅趣也哉!"④也是轻视、排斥的态度。

不过也有人表示不同的态度。

---

① 　《清代文论选》,王运熙、顾易生主编,王镇远、邬国平编选,人民文学出版社,1999年,第 336 页。
② 　郎瑛《七修类稿》卷三一,《续修四库全书》,第 1123 册,第 220 页。
③ 　见费衮《梁溪漫志》卷九,台湾商务印书馆影印《文渊阁四库全书》第 864 册,第757 页。
④ 　王若虚《滹南诗话》卷二,丁福保辑《历代诗话续编》,第 517 页。

　　清人贺裳对康与之《满庭芳》颇为称赞。该词也是写与一女子饮酒语笑,最后准备就寝。但那女子的形象,淡雅而非艳冶,温存而不佚荡。"清新,歌几许,低随慢唱,语笑相供。道'文书针线,今夜休攻。莫厌兰膏更继,明朝又、纷冗匆匆'。"贺裳云:"不惟以色艺见长,宛然慧心女子,小窗中喁喁口角。"词的最后说:"酩酊也,冠儿未卸,先把被儿烘。"贺裳云:"一段温存旖旎之致,咄咄逼人。"①总之,虽然该词也写得具体详尽,也略约言及床笫,但与上举柳永《昼夜乐》"无限狂心乘酒兴"相比,确显得温雅。因此贺裳认为虽然康词涉及床笫,但仍"乐而不淫",并不"流于秽亵"。

　　还有人虽批判某些作品不雅,但从写作艺术的角度,仍给予一定的肯定。南宋刘过有《沁园春》二首,咏"美人足"和"美人指甲",其格调实为卑下,但当日脍炙人口。宋代词论大家张炎《词源》认为它们与史达祖和姜夔的咏物之作相比,不可同日而语,但还是称其"亦自工丽"。他主要是从咏物精美、题材新颖等写作艺术方面说的。纪昀评点《玉台新咏》,于沈约《六忆》《十咏》,既批判其"究不为雅音,其体格不足道","先堕恶趣",而又说"极有传神之句",并对其中若干首加点表示赞赏②。他也是从写作艺术着眼的。

　　金圣叹云:"人说《西厢记》是淫书,他止为中间有此一事耳。细思此一事,何日无之,何地无之? 不成天地间有此一事,便废却天地耶? 细思此身自何而来,便废却此身耶?"③认为生活中既有

---

①　贺裳《皱水轩词筌》,唐圭璋编《词话丛编》,中华书局,1986年,第698页。

②　纪昀评语,见于国家图书馆藏纪昀校正、撷英书屋抄本《玉台新咏校正》及上海图书馆藏王文焘过录纪昀批校《玉台新咏》。本文所引,系转录徐美秋博士的调查记录,特此致谢。

③　金圣叹《读第六才子书〈西厢记〉法》,《金圣叹批本西厢记》,张国光校注,上海古籍出版社,1986年,第10页。

此事,何以作品中就不能写?这当然是经过明代思想解放的熏染
之后所发的论调。不过他这样加以肯定,与其高度赞赏《西厢》的
写作艺术也大有关系。在评《酬简》一出(该出写张生、莺莺幽会)
时,他驳斥"《西厢》此篇最鄙秽"的说法:"如使真成鄙秽,则只须
一句一字正其言已尽,决不用如是若干言语者也。"又评《元和令》
至《青歌儿》一段云:"此是小儿女新房中真正神理也。""真写尽双
文(莺莺)之神理也。""越快活,越要疑猜;而越疑猜,亦越见快活
也。真是写杀。"他的意思,是说《西厢》写张、崔欢会,并不是赤裸
裸直接说出便罢,而是用了巧妙的文字,活灵活现地写出二人当
时的心理;至于其性行为,则"节节次次,不可明言",写得较为含
蓄。因此,不仅不鄙秽,而且使人欣赏其文辞之妙。金圣叹认为
这样写,就可以不必避忌了。

　　综上所述,古代文学批评家若见到细致刻露地描写女色和男
女情事,往往加以指责,但难有一定的标准。也有人对此类描写
表示欣赏,情况颇为复杂。

五

　　欣赏女性之美,描画男女情事,在许多以刚正高洁著称的名
臣或逸士那里,亦不能免。宋词中此种情况尤多。这就引起人们
的议论。而其评论多以"情"为理由,为其不避忌女色进行辩护。

　　欧阳修一代名臣文宗,而多艳词。其《玉楼春》写与一位女子
离别,云"人生自是有情痴",乃以"情痴"自命。宋人罗泌曾编订
其词,且论云:"情动于中而形于言,人之常也。《诗》三百篇,如俟
城隅、望复关、摽梅实、赠勺药之类[1],圣人未尝删焉。陶渊明《闲
情》一赋,岂害其为达。……公性至刚,而与物有情。盖尝致意于

---

[1]　指《邶风·静女》《卫风·氓》《召南·摽有梅》《郑风·溱洧》。

《诗》,为之《本义》,温柔宽厚,所得深矣。吟咏之余,溢为歌词。"[1]
"情动于中而形于言"本是《毛诗序》中的话。儒家文论原是重视
情感的,但强调的是"发乎情,止乎礼义"。罗泌这里却只突出其
情,只是借用其语为欧阳修写作艳词作辩护而已。无论欧阳修所
说"情痴"之情,还是罗泌这里所说的情,都只是男女之情。罗泌
还用孔子不删情诗作理由,又与欧阳修著《诗本义》相连比,总之
是说欧阳修作艳词是符合儒家精神的。宋人俞文豹论及欧阳修、
范仲淹、林逋等作艳词,则说:"情之所钟,虽贤者不能免。"[2]按魏
晋时有圣人有情还是无情的讨论,实际上体现了人们关于情感与
人性关系的思考。晋人王戎(一说王衍)有"情之所钟,正在我辈"
的话[3]。俞文豹其实是用普遍人性的观点来看待贤者作艳词的
事实。

　　明清二代,从"情"的观点出发为男女情事之作辩护的论调很
多。有的论者不仅是说贤者亦不能免那样作消极的辩护,而且还
积极地鼓吹以至赞颂男女之情。这当然与经过了明代知识界思
想解放的历程大有关系。这里只选择明代有代表性的资料若干
条如下。

　　汤显祖《牡丹亭题词》说:"情不知所起,一往而深。生者可以
死,死可以生。生而不可与死,死而不可复生者,皆非情之至也。
梦中之情,何必非真? 天下岂少梦中之人耶? 必因荐枕而成亲,
待挂冠而为密者,皆形骸之论也。……自非通人,恒以理相格耳。
第云理之所必无,安知情之所必有邪!"[4]这是对男女之情的热情、
崇高的赞歌,而且从《牡丹亭》的剧情看,汤氏强调的是基于肉体

①　见《欧阳文忠公集》卷一三三《近体乐府》卷三后,《四部丛刊》本。

②　俞文豹《吹剑三录》,《吹剑录全编》,张宗祥校订,古典文学出版社,1958年,第
　　51页。

③　见《世说新语·伤逝》。

④　汤显祖《牡丹亭》,徐朔方、杨笑梅校注,人民文学出版社,1963年,第1页。

亲近而又超越肉体的精神上的真挚爱情。

詹詹外史（冯梦龙）《情史叙》说："六经皆以情教也。《易》尊夫妇，《诗》首《关雎》，《书》序嫔虞之文，《礼》谨聘奔之别，《春秋》于姬姜之际详然言之。岂非以情始于男女，凡民之所必开者，圣人亦因而导之，俾勿作于凉，于是流注于君臣、父子、兄弟、朋友之间，而汪然有余乎？异端之学欲人鳏旷以求清净，其究不至无君父不止。情之功效亦可知已。"①依托儒教而鼓吹男女之情，是当时普遍的做法，而此叙可说是一个典型。上文已说过，儒家确实十分重视夫妇关系，但那是出于政治的、功利的目的，而不是基于男女相恋之情。《情史》则不然。书中记载许多故事，并不以"止乎礼义"为旨归。虽有"情贞"一类，表扬节妇，但明言"无情之妇，必不能为节妇"，出发点仍在于情。其他评论之语如"乃情之所钟，死生以之"，"人生而情能死之，人死而情又能生之，即令形不复生，而情终不死"，对男女之情予以热情的颂赞，有类于汤显祖《牡丹亭题词》所论。又如"情近于淫，淫实非情"，也有似于汤显祖所谓"必因荐枕而成亲，待挂冠而为密者，皆形骸之论"，超越了肉体的关系。其评论西晋贾午、韩寿偷情事说："使充（贾午父）择婿，不如女自择耳。"评论元稹始乱终弃说："微之薄幸，吾无取焉。"对于朱熹鞭扑营妓严蕊事，讽刺朱为"朱道学"。凡此都可以见出，叙中以儒教为借口，实际上恰与儒家理论相违背。

金圣叹评《西厢记·酬简》时说："古之人有言曰：'《国风》好色而不淫。'比者圣叹读之而疑焉。曰：嘻！异哉！好色与淫，相去则又有几何也耶？……好色而曰'吾大畏乎礼而不敢淫'，是必其并不敢好色者也。……人未有不好色者也，人好色未有不淫者也。……《国风》之淫者不可以悉举，吾今独摘其尤者，曰：'以尔

---

① 冯梦龙《情史》，《古本小说集成》编委会编《古本小说集成》本，上海古籍出版社，1995年，第1—4页。

车来,以我贿迁。'嘻,何其甚哉! 则更有尤之尤者,曰:'子不我思,岂无他人?'嘻,此岂复人口中之言哉! 夫《国风》采于周初,则是三代之盛音也。又经先师仲尼氏之所删改,则是大圣人之文笔也。而其语有如此。"①这也是从普遍人性的角度为描写女色和男女情事辩护,而也以儒家经典为借口。所谓"淫",是过分的意思。"发乎情,止乎礼义",能止乎礼义则不淫。金圣叹昌言好色必淫,旗帜鲜明地突破了这一限制,为作品中描写大胆、热烈的男女情爱辩护。

在中国古代,对于作品描写女色和男女情事的避忌、排斥倾向,是一直存在着的。但是那样的作品仍然层出不穷。人们对那些作品的态度,或是反对,或是有意无意地曲解,或是加以辩护。那些辩护,先还只是说此类作品有益于讽谏等等,勉强地寻找其存在的理由;到了后来,便公然从人性角度出发肯定其正当性,甚至将男女之情提升到至高的地位。这样的发展过程应该加以清理,其间的是非得失,也应该从理论上加以探讨。

(原载《安徽大学学报》2012 年第 4 期)

---

① 《金圣叹批本西厢记》,第 208—209 页。

文法高妙，天衣无缝
——方东树评汉代古诗

清末桐城文人方东树的《昭昧詹言》是一部内容丰富而具有特色的诗歌评论著作。书中对于《古诗十九首》以及所谓苏武、李陵诗等汉代五言古诗，与历来论者一样，评价很高。方东树认为这些作品具有强大的感染力，具有浑然一体、"天衣无缝"、自然天成的艺术风貌。而自然天成，实际上是由于"文法高妙"而形成的。看似无法，浑然不见经营痕迹，其实有法可寻，只是"后人不能尽识"而已。方东树正是要"解悟其所以然"，从而帮助读者提高鉴赏水平，并有助于创作。他对《古诗十九首》和其他汉代古诗逐首加以分析讲解，这里选择其中四首，看方氏是如何评说的。

第一首《行行重行行》：

> 行行重行行，与君生别离。相去万余里，各在天一涯。道路阻且长，会面安可知？胡马依北风，越鸟巢南枝。相去日已远，衣带日已缓。浮云蔽白日，游子不顾返。思君令人老，岁月忽已晚。弃捐勿复道，努力加餐饭。①

此首的主旨，《文选》李善注、五臣注认为是贤臣不得于君、遭受谗谮被放逐所作；贤臣去而不得返，但仍思念君王，恋恋不已。明清论者也有不少作此类解说，说成是具有政治内容的作品。之所以如此，与诗中"浮云蔽白日，游子不顾返"两句颇有关系。汉代作

---

① 《文选》，影印胡克家家刊本，中华书局，1977年，第409页。

品如陆贾《新语·解惑》云:"故邪臣之蔽贤,犹浮云之障日月也。"①李善等因此而有那样的解释。但是浮云蔽日的意象未必只能作此种理解。我们看西晋陆机的《拟古》之作,那该是今天所能见到的最早的有关此诗的资料吧,其中相当于这两句的是"惊飙褰反信,归云难寄音"②,只说音信隔绝,并无谗邪蔽明之意,可见陆机并不以为这首《行行重行行》是贤臣被逐所作,他认为是闺中思妇之辞③。清初吴淇的《六朝选诗定论》则说:"此臣不得于君之诗,借远别离以寓意。"④虽未能摆脱君臣之际的说法,但在具体解释字句篇章时,全从夫妇关系出发,说成是妻子在家苦苦思念。张庚《古诗十九首解》多参考吴淇之说,也说是"臣不得于君而寓意于远别离也"⑤。也有抛却君臣之说,认为只是思妇念远之词的,如朱筠《古诗十九首说》(朱筠口授、弟子徐昆笔述)、张玉穀《古诗赏析》等。方东树也很明确地说:"此只是室思之诗。"⑥用"只是"这样的字眼,言外之意是批评那种视为君臣关系的论调不正确。有趣的是,他的老师姚鼐,却认为此诗乃"被谗之旨"⑦,方东树并不盲从师说。

以上是关于此诗主旨的理解。而我们最要注意的,是方东树如何讲解此诗的"文法"。他为之划分段落层次,说明诗句之间的关系:

> 起六句追述始别,夹叙夹议,"道路"二句顿挫断住。"胡

---

① 王利器《新语校注》,中华书局,1986年,第84页。

② 《文选》,第435页。

③ 李善、五臣注释陆机此作时也不认为与君臣相关,与注释古诗原作时截然不同。吕延济云:"此明闺妇之思。"

④ 隋树森《古诗十九首集释》卷三,中华书局,1955年,第9页。

⑤ 隋树森《古诗十九首集释》卷三,第24页。

⑥ 方东树《昭昧詹言》,汪绍楹校点,人民文学出版社,1984年,第54页。

⑦ 隋树森《古诗十九首集释》卷二,第3页。

马"二句,忽纵笔横插,振起一篇奇警,逆摄下游子不返,非徒
设色也。"相去"四句,遥接起六句,反承"胡马""越鸟",将行
者顿断。然后再入己今日之思,与始别相应。"弃捐"二句,
换笔换意,绕回作收,作自宽语,见温良贞淑,与前"衣带"句
相应。①

所谓"顿挫断住""顿断",便是一意已了,将要提起另一意的意思,
方东树这里用来表示一层的意思至此结束。他的意思,此诗共三
层:开头六句为一层,"胡马依北风"以下六句为一层,"思君令人
老"以下四句为一层。第一层"追述"当初的离别,第二层说离别
之后游子愈行愈远而一去不返,第三层述说"今日之思"并自我
宽慰。

　　方东树对于诗中某些句子予以重点说明。首先是"胡马依北
风,越鸟巢南枝"二句。这两句在第二层开头处,看似与上下文都
不相连贯,像是突然插进来的,故曰"纵笔横插"。"纵"者,放纵、
放开,意谓与上文意思离开颇远;"横"者,无缘无故,形容其突如
其来。由于这两句横插进来,因此接下去的四句"相去日已远,衣
带日已缓,浮云蔽白日,游子不顾返"便是"遥接"起六句,与开头
六句遥相连贯。但是,"胡马"这两句实际上是很有关系的,是"逆
摄"下文游子不返之意。"逆摄"的意思是说预先提起。为何是
"逆摄"游子不返之意呢? 因为胡马、越鸟尚且"依北风""巢南
枝",恋恋不忘故旧,游子却不顾返,这就有以鸟兽反衬人的用意。
这两句的用意就在于此。那么"相去日已远"四句说游子不归,既
是"遥接"第一层,又是"反承""胡马""越鸟"二句。"反承"者,谓
相承接而意思相反。这四句承接"胡马""越鸟",但不归与恋旧,
意思正相反,所以是"反承"。方东树很重视"胡马""越鸟"两句,

---

① 　方东树《昭昧詹言》,汪绍楹校点,第 54 页。下文引方氏论此首的话,不再注其
　　页数。

就因为它们看似突然而来，却颇有关系；既造成文势波峭的效果，细细品味却又上下文意妥帖。一篇之中，其他各句都看似平缓温和，唯此二句运用反衬，其含意既令人深悲，语势又突兀，因此方东树说是"振起一篇奇警"。

第二层的"衣带日已缓"一句，方东树也加以说明。《文选》李善注云："古乐府歌曰：'离家日趋远，衣带日趋缓。'"①意谓游子离家远行而辛苦憔悴。但方东树的理解却是思妇因游子远行不归而憔悴。他说：

> "衣带"句，如姚姜坞据《穀梁传》解作优游意，则是指行者，连下二句作一意，然无理无味。如解作"思君令人瘦"意，则为居者自言，逆取下"浮云"句，含下"思君""加餐"，文势突兀奇纵，参差变换入妙。

姚范所解见《援鹑堂笔记》卷四〇。按《穀梁传》文公十八年"一人有子，三人缓带"杨士勋疏："缓带者，优游之称也。"②姚范据此说："然则'衣带日已缓'者，言游子也。"③方东树曾担任《援鹑堂笔记》的整理工作，那时他就加按语道："诗意似即'思君令人瘦'意。恐与《穀梁传》意不同。方其相思苦切，安得优游乎？"④《昭昧詹言》更批评姚范之说"无理无味"。他认为此句应解作"思君令人瘦"之意⑤，即闺人因相思而憔悴。方东树的理解是对的。他进一步解说："逆取下'浮云'句。""逆取"即上文所谓"逆摄"。先说出自己日渐消瘦憔悴，然后再说何以憔悴：是因丈夫不垂顾自己、一去不返之故。憔悴是结果，游子不返是原因，先果后因，故曰"逆

① 《文选》，第 409 页。
② 《春秋穀梁传注疏》，范宁集解，杨士勋疏，李学勤主编《十三经注疏》标点本，北京大学出版社，1999 年，第 185 页。
③ 姚范《援鹑堂笔记》，《续修四库全书》，上海古籍出版社，第 1149 册，第 73 页。
④ 姚范《援鹑堂笔记》，第 73 页。
⑤ "思君令人瘦"，杜甫《九日寄岑参》诗句。

取"。又说："含下'思君''加餐'。"衣带日缓,也就是"思君令人老";为了不再憔悴下去,则须努力加餐。"衣带"句包摄"思君""加餐"二句,故曰"含"。其实在方东树之前,已有人如此理解[1]。不过方氏特别强调此句"文势突兀奇纵,参差变化入妙"。大约在方东树心目中,以衣带日缓暗示相思深切,是本诗的首创,而且本来正述说游子越行越远,却又一下子掉转说自己衣带日缓,读时有突然之感,因而觉得生新而奇纵;从文法上说,又有"逆取""含"那样的关系,因而说"参差入妙"。

　　第二层的"浮云蔽白日,游子不顾返",也是方东树重点解说的两句。"浮云蔽白日"是比兴,其含义,如上文所说,可以有不同理解,方东树的理解是:

　　　　"白日"以喻游子,"云蔽"言不见照也,兴而比也。班姬《自悼赋》曰"白日忽已移光",亦此意。而温厚不迫,与杜公"在山泉水清"同一用意用笔,怨而不怒。

他将这里的这个意象解释为:太阳不再明亮照人,隐喻丈夫不再垂念于己,自己不再蒙受恩顾,并援引班婕妤《自悼赋》作为旁证。这样的理解贴近诗歌本意,不添加枝叶,比较可取。方东树认为诗人运用这一意象,写出了思妇略含哀怨而绝无恨怒的心理,那正与杜甫《佳人》写弃妇的笔墨相似,意在表现其温和厚道的品格。《佳人》的"在山泉水清,出山泉水浊"也正是用比兴笔法表现弃妇的心理、性情的。

　　方东树予以重点解说的还有诗末"弃捐勿复道,努力加餐饭"二句。他说:

　　　　"弃捐"二句,换笔换意,绕回作收,作自宽语,见温良贞

---

[1]　如陆时雍《古诗镜》、吴淇《六朝选诗定论》、张庚《古诗十九首解》、朱筠《古诗十九首说》等,参隋树森《古诗十九首集释》。

淑，与前"衣带"句相应。……一则加餐，一则倚竹，真是圣女
性情。

"倚竹"指《佳人》结末"日暮倚修竹"之句。方东树认为两首诗里
的闺妇都是体现"温良贞淑"品格的艺术形象，她们都能在不幸的
遭逢里做到不怨天尤人，并且坚守自己的贞则。方东树甚至将她
们提到"圣女性情"的高度。为何思妇努力加餐这一细节被给予
这么高的评价呢？大概在方东树看来，这显示了一种哀而不伤、
怨而不怒的品格；不仅不怒，连怨也放下了。这当然是"温良"。
而且在方氏心目中，这也并不是委曲求全，屈己事夫，而是奉行正
道，因此还是"贞淑"。方氏的理想人格，是所谓"大中至正尽人
理"，是所谓"尽性至命"，不论何种环境遭遇，都保持对于圣人之
道的信仰，行事也绝不违背圣人之道，那也就是尽其天理。做到
了这样，便"内省不疚"，"不忧不惑不惧"。这是一种独立的人格，
不因遭逢之顺逆而转移的。这样的想法，当然与他崇奉理学很有
关系。闺妇的心理、性情，在我们看来，当然牵扯不上理学，但在
方东树心目里，思妇在痛苦之中放得下，想得开，正如同士人在艰
难竭蹶之中"不忧不惑不惧"一样。这也可说是他理学人生观的
一种曲折的反映、一种不易觉察的投影吧。从"文法"上说，"弃捐
勿复道"二句，是说"罢了，且抛开这许多离别的苦思，努力加餐
吧"，这似乎是最终以一种带着否定意味的方式回应了上面的苦
思憔悴，所以说是"绕回作收"。

方东树总结道：

> 凡六换笔换势，往复曲折。古人作书，有往必收，无垂不
> 缩；翩若惊鸿，矫若游龙。以此求其文法，即以此通其词意，
> 然后知所谓如无缝天衣者如是，以其针线密，不见段落裁缝
> 之迹也。

又说：

此诗用笔用法,精神细意如此。亦非独此一篇为然,凡汉魏人、鲍、谢、杜、韩,无不精法。自赵宋后,文体诗盛,一片说去,信手拉杂,如写揭帖相似,全不解古人顺逆起伏、顿断转换、离合奇正变化之妙矣。

其基本观念,是反对一往无余、随手照直拉杂写去,而主张讲究"文法"。其核心是指诗意、语势如何进展。所贵者在"换笔换势,往复曲折",也就是"顺逆起伏,顿断转换",总之是贵曲不贵直,贵起伏不贵平衍。所谓"古人作书,有往必收,无垂不缩",也就是比喻意思和气势有所收敛而不太尽、往复回转而不太直。方东树说《行行重行行》"凡六换笔换势",大概是指第六句"会面安可知"后一次,然后每两句一次。所谓"换",就是指前意顿断,另起后意,其实也就是所谓顿挫。频频一顿一换,则显得意思多而密,且气势不平衍。方东树说文法"以断为贵"[①],便是此意。他欣赏多"换"多"顿挫"。我们按照方东树的思路、解释,品味此首《行行重行行》,确感到"换笔换势"颇多。"胡马"二句的"纵笔横插","衣带"句的"突兀奇纵",结末"弃捐""加餐"的兜转,都加强了顿挫之感。

在上述的"换笔换势"之中,运用了种种笔法,如"遥接"(断而又续)、"反承"(有反衬和对比之意)、"逆摄"、"逆取"、"含"、"绕回"(都有上下前后呼应之意)以及"突兀"、"横插"等。凡此均使得全诗夭矫多变,而且既多顿断又仍然上下连成一气。更重要的在于这种种笔法,丝毫不见做作的痕迹,若不是细加分析,简直就感觉不到。因此方东树说"如无缝天衣","针线密,不见段落裁缝之迹"。这是方东树给以崇高评价的十分重要的一个原因。

还有一点很值得注意:方东树认为宋诗开启了一个不好的倾

----

① 　方东树《昭昧詹言》,汪绍楹校点,第 10 页。

向，他称之为"文体诗"，即有些时候写诗如同写应用文字一样，只管信手写去，不讲求上述所谓"文法"。这反映出方东树对于宋诗的态度。我们不能因为方氏以古文文法论诗，而宋诗被认为有以文为诗的特点，于是便以为方氏属于所谓"宋诗派"。不应该产生那样的误会。

第二首《西北有高楼》：

> 西北有高楼，上与浮云齐。交疏结绮窗，阿阁三重阶。上有弦歌声，音响一何悲！谁能为此曲，无乃杞梁妻。清商随风发，中曲正徘徊。一弹再三叹，慷慨有余哀。不惜歌者苦，但伤知音稀。愿为双鸣鹤，奋翅起高飞。[1]

《文选》五臣注释此诗，说君王爱听那种悲哀的"亡国之音"，良臣伤其不"知音"，乃思远引而去。其说浅薄可笑。后世也还有些论者将其附会于政治，说成是良臣伤悼君王不了解自己，乃托意于歌者。姚鼐则说是"伤知己之难遇，思远引而去"[2]，方东树也认为是歌咏"知音难遇"，并不牵合于政治。

方东树对此诗的艺术表现评价很高，说它"造境创言，虚者实证之，意象笔势文法极奇，可谓精深华妙"[3]。"造境创言，虚者实证之"，是说诗中前面大部分篇幅所写楼阁以及楼上的弦歌声，都是诗人的凭空创造，将本不存在的东西写得活灵活现，像真的一样。这也就是我们常说的艺术虚构。想象、虚构，今日论艺事者习以为常，而在方东树观念中，诗歌多为自我抒发而作，所写多为诗人所见所闻，如今凭空写出这样一个相对完整的境界、事件，便觉得很不寻常了。他所说的"意象"，恐怕不是单指诗中楼阁和弦

---

①　《文选》，第410页。

②　隋树森《古诗十九首集释》，第9页。

③　方东树《昭昧詹言》，汪绍楹校点，第56页。以下引方氏论本诗的话，不再注出页数。

歌声那些具体的形象描绘,光是那些描绘本身,称不上"极奇"吧,而虚构出这些事物来表达情思,这样的构思才是奇特不凡。因此,"意象"应泛指诗人的用意以及为了表现其意而写出来的东西[①]。所谓"笔势",泛指歌咏此诗时感受到的转运起伏的态势。而"文法",是总说诗意进展中所用的种种手法。意象、笔势、文法,很难说是并列的、区划明确的概念。

方东树又予以具体的说明:

> 一起无端,妙极。五六句叙歌声。七八硬指实之,以为色泽波澜,是为不测之妙。"清商"四句顿挫,于实中又实之,更奇。"不惜"二句,乃是本意交代,而反似从上文生出溢意,其妙如此。收句深致慨叹。……此等文法,从《庄子》来。

诗的发端确实有劈空而来之感。而方东树觉得是虚空里突然无故出现这么一座高楼,所以更加感叹"妙极"。"谁能"二句,硬拉扯出经史著作中的人物、事件"杞梁妻善哭"来,形容歌曲的悲苦。本是虚构,却说得有名有姓的,所谓"像煞有介事",所以说是"硬指实之"。"'清商'四句顿挫。""顿挫"一语,如上文所说,是指让读者感到语意、语势顿断转换,"换笔换势",而不是不经心地径直而过、平衍无余。顿挫处往往意多、变化多,能使读者留止体味。此诗"清商随风发"以前数句,感叹弦歌声悲切,语气较为激烈,"清商"四句将此意顿住,而加以渲染描写,意思虽与上文相承续,笔势却有所变换,稍趋平缓。方东树说四句"顿挫",或是此意。楼阁是虚构,楼上弦歌声也是虚构,但已被诗人写成了实景;再加以渲染描写,犹如就在耳边,愈发觉得实有其事,故曰"于实中又实之"。"不惜歌者苦"二句,重点在"但伤知音稀"。方东树认为

---

① 　参考笔者《古籍中"意象"语例之观察》,载笔者《汉唐文学辨思录》,上海古籍出版社,2005 年。

诗人作此诗，本意就在于此，就在于伤叹世上难觅知音。为了表达此意，竟虚构出前面一大段空中楼阁来，以宾为主，此一本意反倒像是从那虚构的境界之中生发出来、顺便抒发的感慨了。依照方东树的理解，这两句与上文并无直接联系。叹息知音难觅，是由听曲生发的感慨，并非径指那楼上的歌者。下面的"愿为双鸣鹤"，也只是就自己和心目中的知音而言，与歌者没有关系。他觉得这样的写法实在是别开生面，新鲜之极，故而赞叹其妙不可言。不过他同时指出："此等文法，从《庄子》来。"这是很有见地的。《庄子》正是花费许多笔墨，虚构出一些很生动的故事，化虚为实，然后从中得出结论，那结论也就是"本意"，但只是点一下，倒像是前面故事的"溢意"似的。

这首《西北有高楼》，方东树所说的"文法"，主要是虚构手法。方东树评《今日良宴会》时说："缥缈动荡，凭虚幻出，蜃楼海市，奇不可测。"①应也是就虚构而言。该诗结末处叹息人生苦短，主张追求声名富贵，方东树认为那才是诗之主旨，而前面宴会上弹筝唱曲只是为引出主旨而虚构的景象，是"凭虚幻出"。

第三首《冉冉孤生竹》：

> 冉冉孤生竹，结根泰山阿。与君为新婚，兔丝附女萝。兔丝生有时，夫妇会有宜。千里远结婚，悠悠隔山陂。思君令人老，轩车来何迟。伤彼蕙兰花，含英扬光辉。过时而不采，将随秋草萎。君亮执高节，贱妾亦何为？②

《文选》李善、五臣注解说《古诗》，多有牵强附会于君臣、政治之处，但对于此首《冉冉孤生竹》，倒是不曾那样。而明、清人却有那样附会的。如陈祚明《采菽堂古诗选》说它是"望录于君之辞"；贤

---

① 方东树《昭昧詹言》，汪绍楹校点，第55—56页。
② 《文选》，第410页。

臣被君王弃置，仍怀抱希望而"不敢有诀绝怨恨语，用意忠厚"①。
李因笃《汉诗音注》则说每读此诗辄"有超然独立、抚壮及时之
感"，就是说此诗使他兴起及时出仕、有所作为的情愫。又说诗末
"君亮执高节，贱妾亦何为"二句"可谓发乎情、止乎礼矣，正与躁
进者痛下针砭"，"莘野南阳，一结尽其出处"②，意谓虽然渴望出
仕，为君所用，但须有原则，依道而行，不能饥不择食，应如伊尹、
诸葛亮那样，君有道方仕。这就将一首写闺情的诗作，"拔高"到
君臣大义、出处进退的层面。方东树的理解与李因笃相近，但李
说简略，方说则更明畅些。他说：

> 余谓此诗即孔子沽玉待价、《孟子》"周霄问"章之旨。
> "兔丝生有时"二句，言两美宜合。然古之人未尝不欲仕，又
> 恶不由其道，所谓"高节"也。③

《论语·子罕》载孔子待价而沽，宋儒范祖禹释云："未尝不欲仕
也，又恶不由其道。士之待礼，犹玉之待贾也。孔子、孟子周流天
下，岂不欲行哉？然而人君不致敬尽礼，则不足与有为，故终身旅
人而无所遇。……未有枉道以从人，炫玉以求售也。"④范氏所谓
"未尝不欲仕也，又恶不由其道"，系出于《孟子·滕文公下》"周霄
问"章。该章载孟子之言，说天下父母无不希望为儿子找到妻子，
为女儿找到丈夫，但是，若儿女不待父母之命、媒妁之言而私下交
往，"钻穴隙相窥，逾墙相从，则父母国人皆贱之。古之人未尝不
欲仕也，又恶不由其道。不由其道而往者，与钻穴隙之类也"⑤。

---

① 陈祚明《采菽堂古诗选》，李金松点校，上海古籍出版社，2008 年，第 84 页。
② 李因笃《汉诗音注》卷一〇，《四库全书存目丛书》，齐鲁书社，1997 年，第 401 册，第
781 页。
③ 方东树《昭昧詹言》，汪绍楹校点，第 57 页。以下引方氏论本诗的话，不再注出
页数。
④ 朱熹《论语精义》卷五，台湾商务印书馆影印《文渊阁四库全书》第 198 册，第 212 页。
⑤ 朱熹《孟子集注》卷六，上海古籍出版社，1987 年，第 44 页。

方东树"古之人未尝不欲仕，又恶不由其道"的话，显然是出于此。而且孟子以男女婚姻之事比喻出仕，而方氏将"冉冉孤生竹"理解成通首诗用比喻，可能也是受到孟子的影响的。

方东树这样解说《冉冉孤生竹》，今日看来未免牵强迂腐，但他对于此诗的"文法"的解说，还是值得注意的。他说：

> 二句（指"兔丝生有时，夫妇会有宜"）正言，反对下文，以顿断之。下"千里"二句，乃纵言之。"思君"二句，交代晚而不遇本意，为一篇枢轴。"蕙兰"喻中之喻，比而又比也。四句又顿断。"君亮"二句，逆挽"会有宜"，结出"高节"，收束通篇。不言己执高节，而言君亮非不执高节，弃贤不用者，此等妙旨，皆得屈子用意之所以然。

依方东树所说，"兔丝生有时，夫妇会有宜"二句是正面说男女理应结为夫妇，隐喻君臣"两美宜合"。但下文说的是未能结合，意思相反，因此说这两句"反对下文"。这两句意思已尽，下面"千里远结婚，悠悠隔山陂"二句转而放开笔渲染男女必当结合之意，故曰"纵言"。"思君令人老，轩车来何迟"二句感叹虽"宜合"而未合，是作诗本意所在，也是诗意开展的关键。"伤彼蕙兰花"四句以比喻抒发其未合的悲忧，又是一层意思。结末两句说想来"君"不是"不执高节"的人，故我虽尚未与之遇合，亦不妨安处，无须忧伤。所谓"高节"，从表层意义说，是指男子有德，娶妻以礼；从比喻意义说，是说君王有道，敬贤礼士。

方东树这里两次说到"顿断"。顿断就是停顿、断开，顿断之后便是"换笔"。换笔包括换意和换势。换意可能是较大的转折，如本诗"伤彼蕙兰花"四句"顿断"之后的"君亮"二句，从忧伤不遇转为自我宽慰；也可以是承接上文另起一意，但并非转折，如"兔丝生有时"二句"顿断"之后的"千里"二句，承男女宜婚说到奔赴远嫁。

在方东树看来,此诗通篇是比喻,以男女婚嫁喻君臣遇合,因此"蕙兰花"云云是"喻中之喻,比而又比"。

按方东树的解释,前面"夫妇会有宜"所言"两美宜合",包含着士人渴望出仕、君臣遇合以道的意思,而结末"君亮执高节,贱妾亦何为"是说男子(君王)能由其道,故终将遇合,因此是"逆挽""会有宜"的。所谓"逆挽",就是回过去相挽接,也就是与上文呼应之意。

方东树认为此诗说的是士人追求出仕,但不肯苟合,而是执持"高节",坚持自己的原则。但并不说自己执持高节,却说对方(君王)想来不是无道的、不执持高节的,这就显得比较内敛,诗意也就含蓄温婉。方东树无疑欣赏这样的表现风格,故称之为"妙旨"。

第四首《生年不满百》:

> 生年不满百,常怀千岁忧。昼短苦夜长,何不秉烛游?为乐当及时,何能待来兹。愚者爱惜费,但为后世嗤。仙人王子乔,难可与等期。①

方东树云:

> 万古名言,即前《驱车》篇意,而皆重在饮酒,及时行乐,是其志在旷达。汉魏时人无明儒理者,故极其高志,止此而已。君子为善,惟日不足,一息不懈,死而后已,固不可以是绳之耳。②

《驱车上东门》感叹人生短促,忽焉而死,即圣贤亦不能免,而求仙也只是空言,因而不如及时行乐。方氏说《生年不满百》也是此

---

① 《文选》,第 412 页。
② 方东树《昭昧詹言》,汪绍楹校点,第 59 页。以下引方氏论本诗的话,不再注出页数。

意。他一方面称赞此首为"万古名言"，一方面又批评其仅仅是旷达而已，虽然也算高逸绝尘，但是并未达到儒家人生观的高度。他认为君子理应为善，明知人生有涯，依然"一息不懈，死而后已"。也就是说，为善乃是尽其性，是天命的实现，而不是某种手段，因此不应因遭逢的顺逆、寿命的长短而有所懈怠。这当然也是理学人生观的体现。

关于此诗的艺术，方东树说：

> 起四句奇情奇想，笔势峥嵘飞动。收句逆接，倒卷反掉，另换气换势换笔。

所谓"起四句奇情奇想，笔势峥嵘飞动"，方氏未作具体的分析。我们试体会一下："生年不满百，常怀千岁忧"，是讥讽和感叹世人为不能享受千载遐寿而忧悲，那忧悲只是徒然而已；世人因无限止地追逐名利等等而忧虑，殊不知殚精竭虑、忧苦追逐者，其实皆是身后之物。也许还可以体会到一层意思：这样的忧思，亘古如斯，千载恒有。如此种种，凝成"千岁忧"一语，并且与"不满百"形成鲜明的对比：生命何等短促，却总是还要担负何等沉重的忧苦！两句议论，读之如冷水浇背。"昼短苦夜长，何不秉烛游"二句则是说夜长又如何，秉烛即可，何能废我寻欢作乐。这四句确可谓"奇情奇想"，常人构想所不及。开头二句议论凭空而起，与三四句之间又颇有跳跃，省却中间"徒忧无益，不如尽情及时寻乐"一类话头，所以说是"飞动"。陆时雍《古诗镜》称此四句"名语创获"[1]，朱筠称"只起二句便令人击碎唾壶"[2]，都对此诗的开头非常欣赏。方东树还曾称赞《回车驾言迈》中的"东风摇百草"之句与《东城高且长》中的"回风动地起"六句"各极其警动"[3]。诗中有此

① 陆时雍《古诗镜》卷二，台湾商务印书馆影印《文渊阁四库全书》第 1411 册，第 30 页。
② 隋树森《古诗十九首集释》，第 58 页。
③ 方东树《昭昧詹言》，汪绍楹校点，第 58 页。

类峥嵘警动的句子,便大大增强其感染力,方东树是十分欣赏的。

"收句逆接,倒卷反掉,另换气换势换笔",说的是"仙人王子乔,难可与等期"二句与上文数句的顺序问题。按一般的顺序,应该是先说成仙不可能,再说那么只有及时行乐,如《驱车上东门》说"服食求神仙,多为药所误。不如饮美酒,被服纨与素"便是那样,但本诗却反过来,因此是"逆接",是"倒卷反掉"。二句似乎是对上文作补充的口气,补充说明为何要及时行乐,又像是话都说完以后,情犹未尽,不由得再发感叹。语气变了,因此说是"另换气换势换笔"。对于此种打破惯常顺序的写法,方东树也是很注意的,屡屡见于其评说。这里举两个例子。其一:

> 客从远方来,遗我一端绮。相去万余里,故人心尚尔。
> 文彩双鸳鸯,裁为合欢被。着以长相思,缘以结不解。以胶
> 投漆中,谁能别离此?[①]

方东树说:"'相去'二句,夹在此为文法。后人必置此于'胶漆'句上,而文势平近无奇矣。"[②]如果在"一端绮"之后,紧接着便说此绮罗的花样,说将它做成合欢被,那岂不顺理成章?"故人心尚尔"下面紧接"以胶投漆",也再顺当不过。但那样便"平近无奇"。今将"相去"二句夹在"一端绮"之后,就显得不平淡,能引起读者的注意。更重要的是,这样写加强了表现力量:初看到故人从远方捎来的礼物,喜之不尽,故立即叹息"故人心尚尔";制成锦被之后,更加沉浸于深厚的情谊之中,故再次感叹其如胶似漆。其二:

> 明月何皎皎,照我罗床帏。忧愁不能寐,揽衣起徘徊。
> 客行虽云乐,不如早旋归。出户独彷徨,愁思当告谁?引领

---

① 《文选》,第 412 页。

② 方东树《昭昧詹言》,汪绍楹校点,第 60 页。

还入房,泪下沾裳衣。①

方东树说:"以'客行'二句横着中间,为主句、归宿。……后人必移此作结句,自以为有余音者,而不知其味反短也。"②如果在揽衣徘徊后接叙出户彷徨,再叙引领入房,次序很顺;而且将点明全诗主旨的"主句、归宿"放在诗末的位置,确乎能使人反复品味。但是方氏认为插在中间气味更长。其说是有道理的。主旨先已点明,而以泪下沾衣那样鲜明的形象结束全篇,确比议论性的结尾更有余味。注重诗句的位置安排,有意打破常规的顺序,方东树以为这是文法要诀之一。

关于这首《生年不满百》的整体风格,方东树认为与《驱车上东门》和《去者日以疏》一样,是慷慨豪放的。他评《驱车上东门》时说:

> 此诗意激于内,而气奋于外,豪宕悲壮,一气喷薄而下。……汉魏亦有尚气势者,如此诗及下二篇是也。与《行行重行行》等篇,又是一副笔墨。《西北有高楼》又另是一副笔墨。③

《行行重行行》情感内敛,缠绵往复,《人生不满百》等三首则情感强烈,奔放而出,《西北有高楼》则运用虚构的情节,叙事性较强。各有各的"笔墨"。虽然是"一气喷薄而下",但并非平直,仍有"逆接""反掉",换势换笔,这才是方东树所欣赏的。他曾说:"气势之说,如所云'笔所未到气已吞','高屋建瓴','悬河泄海',此苏氏(按指苏轼)所擅场。但嫌太尽,一往无余,故当济以顿挫之法。顿挫之说,如所云'有往必收,无垂不缩','将军欲以巧服人,盘马

---

① 《文选》,第 412 页。
② 方东树《昭昧詹言》,汪绍楹校点,第 60 页。
③ 方东树《昭昧詹言》,汪绍楹校点,第 58 页。

弯弓惜不发',此惟杜、韩最绝,太史公之文如此,六经、周、秦皆如此。"①豪放之作,也应注意换意换势,使其有波澜曲折,读来方有留止之趣。

上面以《古诗十九首》里的四首为例,观察方东树是如何评说的。现在简单地小结一下。

(一)由《古诗十九首》的接受史可知,从《文选》李善注、五臣注到明清论者,常见将其诗与政治及士人出处等相牵合的情况②,那是我国古代一种强大的诗歌阐释传统的表现。方东树解说《古诗十九首》,也未免于此。上文所述他对《冉冉孤生竹》的评论便是一例。类似的情况,还见之于他对《涉江采芙蓉》《回车驾言迈》《去者日以疏》等篇的评说。《涉江采芙蓉》云"所思在远道",本是怀念远人之词,而方氏说:"'远道'即指黄、农、虞、夏也。"《回车驾言迈》云"回车驾言迈,悠悠涉长道",而方氏说:"言人生世,进德修业无穷。"《去者日以疏》云"思还故里闾,欲归道无因",抒发思乡而不得归的悲哀,而方氏竟说是"喻意逐世味者同归于一死,而不知反身求道"③。都将道路之"道"说成道德、大道之"道"。依他的理解,诗意便支离破碎,几不可通。其他如古诗《新树蕙兰花》也有"采之欲遗谁,所思在远道"之句,方东树竟然说:"凡言'远',皆指黄、农、虞、夏。"又《步出城东门》云:"我欲渡河水,河水深无梁。愿为双黄鹄,高飞还故乡。"方东树解说道:"言涉世艰险,故愿还故乡。故乡者,本性同原之善也。经疢疾忧患危惧而后知悔,古人无不从此过而能成德者也。"④凡此都是以理学见解强行附会,颇为迂腐可笑。方氏曾说:"屈子、杜公时出见道语、经济

① 方东树《昭昧詹言》,汪绍楹校点,第24页。
② 可参见隋树森《古诗十九首集释》。
③ 见方东树《昭昧詹言》,汪绍楹校点,第56、57—58、59页。
④ 见方东树《昭昧詹言》,汪绍楹校点,第62页。

语，然惟于旁见侧出、忽然露出乃妙；若实用于正面，则似传注语录而腐矣。或即古人指点，或即事指点，或即物指点，愈不伦不类，愈见妙远不测。"①或许方氏所举出的那些句子，正是被认作即事即物指点、"忽然露出"的"见道"妙语吧。这样的"摘句嗟赏"，实在是显示出一位老学究的眼光。不过，在方氏评说里，此种情况并不多。也有昔人附会而方氏却比较实事求是的情况，如对《行行重行行》的阐释。

（二）方东树的评说，重点不在于义理的阐发，而在于"文法"的讲求。所谓"文法"，即行文之法，其核心在于诗意如何进展、语势如何变化。金圣叹《读第六才子书〈西厢记〉法》云："一部书有如许缅缅洋洋无数文字，便须看其如许缅缅洋洋是何文字，从何处来，到何处去，如何直行，如何打曲，如何放开，如何捏聚，何处公行，何处偷过，何处慢摇，何处飞渡。"②虽是论剧本，但诗文亦同此理，可借以理解方东树所谓"文法"。方氏极重文法，他说："古人不可及，只是文法高妙。无定而有定，不可执着，不可告语，妙运从心，随手多变。有法则体成，无法则伧荒。率尔操觚，纵有佳意佳语，而安置布放不得其所，退之所以讥六朝人为乱杂无章也。"③可以说，文法是方氏论诗的核心所在。它不是固定死板的套路，难以作抽象的解说，运用之妙，变化多端，存乎一心，必须结合具体作品加以指点。方东树认为文法之妙，在于"恣肆变化，忽来忽止"④，不平直，不板滞，因此他对于突然而起，"劈头涌来"，以及突然横插，"接处横绝"的写法，往往表示赞赏。其中"顿断""顿挫""换笔换意换势"是方东树经常提到的关键语词。大致说来，"顿断"与"换笔换意换势"是一件事的两面，即前意已了而转向另

---

① 方东树《昭昧詹言》，汪绍楹校点，第 12—13 页。
② 《金圣叹批本西厢记》，张国光校注，上海古籍出版社，1986 年，第 10 页。
③ 方东树《昭昧詹言》，汪绍楹校点，第 8 页。
④ 方东树《昭昧詹言》，汪绍楹校点，第 33 页。

一意,或者是语气文势发生转换。"顿挫",也就是顿断而转换之意。犹如写字用笔略略停顿而转折。方东树主张多顿挫,那样语意、语势便丰富而不平直,在读者心理上形成起伏跌宕的感觉。当然,在变化顿挫的同时,必须保持意脉的贯通,似断而实连。所谓"逆摄""逆接""遥接""反承""倒卷"之类都是表示诗句、语意之间的关系,了解这种种关系,才能感受到全诗血脉贯通,浑然一气。方东树认为,这种种"文法"的表现都应该尽可能不露痕迹,那就是所谓"天衣无缝",那是"文法"的最高境界。

"文法"固然是方东树评论里核心的内容,但他也认为诗歌艺术之动人还包括其他一些要素。例如上文所说他对于诗人整体构思以及某些诗句的"奇情奇想""极其警动",便非常欣赏。这方面方氏还有不少言论,因本文所举诗例未曾涉及,故这里不多阐发。

方东树评诗之注重文法,人们常说是以古文法、时文法评诗,那固然不错。但从另一角度说,实际上方氏是认为诗与文有相通之处,有共同的审美趣味和要求。其核心便是希望多变化,不平直,而又自然天成,"天衣无缝"。这样的见解应该说是合理的,符合读者审美心理的。而想要对方氏的意见了解得真切,有助于我们欣赏和写作,那当然是必须结合他所评作品细细体会的。

(原载《江西师范大学学报》2020 年第 4 期)

如列子御风而未尝无法度

——方东树《昭昧詹言》评李白诗

　　方东树(1772—1851)是桐城派作家,姚鼐的高弟。他所著《昭昧詹言》可说是一部诗歌评点著作①,原本是批在王士禛《古诗选》、姚鼐《今体诗钞》上的评点之语,后来汇编、增益,成为一部颇具规模、涵盖较广的诗歌评论著作。所评作品为五言古诗、七言古诗和七言律诗,上起汉魏,下至宋元。其中所评李白五古,为《古风》共二十一首,七古也是二十一首。评《古风》仅以寥寥数语概括各篇主旨而已,评七古才是其用力所在,值得仔细体会。

　　方东树是一位崇尚理学的人,他的《汉学商兑》颇为有名,就是一部竭力宣扬程朱理学的著作。他也十分关心社会、政治和教化,强调经世致用、建功立业。这些在他评论诗人诗作时有所反映。但是他的评论,主要还是从诗歌艺术、技巧方面着眼的。评论李白时同样如此。

　　方东树曾说:"古人作诗,各有其本领。心志所结,动辄及之不自觉,所谓雅言也。如阮公之痛心府朝,忧生虑患;杜公之系心君国,哀时悯人;韩公修业明道,语关世教,言言有物。太白胸中蓄理至多,逐事而发,无不有兴观群怨之旨。是皆于《三百篇》、《骚》人未远也。"②这里所谓"本领",不是今日一般所指的能力、本事的意思,而是指作者的思想、见识、为人、性情以至癖性、爱好

---

①　"评点"原包括评与点二者,但今人似已习惯将"评"称作"评点",本文亦如此。

②　方东树《昭昧詹言》卷五,汪绍楹校点,人民文学出版社,1984年,第130页。以下引此书只出书名、卷数、页数。

等，这是为诗文之根柢，故曰"本领"。方东树认为，"本领"高卓，作诗才能出色。他说李白"胸中蓄理至多"云云，就是认为李白的"本领"是好的。这是对于李白诗歌思想内容的肯定。他还说："余尝论庄子、太白皆愤激，痛哭流涕，嬉笑怒骂，但人皆被他瞒过，以为放达，非也。"①对于李白的内心世界，有深切的体会。当然，对于李白诗歌的思想内容，他也有过批评："亦觉（太白）真实处微不及阮、陶、杜、韩。苏子由论太白：一生所得，如浮花浪蕊，好事喜名，不知义理之所在。今观其诗，似有然者。"②意思是李白诗不免稍有虚夸之处。但是无论如何，我们通观《昭昧詹言》，便知道方东树之评李白诗，在思想内容方面谈论得很少；他的注意力，基本上全在李白诗的艺术表现方面。他很明白："如荀子义理本领岂不足，而文乃不如李斯。故知诗文虽贵本领义理，而其工妙，又别有能事在。"③"诗文别有能事在，不关义理也。"④诗文写作别有能事，也就是说离不开艺术技巧，而艺术技巧是独立于"本领义理"之外的。这样的见解可谓通达。《昭昧詹言》这部书的撰写宗旨，本来就在于讨论技巧。虽然从理学家的立场看，这不过是"小言詹詹"，但方东树同时还是一位文学家，很懂得技巧的重要。因此，方东树在评点李白诗时注意力放在艺术性方面，对其思想内容方面只是大略言之，是可以理解的。

在艺术技巧方面，方东树特别注意的是所谓"意脉""气脉"，将全诗看作一个完整的生命体而关注诗意如何进展，如何保持贯通；这种进展往往表现于诗的结构、段落层次以及诗句间的关系。他所欣赏的，是既要文意通贯有序，又要变化多姿，不主故常，让

---

① 《昭昧詹言》卷一，第 20 页。
② 《昭昧詹言》卷一，第 5 页。所引苏辙语见苏氏《诗病五事》，《四部丛刊》初编本《栾城集》第二十册《栾城三集》卷八，第 5 页。
③ 《昭昧詹言》卷一，第 10 页。
④ 《昭昧詹言》卷一，第 39 页。

读者感到新奇和惊喜。这正是他以古文家的眼光评点诗歌的表现。在方东树看来，诗与古文，虽体裁不同，但在艺术手法上是有很多相通之处的。对于李白的七言古诗，他同样重视这一方面。他当然也体会到李白七言歌行的豪迈不羁、自由奔放，他说李白诗"发想超旷，落笔天纵，章法承接，变化无端，不可以寻常胸臆摸测，如列子御风而行，如龙跳天门，虎卧凤阁，威凤九苞，祥麟独角，日五彩，月重华，瑶台绛阙，有非寻常地上凡民所能梦想及者"①，又说："大约太白诗与庄子文同妙，意接词不接，发想无端，如天上白云，卷舒灭现，无有定形。"②而方东树认为，正因为李白歌行有这样的特点，有如"飞仙，不可妄学，易使流于狂狙熟滥，放失规矩"，所以更需要分析其"文法""章法"，"寻其命意脉络及归宿处"，"俾令后学知太白实未尝不有法度"③。他说，太白之妙，"全在文法高妙。大约古人不可及，只是文法高妙，令人迷离莫测"④。虽然迷离莫测，但仍可以寻绎；也正因为迷离莫测，所以更需要分析。

上面是方东树对太白七言歌行的总的评说。下面我们看看他是如何具体评点的。王士祯《古诗选》选录李白七古共二十五首，都是脍炙人口的名篇佳制。《昭昧詹言》评点了其中的二十首，另外评渔洋未选的《于阗采花》一首。本文拟选择《梁甫吟》《夜泊黄山》《梁园吟》《襄阳歌》四篇加以观察⑤。希望既可以对方氏的诗歌审美观念有比较真切的体会，也有利于对李白诗歌的鉴赏。

---

① 《昭昧詹言》卷一二，第249页。
② 《昭昧詹言》卷一二，第249页。
③ 《昭昧詹言》卷一二，第248、249页。
④ 《昭昧詹言》卷一二，第249页。
⑤ 此四篇文字，均依据詹锳主编《李白全集校注汇释集评》，百花文艺出版社，1996年。本文不注明页数。方东树评此四篇的话，都载于《昭昧詹言》卷一二，本文也不再注其页数。

梁 甫 吟

　　长啸《梁甫吟》,何时见阳春?君不见朝歌屠叟辞棘津,八十西来钓渭滨。宁羞白发照清水?逢时壮气思经纶。广张三千六百钓,风期暗与文王亲。大贤虎变愚不测,当年颇似寻常人。君不见高阳酒徒起草中,长揖山东隆准公。入门不拜骋雄辩,两女辍洗来趋风。东下齐城七十二,指挥楚汉如旋蓬。狂客落拓尚如此,何况壮士当群雄!我欲攀龙见明主,雷公砰訇震天鼓。帝旁投壶多玉女,三时大笑开电光,倏烁晦冥起风雨。阊阖九门不可通,以额扣关阍者怒。白日不照吾精诚,杞国无事忧天倾。猰貐磨牙竞人肉,驺虞不折生草茎。手接飞猱搏彫虎,侧足焦原未言苦。智者可卷愚者豪,世人见我轻鸿毛。力排南山三壮士,齐相杀之费二桃。吴楚弄兵无剧孟,亚夫咍尔为徒劳。《梁甫吟》,声正悲。张公两龙剑,神物合有时。风云感会起屠钓,大人峍屼当安之。

　　此首抒发"何时见阳春"的急切心情,可能作于天宝中期朝政动荡之时。诗人期盼能如吕尚、郦食其那样,乘机而起,在政治上有所作为;虽因君王为谗邪所蔽,求进无门,且担心受到迫害,但终究希望有风云感会之日。方东树为之划分段落,说开头二句"冒起";然后"朝歌"八句为一段,述吕尚事;"高阳"八句为一段,述郦食其事。这是诗的前半部分,条理清楚,区勒不难。然后从"我欲"句起,直至"吴楚弄兵"二句,共十九句,方东树说是"一大段";最后《梁甫吟》,声正悲"以下为一段,"自慰作收"。对于那十九句的一大段,方东树又分作两段。他说:

　　　　"我欲"句入己。以下奇横,用《骚》意。"帝旁"句,指群邪也。"三时"二句,言喜怒莫测。"阊阖"句归宿,如屈子意,承上一束。"以额"句奇气横肆,承上一束。

方东树以"我欲攀龙见明主"至"以额扣关阍者怒"七句为一段，"阊阖""以额"二句将此段作一收束，而"阊阖"句是全诗的"归宿"，即全诗的用意、主脑所在。方氏对这一段的解释，与萧士赟等人虽不无小异，但大体相同，都是说因谗邪壅蔽而不得进。至于这一大段中的第二段（"白日不照吾精诚"至"亚夫哈尔为徒劳"十二句），则方东树的解释与他人分歧较大。他说：

> "白日"二句转。"猰㺄"句断，言性如此耳；"驺虞"句再束上顿住。"手接"句续。"力排"二句，解上"手接"二句。"吴楚"二句，解上"智者"二句。

说得简略，不够明白。揣测其意，大约是这样：（1）欲叩九阍而被阻这一场景写毕，"白日"二句"转"而另起。（2）"'猰㺄'句断"，是说该句忽然跳开。上面"白日不照吾精诚"两句说自己不被谅察，被认为是杞人忧天，而"猰㺄磨牙竞人肉"似乎忽然跳开说别的，转得突然陡峭，因此说是"断"。"猰㺄""驺虞"二句的意思，不太好理解。诸家都解为分别指凶残的奸臣和忠良的仁人，但如何与上面两句相承接呢？诸家所说纷纭，似都难以令人首肯。例如沈德潜说："见君子小人并列，而人主不知。"高步瀛说："言仁暴不同，因世治乱而见。"[①]都显得牵强，硬注入了诗中没有的意思。方东树则解释道："言性如此耳。"说得太简略，也还是不够明白。猜测起来，他也许这样理解李白之意：虽然我的一片精诚不蒙君王谅察，无人能够理解，但这是我的本性，难以改变，就像猰㺄食人而驺虞惜草，各具其性，不能改变，也不能相通。如果这样的揣测不错，则方氏的理解与诸家相去很远，却比较合理。按这样的理解，"猰㺄"句看似突然与上文断开，实际上意思是联系紧密的。（3）方氏说"'驺虞'句再束上顿住"，他似乎是将"白日"至"驺虞"

---

① 沈氏、高氏语均转引自《李白全集校注汇释集评》，见第 336、325 页。

四句视为一层,"骑虞"句将此四句"束"住,作一停"顿"。(4)"手接"句至"亚夫"句共八句为又一层。这八句之间跳跃得厉害,加之都用典故,因此也是颇费解的。方东树说,它们的连接关系是:"力排南山三壮士,齐相杀之费二桃"二句承接"手接飞猱搏彫虎,侧足焦原未言苦",而"吴楚弄兵无剧孟,亚夫哈尔为徒劳"二句承接"智者可卷愚者豪,世人见我轻鸿毛"。那么诗意是说:虽然我不惧穷困,勇而守义,但奸人欲加害却甚易;虽然我处此厄境,为人所轻,但欲安定动荡之局面,有我无我乃关系至巨。方氏所说的这种双起双应的承接关系,在古代诗文中屡见不鲜。《诗经》里已多有其例,如《小雅·无羊》:"谁谓尔无羊?三百维群。谁谓尔无牛?九十其犉。尔羊来思,其角濈濈。尔牛来思,其耳湿湿。"后世诗中也多有,不过大多数是四句:三承一,四承二;或者三承二,四承一。《昭昧詹言》卷一二云:"首领双起,以下分应,作章法。"①说的就是这种情形②。不过在这首《梁甫吟》中,这种关系比较隐晦,诸家解说,基本上都没有这么理解;而若照方氏的理解,这八句的联系便较紧密,意脉也较清楚。

　　李白此诗纵横驰骤,昔人都以为颇不易解。方东树也说此首"意脉明白,而段落迷离莫辨"。我们说,其难解主要在于后半篇那十九句一大段,一大段里又难在"白日"以下的十二句。特别是"手接飞猱"二句便一韵,以下"智者可卷"至"亚夫哈尔"则六句一韵,这八句可视为一层,其间转韵一次,而韵脚转换与意思的转换并不一致。方东树说"段落迷离莫辨"大概主要是指此而言。吴闿生则针对方氏所言,道:"此首意绪至为难寻,(方氏)所分亦恐

① 《昭昧詹言》卷一二,第 276 页。
② 其实除了诗歌,文章里也常见,尤其多见于骈文。参笔者《"宛转相承":骈文文句的一种接续方式》,载《文史哲》2007 年第 1 期,收入笔者《汉唐文学研究赏集》,上海古籍出版社,2010 年。

未当。"①方东树对诗句意思的理解是否全对,姑且不论,但总之整理得比较有条有理。高步瀛先生《唐宋诗举要》是接受了方氏对"手接飞猱"八句的解说的。

从方东树的评点中,我们可以显然看到他确是参用评古文的方法来分析诗歌的。他说开头两句"冒起","冒"是盖的意思,其意谓"长啸《梁甫吟》,何时见阳春"二句具有覆盖、笼罩全篇的作用。这就指出了诗歌开头的一种方法。他又说:"'阊阖'句归宿",意谓此诗命意所在、所欲表达的中心意思就集中表述于"阊阖九门不可通"一句当中②。方东树很重视"归宿"。此外,他说"承上一束""束上顿住",表明他很注意分析诗的段落层次。所谓"顿住",就是"停住"。他又用"转""续"等字眼,都表明他十分注意诗意和气势的发展脉络。至于对"手接"以下八句的承接关系的看法,也值得重视。这样的评论,对于读者,特别是初学者的理解、鉴赏是有好处的。

夜泊黄山闻殷十四吴吟

　　昨夜谁为吴会吟,风生万壑振空林。龙惊不敢水中卧,猿啸时闻岩下音。我宿黄山碧溪月,听之却罢松间琴。朝来果是沧洲逸,酤酒提盘饭霜栗。半酣更发江海声,客愁顿向杯中失。

方东树评曰:"起句叙,二句写。三、四顺平。'我宿'句接续叙。'听之'句衬。'朝来'句又提,佳在下半笔力截剪。收二句倒绕,加倍法,六一有之。"他说此诗开头一句"昨夜谁为吴会吟"是叙述夜来闻吟之事,次句"风生万壑振空林"对所听到的吟声进行描写。三、四"龙惊""猿啸"两句顺着"风生"句平写。"我宿黄山碧溪月",方氏说"接续叙",意谓"风生"以下三句描写"吴吟",隔

---

① 　吴氏语见武强贺氏刊《吴氏评本昭昧詹言》卷一二,1918年,第5页。

② 　方东树云:"不寻其命意,则读其诗不知其归宿。"归宿即命意所在。见《昭昧詹言》卷一一,第235页。

断了夜来闻吟的叙述,现在接续着叙述下去。这也表明方东树注意诗意的脉络,注意意脉的断续。"听之却罢松间琴",方氏指出乃是为了衬托殷十四夜吟之动人。这样理解很有意思。表面看此句仍是叙,叙述自己为吟声所吸引而停止弹琴,但起到了衬托的作用。融衬托于动态的叙事线索之中,便自然生动,以至于读者几乎意识不到衬托手法的运用。古民歌《陌上桑》以旁观者的表现衬托罗敷之美,虽然也有意趣,论者往往引为佳例,但那是在叙事主线(罗敷采桑)之外的穿插,一看便知作者的目的。李白这里却不使人觉。方氏指出是"衬",有利于读者体会。"'朝来'句又提",是说上头一段已经把夜泊黄山闻吟的事说完,这里另外提起事由,另说次日早晨的事。"收二句倒绕",本已另说别的,却又倒着绕回去,再说殷十四的吴吟("江海声"),故曰"倒绕"。方东树很重视这种写法,认为可以"加倍",大大增强效果,故特地拈出。从方东树的这些评点,我们看到他注意意脉的进展以及进展过程里的中断、接续、叙和写的安排等,注意如何开头结尾,又注意衬托等手法的运用。

方东树又评曰:"佳在下半笔力截剪。"意思是说下半篇即后四句剪裁功夫很好。下半篇别的都不说,只说殷十四朝来进食事;进食又只一笔带过,只突出半酣复为吴吟一事。"笔力截剪"当指此而言。方东树注意到这一点,表明他的艺术感觉很敏锐。他在评汉代古诗"穆穆清风至"时说:"中间删去弃我不终一段情事。古人文法笔力,得斩截处即斩截也。"[1]剪裁得当,不仅显得干净利落,而且更能调动读者的想象。

接下去方东树又评道:"两半章法,同《江上吟》。前层正叙,

----

[1]　《昭昧詹言》卷二,第 61 页。为便于体会,今将"穆穆清风至"一诗抄录于下:"穆穆清风至,吹我罗裳裾。青袍似春草,长条随风舒。朝登津梁山,褰裳望所思。安得抱柱信,皎日以为期。"

叙毕乃再推论。此与七律同。千年以来,不解此矣。此诗律最深处。"意思是说,此诗前半(开头至"松间琴"凡六句)叙写昨夜听吴吟之事,是"正叙",已经将题目"夜泊黄山听吴吟"叙写完毕;而后半四句还又推开去叙今日朝来之事("推论"的"论"字只是泛指叙写,不须拘泥以为指议论)。前后两半划然区别,故曰"两半章法"。李白《江上吟》前半说江上饮酒泛舟,后半说功名富贵短暂而词赋足以不朽,便也是"两半章法"。方氏说七律也有这样的写法。按《昭昧詹言》论七律有云:"杜(甫)又有一起四句,将其题情绪叙尽,后半换笔换意换势,或转或託开(按即'托开''拓开'),大开大合。唯杜公有之,小才不能也。"①他说杜甫的《返照》《阁夜》就都是这种章法。方东树的此种看法,与他注重题目有关系。这些诗本来前后相关,是一个完整的整体,但若从叙题的角度看,则确是前半已经将题目字面写尽,因此他说"叙毕乃再推论"。按金圣叹评唐代律诗,有分解之说,将八句分成前解、后解②。方东树的说法似乎与之有关联,但金氏用此法于一切律诗,方氏只是用于某些特定的诗篇;方氏是从前半"销题"已尽、后半另行开拓的角度立论的。(此亦非方氏独见。方氏之前已有人言及。如孙鑛《杜律》五言卷二评杜甫《春日江村》五首之三云:"前四句景,后四句情,若不相蒙。交错烂漫,佳。"③)至于方东树将此推为"诗律最深处"云云,不免太过,故吴闿生讥之云:"何至于此!"④

梁 园 吟

我浮黄河去京阙,挂席欲进波连山。天长水阔厌远涉,访古

---

① 《昭昧詹言》卷一四,第377页。
② 吴宏一先生《清代诗学初探》已论及金圣叹这一做法,见该书第四章第一节,台湾牧童出版社,1977年。
③ 转引自萧涤非主编《杜甫全集校注》,人民文学出版社,2014年,第3351页。
④ 见武强贺氏刊《吴氏评本昭昧詹言》卷一二,第5页。

始及平台间。平台为客忧思多,对酒遂作《梁园歌》。却忆蓬池阮
公咏,因吟"渌水扬洪波"。洪波浩荡迷旧国,路远西归安可得?
人生达命岂暇愁,且饮美酒登高楼。平头奴子摇大扇,五月不热
疑清秋。玉盘杨梅为君设,吴盐如花皎白雪。持盐把酒但饮之,
莫学夷齐事高洁。昔人豪贵信陵君,今人耕种信陵坟。荒城虚照
碧山月,古木尽入苍梧云。梁王宫阙今安在,枚马先归不相待。
舞影歌声散渌池,空余汴水东流海。沉吟此事泪满衣,黄金买醉
未能归。连呼五白行六博,分曹赌酒酣驰晖。酣驰晖,歌且谣,意
方远。东山高卧时起来,欲济苍生未应晚。

方东树的评说文字较多,为方便起见,这里分成以下几点加
以说明。

(一)关于题目。上文说过方氏注重题目,本篇"平台为客忧
思多,对酒遂作《梁园歌》",方东树说是"入题情,正点,一篇提
局",意谓此之前四句叙事,尚未进入题目,到这两句方叙入题意,
正面点明题面,一篇布局由此而提起。

(二)注重文意的转换。方氏说:"'却忆'句转放开展,用笔顿
折浑转。""却忆"一句,从点题转换到怀古,从当下的入题、点题转向
更开阔处拓展,因此说是"转放",是"开展"。"顿折",即停顿转折之
意,犹如写字作书之用笔,顿而折之。虽然用笔转折了,但"蓬池阮
公咏"算得是本地风光(蓬池与平台、梁园相去不远),诗人联想到它
是十分自然的事,一点不生硬,浑然不使人觉,因此说是"浑转"。方
氏又说:"'空余'句顿挫。'沉吟'句转正意。""空余汴水东流海"一
句将上文述梁王、枚马一节束住、停住,下面另起,因此是"顿挫"。
"顿挫"意近"顿折"。紧接着"沉吟此事泪满衣"转而说自己旅游中
的忧思;忆阮公,述信陵、梁王、枚马都是宾,是侧陪,自我抒发才是
主,是正面,因此说是"转正意"。吴闿生不同意"沉吟"句"转正意"
的说法,云:"'沉吟'句承上,非转正也。"承上固然不错,但是如上所

说,已经转向正面,可谓承上而转,方氏所言并不错。

（三）关于段落和音韵。方东树说:"诗最忌段落太分明。读此可得音节转换及章法大规。"这大概是指"平台为客忧思多,对酒遂作《梁园歌》。却忆蓬池阮公咏,因吟'渌水扬洪波'。洪波浩荡迷旧国,路远西归安可得"这几句而言吧。"却忆"二句,诗意已转,但用的韵部未改,那便在转换的同时又给人浑然一气之感。方氏说这里的"转"是"浑转","浑"者,浑然不觉也,那与用韵未变也有关吧。"洪波浩荡"二句,其意也已转折,与"却忆"二句并不承接,用韵也已改变。但是"洪波"二字顶针相接,故仍给人一种连而未断的印象。因此,若划分段落层次的话,由于意义和音节的不一致,便显得有些模糊。方氏认为这样反倒有滋味,因此说"最忌段落太分明"。这里显示了他求变化、求"不平"、反对单调划一的审美趣味。他曾说:"段落明白,始于东汉,昔贤以此为文意之衰。然诗犹未尔。如《十九首》及孔北海、曹氏父子、刘、阮、陶公、刘琨,皆魏晋人作,而高古如彼。"[①]段落分明或不甚分明与"高古"有何关系呢？大约在古文家眼里,先秦西汉文字浑浑浩浩,分段不是很明白的。后世段落太分明,便显得人工气息较重,显得不够浑朴,那正与骈文的句式太整齐一样,失去了"高古"气味,是文章衰落的表现。

（四）下面一番话是方东树的重点:"因见梁园有阮公、信陵、梁王诸迹,今皆不见,足为凭吊感慨。他人万手,同知如此用意,而不解如此作法。此却从自己游历多愁说入,又自解不必如此。所谓借他人酒杯,浇自己垒块。死活仙凡,全在如此。寻常俗士,但知正衍故实,以为咏古炫博,或叙后人议论,炫才识,而不知此凡笔也。此却以自己为经,偶触此地之事,借作指点慨叹,以发泄我之怀抱,全不专为此地考古迹发议论起见。所谓以题为宾为

---

① 《昭昧詹言》卷一,第35页。

纬,于是实者全虚,凭空御风,飞行绝迹,超超乎仙界矣,脱离一切凡夫心胸识见矣。杜公《咏怀古迹》,便是如此。解此可通之近体,一也。"他的意思是说,一般人作诗,见某地有古迹,于是凭吊感慨,发一通议论,甚至借以炫耀博学,那都是凡庸死板的作法。李白此诗却是叙自己的经历,抒自己的怀抱,言及与"梁园"相关的古人只不过是信手撷取本地风光,借以自我纾解罢了。也就是以自己抒怀为主为经,与题目("梁园")有关的典故为宾为纬。这样的作法便化实(梁园典实)为虚(心胸怀抱),灵动超逸。他说杜甫《咏怀古迹》也是这样的作法。他评杜甫该组诗(其实主要是《咏怀古迹》之一"支离东北风尘际")道:"凡咏古迹,须以己为主,却将题作宾,指点咏叹出之乃妙。若正面实赋,则死滞如嚼蜡,唐人俗手应试体矣。"①"将题作宾",从处理题目的角度谈此种"文法",也显示出方氏议论的特色。吴闿生赞同方氏的分析,可是评价不高,说:"然此等亦最肤浅之论。"②我们认为,方氏拈出此点,加以说明,对于初学者还是颇有好处的。指出借古抒怀的手法,确近于老生常谈,但是"将题作宾"的议论,还是比较有新意的吧。

以上四点,从题目、转折、段落、虚实等方面来谈,此外他还评道:"'平头'二句,酣恣肆放。""'昔人'数句,咏叹以足之,情文相生,情景相融,所谓兴会才情,忽然涌出花来者也。"诗中应有特别精彩的叙述、描写,使读者精神一振,也是方东树所强调的。他常说诗应"起棱"、有"汁浆"(见下文),这里所谓"涌出花来"云云,也就相当于"起棱""汁浆"吧。

襄 阳 歌

落日欲没岘山西,倒着接䍦花下迷。襄阳小儿齐拍手,拦街

---

① 《昭昧詹言》卷一七,第407页。
② 见武强贺氏刊《吴氏评本昭昧詹言》卷一二,第6页。

争唱《白铜鞮》。傍人借问笑何事,笑杀山公醉似泥。鸬鹚杓,鹦
鹉杯,百年三万六千日,一日须倾三百杯。遥看汉水鸭头绿,恰似
蒲萄初酦醅。此江若变作春酒,垒曲便筑糟丘台。千金骏马换小
妾,醉坐雕鞍歌《落梅》。车旁侧挂一壶酒,凤笙龙管行相催。咸
阳市中叹黄犬,何如月下倾金罍?君不见晋朝羊公一片石,龟头
剥落生莓苔。泪亦不能为之堕,心亦不能为之哀。谁能忧彼身后
事,金凫银鸭葬死灰。清风朗月不用一钱买,玉山自倒非人推。
舒州杓,力士铛,李白与尔同死生。襄王云雨今安在,江水东流猿
夜声。

　　方东树对此首诗的开头甚为赞赏,他说:"兴起。笔如天半游
龙,断非学力所能到,然读之使人气王。'笑杀'句,借山公自兴。"
这是指开头的"落日欲没"至"一日须倾三百杯"一节。他的意思,
是说李白写山简烂醉是起兴,是用兴的手法比拟自己。今人或许
觉得六义之兴不能与比混为一谈,但汉儒所说的"六义"之一的
"兴",所谓"托事于物",本可以理解为一种隐晦的比喻,刘勰所谓
"环譬以托讽""比显而兴隐"是也。方东树说的"兴起""自兴"的
"兴",便是此意。我们不妨举几个例子作为旁证:《昭昧詹言》评
古诗("明月皎夜光")"秋蝉鸣树间,玄鸟逝安适"二句云:"'秋蝉'
喻友之得志居高,'玄鸟'兴已失所。"[1]"喻""兴"对举,兴就是喻。
又评谢灵运《晚出西射堂》"羁雌恋旧侣,迷鸟怀故林"云:"托以自
兴"[2],谓比喻谢灵运自己。又评李白《古风》"齐有倜傥生"云:"此
托鲁连起兴,以自比。"[3]也是以兴为比。总之,方氏这里说"兴起"
"自兴",就是说李白以山简自比。按"托事于物"之"物",若依毛
公、郑玄、孔颖达的解释,范围很广,并不局限于自然界的动植物,

---

① 《昭昧詹言》卷二,第 57 页。
② 《昭昧詹言》卷五,第 142 页。
③ 《昭昧詹言》卷七,第 206 页。

也不限于某些器物；生活中的一些行为、情景，如采摘、伐木、钓
鱼、捕鸟、耕作、织锦等等，都可以是那"物"，即作为比喻中的喻
体。比如《诗·陈风·衡门》"衡门之下，可以栖迟"，郑玄说："贤
者不以衡门之浅陋则不游息于其下，以喻人君不可以国小则不兴
治致政化。"孔颖达说："虽浅陋衡门之下，犹可以栖迟游息，以兴
虽地狭小国之中，犹可以兴治致政。"①便是说，在浅陋的屋宅之内
居处，是"兴"国君在狭小的国土之内推行政治教化。这便是以行
为为"兴"。方东树说写山公的酩酊，是"兴"李白的嗜酒，这样的
理解，便是从汉唐《诗经》学者那里来的。他认为李白写得夭矫自
如，挥洒淋漓，令读者精神振奋，那体现了其天性之豪迈，是学不
来的。

　　方东树又说："'遥看'二句，又借兴换笔换气。"认为"遥看汉
水鸭头绿，恰似蒲萄初酸醅"二句借着写山公而顺势调转笔锋。
此前写得逸兴遄飞，热闹非凡，这两句转向平缓，故曰"换气"。又
说："'此江'句起棱。""起棱"，摸上去不是平的，是有立体感的，指
诗中特别引人注意、令人欣赏的句子。方东树曾说，诗中若只有
一般的叙和议，没有描写，就还见不出本事；而一般的描写，也还
不算"入妙"，必须"加倍起棱、汁浆，或文外远致，此为造极"②。又
说：作诗"大约不过叙耳、议耳、写耳，其入妙处，全在神来气来，纸
上起棱，骨肉飞腾，令人神采飞越。此为有汁浆，此为神气"③。可
见所谓"起棱"是诗中美妙、有神气而令人激赏之处。还说："起棱
在神气，存乎能解太史公之文。"④大约是指《史记》描写人物栩栩
如生、呼之欲出而言。这些说法都不是严格的定义。究竟方氏心

---

① 《毛诗正义》卷七，李学勤主编《十三经注疏》标点本，北京大学出版社，1999 年，第
　　443、444 页。
② 《昭昧詹言》卷一一，第 233 页。
③ 《昭昧詹言》卷一一，第 234 页。
④ 《昭昧詹言》卷一一，第 235 页。

目中的"起棱"是怎样的，还得看他的具体的评论。这里说"此江若变作春酒"之句是起棱，大概因其想象奇特，写出一位醉汉的奇情妙想，令人发笑而觉得活生生有神气吧。

　　方东树又说："'玉山'句束题。"所谓"束题"，早见于五代僧神彧《诗格》："诗有颔联，亦名束题，束尽一篇之意。"①但方东树这里应是借用八股文里的名称。八股文的末段叫作"束题"，方氏用此语，也反映出那个时代诗文评点与八股文的某种联系②。为何"玉山自倒非人推"这句是"束题"呢？大约方东树认为，"襄阳歌"这个题目是歌咏山简在襄阳醉倒这个故事的，而"玉山"句与开头"倒着接䍦""醉似泥"相呼应，都是写醉倒。"玉山"句之后，说"李白与尔同死生"云云，不再说到襄阳山简了，那么"玉山"句是对前此内容的收束，是结束这个题目，是"束题"。大概在方东树眼里，"襄阳醉酒"这个题目至此已经歌咏完毕，下面全诗结尾部分说李白自己，是另一回事了。按："玉山之将崩"，本是称赏嵇康醉后的风采，与襄阳、山简都无关系。李白这里是不是有意照应诗的开头？怕也未必。但方东树是将"清风朗月不用一钱买，玉山自倒非人推"理解为对于山简"醉似泥"的一种说明。这样理解，倒是显得前呼后应，结构上显得完整。这也体现了方氏的评论多着眼于文法、章法的特点。

　　方东树又说："正意藏脉，如草蛇灰线。"这该如何理解呢？大概在方东树看来，诗的末尾李白直接出场，"李白与尔同死生"云云，虽然寥寥数语，但却是显明"正意"。此前的大部分篇幅，从开

---

①　张伯伟《全唐五代诗格汇考》，江苏古籍出版社，2002年，第490页。

②　清人吴乔论诗，也用"束题"一语，且明言借用八股文名义。其《答万季野诗问》云："七律颇似八比：首联如起讲、起头，次联如中比，三联如后比，末联如束题。"便是一例（丁福保辑《清诗话》，上海古籍出版社，1978年，第30—31页）。吴氏类似的意思又见其《围炉诗话》卷二："末联为合，如束题，杜诗之《曲江对酒》是也。"（《清诗话续编》，郭绍虞编选，富寿荪校点，上海古籍出版社，1983年，第544页）

头直至"玉山自倒非人推",都没有直接明白地说到李白自己,但是却又都有李白的影子在。李白自己痛饮本是"正意",但几乎一直隐藏着;表面看来没有写李白,但那"正意"如血脉般使全诗贯通。因此说是"正意藏脉"。我们看诗的开头部分是写山简,不是说李白,但方东树已经说过,那是诗人借以"自兴",即借以自比。再看"遥看汉水"以下至"玉山自倒"一大段,从语气上看,是紧接着前面写山简展开的,但不像是写山简了,因为所写的已经溢出山简故事之外。是不是写李白自己呢? 也觉得难以肯定。因为"千金骏马换小妾"云云,用的是曹彰故事,这里借来抒发一种豪宕之气,不见得是李白的实事①。那么,这一大段所叙及的,只是诗人想象中的一位醉人而已。但是,这一段里所谓"咸阳市中叹黄犬""晋朝羊公一片石"等等,又确实体现了李白自己的想法。总之,从开头到"玉山自倒"以前,既不是诗人直接出场,又处处影影绰绰、若即若离地显示着他的身影。方东树说:"正意藏脉,如草蛇灰线。"该就是这个意思吧。吴闿生曾批评道:"通首言饮酒,何为草蛇灰线?"②意谓全首很明白地都在说饮酒,并没有什么时隐时现、似断实连的地方。吴氏这么说,是因为他的理解与方东树不同。大约他只觉得全诗都是李白自我抒写,一气而下;他并没有像方东树那样,将前面大部分篇幅看作是歌咏山简那样的襄阳醉汉。若像方氏那样分析体会,从"正意"的处理着眼,细细推究其文法层次,那么说"正意藏脉""草蛇灰线"还是有道理的。方东树曾说:"章法在外可见,脉不可见。气脉之精妙,是为神至矣。"③《襄阳歌》正是一个适例。方东树认为这样的写法变化夭矫,出没无端,"如天半游龙",是非常欣赏的。

---

① 附带说一下:注家每将此处"骏马换妾"句解释为以马换得美妾,但方东树特地指明:"谓以妾换得马也。"笔者赞同方氏的解释。
② 见武强贺氏刊《吴氏评本昭昧詹言》卷一二,第 7 页。
③ 《昭昧詹言》卷一,第 30 页。

方东树认为此诗以歌咏晋人山简为题,以咏山简"兴起",但是诗人又不是为咏古而咏古,是借山简"自兴",以发泄自己心中的块垒。方东树说:"此与上所谓笔墨化为烟云,世俗作死诗者千年不悟。只借作指点,供吾驱驾发泄之料耳。""上所谓"云云,指上一首评《梁园吟》时所说的借阮公、信陵、梁王作指点而自我发泄,"实者全虚。凭空御气"云云。方氏认为此首叙写山简也是同样的笔法。当然,《襄阳歌》与《梁园吟》还是同中有异的。《梁园吟》写到古人,并无以之自比的意思;《襄阳歌》却是借以"自兴",古人和自己叠加在一起,合二为一了。

以上对方东树评点《梁甫吟》《夜泊黄山闻殷十四吴吟》《梁园吟》《襄阳歌》的话做了一些讲解。现在试图大致归纳一下。

(一)方氏的评点,非常注意"意脉""气脉"即诗意、文气的进展。其间转折、另提、断续以及"写"和"叙"的交错,他都一一指说明白。对于某些手法,例如衬托(如《夜泊黄山》以"听之却罢松间琴"衬托殷十四吟声之美妙)、"倒绕"(如《夜泊黄山》的收尾)也都指出说明。对于恰当的剪裁手法,他也十分欣赏,认为那是笔力精悍的表现。衬托、呼应、剪裁,都是作者们常用的手法,并不足奇,方东树称赏的是将这些手法运用得出神入化,能很好地为意脉进展服务,使意脉的进展更加巧妙多姿态。方东树特别欣赏意脉的隐而不露,即评《襄阳歌》时所说的"藏脉""草蛇灰线"。总之,方东树最关心的就是文脉的进展,要求多变多姿态;他最不满意的是平铺直叙、呆板笨拙的写法。

(二)意脉的进展,外现为段落层次。(1)在诗意自成一个层次而另提时,方东树常用"束""束上顿住""顿挫""顿折"等语标明之。他对于诗中多"顿"是表示欣赏的。多顿则多转折、多层次,诗的意思、气势便既丰富多变,又耐人寻索。(2)方东树说《梁甫吟》"段落迷离莫辨",那不含贬义而是褒辞。他评《梁园吟》时说

"诗最忌段落太分明",可以为证。这样的观点,体现了追求自然浑沦、尽量不露人为加工痕迹的审美情趣。(3)评《夜泊黄山》时说到"两半章法",并说《江上吟》也是这样的章法,"前层正叙,叙毕乃再推论"。这样的作法,往往使诗意有大幅度的拓展,所谓大开大合,气势、情调也增加变化,更丰富多样而仍统一,因此方东树给予很高评价。

(三)方氏评点,注意诗作对于题目的处理。评《梁园吟》"平台为客忧思多,对酒遂作《梁园歌》"二句云:"入题情,正点,一篇提局。"又说《襄阳歌》的"玉山"句"束题"。心中眼常有题目,这大约是那个时代写作、评点八股文和试帖诗形成的习惯。不过古来许许多多诗歌当然不是八股文、试帖诗的规矩所能牢笼的,方东树也当然明白这一点。他说《梁园吟》"以题为宾为纬,于是实者全虚"(《襄阳歌》也一样),便是从巧妙灵动地处理题目的角度加以评论表示赞赏的。他说《夜泊黄山》是"两半章法",前半已经"叙毕",也体现了对于题目的敏感。题目是"夜泊黄山闻殷十四吴吟",前半首确实已经将夜泊黄山和听吴吟都写到了,后半首写次日之事,便是"题外"的拓展。他评《宣州谢朓楼饯别校书叔云》时说,"长风万里送秋雁,对此可以酣高楼"二句"落入,如此落法,非寻常可知"[1]。"落""落入",是指从题目字面生发开去[2]。我们揣想方东树的意思,大概他认为李白此二句是对于题中"楼"字的生发,但却并非直接叙写其楼,而是写出楼上所见和所感,且非常自然,丝毫不露痕迹,读者根本不觉得是在因题生发,因此加以称赞。《昭昧詹言》评李白其他诗作,还有多处着眼于题目,如"倒点题柄""结题""入题"等。

---

[1] 《昭昧詹言》卷一二,第 251 页。

[2] 刘熙载《艺概·经艺概》(上海古籍出版社,1978 年):"自题中此字出彼字,就彼字而言谓之出,就自此之彼而言谓之落。"(第 176 页)方东树当是借用时文评点用语。

（四）方东树对李白诗在想象、形象描绘方面的奇特，气势的飒爽，抒情的淋漓尽致，都是有所领会的。而其重点，则在于李白诗的"文法高妙"，在于其意脉、章法的纵横多变。这也是方氏评论其他诗人时最着重的方面。想象的奇特超逸，气势的豪迈奔放，那是难以效法的，而"文法"即种种艺术技巧的运用，方东树认为是可以也应该加以揣摩的，因此他将评说的重点放在了这一方面。

（原载《名作欣赏》2019 年第 12 期）

黄侃先生补《隐秀》篇蠡测

《文心雕龙·隐秀》篇,元至正刻本以及诸多明代刻本均有大段阙文,而曹学佺批梅庆生第六次校定本等则补入所阙文字,据说是依据阮华山藏宋本补的[①]。自纪昀以来,许多人认为补文是伪撰,黄侃先生的《文心雕龙札记》还自作补文一篇,申说对于隐、秀的理解。但也有学者认为据阮氏藏本补的文字是真的,是刘勰原来的手笔。笔者赞同伪撰之说,并曾作《刘勰论"隐秀"和钟嵘释"兴"》一文窥测刘勰所谓隐、秀的原意[②]。作该文时,对黄侃先生的补篇还只泛泛读过,理解不深。近日重读,觉得先生对于刘勰的原意体会颇为真确,而亦或有尚可补充说明之处。《隐秀》阙文既多,其原意究竟如何,自然人言言殊,而亦颇令人感到兴趣,故撰此小文,以求学界指正。

黄先生的补篇,既对于隐、秀加以概括性的说明,定其义界;更举出许多著名作品,作为例子。前者固然具有理论色彩,而后者尤其有助于读者的理解。我国古代文论,包括许多概念、范畴,实践性颇强,我们若脱离具体的作品实际,就根本不可能有真切的体会,而只能是隔靴搔痒。读黄先生补篇,也尤其应该注意他所举的实例。

---

① 关于补文的来历、版本,可参考詹锳先生《文心雕龙的风格学·文心雕龙的隐秀论》(人民文学出版社,1982年),又见詹锳先生《文心雕龙义证》卷首《文心雕龙板本叙录》(上海古籍出版社,1989年)。

② 载《论刘勰及其〈文心雕龙〉》(学苑出版社,2000年),后收入笔者《汉唐文学辨思录》(上海古籍出版社,2005年)。

以下从几个方面谈谈笔者对黄先生补篇的认识。

第一,刘勰所谓隐秀是一回事还是两回事?

题钟惺评《文心雕龙》所录评语有云:"隐秀二字,将文章家一种幽冷之趣道出。[①]"这显然是强人就己,借以发挥自己的趣味,这姑且不论;而其语乃将隐秀看作一回事,视为一种风格的表述。在现代学者中,也颇有人认为是一回事的。如罗根泽先生说:"风骨是文字以内的风格,至文字以外或者说是溢于文字的风格,刘勰特别提倡'隐秀',……由此知'隐秀',尤其是'隐',是基于文字而却溢于文字的一种风格。[②]"又如刘永济先生说:"文家言外之旨,往往即在文中警策处,读者逆志,亦即从此处而入,盖隐处即秀处也。[③]"但刘勰原意是否如此呢?在《隐秀》残篇里,有"隐也者,文外之重旨者也;秀也者,篇中之独拔者也。隐以复意为工,秀以卓绝为巧"等语,应该说是二者并列,并非一回事。但阙文太多,特别是所举的实例,几乎全都佚去,因此尚使人犹疑。而黄侃先生的补篇,则是明确地将隐和秀看作两回事的。

黄侃先生首先从理论上对隐、秀二者加以说明。他说隐是"盖言不尽意,必含余意以成巧","言含余意,则谓之隐","隐者,语具于此,而义存乎彼","隐以复义为工,而纤旨存乎言外","情在辞外曰隐";而秀是"意不称物,宜资要言以助明","意资要言,则谓之秀","秀者,理有所致,而辞效其功","秀以卓绝为巧,而精语峙乎篇中","状溢目前曰秀"。然后他又举出实例。他模仿刘勰的做法,先举儒家经典,再举屈、宋以降名篇。举例时是将隐和秀分别开来,对称地加以枚举的。因此,黄侃先生显然是将隐和

---

① 转引自黄霖编著《文心雕龙汇评》,上海古籍出版社,2005 年,第 132 页。
② 罗根泽《中国文学批评史》第一册,上海古籍出版社,1984 年,第 234 页。
③ 刘永济《文心雕龙校释》,中华书局,1962 年,第 157 页。

秀视为两回事的。也有隐、秀合说之处:"然隐秀之原,存乎神思。……此皆功存玄解,契定机先,非涂附之功,非雕染之事。若意本浅露,语本平庸,出之以庾辞,加之以华色,此乃蒙羊质以虎皮,刻无盐为西子。""故知妙合自然,则隐秀之美易致;假于润色,则隐秀之实已乖,故古今篇章,充盈篋笥,求其隐秀,希若凤麟。""隐秀之篇,可以自然求,难以人力致。""缀文之士,亦唯先求学识,次练体裁,摹雅致以定习,课精思以驭篇,然后穷幽洞微,因宜适变,斫轮自辨其疾徐,伊挚自输其甘噤,古来隐秀之作,谁云其不可复继哉!"这是说无论隐还是秀,其出现于篇中,都是自然而然的;欲获得隐秀,只有通过平日的不断努力,使自己具有深沉的意致和高妙的语言修养,到了临文之际,加以精思,自然会有隐和秀出现;若光凭执笔时的刻意追求,雕琢涂饰,则绝无可能。显然,黄先生这是从如何获得隐、秀的角度而言,在这方面二者是一致的;至于隐和秀在篇中的表现,他并不认为是一回事。

第二,什么是隐?

隐当然就是意在言外。问题是所谓意在言外是一种笼统的说法,实际上其中还有种种不同的表现。钱锺书先生曾说:"夫'言外之意',说诗之常,然有含蓄与寄托之辨。诗中言之而未尽,欲吐复吞,有待引申,俾能圆足,所谓'含不尽之意,见于言外',此一事也。诗中所未尝言,别取事物,凑泊以合,所谓'言在于此,意在于彼',又一事也。"钱先生举《诗经·狡童》为例,首章云:"彼狡童兮,不与我言兮! 维子之故,使我不能餐兮!"次章进而曰"不与我食兮","使我不能息兮"。写被冷淡的女子怨恨的心情,读者可以体会到她"衾余枕剩、冰床雪被之况",依稀想象到那男子对她"见多情易厌"、"习处而生嫌,迹密转使心疏,常近则渐欲远,故同牢而有异志"的过程。这便是含蓄。而如果视此诗为以男女喻君臣,以"狡童"为指郑昭公,"子"指擅政之祭仲,写的是贤人被排挤的痛苦心情,那就是所谓寄托了[①]。钱先生所说甚是。大致说来,寄托往往运用譬喻、象征或其他某些隐晦曲折的笔法,若不另加说明,读者便难以明了其意指之所在;含蓄则多通过描写、叙述,触发读者的想象,引起读者的感慨。作者有所感,但偏不将其感慨全盘托出,却只是生动传神地描画出使其感慨的场景,或以具有典型意义的细节点出使其感慨的事件,然后让读者自己去体会,那就常能形成含蓄的效果。寄托与含蓄,有时候也较难有截然的界限,但一般而言,是有所区别的。还有一种情况,即读者觉得作品有余味,令人留连不舍,但却说不出究竟有何含义。比如林逋写梅花的名句"疏影横斜水清浅,暗香浮动月黄昏",朱熹说:"这十四个字,谁人不晓得?然而前辈直恁地称叹,说他形容得好。是如何?这个便是难说。须要自得他言外之意始得,须是看得那物事有精神方好。"[②]朱熹说的言外之意,并不是某种明确的、实在的意思,只是状物传神而使人留恋而已。《红楼梦》里的香菱,称赏王维的"大漠孤烟直,长河落日圆"、"日落江湖白,潮来天地青"、"渡头余落日,墟里上孤烟"等句余味不尽,"念在嘴里,到像有几千斤重的一个橄榄似的"[③],那也是一种虚灵的情味,而不是质实的意义。人们所艳称的司空图的味外味之说,就是此种。

那么刘勰所谓隐属于哪一种呢?自来论者,多笼统而言,少有加以具体分析者,而往往理解成上面所说的含蓄甚或那种虚灵的情味,与司空图之说以至意境说的"余味"置于一个系列。张戒《岁寒堂诗话》:"刘勰云'情在词外曰隐,状溢目前曰秀',梅圣俞

---

① 见《管锥编》第一册,中华书局,1979 年,第 108—109 页。

② 见朱鉴《诗传遗说》卷一,台湾商务印书馆影印《文渊阁四库全书》第 75 册,第 508 页下。

③ 曹雪芹、高鹗《红楼梦》第四十八回,人民文学出版社,1973 年,第 592 页。

云'含不尽之意见于言外，状难写之景如在目前'。"①他将刘勰所谓"隐"与梅圣俞"含不尽之意"的话等量齐观。按梅氏举的例子是温庭筠的"鸡声茅店月，人迹板桥霜"和贾岛的"怪禽啼旷野，落日少行人"，认为这两联诗言外见出"道路辛苦，羁愁旅思"②。那该是钱先生所说的含蓄。又如傅庚生先生《文学鉴赏论丛·论文学的隐与秀》："什么叫做'隐'？就是深蔚含蓄。'言有尽而意无穷'是它的特质，'此时无声胜有声'是它的奇致。试一读姜尧章过吴淞时所作的《点绛唇》：'燕雁无心，太湖西畔随云去。数峰清苦，商略黄昏雨。第四桥边，拟共天随住。今何许？凭栏怀古，残柳参差舞。'……这里是情与景的交融，这里是深曲之笔表达出深曲的情怀。"③姜白石这首词所表现的意绪甚为虚灵，令人回味不尽却又难以把捉，那并非有意寄托某种意思，并非那种"言在于此，意在于彼"的寄托。

　　黄侃先生的看法如何呢？在补篇中他未曾像钱锺书先生那样明白地区分含蓄和寄托，但也说"隐者，语具于此，而义存乎彼"，尤其是从他所举的实例，可以看出他对于刘勰"隐"的理解，基本上是寄托一类。

　　他先举经书的例子：（1）"《易传》有言中事隐之文。"按《系辞下》："其言曲而中，其事肆而隐。"④卦爻辞所说之事是明白的（肆），但它们深藏着一些字面上看不出来的义理（隐）。比如《乾卦》六爻从潜龙勿用说到亢龙有悔，乃隐藏着大人由幽微到渐升大位、日久而生悔吝之理。这样的写法，可说是象征、借喻（只说

①　张戒《岁寒堂诗话》卷上，丁福保辑《历代诗话续编》本，中华书局，1983 年，第 456 页。按：张戒此语，黄侃先生以为是《隐秀》佚文，笔者认为应是概栝刘勰之意而非原文。
②　欧阳修《六一诗话》，何文焕辑《历代诗话》，中华书局，1981 年，第 267 页。
③　转引自詹锳《文心雕龙义证》，第 1491 页。
④　《周易正义》，影印阮刻《十三经注疏》，中华书局，1980 年，第 89 页中。

出喻体而不言喻意,其喻意是隐晦难晓的)。(2)"《左氏》明微显志晦之例。"按《左传·成公十四年》总结《春秋经》书法,有所谓"微而显、志而晦、婉而成章"之说①。例如僖公十九年书曰"梁亡"。梁国乃为秦国所灭,为何不书"秦灭梁"而仅言"梁亡"呢?原来梁伯大兴土木招致民怨,以致为秦所乘。书"梁亡"犹言其自取灭亡,表明《春秋》作者憎恶梁伯的态度。态度鲜明但笔法隐微,故曰"微而显"。又如宣公七年书曰"公会齐侯伐莱",为何不书"公及齐侯"而用"会"字呢?《左传》云:"凡师出,与谋曰'及',不与谋曰'会'。"②此次伐莱,并非鲁国本意,乃不得已而应命。"公会齐侯"的写法,隐含着这样的事实。记事隐晦,故曰"志而晦"。(志,记也。)又如僖公十六年僖公与齐、陈等诸侯会于淮,后发生变故,僖公为齐侯所拘执,至十七年方得以归国。而《春秋》不详言之,仅书曰"公至自会"③,似乎僖公是与诸侯合会之后回国的。以婉曲的写法为之避讳,所谓"婉而成章"。这样的写法,读者必须先知晓其义例方可,也是隐晦难晓的。(3)"《礼》有举轻以包重。"如《周礼·夏官·司士》载天子视朝之时,与群臣相见行礼,孤、卿地位高于大夫,故对孤、卿一个一个作揖,对大夫则按上大夫、中大夫、下大夫三等作三次揖而已。对地位高于孤、卿的三公(太师、太傅、太保)如何作揖,经文却没有说,因为对孤、卿尚且一个一个作揖,那么对三公当然也是如此,不言而自明。所以贾公彦解释道:"亦举轻以明重。"④又如《礼记·曾子问》载孔子"缌不祭"之语⑤,意谓缌麻在身,便不可参与宗庙祭祀。缌麻是五种丧服中最轻的,说"缌不祭",那么服更重的丧,自然更不可以参与

①　《春秋左传正义》,影印阮刻《十三经注疏》,中华书局,1980 年,第 1913 页下。
②　《春秋左传正义》,第 1873 页上。
③　《春秋左传正义》,第 1809 页上。
④　《周礼注疏》,影印阮刻《十三经注疏》,中华书局,1980 年,第 849 页中。
⑤　《礼记正义》,影印阮刻《十三经注疏》,中华书局,1980 年,第 1391 页中。

祭祀了。又如《仪礼·丧服》载嫡长子卒，其父应为其服丧三年，而且是最重的丧服即斩衰。《丧服传》加以解释，发问道："何以三年也？"但却不曾问"何以斩衰"。据贾公彦说，那是因为斩衰之服所体现的丧痛重于三年之期所体现的丧痛，虽是"举轻以问之"，但"轻者尚问，明重者可知。故举轻以明重也"①。也就是说，"何以三年"之问，就已包含"何以斩衰"在内了。昔人认为《丧服》中类似的写法颇多，故《文心雕龙·征圣》云"《丧服》举轻以包重"②。这种写法，可说是一种省略的写法，也相当隐曲。（4）"《诗》有陈古以刺今。"如《诗经·王风·大车》，据序所云，写的都是古时大夫如何善于听讼，但实际上是讽刺今之大夫不能听讼。刺今之意从诗里是看不出的，若不是另加解说，读者也难以了解。据汉儒说，《诗经》中类似的作品不少。以上四条，黄侃先生用来说明经书中多有隐的表现。《文心雕龙·征圣》《宗经》说到《周易》《春秋》等经典时，也多用"精义以曲隐""隐义以藏用""访义方隐"等语③。黄先生之说，正是阐发刘勰之言，他认为《隐秀》中的"隐"，就是《征圣》《宗经》中的"隐"。上述经书里的这些"文外重旨"，虽情况各有不同，但都深隐费解，与后世论者所说的那种味外之味、那种绵缈的情韵，显然不是一回事。

　　补《隐秀》篇还说："孟子之释《书》文，《武成》一篇，洵多隐义。"孟子曾批评《武成》"血流漂杵"之语，谓"仁人无敌于天下，以至仁伐至不仁，而何其血之流杵也"④。黄先生盖谓孟子此语颇有言外之意，即借评说古事以谴责春秋战国时诸侯相攻伐，血流成河，都是不仁不义之战。黄先生举此例，大约是要说明，不但"文外重旨，唯经独多"，而且人们受了经书的影响，从而在阐说、运用

①　《仪礼注疏》，影印阮刻《十三经注疏》，中华书局，1980年，第1101页上。
②　王运熙、周锋《文心雕龙译注》，上海古籍出版社，1998年，第11页。
③　王运熙、周锋《文心雕龙译注》，第11、19页。
④　《孟子注疏》，影印阮刻《十三经注疏》，中华书局，1980年，第2773页中。

经书时也多隐义,孟子所论便是一例。

枚举经书之后,黄先生继而举后世作品之隐。(1)"《离骚》依《诗》以取兴。"按:王逸云:"《离骚》之文,依《诗》取兴,引类譬喻,故善鸟香草,以配忠贞;恶禽臭物,以比谗佞。"①《文心雕龙·比兴》云"比显而兴隐"②,这种"兴"的手法,也是深隐的。(2)"《九辩》述志以谏君。"据王逸注,《九辩》亦多兴寄之语。如"天高而气清"、"收潦而水清",王注说是反衬君上昏乱,无有清明之时。"秋既先戒以白露兮,冬又申之以严霜",王注说是指君令严苛,刑罚刻峻③。此类甚多。(3)"贾谊吊屈以自伤。"按贾谊《吊屈原文》通篇无明显的自伤之语,但结合其遭遇、心境,历来论者以为乃借吊屈以寄寓其自悼之意。(4)"杨雄《剧秦》以寓讽。"《剧秦美新》言秦之兴起云:"独秦屈起西戎邠荒岐雍之疆",黄先生认为那有言外之意,是讽刺王莽"并秦之基业而无之"④。《剧秦美新》又斥责秦始皇蔑弃前圣之业,专逞一己之私,黄先生说那其实是詈责王莽"纷纷改作","尽改汉制"。《剧秦美新》称颂王莽建立新朝,乃天之所命,"不可辞让",黄先生说那是"婉而成章",是说反话,以曲笔讽刺王莽制造祥瑞。总之,黄先生以为《剧秦美新》用意深隐,以指桑骂槐的曲笔表达其言外之意。(5)"王粲《登楼》,叹匏悬之不用。"王粲此赋,抒写怀土之思,而有"惧匏瓜之徒悬兮,畏井渫之莫食"之句。黄先生认为这是用兴寄的手法叹息自己身处乱世不能施展才用。(6)"子期闻笛,愍麦秀于为墟。"向秀《思旧赋》哀悼友人嵇康、吕安为司马氏所杀,黄先生认为其实乃为吊魏而作。赋序写"日薄虞渊,寒冰凄然"之时经过山阳旧居,黄先生说"山阳乃汉献降居之国,知此则此篇为吊魏而作,而嵇、吕之死

---

① 洪兴祖《楚辞补注》,中华书局,1983 年,第 2 页。

② 王运熙、周锋《文心雕龙译注》,第 323 页。

③ 洪兴祖《楚辞补注》,第 183、186 页。

④ 黄侃《文选平点》(重辑本),中华书局,2006 年,第 550 页。

魏，不待烦言矣"。（按：意谓嵇、吕有挽救魏室、颠覆司马氏之志以至行动，因而被杀。）至于"日薄虞渊"，则是"暗慨魏之将亡"。赋云："叹黍离之愍周兮，悲麦秀于殷墟。惟古昔以怀今兮，心徘徊以踟蹰。"前两句用的是悲悼故国的典故，因此黄先生说是"乃微辞也"；"惟古昔"句是慨叹"今魏祚将亡也"①。总之，黄先生以为向秀此作虽然写的是哀悼旧友，实际上隐晦地寄托了伤悼魏国将亡的悲慨。（7）"令升《晋纪》之论，明金德之异包桑。"东晋干宝著《晋纪》，发表议论，认为司马氏并非如周朝那样曾经世世代代安民立政，积基树本，而是在不长的年代里使用权诈，逼迫魏帝禅让而获取政权，因而并不牢固②。但其《晋武革命论》只泛论古今帝王受命之异，讥刺之意含而不露。论中"汉魏外禅，顺大名也"，实是影射魏晋禅让，而所谓"外禅""顺名"，乃与上文"尧舜内禅，体文德也"对照，讥其逼迫剪伐之事。"古者敬其事则命以始，今帝王受命而用其终。岂人事乎？其天意乎？"其实是说晋之受命，非如周室之从一开始就积德树仁，而是乘魏祚已衰而逼取之。故黄先生评其语曰："即晋祚安得久长之意。"③先生弟子骆鸿凯先生也说此文借古讽今，不言晋而"晋之非由德兴自明"④。（8）"元卿《高帝》之颂，诮炀失而思《鱼藻》。"隋炀帝时薛道衡上《高祖文皇帝颂》，颂美文帝，炀帝不悦，云："道衡致美先朝，此《鱼藻》之义也。"⑤这也是陈古刺今，以美为刺。（9）"《古诗》十有九章，皆含深旨。"这应是说《古诗》寄寓君臣之义，如解"浮云蔽白日"为邪臣蒙蔽君主、男女相思为眷恋君上之类。李善、五臣，即已多作此等

---

①　黄侃《文选平点》（重辑本），第 151 页。

②　《周易·否·九五》："其亡其亡，系于苞桑。"系于苞桑，谓坚牢安固。

③　黄侃《文选平点》（重辑本），第 560 页。

④　骆鸿凯《文选学》，中华书局，1989 年，第 513 页。

⑤　《隋书》，中华书局，1973 年，第 1413 页。按：据《诗经·小雅·鱼藻序》，诗人颂美武王，乃陈古刺今，刺幽王也。

解释。(10)"《咏怀》八十二首,悉寓悲思。"阮籍《咏怀》,虽志在刺讥,而文多隐避,多用比兴寄托,故明知其多与当时政治有关,"寓辞类托讽"①,却不能确指。黄先生虽斥何焯"托朋友以喻君臣"之浮泛滥说,但并不否认其诗之多隐。他释"开轩临四野,登高有所思。丘墓蔽山冈,万代同一时"云:"所思在丘墓中,此吊太初、叔夜也。"②(夏侯玄、嵇康因反对司马氏被杀。)就力求寻索诗人隐秘的心绪。(11)"陈思有离析之哀,则托情于黄发。"曹植《赠白马王彪》云:"离别永无会,执手将何时? 王其爱玉体,俱享黄发期。"本为抒发与曹彪离别之哀苦,而黄先生认为其诗也寄寓着眷恋京阙、乃心王室之情。他在评论曹植《洛神赋》时说,洛神乃曹植自比,又说读该赋应与《赠白马王彪》等参看,便可明了赋的意旨所在,还说何焯对该赋的理解正确。按何氏云:"植既不得于君,因济洛川作为此赋,托辞虑妃以寄心文帝,其亦屈子之志也。"③黄先生认为《赠白马王彪》也隐含着此种"寄心文帝"的感情。这也全从"文外"体会出来,就其诗本身实在很难看得出④。(12)"公幹含卓荦之气,故假喻于青松。"刘桢《赠从弟》借咏物以寄怀,也是一种常见的隐的手法。

　　从以上黄先生举为隐的许多例子,可知他所理解的"隐",多为字面上看不出来、不加以解释便难以体会到的一种寄托,其所托之意是质实的,而不是如司空图所说的那种虚灵的韵外之致、味外之旨。对"隐"作这样的理解,是符合刘勰原意的。因为《文心雕龙·隐秀》用"秘响""伏采"形容隐,就是说所隐之意是从字

①　颜延之《五君咏·阮步兵》语。
②　黄侃《文选平点》(重辑本),第230页。
③　何焯《义门读书记》卷四五,中华书局,1987年,第883页。
④　黄先生对《洛神赋》的理解,前后并不一致。其《曹子建洛神赋识语》云:"或谓《洛神》乃思君之辞,此又好作腐谈,求之恍惚。夫闲情所寄,涉笔成篇,古今文人,类有斯作。"见《文选平点》(重辑本)附录,第656页。

面上看不出的;用"变爻""互体"比喻隐,就是说所隐之意犹如另外一卦而不是原卦的引申、阐发,是原先"所未尝言,别取事物,凑泊以合",而不是"言之而未尽","有待引申"。

第三,什么是秀?

黄侃先生也先举经书之例。(1)"禹拜昌言,不过慎身数语。"《尚书·皋陶谟》载禹所拜受皋陶之言,不过"慎厥身修,思永"等几句话而已,但这几句话甚为精要。(2)"孔明《诗》旨,蔽以'无邪'一言。"孔子以"思无邪"概括《诗三百》,也极为精要。(3)"《书》引迟任之词,只存三句。"盘庚引古贤人迟任语,仅"人惟求旧,器非求旧,惟新",用以说明应遵用先王旧法。(4)"《传》叙《大武》之颂,唯取卒章。"《左传·宣公十二年》载楚子引《周颂》各篇以论禁暴、定功、安民之义,都只引几句而已,引《武》只引篇末"耆定尔功"一句。以上四例,黄先生所谓秀者,都是指要义所在的句子。黄先生又说:"谢安之举经训,'讦谟'二语,偏有雅音。"《世说新语·文学》载,谢安举《毛诗》佳句,以"讦谟定命,远猷辰告"二句"偏有雅人深致",认为这两句传达出大臣谋国的风范。黄先生之意,大约是说后人诵经,是非常重视其中的秀句的。

接着黄先生又枚举《楚辞》以还的秀句。(1)"屈赋之青青秋兰。"指《九歌·少司命》:"秋兰兮青青,绿叶兮紫茎。"[1](2)"小山之萋萋春草。"指《招隐士》:"春草生兮萋萋。"[2](3)"班姬之团团明月。"指班婕妤《怨歌行》:"裁为合欢扇,团团似明月。"[3](4)"嵇生之'浩浩洪流'。"指嵇康《赠秀才入军》:"浩浩洪流,带我邦畿。"[4]《世说新语·雅量》载谢安于危迫之际,尚咏此诗句,以显示其从

---

① 洪兴祖《楚辞补注》,第72页。
② 洪兴祖《楚辞补注》,第233页。
③ 《文选》,影印胡克家刊本,中华书局,1977年,第390页上。
④ 《文选》,第342页上。

容宽和。(5)"子荆《陟阳》之章,用'晨风'为高唱。"孙楚《征西官属送于陟阳候作》:"晨风飘歧路,零雨被秋草。"①沈约《宋书·谢灵运传论》称其为"讽高历赏"的名句,又说它"直举胸情,非傍诗史"②。(6)"兴公《天台》之赋,叙瀑布而擅场。"孙绰《游天台山赋》"赤城霞起而建标,瀑布飞流以界道",有名于世,刘孝标注《世说新语》,云"此赋之佳处"③。(7)"彦伯《东(应作北)征》,'泝流风'以尽写送之致。"袁宏《北征赋》中叹孔子泣麟之事,以"感不绝于余心,泝流风而独写"二句状其感慨之深,使得文势酣畅尽致④。"泝流风"句,谓追念孔子之遗风而欲一散其忧思。(8)"景纯《幽思》,述川林以寄萧瑟之怀。"《世说新语·文学》载,阮孚称郭璞诗"林无静树,川无停流"云:"泓峥萧瑟,实不可言,每读此文,辄觉神超形越。"⑤(9)"至若'云横广阶'、'月照积雪'、'吴江枫落'、'池塘草生',并自昔胜言,至今莫及。""明月照积雪"、"池塘生春草"、"云横广阶暗"、"枫落吴江冷",分别为南朝谢灵运、丘灵鞠、唐人崔信明诗句⑥。

观察以上九例,发现绝大多数都是写景状物之句,而且语言表现都颇为自然,不用典故。但黄先生并不以为秀句仅限于"图貌山川,摹写物色"。他颇强调此点,并为此再举数例:(1)"'所遇无故物',王恭以为佳言。"按:东晋王恭称"所遇无故物,焉得不速老"为"古诗佳句",见《世说新语·文学》。(2)"'思君若流水',宋帝拟其音调。"徐幹《室思》有"自君之出矣,明镜暗不治。思君如流水,何有穷已时"之句,后世自刘宋孝武帝始,拟作者甚

---

① 《文选》,第292页下。
② 《文选》,第703页下。
③ 余嘉锡《世说新语笺疏》,中华书局,1983年,第267页。
④ 见《世说新语·文学》,《世说新语笺疏》,第270—271页。
⑤ 《世说新语笺疏》,第257页。
⑥ 上述诗句为人所赏,见钟嵘《诗品》、《南齐书·文学传》、两《唐书》之《文苑》《文艺传》等。

多。钟嵘《诗品》曾举出徐幹此句,称赞它"羌无故实"。(3)"延年疏诞,咏古有自寓之辞。"指颜延之《五君咏》,其文辞也自然明朗,少用典实。(4)"曹公古直,乐府有悲凉之句。"曹操乐府诗多质朴自然,不事雕琢。黄先生云:"或状物色,或附情理,皆可为秀。""故知叙事叙情,皆有秀语,岂必连篇累牍,不出月露之形,积案盈箱,唯是风云之状,争奇一字,竞巧一韵,然后为秀哉?"

综观黄先生所论,他所理解的秀,或者是篇中的精言要义,或者是写景体物、抒情叙事而自然明朗,总之是篇中卓绝之处。按《文心雕龙·隐秀》云:"或有雕削取巧,虽美非秀矣。故自然会妙,譬卉木之耀英华;润色取美,譬缯帛之染朱绿。朱绿染缯,深而繁鲜;英华曜树,浅而炜烨。秀句所以照文苑,盖以此也。"[1]强调秀句艺术表现的自然,黄先生也是很重视这一点的。但黄先生说秀不仅仅指描画物色,对此我们有些不同想法。窃以为刘勰论秀,固然不必纯是指写景状物而言,但至少这是秀的基本的、重要的因素。理由是:(1)《隐秀》举例,虽几乎全已佚失,但尚存的一例:"'朔风动秋草,边马有归心',气寒而事伤,此羁旅之怨曲也",乃晋人王赞《杂诗》中的句子,它正是描写物色,以物色衬托羁愁。(2)张戒所引"状溢目前曰秀","状溢目前",显然是就状物写景而言。其引语也许未必是刘勰原话,但至少反映了张戒的印象、理解。(3)试将《文心·隐秀》与《物色》对照:《物色》述刘宋以来描画山水之作的特点所在,谓"巧言切状,如印之印泥。不加雕削,而曲写毫芥。故能瞻言而见貌,即字而知时也"。称赏其自然而"状溢目前",正与《隐秀》相合。再将《隐秀》与《明诗》对照:《明诗》述刘宋山水诗云"极貌以写物"而穷力追新,"争价一句之奇"。

---

[1]　《元刊本文心雕龙》,上海古籍出版社,1993年,第175页。按:"或有"二字下,明人妄补"晦塞为深,虽奥非隐"八字,今不取。

此"极貌写物"的"一句之奇",应就是《隐秀》所谓秀句。(4)结合南朝时的审美风气看,当时人们正是十分欣赏此种自然而不加雕琢地描写风景的诗文佳句。除《隐秀》所举王赞诗句和黄先生所举郭璞、孙楚、孙绰、谢灵运、丘灵鞠诸人作品之外,如南朝王籍之"蝉噪林逾静,鸟鸣山更幽",柳恽之"亭皋木叶下,陇首秋云飞"、"太液沧波起,长杨高树秋",萧悫之"芙蓉露下落,杨柳月中疏",谢贞之"风定花犹落",据当时人的记载,都是为人所激赏的。刘宋时人们比较谢灵运诗与颜延之诗的优劣,谢诗被喻为初日芙蓉,自然可爱,颜诗则是铺锦列绣,雕缋满眼。对谢的评价在颜之上,而谢诗正是以自然明朗地描画山水而著名。(芙蓉出水、错彩镂金之喻,与《文心雕龙·隐秀》英华曜树、朱绿染缋之喻,何其相似。)钟嵘《诗品》称赏"自然英旨"之作,亦即不事雕琢、不堆砌典故而描写"即目""所见"景象的诗句,其所举佳句,也多此类。凡此皆足以见出刘勰那个时代的风气。钟嵘评谢灵运云"名章迥句,处处间起",称同样擅长写景的谢朓云"奇章秀句,往往警遒","迥句"亦即秀句。(《太平御览》五八六引《诗品》径作"名章秀句"。)总之,黄先生强调秀句不仅限于状物写景,大约恰是因为南朝以至后世人们多称赏写景体物之句,生怕人们对秀的理解过于狭隘,所以才这样说,但那是融入了他自己的见解的。至于刘勰,恐与同时人们一样,其所论秀句主要是(当然也并不能说纯粹是)就描写景物者而言的。

最后想说一下:上面说《隐秀》篇之隐,与所谓"味外之旨""韵外之致"不是一回事;而秀,却可说具有这种美感。因为秀要求描写风景自然明朗,在作品里表现作者直接感受到的外物之美,因其"如在目前""不隔"而能让人反复品味,感到有余味,就像朱熹称赞林逋诗、香菱(其实是曹雪芹)称赞王维诗那样。这种余味,刘勰也已经略略言及,那就是《物色》篇所说的"味飘飘而轻举"的"味",那是一种虚灵的、难以言传的滋味。刘勰论秀,可以说具有今人艳称的意境说的萌芽了。

　　读黄先生的拟《隐秀》篇,特别是仔细体会他举出的许多实例,对于我们揣摩、理解刘勰原意,是十分有益的。

(原载《文学遗产》2012 年第 3 期)

钱锺书先生论《文赋》

钱锺书先生学贯中西。他对于我国历史上的文学批评著作，也多有评论。这里想谈谈钱先生对陆机《文赋》的论说。主要见之于《管锥编》第三册读《全上古三代秦汉三国南北朝文》的第一三八节。

钱先生曾说，他阅读前人文集，"欲从而体察属词比事之惨淡经营，资吾操觚自运之助。渐悟宗派判分，体裁别异，甚且言语悬殊，封疆阻绝，而诗眼文心，往往莫逆冥契。至于作者之身世交游，相形抑末，余力旁及而已"①。这就是说，他读书治学的首要目的和精神所注，在于体察前人——包括中国和外国的作者——写作诗文时如何运用心思。而《文赋》，恰是一篇难得的描述作文之"用心"的作品。《文赋》一开头就说："余每观才士之所作，窃有以得其用心。夫其放言遣辞，良多变矣，妍蚩好恶，可得而言。每自属文，尤见其情。"钱先生论《文赋》，首先就指明这一点。他说：

> "余每观才士之所作，窃有以得其用心。"按下云："每自属文，尤见其情。"与开篇二语呼应，以己事印体他心，乃全赋眼目所在。盖此文自道甘苦，故于抽思呕心，琢词断髭，最能状难见之情，写无人之态，所谓"得其用心"、"自见其情"也。②

在论述的最后，又说：

---

① 钱锺书《谈艺录》，中华书局，1984年，第346页。
② 钱锺书《管锥编》第三册，中华书局，1979年，第1176页。

　　　　《文赋》非赋文也,乃赋作文也。杌于文之"妍蚩好恶"以
　　及源流正变,言甚疏略,不足方刘勰、钟嵘;而于"作"之"用
　　心"、"属文"之"情",其惨淡经营、心手乖合之况,言之亲切微
　　至,不愧先觉,后来亦无以远过。①

可以说《文赋》所述,与钱先生平日的精神贯注正相吻合。因此,
钱先生评说《文赋》,往往眼光独到,能抉发他人未及之精义。

　　《文赋序》提出"恒患意不称物,文不逮意"的问题。钱先生
说,"意""文""物"三者析言之,犹如墨子的"举""名""实"三者并
列,而《文心雕龙》的"情""事""辞"或"情""物""辞",唐人陆贽的
"言""心""事",也均同此理;又举西人将表达意指分析为"思想"
"符号""所指示之事物"三者之间的联系;等等。让我们明白这也
是一个古今中外"莫逆冥契"的命题。并不是谁受谁影响的问题,
而是运用语言文辞者共同的体会、认识。

　　这三者之间的关系,当然可以分成两段来说:一是"意"与
"物"的关系,即作者如何认识、体察外物;二是"意"与"文"的关
系,即如何运用语言文辞。陆机说这两方面都很难做得好。而钱
先生说:"能'逮意'即能'称物',内外通而意、物合矣。"②那就似乎
是将两段归并成一段了。这是怎么回事呢? 是不是钱先生的疏
忽呢?

　　当然不是。是否可以这样来理解:实际写作的时候,"意"能
称"物"乃是成就一篇好作品的前提,是必要的先决条件,因此,看
到一篇好作品,感到作者能运用文辞将所想说的很好地表达出
来,那么就觉得他对于"物"认识、体察得不错了。正所谓"想明白
了才能写明白",那么既然写明白了,也就表明作者对于"物"是想
明白了。再说,"意"之能否"称物",其实也还是与语言("文")有

①　《管锥编》第三册,第 1206 页。
②　《管锥编》第三册,第 1177 页。

关,因为思维也还需语言为工具。钱先生曾说:"人生大本,言语其一。……公私百事,胥赖成办。潜意识之运行,亦勿外言言语语;……潜意识不离语文,尤为当世心析学者所树新义。海德格尔至谓古训'人乃具理性之动物'本旨为'人乃能言语之动物'。"①潜意识尚且不离语文,更不必说有意识的思维。当我们看到作者的"文"既能"逮意",能将所欲说明、表现的"物"表达得很好,那我们也就认为他的思维(亦即对于"物"的认识、体察)是符合于"物"的。当然,作者如何方能更好、更确切地认识、体察外物,面对事理时分析得更透彻,面对事件时了解得更明晰,面对情感时体会得更真切,面对审美形象时感受得更敏锐,一句话,如何在"意"之"称物"方面做得好,那除了语言修养之外,还有待于其他各方面修养的提高。但那是另一个范围的话题了。事实上,《文赋》所论,主要就是文辞运用方面的事,而不是论如何体察外物;钱先生所从事的、持之一贯的,也正是这一方面,即讨论"属词比事之惨淡经营",讨论"为文之用心"。暂时撇开对"物"的体察,单就强调修辞之重要而言,那当然可说是"(文辞)能'逮意'即能'称物',内外通而意、物合矣"。文辞运用得好,便庶几能达意达得好,状物状得好。

　　当然,上面所说,还仅限于那种对于一般的"物"和"意"的表达。事实上,外在之"物"或有一种难以表现的微妙,内在的"意"也有难以表述之时。即使大家妙手,也有此叹。因此,人们往往感到语言文辞具有局限性,内既不能"尽意",外亦"万不写一"②。其实陆机所谓"意不称物,文不逮意",所指的主要就是这一语言文辞的局限性问题,而不是一般的写物达意。魏晋时代关于言能否尽意的讨论,就与此有关。钱先生对于这种语言文辞局限性的

---

① 《谈艺录》,第413—414页。
② 谢灵运《山居赋》自注:"此皆湖中之美,但患言不尽意,万不写一耳。"见《宋书·谢灵运传》,中华书局,1983年,第1760页。

问题,也曾多次讲到。例如:

> 语言文字为人生日用之所必须,著书立说尤寓托焉而不得须臾或离者也。顾求全责备,啧有烦言。作者每病其传情、说理、状物、述事,未能无欠无余,恰如人意中之所欲出。务致密则苦其粗疏,钩深赜又嫌其浮泛;怪其粘着欠灵活者有之,恶其暧昧不清明者有之。……"常恨言语浅,不如人意深"(刘禹锡《视刀环歌》),岂独男女之情而已哉?……词章之士以语文为专门本分,托身安命,而叹恨其不足以宣心写妙者,又比比焉。陆机《文赋》曰:"恒患意不称物,文不逮意";陶潜《饮酒》曰:"此中有真意,欲辩已忘言";《文心雕龙·神思》曰:"思表纤旨,文外曲致,言所不追,笔固知止";黄庭坚《品令》曰:"口不能言,心下快活自省";古希腊文家曰:"目所能辨之色,多于语言文字所能道";但丁叹言为意胜;歌德谓事物之真质殊性非笔舌能传。聊举荦荦大者,以见责备语文,实繁有徒。①

钱先生以其博学,让我们知道感叹"意不称物,文不逮意"者并不只是陆机一人,也不只是我国古人,而是"东海西海,心理攸同"的普遍现象。

关于物、意、文三者的关系,钱先生还在别处谈到。在《谈艺录》中,他曾引用西方学者的言论。一派说"得心"之后,"应手"甚难;另一派新说则云得心必能应手,大家之不同凡响,不在其技巧之熟练,只在其想象之高妙而已。这两种互相矛盾的意见,也就是对于"意"和"文"之间的认识不同。前者与陆机一样,恒患文不逮意;后者则反是。钱先生指出,中国古人也有此种"既得于心,必应乎手"的论调。而他是不赞成此类论调的。他说,那种"得心必能应手"的说法,虽然对于只知技巧而轻忽体物的人具有针砭

———————
① 《管锥编》第二册,第406—408页。

作用,但"矫枉过正,诸凡意到而笔未随、气吞而笔未到之境界,既忽而不论,且一意排除心手间之扞格,反使浅尝妄作、畏难取巧之徒,得以直书胸臆为借口"[①]。钱先生的意思是说,那种论调的错误有二:一是以为凡胸中之"意"都能顺畅地表达,其实有些微妙之意是难以表述的;二是为忽视语言技巧的偷懒的作者提供了借口。钱先生说:

> 夫大家之能得心应手,正先由于得手应心,技术功夫,习物能应;真积力久,学化于才,熟而能巧。专恃技巧不成大家,非大家不须技巧也,更非苟须技巧即不成大家也。[②]

技巧便是以"文"逮"意"的工具、桥梁,也就是"属词比事之惨淡经营",就是对于语言艺术的讲求和掌握。钱先生对此是非常重视的。他之所以说"能'逮意'即能'称物'",其实也就是强调驱驾文辞的技巧、功夫的重要。他要告诉人们:努力锻炼、提高自己运用文辞的能力吧,具备了这种卓越的能力,便庶几能较好地达意,较好地表现事物了。钱先生对于那种轻忽修辞的论调是非常反感的。至于"意"与"物"之间,钱先生没有多说,那不是轻忽这个问题,是因为那不在所欲论的范围之内。他要强调的是,作者即使已经做到了"意能称物",但仍需要很好的语言功夫,才能予以表达。

《文赋》云:"倾群言之沥液,漱六艺之芳润。"对此,钱先生说了一大段话:

> 陆机盖已发《文心雕龙·宗经》之绪。韩愈论文尊经,《进学解》曰:"口不绝吟于六艺之文";王质《雪山集》卷五《于湖集序》曰:"文章之根本皆在六经;非惟义理也,而其机杼物

---

① 《谈艺录》,第210页。
② 《谈艺录》,第211页。

采、规模制度,无不备具者。"杜甫自道作诗,《偶题》曰:"法自
儒家有,心从弱岁疲";辛弃疾《念奴娇·寄傅先之提举》曰:
"君诗好处,似邹鲁儒家,还有奇节";均为词章而发,亦可通
消息。韩愈之"沈浸酰郁,含英咀华",又与"倾沥液,漱芳润"
共贯。……机赋始专为文辞而求诸经。刘勰《雕龙》之《原
道》、《征圣》、《宗经》三篇大畅厥旨。《征圣》曰:"征之周孔,
则文有师矣";《宗经》曰:"励德树声,莫不师圣,而建言修辞,
鲜克宗经。……文章奥府,群言之祖。"①

钱先生之意,是说陆机讲的"漱六艺之芳润"是指从辞章角度即文
章写作、语言运用的角度学习儒家经书,而不是说学习儒家的义
理。他还举了唐宋作者的例子,说也都是那样的情况。其中最可
注意的,是对《文心雕龙》开头三篇的论述。之所以说最可注意,
是因为历来研究《文心》者,包括古人今人,都往往以《原道》《征
圣》《宗经》三篇作为《文心雕龙》"以儒家思想为指导"、属于"儒家
文论"的有力根据。窃以为钱先生既然说此三篇乃"为词章而
发",那么当然与此种看法相左。事实上,从辞章角度提倡学习儒
经,是不能作为属于"儒家文论"的理由的,因为运用语言的法则、
技巧,具有独立性,并不属于哪一家。儒家运用这些法则、技巧,
道家、法家、纵横家、兵家等等,同样也运用这些法则、技巧。刘勰
无疑是儒家的信徒,尊崇儒家思想,但《文心雕龙》这部书的性质,
是论"为文之用心",主要是从辞章的角度谈如何写好文章,因此
谈不上什么"以儒家思想为指导"。就如同今日写一部文章作法、
写作基本知识之类的书,又何必扯到以哪家思想为指导呢②? 陆

①　《管锥编》第三册,第1182—1183页。
②　笔者曾撰《〈文心雕龙〉是以儒学为指导吗?》,载《沧海求珠——张文勋教授八十华
　　诞学术纪念文集》,云南大学出版社,2006年,后收入笔者《汉唐文学研赏集》,上海
　　古籍出版社,2010年。

机也是崇奉儒家的,《晋书》本传说他"伏膺儒术,非礼不动",但他写《文赋》不是为了宣扬儒家思想,不是为了提倡以文载儒家之道,而是谈文章写作。钱先生是非常强调文学的独立性的,他所说的"体察属词比事之惨淡经营,资吾操觚自运之助",所说的"诗眼文心",其实就是指体会和运用语言技巧而言。他从古今中外大量作品——各种各类的作品,不仅仅是"文学"作品——里领悟到共通的东西,领悟到古今中外运用语言文辞具有相通之处。这些共通的东西当然是具有独立性的,而不是从属于某家某派的。试看《管锥编》里论述的范围,经史子集无不在目,而许多地方就都是从词章角度谈的。经、史、子从总体而言,不属今之所谓"文学",但其中却往往具有"文学"的因素可供发掘,也就是可从语言艺术的角度、审美的角度加以研究。以经书而言,比如钱先生发现《乐记》中对各种声音的描述是"通感"的古例[①]。又比如《左传》,钱先生从中看到了揣测、虚拟人物对话和心理活动的例子,认为那就与后世小说、戏剧相通。他还引隋刘炫论《孝经》的话,说此经假设曾子与孔子问答,为诸子、词赋所师法。钱先生对刘氏此说十分欣赏,称赞道:"真六通四辟之论矣"[②]。在钱先生看来,儒家经典完全可以从修辞角度、从文学性方面加以研究。因此,他很容易地看出《文赋》,还有《文心雕龙》等,虽然讲学习六经,但不是从义理,而是从文章写作的方面而言的。

钱先生又由此而对《昭明文选》不选经史子以及阮元断言经史子三者"非文"发表评论。他说昭明于经书文章"殆实非赏音",而阮元呢,"于痴人前真说不得梦也"[③]。这是很严厉的批评。我们说,《文选》之不选经史子,阮元之不承认经史子为"文",都有比

---

① 见钱锺书《七缀集·通感》,上海古籍出版社,1985 年,第 61—62 页。
② 《管锥编》第四册,第 1297 页。
③ 《管锥编》第三册,第 1183 页。

较复杂的原因,都与某种审美观点、某种思潮有关,而钱先生并不对此加以分析、解释,这也表明他在这里无意从文学批评史的角度进行研究,他只是从词章、从有利于"属词比事""操觚自运"的角度发表意见。这是研读钱先生著作时应该予以注意的。

　　钱先生的论述有时就陆机原文而加以引申发挥。比如《文赋》所云"信情貌之不差,故每变而在颜;思涉乐其必笑,方言哀而已叹",本来只是说作者写作时情感之充沛,钱先生则进而说到作者下笔时须有丰富的感情,才能使读者感同身受,且引古罗马诗家的话相印证。陆机之言只为当时诗文之抒情宣志而发,钱先生则进而说到小说、戏剧:

　　　　小说、戏剧,巧构形似,必设身处地,入情入理,方尽态逼真,惟妙惟肖。拟想之人物、角色,即事应境,因生"哀"、"乐";作者"涉"之、"言"之,复"必笑"、"已叹",象忧亦忧,象喜亦喜,一若己即局中当事。作者于人物,有与有不与,或嬉笑而或怒骂,此美而彼刺;然无善无恶,莫不置此心于彼腔子之中,感共休戚,盖虽勿同其情,而必通其情焉。[①]

下面又引用不少中西谈艺者相关的论述。钱先生利用陆机原话,从作者抒发自己的情感,说到通过想象、虚构塑造人物,并且因此而感受、体会到此虚构人物的处境和情感,作者似乎化身为人物了。即使是并不认同的甚至反面的人物,也是这样。这是对于虚拟作品的作者在创作、想象过程中的情感加以讨论,颇耐寻思。接着钱先生又说:

　　　　陆机之语固堪钩深,亦须补阙。夫"涉乐"、"言哀",谓作文也,顾"变在颜"之"笑"若"叹"非形于楮墨之哀与乐,徒笑

---

① 《管锥编》第三册,第1189页。

或叹尚不足以为文,亦犹《檀弓》谓"直情而径行"尚非"礼道"也。情可生文,而未遽成文;"谈欢则字与笑并,论戚则声共泣偕"(《文心雕龙·夸饰》),落纸之情词也,莞尔、喟然则仅见于面之"情貌"而已。"涉哀"、"言乐"如以杞柳为桮棬,而机《赋》下文之"考殿最"、"定去留"、"铨衡"、"杼轴"等,则如匠者之施绳墨斧斤。作文之际,生文之哀乐已失本来,激情转而为凝神,始于觉哀乐而动心,继乃摹哀乐而观心、用心。古希腊人谓诗文气涌情溢,狂肆酣放,似口不择言,而实出于经营节制,句斟字酌;后世美学家称,艺术表达情感者有之,纯凭情感以成艺术者未之有也。诗人亦尝自道,运冷静之心思,写热烈之情感。时贤每称说狄德罗论伶工之善于表演,视之若衷曲之自然流露,而究之则一颦一笑、一举一动莫非镇定沉着之矫揉造作;正合吾国旧谚所云:"先学无情后学戏"(见缪艮《文章游戏》二集卷一汤春生《集杭州俗语诗》、卷八汤诰《杭州俗语集对》)。盖造语之通则常经,殊事一贯者也。[1]

这就是说,作者具有浓烈的情感,不等于作品自然就有情感。要将情感表现得好,必须文辞运用得好;而构思、驱驾文辞之时,却需要凝神冷静。钱先生所说"以杞柳为桮棬",见于《孟子·告子上》。赵岐注:"桮棬,桮素也。"钱先生之意,谓用杞柳制作杯盘之类器具的坯胎,只是大略成形而已,尚未真正成为器具;作者构思时之哀乐,虽是作品表现情感的坯胎,但还未成为作品。要成为好的作品,尚须运以文思,驾驭文辞,如匠人之施以绳墨斧斤。那就需要从激情转为虚静凝神,细细斟酌。钱先生的这一"补阙"十分重要,既深入探讨了"为文之用心",也有助于我们更准确地理

---

[1] 《管锥编》第三册,第 1190—1192 页。

解《文赋》。钱先生所谓"观心",意谓将作者自己或笔下人物的心理状态作为体察对象。王国维云:"境,非独谓景物也,喜怒哀乐亦人心中之一境界。"①不论作品中人物的感情,还是作者所抒发的自己的感情,都"得为直观之对象"②,即可当作客观外物(境界)加以观察、体会。钱先生所言,与王国维之说实有相通处,但显然比王氏更丰富而明白。

《文赋》云:"彼榛楛之勿剪,亦蒙荣于集翠;缀《下里》于《白雪》,吾亦济夫所伟。"钱先生的评说也非常精彩。他说:

> 前谓"庸音"端赖"嘉句"而得保存,后则谓"嘉句"亦不得无"庸音"为之烘托。盖庸音匪徒"蒙"嘉句之"荣",抑且"济"嘉句之"伟"。"蒙荣"者,俗语所谓"附骥"、"借重"、"叨光";"济伟"者,俗语所谓"牡丹虽好,绿叶扶持","若非培塿衬,争见太山高"。……盖争妍竞秀,络绎不绝,则目炫神疲,应接不暇,如鹏抟九万里而不得以六月息,有乖于心行一张一弛之道。陆机首悟斯理,而解人难索,代远言湮。老于文学如刘勰,《雕龙·镕裁》曰:"巧犹难繁,况在乎拙?而《文赋》以为'榛楛勿剪,庸音足曲',其识非不鉴,乃情苦芟繁也";则于"济于所伟"亦乏会心,只谓作者"识"庸音之宜"芟"而"情"不忍"芟"。李善以下醉心《选》学者于此茗芋无知,又不足咎矣。③

关于"济夫所伟",以往诸家都未能解说清楚。有的论者说庸音常句也不可少,因一篇之中不可能句句精彩,若排斥常句,便不能成

---

①   王国维《人间词话》,见《蕙风词话 人间词话》,人民文学出版社,1982年,第193页。

②   王国维《文学小言》,载《静庵文集续编》,《王国维遗书》第三册,上海书店出版社,1996年,第626页。

③   《管锥编》第三册,第1199—1201页。

篇了。那还是从消极方面体会陆机之意。钱先生则从积极方面说，认为陆机之意，是说正因有"庸音"的存在，方更衬托出嘉句之美。这一见解实在独到。他还举了中外许多诗文评的例子，加以印证。（为省篇幅，本文从略。）钱先生对陆机这一意见评价很高。他说刘勰也没能正确理解陆机。在钱先生看来，刘勰"综核群伦，则优为之，破格殊伦，识犹未逮"[①]，在眼光独到、闪耀异彩方面是不怎么样的。而钱先生最重视的却正是这一方面。钱先生进而从心理学的角度，对陆机的话作了解释，说如果一篇之中句句都是惊人的妙言警句，那就反而使观者目不暇接，疲于应对；有嘉句也有常音，才能使得读者一张一弛，更集中心力欣赏其美。钱先生论文艺，常常运用心理学加以解释。谁说钱先生不重视理论呢？只是他要言不烦，不尚空论而已。

　　钱先生对于《文赋》中某些语词的解释也甚为精彩。

　　《文赋》云："或文繁理富，而意不指适。极无两致，尽不可益。立片言而居要，乃一篇之警策。虽众辞之有条，必待兹而效绩。"这里"警策"一语，注家或以为"策"是马棰，或以为指书策（即"册"）。钱先生取马棰之说，并且举了很多例证，说明以马比喻文章，是"历世常谈"。钱先生所说是颇具说服力的[②]。更重要的是《文赋》此处"警策"应该如何理解。钱先生认为，陆机这里是说文辞已多，但主旨依然不突出，因此需要立片言以点明中心思想。他特意指出：

　　　　《文赋》此节之"警策"不可与后世常称之"警句"混为一

---

①　《管锥编》第二册，第467页。

②　按：策指马棰，亦可泛指御马之具。《吕氏春秋·执一》"今御骊马者，使四人人操一策"高诱注："策，箠策也。御四马者六策，乃四人持。"《文选》卷一七傅毅《舞赋》"仆夫正策"李善注："策，箠也。"警策，谓整饬驾具，以御马也。马因警策而得以控制，不致流乱轨躅；文以片言而有所趣向，不致泛滥无归。

谈。采撷以入《摘句图》或《两句集》(方中通《陪集》卷二《两句集序》)之佳言、隽语,可脱离篇章而逞精采;若夫"一篇警策",则端赖"文繁理富"之"众词"衬映辅佐。苟"片言"孑立,却往往平易无奇,语亦犹人而不足惊人。如贾谊《过秦论》结句:"仁义不施,而攻守之势异也",即全篇之纲领眼目,"片言居要",乃"众词"所"待而效绩"者,"一篇之警策"是已。顾就本句而论,老生之常谈,远不如"叩关而攻秦,秦人开关而延敌","斩木为兵,揭竿为旗"等伟词也。……警句得以有句无章,而《文赋》之"警策",则章句相得始彰之"片言"耳。《苕溪渔隐丛话》前集卷九引《吕氏童蒙训》以杜诗"语不惊人死不休"说陆机此语,有曰:"所谓'惊人语',即'警策'也";断章取义,非陆机初意也。①

究竟什么是陆机所说的"警策",历来论者都没有讲清楚。如钱先生所指摘的,吕本中以耸动耳目之佳句当之,便是一种误解。此外,《文选》李善注云:"今以一言之好,最于众辞,若策驱驰,故云警策。"五臣刘良云:"谓片善之言,光益一篇,亦犹以策击马,得其警动也。"杨慎《丹铅总录》卷一二云:"在文谓之警策,在诗谓之佳句也。若水之有波澜,若兵之有先锋也。"②黄叔琳评《文心雕龙·隐秀》则以秀句当之。都不明晰,都似乎是将篇中"独拔""卓绝"的警句认作陆机所说的"警策"。钱先生认为陆机说的是点明主旨之"片言","全篇之纲领眼目",并举出实例,详乎言之,再清晰不过了。他是涵咏上下文字,体会其文脉,故能得出正解。他曾说过,固然要识得字、词方能懂得一段一章一篇之义,但训诂一字一词,却又往往需要由字、词而段落以至全篇,又由段落、篇章而

---

① 《管锥编》第三册,第 1198 页。

② 参考张少康《文赋集释》,人民文学出版社,2002 年,第 154 页。

回到字、词,经过这样循环反复的功夫,才能确切①。这真是经验之谈,这里释"警策"便是一个例子。

《文赋》云:"必所拟之不殊,乃暗合乎曩篇。虽杼轴于予怀,怵他人之我先。苟伤廉而愆义,亦虽爱而必捐。"这里前一个"必"字,李善、五臣都没有解释,今人有的解为必须、必要②,则此二句意为必须模拟古人而求其似,求其合。此解与上下文显然不能贯通。只有钱先生明确指出:此"必"字乃假设语气,即"如""若"之义。钱先生不止一次讨论过"必"字的这种用法,他观察到,《史记》《汉书》中这种用法多有,中唐、北宋作者还知道此旧训,而南宋人已不懂得了③。钱先生虽以辞章之学为其根本兴趣所在,但在训诂等方面也常有卓见。阅读、研究古书,当然不可能不通训诂。

最后,说一下钱先生对《文赋》开头"伫中区以玄览"的解释。钱先生认为此句是说阅览书籍,"中区"即言屋内。对此笔者有不同的想法:"中区"即区中,谓天壤之间;全句谓深入观照自然风物,与下文"遵四时以叹逝,瞻万物而思纷;悲落叶于劲秋,喜柔条于芳春"相呼应。这里不详论。想说的是钱先生的这一段话:

> 或者见善《注》引《老子》,遂牵率魏晋玄学,寻虚逐微,……张衡《思玄赋》,《文选》李善注解题亦引《老子》"玄之又玄",然其赋实《楚辞·远游》之遗意,……《全梁文》卷一三梁元帝《玄览赋》洋洋四千言,追往事而述游踪;崔湜《奉和登骊山高顶寓目应制》:"名山何壮哉,玄览一徘徊";又徐彦伯《奉和幸新丰温泉宫应制》:"何如黑帝月,玄览白云乡",犹言远眺:皆

---

① 见《管锥编》第一册,第171页。
② 见张少康《文赋集释》所引李全佳、徐复观语,第164页。
③ 参见《管锥编》第一册,第338、353—354页。

不必睹"玄"字而如入玄冥、处玄夜也。①

这番议论却值得注意。它表明钱先生所持的一个重要观点：不要轻言文学反映哲学、受哲学影响。"玄览"用语虽出自可视为哲学著作的《老子》，但只是借用其语词，不必说受其思想的影响，不必因《文赋》用此语便判断其文学思想中某些观点系受道家影响而发生。《文赋》中借用道家语汇、玄学命题者尚有，如谈言、意关系，如"课虚无以责有，叩寂寞以求音"之类表述，但钱先生都不牵率于《老》《庄》。

钱先生此种反对轻率地将文学附会于哲学的态度，在他处也有表现。例如王国维，钱先生说他"论述西方哲学，本色当行，弁冕时辈"，但其《红楼梦评论》用叔本华之说以阐释宝、黛悲剧，却是"削足适履"，勉强附会。钱先生说：

> 夫《红楼梦》，佳著也，叔本华哲学，玄谛也；利导则两美可以相得，强合则两贤必至相阨。此非仅《红楼梦》与叔本华哲学为然也。……吾辈穷气尽力，欲使小说、诗歌、戏剧，与哲学、历史、社会学等为一家。参禅贵活，为学知止，要能舍筏登岸，毋如抱梁溺水也。②

就是说，文学与哲学、历史等，如果研究得法，可以互相联系，相得益彰；但绝不可勉强凑合。总之，须对研究对象有具体而准确的了解，如果大而化之，笼统地高谈什么哲学等等对文学的影响，那是毫无益处的。钱先生举例说，南宋的江西诗派，好掉书袋，主张读破万卷，无字无来历；而南宋的哲学流派象山学派，则主张尊性明心，反对遵循前人传注，几乎要废书不读。二者同时代、同地域，而倾向不同如此。明代弘正年间，于文学则有李、何之复古模

---

① 《管锥编》第三册，第1181页。
② 《谈艺录》，第351—352页。

拟,于理学则有王阳明之师心直觉。二者相互抵牾,但亦并行不悖。钱先生还举了欧洲类似的例子。他的结论是:绝不可"将'时代精神'、'地域影响'等语,念念有词,如同禁呪"①。钱先生这些论述启发我们:在讨论文学与哲学、历史、政治等等方面的关系时,首先要对文学本身有深入、亲切、准确的了解,当然对哲学、历史等也要有这样的了解,然后实事求是地、具体地加以探讨。最忌摘取一些语词字句便牵率凑合,或是想当然地往大处、高处说,发一些"时代精神"之类的空论。

钱先生的这种态度,也还是坚持文学独立性的表现。文学有不同于其他领域的自身的规律,未必都与哲学、社会等状况协调、平衡;文学有独立的价值,并非哲学等的附庸。钱先生认为,即使文学本身,甚至同一作家身上,也存在种种复杂情况,何况文学与其他思想文化或艺术领域之间呢。

但另一方面,钱先生又认为这些不同领域之间常有一贯的、相通的东西。比如他谈到艺术构思的灵感问题时,说此种深思之后豁然开朗的情况,不仅只见于创作:"除妄得真,寂而忽照,此即神来之候。艺术家之会心,科学家之格物,哲学家之悟道,道家之因虚生白,佛家之因定发慧,莫不由此。"②举了《管子》《庄子》《荀子》《吕览》《关尹子》以至理学家言、佛家典籍、西哲议论为例,并且说:

> 盖人共此心,心均此理,用心之处万殊,而用心之涂则一。名法道德,致知造艺,以至于天人感会,无不须施此心,即无不能同此理,无不得证此境。或乃曰:此东方人说也,此西方人说也,此阳儒阴释也,此援墨归儒也,是不解各宗各派同用此心,而反以此心为待某宗某派而后可用也,若而人者,

① 参《谈艺录》,第303—304页。
② 《谈艺录》,第280页。

亦苦不自知其有心矣。心之作用，或待某宗而明，必不待某
宗而后起也。上举释、道、儒、法，皆切己体察之言，初不相为
源委也。①

钱先生谈艺，目光常在于"通"，故《谈艺录·序》即明诏大号："东
海西海，心理攸同；南学北学，道术未裂。"而他又坚持、强调文学
的独立性，这二者丝毫也不矛盾。这两个方面都是客观存在着
的，钱先生绝不反对探讨文学与其他领域的相互关系，只是反对
不作具体深入的观察、分析，反对牵强凑合而已。依钱先生所说，
《文赋》中一些运用道家语汇或反映玄学风气之处（如感叹文不逮
意），乃自创作实践中所得之亲切体会，正不必说成受某家思想之
影响所致。这与我们的"思维定式"是不一样的。我们似乎已经
习惯了这样的说法：凡哲学思想上的新时代，"各种文化活动靡不
受此新方法、新理论之陶铸而各发挥此一时代之新型，而新时代
之形成即在其哲学、道德、政治、文学艺术各方面均有同方向之新
表现，并因此种各方面之新表现而划为另一时代"②，认为文学思
想中的一些观点是在哲学理论的"陶铸"之下产生的。钱先生则
与此种"定式"异趣。笔者是宁愿相信钱先生之说的③。

（《古代文学理论研究》第 46 辑，2018 年）

---

① 《谈艺录》，第 286 页。
② 见汤用彤先生《魏晋玄学与文学理论》，载作者《魏晋玄学论稿》，上海古籍出版社，
　2001 年，第 194 页。
③ 笔者曾撰《关于魏晋哲学与文论关系的一些思考》，亦收入本集，读者若有兴趣可
　以参看。

钱锺书先生论《文心雕龙》

钱锺书先生没有集中论述《文心雕龙》的文字，但是在他的《谈艺录》《管锥编》《七缀集》等著作中，曾屡屡言及。将它们聚在一起加以观察，是颇有意思的事情。

一

在讨论这些断片资料之前，先略为交代一下两个有关的问题。

第一，我们须知钱先生是一位学者，更是一位作家、诗人。总的来说，他的研究，归根结底，着眼点在于辞章，也就是在于语言文辞的运用。他曾自述研习古人诗文的目的，在于"体察属词比事之惨淡经营，资吾操觚自运之助"，也就是要体会古人是如何苦心运用文辞的，从而提高自己的写作能力。而读得多了，便"渐悟宗派判分，体裁别异，甚且言语悬殊，封疆阻绝，而诗眼文心，往往莫逆冥契"①，也就是说，从对具体作品的赏鉴、研习入手，日积月累，便渐渐地觉悟到不同派别、不同体裁，甚至不同国家、不同民族的作品，在语言文辞的审美上，很有相通之处。我们读《谈艺录》《管锥编》《七缀集》等，对此便有亲切的体会。钱先生论及《文心雕龙》，也是从这个视角出发的，是从诗文写作艺术的角度去看待刘勰的言论的。

---

① 《谈艺录》，中华书局，1984年，第346页。

　　《文心雕龙》在我国古代文学批评史上占有重要的地位。而在钱先生看来,批评史的研究,归根到底,还是为了有助于对具体的作品、作家和文学现象的欣赏、评论。他说:"当然,文艺批评史很可能成为一门自给自足的学问,学者们要集中心力,保卫专题研究的纯粹性,把批评史上涉及的文艺作品,也作为干扰物而排除,不去理会,也不能鉴别。"①很明白,钱先生认为批评史的研究绝不能脱离具体的作家作品而空谈理论,没有对于具体作品的鉴赏判断能力就研究不好批评史。钱先生论及《文心雕龙》,基本上不讨论它在批评史上的地位等等,而是着眼于《文心雕龙》对于某些文学原理、写作艺术的论述,应该说这与他对于批评史研究的观点是有关系的。

　　钱先生关于文学批评史研究不可脱离具体的文学作品、文学现象的观点,值得我们充分重视。我国文学批评史研究的奠基者之一郭绍虞先生,说他之研究批评史,"只想从文学批评史以印证文学史,以解决文学史上的许多问题",因为"文学批评是与文学之演变最有密切的关系的"。他把自己写成批评史著作看作是"完成了一部分的文学史的工作"②。当然,现今文学批评史已经成为一门相对独立的学问,但是,如果忘记了这门学问的终极目的,"不去理会,也不能鉴别"丰富多彩的作家作品和文学现象,脱离了文学史,那么也是研究不好的。

　　第二,钱先生的学术著作,都引用大量的具体作品,搜罗之富,可说令人咋舌。有人因此而讥其炫博而缺少理论。这完全是一种误解。其实钱先生非常关注理论,经常引用西方的理论观点来印证、解释文艺创作和鉴赏中的种种情况,特别注意心理学方面的理论。这样的例子比比皆是。我们觉得,钱先生对于理论的

---

① 《七缀集·中国诗与中国画》,上海古籍出版社,1985年,第1页。
② 见郭绍虞《中国文学批评史·自序》,百花文艺出版社,1999年,第1页。

态度,有几点值得注意。

首先,在钱先生眼中,理论既不是研究的出发点,也不是研究的目的,而只是一种工具、一个过程。钱先生是从具体的作品、从创作和鉴赏中的现象出发,归纳这些现象所包含的共同的东西,并力图探索其中的缘由、原理。他的兴趣原不止于"纯粹"的理论本身,而在于那些丰富多彩的文学现象。他之所以关注某些理论,是由于那些理论可以给予文学现象以合理的解释,可以启发、深化人们对于文学现象的体会和认识。比如他屡次说到哲学、宗教的所谓"神秘宗",是由于他认为作家的构思与之有某种关联。他观察到古人重视、爱好穷苦悲愁之言,又欣赏悲哀的音乐,于是想要探索其共同的心理和社会基础,因而对于西方心理学中有关哀乐情绪、有关感受美物时的反应等等内容甚感兴趣。又比如他看到中外语言艺术都有讲求含蓄的审美趣味,为了探求此种趣味的心理上的原因,乃举出休谟的情感受"想象"支配的理论。这样的例子不胜枚举。总之,钱先生不是为理论而理论,他之所以关注抽象的理论,从根本上说,还是为了更好地体认语言艺术中那些具体的、实际的问题。

其次,钱先生对于理论,特别重视的是那些既合乎事实又精辟独到的观点,而不是所谓系统性、完整性。他说:"更不妨回顾一下思想史罢。许多严密周全的思想和哲学系统经不起时间的推排销蚀,在整体上都垮塌了,但是它们的一些个别见解还为后世所采取而未失去时效。好比庞大的建筑物已遭破坏,住不得人,也唬不得人了,而构成它的一些木石砖瓦仍然不失为可资利用的好材料。往往整个理论系统剩下来的有价值的东西只是一些片段思想。脱离了系统而遗留的片段思想和萌发而未构成系统的片段思想,两者同样是零碎的。眼里只有长篇大论,瞧不起片言只语,甚至陶醉于数量,重视废话一吨,轻视微言一克,那是浅薄庸俗的看法——假使不是懒惰粗浮的借口。"①钱先生举例道,中国民间的谚语"先学无情后学戏",仅仅七个字,但是"作为理论上的发现",不下于文艺理论家们所关注的狄德罗的文章《关于戏剧演员的诡论》。我们想,钱先生之所以持这样的观点,除了高度重视"微言"、不欲耗费精力于系统性著作常常不得不包含的陈言之外,还有一个原因,即那些一味追求系统性的"理论",常常是进行高度的"概括""抽象",而闭眼不看具体事物的丰富多彩,抹杀事物之间复杂多面的深层次的联系;只求系统表面的完整和合乎"逻辑",牵强附会,罔顾事实。钱先生形容道,这是"空扫万象,敛归一律,尝滴水知大海味,而不屑观海之澜"。又说:"吾辈穷气尽力,欲使小说、诗歌、戏剧与哲学、历史、社会学等为一家。参禅贵活,为学知止,要能舍筏登岸,毋如抱梁溺水也。"②这就是告诫学者们探讨文学与社会、与诸种思想的联系时,不可牵强附会,必须关注文学本身的特殊性。他举了中外许多实例,说明一人之身,尚且存在矛盾,"何况一代之风会、一国之文明乎"。正确的态度,应该是既看到事物之间的联系,又看到其差异、矛盾,并予以合理的说明;而不恰当的抽象、概括,往往是只认同一致性而闭眼不看矛盾性、多样性的。总之,钱先生最重视的是文艺理论的切合实际、丰富多彩而精辟独到,而不是系统性、完整性;他的研究,包括对《文心雕龙》的研究,便是取这样的态度。

二

　　钱先生在论及刘勰未能认识《庄子》《史记》和陶渊明诗的文

---

① 《七缀集·读〈拉奥孔〉》,第29—30页。
② 《谈艺录》,第351—352页。

学价值时说:"综核群伦,则优为之,破格殊伦,识犹未逮。"①我们不妨将此语看作钱先生对于《文心雕龙》的总的评价。

这几句话的意思,是说《文心雕龙》对于已有的各种有关文学、写作的观点,能够认识、分析得正确切实,并加以综合,在这方面做得很好;而在提出超越已有观点的突出见解方面,则还是不够的。这里既有肯定、表扬,也有所不满。

我以为钱先生的评价是合乎事实的。刘勰自己说,他的《文心雕龙》就是"弥纶群言"之作。其书确实是对于先秦至南朝前期文论的一次全面系统的总结,特别是对于魏晋以来即所谓"文学自觉时代"文论的总结。在这方面他做得很好,并且是有史以来第一次,在文学批评史上当然有其重大的意义。但我们仔细想来,《文心雕龙》各篇的论述,确实基本上是承接前人已经提出的观点、已经有过的论述而加以阐释、发挥。阐释、发挥得很好,其中也提出了一些新的、重要的见解,但那大多是在一些细部,至于大的理论观点,基本上都渊源有自。比如书中提出"凭轼以倚《雅》《颂》,悬辔以驭楚篇",那是关于写作的基本思想,但此种一手伸向《诗经》(或扩大为经书)、一手伸向《楚辞》的观点,是檀道鸾、沈约已经说到过的。《神思》篇的主要论述,是继承陆机《文赋》等。《体性》篇论作品风格与作家气质的一致性,前已有曹丕提出过。《情采》篇论内容与文辞的相互依存关系,先秦儒家等诸子已曾论过。《声律》乃是对永明声律论的阐发。《比兴》所取为汉儒成说。《夸饰》所论孟子已曾说过。《物色》谈自然景物诱发作家的情思,那在陆机《文赋》以及刘勰同时代人言论中都已见到。《知音》谈鉴赏、评论,曹丕等人也都论及。当然,刘勰比前人所论要来得丰富、深刻,那也很不容易,是不容抹杀的贡献,可以说没有人比刘勰做得更好,所以钱先生称其"优为之"。只是钱先

---

① 《管锥编》第二册,中华书局,1979 年,第 467 页。

生的注目之处别有所在,钱先生特别推崇的乃是拔出时流、人所未觉的东西。刘勰在这方面是较少贡献的。我们不应该轻视刘勰,但钱先生的话对于我们在一片历久不衰的颂扬声中更全面、准确地把握《文心雕龙》,应该是有益处的。

《文心雕龙》的开头五篇,可谓全书的总纲。其中首篇《原道》读起来觉得哲学意味颇浓。关于"道"是什么、是哪一家的"道",曾经有过热烈的讨论。有的学者论述刘勰的美学思想,《原道》也是重要的资料。《征圣》《宗经》上承《原道》,被当作判定刘勰文论属于儒家的重要依据。钱先生是怎样看待这些篇目的呢?

梁简文帝萧纲有一篇《答张缵谢示集书》,其中有这样的话:"日月参辰,火龙黼黻,尚且著于玄象,章于人事,而况文词可止,咏歌可辍乎?"意思是说,天上有美丽的"文",人间礼仪大节也需要美丽的"文",那么我们当然要作文咏诗,要创造美丽的"文"呀。钱锺书先生就此指出:"简文帝《昭明太子集序》'窃以文之为义,大矣远哉'一节亦此意,均与《文心雕龙·原道》敷陈'文之为德也大矣',词旨相同,《北齐书·文苑传》、《隋书·文学传》等亦以之发策。盖出于《易·贲》之'天文'、'人文',望'文'生义,截搭诗文之'文',门面语、窠臼语也。刘勰谈艺圣解,正不在斯,或者认作微言妙谛,大是渠侬被眼谩耳。"①竟以为《原道》这开宗明义的第一篇乃是"门面语、窠臼语",这似乎是出人意料之外的。

将天文、人文生生地扯在一起,借以肯定诗文写作的必要性、合理性,抬高写作的地位,这确乎是古人常用的手法。正如钱先生所说,这是出于《易·贲·彖辞》的"刚柔交错,人文也;文明以止,天文也。观乎天文以察时变,观乎人文以化成天下"。王充《论衡·书解》说:"龙鳞有文,……凤羽五色,……上天多文而后

① 《管锥编》第四册,第1392页。

土多理,二气协和,圣贤禀受,法象本类,故多文彩。"①也是一样的意思,只是将"天文"扩充到天地万物之文罢了。《文心雕龙·原道》则更进一层,上推到形而上之"道",以"道"作为万物之"文"包括"人文"的终极依据,但那其实也是一回事。其思维逻辑、论证方法都是一样的。正如王弼所说:"夫欲定物之本者,则虽近而必自远以证其始;夫欲明物之所由者,则虽显而必自幽以叙其本。故取天地之外,以明形骸之内;明侯王孤寡之义,而从道一以宣其始。"②将"人文"与"天文"相附会也好,进而推原于"道"也好,都是此种求索"物之本"的思维惯性的表现。以"道"为万事万物的根本、依据,那也并无什么新鲜之处,那本是道家、玄学以至玄学化佛学的共通的宇宙观,在当时是一种常识;而将"道"与"文"直接联系在一起的言论,也早已有过。《韩非子·解老》就说:"圣人得之(道)以成文章。"③我们若单独看《原道》一篇,觉得富于哲学意味,文辞又那么美丽,很有吸引力。但若像钱先生那样,将它与其他文献、与人们所惯用的话语放在一起,比较一下,放在思想史的大背景下观察,就觉得所言不过是老生之常谈,只是谈得特别漂亮罢了。

《征圣》《宗经》两篇,承接《原道》,论作文应当以儒家经典为典范。人们往往因此而认为刘勰与先于他的荀子、后于他的唐宋古文家一样,主张以文明道、载道,从而判定《文心雕龙》属于儒家的文论著作。钱先生的观点如何呢?他在论陆机《文赋》时说:"陆机盖已发《文心雕龙·宗经》之绪。韩愈论文尊经,《进学解》曰:'口不绝吟于六艺之文';王质《雪山集》卷五《于湖集序》曰:'文章之根本皆在六经;非惟义理也,而其机杼物采、规模制度,无

---

① 杨宝忠《论衡校笺》,河北教育出版社,1999年,第890页。

② 楼宇烈《王弼集校释·老子指略》,中华书局,1980年,第197页。

③ 黄侃先生已曾指出:"韩子之言,正彦和所祖也。"见黄侃《文心雕龙札记·原道第一》,华东师范大学出版社,1996年,第4页。

不备具者.'杜甫自道作诗,《偶题》曰:'法自儒家有,心从弱岁疲';辛弃疾《念奴娇·寄傅先之提举》曰:'君诗好处,似邹鲁儒家,还有奇节';均为词章而发,亦可通消息。韩愈之'沈浸酴郁,含英咀华',又与'倾沥液,漱芳润'共贯。……机赋始专为文辞而求诸经。刘勰《雕龙》之《原道》、《征圣》、《宗经》三篇大畅厥旨。《征圣》曰:'征之周孔,则文有师矣';《宗经》曰:'励德树声,莫不师圣,而建言修辞,鲜克宗经。……文章奥府,群言之祖.'"①钱先生的意思,是说《文赋》所谓"漱六艺之芳润",乃是指从文辞运用的角度学习经书,并非指学习儒家的义理。他举出唐宋作者同样性质的言论,帮助读者理解陆机这话的内涵。他又特别指出《文心雕龙》开头三篇乃"大畅厥旨"。也就是说,钱先生认为刘勰洋洋洒洒的征圣宗经之说,从本质上说,与陆机等人一样,只是从文章写作、从辞章的角度而言。他特意强调,学习儒经的义理与学习儒经的辞章,"志事迥殊,鹘突而混同之,未见其可"。我们认为钱先生的目光是很犀利的。

其实从文章角度学习经书的主张,也是当时人的共识。不过刘勰确实论述得比较细致深入。特别是他针对当时文坛上过分追求新奇以至形成"诡势"的倾向,提出"矫讹翻浅,还宗经诰",即以经书雅正的语言风格矫正那种故意违反语言规范的做法,是较有独到之见的。不过这还是在文辞运用的范围之内,并不是学习儒家义理的意思。刘勰自己说得明白:"励德树声,莫不师圣,而建言修辞,鲜克宗经。"世人在修身立德上没有不学习圣人的,怎么在运用语言文辞上就不知道学习圣人的著述呢?他要求人们宗经,乃是从"建言修辞"方面说的。

总之,看来钱先生并不将《文心雕龙》视为儒家或其他某一家的文论,并不认为它附属于哪一个思想流派。钱先生就是将《文

---

① 《管锥编》第三册,第 1182—1183 页。

心雕龙》看作一部谈论写作、谈论怎样才能把语言文辞运用得好的著作。我们认为这是完全正确的。语言文辞及其使用有它自身的规律,不论何人何家何派都要运用它来为自己服务,但是都不能违背其规律。《文心雕龙》便是讨论这规律的著作。

三

从以上的介绍,可以约略看出钱先生对《文心雕龙》的总的态度,下面谈一些比较具体的内容。

《文心雕龙》中某些谈写作时的思维活动的内容,钱先生曾多次论及。

作家是怎样生发创作冲动的呢?这便涉及其思维与外物的关系问题。《文心雕龙·物色》有云:"物色之动,心亦摇焉。……流连万象之际,沉吟视听之区。……目既往返,心亦吐纳。春日迟迟,秋风飒飒,情往似赠,兴来如答。"钱先生特别注意"往返""吐纳"和"情往似赠"之语。他说:"'往返吐纳',盖谓物来而我亦去,物施而我亦报,如主之与客;初非物动吾情、印吾心,来斯受之,至不返之,如主之与奴也。不言我遇物而言物迎我,不言物感我而言我赠物,犹曰'色授魂与'耳。"①意思是说,刘勰这样的表述,不是一般地说作者"感于物而动"(《礼记·乐记》),而是视物、我为互相交流的关系。我之精神,不是被动地受物的感染,而是主动地、积极地投"往"彼处。犹如司马相如《子虚赋》所谓"色授魂与",美人以色来授,我魂亦往与交结。古人类似这样的表述,钱先生举了许多例子②,刘勰这里则是专就写作、就创作冲动的发生而言。钱先生说:"'心亦吐纳'、'情往似赠',刘勰此八字已包

---

① 《管锥编》第三册,第1182页。
② 见《管锥编》第三册,第909页。

赅西方美学所称'移情作用',特标举之。"对刘勰的表述是颇为赞赏的。西方所谓移情,正是说主体将情感置于客体对象之中,而客体似乎也与主体相互渗透交融。钱先生熟谙西方文艺心理学理论,故能在浩如烟海的资料中慧眼识别和提炼,这里也是一例。

《文心雕龙·物色》还说:"情以物迁,辞以情发。"钱先生说这情、物、辞便是陆机《文赋》的意、物、文三者。意(情)内而物外,文辞则"发乎内而著乎外,宣内而象外",沟通内与外。钱先生说这犹如《墨子》之"举""实""名"三者,又举出近世西方同样意思的表述。这一方面让我们知道这样的思维表述的普遍性,一方面使我们明白,我国古人于此固早已言之。

《神思》篇论及文辞达意之不易,说:"方其搦翰,气倍辞前;暨乎篇成,半折心始。何者?意翻空而易奇,言征实而难巧也。"刘勰认为作者心中之"意"和口中笔下之"言"常常并不一致,想得似乎很好,写下来却并不好。钱先生屡次引及此语。他说中西谈艺者都有一派意见,谓既得于心,必应于手;若手不应,乃心未得。此种看法,以为意能逮物就能写出好作品,而忽视文辞达意这一环节。钱先生反对这种看法,以为这是轻视文辞技巧的一种偏见。他引刘勰的话,就是为了对此种论调予以批驳。钱先生认为,"文由情生,而非直情径出"①,作者心中之"意"、胸中的情感再好再浓烈,如果没有高超的修辞技巧,也还是不可能落实到笔端纸上。要能够落实,就必须"激情转而为凝神",冷静地"经营节制,句斟字酌"②。钱先生是作家、诗人,富于创作经验,因此对于刘勰的话有深切的体会。

关于作家的构思,还有一点也必须说一下,即钱先生对于《神思》篇"意象"一语的解释。《神思》云:"独照之匠,窥意象而运

---

① 《管锥编》第五册,香港中华书局,1996年,第90页。
② 《管锥编》第三册,第1190—1191页。

斤。"是"意象"见于古代文论的最早的例子,而"意象"又恰好与我国学界介绍西方文艺理论、诗歌流派时的用语相合,今人论艺也常用此语,因此刘勰的话备受重视。大家也就用今日所用"意象"的含义去理解刘勰的愿意,即理解为意中之象,脑海中浮现的形象,或云体现、蕴涵作者之意的形象,总之认为是意与形象的结合。但是钱先生明确地表示不同意此种意见。他说:"刘勰用'意象'二字,为行文故,即是'意'的偶词,不比我们所谓'image',广义得多。只能说刘的'意象'即'意',不能反过来。"钱先生认为《神思》中的"意象"就是"意",缀一"象"字,成为双音语,只是骈文行文的需要罢了,是为了与上文"寻声律而定墨"的"声律"对偶。也就是说,钱先生不认为刘勰的"意象"是指"意"与形象的结合。我们认为钱先生的意见是对的,刘勰不会认为诗文非得有形象、作者之"意"非得用形象来表达不可。试看《神思》下文:"意翻空而易奇,言征实而难巧。""意授于思,言授于意。""庸事或萌于新意。"都只是用"意"字来指构思中所萌生、将要以文字予以表达的意思。事实上,作者所构思者不可能全是形象,诗文中也不可能全是形象。钱先生说:"例如:'盈盈一水间,脉脉不得语',是有'象'有'意'的好诗,'良时不再至,离别在须臾','人生无百岁,常怀千岁忧','前不见古人,后不见来者'等,都是好诗。但'象'似乎没有,而'意'却无穷。不一定。因诗文不必一定有'象',而至少应该有'意'。文字语言的基本功能是达'意',造'象'是加工的结果。"①说得很明白,有形象和没有形象,都可能是好诗。钱先生做出这样的判断,当然是从鉴赏和创作的实际经验出发的。如果不是这样从实践出发,而是纠缠于抽象的形象思维之类文艺理论,就可能得出片面的结论,也就可能对刘勰的话产生误解。

除了关于作者思维活动的内容,钱先生对《文心雕龙》中论

---

① 敏泽《钱锺书先生谈"意象"》引,《文学遗产》2000年第2期,第2—3页。

"隐秀"和论骈偶的言论也有很好的评价。

　　钱先生曾多次言及《隐秀》篇。他说："沧浪(严羽)不云乎?
'言有尽而意无穷。'……意境悠然而长,则篇幅相形见短矣。古
人论文,有曰:'含不尽之意,见于言外。'有曰:'读之唯恐易尽。'
果如是,虽千万言谓之辞寡亦可,篇终语了,令人惘惘依依。……
此意在吾国首发于《文心雕龙·隐秀》篇,所谓:'情在词外曰隐,
状溢目前曰秀。'又谓:'余味曲包。'少陵《寄高适岑参三十韵》有
云:'意惬关飞动,篇终接混茫。''终'而曰'接',即《八哀诗·张九
龄》之'诗罢地有余',正沧浪谓'有尽无穷'之旨。"①钱先生又曾引
刘知几《史通》的话:"晦也者,省字约文,事溢于句外。……虽发
语已殚,而含意未尽,使夫读者望表而知里,扪毛而辨骨,睹一事
于句中,反三隅于字外,晦之时义大矣哉!"然后说:"《史通》所谓
'晦',正《文心雕龙·隐秀》所谓'隐','余味曲包','情在词外';
施用不同,波澜莫二。"②钱先生认为刘勰之所谓"隐",就是论诗者
艳称的意在言外、言已尽而意有余,就是含蓄的艺术效果。此种
艺术效果是诗歌之美的重要方面,因此《隐秀》篇当然受到钱先生
的重视。钱先生曾举出若干例子说明古人对于此种"言外意"效
果的体会,如张华称左思《三都赋》"读之者尽而有余",刘桢自称
"使其词已尽而势有余,天下一人耳"③。张、刘时代在刘勰之前,
但那只是对某一作品或个别作者的体会,刘勰《隐秀》则是一种具
有普遍性的概括,因此钱先生说"此意在吾国首发于《文心雕龙·
隐秀》篇",颇有赞赏之意④。

　　骈偶是诗文中常见的修辞手法,在刘勰的时代,盛行骈文,

---

① 《谈艺录》,第 199 页,又第 309 页《补遗》。
② 《管锥编》第一册,第 164 页。
③ 《管锥编》第二册,第 720 页。
④ 《文心雕龙·隐秀》今只存残篇,阙文甚多,"隐秀"的含意究竟为何,只能揣测,是
　　一个尚可讨论的问题。

《文心雕龙·丽辞》是第一篇关于此种手法的专论。钱先生论骈文时,亦言及该篇。其言云:"至于骈语,则朱熹所谓'常说得事情出',殊有会心。世间常理,每具双边二柄,正反仇合;倘求义赅词达,对仗攸宜。《文心雕龙·丽辞》篇尝云'神理为用,事不孤立',又称'反对为优',以其'理殊趣合';亦蕴斯旨。……(反对)非以两当一,而是兼顾两面,不偏一向。"①按刘勰所谓"神理为用,事不孤立","神理"谓神妙不可言说的道理,也就相当于形而上的"道"。他说事物皆成双作对,乃是"道"之作用的体现。这本是为骈语张目的理论,谓骈语丽辞都是"道"的体现,故作文偶对,乃是必然的,天然合理的。但"事不孤立",却也是刘勰观察诸种事物的结论,是符合实际的。钱先生敏锐地发现,刘勰的话具有哲学意味,因为世间事物事理,确实常常是具有多个方面,甚或是相反而相成的。那么用偶对的句子来加以说明,正是十分相宜。《文心雕龙·丽辞》举出四种对偶的情形,其中有所谓反对、正对,而以反对为优。"反对者,理殊趣合者也。"钱先生对此也颇为赞赏,认为反对可以兼顾两面,体现了相反相成的原理。当然,诗文中骈语,有善有不善。不少作者为求偶对,勉强凑合,以致上下一意。《丽辞》篇也已指出:"张华诗称'游雁比翼翔,归鸿知接翮';刘琨诗言'宣尼悲获麟,西狩涕孔丘'。若斯重出,即对句之骈枝也。"钱先生也曾不止一次引用其语。此种弊病,后世称为"合掌",刘勰应是最早提出此病的。刘勰本人擅长以骈文议论说理。钱先生曾加以表扬:"以为骈体说理论事勿克'尽意'、'快意'者,不识有《文心雕龙》、《翰苑集》而尤未读《史通》耳。"②将《文心雕龙》视为一部具有代表性的出众的骈文作品③。

---

① 《管锥编》第四册,第 1475 页。
② 《管锥编》第四册,第 1474 页。
③ 钱先生曾说刘勰"词翰无称"(《管锥编》第四册,第 1450 页),那是指刘勰不擅长诗赋之类抒情写景的美文而言。

　　刘勰还有一些言论，也为钱先生所赞赏、关注，这里再举出三条。

　　钱先生对《楚辞》之描写风景，评价很高。他说《诗经》里还只有"物色"而无景色，只是写到一草、一木、一水、一石而已，至《楚辞》方才以若干"物"合而布局，如画家所谓结构、位置那样，由状"物"进而写景。而刘勰对《楚辞》写景之工大加褒扬，《辨骚》称赞《楚辞》优点，其一即"论山水则循声而得貌"，《物色》又说："然屈平所以能洞监风骚之情者，抑亦江山之助乎？"因此，钱先生称之为"识曲听真人语"，赞赏刘勰的鉴赏能力①。按南朝时《楚辞》已与《诗经》一起被视为百代文学创作之祖，但特别拈出写景一端加以赞美，则刘勰大约是第一人。重视自然景物的描绘，与创作的发展，特别是刘宋山水诗的发达，与人们文学眼光、观念的进步，都有关系，刘勰当然是受时代风气的影响，但毕竟是他首先明确地将写景作为《楚辞》的一大优点予以表扬的。

　　《文心雕龙·章句》谈诗文中句子和层次、段落的安排，也说到句子的长短、韵脚的变换、虚字的运用等问题。有的人不重视虚字，以为它们无关文义，刘勰却不然。他将虚字分成用于句首、句中、句末三类，认为它们有重要的作用，必不可少，不能用错。钱先生对《章句》论结构布置的内容评价一般，认为所说尚属"粗浅"，未能言及变化之巧②。但对刘勰论虚字的内容，则颇为重视，不止一次加以引用。一次是论历代诗歌运用虚字的情况③，一次是斥《老子》龙兴观碑本删省虚字之可笑④。前者洋洋洒洒，涉及诗歌史上通文于诗、以文为戏、出奇制胜等等重要问题，该是钱先

---

①　《管锥编》第二册，第 613 页。
②　《谈艺录》，第 323—325 页。
③　见《谈艺录》，第 70—78 页。
④　见《管锥编》第二册，第 402 页。

生心力灌注的文字。那么他关注到《文心雕龙》的有关内容，是当然的。刘勰论虚字，时代既早，观点又稳妥，在语言学史、文章学史以至文学史上，确实都值得重视。

《文心雕龙·比兴》分类列举前人用比的佳例，有一项叫作"拟于心"，如王褒《洞箫赋》："优柔温润，如慈父之畜子也。"便是"以声比心"，用慈父的爱心比喻箫声。钱先生说："即西方修词学所谓'抽象之形象'。"①父子之爱，是不可闻见的，可谓"抽象"；但又是比较容易感受的，所以又可谓"形象"。在这个例子中，箫声是可以听得见的，但是箫声之"优柔温润"却显得抽象，不易体会；用慈父畜子来比方，就容易体会了。确实是属于"抽象之形象"。接着钱先生举张融《海赋》以梦比喻微云、以至人虚静之心比喻大海等例，都是用"抽象之形象"（梦、虚静的心态）作为喻体，而被比喻之物（微云、大海），反倒是具体的。此类比喻与一般用具体、形象的事物作为喻体有所不同，显得十分新鲜、有创造性，故钱先生特别予以表述；也正因此，对刘勰的话特予拈出。这是一般研究《文心雕龙》的学者所未曾论及的。大多学者所注意的乃是刘勰对比和兴的解释。刘勰的解释确实是值得注意的，孔颖达便不指名地引用过他的话（见《毛诗正义·关雎序》孔疏）。但钱先生却认为刘勰的解释仍"依傍毛、郑"，虽新提出"比显而兴隐"之说，但也不过"如五十步之于百步"而已②。由此也可以见出钱先生目注心赏之所在，见出他的治学祈向。

四

下面谈谈钱先生对《文心雕龙》所表示的不满。

---

① 《管锥编》第四册，第 1342 页。
② 《管锥编》第一册，第 62 页。

钱先生谈到《文心雕龙》所标揭的作家作品时说:"《文心雕龙·诸子》篇先以'孟轲膺儒'与'庄周述道'并列,及乎衡鉴文词,则道孟、荀而不及庄,……盖刘勰不解于诸子中拔《庄子》,正如其不解于史传中拔《史记》、于诗咏中拔陶潜。……破格殊伦,识犹未逮。"①钱先生当然知道"不解"拔《庄子》《史记》与陶潜,乃是六朝风气,不足以病刘勰,但他所期待的,正是能够"破格殊伦"即超越时代风气者。因此他对于萧统、萧纲之自具只眼、赏识陶渊明,特地标出②。

《文心雕龙》于小说和佛经翻译,均不加论述。钱先生说:"然《雕龙·论说》篇推'般若之绝境',《谐隐》篇譬'九流之小说',而当时小说已成流别,译经早具文体,刘氏皆付之不论不议之列,却于符、簿之属,尽加以文翰之目,当是薄小说之品卑而病译经之为异域风格欤?……小说渐以附庸蔚为大国,译艺亦复傍户而自有专门,刘氏默尔二者,遂使后生无述,殊可惜也。"③刘勰本欲广事包罗,凡著之文字者皆纳入《雕龙》之中,故而《书记》篇举凡家谱、符信、契约以至药方等等琐屑莫不囊括,然而于小说和翻译之文却不置一词,故钱先生表示不满足,并推测刘氏之所以如此的原因。"病译经之为异域风格","异域风格",是指佛经文字"丁宁反复,含意尽申而强聒勿舍,似不知人世能觉厌倦者",与我国文辞之讲究简洁背道而驰。钱先生说:"刘勰奉佛,而释书不与于'文心',其故亦可思也。"④他从辞章、写作方面解释《文心雕龙》不言佛书的缘故,而不牵扯到思想体系之类。这样的判断与有的学者的意见就不一样。如范文澜先生《中国通史简编》认为,刘勰"是个虔诚的佛教徒,但在《文心雕龙》里,严格保持儒学的立场,拒绝

①　《管锥编》第二册,第467页。
②　见《谈艺录》,第91页。
③　《管锥编》第三册,第1157—1158页。
④　《管锥编》第五册,第97页。

佛教思想混进来,就是文字上也避免用佛书中语(全书只有《论说篇》偶用'般若'、'圆通'二词,是佛书中语),可以看出刘勰著述态度的严肃①。此说影响颇大。但我以为还是钱先生的判断更合理。佛经文字既不合我国的文辞审美趣味,佛书中也未必有关于写作的论述需要采撷,刘勰不论及佛书盖由于此,未必是要严守儒家立场。辞章一道,自有其不依附于某种思想流派的独立的规律;论说辞章之道,也无须硬往思想流派上靠。上文揭出的钱先生"毋如抱梁溺水"的教导,是值得深思的。

钱先生指摘《文心雕龙》的例子还有一些,这里再举三例。

陆机《文赋》有"彼榛楛之勿剪,亦蒙荣于集翠;缀《下里》于《白雪》,吾亦济夫所伟"之语。《文心雕龙·镕裁》云:"士衡才优,而缀辞尤繁。……而《文赋》以为'榛楛勿剪','庸音足曲',其识非不鉴,乃情苦芟繁也。"意谓陆机此语是为自己的繁缛辩护。钱先生批评刘勰缺少会心。钱先生之意,诗文不能处处句句皆为警策精美,不然的话,读者将应接不暇,目眩神疲,效果并不好;应该是精意好语之间,亦有一般的句子,反能起到烘托映衬的效果,使佳处更加突出。《文赋》"济夫所伟"之语正是肯定了这样的效果。因此,钱先生对陆机之语非常欣赏,而嫌刘勰未能领会②。钱先生的观点当然与他的诗文创作经验有关,老于此道,自有心得,方能对于陆机的话有这样精到的理解。

《文心雕龙·物色》列举《诗经》中描写物色之语:"故'灼灼'状桃花之鲜,'依依'尽杨柳之貌,'杲杲'为出日之容,'瀌瀌'拟雨雪之状,'喈喈'逐黄鸟之声,'喓喓'学草虫之韵。"钱先生说,"喈喈""喓喓"只是象声而已,为之甚易,"与'依依'、'灼灼'之'巧言

---

① 范文澜《中国通史简编(修订本)》第二编,人民出版社,1962年,第422页。
② 见《管锥编》第三册,第1201页。

切状'者,不可同年而语。刘氏混同而言,思之未慎耳"①。这里可以看出钱先生对于语言文辞感觉之敏锐。

《文心雕龙·比兴》历举楚汉赋家用比的佳例,或"以声比心",或"以响比辩",或"以容比物",等等,其中马融《长笛赋》"繁缛络绎,范、蔡之说也",便是将繁复的音乐声比作谈士的辩论。这些比喻都很好,刘勰注意到了,一一举出,也很不错。但钱先生注意到《长笛赋》里还有一处极为精彩的比喻:"尔乃听声类形,状似流水,又象飞鸿。泛滥溥漠,浩浩洋洋;长矕远引,旋复回皇。"说笛声犹如一派浩浩茫茫的流水(水之"状",不是水之声),又像是鸿鸟飞向远方,引人遥望,却又回旋复来而不定。钱先生说这不是一般的比喻,而是打通了听觉和视觉,将声音写成有"形状"可"视"的物象。他说刘勰"还向《长笛赋》里去找例证,偏偏当面错过了'听声类形',这也流露刘勰看诗文时的盲点"②。钱先生的非常精彩的力作《通感》,专论此类"感觉挪移"的现象。他说我国古代诗文中的这种描写手法,古代批评家和修辞学家似乎都没有理解或认识。刘勰已经注意到《长笛赋》了,却错过了这个好例,也就未能将此种描写手法特地点出来,钱先生为之感到遗憾。

以上这三个例子,在专注宏观、系统的研究者看来,未免琐屑,可能也在其"盲点"之内,不会加以注意。但我们觉得钱先生的论述实在独具只眼,对于诗文欣赏和创作极有启发。

综上所述,钱先生不曾对《文心雕龙》作专门的、全面的讨论,只是在讨论某些问题时加以引述而已。但从这些片断零碎的资料中,却也可以看出钱先生关于《文心雕龙》某些基本问题的观点,可以看到他不少与众不同的见解和关注点,这对于我们的研

---

① 《管锥编》第一册,第116页。
② 《七缀集》,第57页。

究实在大有裨益,而迄今似乎尚未引起足够的注意,故笔者略事搜讨,意在抛砖引玉。

　　(原载《文选》与《文心雕龙》国际学术研讨会论文集《昭明文苑增华学林》,江苏大学出版社,2019 年)

钱锺书先生与诗史互证

《元白诗笺证稿》是陈寅恪先生的名著、研习古代文史者的必读书。笔者记得学习研究生课程时,先师王运熙先生便指定学习此书,要我们认真领会书中体现的诗史互证方法。王先生说,陈先生运用这方法非常纯熟,不仅从大的方面说明诗歌的背景,而且对诗中的细节也得心应手地运用史料加以阐释、印证。笔者研读此书和陈先生其他著作之后,真是由衷地敬佩,并且也尝试在研究中学习这样的方法。

可是,钱锺书先生却对此书中考证杨贵妃一事表示不满。钱先生说,花费博学和细心来考证"杨贵妃入宫时是否处女"的问题,是无谓的,不能被认为是严肃的文学研究①。

人们常常以陈先生和钱先生之异同作为话题,这里就鲜明地表现出相异之点了。钱先生是以文学为本位的,在他看来,杨贵妃是否处女,与欣赏、研究《长恨歌》没什么关系。陈先生是以史学为本位的,在他看来,"关于太真入宫始末为唐史中一重公案,自来考证之作亦已多矣",而仍未得出正确的结论,那么怎能轻轻放过呢? 于是不惜以占据《长恨歌》一章几近七分之一的篇幅辨析这一问题。陈先生自知似乎溢出本旨之外,然而,"虽于白氏之文学无大关涉,然可借以了却此一重考据公案也"②。

---

① 见钱锺书《古典文学研究在中国》,载《钱锺书集·人生边上的边上》,生活·读书·新知三联书店,2002年。
② 陈寅恪《元白诗笺证稿》,上海古籍出版社,1978年,第12—13页。

平心而论，太真入宫时是否处女，虽于《长恨歌》的研赏关系不大，但于唐代文史研究却是有关系的。就说读诗吧，比如读李商隐的《龙池》《骊山有感》等就贵妃入宫之事进行讽刺的诗，就极有关涉。对于这样的问题，作为一位史学家，当然感到兴趣，当然要搞个明白。与陈寅恪先生的考证差不多同时，陈垣先生也有《杨贵妃入道之年》的论文，就有关此事的一些问题进行考辨①。可见史学家就是想搞清史事的真相。陈寅恪先生在《柳如是别传》里考定陈子龙与柳如是的关系，自谓"虽不敢谓有同于汉廷老吏之断狱，然亦可谓发三百年未发之覆。一旦拨云雾而见青天，诚一大快事"②。史学家的心情，所谓"考据癖"，我们是可以理解的。

其实，钱先生虽然是以文学创作和研究名家，但也很自觉地在研究中文史结合，也运用诗史互证的方法的。本文就打算以钱先生与诗史互证为题，略作考察。

在此之前，先举些例子，略谈钱先生的史识。钱先生虽然没有史学专著，但我们读他阅读史书的札记，如《管锥编》中的《左传正义》《史记会注考证》，就会看到一些非常高卓、别有会心的意见，足以证明他研读史籍用功之深和用心之细。而这正是他运用诗史互证法的前提和基础。

比如《商君书·君臣》有这样的话："民之于利也，若水于下也，四旁无择也。"钱先生发现，晁错上书、董仲舒对策、司马迁《货殖列传》在讲到民之趋利时，都用了如水走下的比喻，说明那在"汉初已成惯语"③。这使我们看到法家著作《商君书》影响之大，连批判法家的儒家大学者董仲舒也用书中的话。钱先生还根据

① 载《陈垣史料学杂文》，人民出版社，1980年。数十年后，仍有学者予以考证，如卞孝萱先生《冬青书屋笔记》（东方出版中心，1999年）内有三条札记论及此事。
② 陈寅恪《柳如是别传》，生活·读书·新知三联书店，2001年，第288页。
③ 钱锺书《管锥编》第一册，中华书局，1979年，第383页。

桓宽的《盐铁论》,指出汉家朝廷之上,"卿士昌言师秦","莫不贱儒非孔,而向往商君、始皇","其过秦、剧秦者,无气力老生如贤良、文学辈耳"①。还根据蒋济《万机论》之指斥汉宣帝效法秦始皇,指出东汉末人早已察知汉家法度是以秦为师的。不仅如此,钱先生还指出,秦始皇的一些做法,其实早见端倪于前世。如其焚灭儒书,为后人所痛加挞伐,但《孟子·万章》曾说到,周室班爵禄之事不得其详,因为"诸侯恶其害己也,而皆去其籍",可见统治者之销毁典籍,不但不是始于始皇,而且比商鞅教秦孝公"燔诗书"还早,也并不仅仅是秦国。不仅如此,钱先生还说,董仲舒的除了儒家之书便要"绝其道"的主张,其实与始皇、李斯的做法一样,都是要"禁私学","定一尊",只不过所禁所尊的具体内容不同罢了。还有,申、韩之术,主张人主"深藏密运,使臣下莫能测度",这常被认为是法家的特色,而钱先生历举《礼记》《春秋繁露》《管子》《邓析子》《申子》《鬼谷子》《文子》《鹖冠子》《关尹子》等书,证明此乃"九流之公言,非阉竖(指赵高)之私说","固儒、道、法、纵横诸家言君道所异口同词者"②。钱先生认为秦之愚民之术,也并非创始于秦,"盖斯论(愚民之论)早流行于周末,至始皇君臣乃布之方策耳",历举《左传》《老子》《论语》《庄子》《商君书》等为证③。钱先生的这些见解,都是读书得间,目光很犀利,由细小之处窥见大义,对于先秦、秦汉政治史、思想史的研究,都很有启发。

　　钱先生对《史记》的评价很高。他说,《左传》所载董狐、南史氏秉笔直书的事迹,称"古之良史,书法不隐",还只是善善恶恶,还没有认识到信信疑疑更是史家的第一要务。《孟子》说"尽信书不如无书",说一些传说是"齐东野人之语",还有《公》《穀》中"所

---

①　《管锥编》第一册,第 260 页。
②　《管锥编》第一册,第 265—266 页。
③　《管锥编》第一册,第 234 页。

传闻异辞"、"信以传信,疑以传疑"等语,才是表现出萌芽状态的史识。至司马迁乃有明确的求史事之真的意识,乃"特书大号:前载之不可尽信,传闻之必须裁择,似史而非之'轶事'俗说应沟而外之于史"。钱先生这么说,是根据《五帝本纪》《封禅书》《大宛列传》中所揭示的"百家言黄帝,其文不雅驯,搢绅先生难言之。……轶事时见于他说,余择其言尤雅者"、"其语不经见,搢绅者不道"、"至《禹本纪》、《山海经》所有怪物,余不敢言"等等撰述原则而言的。钱先生认为,用今天的眼光看,《史记》芟除"怪事""轶闻"尚未净尽,但史公此种明确的意识,"亦即为后世史家立则发凡",因此"吾国之有史学,殆肇端于马迁欤"①。记事应该征实,这是史家第一要务,比劝善惩恶更为重要。钱先生称赞史迁,也就反映了他的史识。钱先生对于《货殖列传》尤为称道,也与此有关。他称赞该传之作体现了对民生日用的重视,"于新史学不啻手辟鸿濛";更加要紧的,是体现了司马迁作史的态度:事实怎样便怎样写,不依个人好恶,也不依某种道德、学说为转移。钱先生说:

> 斯《传》文笔腾骧,固勿待言,而卓识巨胆,洞达世情,敢质言而不为高论,尤非常殊众也。……盖义之当然未渠即事之固然或势之必然,人之所作所行常判别于人之应作应行。诲人以所应行者,如设招使射也;示人以所实行者,如悬镜俾照也。马迁传货殖,论人事似格物理然,著其固然、必然而已。其云:"道之所符,自然之验",又《平准书》云:"事势之流,相激使然",正同《商君书·画策》篇所谓:"见本然之政,知本然之理"。《游侠列传》引"鄙谚":"何知仁义?已享其利者为有德";《汉书·贡禹传》上书引"俗皆曰":"何以孝弟为?财多而光荣";马迁传货殖,乃为此"鄙"、"俗"写真尔。道家

---

① 《管锥编》第一册,第251—252页。

之教："绝巧弃利"(《老子》一九章);儒家之教："何必曰利"
(《孟子·梁惠王》)。迁据事而不越世,切近而不骛远,既斥
老子之"涂民耳目",难"行于""近世",复言:"天下熙熙,皆为
利来,天下攘攘,皆为利往"。是则"崇势利"者,"天下人"也,
迁奋其直笔,著"自然之验",载"事势之流",初非以"崇势利"
为"天下人"倡。①

班氏父子批评史公《货殖列传》"轻仁义""崇势利",钱先生予以驳
斥,指出马迁并非提倡那种追求财利的风气,而是客观地写出社
会的本来面貌、必然现象,那是不以作者、论者的主观愿望为转移
的。钱先生说,这正是史公史识卓越之表现,也是他"奋笔直书"
的结果。史之所以为史,就在于服从事实。

　　钱先生对史公设置《佞幸列传》,也认为是"创识"。按此传述
邓通、韩嫣、李延年等事实,他们乃以男色为帝王所宠幸。为这样
的人物立传,钱先生说史公实有深意。他举出许多事实,证明男
宠在古代并不罕见,而经、史、诸子,叮咛儆戒,必非无缘无故,盖
以其乱于为政。女宠还仅在幕后,男宠则出入内外,深宫广廷无
适不可,因此为患更甚。马迁有鉴于此,故创例为之立传。钱先
生征引了《尚书》《汲冢周书》《国策》《礼记》《逸周书》《左传》《国
语》《墨子》《韩非子》等众多典籍,以为佐证。钱先生博览群书,而
眼光锐利,所以能于此类人们不太经意之处看出问题,这也见出
他的史识。

　　对于史籍中的一些微末之处,钱先生也有精细的考证。如
《史记·吕后本纪》载,吕后残酷,断戚夫人手足,使居厕中,呼为
"人彘"。为何名曰人彘,大约从来无人解释过。钱先生据《史
记·酷吏列传》、《国语·晋语》及韦昭注、《汉书·武五子传》及颜

---

① 《管锥编》第一册,第382—383页。

师古注、苻朗《苻子》、《太平广记·刁缅》引《纪闻》，考证出：古代厕所也是饲猪之处，猪以粪便为食。甚至还引用了日本学者竹添光鸿《栈云峡雨日记》，证明清末尚有此种情形①。又如先生从《左传》《论语》《管子》《吕氏春秋》《墨子》《史记》等许多典籍中看到，古人在使用"神""鬼""鬼神"这三个语词时，往往浑用而无区别。他认为上古时代，天呀、神呀、鬼呀、怪呀，在初民看来都是非人非物、亦显亦幽的异属，是同质一体、悚惧可怖的东西。后来才渐渐分出地位的尊卑、性质的善恶，于是尊神而贱鬼。古籍中用语的混沌，乃是往古人们心理的残留②。又如《左传》记楚、晋对垒，楚大夫斗勃向晋君请战，有"请与君之士戏"之语。《经义述闻》说"戏"原指角力，斗勃是将战斗比成角力。钱先生不同意，他举了好多例子，说明凡竞技能、较长短、判输赢之事，多既可称为"戏"，亦可称为"战"，不仅仅角力而已。更举出《隋书·经籍志》"兵家"类不仅著录兵法、战经著作，而且还著录《棋势》《博法》等游戏之书，以为证明。"簿录而有资于义理矣。"③这些虽属细处，若不是博闻强记且好学深思，就发现不了问题，更遑论解决问题。

　　总之，钱先生虽不以史学名家，但他的史学修养是十分深湛的。正因为如此，钱先生能熟练地运用诗史互证的方法。我们从他的《宋诗选注》(下简称《选注》)中举一些例子。

　　《选注》所录诗歌，有一些反映社会现实、与当时政治外交形势有关的作品，钱先生都恰当地征引史书或时人记载等，加以说明。其征引面的广泛和细致深入的程度，都令人叹服。

---

① 《管锥编》第一册，第 282 页。按：四十余年前，笔者在河北农村，尚见此种人厕与猪圈相连之制。二者之间有深坑，人遗矢于坑内而猪食之。《史记·吕后本纪》云"使居厕中"，《汉书·外戚列传》则云"使居鞠域中"，师古注："谓窟室也。"深坑即所谓鞠域、窟室欤？
② 《管锥编》第一册，第 183—185 页。
③ 《管锥编》第一册，第 194—197 页。

　　如梅尧臣的《田家语》《汝坟贫女》，都是写仁宗时农家被抽丁充当"弓箭手"，以致家破人亡、田园荒废的情景，《选注》即櫽栝《宋史·兵志》的内容，对于宋代抽取"弓箭手"的制度予以说明，又引司马光《论义勇六劄子》，印证诗中所写农民愁怨流离的状况。又如王禹偁《对雪》，写到河北农民被征发雪中运输军粮的情景，《选注》便引了李复《兵馈行》加以印证。为何引李复此诗呢？钱先生说，此诗是将北宋运送军粮情况写得最为详细的。按李诗为七古大篇，长达九十六句，不仅描绘了被征民众及家人的悲苦情景，而且写到此制度的一些具体情况，如"调丁团甲差民兵，一路一十五万人。……人负六斗兼蓑笠，米供两兵更自食，高卑日概给二升，六斗才可供十日。"该诗是可以作为史料看待的。再如李觏的《获稻》，写农民辛苦耕作收获之后向官家缴纳租赋。诗人说："鸟鼠满官仓，于今又租入。"乍读之下，很容易想到《诗经》的《硕鼠》和唐人曹邺的《官仓鼠》，以为是一般地讽刺统治者侵吞农民的劳动成果，就如同老鼠、麻雀一般。而《选注》引用史料，说"仓库收藏得不严，米谷给麻雀和老鼠吃了，官家还向人民算账"，要多加"雀鼠耗""省耗"。原来诗人这里是写实，而且隐含着官家借此多加一层剥削的意思。这个注让读者理解得更具体、更真切。范成大有一首《后催租行》，写灾区农民无力交租不得不卖寒衣甚至卖女儿来缴纳，诗中有一句"黄纸放尽白纸催"，《选注》说"黄纸"是皇帝的诏书，"白纸"是县官的公文。朝廷颁布官样文书豁免赋税，可当地官吏还是勒逼不已。钱先生指出那犹如双簧戏一般，自北宋以来一直在上演。他连着举了苏轼《应诏言四事状》、米芾《催租》、赵汝绩《无罪言》、朱继芳《农桑》四条资料为证。后三条都是诗，诗在这里也就是史料。

　　南北宋之际的曹勋，出使金国，有《入塞》《出塞》之作，其序有"持节朔庭"之语。《选注》不仅注明古代使者所持节旄的形制，而且说明："事实上，宋代的外交人员只有印章，没有'节'。"且指出依据：朱熹《奉使直秘阁朱公行状》。（朱公即朱弁，南宋初使北。《行状》载其言曰："古之使者有节以为信，今无节而有印。"）那么曹勋"持节"之语只是用古典，不是实际情况。这样注释，颇为周密。

另一位曾经使金的诗人范成大，作《州桥》诗："州桥南北是天街，父老年年等驾回；忍泪失声询使者：几时真有六军来？"写的是在汴梁的见闻。这是真实的场景吗？钱先生说："断没有'遗老'敢在金国'南京'的大街上拦住宋朝使臣问为什么宋兵不打回老家来的。"但是，他又说："诗里确确切切的传达了他们藏在心里的真正愿望。"这么说，也是有史料为证的。钱先生引了范成大此次出使写的《揽辔录》，又引了比范早一年出使的楼钥的《北行日录》和比范晚三年出使的韩元吉的《书〈朔行日记〉后》，都足以证明北方父老虽不敢昌言，但仍心向宋朝，期望恢复。

宋末有一位并不著名的诗人乐雷发，写了一首《乌乌歌》，感叹国家危急之际，书生真是"百无一用"的废物。诗中对道学家指斥十分严厉。钱先生以大约一千三百字写了一条长注，举出好几位当时人批评道学家的议论，让读者了解乐雷发的指斥不是孤立的。有意思的是，《乌乌歌》里写道学家，有一句说："深衣大带讲唐虞。"深衣是一种长袍，相传周代用作礼服。"深衣大带"，宋代以来常用以指儒者庄重之服。钱先生这里的注释并未旁征远引"古典"以释"深衣"，而是指出了"今典"："'深衣'句是因为程颐以来的道学家都'幅巾大袖'，衣服与众不同。"并说明可参看张耒《赠赵簿景平》诗和陆游《老学庵笔记》卷九。我们若按图索骥，看张耒的诗："明道新坟草已春，遗风犹得见门人。定知鲁国衣冠异，近代林宗折角巾。"陆游则以此诗为据，说："自元祐初，为程学者幅巾已与人异矣。衣冠近古，正儒者事。"可知乐雷发的诗句不是泛泛而言，而是确实反映了当时的真实情况。看起来是"古典"，其实里面包含着"今事"，能注释出来是很不容易的。陈寅恪先生在诗史互证这方面令人叫绝，钱先生也是很有功夫的。

刘子翚《汴京纪事》组诗中有一首写汴梁名妓李师师，她曾备受徽宗宠幸："辇毂繁华事可伤，师师垂老过湖湘。缕衣檀板无颜色，一曲当时动帝王。"《选注》说，宋代无名氏的《李师师外传》说汴梁被金兵攻破后，师师不肯屈身事敌，吞簪自杀；而据《三朝北盟会编》和张邦基《墨庄漫录》，钦宗靖康时北宋政府籍没李师师等京师名妓、艺人等多家的资产，师师后来流落浙江。刘子翚此诗云"过湖湘"，当可与后说相印证。

从以上所举数例，可见钱先生运用史籍、笔记、文集中的各种资料与诗歌互相印证、说明，也用诗歌补史料之不足，得心应手，纯熟自如。

钱先生的考证功夫，当然不仅见之于《宋诗选注》。不妨随手举几个例子。他读小说，似乎是轻而易举地就发现不少时代错乱的描写：林冲、西门庆手中的川扇，其实至明中叶方始盛行。《西游记》《镜花缘》里有贴春联的细节，这两部小说写的是初唐时事，而门联始见于五代，堂室之联至南宋而渐多，明中叶以后，方成为屋宇内外不可或缺之物。更令人叫绝的，是《镜花缘》里的眼镜。钱先生据孟德斯鸠《随笔》、17世纪意大利诗人作品以及歌德晚年轶事，知欧洲14世纪初始制眼镜，至19世纪初尚未司空见惯，而《镜花缘》已将此西洋的稀罕物件架在唐代人物的鼻梁之上。如此之类，看似左右逢源，信手拈来，其实正是博闻强记、读书遍及中外之所致，也正可见出钱先生读文学作品时颇具"史"的意识，即便细枝末节，也颇在心。

然而，钱先生又反反复复大声疾呼：诗非史，绝不可认诗作史，也不可以要求史学者衡量诗歌。"词章凭空，异乎文献征信，未宜刻舟求剑。"①对史的要求是征实，诗则是文学创作，即使是写

---

① 《管锥编》第四册，第1296页。

个人的亲历，抒发一己之怀抱，也可以驰骋想象，天马行空，不受写实的限制的。钱先生从各个方面予以论述，这里只能略举数例。

钱先生说，不能完全从诗里判断作者的为人。他说：

> 立意行文与立身行世，通而不同，向背倚伏，乍即乍离，作者人人殊；一人所作，复随时地而殊；一时一地之篇章，复因体制而殊；一体之制复以称题当务而殊。若夫齐万殊为一切，就文章而武断，概以自出心裁为自陈身世，传奇、传记权实不分，睹纸上谈兵、空中现阁，亦如痴人闻梦、死句参禅，固学士所乐道优为，然而深思明辩者勿敢附和也。[①]

钱先生举了许多例子。例如李商隐虽多有艳情之作，然而他自己说："至于南国妖姬，丛台名妓，虽有涉于篇什，实不接于风流。"杜甫诗自称"致君尧舜上"、"窃比稷与契"，钱先生说："诗人例作大言，辟之固迂，而信之亦近愚矣。若夫麻鞋赴阙，橡饭思君，则挚厚流露，非同矫饰。然有忠爱之忱者，未必具经济之才，此不可不辨也。"[②]意思是杜甫诗所流露的忠爱之情是真挚的，但所言政治上的宏大抱负却有说大话的嫌疑。陆游诗是钱先生爱诵的，但先生指出，其诗好谈兵、谈匡复，气粗语大，若偶一为之，不失为豪情壮概，而叮咛反复，似乎真有雄才远略、奇谋妙算，则"似不仅'作态'，抑且'作假'也"[③]。

即使诗中写亲身经历，也未必确切无疑。还拿陆游说吧。钱先生揭出：其诗写自己与老虎搏斗，有六七首之多，或说箭射，或说剑刺，或说血溅白袍，或说血溅貂裘，或说在秋，或说在冬。而又有诗写自己畏虎："心寒道上迹，魄碎茆叶低。常恐不自免，一

---

① 《管锥编》第四册，第 1389—1390 页。
② 钱锺书《谈艺录》，中华书局，1984 年，第 132 页。
③ 《谈艺录》，第 457 页。

死均猪鸡。""平生怕路如怕虎。"简直与射虎、刺虎的诗不像出于
一人之手。这不能不令后人生疑,清代师法放翁的诗人曹贞吉就
说:"一般不信先生处,学射山头射虎时。"①又如《幽闲鼓吹》载李
远有"长日惟销一局棋"之句,后来令狐绹荐远为杭州刺史,唐宣
宗举此句,以为远散漫废日,不可临郡,绹对曰:"诗人之言,非有
实也。"钱先生举此例,论之说:"一言以蔽之,诗而尽信,则诗不如
无耳。""诗为华言绮语,作者姑妄言之,读者亦姑妄听之。"②这并
非诗人有意作伪,盖诗歌作为语言艺术,就是有这样的特点,读者
自不该"以辞害志"。钱先生说,此事中外一概,引西人小普林尼
曰:"准许诗人打诳语。"

　　诗人抒怀遣兴,不拘事实;为了诗作动人,更好为夸张。钱先
生在《诗可以怨》里,总结出文艺史上的一条规律:表现悲剧性的
情感,往往容易感动读者;于是,诗人们常是"为赋新诗强说愁"。
有的自叹穷困侘傺,其实是"强说愁"而已。钱先生说:"这原不足
为奇;语言文字有这种社会功能,我们常常把说话来代替行动,捏
造事实,乔装改扮思想和情感。值得注意的是:在诗词里,这种无
中生有的功能往往偏向一方面。它经常报忧而不报喜,多数表现
为'愁思之声'而非'和平之音'。"虽然刘勰早就批评"为文而造
情",后代的思想家也说古之圣贤不愤则不作,"不病而呻也,虽作
何观乎!"但诗人们并不想成为圣贤,只想以文字打动人,因此"不
病而呻"还是"成为文学生活里不可忽视的事实"。"深受实证主义
影响"的研究者,以此为考证之资,是要上当的。这也是中外一概,
钱先生说,在西方,"诗曾经和形而上学、政治并列为三种哄人的
顽意儿",那"不是完全没有原因的。当然,作诗者也在哄自己"③。

①　《宋诗选注》,人民文学出版社,1958年,第214页。
②　《谈艺录》,第388页。
③　钱锺书《七缀集》,上海古籍出版社,1985年,第111、112页。

诗人们不但求情感的动人，还追求其他种种美的表现，运用种种修辞手法，那也常常不得不牺牲事实。

比如明代七子一派喜用人名、地名，其用地名者，如李攀龙《登邢州城楼》："紫气东盘沧海日，黄河西抱汉关流。"王世贞《过邢州黄榆岭》："倚槛邢台过白云，城头风雨太行分。"其实在邢州根本看不到所写沧海、太行等景象。他们这样写，只是为了营造一种高壮雄阔而响亮昂扬的格调而已。钱先生说，"明人学盛唐，以此为捷径"，"纯取气象之大，腔调之阔，以专名取巧"①。盛唐如王维，其《同崔傅答贤弟》连用九江、五湖、兰陵镇、富春郭、石头城等，而王士禛称赞其兴会神到，说不必顾及道里远近。

运用典故，袭用前人的意象、构思，是常见的手法。如司马相如、班固、张衡等的赋作，凡写到射猎，往往就说"中必叠双""双鸧下""落双鸧"等等，相沿便成套语。李白《赠宣城宇文太守》说自己昔年北游幽燕时，"闲骑骏马猎，一射两虎穿。回旋若流光，转背落双鸢"，杜甫《哀江头》说宫人"翻身向天仰射云，一箭正坠双飞翼"，那都是当不得真的。钱先生又举叶梦得《水调歌头》，其题中明言与客习射，有一位将领挽强弓，三发三中箭靶，而词中写道："何似当筵虎士，挥手弦声响处，双雁落遥空。"钱先生说："词所咏与题所记，绝然两事，恬不为意，亦缘知依样落套之语，读者不至如痴人之闻说梦、钝根之参死句耳。"钱先生又说，有时诗中所写，很像是身经目击的景象，其实仍是摹拟前人。他举欧阳修的《采桑子》名句："垂下帘栊，双燕归来细雨中。"似乎是"即目""直寻"所得，但试看谢朓"风帘入双燕"、陆龟蒙"双燕归来始下帘"、冯延巳"日暮疏钟，双燕归栖画阁中"，便觉得欧阳修也许未必实见燕归呢②。又举高适的纪行之作："南登滑台上，却望河淇

---

① 《谈艺录》，第 292 页。
② 《管锥编》第一册，第 364 页。

间。竹树夹流水,孤村对远山。"说是"殆以古障眼,想当然耳"。
意谓淇水一带并无竹篁,高适不过是借《诗经·卫风·淇奥》"绿
竹猗猗"之句而虚拟罢了①。钱先生又举王士禛《蜀道诗》:"高秋
华岳三峰出,晓日潼关四扇开。"有人挑毛病,说关门只是两扇。
其实韩愈有"日照潼关四扇开"之句,苏东坡有"三峰已过天横翠,
四扇行看日照扉"之对,王氏虽写亲历,但受前人影响,并非纯写
实景。钱先生说:"盖只取远神,不拘细节。"②诗人不拘细节真实
的例子是不胜枚举的。

　　诗歌有押韵、对偶、声律等限制,那也会造成牺牲真实的情
况。钱先生举出一些极端的例子,比如宋人笔记载,有李廷彦者,
为了作百韵长律,不惜捏造事实,说"舍弟江南没,家兄塞北亡"。
钱先生说"虽发一笑,足资三反"③。还举出高适《送浑将军出塞》
的例子:"李广从来先将士,卫青未肯学孙吴。"不学孙、吴,原是霍
去病的事,为了对偶的需要,遂强安在卫青头上④。此类情况,虽
不足为训,然而却是写作中常有的事,名家、大家亦未能全免。因
此历来言者不少,南朝范晔早就慨叹"韵移其意"为文士一患,明
人谢榛甚至教人以"意随韵生""因字得句"。诗人往往先得一句,
再对成一联,扩成一首。在这样的过程里,难免贪得好句而罔顾
事实,牺牲原意。这正如钱先生所引汤宾尹的话:"情之所不必
至,而属对须之;景之所不必有,而押韵又须之。"钱先生在谈了这
些情况之后,语重心长地说:"按言尽信,或被眼谩。……学者观
诗文,常未免于鳖厮踢(认死理、不圆通、固执之意),好课虚坐实,
推案无证之词,附会难验之事。不可不知此理。"⑤

---

①　《管锥编》第一册,第 89 页。
②　《谈艺录》,第 294 页。
③　《管锥编》第一册,第 365 页。
④　《管锥编》第一册,第 355 页。
⑤　《管锥编》第一册,第 365 页。

诗语不可全作考证之资,不可认诗为史,钱先生反复言之。他还说认诗作史者,或有一弊,即穿凿附会,牵合史事。他所举出的例子,主要有清儒对李贺和李商隐诗的注释、常州词派的说词、陈祚明的《采菽堂古诗选》、陈沆的《诗比兴笺》等等。钱先生说,他们或揣度作者本心,或附会作诗本事,不出汉以来相承的说《诗》《骚》"比兴"之法。从诗、史关系而言,这些深文周纳的论者,正是"'诗史'成见,塞心梗腹,以为诗道之尊,端仗史势,附合时局,牵合朝政;一切以齐众殊,谓唱叹之永言,莫不寓美刺之微词。远犬吠声,短狐射影。此又学士所乐道优为,而亦非慎思明辩者所敢附和也"①。钱先生对这一派"诗史"论者,掊击可谓不遗余力;对于他们的指斥,语气之严厉,似远过于对一般混淆诗、史界限的学者。

综上所述,钱先生强调诗和史的区别,强调不可将诗中所写都认作事实。他在许多场合谈到这个问题,涉及各个方面,让我们有很多感性的认识,本文只是举一些例子而已。但是,钱先生绝不是一概反对诗史互证的方法,而是指出运用诗史互证的方法时必须注意其局限性,必须充分认识诗歌作为文学作品有其自身的特点,在此基础上才能用好这个方法。同时,他又说:"然苟操之太急(按指过分不信诗之真实性),若扶醉汉之起自东而倒向西,尽信书则不如无书,而尽不信书则如无书,又楚固失而齐亦未为得矣。"②就是说诗不尽为事实,但也不尽为非实。那么,诗史互证是好方法,只是不可滥用。这样的意思,钱先生表达过不止一次。

事实上,诗之不可尽信,以陈寅恪先生的高见卓识,也不可能不知道。就在《元白诗笺证稿》里,他说:"文人赋咏,本非史家纪

①　《管锥编》第四册,第1390页。
②　《管锥编》第四册,第365页。

述,故有意无意间逐渐附会修饰。"①不过,陈先生毕竟不像钱先生这样反复叮咛,不像钱先生这样具体地举出大量例证,从各个方面详细说明。这也正是史学家与文学家本位不同的表现。至于如何恰如其分地将诗史互证的方法付之于实践,则运用之妙,存乎一心;就具体个案而言,可能见仁见智,俱为盍各。钱先生对陈先生的考证不无微词,但诗史互证之必要,他是并不否认的。

钱先生还有一重看法,即诗史互证虽然必要,但研究诗歌并非以此为尽其能事。他认为诗歌、文学具有独特之处,那么就此独特之处——也就是诗之为诗的本质所在,加以深入的研究,乃题中应有之义;这方面的研究,极为重要,而超出于所谓诗史互证之外。他说:

> 且以艺术写心乐志,亦人生大欲所存。尽使依他物而起,亦复显然有以自别。譬如野人穴居岩宿,而容膝之处,壁作图画;茹毛饮血,而割鲜之刀,柄雕花纹。斯皆娱目恣手,初无裨于蔽风雨、救饥渴也。诗歌之始,何独不然。岂八识田中,只许"历史癖"有种子乎。初民匆仅记事,而增饰其事以求生动;即此题外之文,已是诗原。②

上世纪40年代有学者撰文,曰《诗之本质》,谓上古无所谓诗,诗即用以记事,故诗之本质就是史。钱先生以为大谬不然,这段文字即施以抨击者。钱先生以为,远古先民草昧,实用与审美相融,记事与歌吟未分,但审美的需求却是自生民之始就存在的,那与物质上的需求一样,都是人生之大欲。(钱先生未用"审美"二字,但他所说"写心乐志""娱目恣手",用今天的话说,就是审美的需要。)两种需求表现于人类的行为活动,虽融而不分,却是两种不

---

① 《元白诗笺证稿》,第12页。
② 《谈艺录》,第39页。

同本质的需求。诗与史的关系也是这样。记事的文字,却包含着增饰美化以求生动的成分,那就是审美的表现,也就是诗的根苗。记事的需求与审美的需求,二者相融而无所谓先后,因而不能说有史无诗,不能说诗原是史。在这里,我们不难窥见钱先生对于诗的一种认识:娱心抒情,满足审美的需求,乃属于诗的本质方面。我们更看到他对于这种本质的重视、推崇,他认为这种需求乃与生俱来,而且并不比物质的需求为低。那么,对诗歌的这种本质进行研究,亦即从审美的角度研究诗歌,当然是极为重要的了。钱先生是从人之本性的高度论审美的重要性的。

　　钱先生正是对这一方面的研究特别感兴趣,特别重视。他说起自己治学的过程,当初曾选择总集、别集有名家笺释者,用心阅读,"欲从而体察属词比事之惨淡经营,资吾操觚自运之助。渐悟宗派判分,体裁别异,甚且言语悬殊,封疆阻绝,而诗眼文心,往往莫逆冥契。至于作者之身世交游,相形抑末,余力旁及而已"[①]。也就是说,他的着眼点在于体会作者之用心,体会如何才能将语言文字运用得好,以便提高自己的创作能力。而读得多了,感性的东西积累得多了,便体悟到派别、体裁各异,以至国家、民族不同的作品,所体现出来的鉴赏、创作心理,却往往是合辙相似的。他的兴趣主要在研究这一方面,而作者生平之类,并非关注的重点。钱先生还说,他曾技痒为黄庭坚诗作补注,考证黄诗"渺然今日望欧梅"之"欧、梅"乃太平州官妓,指出任渊旧注之误。当时服膺山谷的潘伯鹰先生对此类考证颇加称赞,而钱先生说自己虽也感到高兴,但"究心者固不属此类耳"。于此也颇可见出钱先生治学的祈向。沈钦韩作《王荆公诗集补注》,钱先生称其渊博,足以成一家之学,然而又指责其"志在考史,无意词章,繁文缛引,实鲜

---

① 《谈艺录》,第346页。

关系"①。沈氏本以史学名家,而在钱先生看来,既是注诗,虽诗史互证之法不能废,但辞章之学,亦即从"诗眼文心"的角度予以阐发,是尤应注意的,无关的史料考证,不当阑入。这与他批评陈寅恪先生的杨贵妃考证,是一致的。

钱先生确实对于语言艺术具有非同一般的热爱之忱。他曾说:"人生大本,言语其一。……窃谓人非呼吸眠食不生活,语言仅次之。"②他在《读〈拉奥孔〉》里举出许多例证,证明诗歌等语言艺术具有某些特殊的、造型艺术所不可能的表现力,结论就是:诗的表现比绘画"广阔",比莱辛所想的还要"更广阔几分"。他说:"当然,也许并非诗歌广阔,而是我自己偏狭,偏袒、偏向着它。"③我们应当理解钱先生这带着一点儿偏执的诚挚的热爱。正是由于这种爱,也正是由于他对于诗美的深刻了解,使得他认定仅仅诗史互证绝不足以尽诗歌研究之能事,诗歌研究领域还有更重要的任务,即将诗的审美特质尽量予以阐发。正因为此,《宋诗选注》在运用诗史互证之外,特别致力于这一方面,如概括诗人、诗派的艺术表现特点,如仔细分析诗人在意象、句法等处如何继承而创新,等等。也正因为此,《宋诗选注》展现了同类著作难以企及的独特面貌而备受赞誉。《谈艺录》《管锥编》等在这方面的论述更是繁星满天,着手成春,并世无双而前无古人。

钱先生多次说到"学士"和"文士"。他说韩愈是文人,并不自居学人,其学只是"诗人之学","仅观大略","不求甚解"。大作家欧阳修也是如此,被讥为"欧九不读书"。阎百诗甚至说:"盖代文人无过欧公,而学殖之陋,亦无过公。"其意盖谓作文与学问,别是一路。而在钱先生心目中,"学识高深,只可明义;才情照耀,庶能

---

① 《谈艺录》,第80页。
② 《谈艺录》,第413页。
③ 《七缀集》,第48页。

开宗"①。他引王充、颜之推、刘昼等人的话,都是以文人为高出于学人②。还举了北宋曾季狸解说山谷诗而不解曲喻手法的例子,以证不擅长作诗文者,注释诗文也终隔一层。而在批评解诗者刻舟求剑时,钱先生常呼之为"学士"。应该说,他并非轻视学者,而是揶揄那些自诩博学却不懂诗、不懂文学也不善于把笔作文的人。

钱先生此种态度,一则是由于对语言艺术的由衷喜爱和重视,二则也是有激而然。清代学者以考据之学运用于集部文献,诗史互证,成就斐然。而"诗史"之说,在我国本来就源远流长。二者相合,再加上舶来的实证主义的影响,遂成风气,影响深远。其中祈向可能不一,有的考证精密,有的喜牵合附会,但总之形成强大的凭史论诗、以诗见史的学术路子,陈寅恪先生的卓越成就更为人津津乐道,于是为之者乐此不疲,而以为说诗之妙,尽在于此。钱先生的态度,可谓是对此种状况的一种反拨吧。在他看来,诗史互证的工作做得再好,若不从审美的角度、辞章的角度进行深入研究,那就还是没有把诗当作诗,就还是极大的缺憾。

平心而论,无论是将史学与诗学结合,还是从审美的、语言艺术的角度论诗,二者都是必要的,都可以卓然名家,也无须有所轩轾。在笔者看来,陈先生和钱先生,分别是两个领域的巨峰,令我辈高山仰止。就诗学研究而言,最理想的,当然是两方面的结合。而诗史互证较实,审美的研究较虚,特别需要灵心妙手,别有会心,需要对语言文辞之美有敏锐而准确的感受。相对而言,从事于此而获得重大成就者,实不多觏。而如果要把诗当作诗,以诗的眼光读诗,从而获得美的感受,并且"体察属辞比事之惨淡经营"以利于"操觚自运",端赖这一方面的发扬光大。在诗歌研究

---

① 《谈艺录》,第148页。
② 《谈艺录》,第178—179页。

领域内，这是比较薄弱的方面，因此也是需要予以强调的方面。对于钱先生的某些似乎"偏狭、偏袒、偏向"的意见，不妨从这个角度去理解吧。

让我们回到开头提到的关于杨贵妃入宫的考证。其实陈寅恪先生的考辨，虽说与《长恨歌》关系不大，但也还是有关系的。那不是明白无误地证明诗中"杨家有女初长成""一朝选在君王侧"乃是"打诳语"，证明白居易在"哄人"吗①？那不恰恰符合了钱先生不可认诗为史的主张吗？事实上，钱先生是借着这个例子表达对于忽视文学本位那种研究状况的不满。我们不必胶着于这个例子本身，更不可误以为钱先生反对诗史互证的方法。

（原载《杜甫研究学刊》2017 年第 3 期）

---

① 黄永年先生《〈长恨歌〉新解》指出《长恨歌》出于想象虚构、不拘史实之处甚多，用的也是诗史互证的方法，不过不是证明诗、史之合，而是揭出诗、史之不合。该文原载《文史集林》第一辑（陕西省社科院，1985 年），又收入作者《文史探微》，中华书局，2000 年。

以抉发文辞之美为职志
——刘衍文先生、刘永翔先生《文学的艺术》读后

刘衍文先生、刘永翔先生父子所著《文学的艺术》，享誉学林，乃是一部极有价值、独具个性的文学理论著作。早在六十多年前的 1956 年，衍文先生便完成了《文学概论》一书，不胫而走，先生却精益求精，决心重写。不幸成为俦民，而于艰难竭蹶之中，明知无从问世，却仍以惊人的毅力，重新写就一百三十万字的巨著。不幸又在"史无前例"的红羊劫里化为乌有。劫后重生，乘改革开放的东风，先生以历尽磨难的病弱之躯，再次重新执笔，但终因体力已衰，只能与哲嗣永翔先生一起，先写就这部《文学的艺术》奉献于读者。同时还共同撰写成《古典文学鉴赏论》，可谓《文学的艺术》之姊妹篇。前后三十年的著书历程，颇令人想起谈迁著《国榷》的故事。

一百三十万字的书稿分五个部分，全面论述文学的思想、艺术等各个方面，为何重写时首先论艺术呢？《文学的艺术·后记》说，那是因为艺术性问题，向来是一般文学理论书籍谈得很少很粗疏的部分，也就是其薄弱环节。但其实艺术性、技巧对于鉴赏和创作是极端重要的。确实如此。文学是语言的艺术，如若我们的文学理论不深入地谈艺术，那不仅仅是局部的缺陷而已，简直是将文学之所以为文学的根本抽掉了。在笔者看来，一般书籍之所以少谈艺术，固然有种种缘由，例如在一个长时期内，政治思想第一、艺术第二的评价标准使得人们忽视艺术表现，甚至不敢多谈艺术技巧，便是一个重要的原因；而著书者的修养不够，也是一个很重要的缘故。有些高谈文学理论的作者，其实并没有从事创

作的经验。二位刘先生则不但精于鉴赏,而且擅长辞章,沉思翰藻,具有亲切的体会,那是一般空谈理论的作者所难以企及的。

　　重视艺术性,是我国古代文学批评的一个传统。我们试看魏晋以来的诗文评著作,包括后来的诗词话、文话以至评点,虽然不乏明诏大号标举"载道"大旗的,但毕竟以谈艺术者为其主体,也以谈艺者最为丰富多彩。只是古人谈艺,零碎者多,有条理成系统者少,《文学的艺术》则秩序井然,而且除大量引证我国古典作品和文论之外,还结合外国的作品和批评,融会贯穿二位先生自己的心得,上升到理论,形成一部面目全新、独树一帜的著作。笔者拜读之下,深感获益良多。而限于水平,这里只能谈一些片断的理解。

　　首先,关于什么是文学、什么是"形象"的问题,这部著作给我们很多启发。

　　我国学界在一个很长的时期内,凡言及文学的特征,就总要突出所谓"形象"。《文学的艺术》指出,那是源于俄国19世纪的评论家别林斯基关于艺术的论述。别林斯基说,艺术与科学的区别不在于内容,而在于处理内容时所取的方法;文学家是以"形象和图画说话","运用生动而鲜明的现实的描绘,作用于读者的想象,在真实的画面里面显示"现实。这样的观点有其合理之处,衍文先生在《文学概论》里也采用了。该书给"形象"下定义道:"文学的形象乃是具体的、感性的、综合的人生图画;这种人生图画,借作家的生活经验和想象创造出来,给人以一种鲜明的、印象一致的美学上的感受。"①但是,到了《文学的艺术》里,却对别林斯基的观点表示异议,把这个定义也自我否定了。《文学的艺术》认为别林斯基的说法稍嫌片面、简单,似乎文学是表达某种观念的,只不过采用了"形象化"的表达方法而已。这可能使人以为文学艺

---

① 刘衍文《文学概论》,新文艺出版社,1957年,第33页。

术只要根据某种思想观念甚至政治意图来具体化、形象化一下就行了。事实上,文学艺术虽然可能表现某种观念,但它是那样丰富、多样、复杂,绝不仅仅只是表现观念而已,也绝不是根据观念来创作的。刘先生的这一改变,想来和对于某种极"左"文艺思潮的反思有关。在那种思潮鼓荡之下,"主题先行"使得文艺花园一片黄茅白苇。至于对原先"形象"定义的否定,则是因为那个定义仅仅强调画面感,那便"把文学或文学作品的范围,弄得越来越狭隘了"[①]。这一点颇为重要。

今天我们讨论"文学"的定义,或许可以拓开一些,不一定将"形象"列为文学的必要条件。但是当年学界的情况,如上所述,是深受别林斯基的影响,以"形象"作为文学的首要因素的。《文学的艺术》也是这样,但是却对于"形象"作了十分宽泛的定义,不像一般著作那样,强调其画面感。书中这样说:"反映生活而能够综合地给人的思想和感情以新的感受和印象的,就是形象。"又说,文学作品是以"具体的、富于联想的或者是概括的、合于修辞法则的、充满情绪色彩的语言"作为工具,来完成形象的创造的[②]。这里强调的是"感受"和"印象",而不再提画面感;又强调语言对于形象创造的重要性。"概括的、合于修辞法则的、充满情绪色彩的"与"具体的、富于联想的"相对而言,就是说,即使不是具体地写,不描写细节,但是只要具有语言文辞之美,鲜明地传达出作者的心态、情绪,那也是"形象"。这与一般对"形象"的理解迥异,也就大大拓展了"文学"的范围。

书中借用《文心雕龙》的话语,进一步作具体的阐述:"文学的形象化或形象思维的进行,是通过形(色)、声(音)、情(性)三方面来完成的。而这三方面,既可各自独树一帜,也可彼此结成一体,

---

① 刘衍文、刘永翔《文学的艺术》,花城出版社,1985年,第26页。
② 刘衍文、刘永翔《文学的艺术》,第28页。

而其中最主要的,还应该是情(性)的多种多样的表现。其所谓理,应即寓于情之中,而情乃由性感物而发。"①这就是说,在作家构思过程中,形色即画面感不是最重要的因素,作家本人感物而发的感情、情绪、感受、心态才是最主要的,其表现是多种多样的,甚至说理也可以包括于其中,只要其理是通过情表现,亦即与情结合着,就也属于形象化或形象思维。

书中举出许多例子,让我们拈出数例体会一下吧。

杜甫的《蜀相》,前四句写诸葛亮祠堂的柏树、草色、鸟声,很有画面感;后四句"三顾频烦天下计,两朝开济老臣心。出师未捷身先死,长使英雄泪满襟"则并无画面,"三顾"二句高度概括,"出师"二句长言咏叹。若依通常的"形象"概念,后四句是缺乏形象性的,但其实后四句体现了诗人深沉的感喟,"千载以来,最感动人的、最能起作用的,却莫过于最后一联"②。按照刘先生的定义,后四句也是形象化的,也可说是形象思维与逻辑思维的有机结合。

又如高适的《咏史》,咏战国时须贾、范雎之事:"尚有绨袍赠,应怜范叔寒。不知天下士,犹作布衣看。"出之以议论,并无具体画面,但议论中体现了诗人深深的感触,暗含着怀才不遇的愤激和抑郁。因此,"不失为较好的形象思维的产物"③。

《文学的艺术》借用《周易·乾》孔颖达疏的"用象"一语,强调形象思维也可以是高度概括性的,关键在于这样的概括以感触、感受为基础,表现出作者的感情色彩、心理状态,而不是纯粹理性的思考。如刘禹锡的《蜀先主庙》:"天下英雄气,千秋尚凛然。势分三足鼎,业复五铢钱。得相能开国,生儿不象贤。凄凉蜀故妓,

---

① 刘衍文、刘永翔《文学的艺术》,第51页。
② 刘衍文、刘永翔《文学的艺术》,第52—53页。
③ 刘衍文、刘永翔《文学的艺术》,第47页。

来舞魏宫前。"此诗首联、尾联颇有感情色彩;而中间两联,特别是"得相"两句,具有高度的概括性,又体现出深深的感喟和惋惜。看似议论,但议论中实含深情。这样的概括,仍然是"形象"的、文学的语言。刘先生对此首评价很高。

不仅诗歌如此。《文学的艺术》指出,我国古代许多著名的散文、骈文,属于应用、实用的文字,如诏策、檄移、章表、奏启、书记、铭箴、颂赞、碑诔、吊祭等,它们不合乎今日一般所谓"形象"概念,但我们不应将它们排斥在"文学"的范围之外。此点很值得深思。我们知道,不少实用性文章,是具有比较强烈的抒情性的,如唐人骆宾王的《代李敬业传檄天下文》、韩愈的《祭十二郎文》、清人袁枚的《祭妹文》等,那当然属于"文学",而有的虽不具有浓厚的抒情色彩,却还是能让读者感觉得出某种心理、态度,某种活跃生动的神情语气,我想那也还是属于"文学"。试举一两个例子。汉武帝的诏书:"盖有非常之功,必待非常之人。故马或奔踶而致千里,士或有负俗之累而立功名。夫泛驾之马,跅弛之士,亦在御之而已。"诵之不难体会那种对人才的渴求和居高临下的自信。魏徵的《十渐不克终疏》,读来深感那种剀切陈言的鲠直和忠悃:"陛下贞观之初,砥砺名节,不私于物,唯善是与,亲爱君子,疏斥小人。今则不然,轻亵小人,礼重君子。重君子也,敬而远之;轻小人也,狎而近之。近之则不见其非,远之则莫知其是。莫知其是则不闻而自疏,不见其非则有时而自昵。昵近小人非致理之道,疏远君子岂兴邦之义?"对比鲜明强烈,环环相扣,步步逼近,不说太宗当日,就是今天,读来都感到凛然悚惧。举此二例,不难三反。这样的文字,如刘先生所说,很好地表现了作者的情绪、心理,给读者以鲜明的印象、感受,我们应该置之于文学之列。

从《文学的艺术》的论述,我们也可以明白:要说什么是文学,不该拘泥于作品的体裁,而应该看作品的性质。即使是实用性、应用性的以至说理议论的文字,只要符合上述情况,只要能带给读者以美感，便也该视之为文学；而即使是押韵的文字，如果毫无美感可言，不能让读者感受到作者的心理、情绪，那也谈不上是文学作品。近年来有的学者认为现代的"文学"概念只是包含诗歌、小说、戏剧和抒情写景的文艺性散文等等，不能笼括那些实用性的散文、骈文，也不能涵盖历史、哲学等著作里的篇章，于是以为现代的"文学"概念不符合我国的传统。其实若不拘于体裁，而是从性质着眼，就没有什么扞格之处了。现代的"文学"观念，重视文学使人兴感愉悦、获得审美享受的功能，以为这是文学的根本性质所在。这体现了文学的独立性；运用这样的概念，是学术的进步。

所谓"从性质着眼"的"性质"，便是指上文所述《文学的艺术》里所说的那些特征。说得更笼统一点，可以说就是具有美感，由语言文辞所体现的美感。昭明太子的《文选序》说，《文选》的收录标准，乃着眼于作品是否"综辑辞采""错比文华"，亦即是否很好地运用、组织美丽的文辞。如果作者在这方面很用心，"事出于沉思"，那么就"归于翰藻"，符合他的收录标准了。因此，《文选》是收录了许多应用性文字的。我国传统的许多文章选本，都是这样做的。这样的文章，从体裁、从写作目的说，是实用的，但照萧统的说法，它们也都是"入耳之娱""悦目之玩"，是具有审美观赏价值的。

上文说过，《文学的艺术》对"形象性"亦即文学性提炼出形、声、情三个要素。值得注意的是刘先生对于"声"给予高度的重视："声音与形象表现关系重大"，"形象思维的途径之一，就是通过声调来完成的"。甚至说："文学的形象思维……不一定有形有色，但却会是'音'和'性'的某一方面的特殊表现。"①声音的地位甚至在描形摹状之上。又说："说到声文，当代的人似乎不十分注

---

① 刘衍文、刘永翔《文学的艺术》，第51页。

意……但在我国的文学传统上却最为重视。"①笔者读到此处,不禁抚掌称快。这样的论述完全符合我国传统文论的实际。《文心雕龙》有《声律》篇专论作品的声音之美,且置于论各种修辞手法的篇目的最前面。《神思》篇说:"吟咏之间,吐纳珠玉之声;眉睫之前,卷舒风云之色。""玄解之宰,寻声律而定墨;独照之匠,窥意象而运斤。"构思的过程,也就是"刻镂声律"的过程。这不就是刘先生说的,形象思维通过声调来完成吗? 刘勰是骈文家,后世古文家也莫不强调声音之美。韩愈说"气盛则言之短长与声之高下者皆宜"(《答李翊书》),桐城派主张从字句音节以求神气(见刘大櫆《论文偶记》),都是如此。王安石《读孟尝君传》有句云:"卒赖其力以脱于虎豹之秦。"一般都说"虎狼之秦",王氏却说"虎豹",就因为"豹"字更响亮,且"豹"与"秦"一仄一平,有抑扬变化②。笔者曾读一文,说鲁迅《伤逝》的开头:"如果我能够,我要写下我的悔恨和悲哀,为子君,为自己。"两个介词结构倒装在后面,长短错落,而且"够""哀""君""己"四字,仄平平仄,抑扬顿挫。以上声字"己"结末,传达出压抑的情绪;若说"为自己,为子君",结束在高而平的"君"字上,就没有那样的效果了。优秀的作家,是一个字一个字考究的。这是我国古来文章家的好传统。《文学的艺术》将声音提到如此重要的地位,完全符合我国传统文论的实际,这大约在当今各种谈文学原理的著作中是绝无仅有的吧。

从上面所述,该可以见出:《文学的艺术》关于形象性、文学性、文学范围的思考,是与我国传统诗文的创作、鉴赏实践紧密结合的;与一般的文学理论书籍相比,是很富有个人色彩的。

《文学的艺术》的大半部分,是具体地论述作品的艺术技巧、

---

① 刘衍文、刘永翔《文学的艺术》,第53页。
② 参高步瀛《唐宋文举要》引曹致尧语,上海古籍出版社,1982年,第862页。

表现手法，占了全书十分之七的篇幅。其所取材料，大多来自传统的诗词话、文话、评点之类，也注意与外国的、现代的文艺理论著作相比照，同时列举大量诗词、散文、小说、戏剧作品加以阐发。此点十分重要，因为谈艺而不结合具体作品，便很容易流于虚浮，也很容易郢书燕说，产生误解。

我国古代的诗词话之类，多结合具体作品，且多真知灼见，体现了鉴赏者艺术感觉之敏锐，颇富于启发意义。但常是点到即止，明而未融，又多漫无统绪。二位刘先生的工作，首先是从浩如烟海的资料里沙汰提炼，获取有意义的材料，然后予以解释阐发，最后分门别类，纳入"语言""描写""结构""情节"等项目之下，使之有条不紊，具有一定的系统性。又往往抓住古代文学批评中常用的语词概念，如炼字炼句、夺胎换骨、宾主、疏密、虚实、方圆等等，探究其涵义，融入自己的见解。这样的论述，结合具体的鉴赏和批评，落到实处，可说是对于传统谈艺资料的发掘整理、归纳总结，而又提升到理论的高度；不事空谈，而以有利于鉴赏和创作为鹄的。这也是本书不同于一般文学理论书籍的鲜明特色。二位先生本精于赏鉴，而且本就是诗人作家，自然不同于纯粹从理论角度思考问题的撰述者，所谓"纸上得来终觉浅，绝知此事要躬行"①。

下面不揣浅陋，略举数例，谈谈笔者的点滴体会。

王安石"春风又绿江南岸"之句，"绿"字几经改换始得，其事传为佳话，其诗也因此而备受赞誉。本书则指出：前人早有"回风动地起，秋草萋已绿"、"东风何时至，已绿湖上山"、"春风已绿瀛洲草"等句，都是将风与"绿"相连，故王诗实在算不得十分新创。而细究之，毕竟有所不同："绿"字在"秋草萋已绿"之中，乃用作自

---

① 　二位先生的《古典文学鉴赏论》（上海教育出版社 1991 年出版）之作，材料更多，分析更细致。

动词,在王诗中却是他动词;在"已绿湖上山"和"已绿瀛洲草"中虽也是他动词,但"山"和"草"与绿色的关系比较直接,容易联想到春风吹绿,"岸"字则不那么直接,"春风"与"岸"之间多一层转折,一时就不易想到用"绿"字。因此,王安石此句还是有一些新鲜感的。这样论述,颇见用心细密,而且若不是具有创作经验,怕是不容易想到这一层的。刘先生又说,这首诗也算不上王安石的上乘之作。若不是熟稔王集,确有会心,是下不了这样的断语的。

崔颢的《黄鹤楼》、刘禹锡的《西塞山怀古》,浑成一气,今古传诵。而本书指出,崔诗八句之中,开头用了四句,只在一个仙人乘鹤的传说里翻来覆去打滚,显然比重失调。刘诗也是一半篇幅只写了王濬伐吴之事,后半首也嫌空泛落套。又说李白拟崔颢的《登金陵凤凰台》,在内容比例上实胜于崔,但若以后来日趋精严的诗律论,则还未免有率意、松散之感。(笔者体会,此首失粘姑且勿论,其颔联、颈联较为落套,尾联"总为浮云能蔽日,长安不见使人愁"似与前三联不够融会。)又举出宋人郭祥正次太白韵和施逵《感钱王战台》与崔、李、刘之作加以比较,认为郭、施之作构思严密紧凑,有胜过前人之处。这些论述,让读者扎扎实实地体会到篇法、结构中应该注意的问题。

论篇法比重时还举出王昌龄的七绝《出塞》为例,认为王夫之"未免有头重脚轻之病"的批评"独具只眼"①。王氏此首为其名作,但我们试看,起句"秦时明月汉时关"何等莽莽苍苍,给人以阔大雄浑的历史感,次句"万里长征人未还"也感喟深沉,而"但使龙城飞将在,不教胡马度阴山"却意思平平,显得空泛。这也是一种头重脚轻,比重失调,不过不是句数比例的问题,而是气势方面的问题。

"方""圆"二字,是古人评说作品时常用的语词,钱锺书先生

---

① 刘衍文、刘永翔《文学的艺术》,第343页。

曾举出大量的实例。《文学的艺术》在论篇法时专列一节,从句圆、声圆、语圆、体圆四个方面加以阐发,又阐明"方""圆"对举时的特殊意义,非常细致周到,让读者得到具体扎实的理解。黄庭坚的"换骨夺胎"之说,历来未见有人作过中肯的解释,只是笼统地说是"点化""敷演"前人诗句,往往举例差池,令人迷茫。本书则指出:"换骨""不易其意而造其语",属于炼句;"夺胎""窥入其意而形容之",属于炼意;又各自举出恰当的例子。前人于"换骨"所举例子多不恰当,本书则以黄庭坚"管城子无食肉相,孔方兄有绝交书"当之。这样,便把二者的区别说清楚了。凡此都可见用心之细密、理解之准确。类似情况,书中所在多有,于读者极有助益。

论篇法时,有"疏密"和"虚实"两项。刘先生说此二者"同属于我们民族特有的美学观"[①]。这一判断也来自对于古典文学和批评的真切体会,一般文学理论书中是见不到这样的论述的。

关于疏密,指出不仅文学,古典书画、园林等也都十分讲究。文学上的疏,作为一种美学风格,主要因作家的生活、气质所造成,但是与构思用笔也很有关系。疏的表现,是用笔放得开,似乎任意任情,不甚经心,有时宕到别处,有时似不大连贯,而不是拘泥窘束,一步不敢离开。但是又自然合宜,绝不是松散繁冗。书中举出司马迁、韩愈的文章为"疏"的典型,又说《庄子》之纵恣、《离骚》之反复、李白之飘逸,"忽离忽合,忽断忽续,忽起忽落,忽往忽复",都是"疏"的表现。这样,读者就颇能体会"疏"的涵义。又论疏密相间,指出同为桐城派,方苞谨守"义法",能密而不能疏;刘大櫆颇具才气,略有浪漫主义气质,贵疏贵变;姚鼐则觉得二人各有所偏,遂变而通之,能做到疏密相间,交相为用。三人的创作如此,理论主张也是如此。这确是很有见地的,也是刘先生

---

① 刘衍文、刘永翔《文学的艺术》,第382页。

独特的心得。

关于虚实，刘先生说其概念与疏密有些接近，却又完全不同。在列举、分析古人关于虚实的种种说法之后，指出传统中属于正宗的美学观之虚实，乃是"以叙写为实，抒情为虚；推理为实，翻空为虚；直陈为实，假借为虚"[①]；并举昔人评论杜甫《缚鸡行》、柳宗元《桐叶封弟辨》和《小石城山记》的话作为例证。

刘先生特别提出清人唐彪《读书作文法》的观点："文章非实不足以阐发义理，非虚不足以摇曳神情，故虚实常相济也。"实意既尽，似可"言尽而止"，但是"体裁神韵之间，犹似未可骤止"，故不得不长言咏叹以"虚衍"之。"文之动人，反不在前半实处，而在此虚处矣。"刘先生对此甚为欣赏，说："这种'虚'再往前推进一步，就能做到言有尽而意味无穷，有所谓'弦外之音'和'象外之旨'，真能使'虚室生白'，笔未到处，包孕无穷。这种趣、韵、味和神，它所潜在的力量，决不是'含蓄'的概念所能概括得了的。"[②]

唐彪的虚衍以摇曳神情之说，使我们想起《世说新语·文学》所载的一则佳话。桓温命袁宏作《北征赋》，赋成，在桓温座前诵读。叙及孔子泣麟故事云："悲尼父之恸泣，似实恸而非假，岂一物之足伤，实致伤于天下。"接着便转韵述他事。座上有人提出意见，说"于写送之致，如为未尽"。袁宏应声揽笔，添加两句："感不绝于余心，泝流风而独写。"众人皆称善。这正是以虚写足其神韵的例子。

刘先生说言有尽而意味无穷，其趣、韵、味和神，乃是"含蓄"的概念不能概括的。笔者以为这是深有体会的话，非常重要。所谓"含蓄"，指作者欲说还休，半吐半吞，让读者自己去体会、捉摸那未直接说出来的意思；那意思还是实在的，可以说明白的，只是

---

① 刘衍文、刘永翔《文学的艺术》，第 378 页。
② 刘衍文、刘永翔《文学的艺术》，第 380 页。

故意不说而已。钱锺书先生《管锥编》曾提醒我们须明白寄托与含蓄的区别。而刘先生这里更进一层,所说的趣、韵、味和神,该是一种难以言说的虚的东西。宋人周煇《清波杂志》称秦观《踏莎行》、毛滂《惜分飞》"语尽而意不尽,意尽而情不尽"。按秦词结末云:"郴江幸自绕郴山,为谁流下潇湘去",可说是"假借为虚";毛词下片云:"断云残雨无意绪,寂寞朝朝暮暮。今夜山深处,断魂分付潮回去。"可说是"抒情为虚"。周煇体味到难以言说的一片深情,故有此评。永翔先生在其名著《清波杂志校注》的《前言》里特地指出:"'意'外拈出'情'字,可谓中的。"①

对于文学作品的虚灵的情味、神韵,古人也是早有体会的。如东晋阮孚读了郭璞的两句诗"林无静树,川无停流",便说:"泓峥萧瑟,实不可言,每读此文,辄觉神超形越。"林逋的"疏影横斜水清浅,暗香浮动月黄昏",朱熹说:"这十四个字,谁人不晓得?然而前辈直恁地称叹,说他形容得好。是如何?这个便是难说。须要自得他言外之意始得,须是看得那物事有精神方好。"朱熹说的"言外之意",其实就是那种难以言说的韵味,只是他还只是笼统地说"意",没有如周煇那样有意识地将"意"和"意外"之"情"加以区别而已。周煇之后,元人郝经《与撖彦举论诗书》说"有言外之意,意外之味,味外之韵",明人陈子龙说"五七言绝句,盛唐之妙在于无意可寻而风旨渊永",他们所说的"意"都指比较质实的意指,"味""韵""风旨"则指虚灵的美感。欣赏此种虚灵之美,确实是我国传统文论的一个特色。其实唐人司空图的"象外之象""味外之旨",宋代严羽的"兴趣",以至近代王国维"意境"、"境界"说的"言外之味,弦外之响",都是这种美感的表述。严羽《沧浪诗

---

① 《清波杂志校注》初版于 1994 年,中华书局;其《前言》收入作者《蓬山舟影》。其考证云:"'语尽而意不尽,意尽而情不尽'二语发自李之仪,见其《姑溪居士集》卷四〇《跋吴思道小词》,乃李氏形容晏殊、欧阳修、宋祁小词之语。"见《蓬山舟影》,汉语大词典出版社,2004 年,第 435 页。

话·诗辨》云:"(盛唐诗)惟在兴趣,羚羊挂角,无迹可求,……如空中之音,相中之色,水中之月,镜中之象,言有尽而意无穷。"用了一连串的比喻,无非就是形容其"无穷"之"意"——也就是"兴趣"之虚灵、难以把捉罢了。

《文学的艺术》强调"这种趣、韵、味和神,它所潜在的力量,决不是'含蓄'的概念所能概括得了的",这便将古人的一些明而未融的表述说得十分明白透彻。而在强调这是我们民族一个审美特色之时,又指出不应该以为只有这样的作品"才算得诗家的绝诣,才是最高的境界,才是最合乎艺术的形象"[①],这真是通方广恕、十分宏通的见解。

以上是笔者学习二位刘先生这部大著之后的片断体会,不揣浅陋,希望得到刘先生和读者的指正。

(原载《上海书评》2021年10月20日,收入本书时略有改动)

---

① 刘衍文、刘永翔《文学的艺术》,第26页。

王运熙先生的汉魏六朝乐府研究

王运熙先生是著名的古典文学研究专家，曾任复旦大学中国语言文学研究所所长。其研究成果在海内外都广为流传，享有崇高的声誉。这里我们拟介绍先生关于汉魏六朝乐府的研究著作。

1947年，王先生以文学院学生总分第一的成绩毕业于复旦大学中文系，留校任教，并担任中文系主任陈子展先生的助手。依照陈先生的建议，王先生对"杂体诗"即双声、离合、回文等诗歌进行探讨。杂体诗中有一项是"风人诗"，其特点为大量利用谐音双关语，而在郭茂倩所编《乐府诗集》的"清商曲辞"即六朝的吴声和西曲歌辞中此类最多。于是王先生仔细阅读《乐府诗集》的相关部分，又发现《晋书》《宋书》《南史》等史籍内有不少有关吴声、西曲的资料，因此扩大了兴趣，对这两类歌辞进行了全面的探索。在1948至1950两年里，写了《吴声西曲杂考》《论吴声西曲与谐音双关语》等多篇论文，后来汇集成书出版，名为《六朝乐府与民歌》。此后，50年代前期，又对汉魏六朝音乐的类别、官署设置以及汉乐府歌辞等进行研究，所作论文后来集为《乐府诗论丛》。这两本书流布很广，影响很大。乐府研究的专家余冠英先生曾经给予很高的评价，《六朝乐府与民歌》就是余先生推荐出版的。《乐府诗论丛》则由刘大杰先生介绍出版。从50年代中期起，王先生的研究重点转移到唐代文学，后又转至古代文学理论批评方面，但也仍然写过一些乐府研究的文章。至上世纪90年代，王先生将这两本著作作为上编、中编，将后来所写的有关论文作为下编，合为《乐府诗述论》一书，于1996年由上海古籍出版社出版。

王先生关于乐府的著作,填补学术空白,具有很高的学术价值。令人惊叹的是,当他在这个领域内取得重要成就时,还只是一位二十多岁的青年。他写作《六朝乐府与民歌》中的各篇论文时,论年龄,不过二十二三岁;论职称,还只是助教。六十多年过去了,王先生的研究成果仍具有强大的学术生命力,仍然是了解和研究乐府文学的必读文献。它们是名副其实的学术经典。

下面就笔者个人的体会,略谈王先生乐府研究的特点和主要贡献。

(一)王先生的乐府研究,有一个鲜明的特点,就是重视史籍里的有关记载,以考证史事的态度从事研究。

吴声和西曲曲调动人,歌辞内容多为男女情爱的歌唱,在南朝属于所谓新声变曲,虽然为人们——包括不少贵族人士——所喜好,但也被比较保守、正统的人们所轻视。沈约的《宋书·乐志》,虽然记述了部分吴声、西曲的名称和"本事",但批评其歌辞"多淫哇不典正"。到了明清时代,有的文人对其歌辞的真率热烈、生动活泼表示欣赏,但总体而言评价仍不高,认真的研究更少。"五四"以后,学者们重视民间通俗文学,吴声、西曲中有不少民歌,也有文人所作具有民歌风味的篇章,因此受到了很高的评价。但是史籍中的有关记载,如《宋书·乐志》《古今乐录》等关于歌曲"本事"即产生缘由的记载,却不被学者所重视。之所以如此,一个重要的原因,是因为那些记载往往说某歌曲是贵族人士所作,或与贵族人士相关,而所述制作的缘由,与流传下来的歌辞并不一致,甚至毫不相干。还有些记载存在混乱和矛盾之处,有些则使人感到荒谬,只能视为传说,不能看作史实。总之,史籍里的有关记载,往往令人觉得难以征信,因此,研究者便以无须深究的态度对待它们,至多看作有趣的故事而已。王先生却不是这样。他广泛而深入地研读史籍,发现那些"本事"多包含史实,未可一笔抹杀。下面举几个例子加以说明。

　　吴声歌曲中有《丁督护歌》,《乐府诗集》载其歌辞六首,都是女子送情人出征的口气,有"督护北征去"、"督护初征时"的句子。而《宋书·乐志》关于其本事的记载却与此大相径庭:

> 　　《督护哥》者,彭城内史徐逵之为鲁轨所杀,宋高祖使府内直督护丁旿收敛殡埋之。逵之妻,高祖长女也。呼旿至阁下,自问敛送之事。每问,辄叹息曰:"丁督护!"其声哀切,后人因其声广其曲焉。①

除了"督护"字样外,这记载与《乐府诗集》所载歌辞毫不相干,似不可信。但王先生读《宋书》的《武帝纪》《徐湛之传》《朱超石传》《彭城王义康传》等,发现徐逵之任彭城内史在战场上为鲁轨所杀确有其事,丁旿也实有其人,甚至徐逵之妻即刘裕长女(会稽公主)好哭,也见诸记载。因此,王先生认为《乐志》关于《丁督护歌》本事的说明未可轻易否定。他说:"会稽公主的善于㤞哭,想来必为当时朝野所习知,其被演为歌曲,正复无足怪了。"②至于《丁督护歌》的作者,《乐府诗集》说是宋武帝刘裕,《玉台新咏》则说是宋孝武帝刘骏。刘骏是刘裕的孙子,会稽公主、徐逵之是他的姑母和姑父。他爱作五言四句的小诗,而为人残忍,曾杀其叔父和四个兄弟。因此王先生认为,将自己姑母哀痛的哭声演为娱乐的歌曲,在刘骏并非不可能。但是《乐府诗集》所载歌辞,却不一定纯粹是刘骏的创作,而可能包含民歌在内。刘骏只是第一个制作此歌曲的人,后人可能沿用此曲调而作新辞。而刘骏利用会稽公主的哀声制作歌曲,也只是利用其声调,其内容可以与公主哭夫的"本事"并不相关。王先生作这样的推断,有史实为依据,相当可信。这对于我们了解《丁督护歌》的缘起,了解乐府歌曲的形成过

---

① 　沈约《宋书》,中华书局,1983年,第550页。
② 　王运熙《六朝乐府与民歌·吴声西曲杂考》,收入《乐府诗述论》上编,又《王运熙文集》第一卷,上海古籍出版社,2012年,第76页。

程,都颇有益。如果不理会这段"本事",那就不但不能知晓《丁督护歌》的产生缘由,而且很容易误会,把作者权判给刘裕,因为刘裕曾经北征中原,与歌辞里的"北征"巧合。

又如《碧玉歌》,写一位名叫碧玉的小家女子深受宠爱的故事,今天我们有时还说"小家碧玉",就出于此曲。《乐府诗集》载歌辞共六首(其中一首系唐代李暇的拟作),其题解引《乐苑》的话道:"《碧玉歌》者,宋汝南王所作也。碧玉,汝南王妾名,以宠爱之甚,所以歌之。"①而其中的两首,载于《玉台新咏》,却说是东晋文人孙绰所作。以往研究者们虽注意到二者的不一致,但未作深究。《玉台新咏》编集时代较早,因此孙绰所作之说常为人所信,而汝南王与碧玉的关系,有的学者便轻易地否定了。如罗根泽先生的《乐府文学史》是第一部乐府专史,自然颇有价值,但在讨论《碧玉歌》时,说:"乐府歌辞每附以有趣味之故事,非皆为事实。汝南王未必有名碧玉之妾,即有之,亦未必不为巧合,由是好事者遂附会此歌耳。"②意思是说"好事者"将孙绰作的歌辞,附会到汝南王身上。萧涤非先生的《汉魏六朝乐府文学史》则比较慎重,说:"宋并无汝南王,《乐苑》之说,自属无稽。"③又说如果真是孙绰所作,则孙是东晋人,更证明《乐苑》之误。但萧先生又根据梁陈人如梁元帝、庾信的诗歌,指出碧玉嫁汝南王之事,多见于吟咏。因此,他取存疑的态度,而记录清初吴景旭的话:"碧玉,晋汝南王妾名,孙绰为作《碧玉歌》。"是录以备参的意思。王先生则作了进一步的考证。首先,他追根溯源,指出《乐苑》的话当本之于唐代杜佑的《通典》。《通典》明言:"《碧玉歌》者,晋汝南王妾名,宠好,故作歌之。"《乐苑》的作者把"晋"字误作"宋"字了。那么东晋的

---

①　郭茂倩《乐府诗集》,人民文学出版社,2010 年,第 975 页。

②　罗根泽《乐府文学史》,东方出版社,1996 年,第 93 页。

③　萧涤非《汉魏六朝乐府文学史》,人民文学出版社,1984 年,第 219 页。

孙绰为本朝汝南王的爱妾作歌，是可能的。不仅如此，王先生发现《太平广记》所载刘宋戴祚的《甄异传》里，有"金吾司马义"宠爱碧玉的故事，而根据《晋书》，正有一位汝南王名叫司马义，其卒年恰与《甄异传》所述"金吾司马义"的卒年相合。《甄异传》说碧玉颜色不美，因歌唱动人而备受宠爱，也与《碧玉歌》"惭无倾城色"但受宠相一致。如此巧合，那么《碧玉歌》的主人公就是《甄异传》的碧玉，也就是《晋书》的汝南王司马义的爱妾，乃是非常可能的事。又据《晋书》，孙绰去世那年，司马义继承父亲司马亮为汝南王已经十六年了，因此孙绰为司马义爱妾作歌，从时间上说也没有问题。到这里，可以说《碧玉歌》的著作和本事问题，得到了相当完满的解决。

从上举两个例子看，王先生的乐府研究，十分注意发掘史料。对于那些关于乐府诗歌本事的记载，不因为与现存歌辞不一致或存在某些混乱而轻易否定。此种重视文史结合的态度，贯穿他全部的乐府研究。比如吴声、西曲中大量使用谐音双关语，是一个十分引人注目的现象，前人已有不少论述。王先生在讨论这一问题时，一方面观察六朝民间谣谚，一方面从史籍中发现了许多当时上层阶级人士在谈吐间运用谐音双关的例子，从而证明吴声、西曲此类双关语的大量使用，乃是六朝社会普遍风气的反映。又如王先生考察吴声、西曲歌辞中的地名，连一些很细小的地名都与史书中的记载相印证，从而发现一个现象：产生于长江中游荆、郢、樊、邓一带的西曲，其歌辞中却有长江下游建康、浙东的地名。王先生解释说，那是因为一部分西曲，后来盛行于京畿建康一带，歌辞也有出于居住京畿者之手的，而那又与西曲中多商人之歌、商人多往建康一带经商有关。"要之，说西曲产生于西部地区，是就它的开头而言；后起的作品，与吴声的区别，主要显然在于'声节送和'上面了。"能从小小的地名之微，引申出这样概括性、规律性的结论，就是重视诗史互证的益处。《乐府诗述论》下编有一篇

《吴声、西曲中的扬州》,不但征引史料说明东晋以来所谓扬州是指京城建康,纠正了治文学史者以为吴声、西曲里的扬州就是隋唐以来的扬州(即今扬州)的错误,而且诗史互证,对吴声、西曲中某些细节、名物加以说明。如西曲《襄阳乐》有一首道:"扬州蒲锻环,百钱两三丛。不能买将还,空手揽抱侬。"说一个生活在长江中游某地的女子,抱怨她的情人(当是一位商人)从建康归来,却没有买蒲锻环作为礼品赠送给她。王先生就引了山谦之《丹阳记》等史料,说明南朝建康一带冶金业十分发达,因而所产的蒲锻环为西部妇女所艳羡。这样一来,那首《襄阳乐》在读者心目中马上就具有了更生动具体的历史内容,也就更加耐人寻味了。

研究古典文学必须充分重视、利用史籍,这是前辈学者获取成功的一条重要经验。陈寅恪先生的《元白诗笺证稿》等,就是诗史互证的典范之作。在乐府研究领域,萧涤非先生的《汉魏六朝乐府文学史》也具有经典性的意义。例如论曹魏左延年的《秦女休行》,萧先生举出《后汉书》的桓谭、崔瑗、何颙、苏不韦、韩暨诸传,说明后汉复仇风气之盛行;论张华的《轻薄篇》,举《宋书·五行志》等所载贵游子弟放浪恣睢状况为佐证;论《神弦歌》,举《晋书·夏统传》说明民间对于祭祀的态度,又举《宋书·礼志》《宋书·刘劭传》以及六朝小说、沈约《赛蒋山庙文》等说明"清溪小姑"的身份。萧先生列举史料,不但从大的方面说明乐歌的背景,而且深入到细节和语汇。如论《陌上桑》的"鬑鬑颇有须"和"盈盈公府步",举《汉书·霍光传》《后汉书·光武纪》和《后汉书·马援传》,说明汉人颇重须髯之美,又引《马援传》和《后汉书·梁冀传》,说明汉代男女各有步法。释吴声《欢闻歌》"持底报郎恩?俱期游梵天",乃举《南史·徐妃传》所记徐妃与僧人私通、与情人相会于佛寺的事实,说明"梵天"即佛寺,当时佛寺竟有同于北里。释《折杨柳歌》"不解汉儿歌",则引《北史·齐神武纪》《北史·祖珽传》,说明当时北人称"汉儿"含轻蔑之意。王先生对萧先生此书,评价很高,说它在 1949 年以前出版的乐府研究著作中"最有深度",和刘师培《中国中古文学史》、鲁迅《中国小说史略》、王国维《宋元戏曲史》一样,"属于能够传之久远之列的著作"①,而诗史互证,正是萧著的重要优点之一。王先生继武前贤,在吴声、西曲研究中,大大发展了这方面的优点。

援引史事以论述诗歌或其他作品,古已有之,但是往往轻率立论,沦于牵强附会。远的如汉儒之解说《诗经》,较近的如清人陈沆的《诗比兴笺》之类,往往如此。那是应该防止的。王先生的乐府研究,则与一些优秀著作一样,十分严谨,具有很强的科学性。

王先生重视史料,对于某些乍一看来难以信从的记载不轻易否定,这体现了一种"释古"的态度。王先生自述,他大学学习期间,了解到"五四"以后文史研究中有信古、疑古、释古等派别。他曾饶有兴趣地阅读"疑古"的著作《崔东壁遗书》《古史辨》,但后来更倾心于释古,觉得它更为客观合理。所谓释古,就是既不盲目地信从古人和古书上的话,又不稍有怀疑、觉得费解便轻率地加以否定、批判,而是虚心体察、认真研究古代资料本来的意义,探讨其产生的背景,探讨古人之所以那样说、那样记载的缘由。即使是错误的记载,也该探讨其致误之由。王先生多次说,他服膺《礼记·中庸》博学、审问、慎思、明辨和司马迁"好学深思,心知其意"的话,将它们作为治学的座右铭。先生对六朝乐府的研究,尤其是对于"本事"的研究,就是此种"释古"态度的鲜明体现。

(二)重视总结乐府诗的体例。

王先生在《研究乐府诗的一些情况与体会》里说:"要理解乐府诗,必须懂得乐府诗的体例。"②这真是经验之谈。先生作《略谈

---

① 见《乐府诗述论》下编《读〈汉魏六朝乐府文学史〉》,《王运熙集》第一卷,第 474 页。
② 见《乐府诗述论》下编,《王运熙集》第一卷,第 498 页。

乐府诗的曲名本事与思想内容的关系》一篇，全面地总结歌辞内容与曲名、本事或相符或不相符的种种情况，谈的就是体例问题。现在依据先生所说概述如下。

　　关于歌辞与本事不一致的情况，如《丁督护歌》，据本事，系产生于刘宋会稽公主哀哭其夫战死的事件，但今传歌辞内容歌唱女子送情人出征，与本事全不是一回事，那是由于歌辞只是利用会稽公主的哀声演为歌曲，所谓"因其声，广其曲"，而并不叙述本事里所述事件，也就是说，是因其声而作辞。还有一种情况，是因其声而改用他辞。比如"相和曲"内有一首《陌上桑》，据晋人崔豹《古今注》，歌唱的是邯郸女子秦罗敷的故事。罗敷之夫为赵王家令。她采桑于陌上，为赵王所见，赵王欲强夺之，罗敷乃弹筝作《陌上桑》之歌，予以拒绝。而我们今日所见《陌上桑》，虽然也写名叫秦罗敷的女子采桑并拒绝男子的调戏，但那男子并非赵王，而是一位"使君"（太守），罗敷之夫也不是什么"家令"，而是担任过侍中郎的职位颇高的官员。如何看待这矛盾的情况呢？王先生依据《乐府诗集》所引《古今乐录》，认为崔豹说的那首歌辞久已不传，今日所见歌辞原来并不叫"陌上桑"，而是名为"罗敷"，也不是用"相和曲"的调子演唱，而是用"瑟调"中的"艳歌"曲调演唱。后来因《陌上桑》歌辞失传，遂取《罗敷》的歌辞，而改用《陌上桑》的调子演唱，《罗敷》歌辞也就被称为《陌上桑》了。这与《丁督护歌》歌辞与本事不合的情况类似，都是因演唱歌辞仅仅利用某曲调而不必遵循本事的内容所造成。不过《丁督护歌》的歌辞是创作的，而《陌上桑》的歌辞是借用的而已。总之，本事说的是某一曲调的缘起，而利用该曲调所作的歌辞，尤其是后起的歌辞，可以与那事由并不相关。这种情况并不罕见，是乐府体例的很值得注意的一点。

　　还有曲名与歌辞的关系问题。大量歌曲并无"本事"记载，但总有一个曲名。其歌辞与曲名也呈现复杂的关系。有时歌辞与曲名不相一致。刚才说的《陌上桑》，后世以《罗敷》代替崔豹所说的本辞进行演唱，虽然二者内容有异，但还都是与曲名相关的，而曹操所作《陌上桑》写游仙，曹丕所作写行军之艰苦，就与曲名毫不相干了。又如《秋胡行》，本辞说的是秋胡游宦归家，路见妻子却不相识而进行调戏的故事（其辞已佚），可是曹操所作两首写求仙，曹丕三首写求贤和思念佳人，都与曲名不符，只是利用曲调来歌唱而已。又如《薤露》《蒿里》，原来是丧歌，说人命短促如露水，死后魂魄聚敛于蒿里之地。但曹操所作却描写汉末动乱混战的残破之状，与露水、蒿里不相干，不过写社会丧乱，意思上与原作有些联系而已。《雁门太守行》，今存最早的歌辞歌颂后汉洛阳令王涣，与曲名不相符。想来该曲产生时原是歌唱雁门太守的，但歌辞早就失传了。这些是曲名、歌辞不一致的例子。至于二者相符的情况，是大量存在的，但是同一曲名之下，其歌辞的题材、主题往往并不相同。仍以《丁督护歌》为例：南朝人所作是女子送别情人（他的身份是督护，也可能是督护率领的战士），而唐代李白同题之作却写纤夫生活艰辛，"一唱《都（督）护歌》，心摧泪如雨"。又如《燕歌行》，原是依据燕地俗乐制成的曲调，"燕歌"之"燕"是指曲调的地方性而言，与歌曲的内容无关。曹丕和魏晋作者所作，都写女子思念远客他乡的丈夫，歌词中并无"燕"字样。梁代萧绎、王褒、庾信等人所作进一步说到边塞征戍之事。萧绎写少妇所在为燕赵、辽东，王、庾则写征夫远戍燕蓟。他们所作已经不配乐歌唱，题目中的"燕"不再是指音乐的地方性，而变得与诗歌的内容相关了。而唐代高适的《燕歌行》，更有很大的变化，诗人借此题抒写对东北战事的感慨，诗中虽也有男女相思的内容，但主要篇幅是写战场上战士的辛苦。以高适所作与萧绎等人所作相比较，就可以看到其歌辞虽都与题目相关、相符，但内容又有变化发展。总之，曲名与歌辞内容的关系，也是乐府诗体例中十分重要的一点。还应补充一下：同一曲调之下歌辞里的许多后来的作品,往往已经不再歌唱,其曲调已经不传,作者们只不过沿袭旧题,而不能说是利用旧有的曲调,与曲调、音乐已经没有什么关系。在这种情况下,纯是文字意义上的拟作,倒常常与曲名相关了。李白的《丁督护歌》、萧绎等人和高适的《燕歌行》,就是此类情况。

歌辞与本事、曲名不符的现象,前人已经有注意到的,但是正如王先生所说,一般读者,甚至研究者,还是注意不够,甚至引起误会。且举对《雁门太守行》的理解为例。《雁门太守行》古辞歌咏洛阳令王涣,渊博如郑樵,其《通志·乐略》如此解释:"涣尝为安定太守,有安边恤民之功,百姓歌之。然此则雁门太守。若非其事偶相合,则是作诗者误以安定为雁门。"①纯属臆测,而且曾任安定太守的是王涣之父王顺,不是王涣,郑樵误记。清人朱乾《乐府正义》说得对:"按古辞咏雁门太守者不传,此以乐府旧题《雁门太守行》咏洛阳令也,与用《秦女休行》咏庞烈妇者同。……凡拟乐府有与古题全不对者,类用此例,但当以类相从,不须切泥其事。"王先生肯定朱乾之说"很中肯,能从乐府体制上说明问题",并进一步指出,借用《雁门太守行》的题目,其实也就是"借用《雁门太守行》的曲调"②。郑樵于此例就不明白。他在论及《陌上桑》时,说大约罗敷的丈夫初为赵王家令,后来任侍中郎,也是毫无根据的臆测。朱乾说到的《秦女休行》,系曹魏时左延年所作,咏秦氏女名休者报仇杀人之事,曹植的《精微篇》里也曾提到过此事。后来西晋时傅玄也作《秦女休行》,写的却是庞氏妇报父仇杀人的事。《乐府诗集》已经明确地说傅玄之作"与古辞义同而事异",也就是说都写报仇,但所咏不是同一件事。上举朱乾《乐府正义》也说明了这一点,萧涤非先生也明说:"此亦借古题以咏古事之

① 郑樵《通志二十略》,王树民点校,中华书局,2009年,第898页。
② 见《乐府诗述论》下编《略谈乐府诗的曲名本事与思想内容的关系》,《王运熙文集》第一卷,第330、329页。

类。"①傅玄借《秦女休行》这个旧题歌咏汉末史实,因此是"借古题以咏古事"。这些都是符合乐府体例的正确的意见。可是有的研究者还是不明白。胡适的《白话文学史》就说左、傅所咏是流传于民间的同一故事,是同一"母题",只是在流传过程中发生了改变而已。1980年代末,又有学者重提此事,也说两首是歌唱同一件故事,那故事应以傅玄所咏庞烈妇为准,左延年、曹植都搞错了,还说"秦女休"是"秦地女子被赦免"之意,而不是秦氏女名休。此文一出,就遭到批评,如俞绍初先生即撰文商榷,指出该文不明乐府体例②。可见正如王先生所说,懂得乐府体例是多么重要。

　　王先生评朱乾《乐府正义》道:"朱氏于乐府体例,时有妙悟。"③而又说:"但有时仍未免失之拘泥。其最突出者,如论汉魏相和歌辞拟乐府旧题,内容虽多通变,'但须不离其宗'。"所谓"不离其宗",是说后人拟作,应在题材、主题或某些细节、用语等方面与旧题或多或少保持某种联系,如上文所说李白《丁督护歌》、高适《燕歌行》那样。如果这是对后人创作的一种要求,那是可以的,但以此观察、分析作品,便可能拘泥牵强。如王先生所指出的:曹操《陌上桑》写游仙,被朱乾解释成以神仙为伴侣,故罗敷虽美,匪我思存;曹丕《陌上桑》写万里从军,伴侣凋零,也与罗敷全不相涉,大约因其有"离室宅"之句,遂被朱乾牵强地说成是"言外见意,不离其宗"。王先生说:"汉魏乐府用乐府旧题,仅用其声而不袭其义者,比比皆是;必欲以'不离其宗'释之,鲜有不扞格难通者。"④总之,前人于乐府体例,已有一些值得注意的见解,但往往尚未达

---

① 萧涤非《汉魏六朝乐府文学史》,第180页。
② 俞绍初《〈秦女休行本事探源〉质疑》,《文学评论丛刊》第5辑,1989年。
③ 见《乐府诗述论》中编《汉魏六朝乐府诗研究书目提要》,《王运熙文集》第一卷,第284页。
④ 见《乐府诗述论》中编《汉魏六朝乐府诗研究书目提要》,《王运熙文集》第一卷,第285页。

一间,王先生则在这方面加以全面深入的观察,所论怡然理顺,令人称快。

关于乐府诗歌曲调的问题,王先生观察史志和《古今乐录》等资料关于和声、送声(和声在句末,送声在全曲之末)的记载,提出:吴声、西曲的曲调,应该是利用和声或送声形成的。比如上述《宋书·乐志》关于《丁督护歌》本事的记载,说会稽公主哀叹"丁督护"之声哀切,"后人因其声广其曲焉",所谓"因其声广其曲",很可能就是用"丁督护"三字作为和声而演为歌曲。又如据记载,东晋穆帝时民间歌唱结束时就呼叫"欢闻不"、"阿子汝闻不",后来演变为歌曲《欢闻歌》和《阿子歌》,其送声就是"欢闻不"、"阿子汝闻不"。王先生说,和送声使歌辞辞句繁复参差,又使得音调强烈,显得非常突出,构成了曲调里的主要部分,曲调的名称,也大多是根据和声而来。在同一曲调系统里的好多首歌辞,内容相关不相关都可以,但是其和送声是相同的,作者袭用某一曲调作歌,主要就是袭用原来的和送声。这一见解,也是王先生的独创,我们觉得是颇合乎事实的。

(三)厘清历代音乐机构的建置沿革、汉魏六朝清乐的类别和发展变化。

《乐府诗述论》内有好几篇都是这方面的内容。即中编的《汉魏两晋南北朝乐府官署沿革考略》《汉武始立乐府说》《清乐考略》《说黄门鼓吹乐》《汉代鼓吹乐考》《杂舞曲辞杂考》以及下编的《相和歌、清商三调、清商曲》《梁鼓角横吹曲杂谈》等篇。

所谓清乐,又称清商乐。王先生梳理了它的发展过程,指出:先秦已有"清商"一语,系泛指清越哀伤的乐曲(主要是就俗乐而言);经过漫长的发展过程,至北魏、隋唐时用"清商乐""清乐"包举由南方获得的先朝旧乐,亦即汉魏西晋的相和歌和东晋南朝的吴声、西曲。王先生清晰地叙述了这一历史过程里两大俗乐系统(相和歌与吴声、西曲)各自的组成以及它们的产生、兴盛、雅化和衰落。王先生努力澄清某些模糊、错误的看法,解决一些久悬未解的问题。这里举出两篇略作介绍。

一篇是中编的《说黄门鼓吹乐》,发表于 1954 年。此篇考证与汉代俗乐有关的一个问题,即探明蔡邕《礼乐志》所谓汉乐四品中的第三品黄门鼓吹乐是什么性质的音乐。《礼乐志》全文早已亡佚,只能从典籍中看到一点片断,解释很不具体,仅说黄门鼓吹乐用于天子宴乐群臣。郭茂倩《乐府诗集·燕射歌辞》所载都是元日朝会等典礼上所用的雅乐歌辞,包括上食时演奏的"食举乐",而在题解里引用《隋书·音乐志》"黄门鼓吹天子宴群臣之所用"的话(其实出自蔡邕),这就使人以为黄门鼓吹乐是雅乐。明人徐师曾《文体明辨》卷八就说,黄门鼓吹"即今所传汉殿中御饭食举七曲及太乐食举十三曲是也"。其实这是错误的。王先生通过《汉书》及《文选注》中有关资料,得知西汉已有黄门倡乐,性质与乐府所掌相近,属于俗乐。乐府远在上林苑,征调乐人不够便利,故武帝于宫禁设置黄门乐人,以便娱乐。到了东汉,黄门鼓吹由承华令掌管,而承华令的职守、性质正与西汉的乐府相当,是掌管俗乐的。也就是说,东汉的黄门鼓吹就相当于西汉的乐府。王先生又举出应璩的《百一诗注》和曹植的《鞞舞歌序》,说明黄门鼓吹演奏的俗乐,就是相和歌和杂舞曲。这一研究勾稽片断的史料,辨明一个有关东汉俗乐和王朝音乐机构建置的问题,于乐府研究大有裨益,当年余冠英先生便颇为赞赏,并推荐发表。

还有一篇是下编里的《相和歌、清商三调、清商曲》。此篇主要是辨明所谓清商三调乃是相和歌中的一类,而不是与相和歌并列的一个音乐类别。"清商三调"见于《宋书·乐志》。《乐志》在著录"相和"十三曲《气出倡》至《陌上桑》的歌辞之后,另起一行,曰:"清商三调歌诗　荀勖撰旧词施用者。"[①]下面即分平调、清调、

① 《宋书》,第 608 页。

瑟调著录歌辞,其中颇多曹操、曹丕、曹叡所作。《乐志》又载宋顺帝昇明二年尚书令王僧虔上表"并论三调歌",有云:"今之清商,实由铜雀,魏氏三祖,风流可怀。"①这所谓"清商三调"诸曲的歌辞,在郭茂倩《乐府诗集》里载录于"相和歌辞"内,《乐府诗集》"清商曲辞"的解题里还有"相和三调"之称。《乐府诗集》的"相和歌辞"分"相和曲"等九类著录歌辞,平调、清调、瑟调各为一类,《宋书·乐志》以"相和"之称著录的《气出倡》至《陌上桑》十三曲,则属于"相和曲"。郑樵《通志·乐略》也将三调诸曲作为相和歌著录。梁启超首先提出异议,他说郑樵等搞错了,按照《宋书·乐志》的记载,清商三调应与相和歌是并列关系,不是从属关系。此后学者们或赞同梁说,或不赞同梁说,一直未能取得一致意见。比如黄节先生即驳诘梁说,黄先生弟子朱自清先生则比较赞同梁说。双方都没有做过详细论证。1982 年,逯钦立先生的遗著《相和歌曲调考》长文发表,试图从音乐演奏方式的角度加以探索,结论是否定梁启超之说的。而此前一年,曹道衡先生曾发表《相和歌与清商三调》,详细地列举理由,赞同梁说。王先生的文章发表较晚,在 1992 年。文章肯定曹先生的某些局部的看法,但结论与曹先生相反,是否定梁说的。王先生认为,三调的俗乐性质、所使用的乐器,都与相和歌一致。郭茂倩所引用的资料主要是陈代释智匠的《古今乐录》,而智匠则大量引用刘宋张永的《元嘉正声技录》、王僧虔的《大明三年宴乐技录》。依据郭茂倩的两处说明,可以推断:《乐府诗集》所载相和歌各乐曲及其次序、相和歌各小类的次序,大致上是依据张永《技录》著录。因此,清商三调属于相和歌,乃是张永、王僧虔原本如此,并非郭茂倩、郑樵杜撰。而《宋书·乐志》另起一行叙述清商三调,也并不能就证明它与相和歌并列。张永、王僧虔与编著《宋书》的沈约是同时代人,他们的看

① 《宋书》,第 553 页。

法并无不同。还有,唐初吴兢这位于乐府诗研究有素的学者,其《乐府古题要解》也是明明白白将三调诸曲归入相和歌的。因此,我们实没有理由推翻南朝唐宋以来对于清商三调归属的旧案。

　　以上粗略介绍了王运熙先生《乐府诗述论》的一些重要的方面,主要是偏于考证方面的内容,希望有助于读者的阅读研究。但这并不是本书内容的全部。书中还有不少篇章,论及乐府名篇如《孔雀东南飞》、蔡琰《胡笳十八拍》、柳恽《江南曲》、《西洲曲》等,都值得细细品读。《汉魏六朝乐府诗研究书目提要》一篇,不仅介绍古今有关书目,而且凝聚王先生研读这些著述的体会,评价也十分恰当。王先生谈论治学心得时曾说,认真读目录学著作十分重要,说《四库提要》对自己启发帮助尤大,感到"从它那里得到的教益,比学校中任何一位老师还多","读了《四库提要》等目录书后,在自己从事研究的范围内,应当系统地阅读哪些书籍,重点放在哪里。仿佛找到了一个最好的向导"①。王先生这篇书目提要,对于了解和研究乐府,也正是这样一位最好的向导。

　　　　　　　(原载《薪火学术》,复旦大学出版社,2022 年)

---

① 见《乐府诗述论》下编《研究乐府诗的一些情况和体会》,《王运熙文集》第一卷,第496 页。

王运熙先生对于"龙学"的贡献

对刘勰《文心雕龙》的研究,称为"龙学",早已成为显学,不但我国学者,而且世界上许多国家的学者,都为之倾注了大量心力。这既是因为这部著作体大思精,包孕丰富,文辞精美,在学术史上占有重要地位,也与其成书距今一千五百年、采用骈俪文体、今人不易彻底读懂有关。我校中文系教授、著名古典文学专家、《文心雕龙》学会前会长王运熙先生,对于该书的研究独有心得,做出了重大贡献。这里拟就笔者个人的体会,略加论述。

王先生的学术活动,始于上个世纪的 40 年代末、50 年代初。先生原先从事于汉魏六朝、唐代文学史的研究,然后才转入古代文论的研究。当他还是一位二三十岁的青年学者时,就以汉魏六朝乐府诗研究成果而获得学界的关注和赞扬,至今这些成果仍然具有经典性的意义。到了 60 年代初期,先生开始了对《文心雕龙》的深入探讨。

50 年代末到 60 年代前期,学术界展开了一场规模较大的对《文心雕龙》"风骨"概念的讨论。王先生关于《文心》的第一篇论文,题为《〈文心雕龙〉风骨论诠释》,便是为参加那场讨论而作,发表于 1963 年。第二篇则是讨论《文心雕龙·辨骚》的文章,发表于 1964 年。那时刘大杰先生主编大学文科教材《中国文学批评史》,王先生也参加了。书中《文心雕龙》一章约三万字,系由王先生一人执笔。十年动乱之后,先生继续进行研究,于 80 年代出版了《文心雕龙探索》,至本世纪初又出了增补本。80 年代,王先生和顾易生先生合作主编七卷本《中国文学批评通史》,第二卷《魏晋南北朝文学批评史》中的《文心雕龙》一章约十万字,也由王先生执笔撰写。此外,先生还和周锋先生合作撰写《文心雕龙译注》,出版于 1998 年。2012 年上海古籍出版社出版《王运熙文集》,其中的第三卷即依据《文心雕龙探索》增补本,而又新添《〈文心雕龙〉的艺术标准》一篇和《魏晋南北朝文学批评史》中的《刘勰〈文心雕龙〉》一章。

王先生的《文心》研究,前后历经数十年。他的有关论著,读来平易朴实,而观点新颖,实事求是,力求深入、准确地阐发刘勰的原意,很有自己的特点,为"龙学"发展做出了卓越的、不可磨灭的贡献。本文不可能做详尽的论述,只就关于《文心雕龙》的性质、基本思想和结构,对于风骨等概念的解释以及刘勰对文学作品艺术特征的认识三个方面,略作介绍。

一

关于《文心雕龙》的性质、基本思想和结构。

学界一般将《文心雕龙》视为我国古代最有系统的一部文学理论著作,相当于今天的文学概论。有的学者还说是一部古代美学著作。王先生则赞同范文澜先生所说:"《文心雕龙》的根本宗旨,在于讲明作文的法则。"指出《文心雕龙》原来的宗旨是指导各体文章的写作,谈论作文的原则和方法,是一部文章学、文章作法一类的书[1]。他写过《〈文心雕龙〉的宗旨、结构和基本思想》《〈文

---

[1]　詹锳先生也曾说:"我感到《文心雕龙》主要是一部讲写作的书,……但这部书的特点是从文艺理论的角度来讲文章作法和修辞学,而作者的文艺理论又是从各体文章的写作和对各体文章代表作家作品的评论当中总结出来的。"前辈学者的见解略同。见詹锳《文心雕龙义证·序例》,上海古籍出版社,1989 年,第 1 页。

心雕龙〉是怎样一部书》两篇论文①,专门论述这一问题。

王先生说,《文心雕龙·序志》开宗明义,说道:"夫文心者,言为文之用心也。"明确指出其书是讲如何用心作文章的。这就是《文心雕龙》的宗旨。这一宗旨贯穿全书,在全书的结构安排上也体现出来。开头的五篇《原道》《征圣》《宗经》和《正纬》《辨骚》,刘勰自称是"文之枢纽"。王先生认为所谓枢纽,就是讲作文章的总的原则,亦即关于如何写好文章的基本思想。以下从《明诗》至《书记》二十篇,一般被称作是"文体论",王先生认为,确切地说,应称为各体文章写作指导。王先生说这二十篇的内容,都是所谓"原始以表末,释名以章义,选文以定篇,敷理以举统",其中"敷理以举统"的篇幅远少于"原始以表末""选文以定篇",但却是一篇的结穴所在,地位最重要。它的任务,是阐明各体文章的体制特色和规格要求。《序志》所谓"上篇以上,纲领明矣","敷理以举统"就属于"纲领"。刘勰称之为纲领,显示出对此项的重视。以下《神思》至《总术》十九篇,是打通了各种文体论述写作。这些篇目与前二十篇相辅相成,都是谈如何写好文章,只是一则分体而论,一则打通了加以论述,角度不同罢了。再往下《时序》《物色》《才略》《知音》《程器》五篇,王先生说在全书中属于杂论性质。刘勰感到还有一些问题,虽非直接论文章作法,但从创作修养看,也很重要,故加以论述。

王先生指出《文心雕龙》的性质是讨论如何写好文章,不是如今日所谓文学理论,但他也赞同从文学理论的角度研究《文心雕龙》。因为刘勰视野开阔,在讨论如何写作时加以展开,涉及不少文学理论问题,见解精辟,因而具有了文学理论的性质,而且在中国古代文学理论发展史上占有非常重要的地位。刘勰花了许多

---

① 前者原载《复旦学报》1981 年第 1 期,后者原载《语文学习》1984 年第 10 期。二文均收入《王运熙文集》第三卷《文心雕龙探索》,上海古籍出版社,2012 年。

篇幅论述各体文章的作法,那些文体很大一部分今天已经不再使用,因此《文心雕龙》在今天的价值和作用,主要是在论及文学理论之处。但就还原历史原貌而言,《文心》的性质不应混淆。

与宗旨、结构相关的一个问题,即刘勰关于写作的基本思想是什么,也是王先生着力加以讨论的。王先生说,刘勰的基本思想,是宗经与辨骚相结合,即雅正与奇丽相结合。亦即以五经的雅正文风为根本,同时"尽量采取楚辞的优长,做到奇正相参,华实并茂"①。也就是说,刘勰是要求文章写得美丽的,只是不要过分而已。正如黄侃先生《文心雕龙札记》所说:"实则彦和之意,以为文章本贵修饰,特去甚去泰耳。全书皆此旨。"②王先生对此作了具体深入的论述。他说刘勰是华美的骈体文学的拥护者,对于骈文所讲究的声律、对偶、用典等语言美都加以肯定和论述,《文心》全书也以精致的骈文写成。但是刘勰也看到了当时某些作者过分追求新奇华艳所带来的弊病,因此指出在雅正与华美二者之中,必须以雅正为根本,从而形成了其关于写作的基本思想。这一基本思想不仅在"文之枢纽"五篇中予以集中论述,而且贯穿全书。

王先生的这一表述,其意义尤在于能不为时风所动而坚持实事求是的立场。"五四"时期,倡言打倒"《选》学妖孽",虽自有其意义和必然性,但骈文从此便笼而统之地被归于扫荡之列。上世纪五六十年代以来,学术研究为"左"的风气所笼罩,无论什么问题都得讲"阶级分析",骈文更被视为腐朽的贵族阶级的文学,骈文所讲求的文辞之美被斥为"形式主义"的表现。因此,当时的学者往往有意无意地强调刘勰批判"饰羽尚画,文绣鞶帨"的一面,

---

① 王运熙《文心雕龙的宗旨、结构和基本思想》,《文心雕龙探索》,第10页。着重号为笔者所加。

② 黄侃《文心雕龙札记·序志第五十》,华东师大出版社,1996年,第276页。

而忽视其主张华美的一面；甚至将刘勰对于当时写作中流弊的批评理解成刘勰是反对骈文，反对六朝文学发展的。王先生则坚持实事求是，坚持从研究对象出发，因而能透彻掌握《文心》本意，不受当时风气的影响。

对刘勰写作基本思想的认识，涉及对《文心雕龙》第五篇《辨骚》的认识问题。曾有一种意见，认为《辨骚》论述《楚辞》，应同以下二十篇一起归入"文体论"。王先生为此而作《刘勰为何把〈辨骚〉列入'文之枢纽'？》一文①，认为刘勰设置该篇的用意，实际上并非就《楚辞》论《楚辞》，而是有着更深层的目的，即为了提出关于写作的基本思想。王先生说，刘勰既主张在雅正的基础上追求新奇美丽，便不能不强调《楚辞》。因为经书虽然被刘勰称赞为"圣文雅丽"，其实经书的大部分是质朴少文的，是不能涵盖汉魏六朝以来文学向奇丽方向的发展的，刘勰也明白这一点，因此他于《原道》《征圣》《宗经》之外，还要设立《正纬》和《辨骚》（《辨骚》的地位当然在《正纬》之上）。十多年后，王先生进一步说，刘勰实际上肯定《楚辞》在艺术上超越《雅》《颂》，有重大的创新。他说："这种不囿于经书的旧传统、大胆肯定艺术上的发展与创新，是刘勰对文学创作总要求的一个重要方面。"②总之，《辨骚》是体现刘勰基本思想的重要篇章，而不仅仅是《楚辞》论。除了从《文心》本身出发加以论述，王先生还结合南朝时的时代背景，指出与刘勰同时的沈约、钟嵘都把《楚辞》与《诗经》并提，视为经典作品，是汉魏六朝文学家取法的渊源，刘勰不过将《诗经》扩大为五经而已，刘勰的做法与时代风气一致。

《刘勰为何把〈辨骚〉列入'文之枢纽'？》发表于 1964 年。此

---

① 原载《光明日报》1964 年 8 月 23 日《文学遗产》副刊第 475 期，收入《文心雕龙探索》。

② 王运熙《文心雕龙的宗旨、结构和基本思想》，《文心雕龙探索》，第 11 页。

前段熙仲先生在《〈文心雕龙·辨骚〉的重新认识》一文中曾经论及这一问题，王先生的论述则充分得多。由王先生该文可以看出，虽然上面提到的《〈文心雕龙〉的宗旨、结构和基本思想》发表于上世纪 80 年代初，但他关于刘勰基本思想的观点，早在 60 年代上半期已经成熟。只是在关于《文心》结构的问题上，当初王先生还将《明诗》以下二十篇作为文体论，后来则觉得应视为"分体论文章作法"，才更加确切。

二

王先生的研究《文心雕龙》，是建筑在一字一句精读文本的基础之上的，因此他对于书中某些词语所表述的概念、范畴，对于某些文句，尤其是一些难懂的、有争议的地方，予以特别的关注。如"风骨""大体""先哲之诰""雅俗""物""研阅以穷照"等，都有文章进行阐释。这里只介绍先生关于"风骨"和"物"两个语词以及"研阅以穷照"的阐释研究。

"风骨"是《文心雕龙》中的重要概念。上世纪 50 年代末至 60 年代前期，以及实行改革开放之后的 70 年代后期，曾有过两次热烈的讨论。王先生的《〈文心雕龙〉风骨论诠释》发表于 1963 年，《从〈文心雕龙·风骨〉谈到建安风骨》《〈文心雕龙·风骨〉笺释》分别发表于 1980 年和 1983 年。历时二十年的三篇文章，其基本观点则一以贯之。那就是："风"指思想感情表现得明朗，"骨"指语言质素精要而劲健有力，合起来就是指一种鲜明生动、精健有力的优良文风。

对于王先生的论述，有一点应该予以强调：先生认为，无论"风"还是"骨"，都不是就思想内容的高下邪正而言，而是就作品的艺术风貌、表现效果而言。也就是说，"风骨"不是指说什么，而是指说得怎么样。这与当初不少学者的观点很不一样。当初许多学者的说法尽管各不相同,但有一共同点,即认为"风"或"骨"的内涵包含着"文章的内容""作品的中心题材和中心思想""纯洁的思想""合乎儒家道德规范的情感和意志""端正得体的观点",等等。有的学者还说,刘勰的风骨论是对文学正确反映社会生活并积极作用于社会生活的基本特点的理论总结。王先生则明确表示不同意这样的见解。他说:"风的清与杂都是指作者的思想感情在作品中的表现效果即艺术感染力而言,而不是指思想感情本身的美恶邪正。有的同志在论文中把风的清明和思想内容的纯正密切联系起来解释,我认为这样做不符合刘勰的原意。"①与此相承,在论建安风骨时,王先生对一种常见的理解加以澄清。那种理解认为,建安风骨的内涵,主要是指那些表现社会动乱、人民苦难的诗,是指建安诗歌具有进步充实的思想内容。王先生认为此说不确。他说南朝批评家刘勰、钟嵘、萧统等对建安时期那类内容的诗作其实并不特别重视,他们喜爱、看重的乃是刘勰所谓"怜风月,狎池苑,述恩荣,叙酣宴",亦即昭明《文选》中公宴、赠答之类诗作。王先生认为,南朝人论及建安诗时所谓"慷慨任气""风力"等,是指建安诗富有爽朗刚健的风格特征;也就是说,不是着眼于建安诗写了些什么,表现了什么,而是着眼于表现得怎么样,是否表现得鲜明有力。笔者认为王先生关于风骨的论断是十分正确的。试看《文心雕龙·风骨》举以为例的具备风力的作品,是司马相如的《大人赋》。司马相如作此赋,本意是要讽谏汉武帝,希望武帝不要迷恋于求神仙。可是由于将神仙生活写得鲜明生动,汉武帝反而受到感染,"缥缥有凌云之志"。从内容看,《大人赋》的主体是描绘神仙生活,其劝谏的主旨毋宁说是表现得失败的,但是表现神仙生活明朗活跃,在这方面倒是颇具艺术效果,因此刘勰说它有风力。这不充分证明刘勰所谓"风"不是指思想

----

① 　王运熙《〈文心雕龙〉风骨论诠释》,《文心雕龙探索》,第80页。

感情的纯正吗？王先生文中也曾举此为例。他说："有的同志为了保护自己的论点，硬说《风骨》篇所举《大人赋》的例子不恰当，态度也是不够客观的。"①确实如此。

关于"物"，学者们很重视《神思》篇"神与物游"以及《物色》篇"情以物迁，辞以情发"、《诠赋》篇"睹物兴情"、《明诗》篇"感物吟志"等提法，认为它们表述了创作主体与客观世界的相互关系。这样说当然并不错，然而有一个问题：刘勰所谓"物"，能不能完全对应于今日所谓客观世界呢？王元化先生《心物交融说"物"字解》曾经指出，《文心》全书用"物"字凡四十八处，除极少数外，"物"字都是"作为代表外境或自然景物的称谓"②。王运熙先生进一步加以阐发，他在《读〈文心雕龙·神思〉札记》中说，《神思》《物色》等篇中的"物"，首先是指自然风景，其次也指鸟兽草木等自然物（它们不一定被当作风景看待，比如是作为"咏物"的对象），还有出于人工然而可见可触摸的具体的外界之物（如宫殿等）。总之，都是有形貌的具体的外物。至于人们活动所构成的事实、事迹，是不包括在刘勰所说的"物"之内的。根据王先生这一说法，我们便感到，在讨论《文心》关于创作主体与客观世界的论述时，应该有所限定，应该说得更准确一些，防止过度的阐释。

王先生在论述中还联系到一个文学史、文学批评史上的重要事实：汉魏以来，诗赋创作日益发达，而写景状物是诗赋中的重要内容，它们与抒发情志密切结合在一起，而此种情况也鲜明地反映于批评家们的言论之中。《文心雕龙》之言心物交融，正是此种言论的体现、升华。

读王先生关于"物"的论述，我们感到，先生研究古代文论，不是一般的、空泛的，而是具体的、切实的；不是仅作从理论到理论

---

① 王运熙《〈文心雕龙〉风骨论诠释》，《文心雕龙探索》，第80页。
② 王元化《文心雕龙讲疏》，上海古籍出版社，1992年，第94页。

的逻辑推导，而是与古代文学创作相联系的。

　　关于"研阅以穷照"，王先生的解释也见于《读〈文心雕龙·神思〉札记》。不少学者将"阅"解释为阅历，则"研阅"便是指研究生活阅历。这样解释，与现代某种文学理论重视生活阅历、提倡深入生活的观点合拍，因此颇能获得首肯。但是王先生认为，把"阅"字释为阅历或生活经历，在词语运用习惯上是罕见的，在《文心雕龙》一书其他篇章和魏晋南北朝其他文论中似乎都找不到类似的例子。他认为这里的"研阅"二字都是动词，是指阅览、钻研前人或他人的作品。"积学以储宝"指博览他人作品，吸取各方面的知识和材料（包括题材、词语典故等）；"研阅以穷照"则指钻研他人文章，重在吸取其艺术方法和技巧。

　　王先生进一步指出，六朝文人大多不重视反映社会现实，不重视叙事类作品，他们重视的是情感的动人和文辞的美丽。因此，作家有没有丰富的阅历，在他们看来并不重要，也就无须作为创作准备的一个必要条件。刘勰同样也是这样。刘勰在评论文学史上某些作家作品、文学现象时（如评论建安文学、刘琨作品等），注意到时势和作者经历对作品的影响，但注意到这种影响，并不等于就自觉地提倡深入生活、了解和反映现实。前者只是对文学史上某种特殊现象的一种因果关系的解释，与提倡主动深入现实、以之作为创作的必要准备，不是一回事。王先生说，强调生活经历对写作的重要性，那是唐宋以来文论中才出现的新现象。王先生还联系对"物"字的阐释，说道：《神思》谈创作与外界的关系时，突出的是自然景物而不是广阔的社会生活；谈创作准备，只强调阅读观摩前人、他人的作品而不注意作者的生活经验。这里不仅反映了刘勰和其他文论家的局限，而且反映了这一历史时期文学作品的具有普遍性的局限。理论和创作是紧密联系的，即使其局限性也是相互联系的。

　　注意创作与理论的联系，并且由字句之微而敏锐、准确地观照整个创作和理论背景,这正是王先生治学的特点。若不是学养精湛、眼界开阔而又好学深思,岂能做到这样呢?

三

王先生有多篇论文,论述《文心雕龙》对于文学作品艺术特征、艺术标准的认识,并且结合《文心》对历代作品的评价来讨论这一问题。

古人不像我们今天这样,对于"文学"有清晰的概念,因此在论述"文学"作品时,往往和实用性的、"文学"性质比较薄弱的那些作品混杂在一起加以讨论。(笔者这里将"文学"加上引号,表示这里的"文学"是表示今人的"文学"概念。古人也用这个语词,但含义有别。)但这不等于说古人对作品的"文学"特征(或云"艺术性""艺术特征""审美性质")没有日益明确的认识。刘勰处于"文学自觉"意识不断发展的时代。王先生认为,刘勰心目中的"文学"特征是较为明确的;在众多体裁、范围极广的作品中,他最重视的是诗、赋和富有文采的各体骈散文,而诗赋尤占首位。

那么,刘勰心目中诗赋和骈散文的"文学"特征即艺术特征是什么呢? 王先生说,很重要的一点是语言文辞之美,即讲究声律、对偶、藻采、用典以及比喻、夸张、含蓄等语言文辞的形态、色泽和声韵之美,甚至还要讲究文章用字的字形之美。这其实就是骈体诗文高度发展时期所讲究的文章美。刘勰是积极赞赏骈体诗文的。当然,他也看到了过分追求美丽而带来的弊病——主要是繁冗和奇诡,因此要求奇丽与雅正相结合,要求文与质相结合,因此他在"文之枢纽"里要提出"凭轼以倚雅颂,悬辔以御楚篇"的基本思想。

除了文辞的声色之美,王先生说,刘勰也谈到作品的形象性。但先生着重指出,刘勰对作品中表现人物形象是不重视的,甚至抱着鄙薄的态度。先生以刘勰对汉代乐府、史传、小说的态度为根据,着重论述了这一点。刘勰所称赏的形象描写,都是对"物"(以自然风景为主,也包括动植物以及宫殿等)的描绘。

第三,刘勰对于作品抒情的真切动人也很欣赏,表现情感也是刘勰对作品艺术性认识的一个重要方面。

王先生总结道:"可见刘勰认为文学作品诗、赋、骈散文的艺术特征,主要是语言文字的形态色泽之美、声韵之美,诗赋和一部分骈文则又是表现在抒情的真切、状物的具体生动方面。"[①]在这里,王先生说语言文辞之美是刘勰心目中的"主要"的艺术特征,这给我们很大的启示。现代的文学理论,常常将形象和情感二者视为作品主要的艺术特征,而刘勰所代表的当时人的看法却有所不同。他们非常重视语言文辞的美丽。这当然与如下情况有关:很多体裁的文章,是社会、政治生活中的应用性文字,但在古人眼里,它们除了实用之外,也可以供观赏,可以作为审美对象。它们的美,主要不在于情感和形象,而在于文辞的美丽。讲究文辞之美(当然,怎样的文辞才是美的,不同时代的审美标准有所不同),讲究实用文章的写作艺术,成为我们的优良传统,也成为古代文论民族特色的一种表现。

王先生又指出,刘勰对作品艺术特征的认识,与同时代的论者是一致的。刘勰没有脱离、超越自己的时代。"魏晋南北朝时代,文学在一定程度上摆脱儒家思想的束缚,作品日趋繁富,人们对文学特征的认识和要求,也有了新的发展,这个特点也鲜明地反映在刘勰的理论中间。……但他不重视人物形象,他所谓语言之美,主要是指骈偶、声律等骈体文学的语言要素,则又表现出很大的局限,反映了当时骈文盛行、小说没有成熟并受轻视的时代

---

① 王运熙《刘勰论文学作品的范围、艺术特征和艺术标准》,《文心雕龙探索》,第182页。

风气。"①

　　有的学者出于对体大思精、成就卓著的《文心雕龙》的敬仰和喜爱,有时便自觉或不自觉地将它"拔高"了,认为它几乎已经无所不包,似乎凡现代文艺理论具有的内容,在《文心雕龙》里已经都谈论到了。王先生不是这样。他还曾指出,刘勰对通俗文学是轻视的,刘勰也绝没有提倡反映现实、表现下层人民生活的意思。先生一方面推崇《文心雕龙》代表了一个时代文论的高峰,一方面又非常实事求是,使自己的论断符合历史的真实。先生的研究鲜明地告诉我们:求真求实,是科学研究唯一的职志。

四

　　通过以上的介绍,不难看到,王先生的《文心雕龙》研究,既富于独创性,又坚持科学精神,求新和求真相结合。在求新和求真之间,当然是以求真为基础。先生不仅在许多具体内容上提出或发展了新颖独特而实事求是的观点,而且在治学态度、研究方法上,先生也给我们很多启示。这里只简单地谈两点体会。

　　一是目光开阔宏通。先生研究一个问题,哪怕只是解释一个词语,也都是顾及《文心》全书,而且与刘勰同时代其他文论家的言论、与时代风气联系起来考虑。尤其值得注意的,是他一方面观察文学理论,一方面观察作品实际,自觉地将理论与创作结合起来进行研究。比如判断刘勰对骈文的态度,便联系刘勰本人的作品,联系《文心雕龙》的文体,从而得出刘勰拥护骈文、主张骈体文学之美的结论。然而当年有的学者却论断刘勰是反对骈体的。究其原因,除了如上文所说,心存骈文是"形式主义""贵族文学"

的偏见之外,也与从理论到理论、缺少对六朝文学作品的了解有关。又如刘勰批判当时文风,究竟批判的是什么,如果不联系当时文坛的实际,不多读一些当时的作品,又怎么能得到比较具体的、正确的理解呢?那就很可能对刘勰那些批判性的言辞作空泛的解释,甚至任意发挥。又如刘勰论心物交融,如果不结合当时作品实际,那就很可能将刘勰所谓"物"理解为指整个客观世界,那么尽管可以谈得很"深奥",可以从主客观之关系方面做哲理性的、一般性的发挥,但对于准确解释刘勰本意,却用处不大。科学研究,首先要具体,要研究个性,然后才谈论一般,研究共性。不然的话,拿了"一般"的尺度到处套用,又有多大意思呢?王先生的研究,重视理论与实际的结合,所以能谈得具体,解释得准确。王先生曾反复告诫我们这些学生:研究古代文论,一定要与古代的文学创作相联系,互相参证;应该先对古代文学作品有相当的了解,然后才进入古代文论的研究。先生的话,确实是非常值得体会、咀嚼的经验之谈。

　　二是坚持从研究对象出发,从资料出发,从当时的历史条件出发,不以今释古,不受某种现成观念的影响和束缚。此点似为老生之常谈,然而要真正做到并不容易。因为我们都处于一定的时代条件之中,都受过某种思想、某种文艺观的熏陶,有意无意地会先入为主。在一定的历史条件下,还不仅仅是受到"熏陶",还承受着压力。比如当年为什么许多学者认为刘勰所谓风骨的涵义包括思想内容的纯正呢?想来那与当时占统治地位的文艺观有关。那种文艺观强调文学艺术是为政治服务的工具,因而重视内容远远超过艺术形式,动辄指斥所谓"形式主义"。这样的观念,在当时的时代条件之下,深入人心,不可能不影响到古典文学研究。人们"甚至一提到形式问题,就担心会犯形式主义的错误"①。那么

---

① 　曹道衡《可否也谈谈形式问题》,《中古文学史论文集》,中华书局,1986年,第461页。

很自然地,讨论"风骨"涵义时,就指向了思想内容的纯正、教化作用等,而不愿相信刘勰这里所谈的只限于艺术风貌方面。又如创作构思中的主客观交融问题,如文学之特征在于形象的问题,确实都是文艺理论中的重要内容。人们看到《文心》中某些论述可以与之挂钩,便轻易地用现成的理论去解释那些论述了。那么王先生为何能不受影响呢? 我觉得就是因为王先生坚持从文本资料出发、实事求是的缘故。坚持实事求是,本是我国古代学术的一个优良传统,也是一个学者应该坚守、必须坚守的底线。从王先生的著作里,我们看到了这一优良传统所放射的光芒。

（原载《复旦学报》2014 年第 3 期）

深切怀念先师王运熙先生

——兼谈王先生的《文选》研究

我的导师王运熙先生逝世于2014年2月8日,离开我们已经快五年了。先生的音容笑貌仍然时时浮现在眼前。王先生是一位真正的学者,不慕荣利,不求闻达,以治学为终生的事业,为人生最大的快乐。先生待人之温厚真朴,治学之严谨求真,不论是老辈学者,还是中青年学人,都是有口皆碑。时至今日,大家说起先生,都衷心地仰慕,深深地怀念。

先生给我们留下了丰厚的学术遗产。作为先生的弟子,我们要反复学习先生的论著,要踏踏实实地继承先生的治学态度与方法,才不辜负先生的辛勤教导。也必须这样,才有利于提高自己的水平,做好自己的工作。

笔者曾写过好几篇文章,介绍先生的业绩,这里想要谈谈先生关于昭明《文选》的研究。

王先生是十分重视《文选》的。1978年,我们开始跟从他学习魏晋南北朝唐代文学,头一年他就要我们通读《文选》,包括李善的注释。李善注大量地征引典籍,初读时未免感到烦琐乏味,可是王先生要我们坚持。他说他自己曾经通读过好几遍,获益甚多。事实上,读王先生的论文,就可以知道他对于《文选》的精熟。大处且勿论,这里只举几个小的例子。

我们都知道王先生对于汉魏六朝的乐府诗有很深的造诣,最初就是以乐府研究而蜚声学界的。他写过一篇《说黄门鼓吹乐》,论证汉代的黄门鼓吹乐包含相和歌和杂舞曲,属于轻松悦耳的俗乐。该文篇幅不长,然而纠正了自沈约《宋书·乐志》以来的误会,是一篇很重要的文章。文中便运用《文选》马融《长笛赋》的李善注所引的一条资料,即桓谭《新论》所说"汉之三主,内置黄门工倡",以证明西汉时已于宫禁之内设置黄门乐工。在另一篇文章《汉代鼓吹乐考》中,曾引用《文选》所载繁钦《与魏文帝笺》,证明魏时除黄门鼓吹之外,还有其他鼓吹。这都是利用《文选》所获得的很宝贵的书证。对于《文选》的六臣注,王先生既加以利用,也有所辨正。如孔稚圭的《北山移文》,吕向注说:"(周颙)隐于此山,后应诏出为海盐县令,欲却过此山,孔生乃假山灵之意移之,使不许得至。"似乎周颙原先隐居,后应诏出仕为县令,又回到京师,孔稚圭乃作此文讽刺他。今人于是都将《北山移文》解释成一篇讽刺假隐士、伪君子的文章。但是王先生敏锐地发现有问题。他细读原文,详考史实,知周颙曾任山阴县令,从未任海盐令;且其立隐舍于钟山,是在后期,并非隐居不仕,而是在朝廷为官假日归山休憩罢了。王先生认为孔稚圭此文,只是游戏笔墨,开开玩笑而已,因此虽与事实有出入,也是无伤大雅的。王先生没有轻易地将吕向所说当成事实,指出了吕向的谬误。又谢灵运《拟魏太子邺中集》中"刘桢"一首,称刘桢"卓荦偏人"。李周翰将"偏人"解释成"文才偏美于人",李善则引潘勖《玄达赋》"匪偏人之自赧"而未加解说。王先生指出李周翰的解释不确切,又引用资料,说明"偏人""指性格作风不同寻常、有所偏至的人"①。这对于今天的《文选》读者当然很有帮助。

从这几个小例子中,不难看出先生对于《文选》是非常熟悉、读得非常仔细的。他写作这些文章、进行考证时,并不像今天这样有先进、方便的检索手段,全凭读书得间,长期积累,是很了不

① 王运熙《谈前人对刘桢诗的评价》,《王运熙文集》第二卷《汉魏六朝唐代文学论丛》,上海古籍出版社,2012年,第322页。以下各注中的《王运熙文集》版本皆与此同,不再重复。

起的。

下面谈谈王先生在大的方面对于《文选》的研究。先生研究的内容很丰富,这里只就笔者感受最深切的,提出两点加以介绍。

第一点,王先生很早就提出应该重视《文选》,研究《文选》。先生早在近六十年前的 1961 年,就发表了《萧统的文学思想和〈文选〉》一文。我以为这具有比较特殊的意义。

今日《选》学已经成为显学,但这是改革开放以来,学术界思想解放才出现的大好局面,是从上世纪 80 年代后期之后逐渐形成的,在上世纪的五六十年代以来的很长时期内并非如此。"五四"时期,激进者提出打倒"桐城谬种、《选》学妖孽"的口号,不过以后的数十年间,思想多元,研究《文选》者尚有其人,也有一些十分重要的成果。如黄侃先生坚持讲论之于大学讲坛,著《文选平点》,弟子传抄流布,视同拱璧。高步瀛先生著《文选李注义疏》,骆鸿凯先生著《文选学》,都曾排印出版。这些都是具有很高学术价值的著作。而自 50 年代以来,由于在学术领域极"左"之风强劲,过分强调为政治服务,坚持政治标准第一,贯彻"阶级分析""阶级斗争"的原则,《选》学便归于沉寂。那时将汉赋和六朝骈文判定为贵族文学、形式主义文学,评价很低,基本上予以否定。《文选》载录赋和骈文很多,也就被冷落。郭绍虞先生的《中国古典文学理论批评史》上册,出版于 1959 年,说萧统"也是主张形式主义的",便是一个例子。王先生以为此种看法有失公允,故著此文,提出《文选》"也选录了不少思想上、艺术上都有可取之处的、足以代表这个时代(按指汉魏六朝)文学特色的优秀作品,也是不容忽视的";并且认为"强调形式格律并不就是形式主义",应该"纠正过去笼统否定赋和骈文的偏向"①。这些话语在今天看来不

① 王运熙《萧统的文学思想和〈文选〉》,《王运熙文集》第四卷《中国古代文论管窥》,第 126 页。该文原载于《光明日报》1961 年 8 月 27 日《文学遗产》副刊第 378 期。

足为奇,但在当年却是与学界主流意识不相一致的,能够提出来,是需要学术勇气的,今日读来觉得弥足珍贵。

在这篇文章里,王先生指出,"萧统对文学作品内容的要求是比较广泛的,它可以是富有政治性社会性的事件,也可以是个人日常生活事件"。王先生认为这些作品都有可取者。他在说到《文选》选录南朝赋作时,认为所选的谢惠连《雪赋》、谢庄《月赋》、鲍照《芜城赋》《舞鹤赋》和江淹的《恨赋》《别赋》,"我们现在看来也还是比较优美的"①。这些作品中,《芜城赋》写广陵城池的荒凉,哀悼昔日繁华已一去不返,可能寄托有感时伤乱之意,与现实政治事件或许有一定联系,其他则或是写景咏物,或是抒发对于死亡、离别等的哀怨之情,并没有政治方面的寓意,但是情感强烈,形象鲜明,艺术性较高,是历来传诵的名篇。王先生予以肯定,可知他对于古代作品取一种宽容的态度,并没有狭隘地用政治性、阶级性之类框框去要求它们。到了上世纪 80 年代,王先生便更加鲜明地提出:"《文选》所选作品,大多数在思想内容和艺术形式上具有价值和特色,标志着该时期文学创作新的发展和创造。"并且加以具体分析,指出《文选》中有部分作品,涉及、批评了当时较重大的政治、社会现象,具有较强的现实意义,但只占少数;大多数作品,是人们日常生活中的抒情、写景、状物之作,表现了更加广泛的生活情景。此类作品,在辞赋、诗歌中均占一半以上,在骈散文中也有一定数量。"它们是文学性很强、富有艺术感染力的作品,可以说是魏晋南北朝时期文学的主流。……当时许多文人不再强调文学要为封建政治和教化服务,而重视表现个人日常生活中的见闻和情志,因而涌现出大量抒情、写景、状物的作品。它标志着文学不再依附于政治和儒学,走上了独立发展的道

① 王运熙《萧统的文学思想和〈文选〉》,《王运熙文集》第四卷《中国古代文论管窥》,第 122 页。

路,标志着文学创作进入自觉的时代,对于构成中国文学发展史上这一重要现象的具体作品,自应给予充分的注意和估价。"①这些话,比上述发表于1961年的那篇更加畅所欲言,而基本精神是已见于那篇文章中的。从这些话里,可以看出王先生对于文学的功能、文学与政治关系的基本观点:文学可以、也应该反映现实,反映政治,但是在大多数情况下,文学作品反映的还是个人日常生活中的种种情景,是个人情志的抒发;我们今天阅读它们,主要是一种美的欣赏。事实上,历朝历代的真实情况就是如此。白居易作讽喻诗,《与元九书》倡言文章歌诗为时而著、为事而作,甚至批评杜甫诗作中具有讽喻内容的还太少,他算是提倡为政治服务最力的了。但是他自己的作品里,讽喻之作其实只占很小一部分,大部分还是日常的抒情写景之作,而且他很为这些作品自我赞许、自我欣赏。王先生在论白居易的诗歌与诗论时就指出,《与元九书》虽重要,但多一时偏激之言,有片面性。"社会生活、人生境遇十分广泛,诗歌应当允许反映各方面的题材,它们可以从各方面给人启发和享受。如描绘山水风景的优秀作品,给人以美的享受,也是很有价值的。"②这与先生对于《文选》的看法是相通的。可贵的是早在上世纪五六十年代那样的氛围中,王先生就坚持自己的观点,这充分表现出实事求是、独立思考、不为风会所动的学术品格。

第二点,关于《文选》的选录标准、萧统的文学思想,王先生的论述非常精辟。

在《萧统的文学思想和〈文选〉》一文中,王先生对于《文选序》所谓"综辑辞采"、"错比文华"、"事出于沉思,义归乎翰藻"等,有

---

① 王运熙《应当重视对〈文选〉的研究》,《王运熙文集》第二卷《汉魏六朝唐代文学论丛》,第338页。该文写定于1987年8月,载《江海学刊》1988年第4期。
② 王运熙《白居易诗歌与诗论的几个问题》,《王运熙文集》第四卷《中国古代文论管窥》,第324—325页。

所论述。那本是自清代阮元等人以来，常常为学者所议论的话题。王先生认为，萧统这些话语，表明他对于文采的重视，萧统以是否具有文采为标准，划分文学作品与非文学作品的界限。王先生说，企图划分这界线，体现了文学的独立，在文学发展的历史上是有进步意义的，但是，将划分的标准局限于文辞的文采方面，而且只是骈俪文的文采方面，却有所不当。在后来八九十年代的不少论文里，王先生关于这方面的意见在原先的基础上更有所发展，论述得更加细致和深入。

首先，王先生以《文选》选录作品的状况为依据，对萧统之重视"辞采""文华""翰藻"作了具体的说明。王先生说，萧统的这些表述，就是要求作品的文辞具有声色之美，亦即要求讲究辞藻、对偶、用典和声律。萧统认为史传记述事实，一般都不具备这样的文采，因此不予选录，但是某些史书中的序、论、述、赞，则具有这种文采之美，故特予选录。《史记》中的序和"太史公曰"（相当于后世史书的论），有的文气跌宕，富于情感，是颇为后世古文家所称赞的，但因为都是散句，长短错落，在萧统看来却是缺乏文采的，因此一篇也不选。而《汉书》的论，句子比较整齐，多用对偶，便被选入一篇。东晋干宝、南朝范晔和沈约的此类文字，骈俪色彩更浓，也就选得更多些。除此之外，对于诗和文，选录情况也大致如此。选什么不选什么，选谁的作品不选谁的作品，选多还是选少，从中都可看出此种重视骈俪辞采的审美标准。王先生总结道："萧统身处骈文昌盛的南朝，他强调文章应沉思翰藻，实际即是把骈体诗文、辞赋所讲求的辞藻、对偶、声韵等语言艺术，当作衡量作品的主要标准。"①

其次，王先生结合《文心雕龙》、钟嵘《诗品》以及其他论者的

---

① 王运熙《应当重视对〈文选〉的研究》，《王运熙文集》第二卷《汉魏六朝唐代文学论丛》，第 338 页。

言说,证明萧统此种审美标准乃是南朝人所普遍具有的,同时也是当时对于所谓"篇什""篇翰"即诗歌和单篇文章的普遍要求。不仅这样要求诗歌辞赋之类文学性强的作品,对于各种用途、体裁的作品同样如此要求。对于抒情写景的诗赋等作品,南朝人除了文采方面的要求之外,还要求它们情感动人,也认识到自然景物形象描绘之美;但是那些论说文以及应用性文章,一般并不以形象真切、情感动人为特征,却也被视为具有美感的作品,其原因就在于它们可以具有"文华""翰藻"即文辞的声色之美。《文选》就选录了不少这样的作品。王先生说,此类作品"缺乏或很少具有感情强烈、形象鲜明的特征,但它们在运用对偶、辞藻、音韵等方面却是很见功力,具有'事出于沉思,义归乎翰藻'之美。我们今天对这类篇章的评价,当然不会与萧统相同,但不能不承认它们也具有不同程度的文学性。我以为,对于中国古代的许多骈文和散文,都要从实际情况出发,着重从语言运用这方面来考察和分析它们的艺术美"①。王先生的这一意见十分重要,启示我们应该如何看待文学性、如何区别文学作品与非文学作品。王先生告诉我们,区别文学作品与非文学作品,不应该只着眼于作品的体裁,而更应该着眼于作品的性质;并不是只有诗赋之类才是文学,论说性的、实用性的作品也可以是文学。又告诉我们,文学作品的性质、特征,不能只限于形象性、抒情性等,语言文辞之美也是文学的重要特征。今日一般的文学理论,在谈文学性的时候,常常只重视形象和情感,而不怎么谈论语言文辞之美,那是不全面的。王先生的意见,不仅有助于阅读、分析《文选》,也不仅有助于我们学习古典作品和古代文论,而且对于观察、分析、评论现当代作品,也是很有启发的。

---

① 王运熙《应当重视对〈文选〉的研究》,《王运熙文集》第二卷《汉魏六朝唐代文学论丛》,第341页。

再次，王先生考察《文选》选录的情况，结合《文选序》的表述，从而指出萧统文学思想的缺陷所在。由于以藻采为标准，一些语言风格质朴的优秀作品便被淘汰，或重视不够，最鲜明的例子便是轻忽曹操的诗，陶渊明诗也选得不多，这是常为后人所诟病的。而还有一项重要缺点则是不重视人物形象的描绘。《文选序》说："至于记事之史，系年之书，所以褒贬是非，纪别异同，方之篇翰，亦已不同。"认为史书的文字不够美，与讲究"文华""翰藻"的文章性质是不一样的，因此除了选录若干具有文采的序、论、述、赞之外，其他史书中的篇目一概不录。其实用今天的眼光看来，如《左传》《史记》《汉书》《后汉书》等书中的一些传记，描写人物形象十分生动，很有文学性，但由于萧统持那样的观点，就没有机会出现在《文选》之中。之所以不选，固然与总集不录经、史、子专书的体例有关，但也是由于只着眼于骈俪文字的藻采而没有理会到人物形象，不然未必不可以如序、论、述、赞一样破例采入。除了史书，魏晋南北朝时期志怪、志人的小说颇为流行，其中也有不少生动的人物描写，还有一些汉代乐府诗以叙事写人见长，如《陌上桑》《焦仲卿妻》《东门行》等，《文选》也都不选。王先生还考察了当时其他论者如刘勰、钟嵘、范晔等的著述、言论，然后得出结论：这种不重视人物形象的情况，并非萧统《文选》一家，而是整个魏晋南北朝的共同倾向。

最后，王先生又将目光扩大到整个古代文学批评，从而指出：重视作品的语言文辞之美，而忽视人物形象描绘，这种现象，不仅存在于魏晋南北朝文学批评，而且一直贯穿很长的历史时期。王先生说，唐宋和唐宋以后，古文运动逐渐取得胜利，古文代替骈文在文坛占据了统治地位。古文家虽然否定了骈文时代那种崇尚骈俪、辞藻、用典、声律的艺术标准，但并非不重视语言文辞之美，相反，仍然非常重视这方面，只是审美标准改变了而已。韩、柳如此，直到清代桐城派，也是如此。至于在人物形象方面，虽然古文家重视学习《史记》，不轻视叙事、写人，古文作品中颇有一些写人的优秀篇章，不少选本也选录了这类作品，但由于仍强调雅俗的界限，主张语言的雅洁，反对铺陈，古文家叙事写人时，只是规模《左传》《史记》等，而反对向通俗小说靠近，因此势必大大限制描写的细致和形象的饱满。反映在理论上，也就还是多注意语言风格而不注意人物形象。在诗论中，情况也相仿佛。对于自然景物的描写还比较重视，人物描写则很少涉及。直到明清时代戏曲小说大为发展，并且得到许多文人的爱好并从事写作时，这种情况才有大的改变，文学批评才表现出对于人物形象的高度重视。王先生说："我国古代戏曲小说发展比较缓慢，到元明清才进入繁荣时期。在此以前的长时期中，诗文一直在文坛占据统治地位，比较通俗的叙事作品（如俗赋、志怪、传奇、变文等），往往受到文人的轻蔑和摈斥，没有机会在文坛获得较为像样的地位。理论批评是创作的反映和总结，创作界的情况既然如此，在理论批评中当然不可能对人物形象给与重视了。"①总之，王先生提出，重视语言文辞之美，但是长期以来不重视人物形象，可说是我国古代前中期文论的一个特点，值得注意和探讨。以研究《文选》的审美标准为起点，最后总结出整个古代文论的特点，可以见出王先生思考的深入、目光的宏通。

以上从两个方面对王先生的《文选》研究作了一些介绍。限于笔者的水平，所言不够深入、全面。不过从中我也想到：研究学问，首先要具备求真求是的学术品格，要坚持实事求是，不随波逐流，人云亦云，不为一时的风会所动。这并不容易，因为风气移人，往往是潜移默化；人们之受其影响，常常似乎是不知不觉、自然而然。比如上文说到学者们在一个时期内信从那种极"左"的

---

① 王运熙《从〈文选〉选录史书的赞论序述谈起》，《王运熙文集》第四卷《中国古代文论管窥》，第 133 页。原载《光明日报》1983 年 11 月 1 日《文学遗产》副刊第 610 期。

文学理论，那大多数并非只是震慑于某种压力，而是长期浸润的结果。主观上未必不想求得符合实际的正确的结论，实际上却未能做到。在这里，真正看懂、理解古代作品、古人原话，便显得非常重要。首先是要平心静气地细读文本，包括正确理解一些概念、范畴。（比如在研究《文选》的过程中，王先生感到人们对于古代文论里文、质这对用语存在误解，比较混乱，于是专门加以研究，写了数篇文章予以论证，提出文质论是中国中古时期文论的"核心问题"，文与质大致上有一以贯之的含义，是指作品外部风貌的华美和质朴。）然后是要将研究对象置于广阔的背景下，既进行横向的联系比较（如将《文选》和同时代的《文心雕龙》《诗品》等相比较），又进行纵向的联系比较（如上述将南朝人重视语言文辞之美、轻视人物形象与后世古文时代人们的观点相比较）。这样，方能求得比较实事求是的理解，也才能小中见大，得出具有概括性的结论。王先生常说自己服膺《礼记·中庸》"博学之，审问之，慎思之，明辨之"和《史记·五帝本纪》"好学深思，心知其意"的话。这是先生治学的经验总结，也是他治学的特长所在。这是一种艰苦的劳动，而先生毕生从事于此，乐而忘倦。这里体现的不仅是治学的方法，也是一种境界，一种品格。

曾亲炙王先生的教导，向先生问学求道，是笔者此生的幸运。当此先生五周年忌辰即将来临之际，谨以此小文表达弟子无尽的景仰和怀念。

2019 年 1 月 6 日

王运熙先生对钟嵘《诗品》研究的贡献

在我国,对于钟嵘《诗品》的研究,应该说始盛于上世纪的二三十年代[①]。1949年以来,尤其是改革开放之前的十年间,曾一度萧索。而自上世纪七八十年代之际开始的二十余年内,却出现了一个热潮,出版和发表了许多高质量的校勘注释以及论文。在这里面,王运熙先生的贡献也十分引人瞩目。王先生的有关论文,专就《诗品》研究中的难点而撰写,提出问题,解决问题,令人觉得惬心快意。此外,在王先生和顾易生先生共同主编的七卷本《中国文学批评通史》之《魏晋南北朝文学批评史》卷内,"钟嵘《诗品》"一章系先生所作,凡五万余字,更对钟嵘的生平、《诗品》所持的思想艺术标准、《诗品》对历代五言诗的评论及其特征,以及钟嵘诗论与刘勰诗论的异同,作了全面的论述,不啻是一部《诗品》研究的专著。本文拟着重介绍两个方面,一是对于《诗品》推溯诗人源流这一义例的研讨,二是关于钟嵘论诗所持思想艺术标准的论述。

钟嵘《诗品》在体例上有一项颇为重要,即评论诗人时推究源

---

① 1914至1919年间,黄侃先生在北京大学授课时,曾为《诗品》撰写笺疏,系未完稿。其稿发布于1919年《尚志》第二卷第九期,题为《诗品笺》。所笺疏者,为《诗品序》"气之动物"至"有芜漫之累矣"部分。但当时此文流传不广。至1925年黄氏《文心雕龙札记》、范文澜《文心雕龙讲疏》面世,二书之《明诗》篇皆征引黄氏《诗品讲疏》,于是黄氏为《诗品》所作之笺疏方逐渐广为人知。见杨焄《黄侃〈诗品讲疏〉探原》,《安徽大学学报》2016年第4期。

流,指出其渊源所自①。而也正是这一点,颇为后人所非议。王先生对此作了很好的阐释。

钟嵘此种做法,虽然以"辨章学术,考镜源流"为职志的史学家章学诚给以高度评价,称赞其"深从六艺溯流别","最为有本之学"②,但明清以来,指摘非议者亦复不少。胡应麟认为这种做法与张为《诗人主客图》一样"谬悠"③,《四库全书总目》卷一九五也说"不免附会"④。也有论者虽赞同此种辨释源流的做法,但认为其所区分者"恒谬"⑤。当代大家钱锺书先生也以为其"牵强附会"。钱先生的意思,是说大致区分流派未尝不可,但像钟嵘那样将许多诗人一一"指名坐实,似为孽子亡人认本生父母",便难免固哉高叟之讥了⑥。

平心而论,此类指摘,并非没有道理。但如果将《诗品》作为科学研究的对象,那么就不能只停留在价值判断的层面上,而是要探究钟嵘的本意是什么,他为什么会那样做,有无必然的缘由;即使钟嵘所说不够恰当,那么这不恰当是怎么造成的。这就是一种"释古"的态度。王先生正是本着这样的立场,进行了深入的研究。

首先,王先生指出,钟嵘所谓源出于某某,并不是如《四库全书总目》所讥的那样,"若一一亲见其师承者",不是说诗人特意学习某某,而是说其作品的体貌特征与前代某某相近似。王先生说,《诗品》在指陈源流时,在一部分场合明确使用了"体"字。如评《古诗》:"其体源出于《国风》。……文温以丽,意悲而远。"评王

---

① 钟嵘《诗品》标明源流的诗人凡三十六家,均为重要或比较重要者。
② 《文史通义校注》,章学诚著,叶瑛校注,中华书局,1994 年,第 559 页。
③ 胡应麟《诗薮》,上海古籍出版社,1979 年,第 273 页。
④ 永瑢等《四库全书总目》,中华书局,1965 年,第 1780 页。
⑤ 许学夷《诗源辨体》,人民文学出版社,1987 年,第 1 页。
⑥ 钱锺书《管锥编》第四册,中华书局,1979 年,第 1445 页。

粲:"其源出于李陵。⋯⋯在曹、刘间别构一体。"评张协:"其源出于王粲。文体华净,少病累。又巧构形似之言。"评谢灵运:"其源出于陈思,杂有景阳(张协)之体,故尚巧似。⋯⋯"评曹丕:"其源出于李陵,颇有仲宣(王粲)之体则。"评张华:"其源出于王粲。其体华艳,⋯⋯"这个"体"字,就是指作品的体貌特征。比如张华诗风格"华艳",故源出"文秀"的王粲;张协诗"巧构形似之言",谢灵运诗也"尚巧似",故"杂有景阳之体"。按张协描写雨景的诗颇为著名,谢灵运描写的是山水清光,二者题材并不一致,但都具有力求"形似"、写物真切的特征。有时钟嵘虽然不直接使用"体"字,如评阮籍云"其源出于《小雅》,无雕虫之巧",但实际上也是从体貌特征立论。总之,王先生认为,钟嵘《诗品》源出某某的意思,是说体貌的相似。从体貌异同的角度评论诗歌诗人,是《诗品》的一项重要内容。

这里必须提到王先生的《中国古代文论中的"体"》这篇重要文章。该文于1962年就已写出初稿,1985年又加以改写。

"体"是古人论文时使用得非常广泛的一个字眼。曹丕《典论·论文》说"文非一体",下面即举出奏、议、书、论、铭、诔、诗、赋八种,那么其"体"相当于今日所谓体裁。陆机《文赋》说"体有万殊",下面举出诗、赋、碑、诔等十种,也是指体裁。除此之外,所指还宽泛得很。比如可以指题材(如有关妇女闺阁者谓之玉台体、香奁体),可以指某种修辞手法(如所谓"风人体",系运用一种特殊的双关手法,吴声、西曲中甚多,又如《文镜秘府论·地卷》引崔融"新定诗体"中的"映带体"也是指一种双关手法,"婉转体"指颠倒词序,"菁华体"指借代、借喻),可以指声调格律(如古体、近体、永明体、齐梁体),等等。总之包含很广,并无严格确切的定义。可以说,"体"就是体貌、样子之意。凡物成形则有体,有体则有其形貌。诗歌文章也是如此。而诗文是由内容和形式的方方面面、各种因素所融会形成的,这方方面面都可以用"体"来指称。王先生的《中国古代文论中的"体"》在观察、辨析了自建安时期直至元明以来的大量书证之后，强调指出："体"字除了指体裁、形式格律之外，还有一种情况，即不是指内容、形式的某个方面，而是指说内容、形式的总体，指内容、形式各方面融会之后呈现的总的面貌，那往往就类似于今日所谓风格。王先生进一步说，"体"可以指各种体裁的风格，如《文心雕龙·定势》说："括囊杂体，功在铨别，宫商朱紫，随势各配。章表奏议，则准的乎典雅；赋颂歌诗，则羽仪乎清丽；……此循体而成势，随变而立功者也。"也可以指作家个人的风格以及流派风格、时代风格等。指个人风格的，如陆机《文赋》所谓"体有万殊"除了指体裁风格之外，也还包括"夸目者尚奢，惬心者贵当，言穷者无隘，论达者唯旷"；又如《文心雕龙·体性》说的典雅、远奥、精约、显附等"八体"，乃是由于作者个性、个人因素（才、气、学、习）不同而形成的不同风格。指流派风格的，如萧子显《南齐书·文学传论》说南齐时诗文"略有三体"。指时代风格的，如《文心雕龙·时序》说曹魏时"正始余风，篇体清淡"。正是由于王先生对于古代文论中"体"这个语词作了细密深入的分析，因此就能正确地解释钟嵘《诗品》"其体源出于某"、"其源出于某"的含义。王先生还进一步指出，钟嵘这样做，并不仅仅是他个人所独具，也是时代风气的产物。南朝诗人喜模拟前人诗作，其中就有模拟其风格的成分；而南朝文论家在论述作家、流派和一个时代的文学特色时，也常常是从总体风貌的角度加以概括的。只是由于钟嵘著为专书，并将"体出于某"作为其书的一项重要义例，因此就特别引人注目，也就容易招致议论。

从这样的认识出发，王先生对《诗品》论诗人源流的内容加以具体细致的阐释。

王先生说，《诗品》推究五言诗的源头，分为源出《国风》《小雅》和《楚辞》三者，而这三者实际上就是《诗经》和《楚辞》两个源头。而将《诗》《骚》视为历代诗赋之祖，认为汉魏以来作品"原其飙流所始,莫不同祖《风》、《骚》"①,正是南朝人普遍的观点。《文心雕龙·辨骚》提出作文应宗经和酌《骚》,"凭轼以倚雅颂,悬辔以驭楚篇",虽然不是直接论述文学的源流发展,而是从指导写作的角度来谈,但实际上也是表达了祖述《诗》《骚》的意思。

王先生对钟嵘标示源流的三十余位诗人之所以归于某系某派的缘由,进行了细致的分析,推测钟嵘的本意所在。

钟嵘的归纳,并不都说明理由,今天读来,有的觉得是颇难理解的,王先生都提出了自己的看法。比如《楚辞》的特征之一是文风艳丽,因此班姬"文绮",王粲"文秀",还有潘岳"烂若舒锦",郭璞"彪炳可玩",张协"词采葱蒨",张华"妍冶",鲍照"靡嫚",沈约"工丽",等等,都归入《楚辞》一系,但是曹丕、应璩、陶潜等人,钟嵘认为他们的诗作总体而言是比较质朴的,却也被列入《楚辞》系统,这是为什么呢? 颇使人迷惑。王先生说:"推想起来,曹丕一支作家诗风质直,还有俚俗之病。俚俗不高雅之病,在钟嵘看来,当然不可能源出典雅的《诗经》。《楚辞》好用楚地方言俗语,《招魂》、《大招》等篇描写也较为通俗。汉魏以来,辞赋作品中有通俗一类。现存的如曹植《鹞雀赋》、束皙《饼赋》等都是颇为通俗的。(荀卿《赋篇》、《成相辞》也较为通俗,可见此类俗赋渊源于先秦。)应璩、陶潜的部分诗篇,富有诙谐风趣,也与俗赋的俳谐作风接近。"②王先生认为,这些事实说明钟嵘大约认为曹丕、应璩、陶潜等渊源于《楚辞》中的通俗篇章。王先生又说,曹丕诗歌大多数是乐府诗,其诗歌语言之质朴通俗,实际主要来源于汉代无名氏的乐府诗(其中包括不少民歌)。但钟嵘轻视汉乐府诗,不予品第,也未有齿及,于是就将其归源于《楚辞》了。王先生的解释当然是一种推断,但却是很有启发性的。他认为钟嵘将这一支归源于以

---

① 　沈约《宋书》,中华书局,1983 年,第 1778 页。
② 　见王运熙、杨明《魏晋南北朝文学批评史》,上海古籍出版社,1989 年,第 555 页。

艳丽为主要倾向的《楚辞》,是不恰当的,显示出很大的片面性。但王先生并不简单地加以批判就了事,而是努力推求钟嵘这么做的缘由,加以解释,这就是"释古"的态度。

在这方面,王先生的论文《钟嵘〈诗品〉陶诗源出应璩解》尤其令人叹服。该文作于 1977 年。陶潜在《诗品》中被列为中品,钟嵘说"其源出于应璩,又协左思风力"。出于应璩之说,历来不得其解。宋代叶梦得《石林诗话》批评钟嵘浅陋。他认为陶诗的题材、主题根本与应璩不同,应璩《百一诗》意在讽刺在位者,而渊明脱略世故,超然物外,根本不会为"区区在位者"累其心。而且陶潜本无意于以诗获取名声,因此也不可能去模仿某人。叶氏对于钟嵘推究源流的着眼点没有正确认识,以为是从题材和模仿学习的角度立论,因此王先生批评他没有将《诗品》的义例弄清楚。也有论者企图对"出于应璩"加以解释。如明代许学夷《诗源辨体》卷六举出两点,一则说应璩《百一诗》有用鱼、虞韵者,陶潜也如此;二则说应璩《三叟诗》简朴无文,诗中有问答形式,因此与渊明诗之口语化相近。又近人古直《钟记室诗品笺》认为应、陶诗都多讽刺,所以钟嵘以陶出于应。又陈延杰《诗品注》认为二人的诗都多用《论语》。郭绍虞先生《中国文学批评史》则说,钟嵘评应璩曰"善为古语",评陶潜曰"笃意真古",因此系陶潜于应璩。谈得比较具体详细的是逯钦立先生。其《钟嵘〈诗品〉丛考》第五节《论〈诗品〉标准》从钟嵘评应、陶二家诗作时相似的用语"华靡""真古""质直"三者出发,并结合二家的诗作,加以分析。逯先生认为钟嵘看到应、陶都有个别辞藻华美的句子,故曰陶出于应。他说钟嵘之定应、陶关系,"不特准乎通篇,抑且准乎单句,即不特准乎诗体,抑且准乎其所用之文所谓词藻者也"①。逯先生又认为应、陶二家诗都有称引古义古事以进行讽劝之作,又都有述世间琐事

---

①　逯钦立《汉魏六朝文学论集》,吴云整理,陕西人民出版社,1984 年,第 483 页。

而以类似白话之语出之的诗作，因此钟嵘所论并非无理。逯先生的论述较上述诸家为详，且有灼见，实为可贵。但似缺少概括，且说钟嵘凭单句、辞藻以定继承关系，论据不足，缺乏说服力。

王先生分析前人的种种意见，认为从用韵的角度、引用《论语》的角度来谈继承关系，未免支离破碎；而从语言之简朴、风格之古朴角度着眼，则颇有见地，比较中肯。他着重指出：所谓陶诗源出于应璩，并非就题材、主题立论，而是从诗歌的总体风貌着眼。这就抓住了问题的关键所在。

陶潜的诗作，在南北朝时一般人都以为是文采不足的，钟嵘虽指出陶诗中也有文辞较为绮丽者，但总的说来，还是肯定时人"质直"、如"田家语"的评价。陶诗质朴的一面，是主要方面，那就与评曹丕的"鄙质如偶语"、评应璩的"祖袭魏文，善为古语"桴鼓相应。古语，即古朴之语。因此王先生说："三家的诗，其体貌特征都是质朴少文，从这个角度来说明三家诗的渊源关系，从《诗品》全书的义例来说，是完全讲得通的。"①王先生还将应璩、陶潜诗作对照参读，分析其具体的特色，指出二家相通的两点：一是语言通俗、口语化，有时还带一点诙谐的风趣。如应璩的《三叟诗》与陶潜的《责子》，题材、主题不同，而"风格何其相像"！又举出应璩的《百一诗·下流不可处》与陶潜的《饮酒诗·清晨闻叩门》，二者都用主客问答的方式，尽管主旨不同，但风格也非常相似。二是二人都喜欢用通俗的语言说理发议论，或是全篇议论，或是部分语句议论。也举了好些实例。王先生的这篇论文，可谓对《诗品》中这一难解的问题作出了令人信服的说明，在学术界发生了较大的影响。

以上所述，笔者以为是最能体现"释古"精神的亮点，解决了长期以来存在的疑惑，是对《诗品》研究的重要贡献。

---

① 《王运熙全集》第二卷《汉魏六朝唐代文学论丛》，上海古籍出版社，2012年，第42页。

关于钟嵘评论诗歌的思想艺术标准,王先生的研究也显示出独到而深刻的识见。

王先生认为,钟嵘对于诗歌的内容、情志方面的要求是比较宽泛的。他说,钟嵘对某些具有明显政治内容和讽喻的诗作加以肯定,但从主导倾向看,钟嵘并不强调诗歌为政治教化服务,并不执着于汉儒"吟咏情性以讽其上"的传统。这正是文学进入自觉时代的表现,与时代风气是一致的。王先生又说,对于反映社会动乱、人民苦痛的诗作,钟嵘并不重视。汉代乐府中有不少描写下层人民生活的作品,钟嵘根本不予齿及。建安诗人有一些反映动乱和民生苦难之作,钟嵘也不重视。这也是与时代风气一致的。钟嵘颇赞美"建安风力",但那是称赞建安诗歌风清骨峻即明朗刚健的艺术风格,并不是指思想内容。学术界曾流行这样的观点,即"建安风骨"主要是指那些反映社会现实、抒发建功立业志向的作品而言。王先生认为那是误解,他说古人——包括钟嵘——所说"建安风骨""建安风力"并非那样的意思,而只是指作品呈现的艺术风貌而言。王先生说,建安诗歌中反映社会动乱和人民痛苦的作品,如人们常常提起的曹操、曹植、王粲、陈琳、阮瑀、蔡琰所作的若干诗作,钟嵘都不重视。曹操、阮瑀列于下品,陈琳、蔡琰根本不提。对曹植、王粲的评价虽然很高,但并未特别提及那些反映现实之作。王粲反映汉末动乱的《七哀诗》在《诗品序》里被作为"五言之警策"提出,但王先生说,这首诗之所以在南朝广为传诵,是由于人们欣赏抒发眷恋故国之情的"南登霸陵岸,回首望长安"之句,而不是重视"路有饥妇人,抱子弃草间"那样对社会悲剧的反映,钟嵘当也是如此。还有,魏代阮籍的《咏怀》诗,对时政有所讽刺和批判,钟嵘只是笼统地说"多感慨之词",却反而强调其中某些诗作"可以陶性灵,发幽思","使人忘其鄙近,自致远大",即使人有超然远引之想。总之,王先生从《诗品》中许多具体论述出发,断定钟嵘对于诗歌思想内容不强调其政教作用,也不重视反映社会现实。这是符合实际的。

王先生说，《诗品》以更多的笔墨，放在作家作品艺术性的评价上。至于钟嵘所持的艺术标准，王先生认为包含多个方面，而主要是《诗品序》所标举的"干之以风力，润之以丹彩"，即明朗刚健的风骨与华美的辞藻相结合，而这乃是那个时代共同的要求。王先生又指出，钟嵘很重视"奇"，把"奇"作为衡量作品优劣高下的一项重要标准，且认为诗歌的奇警不凡是由于诗人具有天才、即景抒情、自然而然地形成的。王先生说，钟嵘虽然并不笼统地反对用典，但反对大量堆砌故实，以为数典用事靠的是后天的学问而不是天才。王先生有《钟嵘〈诗品〉论奇》一文专门论述这一问题。此外，王先生指出钟嵘重视雅正、文雅的风格，对于如鲍照、汤惠休等虽能"动俗"但涉于俚俗、"险俗"的作品表示不满。对于汉乐府和六朝乐府中的民歌和模仿民歌的作品根本不加品第，也是重雅轻俗的表现。

这里想着重说一下王先生对钟嵘所提倡的"风力""骨气"的理解。王先生说那大致等同于《文心雕龙》所说的"风骨"。关于"风骨"的含义，上世纪60年代前期和70年代后期学界曾有过两次比较集中的讨论。有不少学者将这个概念与思想内容的纯正、健康相联系，王先生则坚持认为不是这样。他认为"风"是指思想感情表达得明朗，"骨"指语言的劲健有力，都是就艺术风貌而言，不是指思想内容；艺术风貌固然与思想内容有关，但并非一回事，不应混同。王先生先后写作《〈文心雕龙〉风骨论诠释》《从〈文心雕龙·风骨〉谈到建安风骨》《〈文心雕龙·风骨〉笺释》三篇文章申说己见，其中第二篇论述到钟嵘《诗品》的相关内容。

在一个相当长的时期内，我国学界讨论文学作品的思想内容和艺术性时，总是片面强调思想性第一，而忽视艺术表现，甚至多谈一些艺术性就被指责为形式主义等等。这是与一定的社会环境、时代风气密切相关的。这样的氛围也影响到古典文学研究。

对"风骨""建安风骨"的误解，认为是指思想内容而言，无疑与此种时代背景有关。而王先生能不为所动，坚持从史实、从资料出发，准确地理解古人原意，在当时是很不容易的。

以上所述两个方面，对于钟嵘《诗品》"源出于某"义例的阐释，以及对于钟嵘诗歌思想艺术标准的论述，在笔者看来，是王运熙先生《诗品》研究中最具有特色的部分，也是对《诗品》研究的重要贡献。当然，先生的贡献不止于此。如作于 1980 年的《钟嵘〈诗品〉与时代风气》一文，以极为丰富翔实的资料具体地展示出钟嵘写作的时代背景，便颇有参考价值。逯钦立先生《钟嵘〈诗品〉丛考》第四节"论《诗品》体例"曾指出：钟嵘分品论诗人这一体例，乃袭取当时人评说棋、书、绘画之体例而成，而诗人重摹拟，又盛争派流，因而"钟嵘之作《诗品》，欲彰明五言诗家之流别优劣，固自然之事也。士习文风，讵可忽乎"①。日本学者兴膳宏先生亦有长篇论文《〈诗品〉与书画论》②，极为详尽地考察了钟嵘此书与书法、棋艺、绘画评论的相似之处，所述及的不仅是体例，而且涉及评论用语、概念等。王先生的这篇论文，则重在论述五言诗创作、评论的兴盛发达以及人物评论的分品和用语等方面，以之与《诗品》相比较印证，说明《诗品》与时代风气的关系。其特点是勾稽史料非常丰富确切，能让读者得到具体鲜明的认识。

纵观王运熙先生的《诗品》研究，笔者有以下几点深刻的印象：一是王先生一贯坚持"释古"的态度；二是实事求是，论述、判断力求客观全面，合乎事实；三是将研究对象置于广阔的时代背景之下，比较此对象与其他事物的异同，看到其间的联系；四是坚

①　逯钦立《汉魏六朝文学论集》，吴云整理，第 476 页。
②　原载日本《日本中国学会报》第 31 集，1979 年。卢永璘、李庆均有中译，卢译收入曹旭《中日韩〈诗品〉论文选评》，上海古籍出版社，2003 年。

持学术研究的独立性,不为时风所左右。研读先生的论述,不仅能获得关于研究对象的正确认识,而且在研究的态度与方法上,也能得到可贵的启示。

（原载《许昌师院学报》2018 年第 5 期）

青山长在，典范长存
——王运熙先生的李白研究

　　恩师王运熙先生今年2月8日平静地走了，今天恰是七七四十九日。这段日子里，先生的音容笑貌时时浮现在耳目之前。翻开先生的著作，扉页上的题字，那沉稳的笔触，仿佛比往日更显得栩栩生动。可是已经是天人永隔，再也见不到敬爱的先生了。我想纪念先生的最好的法子，就是揄扬先生的业绩，学习、继承先生的学术精神。先生曾经说，如果不让他搞学术研究，那将是他极大的痛苦。学术就是先生的生命。

　　王先生1926年6月29日出生于江苏金山（今属上海）一位中学文史教员家庭。幼承庭训，打下了良好的国学基础。1947年以文学院学生成绩总分第一名毕业于复旦大学中文系，留校任教。此后短短数年之内，就发表了一系列关于汉魏六朝乐府的文章，蜚声学界，后来结集为《六朝乐府与民歌》《乐府诗论丛》二书出版。令人惊叹的是，当时先生才不过二十多岁，而今六十多年过去了，这些成果仍然是这一领域内具有经典意义的文献，以至于一些海外知名大学的中国文学学科，都将它们列为必读的参考书。从上世纪50年代后期开始，先生转向于唐代文学的研究。60年代起，又进而进行中国文学批评史研究。在这些领域，都硕果累累，取得了许多富于独创性的成绩。笔者曾撰文作过比较全面的介绍。这里拟就先生的李白研究，谈一点体会。

　　王先生相当早就开始进行李白研究。上世纪50年代后期，人民文学出版社向复旦中文系提出，希望能编著一本李白研究的专著。当时王先生负责古典文学教研室的工作，并担任中国文学史魏晋南北朝隋唐五代一段的教学。于是1959年上半年，先生便为复旦大学中文系1956级的学生开设"李白研究"课。当时尚缺少较好的李白诗注本，先生就决定先编选一本《李白诗选》并加以注释。他拟定了选目，划分了作品的历史分期，由一些基础好的学生和教研组的个别教师分工写出注释，再由先生统一修改定稿。该书于1961年8月由人民文学出版社出版。《李太白文集》原是分体编排的，而这本《李白诗选》分为编年和不编年两部分，三分之二以上的入选诗篇作了编年，颇便于读者结合时代背景和诗人的经历、思想发展了解作品，而且选目恰当，分量适中，兼重学术性和普及性，因此出版之后大受欢迎，学术界也认为是填补了当时李白研究领域的空白。以后又经过几次修订，总印数达五十万册之多。接着王先生又组织几位学生撰写《李白研究》。由先生拟定篇题，制定提纲，提出主要论点和诗篇举例，然后大家分头撰写，先生自己写其中《李白怎样向汉魏六朝民歌学习》一篇。该书1962年由作家出版社出版，印数也有一万五六千册，近年又曾以"李白精讲"的书名由复旦大学出版社重版。这两本书的编撰出版，影响很不小，对于广大读者了解和欣赏李白千古不朽的伟大作品，起了很好的作用。

附带还要说一下，当年参与这两本书写作的学生，后来有的在古典文学研究方面继续取得了重要的成就。比如徐培均先生，成为宋词研究著名专家。又如李宝均先生，所作《曹氏父子和建安文学》《李白》二书，均由王先生推荐，由上海古籍出版社出版，《李白》还被日本学者译成日文。1981年，他还发表了《吴筠荐举李白入长安辨》，推翻旧说，考证李白并非由吴筠荐举入京。有趣的是，李白专家郁贤皓先生得出同样结论的考辨之作《吴筠荐李白说辨疑》也是发表于1981年。二位学者不约而同，对李白生平中一个重要关节点的研究作出了贡献，可说是一段佳话。

关于李白的单篇论文，王先生发表过十余篇。内容很广泛，涉及李白的生活和政治理想、诗作的内容和艺术特色、文学思想以及后人对李白的评价,也有对某些具体作品的考证和分析。这里不一一介绍,只谈一点我个人的粗浅体会。

首先,我觉得王先生的李白研究,同他一贯的作风一样,始终坚持实事求是的原则。比如说,在充分肯定李白充沛的政治热情,赞扬诗人"愿为辅弼,使寰区大定,海县清一",自比管、晏的宏大理想的同时,也明白地指出,其实际才能与抱负有很大的距离,而这种夸张的自负恰恰表明了他作为浪漫主义诗人的狂放气质。在从思想内容角度分析、肯定李白诗歌的进步性的同时,也细致、准确地对其艺术表现进行分析。在这方面,王先生对李白山水之作的分析就是精彩的例子。先生说,李白不少此类佳作有着特殊的魅力,使读者为之心胸开阔,精神振奋,向往广阔的天地和雄伟有力的事物。尽管有的诗篇写的是山水的险恶,抒发的是作者的哀愁,但其基调不是阴暗的,而是豪放的,仍然具有振奋人心的艺术魅力。先生认为,这些诗从侧面显示出诗人追求不平凡事业的渴望,对狭隘、庸俗生活的鄙弃,表现了诗人要求冲破束缚、不愿"拘挛而守常"的性格特征。我觉得这样的分析确实鞭辟入里。我想强调这一点,是因为我国学术界在颇长的一段时期内,受"左"的观点的影响,特别重视作品的思想内容,对艺术表现方面往往有意无意地轻视,放在从属的地位。甚至有过那样的规模不小的讨论:山水诗、花鸟画有没有阶级性? 有没有价值? 在那样的背景之下,王先生之重视艺术性,体现了一种实事求是的态度。发表于 1997 年的《李白诗歌的两种思想倾向和后人评价》一文,更鲜明地指出:"李白诗歌中最具有艺术特色和感染力的作品,多数是表现求仙纵酒、遗弃世俗内容的那些篇章。"先生认为,李白的七古(包括七言为主的杂言诗)和五七言绝句的艺术成就最高,最能打动读者。七古中那些脍炙人口的篇章,虽然有的也抒发对于不合理现实的苦闷牢骚,具有进步的意义,但往往被表层的纵酒或求仙描写所掩盖，因此留给读者的印象，首先是醉酒寻仙。而其五七言绝句中的名篇，多描写日常生活中的情绪、自然风光、友朋情谊，清新俊逸，常给人飘逸之感。七古和绝句也有直接关注国运民生的，但数量不多，艺术魅力总体而言也不如前者。李白关心政治、批判社会现实的作品，多为五古，《古风》中尤多。其中不乏具有较高艺术性的佳作，但毕竟比不上七古和绝句那种蹊径独辟的艺术创造性和摇撼人心的魅力。总之，王先生既充分肯定李白诗歌思想内容中关心政治现实、反映人民痛苦的一面，又指出其影响最大、最具艺术魅力与独创性的作品并不在这一方面，并且往往与纵酒寻仙结下不解之缘。这样的分析，我以为是十分符合李白的实际状况的。

上世纪 70 年代前期，曾有过所谓"评法批儒"的运动。李白是毛泽东喜爱的诗人，又写过《嘲鲁儒》之类作品，写过"雄图发英断，大略驾群才"那样称赞秦始皇的诗句，故而被归入"主张进步，反对倒退"的法家人物系列。王先生作为李白研究的专家，在那样的时代没有写过只字关于李白的文章，当然也没有表态说过李白是法家。"四人帮"垮台之后，先生写过一篇《李白的生活理想和政治理想》，文中细致地分析了李白所受儒、道、纵横等各家思想影响的复杂情况，指出"四人帮"将李白说成法家诗人，是采取了割裂文句、断章取义的手法，对李白加以歪曲。我想先生在"评法批儒"甚嚣尘上的时候，内心一定是不以为然的。作为一位忠于学术、视学术为生命的正直学者，不论在什么样的环境下，都会坚持实事求是的原则，绝不会说违心的话。记得"四人帮"垮台后不久，先生曾对我说，在纷纭复杂的政治环境里，普通学者不可能了解许多事情的背景，不可能知晓"四人帮"的阴谋活动，但若能坚持实事求是，坚持从资料出发，就可以少犯、不犯错误。先生正是这样，坚守学者的良心和底线。

其次，我觉得先生的李白研究，有一个特点，就是目光宏通。

比如李白《古风》之一"自从建安来,绮丽不足珍"两句,所谓"绮丽不足珍",是否包括建安诗歌在内呢?前人、今人都有相反的两种意见,今人注释多取不包括建安的说法,因为李白也好,同时代的其他作者也好,都是推崇建安风骨的,李白就称赞过"蓬莱文章建安骨",而且李白和其他盛唐诗人的创作确实是深受建安诗影响的。但是王先生经过反复思考体察,认为还是包括建安诗歌在内的。先生举出许多方面的理由,认为要从这首诗的意脉全面地看,要从汉魏六朝诗歌发展史全面地看,要联系李白在其他场合的言论全面地看,还要联系唐代文学界长期存在的一股推崇"五经"、贬抑后代文学的思潮来看,同时还要考虑到李白的个性、气质,考虑到他说这话的特殊情况和具体需要。一处似乎小小的训解问题,也从方方面面加以全面的考量,充分体现了先生的治学特点。

作为一位在古代文论方面也卓有成就的学者,王先生还很注意将文学创作和文学批评、文学思想联系起来进行研究。他有好几篇论文都是探讨李白的诗歌思想的。至于上面提到的《李白诗歌的两种思想倾向和后人评价》,更从历代(包括现代)人们对李白的评价变迁之中观察分析其诗作的思想内容和艺术特色。对于种种评价,不是简单地宣判其对或错,而是力求作出合理的解释。如曾有人称李白为"颓废诗人",胡适说:"我们总觉得酒肆高歌、五岳寻仙是他的本分生涯。"王先生并不赞同那些说法,但也并不说一声"胡说""片面"就完事,而是实事求是地分析形成那些看法的缘由,在分析过程中也就使得读者对李白诗有更完整、准确的把握。这也是先生一贯主张的"释古"态度的体现吧。

王先生曾担任中国李白学会第一、二、三届副会长。1987年在马鞍山举行纪念诗人逝世1225周年活动时,先生与詹锳、安旗、朱金城、裴斐、郁贤晧、罗宗强等诸位先生共同提出倡议成立学会,先生就是那时被选为副会长的。当时我随侍前往,得以瞻

仰诸位先生的丰采，真是"座中都是豪英"。再往前两年，1985 年
5 月，也是在绿茵匝地的美丽的马鞍山，举行过中日李白诗词研讨
会，可说是酝酿学会成立的前奏。那次我也随先生同往，瞻仰了
青山的诗人之墓。先生曾有诗云：

> 诗国多英杰，尤称李谪仙。古风饶讽兴，乐府更明鲜。
> 寂寞逢昭代，光辉垂万年。青山遗冢在，凭吊仰前贤。

后来先生将此诗书赠马鞍山李白纪念馆。前年出版的先生的文
集卷首，影印先生的若干照片，也影印了此诗。凝视着先生的手
迹，慢慢地翻阅着这些照片，不禁怅然久之。还是那句话，只有学
习、继承先生的精神，庶几能告慰先生的在天之灵。谨撰此小文，
以寄托自己的哀思。

（原载《中国李白研究》2014 年集）

释古以探赜，务实而求真

——《王运熙文集》读后

　　《王运熙文集》凡五卷，已由上海古籍出版社出版。轻抚着这厚重的五大册，这红色烫金的封面，似乎看到了先生谈论学问时严肃而兴奋的神情。是的，先生的生活内容就是学术研究、教书育人，先生最大的快乐就是在研究中获取真知。这五厚册文集，便是先生六十余年生活的轨躅、心血的凝聚。作为先生的弟子，敬佩之余，还深深地感到，文集所体现的治学态度、精神为我们后辈树立了典范，先生所运用的方法是我们治学的津梁。

　　《文集》五卷分别是：《乐府诗述论》、《汉魏六朝唐代文学论丛》、《文心雕龙探索》、《中国古代文论管窥》和《望海楼笔记》（收入《望海楼笔记》《中古文论要义十讲》《谈中国古代文论的学习与研究》三种）。王先生在汉魏六朝乐府、《文心雕龙》、《文选》、钟嵘《诗品》和李白各个领域的研究成果，笔者都曾撰文予以介绍，为了避免重复，这里只就第二、四、五各卷的主要内容谈谈自己的学习体会。

　　第二卷《汉魏六朝唐代文学论丛》，其论述对象是这一时段内除乐府以外的作家作品和文学现象。卷中各篇精彩纷呈。有的是对单篇作品、单个作家的论述、考证，往往提出新颖的见解。如人们论及陶渊明，常视陶诗为超越于时代的存在：不但内容独特，而且语言朴素自然，与六朝骈俪雕饰之风相对立。王先生则在充分肯定陶诗创造性的同时，指出其与时代风气的一致性：陶诗虽描写田园，但简直不曾出现过农民的形象，更没有描写农民的生活、农民遭受压迫的痛苦。这与当时的诗坛状况是一致的。陶诗语言之质朴，也正与东晋玄言诗之平淡相合。因此陶渊明固然伟大，但我们不应割断他与时代风气的联系。又如孔稚珪的《北山移文》，不少人以为是讽刺假隐士、假名士的，王先生却证明它是一篇故弄笔墨、与朋友开开玩笑的作品。又如关于陈子昂的冤死、寒山子诗的时代、李白《蜀道难》的作年和主旨、《虬髯客传》的作者等文学史上的悬案，王先生都加以考证，提出新见。有的论文以小见大，通过一位作家、一部总集以至一篇文章，梳理某种文学现象，揭示某种时代风气。如通过分析韩愈散文的风格特征，比较《旧唐书》作者对韩愈、白居易的不同评价，以揭示中晚唐古文与骈文争雄的真相。又如通过《河岳英灵集》以论析盛唐诗坛的审美取向，通过《箧中集》揭示出中唐诗坛的一个以往被忽视的复古流派。还有一些论文，则着重分析不同文体之间的相互影响。如论唐代诗歌与小说的关系、论唐代古文与小说的关系等。后两类文章尤能见出王先生宏通的目光和高卓的识见，见出先生善于抓住个别文学现象之间的联系、透过现象看出本质的能力。

下面着重介绍本卷中的两篇文章，它们都与中唐所谓古文运动有关。

第一篇是《韩愈散文的风格特征和他的文学好尚》。韩诗的奇崛不凡为人们所公认，韩愈的古文却常被认为是平易的。王先生以为不然。他指出，韩愈同时代的人们称说韩文，用的是"奇诡"，"恢奇"，"故高之、下之、详之、略之"，"碟裂章句，隳废声韵"一类词句。他又举例说明，韩文中大量存在句式长短错落、语气曲折多变、造语奇特不凡的情况，在当时人看来，并不明白晓畅，反倒是显得古奥不好懂。若与当时社会上流行的文体——骈文相对照，便更能看得清楚。王先生举出实例说明：骈文并不如我们今天所想，都像南朝颜、任、徐、庾或唐代樊南四六那样充斥典故、深奥难懂。整个唐代，骈体文占据优势，流行甚广，它们大多用典不多，即使用也是常见的典故，总的风格是比较通俗、明白而易晓的。当时人读惯了那样的文章,对韩愈古文那样的作品,反而感到别扭生硬,甚至句读都不容易。而韩愈之所以鄙夷骈体时文,也正与他反对圆熟平庸、力求奇崛不凡的文学好尚有关。王先生的这篇论文,见解独特而论证有力,我们细细读来,不能不信服。先生之所以产生这样的观点,是他治学重视好学、深思、明辨的反映,也与他将文学理论批评研究与具体作品的阅读分析紧密结合有关。他对唐代的古文、骈文有具体感性的认识,因此能得出那样的结论。

第二篇是《试论唐传奇与古文运动的关系》。(后来王先生又作《简论唐传奇和汉魏六朝杂传的关系》一文,应该参阅。)关于唐传奇与古文运动之关系,有两种颇有影响的说法。一是郑振铎先生说的,"传奇文是古文运动的一支附庸,由附庸而蔚成大国",认为唐传奇的发达在中唐,正是古文运动鼎盛之时,古文此种文体运用于传奇,促进了传奇的发展。二是陈寅恪先生说的,古文运动的兴起,乃是古文家用古文试作小说而能成功之所致。二说一则强调古文运动对传奇的推进,一则强调传奇对古文运动的作用。王先生则于二说都不赞成。针对郑先生的说法,王先生着重从文体、语言风格上加以论述。他认为,唐传奇的文章,和当时的散文一样,大抵是句子较为整齐、多四言句的文体,有时还穿插骈偶句子,总之体现了一种散文骈化的特色,而古文家恰恰是故意创造句式参差不齐、"碟裂章句,隳废声韵"的文体,以追求一种奇崛不凡的效果。王先生说,唐传奇的这种文体,正如其搜奇志怪的内容一样,与汉魏六朝的小说、杂传类作品有密切关系;而在其发展过程中,叙述、描写趋于细腻生动,文辞趋于华艳,受到了骈文,包括当时变文、俗曲等民间文学的影响。因此,唐传奇的文体,不但无待于古文运动之赐,而且恰与古文家所追求者相左。有的论者说古文家韩愈、柳宗元也写过小说之类的作品,如《毛颖传》《石鼎联句诗序》《河间传》等。王先生说,古文家所作此类文章，语言务求雅致简洁，与一般传奇的华艳生动不同；且它们意在劝惩或抒怀，与一般传奇旨在讲述有趣的故事也不一样。就总体而言，说传奇的发达受赐于古文运动，是说不过去的。对于陈先生的说法，王先生认为，古文运动的理论，在于以文明道，不可能以试作小说的方式来兴起古文运动；而且被看作小说的韩愈的《石鼎联句诗序》《毛颖传》，都作于元和年间，那时韩愈早已写了不少重要的古文作品，可说已经是一位古文大师，他何须再作小说来兴起古文？王先生的这些论述，也是很有力量的。在笔者看来，他的观点的形成，也得力于对汉魏六朝唐代各种文体的感性具体而又透彻的了解。

第四卷是《中国古代文论管窥》。此卷内容也很丰富，涉及许多文论家、文论著作。这里拟着重谈一个方面，即王先生非常重视对古代文论中一些概念、范畴进行辨析。

古人论文时使用的一些概念，其内涵如何，他们并不加以说明，而运用范围很广，频率很高。今日若不能正确理解，便差以毫厘，失之千里。王先生强调研究工作必须实事求是，必须尽量吃透古人原意，因此也就非常看重对常用概念的辨析。本卷中对体、气、风骨、文质、比兴以至雅俗、盛唐气象等，都有专文加以讨论，有的还不止一篇。

比如"体"，王先生指出，在许多场合是指体貌、风貌，略近于今日所谓风格。或就体裁言，或就作家言，或就时代言，都指一种总的风貌。从这样的理解出发，王先生对古代文论中一些重要的、疑难的问题作出解释。如《文心雕龙》自《明诗》至《书记》二十篇，有"敷理以举统"一项，其中往往说到体、大体、体制等，王先生认为那是指各种体裁的风格而言；古人很重视文章的"得体"，即要求所作文章的风貌须符合该体裁的特殊要求。又如钟嵘《诗品》也常常以"体"概括诗人的总体风貌，如"其体华艳""杂有景阳之体""颇有仲宣之体"等。王先生据此指出，钟嵘所谓某家出于某家，就是从"体"即风貌的相似而言。前人每诟病钟嵘"源出某某"之说，盖因不明《诗品》体例之故。王先生指明系从风格立论，疑难便焕然而解。

又如文和质这一对概念，许多学者认为是指作品的形式和内容，王先生则认为在大多数情况下，是指作品的华美和质朴。也就是说，文、质都是就外部形式而言。这一点对于我们正确理解古人之意也颇重要。比如梁代的三萧——萧统、萧纲、萧绎，学界一般认为他们的文学主张有所不同：萧纲、萧绎是宫体文学的代表人物，萧纲提出"文章且须放荡"，而萧统则代表了一种折中的文学观。但是我们看到，三萧在文质问题上有类似的表述，他们都主张文质并重。萧统《答湘东王求文集及诗苑英华书》云："夫文典则累野，丽亦伤浮。能丽而不浮，典而不野，文质彬彬，有君子之致，吾尝欲为之，但恨未逮耳。"萧绎《内典碑铭集林序》说作品以"艳而不华，质而不野"、"文而有质"为理想，萧纲《与湘东王书》则要求"核量文质"。为什么他们关于文质问题表述如此一致呢？如果按照王先生的意见，便不难解释：所谓"质"，本来就不是指内容的高下、正确与否而言，是指文辞的朴素；文而有质，是从文辞风貌而言，是要求斟酌文辞，使其既华美又不过分。因此，不同的内容，都可以要求它们表达得文质彬彬。实际上，文质彬彬可以说是对文风的带有普遍性的要求，即使十分重视文辞华美的南朝，比较高明的作者也是要求华丽与质朴相中和的，因为若一味追求华美，毫无节制，就将妨碍内容的表达。后世人们觉得《文选》里的那些骈文过于华美，以为当时作者是一味追求华饰的，其实不然。只不过如何才算是文质彬彬、调剂得恰到好处，各时代的具体标准不同罢了。

又如比兴，王先生梳理自汉代至清代文论中的较有代表性的言论，得出了一些重要的结论。他说古人言比兴有两大类，一是将其视为艺术表现手法，魏晋南北朝论者多属此类；二是强调作品有政教方面的寄托，不重在手法，唐宋以来此类占优势。在后一类那里，虽运用了比兴手法，但没有政治寄托，也被斥为无比兴；反之，有寄托而不用比兴手法，也称之为有比兴。比兴成了政教寄托的代名词。白居易的《与元九书》就是这种情况的代表。关于清代常州词派的比兴寄托之说，王先生说，他们提倡比兴寄托，看起来是重视内容，但周济所谓"初学词求有寄托"，"既成格调求无寄托"，陈廷焯所谓比兴"托讽于有意无意之间"，"若远若近，可喻不可喻"，实际上是把比兴寄托作为一种特殊的艺术手段，是在表现上下功夫。王先生的分析，源流分明，准确透彻。我们曾看到有些论者，一见古人说比兴，就认为是继承《诗经》关心社会现实的传统，那实在是浮浅的看法。

又如所谓"俗"，王先生指出，中古文人所谓俗，其实有俚俗、时俗二义，其意义、性质颇不相同。俚俗（或通俗）意为鄙俚粗俗，缺少文辞雕饰，与文雅相对立。时俗意为趋时，追求时尚，与古雅相对立。汉魏六朝乐府中的民间歌辞，以至谐词、隐语等，属于俚俗之俗，初期常被上流社会鄙视，但后来逐渐被接受，并对文人作品产生影响。至于时俗之俗，在南朝，是指那些文风华艳、新奇的作品，它们为一般趋时的人们所爱好，但崇尚古雅者则贬斥之；在唐代，是指骈体诗文，是流行的、常用的文体，而古文家则讥为卑俗。王先生的分析，对于我们准确把握古人原意，也是十分有益的。例如《文心雕龙·体性》说"轻靡"一体"缥缈附俗"，《通变》说"櫽括乎雅俗之际"，《南齐书·文学传论》说鲍照"险俗"，其"俗"都是指时俗而非俚俗，不可误解。

再如"盛唐气象"，宋代严羽以来，诗论中常用此语。现代有的研究者用此语指盛唐诗歌（或更扩大至书法、绘画等）中反映的国势强大、社会安定、人们意气昂扬等时代特征。王先生认为古人所说"盛唐气象"，其实是指说当时诗歌的总体风貌，其内涵主要有二：一是浑厚，耐人寻味，不刻露浅薄；二是雄壮有力。这种风貌的形成,固然与盛唐的时代特征有关联,但不应将古人所说的"盛唐气象"误解成诗歌内容所反映的时代精神。盛唐诗不仅反映国力强大、社会升平等,也有许多是表现黑暗腐败、走向衰颓的,还有许多与盛衰没有什么关系的(如抒发诗人日常生活中的情感、描写自然风景等),但都可以有盛唐气象。古人的这个用语,是从艺术风貌着眼,不是论其内容。王先生的这一辨析也很要紧。学界曾有李白诗是否反映了盛唐气象的论争,如果双方厘清、明确了"盛唐气象"的内涵,可能讨论就会是另一种情况。

还应该着重指出:王先生讨论古代文论的概念、范畴、用语,不仅仅是精细地辨析异同,阐明其内涵,而且常常是结合着历代的创作与批评状况加以论述,从中见出文学风气、观念的变迁,目光宏通,具有强烈的史的意识。王先生的这些论文,既让我们准确地把握那些用语的含义,提高阅读古代文学文献的能力,又引导我们俯观历代文学、文论的历史走向。它们是微观与宏观相结合的典范。

第五卷收录《望海楼笔记》《中古文论要义十讲》《谈中国古代文论的学习与研究》三种。此卷有些篇目,是王先生结合自己治学的经历,谈论从事研究的态度与方法。关于这一方面,这里拟就笔者个人的体会,谈以下三点。

第一,王先生始终坚持实事求是的精神。

实事求是,似是老生常谈,其实实行起来并不容易。因为我们的头脑常常被各种自觉、不自觉的先入为主之见所拘束。诸如权威的见解,风靡一时的说法,某些基本的、具有普遍性的理论观点等等,都可能影响我们对事实的判断。生活在一定的时代、一定的潮流之中,不但所谓"人在江湖,身不由己",而且常是心亦不由己。尤其是那种不曾意识到的、不认为是束缚的束缚,乃是最不容易破除的网罗。而要破除它,最根本的就是要从客观事实出发,对于研究历史——包括文学史、文学批评史而言,就是要尽可能全面地掌握史料，正确地按照其本来面目去理解史料，尽量避免用后人、今人才有的想法去解读它们，避免"过度阐释"。总之，力求客观，避免主观任意。笔者曾在王先生指导下，与先生合作撰写文章，先生虽先将思索已久的观点告诉笔者，但总是谆谆教导，一切从资料出发，若通过研读史料发现他的观点有不妥处，那还是要服从史料。这就体现了先生尊重史实、实事求是的精神。

　　不妨举例加以说明。先生解释"风骨""文质""盛唐气象"等，认为这些用语都是就作品的艺术风貌而言，不是直接指说思想内容。这与有些学者所持的"风"指内容之正确、有意义，"质"与"文"分指内容与形式那样的观点是很不一样的。按照文学的一般原理来说，作品可以从内容、形式两方面加以分析，或者说作品包括这两方面的要素，那并不错。大约正是这样的基本理论观点，使得人们讨论"风骨""文质"等概念时，有意无意地加以套用。另外在我国，在相当长的时期内，极"左"思潮占据统治地位，对作品的所谓思想性、政治功能特别强调，当时大多数人的头脑很难不受到束缚，那么在讨论古代文学现象时，其影响就自觉或不自觉地流露出来了。而王先生的上述观点之所以能脱离那样的影响，乃是坚持实事求是原则、尊重历史事实的结果。又如所谓作家、艺术家的主观与客观相交融，几乎成为谈艺家的口实，于是《文心雕龙·神思》所说"神与物游"，《物色》所说"随物以宛转""与心而徘徊"，便被认为已经具有了那样的意思。王先生则实事求是地指出，《文心雕龙》所谓"物"，仅指自然景物或宫殿建筑等可见可闻的事物，不包括人的活动、行为等，不能笼统解释成今日所谓客观事物、外部世界。王先生的观点无疑更具体，更有分寸，也更合乎历史真实，富于启发性。比如"随物""与心"两句就可能只是说作家构思写作时，既真切地描绘景物，又抒发自己的情怀。那就与所谓主客观交融尚相去有间，不宜提得过高。主客观交融的原理当然是正确的，但是否该与古代文献的阐释挂钩，怎样挂钩,挂到什么程度,却是需要以十分审慎的态度对待的。

所谓文学、学术必须为政治服务的理论和做法,在改革开放前的十年里达到顶点。有的著名学者,想要"紧跟",竟然对自己过去的著作大加笔削,"修订"得面目全非,甚至在运用史料时加以穿凿、曲解。这是那荒诞时代的悲剧,今天的人们已经感到难以理解了。"四人帮"倒台之后,王先生曾在教研组会上说,作为古代文学的研究者,在当时极其复杂的政治形势里,很难了解云遮雾障之下的真相,但若能坚持从资料出发,实事求是,那么就能少上当,不上当。王先生当日也曾对笔者这样说过。今天回想起来,这样简单朴素的话里包含着颠扑不破的真理:要保持学术的独立性,就必须坚持实事求是的原则,绝不动摇。

第二,采取"释古"的态度。

王先生自述,他大学学习期间,了解到"五四"以后文史研究中有信古、疑古、释古等派别。他曾饶有兴趣地阅读《古史辨》《崔东壁遗书》,但后来更倾心于释古,觉得它更为客观合理。所谓释古,就是既不盲目地信从古人和古书上的话,又不稍有怀疑、觉得费解便轻率地、一味地加以否定、批判,而是虚心体察、认真研究古代资料本来的意义,探讨其产生的背景,探讨古人之所以那样说、那样记载的缘由。即使是错误的记载,也该探讨其致误之由。王先生多次说,他服膺《礼记·中庸》博学、审问、慎思、明辨和司马迁"好学深思,心知其意"的话,将它们作为治学的座右铭。要做到"心知其意",即尽可能准确地理解古人的原意,就必须做到"具了解之同情",对于古人所处的历史条件、对于有关的方方面面有尽可能透彻的了解。

在王先生的文集中,此种释古的治学态度多处可见。他对乐府的研究便是很好的例子。古籍中对乐府本事的记载,往往与现存歌辞不符。王先生并不简单地否定那些记载,在详尽的考证之后,结论是其记载可信,或者是虽似荒诞,但还是可以作出合理的解释。通过王先生的考证，我们对乐府的认识前进了一大步。对钟嵘《诗品》某人出于某人以及陶渊明出于应璩的阐释，也是典型的例子。

所谓释古，包括这样一层含意：历史研究，应该首先弄清史实，理清历史发展的脉络，而不是忙不迭地评判古人的是非曲直，更不是"六经注我"，拉古人为我张目。总之，首先以读懂古人、弄清史实、尽可能予以准确的阐释为职志。这才是科学的态度。笔者参与撰写《中国文学批评通史》时，可说是初涉研究领域，王先生便以此相教导。研究的目的是求真。我们读王先生的论著，感到在在充满这样的精神。先生的文章，新意迭出，但不是为新而新，而是探明了真相，作出了正确的解释，解决了未解决的问题，故而给人切理餍心的新鲜感。

第三，理论与实际相结合。就文学史研究而言，不可脱离作品实际；就文学批评史研究而言，不仅要看文论家的理论表述，还必须看他对具体作品的评论，还应结合他自己的创作加以综合的探究。这样的原则是王先生反复强调的。

上文说到，王先生认为韩愈古文所体现的文学好尚，与其诗歌所体现的一样，也是奇崛而不是平易。王先生论唐代传奇与古文运动的关系，既不同意古文运动的兴起促进传奇发展的说法，又不赞同古文家以传奇为古文写作之试验的观点。这些都是颇具独创性的鞭辟入里的论述。而之所以能发现问题，得出结论，实与王先生对于诸种文章体式、风貌的感觉和认知有关。王先生将韩愈等古文家的文章、唐代流行的骈文以及六朝杂传等叙事作品进行比较，从而得出结论。如果不是对诸种文体的作品风貌有感性到理性的把握，那恐怕根本不会发现其中的问题，更不用说予以解决。

严羽《沧浪诗话》倡言"兴趣"，有的话说得玄虚，如镜花水月之喻，如"羚羊挂角，无迹可求"之类，因此历来不少论者认为他提倡的是像王维、孟浩然那样冲淡空灵一派。王先生则不然。他说从严羽对许多诗人诗作的评论看，从他最推崇李白、杜甫看，再结合其本人的诗歌创作倾向，可以知道严羽其实喜爱的是风格偏于壮美一类的诗歌，他要求诗歌气象浑厚，笔力雄壮，音节响亮，具有遒劲的风骨。他的这种喜好，与宋末四灵派的纤末小巧背道而驰。至于那些看似玄虚的表述，只不过是借禅为喻，说明诗歌自然浑成、含蓄耐寻味的高超境界而已。那主要是针对江西诗派过于雕削镌刻、丧失自然浑厚之趣的做派而言。王先生对《沧浪诗话》的论述，是将文学批评史与文学史相结合、将文论家的理论表述与其具体品评以至本人作品相结合进行研究的好例。

中国古代文学批评的一个显著特点，是实践性很强。文论家的很多言论是针对具体的作品或创作倾向而发，与鉴赏和创作的关系很密切，而且他们本人往往就是作家。他们的言论、著作，是为了评论作品，为了指导写作，而不是要建立某种抽象的理论体系。即使《文心雕龙》那样所谓体大思精之作，也还是意在指导写作。因此，我们进行文学批评史的研究，若脱离文学作品的实际，从理论到理论，作抽象的逻辑推论，那就很可能是郢书燕说。王先生曾说，从文学史研究进而从事批评史研究，这样的学术道路具有优越性。那就是因为易于做到理论与实际相结合的缘故。

五卷本的《王运熙文集》犹如一座丰碑，记载着先生六十余年不倦的探求，记载着先生为古典文学研究所作出的不朽贡献。阅读文集里的一篇篇文字，我们体会到先生鲜明的具有典范意义的学术风格：务实而严谨，平易而富于新创。愿这样的风格，在学术园地里不断发扬光大。

（原载《中国文学研究》第二十一辑，2013 年，收入本集时有删节）

后　记

这本《贵当集》是我的第三本论文集。退休前后，曾先后编集出版过《汉唐文学辨思录》和《汉唐文学研赏集》。之后的十余年里，除了撰写《欣然斋笔记》和整理校笺《陆机集》之外，也还写过不少单篇论文，大部分都汇聚在这本集子里了。

共收录论文三十五篇，大致分为三组。第一组是论作家作品，也就是诗文诠释、分析、鉴赏以及关于作家生平与作品的若干考证。其中《"迭为承受"——古典诗歌的一种修辞法》和《略谈南朝骈文之难读——以任昉文为例》，考察古代诗文中的语法修辞现象，希望有助于读者举一反三。第二组各篇大多与古代文学批评理论有关，包括对于现当代学者相关研究成果的介绍，其中自亦包含笔者对其成果的思考和评价。这一组里，《读汤用彤先生〈魏晋玄学与文学理论〉志疑》一篇，笔者自以为涉及的问题比较重要；《释朱熹的比兴说》企图对朱自清先生称为"缠夹得更厉害"的一个问题排难解纷。近年来有的学者围绕着陈寅恪、钱锺书先生的治学有些争论，笔者对于两位先生都衷心仰慕，故作《钱锺书先生与诗史互证》以抒己见，自以为所说尚属中肯，故也附载于此。第三组共六篇，都是介绍先师运熙先生的研究成果。先生的研究丰富而精深，笔者心摹手追，仍不能不起从之莫由之叹。先生的成果乃是学界的共同财富，特别是先生的治学态度与方法，亟应传承阐扬，因此将此六篇汇集一处，希望能对后学有所裨益。孔子有云："载之空言，不如见之于行事之深切著明也。"从先生研究的具体内容中体会先生的治学态度和方法，方能有较亲切的认识。

　　郭绍虞先生曾借用刘勰的话，说自己"愿意详细地照隅隙，而不愿粗鲁地观衢路"。笔者回看自己的文章，正是多着眼于细者小者。大约因为平日读书的习惯，总是想要把一字一句都弄懂，不然就觉得心里面过不去，因此在这方面花费了较多的精力。陆士衡云："夸目者尚奢，惬心者贵当。"今拈取二字以名集，表示一种企求，即须求得恰当合理的解释方能惬心快意。当然只是企求而已，若说言必有中，则吾岂敢！

　　多亏了宋文涛先生的热情邀约和细心编审，也多亏了复旦大学出版社和中文系的大力支持，这三十来篇文字才得以与读者见面。谨致以衷心的感谢！

杨　明

2021 年 7 月 28 日

图书在版编目（CIP）数据

贵当集:古代诗文与文学批评散论/杨明著. —上海：复旦大学出版社，2022.9
（卿云文史丛刊）
ISBN 978-7-309-16241-7

Ⅰ.①贵…　Ⅱ.①杨…　Ⅲ.①中国文学-古典文学-文学评论-文集　Ⅳ.①I206.2-53

中国版本图书馆 CIP 数据核字（2022）第 099189 号

贵当集:古代诗文与文学批评散论
杨　明　著
责任编辑/宋文涛
装帧设计/马晓霞

复旦大学出版社有限公司出版发行
上海市国权路 579 号　邮编：200433
网址：fupnet@ fudanpress.com　http：//www.fudanpress.com
门市零售：86-21-65102580　团体订购：86-21-65104505
出版部电话：86-21-65642845
江阴市机关印刷服务有限公司

开本 890×1240　1/32　印张 14　字数 339 千
2022 年 9 月第 1 版
2022 年 9 月第 1 版第 1 次印刷
印数 1—2 100

ISBN 978-7-309-16241-7/I·1319
定价：98.00 元